CW01401954

L'IDIOT

COÉDITION ACTES SUD – LABOR – L'AIRE
Editorial : Sabine Wespieser

Ouvrage traduit avec le concours
du Centre national du Livre

Titre original :
Idiot

© ACTES SUD, 1993
pour la traduction française et la présentation
ISBN 2-7427-0008-0

Illustration de couverture :
Gustave Courbet,
Portrait de l'artiste dit Le Désespéré (détail),
vers 1843. Collection particulière

FÉDOR DOSTOÏEVSKI

L'IDIOT

VOLUME 1
Livres 1 et 2

roman traduit du russe
par André Markowicz

Avant-propos du traducteur
Lecture de Michel Guérin

BABEL

AVANT-PROPOS DU TRADUCTEUR

Traduisant *le Joueur* (le premier livre paru dans cette collection*), j'avais parlé de trois caractéristiques du style de Dostoïevski, tel, du moins, que je le comprenais, et tel que j'essayais de le rendre en français :

1. Son oralité (les textes sont non pas écrits mais *parlés*, et mettent en scène le sujet directement, ce qui fait de chaque page de Dostoïevski un épisode de théâtre). L'oralité indique la partialité fondamentale du point de vue ; l'accent est mis, de plus, non sur la narration en tant que telle mais sur l'intonation : "moins sur les faits rapportés que sur la sensation laissée par ces faits dans l'âme, donc dans la langue, de tel ou tel personnage. C'est cette intonation qui crée l'atmosphère, qui justifie le réseau profond des métaphores. Il s'agit moins, apparaît-il, de romans «dickensiens» que de traités des passions…"

2. Sa "maladresse", c'est-à-dire son refus de se soumettre à toute exigence de "beau style". C'est une maladresse maintes fois soulignée, affirmée – qui fait porter l'essentiel de l'accent non sur l'action décrite mais sur l'élan de passion qui la porte. Cette maladresse, réellement idéologique, est aussi le signe d'une revendication nationale qu'on pourrait dire "antifrançaise" et d'une remise en cause du roman traditionnel, au sens où Dostoïevski

* *Le Joueur*, Note du traducteur, p. 211, Babel, n° 34.

parlait de ses livres comme de "poèmes" et non comme de simples romans.

3. Sa construction poétique, par motifs, à partir de mots empruntés aux registres de langue les plus différents mais liés par une même image mère, cette image donnant à tout le livre son unité secrète*.

Les cinq romans et nouvelles que j'ai traduits jusqu'à présent** illustraient, chacun à leur manière, ces trois idées de base. Par un hasard qui, à la réflexion, ne devait pas en être un, ils appartenaient tous à un même genre : celui du récit à la première personne du singulier. Il s'agissait à proprement parler de textes théâtraux, dans lesquels un personnage se mettait face au public (face à une masse indistincte qu'il appelait "messieurs"), le prenait à partie et recréait son monde par sa seule parole.

Dès lors, la tâche du traducteur était relativement simple : une fois saisi le motif fondateur, et donc, d'une façon ou d'une autre, l'humour de la structure, il s'agissait de se laisser porter par le rythme de la phrase russe, par l'intonation, et, en travaillant, même mentalement, à haute voix, disons, de *foncer*. L'énergie du discours, celle de la passion devaient, non seulement faire passer les maladresses et les contradictions, mais, si la traduction était lisible (ou, plutôt, prononçable), les rendre nécessaires, comme dans le monologue d'un grand acteur, toute rupture de rythme, toute hésitation rend plus grandiose le mouvement final.

---

* Le motif du "zéro" pour *le Joueur* ; celui du "paradoxe" (ou du "renversement") pour *les Carnets du sous-sol* ; celui, non sans humour, de la couleur jaune pour *les Nuits blanches*, etc.
** *Le Joueur* (Babel, n° 34), *Les Carnets du sous-sol* (Babel, n° 40), *Polzounkov* (hors commerce), *Les Nuits blanches* (Babel, n° 43), *La Douce* (Babel, n° 57).

*

Traduire les grands romans de Dostoïevski ne suppose pas seulement de *foncer* pendant mille deux cents pages, ce qui, je le dis d'expérience, est assez épuisant. La structure de *l'Idiot* est autrement plus complexe que celle du *Joueur.*

A la vérité, les personnages de *l'Idiot* me semblent se diviser en deux groupes : le premier est celui des innombrables personnages secondaires (Lebedev, les parents Epantchine, les Ivolguine, etc.) qui forment à proprement parler le roman, c'est-à-dire l'intrigue et la trame sociale, historique, morale de l'époque. Le deuxième est celui des personnages qui, appartenant au roman par toutes les fibres de leur être, le dépassent, le transforment en une espèce de poème symbolique, d'apologue. Il s'agit, bien sûr, de Mychkine, de Rogojine, de Nastassia Filippovna et d'Aglaïa. Ces "quatre héros", selon les termes de Dostoïevski dans une lettre à son ami Apollon Maïkov*, nous transportent dans un monde plus intemporel – un monde de métaphores, de symboles. Ces personnages portent évidemment les motifs essentiels.

Je signalerai trois de ces motifs qui ont mené ma traduction : le motif du double, celui du flottement, celui, enfin, de l'épilepsie.

A l'image des "pensées doubles" sur lesquelles le prince Mychkine disserte avec Keller à la fin du livre 2,

_____

* Lettre du 31 décembre 1867, in *Œuvres complètes*, Correspondance générale, t. XXVIII, p. 241 (Moscou, 1985).

tout, dans *l'Idiot*, fonctionne par opposition terme à terme, tout est à la fois incompatible et double.

Dès le début, une répétition, d'une lourdeur étonnante – et qu'il était, me semble-t-il, capital de conserver dans sa lourdeur –, donne l'une des clés du roman.

"Dans un des wagons de troisième, dès l'aube, deux passagers s'étaient retrouvés face à face, près de la fenêtre – tous deux des hommes jeunes, tous deux quasiment sans bagages, tous deux habillés sans recherche, tous deux assez remarquablement typés et qui, tous deux, avaient finalement éprouvé le désir d'engager la conversation l'un avec l'autre. S'ils avaient su tous deux qui étaient l'un et l'autre, et ce qui les rendait si remarquables à cet instant, ils auraient eu de quoi s'étonner, bien sûr, de ce que le hasard les eût placés si étrangement l'un en face de l'autre dans ce wagon de troisième de la ligne Petersbourg-Varsovie."

L'Idiot, tel que nous le connaissons, est né d'une fulgurance : du moment où "l'Idiot" du *Roman préparatoire*, qui rappelle plutôt le Stavroguine des *Démons*, s'est scindé en deux héros, le prince Mychkine, et Rogojine – comme si, finalement, Rogojine et Mychkine n'étaient que deux images d'une même force, d'un même amour – sous deux formes opposées (ce qu'affirme parfaitement Rogojine lui-même au début du livre 2), pour l'un, l'amour-passion, ou l'amour-possession ; pour l'autre, l'amour-compassion, l'amour don de soi : "Si ça se trouve, dit Rogojine à son «frère élu», ta pitié, elle est encore bien pire que mon amour." Dans les deux cas, un amour impossible, terrorisant, tant il est gigantesque.

Aux deux hommes répondent, bien sûr, les deux femmes, Nastassia Filippovna et Aglaïa, que le prince aime "en même temps", à la stupéfaction d'un personnage comme Evgueni Pavlovitch.

Le motif de transition est celui du visage, c'est-à-dire celui du regard. Les yeux de Rogojine semblent poursuivre tous les personnages, le prince, Nastassia Filippovna, Hippolyte. Tout se déroule "sous ses yeux". Mais, au cours de la même conversation avec Evgueni Pavlovitch, le prince avoue que s'il est revenu vers Nastassia Filippovna, c'est pour une raison toute simple : il "ne supporte pas son visage".

L'Idiot est le roman de l'indéfini, de la limite flottante entre le rêve et la réalité. Comment peut-on être attiré vers ce qu'on ne supporte pas ?

Ou bien, sur un autre plan, Rogojine attend-il réellement le prince à la gare de Petersbourg, au début du livre 2 ? Le suit-il durant son errance oppressée ? Le suit-il tout le temps, ou vient-il juste pour le tuer ? Et puis, durant cet épisode, à quel moment le monologue intérieur du prince passe-t-il du style indirect libre au style direct, c'est-à-dire, réellement, de l'extérieur à l'intérieur ? Quand la première notation sur "l'objet" mis en vitrine, et qui vaut soixante kopeks, apparaît-elle ? Plus tard, Rogojine vient-il réellement chez Hippolyte ? Cela semble impossible, puisque, dit Hippolyte, "la porte était fermée à clé". Nastassia Filippovna elle-même, à quel moment n'apparaît-elle que dans les rêves du prince, ou bien réellement devant lui ?... A cet égard, la fin du livre 3 ne peut que laisser le lecteur pantelant. On peut multiplier toutes ces questions à l'infini, car le roman n'est fait que de questions, et le but est bien là – de rendre une vision flottante, incertaine, de décrire, en quelque sorte, deux mondes, conflictuels et indissociables, qui évoluent en même temps, celui de la réalité (en l'occurrence, celui du récit), et un autre, indicible : "Est-il possible de percevoir dans une image ce qui n'a pas d'image ?" se demande Hippolyte.

Un de mes grands regrets est d'avoir été incapable de rendre le mot essentiel de ce motif, un verbe qui se répète en russe dans toutes les situations, *merechtisia*. Ce verbe désigne l'état de quelque chose que l'on "croit entrevoir", et sa première occurrence, très bizarre, est le moment où Gania, récapitulant des défaites, le premier jour, "croit entrevoir", parmi le flot de pensées qui se bousculent en lui, le prince Mychkine, comme si, précisément, le prince Mychkine n'était pas un homme, mais une idée, ou, justement, une image. Comme s'il y avait une réalité qui brasillait dans le lointain, qu'on tentait de percevoir, de saisir, et qui ne pouvait qu'échapper : qu'on pense à cet argument de Mychkine, dans sa conversation avec Rogojine, sur la foi – on ne peut pas en parler, dit le prince, tous les arguments des athées contre la foi sont toujours… *pas sur ça.*

De là aussi, dans le style (à part une tension constante, dont nous reparlerons), des incongruités qu'il me paraît décisif de conserver avec application, quitte à paraître ridicule. Ainsi, cette insistance sur les répétitions de formules indéfinies, comme "peut-être", "sans doute", "quelque chose", "je ne sais quoi", "je ne sais trop quoi", "il ne savait trop quoi", "pour une raison ou pour une autre", "pour telle ou telle raison" (j'en citerais des dizaines). De là aussi, sans doute, cette surabondance de "sembler", et ces invraisemblables pléonasmes, maintes fois appuyés, du genre de "sembler comme", qui peuvent aboutir, à l'extrême, à cette espèce de chef-d'œuvre qu'est "cela semblait comme parfaitement certain, peut-être*".

Ici, une fois encore, le texte se dédouble, on perd (et tel est bien le but) le point de vue, et apparaît une force nouvelle, tout à fait capitale, elle aussi, l'humour. La fable tragique de Dostoïevski paraît finalement contée par une sorte de petit personnage sarcastique, de petit démon mesquin – comme si, finalement, le narrateur était un genre de Lebedev**.

Pourquoi le prince Mychkine est-il épileptique ? Pourquoi spécialement lui, et pas, disons, Raskolnikov ou tel autre des grands personnages de Dostoïevski ? Cette question saugrenue m'est venue en traduisant, au début du livre 2, la longue description de l'épilepsie.

Dostoïevski décrit l'épilepsie de Mychkine*** comme une maladie survenant en trois phases : une longue période d'oppression pendant laquelle les impressions les plus diverses s'accumulent, se chevauchent, entrent en conflit,

---

* Alors que je travaillais sur *l'Idiot*, j'ai reçu une version anglaise des *Frères Karamazov* dans laquelle les traducteurs mettent en valeur des phrases du même genre (*The Brothers Karamazov* translated by Richard Pevear and Larissa Volokhonsky, New York, Vintage Classics, sept. 1991).
** Sans qu'il soit possible ici de développer cette idée, on notera qu'un certain nombre de motifs idéologiques énoncés par Dostoïevski sont aussi placés dans la bouche de Lebedev, et pas seulement dans celle du prince Mychkine. A croire que, là encore, l'important n'était pas de savoir si l'on avait raison d'affirmer telle ou telle chose, mais, simplement, de juxtaposer ce qui ne peut pas l'être, des points de vue contraires – et de ne pas trancher.
*** Les deux crises d'épilepsie décrites dans le roman sont liées explicitement à l'image de Rogojine, ce qui laisse à penser, et surtout aux yeux du prince, que son "frère" peut n'être que la projection d'une de ses voix intérieures, de son chaos enfoui.

produisent un flottement d'une douleur extrême, puis, d'un seul coup, une explosion qui ouvre sur une harmonie extraordinaire, *insupportable*, puis s'achève, une seconde plus tard, sur une chute dans le néant.

Ce schéma en trois phases inégales se retrouve partout dans le roman : il est celui de la composition des quatre livres de *l'Idiot*, et de chacune des quatre ou cinq scènes qui les composent (une longue préparation, une accumulation de faits ou d'arguments, ou de personnages, une explosion, un arrêt brusque dans la trame narrative, puis un passage à autre chose). Il est la représentation des personnages, surtout de Nastassia Filippovna, qui passe sans arrêt de crise en crise, de Rogojine au prince, avec le même élan de passion suicidaire. Il est aussi l'image de la peine de mort, telle qu'elle est décrite, deux fois de suite, par le prince Mychkine au début du livre 1. Il est l'image même d'une des oppositions fondamentales de *l'Idiot*, celle de la durée et de l'instant : l'épilepsie, ou les moments pendant lesquels l'émotion est la plus forte, abolit d'un seul coup le temps normal, fait vivre dans un instant perpétuel, fait s'accomplir la parole de l'Apocalypse sur *le temps qui n'existera plus*.

L'Idiot devient une méditation mystique sur la façon dont Dieu peut apparaître aux hommes, sur la façon dont "la beauté peut retourner le monde" (le sauver et le perdre) – par fulgurances insupportables.

Le prince Mychkine est, bien sûr, une image du Christ, mais que provoque l'apparition du Christ dans le monde moderne ? Le prince, d'une façon ou d'une autre, déclenche toutes les catastrophes. Il est trop bon, trop parfait. Et qu'est-ce que la bonté, dans ces conditions-là ? Lebedev ou Rogojine lui expliquent que Nastassia Filippovna le recherche et le fuit parce qu'elle l'aime trop fort, et le craint encore plus que Rogojine.

L'épilepsie est aussi et – pour le traducteur – surtout l'image de la langue de Dostoïevski.

Traduire *l'Idiot*, c'est vivre, pendant un an, dans une tension incessante, avec une respiration particulière : jamais à pleins poumons, toujours à reprendre son souffle, toujours en haletant, à tenir cet élan indescriptible qui fait de presque chaque mouvement de la pensée, de chaque paragraphe, voire de chaque phrase, une longue montée, une explosion et une descente brusque ; et jamais de repos, pendant plus de mille pages ; c'est faire attention aux virgules, aux points-virgules – parce qu'ils donnent cette respiration ; c'est respecter l'ordre des compléments – généralement accumulés en dépit du bon sens –, respecter les incises, et, plus que tout, garder toujours en même temps deux éléments contraires : d'une part, la vitesse, l'emportement ; de l'autre, l'ironie qui détourne, pourrait-on croire, le mouvement, mais qui n'est là, en fait, que pour le rendre plus exigeant et plus incontrôlable, encore plus *cruel*.

Jamais encore auparavant l'image physique d'un auteur écrivant son roman ne m'avait tant suivi (oui, là encore, les yeux de Rogojine…). Tous les matins, me mettant au travail, avec une sorte de bonheur terrorisé, je le voyais paraître devant moi et je me demandais : "Mais comment donc un homme peut-il écrire *cela* ?"

Si le lecteur, en refermant cette version, ressent un peu de ma stupeur et de mon épuisement, j'aurai peut-être transmis quelque chose de vrai.

A. M.

LIVRE 1

I

A la fin du mois de novembre, par un redoux, sur les neuf heures du matin, le train de la ligne de chemin de fer Petersbourg-Varsovie fonçait à toute vapeur vers Petersbourg. L'humidité, la brume étaient si denses que le jour avait eu du mal à se lever ; à dix pas, à gauche et à droite des rails, on avait peine à distinguer même quoi que ce fût par les fenêtres du wagon. Parmi les passagers se trouvaient aussi des gens qui rentraient de l'étranger ; mais les compartiments les plus remplis étaient ceux de troisième, et par des gens modestes et pressés, venant de pas très loin. Tous, comme il se doit, étaient fourbus, tous avaient les yeux lourds après la nuit, tous avaient grelotté jusqu'à la moelle, tous les visages étaient jaune pâle, pour répondre au brouillard.

Dans un des wagons de troisième, dès l'aube, deux passagers s'étaient retrouvés face à face, près de la fenêtre – tous deux des hommes jeunes, tous deux quasiment sans bagages, tous deux habillés sans recherche, tous deux assez remarquablement typés et qui, tous deux, avaient finalement éprouvé le désir d'engager la conversation l'un avec l'autre. S'ils avaient su tous deux qui étaient l'un et l'autre, et ce qui les rendait si remarquables à cet instant, ils auraient eu de quoi s'étonner, bien sûr, de ce que le hasard les eût placés si étrangement l'un en face de l'autre dans ce wagon de troisième de la ligne Petersbourg-Varsovie. L'un d'eux était plus petit que la moyenne, âgé d'à peu près vingt-sept ans, les cheveux frisés et presque noirs, les yeux gris et étroits mais incandescents. Son nez était large et aplati ; ses pommettes, saillantes ; ses lèvres fines dessinaient sans cesse une sorte de sourire insolent, railleur et même méchant ; mais son front était haut et bien formé et rachetait la partie inférieure de son visage, développée d'une façon si ingrate. Mais le plus remarquable dans ce visage était cette pâleur mortelle qui conférait à toute la personne du jeune homme un air d'épuisement malgré une complexion assez solide et, en même temps, quelque chose de passionné, de passionné à en souffrir, qui contrastait avec le sourire insolent et grossier de son regard brutal et satisfait. Il était chaudement vêtu, d'une large touloupe doublée de mouton noir, et n'avait pas eu froid durant la nuit tandis que son voisin s'était trouvé contraint de supporter sur son échine transie toute la caresse d'une nuit humide de novembre russe, une caresse à laquelle, visiblement, il ne s'attendait pas. L'imperméable qu'il portait était épais et assez large, sans manches et muni d'un énorme capuchon, exactement celui que les routiers utilisent souvent, l'hiver, très loin à l'étranger, en Suisse ou, par exemple, au nord de l'Italie, des routiers qui, à l'évidence, ne comptent pas faire des parcours pareils à ceux qui mènent d'Eydtkuhnen à Petersbourg. Ce qui convenait et suffisait pleinement en Italie se révélait en Russie un peu moins efficace. Le propriétaire de l'imperméable au capuchon était un homme jeune, lui aussi âgé de vingt-six ou vingt-sept ans, un peu plus grand que la moyenne, très blond, les cheveux très fournis, les joues creuses et une petite barbiche légère, tout en pointe, presque totalement blanche. Ses yeux étaient grands, bleus, attentifs ; on lisait dans leur regard quelque chose de doux mais de pesant, quelque chose qui était empreint de cette expression bizarre qui permet à certains de deviner dans un sujet, et au premier coup d'œil, l'épilepsie. Le visage du jeune homme était cependant agréable, fin et sec, mais sans couleur – et à présent, même, bleui par le froid. Un maigre baluchon, fait d'un vieux foulard déteint qui contenait, sans doute, tout son état de voyageur, ballottait dans ses mains. Quant aux souliers, c'étaient des souliers à grosses semelles, avec des guêtres – bref, rien de russe. Le voisin aux cheveux noirs dans sa touloupe doublée avait observé tout cela, un peu pour passer le temps, et il finit par lui poser une question, avec cette raillerie indélicate par laquelle s'exprime parfois d'une manière si brutale et si indifférente le plaisir des humains devant les déboires de leurs frères :

— Pas chaud, hein ?

Et il s'ébroua.

— Oh non, répondit le voisin avec une promptitude extrême, et notez bien que c'est le redoux. Qu'est-ce que ce serait s'il gelait ? Je ne pensais même plus qu'il faisait si froid, chez nous. J'avais oublié.

— De l'étranger, sans doute ?

— Oui, de Suisse.

— Fff ! La trotte que ça vous fait !

Le noiraud émit un sifflement et éclata de rire.

Une conversation se lia. La promptitude avec laquelle le jeune homme blond à l'imperméable suisse répondait aux questions de son voisin noiraud était très surprenante, et sans aucun soupçon sur le caractère indifférent, déplacé ou oiseux de certaines d'entre elles. Dans ses réponses, il déclara, entre autres, que non, il n'avait plus vécu en Russie depuis longtemps, plus de quatre ans, on l'avait envoyé à l'étranger à cause d'une maladie, un genre de maladie nerveuse étrange, comme l'épilepsie ou la danse de Saint-Guy, des sortes de tremblements, de convulsions. En l'écoutant, le noiraud sourit en coin plus d'une fois ; ce qui le fit surtout rire, c'est quand, à sa question : "Et alors, ils vous ont guéri ?" le blond lui répondit : "Non, pas du tout."

— Bah ! Tout l'argent, je parie, que vous leur avez donné pour rien ! Et nous, ici, on leur fait tous confiance, remarqua méchamment le noiraud.

— La vérité toute nue ! fit, se mêlant à la conversation, un monsieur mal vêtu assis à côté d'eux, le genre de fonctionnaire ratatiné dans son rang de sous-scribe, âgé d'une quarantaine d'années, de forte complexion, le nez rouge et le visage bourgeonné. La vérité toute nue, messieurs, ils nous sucent pour rien toutes nos forces russes !

— Oh, comme vous faites erreur en ce qui me concerne, reprit le patient suisse d'une voix douce et conciliante, bien sûr, j'aurais du mal à répliquer, parce que je ne sais pas tout, mais mon docteur m'a même payé le voyage de ses derniers sous et, pendant deux ans, chez lui, il m'a gardé pour rien.

— Ah bon, il n'y avait plus personne pour payer, sans doute ? demanda le noiraud.

— Non ; M. Pavlichtchev, qui m'entretenait là-bas, est mort il y a deux ans ; après, j'ai écrit à la générale Epantchina, une parente lointaine, mais je n'ai pas reçu de réponse. C'est comme ça que je rentre.

— Mais vous rentrez où, alors ?

— C'est-à-dire, où je m'arrête ? Oh, je ne sais pas encore, vous savez… comme ça…

— Vous n'êtes pas encore fixé ?

Et les deux auditeurs éclatèrent à nouveau de rire.

— Votre baluchon, je parie, vous avez mis dedans toute votre dot ? demanda le noiraud.

— Ma main à couper que oui, reprit le fonctionnaire au nez rouge avec un air des plus contents, et rien d'autre ne suit dans les wagons à bagages, même si pauvreté n'est pas vice, ce qu'on est forcé aussi de faire remarquer.

Il s'avéra que cela aussi était exact : le jeune homme blond l'avoua à l'instant même, avec une promptitude extraordinaire.

— Votre baluchon, il a quand même une certaine importance, poursuivit le fonctionnaire quand ils eurent ri tout leur soûl (il est à remarquer que le propriétaire du baluchon se mit à rire à son tour en les regardant, ce qui accrut encore leur gaieté), et même si l'on peut jurer qu'il ne contient pas des rouleaux de monnaies étrangères, genre napoléons d'or, frédérics d'or ou ducats de Hollande, ce que permettent aussi de conclure ces guêtres qui recouvrent vos souliers européens mais... si l'on rajoute en plus à votre baluchon une parente comme, disons, la générale Epantchina, alors ce baluchon prendra un sens quelque peu différent, seulement dans le cas où, bien sûr, la générale Epantchina est réellement votre parente et où vous ne faites pas erreur, par distraction... laquelle est tout à fait le propre d'un homme qui souffre, enfin... d'un trop-plein d'imagination.

— Oh, vous avez encore deviné, reprit le jeune homme blond, parce que c'est vrai que je fais presque erreur, c'est-à-dire qu'elle n'est presque pas une parente ; au point, même, que, je vous jure, je n'ai pas été surpris, sur le moment, quand je n'ai pas reçu de réponse. Je m'y attendais.

— Bref, vous avez perdu l'argent du timbre... Hum... Du moins, vous êtes simple et sincère, ce qui est fort louable ! Hum... Quant au général Epantchine, nous le connaissons, n'est-ce pas, en fait, car c'est un homme que tout le monde connaît ; et feu M. Pavlichtchev, qui vous entretenait en Suisse, là aussi, n'est-ce pas, nous le connaissions, si seulement il s'agit bien de Nikolaï Andreevitch Pavlichtchev, parce qu'ils étaient cousins. Le second, il vit toujours en Crimée, quant à Nikolaï Andreevitch, qui est décédé, c'était un homme respecté, et qui avait le bras long, n'est-ce pas, et, en son temps, quatre mille âmes…

— Absolument, il s'appelait bien Nikolaï Andreevitch Pavlichtchev, et, lui ayant répondu, le jeune homme posa un regard attentif et curieux sur ce monsieur "je-sais-tout".

Ces messieurs "je-sais-tout", on les rencontre parfois, et même assez souvent, dans une certaine couche de la société. Ils savent tout, toute la curiosité inquiète de leur esprit, toutes leurs capacités sont dirigées dans une seule direction, en l'absence, évidemment, d'autres intérêts et de points de vue plus graves sur la vie, comme aurait dit un penseur de notre temps. Sous l'expression "je sais tout", il faut, du reste, comprendre un domaine assez restreint ; quel poste occupe un tel, qui fréquente-t-il, à combien se monte sa fortune, dans quelle ville a-t-il été en poste comme gouverneur, avec qui s'est-il marié, combien a-t-il pris pour dot, qui est son cousin, et son cousin germain, etc., et ainsi de suite dans le même genre. La plupart de ces "je-sais-tout" marchent les coudes élimés et touchent des salaires de dix-sept roubles par mois. Les gens dont ils savent absolument tout n'arriveraient jamais à comprendre quels intérêts peuvent les diriger, alors qu'ils sont nombreux, ceux pour lesquels ces connaissances, qui tendent quasiment à devenir une science, forment une positive consolation, et même une sorte de suprême satisfaction morale. Et puis, elle est bien attirante, cette science. J'ai connu des savants, des hommes de lettres, des poètes, des hommes politiques qui acquéraient ou qui avaient acquis dans cette science leurs satisfactions et leurs buts les plus hauts, et qui, même, ne devaient leur carrière qu'à elle seule. Pendant toute cette conversation, le jeune homme noiraud bâillait, regardait d'un air absent par la fenêtre et attendait avec impatience la fin du voyage. Il était comme distrait, même extrêmement distrait, tout juste s'il n'était pas inquiet, s'il ne devenait pas comme un petit peu étrange : il pouvait écouter sans écouter, regarder sans regarder, rire et ne pas savoir, ne pas comprendre lui-même, parfois, pourquoi il était en train de rire.

— Mais, permettez, à qui ai-je l'honneur ?… fit soudain le monsieur bourgeonnant, s'adressant au jeune homme blond au baluchon.

— Prince Lev Nikolaevitch Mychkine, répondit celui-ci, avec une promptitude complète et immédiate.

— Prince Mychkine ? Lev Nikolaevitch ? Je ne connais pas, n'est-ce pas. Et même, n'est-ce pas, même jamais entendu parler, répondit le fonctionnaire pensif, c'est-à-dire, pas le nom – le nom, c'est un nom historique, on peut et on doit le trouver dans l'*Histoire* de Karamzine, mais la personne, n'est-ce pas, et puis, les princes Mychkine, ça ne se trouve plus guère, et plus personne, n'est-ce pas, ne parle d'eux.

— Oh, mais, bien sûr ! répondit tout de suite le prince, les princes Mychkine, ils ont tous disparu, à présent, sauf moi ; il me semble que je suis le dernier. Et pour ce qui est de mes pères et grands-pères, il y en avait même qui n'étaient que des petits nobles fermiers*. Mon père, remarquez, il était sous-lieutenant d'active, issu des

---

* Nobles qui possédaient non un village mais une simple ferme. *(N.d.T.)*

cadets. Et puis, tenez, je ne sais pas comment, mais la générale Epantchina s'est avérée être née princesse Mychkina, elle aussi, et elle aussi dernière de son genre...

— Hé hé hé ! dernière de son genre ! Hé hé ! comme vous tournez ça ! ricana le fonctionnaire.

Le noiraud émit aussi un ricanement. Le blond fut un peu étonné d'avoir réussi à sortir un jeu de mots, assez faible, d'ailleurs.

— Imaginez que j'ai dit cela sans y penser du tout, finit-il par expliquer dans sa surprise.

— J'imagine bien, n'est-ce pas, j'imagine bien, renchérit avec joie le fonctionnaire.

— Et vous, prince, alors, vous avez même appris les sciences, chez votre professeur ? demanda soudain le noiraud.

— Oui... je faisais des études...

— Bah moi, j'ai jamais fait aucune étude.

— Mais, vous savez, c'était juste comme ça, par hasard, ajouta le prince, presque pour s'excuser. Avec ma maladie, on ne m'a jamais trouvé capable de faire des études suivies.

— Les Rogojine, vous connaissez ? demanda brutalement le noiraud.

— Non, pas du tout. Je connais si peu de monde, vous savez, en Russie... Ce serait vous, Rogojine ?

— Oui, c'est moi Rogojine, Parfione.

— Parfione ? Mais, vous ne seriez pas de ces fameux Rogojine ? fit, voulant intervenir, le fonctionnaire avec une déférence soulignée.

— Oui, oui, de ces fameux-là, le coupa avec une rapidité et une impatience brutales le noiraud, lequel, du reste, ne s'était pas adressé une seule fois au fonctionnaire bourgeonnant et ne parlait depuis le début qu'au prince, et à lui seul.

— Oui… mais, comment ça ? fit, littéralement saisi, le fonctionnaire dont les yeux faillirent sortir de leur orbite – et son visage exprima séance tenante quelque chose de révérant et de soumis, de paniqué même. De ce fameux Semione Parfionovitch Rogojine, citoyen d'honneur à titre héréditaire, lequel a rendu l'âme voici un mois et a laissé un capital de deux millions et demi ?

— Et toi, où tu l'as pris, qu'il a laissé deux millions et demi de capital net ? le coupa le noiraud, sans même juger le fonctionnaire digne d'un seul regard. T'as vu, hein ? fit-il, clignant de l'œil au prince, en quoi ça les regarde – en rien, mais ils vous collent aux basques, tout de suite, et ils font les lèche-bottes ! Le fait est que j'ai mon père qui a rendu l'âme, et moi, un mois plus tard, je rentre de Pskov, tout juste si je rentre pas pieds nus. Ni mon frère, le fumier, ni ma mère, ils m'ont rien envoyé – pas d'argent, pas de nouvelles ! Comme un chien ! J'ai passé tout un mois à Pskov, une fièvre de cheval.

— Oui, mais, maintenant, il vous reste juste à percevoir un petit million, et un peu plus, d'un coup, et ça – au bas mot, Seigneur Jésus ! fit le fonctionnaire, levant les bras au ciel.

— De quoi je me mêle, non mais, dites-moi, je vous le demande ! reprit Rogojine, hochant une fois encore la tête dans sa direction d'un air agacé et haineux. Tu sais toi-même que je te donnerai rien, tu aurais beau marcher devant moi les jambes en l'air.

— Mais si tu veux, mais oui, les jambes en l'air.

— T'as vu ça ! Mais je te donnerai rien, mais rien, tu peux danser toute la semaine !

— Mais donne rien ! C'est tout ce que je mérite ; donne rien ! N'empêche, je danse. Ma femme, mes petits bambins, je les laisse tomber, et je danse devant toi. Flattons ! Flattons !

— Va te faire…, fit le noiraud, se détournant. Il y a cinq semaines, moi, j'étais comme vous, dit-il au prince, j'ai fichu le camp de chez mon père, avec un baluchon, jusqu'à Pskov, chez une tante ; là, j'ai pris la fièvre et je suis resté au lit, et lui, sans moi, il casse sa pipe. Une attaque. Dieu ait son âme, à mon défunt, sinon, moi, sur le coup, c'est sûr qu'il a failli me tuer ! Vous me croirez, prince, je vous jure ! J'aurais pas mis les voiles, il m'aurait tué.

— Vous l'aviez donc fâché ? lui répondit le prince qui regardait avec une sorte d'attention soulignée ce millionnaire en touloupe. Mais, quoiqu'il y eût réellement un côté remarquable dans le million en tant que tel et dans cet héritage, le prince fut aussi étonné, intéressé par autre chose : Rogojine, quant à lui, pour une raison obscure, avait choisi le prince comme interlocuteur même si, on pouvait le croire, son besoin d'interlocuteur était plus mécanique que moral ; comme plus par distraction que par élan ; par inquiétude, par agitation, juste pour regarder quelqu'un, avoir juste de quoi faire tourner sa langue. Il avait l'air d'être toujours brûlant de fièvre, du moins toujours fiévreux. Quant au fonctionnaire, il se retrouvait littéralement pendu à Rogojine, n'osant plus respirer, il saisissait au vol et soupesait chacune de ses paroles, comme s'il comptait y trouver un diamant.

— Fâché, ça, c'est sûr qu'il s'est fâché, et il avait de quoi, peut-être, répondit Rogojine, n'empêche, c'est mon frère, surtout, qui m'a mis en rage. Ma mère, rien à dire d'elle, elle lit les almanachs, elle passe son temps avec les vieilles, et ce que Senka, mon frère, il lui dit, c'est ça qu'elle fait. Et pourquoi il m'a pas prévenu sur le coup ? Mais voyons ! C'est vrai, j'étais en plein délire. Ils ont envoyé un télégramme, à ce qu'il paraît. Mais le télégramme, c'est ma brave tante qui l'a reçu. Et elle, ça fait trente ans qu'elle est veuve, qu'elle vit avec les fols-en-Christ, du matin jusqu'au soir. Une nonne pas même nonne, pire. Mon télégramme, il lui a fait une de ces frousses, elle l'a jamais ouvert, elle l'a tout de suite porté à la police, où il m'attend toujours. Encore heureux, Konev, Vassili Vassilitch, qui m'a sauvé, il m'a écrit, tout raconté. Mon frère, en pleine nuit, il a coupé les glands d'or sur le voile de brocart du tombeau de mon père : "Ça coûte les yeux de la tête", n'est-ce pas. Mais lui, rien que pour ça, si je veux, je l'envoie en Sibérie, vu que c'est un sacrilège. Eh, toi, l'épouvantail ! fit-il au fonctionnaire. C'est quoi, aux yeux de la loi ? Un sacrilège, hein ?

— Je pense bien ! un sacrilège ! un sacrilège ! confirma sur-le-champ le fonctionnaire.

— Ça vaut la Sibérie ?

— Je pense bien ! La Sibérie ! La Sibérie ! Et au pas de charge !

— Ils pensent tous que je suis encore malade, poursuivit Rogojine en s'adressant au prince, et moi, sans prévenir, tout doux, encore malade, je prends le train, et me voilà : ouvre le portail, frérot, Semione Semionovitch ! Il me cassait du sucre sur le dos, avec mon défunt père, je sais bien. Mais c'est par Nastassia Filippovna que j'ai mis mon père en rage, ça, c'est la vérité. Je suis seul coupable. Le péché qui m'a poussé.

— Par Nastassia Filippovna ? murmura obséquieusement le fonctionnaire, qui semblait réfléchir.

— Mais tu connais pas ! lui cria Rogojine avec impatience.

— Eh si, je connais ! répondit triomphalement le fonctionnaire.

— Ça alors ! Mais c'est pas ça qui manque, les Nastassia Filippovna ! Non mais, dites-moi, elle s'en permet, la créature ! Eh bien, je savais, une créature, comme ça, dans ce genre, elle m'agripperait tout de suite ! poursuivit-il, se tournant vers le prince.

— Mais si, je la connais, très cher monsieur ! débitait le fonctionnaire qui s'agitait. Il connaît, Lebedev ! Bon, Votre Clarté, il lui a plu de me faire des reproches, mais si je le prouve ? Que cette même Nastassia Filippovna grâce à laquelle votre papa aura souhaité vous faire tâter de son bâton de bois dur, est Nastassia Filippovna, elle s'appelle Barachkova, pour ainsi dire, même, une grande dame, et même, dans son genre, une princesse, elle fréquente un dénommé Totski, Afanassi Ivanovitch, et lui seul, propriétaire foncier et archicapitaliste, actionnaire de compagnies et de sociétés, et menant à ce propos une grande amitié avec le général Epantchine…

— Bah toi alors ! s'exclama Rogojine qui finit par être réellement étonné. Mince, nom d'un chien, mais c'est vrai qu'il sait tout.

— Il sait tout ! Il sait tout, Lebedev ! Moi, Votre Clarté, j'ai passé tout un mois avec le petit Alexeï Likhatchov, lui aussi après la mort de son papa, c'est-à-dire que je connais tous les coins, tous les recoins – toujours là, c'est-à-dire, Lebedev, avec lui. A cette heure, il fait de la présence, à la section des dettes*, mais, à l'époque, j'ai pu connaître tout le monde, Armance, et Coralie, et la princesse Patskaïa, et Nastassia Filippovna, plein de gens j'ai pu connaître.

— Nastassia Filippovna ? Elle est avec Likhatchov, alors ?… demanda Rogojine en lui lançant un regard de haine ; même ses lèvres pâlirent et se mirent à trembler.

— Oh non ! Oh que non ! Oh mais pas le moins du monde ! reprit le fonctionnaire qui accéléra encore plus.

* La prison. *(N.d.T.)*

Likhatchov, avec tout l'or du monde, il a pas même eu ça ! Rien que Totski. Et le soir, au Bolchoï ou au Théâtre français, elle a sa loge à elle. Les officiers, entre eux, là-bas, Dieu sait ce qu'ils peuvent se dire, mais pas moyen d'avoir une preuve : "voilà, n'est-ce pas, c'est la fameuse Nastassia Filippovna", c'est tout ; et pour ce qui est de la suite – rien ! Parce qu'il n'y en a pas, de suite.

— Oui, c'est comme ça, confirma Rogojine d'un air lugubre et renfrogné, et Zaliojev m'a bien dit la même chose. A ce moment-là, moi, prince, je traversais le Nevski, au petit trot, j'avais une redingote que mon père avait achetée il y a trois ans, et elle, elle sortait d'un magasin, elle remontait dans son carrosse. Moi, là, ça m'a brûlé, mais d'un seul coup. Je tombe sur Zaliojev, pas un gars de mon monde, mis comme un garçon coiffeur, le monocle à l'œil, et nous, chez le paternel, c'était les vieilles bottes, et maigre tous les jours. Celle-là, il me dit, c'est pas ton monde ; celle-là, il me dit, c'est une princesse, elle s'appelle Nastassia Filippovna, Barachkova, de son nom de famille, elle vit avec Totski, et Totski, il sait pas comment se défaire d'elle, parce qu'il arrive à l'âge, maintenant, tout ce qu'il y a de plus sérieux, cinquante-cinq ans, et il cherche à se marier avec la plus grande beauté qu'on trouve à Petersbourg. Et il me dit, avec ça, que Nastassia Filippovna, le soir même, je pouvais la voir au théâtre Bolchoï, à un ballet, dans sa loge personnelle, une baignoire, elle y serait. Chez moi, chez le paternel, essaie un peu de demander d'aller voir un ballet – une seule réponse, il te tue ! Moi, malgré ça, en douce, je cours y passer une heure, j'ai pu revoir Nastassia Filippovna ; j'ai pas dormi de la nuit. Le matin, le défunt me tend deux billets à cinq pour cent, cinq mille chaque, va me les vendre, il me dit, et porte sept mille cinq au comptoir d'Andreev, pour le payer, et ce qui te reste sur les dix mille, tu reviens directement, tu me le rapportes ; je t'attendrai. Les billets, je les vends, je prends l'argent, mais j'oublie le comptoir d'Andreev, je file, j'avais plus que ça en tête, chez les Anglais, et là, je claque le tout pour une paire de pendants d'oreilles, un petit diamant dans chaque, comme une paire de noisettes, comme ça, un peu, il manquait quatre cents roubles, je dis mon nom, ils me croient. Avec mes pendants d'oreilles, je cours chez Zaliojev : voilà, mon vieux, c'est ça et ça, on va chez Nastassia Filippovna. On y va, donc. Ce que j'avais sous les pieds, à ce moment-là, ou devant moi, ou bien sur les côtés – moi – pas idée, pas souvenir. On se retrouve en plein milieu de son salon, c'est elle qui vient à notre rencontre. Sur le coup, je lui ai pas dit mon nom, que c'était moi que j'étais ; juste "n'est-ce pas, de la part de Parfione Rogojine, il lui dit, Zaliojev, en souvenir de votre rencontre d'hier ; si vous daignez accepter". Elle l'ouvre, elle regarde, elle fait un petit rire en coin : "Remerciez, elle répond, votre ami Rogojine pour son aimable attention", elle salue et elle sort. Non mais pourquoi je suis pas mort sur place ?! Bah, même si j'y suis allé, c'est que je me disais : "De toute façon, je suis mort !" Et puis, le plus vexant, ce qui m'a semblé, c'est que cette canaille de Zaliojev s'était tout pris pour lui. Moi, je suis pas bien haut, je suis mis comme un moujik, et je reste là, je la fixe des yeux, et donc j'ai honte, et lui, toute la mode, la pommade, les frisettes, fringant et tout et tout, la cravate à carreaux, toutes les courbettes qu'il fait, toutes ces révérences, et je parie bien que c'est lui qu'elle aura pris pour moi ! "Bon, maintenant, je dis, quand on est ressortis, même d'y repenser, à ça, évite, tu comprends ?" Il rigole : "Et maintenant, qu'est-ce que tu vas répondre à Semione Semionytch ?" Moi, c'est vrai, sur le coup, j'étais bien près de me jeter à l'eau, sans même rentrer chez moi, mais je me dis : "Bah, de toute façon, maintenant…" – et je rentre, comme un damné.

— Oh ! Ah ! criait le fonctionnaire en se tordant – il était même pris de frissons. Mais le défunt, je ne dis pas pour dix mille, c'est pour dix petits roubles qu'il vous raccourcissait, ajouta-t-il à l'intention du prince. Le prince regardait Rogojine avec curiosité ; il semblait que celui-ci avait encore pâli à cet instant.

— "Raccourcissait" !… répéta Rogojine. Qu'est-ce que t'en sais ? Tout de suite, poursuivit-il pour le prince, il était au courant, et Zaliojev était parti le crier sur les toits. Mon père, il me prend, il m'enferme au grenier, il me fait sa morale pendant une bonne heure. "Et ça, il me dit, c'est juste pour te préparer, sinon, je passerai encore ce soir pour te dire bonne nuit." Qu'est-ce que tu crois ? Le vieux, il est parti chez Nastassia Filippovna, s'incliner jusqu'à terre, la supplier, verser des larmes ; elle a fini par lui sortir l'écrin, elle le lui a jeté : "Tiens, elle lui dit, vieille barbe, les voilà, tes pendants d'oreilles, maintenant, pour moi, ils valent dix fois plus cher, si Parfione les a pris sous une telle menace. Transmets-lui mon salut, elle lui dit, et remercie Parfione Semionytch." Bon, et moi, pendant ce temps, avec la bénédiction de maman, j'ai pris vingt roubles chez Seriojka Protouchine, et je suis parti à Pskov, en train, j'étais malade en arrivant ; là-bas, les vieilles, elles ont voulu me guérir avec les vies de saints – moi, cuité –, et puis, après, avec mes derniers sous, j'ai fait la tournée des tavernes, je suis resté affalé, tournant de l'œil, toute la nuit, avec la fièvre, le matin, et, pendant ce temps-là, la nuit, les chiens qui m'ont presque bouffé. Tout juste si je m'en suis sorti.

— Eh eh, eh eh, elle va nous changer de chanson, maintenant, Nastassia Filippovna ! ricanait le fonctionnaire en se frottant les mains. Maintenant, n'est-ce pas, quoi – les pendants d'oreilles ? Maintenant, c'est de ces pendants d'oreilles qu'on donnera…

— Si tu dis un seul mot sur Nastassia Filippovna, tiens, juré, le fouet, comme si t'étais de la bande à Likhatchov, s'exclama Rogojine, en lui serrant le bras de toutes ses forces.

— Si tu me donnes le fouet, c'est que tu ne me chasses pas ! Vas-y ! Tu me fouettes, donc tu laisses ta marque… Mais, tenez, on arrive !

C'était vrai : le train entrait en gare. Même si Rogojine avait dit qu'il était parti en cachette, plusieurs personnes l'attendaient déjà. Les gens criaient et agitaient leurs chapeaux.

— Bah tiens, même Zaliojev ! murmura Rogojine en les regardant avec un sourire de triomphe sinon presque de haine ; il se retourna brusquement vers le prince. Prince, je sais pas pourquoi je t'ai aimé tout de suite. Peut-être c'est que je t'ai rencontré à un moment pareil, mais lui aussi (il montra Lebedev), je l'ai rencontré, et lui, je l'aime pas. Viens me voir chez moi, prince. Tes petites guêtres, là, on va te les enlever, je te mettrai une pelisse de zibeline, du premier choix, je te ferai faire un frac, du premier choix, avec un gilet blanc, ou quelle couleur tu veux, je te bourrerai d'argent plein les poches, et… on ira voir Nastassia Filippovna ! Tu viendras, oui ou non ?

— Ecoutez-le, prince Lev Nikolaevitch ! reprit avec une insistance triomphante Lebedev. Oh, ne ratez pas ça ! Oh, ne ratez pas ça !…

Le prince Mychkine se leva, tendit poliment la main à Rogojine et lui répondit aimablement :

— C'est avec le plus grand plaisir que je viendrai, et je vous remercie beaucoup de m'avoir aimé. Même, peut-être, je viendrai dès aujourd'hui, si j'ai le temps. Parce que, je vous le dis sincèrement, vous aussi, vous m'avez beaucoup plu, surtout quand vous me racontiez les pendants d'oreilles en diamant. Vous m'aviez déjà plu avant même les pendants d'oreilles, bien que vous ayez un visage très sombre. Je vous remercie aussi pour les habits et la pelisse que vous me promettez, parce que c'est vrai que j'aurai bientôt besoin d'habits et d'une pelisse. Et, comme argent, à l'heure où je vous parle, je n'ai pour ainsi dire pas le sou.

— L'argent, il y en aura, il y en aura pour ce soir, arrive !

— Il y en aura, il y en aura, renchérit le fonctionnaire, dès ce soir, avant demain matin, il y en aura !

— Et pour ce qui est du sexe faible, vous, prince, vous êtes un grand amateur ? Dites-le-nous à l'avance !

— Moi ? N-n-n-oon ! Je… Vous ne savez pas, peut-être, mais j'ai cette maladie congénitale et je ne connais même pas du tout les femmes.

— Si c'est ça, s'exclama Rogojine, t'es un vrai fol-en-Christ, prince, Dieu aime les gens comme toi !

— Oui, le Seigneur Dieu les aime, renchérit Lebedev.

— Et toi, suis-moi, le scribe, dit Rogojine à Lebedev, et ils sortirent tous du wagon.

Lebedev avait fini par obtenir ce qu'il voulait. Bientôt, la bande chahutante s'éloigna vers la perspective Voznessenski. Le prince, lui, devait tourner sur la Liteï-naïa. Il faisait froid, humide ; le prince interrogea les passants ; il y avait bien trois verstes jusqu'au terme de sa route et il se résolut à prendre un fiacre.

II

Le général Epantchine habitait un immeuble qui lui appartenait, un petit peu à l'écart de la Liteïnaïa, près du
Sauveur de la Transfiguration. En plus de cet immeuble
(somptueux), dont les cinq sixièmes étaient réservés à
la location, le général Epantchine possédait aussi un
autre immeuble énorme sur la Sadovaïa, qui, à son tour,
lui rapportait des revenus considérables. En plus de ces
deux immeubles, il détenait, juste à côté de Petersbourg,
une importante, et très lucrative, propriété ; il possédait
encore, dans la région de Petersbourg, une usine quelconque. Jadis, le général Epantchine, comme chacun le
savait, avait participé aux rachats*. A présent, il partici-
pait, en y jouissant d'une voix fort décisive, à une série
de solides compagnies d'actionnaires. Il avait la réputation d'un homme "à plein" – plein d'argent, plein d'occupations, plein de relations. Il avait su se rendre ici et là
positivement indispensable, entre autres à son bureau.
Or on savait aussi qu'Ivan Fedorovitch Epantchine était
un homme sans instruction et qu'il était fils de soldat ;
cette dernière circonstance ne pouvait qu'être à son honneur, mais le général, quoique homme intelligent, n'était

---

* Droit cédé à des particuliers d'encaisser des remboursements d'em-
prunts d'Etat ou de participer aux bénéfices de monopoles d'Etat.
Ce droit fut aboli en 1863. *(N.d.T.)*

pas sans avoir non plus quelques petites faiblesses, tout à fait pardonnables, et détestait certaines allusions. Mais qu'il fût intelligent, et fort habile, cela restait indiscutable. Il avait, par exemple, pour système de ne pas se mettre en avant, de savoir disparaître au bon moment, et nombreux étaient ceux qui l'appréciaient justement pour sa simplicité, parce que, justement, il n'oubliait jamais qui il était. Pourtant, si ces juges avaient pu savoir ce qui se passait parfois dans le cœur d'Ivan Fedorovitch, qui n'oubliait jamais vraiment qui il était ! Même s'il était vrai qu'il possédait tant une pratique qu'une expérience des affaires de la vie, et même quelques capacités très remarquables, il aimait plutôt se montrer un brave exécutant de l'idée de quelqu'un que, comme on dit, une tête, paraître un homme "dévoué sans flatterie*", et – ô destinées du siècle !… – même paraître russe et homme de cœur. De ce dernier point de vue, il lui arriva d'ailleurs un certain nombre d'aventures plaisantes ; mais le général ne perdait pas courage, même dans les aventures les plus plaisantes ; en plus, il avait de la chance, même aux cartes, et il jouait vraiment gros jeu, et, même, il avait son idée derrière la tête quand non seulement il n'essayait pas de cacher cette petite, on aurait dit, faiblesse pour les cartes, faiblesse qui lui servait parfois, et même de nombreuses fois, d'une manière si substantielle, mais, au contraire, il l'exposait. Sa société était mêlée, mais constituée, de toute façon, bien sûr, rien que par des "as". Pourtant, tout demeurait devant lui, le temps pouvait attendre, il attendait encore, tout viendrait en temps et heure. Sans compter que, même pour ce qui est de l'âge, le général Epantchine était encore ce qui

* Devise du ministre d'Alexandre Ier, Araktcheev, célèbre pour sa cruauté envers les soldats et sa bassesse devant le tsar. *(N.d.T.)*

s'appelle dans sa fine fleur, c'est-à-dire qu'il avait cinquante-six ans, pas un de plus, ce qui, de toute façon, reste la fleur de l'âge, l'âge à partir duquel c'est pour de vrai que la vraie vie commence. La santé, le teint, les dents – solides, quoique noires –, la complexion massive, trapue, cette expression soucieuse du visage, le matin, en prenant le service, joyeuse le soir, aux cartes ou chez M. le ministre – tout concourait à ses succès présents et à venir, et tout venait semer de roses la vie de Son Excellence.

Le général possédait une famille florissante. Il est vrai que, là, les roses avaient quelques épines, mais il y avait aussi beaucoup de choses qui justifiaient que, depuis bien longtemps, les espérances capitales et les visées de Son Excellence eussent, avec gravité, et de toute son âme, toutes commencé à se concentrer dessus. Car, quoi ? Quelle grande visée peut être plus importante et plus sacrée que les visées d'un père ? A quoi donc s'attacher, sinon à la famille ? La famille du général consistait en son épouse et trois filles adultes. Le général s'était marié voici fort longtemps, encore au grade de lieutenant, avec une jeune fille qui avait presque son âge, ne possédait ni beauté ni instruction et pour laquelle il prit, en tout et pour tout, cinquante âmes de dot – lesquelles âmes, il est vrai, servirent de base à sa fortune. Mais le général ne s'était jamais plaint de son mariage précoce, il ne l'avait jamais analysé comme une foucade de la frivole jeunesse et il estimait si grandement son épouse, elle lui inspirait, en certaines circonstances, une frayeur si puissante – qu'il était même amoureux d'elle. La générale était issue d'une famille princière, les Mychkine, famille certes jamais brillante mais fort ancienne, et elle s'estimait fort d'avoir cette ascendance. Quelqu'un – un homme important de l'époque, un de ces protecteurs qui savent protéger sans que cela leur coûte un sou – avait accepté de prendre un intérêt dans le mariage de la jeune princesse. Il ouvrit la barrière à ce jeune officier, le poussa dans le jeu – or celui-ci n'avait même pas besoin qu'on le poussât, un seul regard lui suffisait – il savait comment faire ! A quelques rares exceptions, les époux avaient vécu en plein accord tout le temps de leur long hyménée. La générale, bien que très jeune encore, avait su se trouver, en tant que princesse et dernière de son genre – mais peut-être aussi par ses qualités personnelles –, un certain nombre de protectrices tout à fait haut placées. Par la suite, la richesse et l'importance du poste de son mari aidant, elle s'était mise à se sentir même un peu à sa place dans ces sphères les plus hautes.

Au cours de ces dernières années, les trois filles du général – Alexandra, Adelaïda et Aglaïa – avaient grandi, mûri en même temps. Il est vrai que, toutes les trois, elles n'étaient rien que des Epantchine, mais de race princière par leur maman, douées d'une dot non négligeable et d'un père prétendant, avec le temps, peut-être, à quelque poste tout à fait éminent, et, ce qui n'est pas non plus sans importance, elles étaient toutes trois remarquablement belles, y compris l'aînée, Alexandra, laquelle avait déjà ses vingt-cinq ans. La cadette en avait vingt-trois ; la benjamine, Aglaïa, venait juste de fêter ses vingt ans. Cette benjamine était même, quant à elle, et réellement, une beauté ; elle commençait à éveiller une attention soutenue dans le monde. Et ce n'était encore pas tout : toutes les trois se distinguaient par leur instruction, par leur intelligence et leurs talents. On le savait, elles vivaient dans une entente parfaite et elles se soutenaient les unes les autres. On parlait même d'on ne savait trop quels sacrifices des deux aînées en faveur de l'idole commune de la maison – la benjamine. Dans le monde, non seulement elles n'aimaient pas se mettre en valeur, mais, au contraire, elles étaient trop modestes. Personne ne pouvait leur reprocher d'avoir de l'arrogance, de la hauteur, or on savait très bien qu'elles avaient de l'orgueil, et qu'elles avaient conscience qu'elles n'étaient pas n'importe qui. L'aînée était musicienne, la cadette était un peintre remarquable ; cela, pourtant, durant de longues années, tout le monde l'avait ignoré – la chose ne s'était découverte que tout récemment, et encore – par hasard. Bref, on faisait à leur propos beaucoup, beaucoup de compliments. Mais elles avaient aussi leurs détracteurs. On évoquait avec effroi la quantité de livres qu'elles avaient lus. Pour le mariage, elles n'étaient pas pressées ; elles aimaient, certes, un certain cercle de la société mais, là encore, pas trop. Tout cela semblait d'autant plus remarquable que chacun connaissait les visées, le caractère, les buts et les désirs de leur papa.

Il était déjà près de onze heures lorsque le prince sonna à la porte du général. Le général habitait un premier étage, et occupait un espace aussi modeste que possible, quoique proportionnel à son importance. Un laquais en livrée ouvrit la porte au prince et il fallut à celui-ci de longues explications avec cet homme qui, dès la première seconde, avait jeté un regard soupçonneux sur sa personne, et sur son baluchon. A la fin, après une énième et invariable déclaration spécifiant qu'il était réellement le prince Mychkine et qu'il fallait absolument qu'il voie le général pour une affaire d'une importance vitale, l'homme éberlué le fit passer à côté, dans un petit vestibule devant la salle d'attente, près du bureau, et se débarrassa de lui en le confiant à un autre homme qui tenait son service chaque matin dans ce vestibule et annonçait les visiteurs au général. Ce deuxième homme était vêtu d'un frac, avait la quarantaine et une mine soucieuse ; il était le préposé spécial de ce bureau, l'huissier de Son Excellence : il savait donc qu'il n'était pas n'importe qui.

— Passez dans la salle d'attente, mais, le baluchon, laissez-le là, murmura-t-il, se rasseyant dans son fauteuil d'un mouvement lent et grave et jetant des coups d'œil étonnés sur le prince qui s'était installé, lui, juste à côté, sur une chaise, le baluchon sur les genoux.

— Si vous permettez, dit le prince, j'attendrai plutôt ici, à côté de vous ; qu'est-ce que je ferais, là-bas, tout seul ?

— Vous ne pouvez pas rester dans le vestibule, parce que vous êtes un visiteur, c'est-à-dire un invité. C'est pour le général en personne ?

Le serviteur, visiblement, ne pouvait pas se faire à l'idée de laisser entrer un visiteur pareil et s'était résolu à lui poser cette question une fois de plus.

— Oui, j'ai une affaire qui…, voulait lui expliquer le prince.

— Je ne vous demande pas la nature de cette affaire, mon affaire à moi n'est que de vous annoncer. Mais, sans le secrétaire, comme je l'ai dit, je ne vous annoncerai pas.

Les soupçons de cet homme semblaient grandir de seconde en seconde ; le prince entrait vraiment trop peu dans toutes les catégories normales de visiteurs, et même si le général devait assez souvent, pour ne pas dire tous les jours, recevoir, à heure fixe, et surtout pour affaires, des visiteurs parfois aussi différents que possible, malgré son habitude et ses instructions assez libérales, le chambellan se voyait plongé dans un grand embarras ; pour faire l'annonce, l'entremise du secrétaire était indispensable.

— Mais vous, euh… vous êtes… vraiment de l'étranger ? demanda-t-il enfin comme malgré lui, et il s'arrêta net ; il voulait demander, sans doute : "Mais vous êtes vraiment le prince Mychkine ?"

— Oui, je descends juste du train. Je crois que vous vouliez me demander si je suis vraiment le prince Mychkine ? Mais vous ne l'avez pas fait, par politesse.

— Hum, bougonna le serviteur surpris.

— Je vous assure que je ne vous ai pas menti, et que vous n'aurez pas à répondre de moi. Et si j'ai l'air que j'ai, et puis ce baluchon, c'est normal : pour l'instant, mes affaires battent plutôt de l'aile.

— Hum. Ce n'est pas de ça que j'ai peur, vous comprenez. Vous annoncer, c'est mon obligation, et le secrétaire doit venir vous chercher, à moins que vous… Et le hic, il est là, dans cet à moins que vous. Ce n'est pas par pauvreté, pour demander au général, que… Je prendrai sur moi de vous poser cette question, n'est-ce pas ?

— Oh non, vous pouvez en être absolument assuré. J'ai une affaire tout à fait différente.

— Vous m'excuserez, c'est à cause de votre air que je vous demande ça. Attendez le secrétaire ; il est occupé avec le colonel, pour le moment, et après, c'est un autre secrétaire qui viendra… celui de la compagnie.

— Donc, si l'attente doit durer un peu, je voudrais vous demander quelque chose ; il n'y a pas un endroit, ici, où je pourrais fumer ? J'ai ma pipe et mon tabac sur moi.

— Fu-mer ? fit le chambellan, levant les yeux sur lui avec une stupéfaction pleine de mépris, comme s'il avait mal entendu. Fumer ? Non, vous ne pouvez pas fumer ici, et, même, vous devriez rougir d'avoir eu cette idée… Eh… c'est fort, ça, voyez-vous !…

— Oh, mais ce n'est pas dans cette pièce que je vous le demandais ; je comprends ; je serais allé ailleurs, où vous m'auriez dit, parce que je suis habitué, et voilà trois heures que je n'ai pas fumé. Remarquez, c'est comme ça vous arrange, et, vous savez, il y a une expression : "A chaque couvent sa règle…"

— Mais comment je pourrais vous annoncer, comme vous êtes ? murmura, presque sans le vouloir, le chambellan. D'abord, ce n'est même pas ici que vous devriez être, mais dans la salle d'attente, car vous suivez la ligne des visiteurs, c'est-à-dire des invités, et moi, on me demandera des comptes… Et puis, dites, vous voulez, quoi, vous installer chez nous ? ajouta-t-il, lorgnant une fois encore ce baluchon du prince qui, à l'évidence, ne lui laissait pas l'esprit en repos.

— Non, je ne crois pas. Même s'ils m'invitaient, je ne resterais pas. Je suis juste venu faire connaissance, c'est tout.

— Comment, faire connaissance ? demanda le chambellan avec une surprise et des soupçons triplés. Mais vous venez de dire que c'était pour une affaire…

— Oh, mais il n'y a presque pas d'affaire. C'est-à-dire, si vous voulez, il y en a une, d'affaire, c'est-à-dire, c'est seulement pour demander conseil, mais c'est surtout pour me présenter, parce que je suis le prince Mychkine, et la générale Epantchina est, elle aussi, la dernière des princesses Mychkina, et, en dehors d'elle et de moi, il n'y a plus d'autre Mychkine.

— Parce que, vous êtes parents, en plus ? fit, s'ébrouant, le laquais, déjà presque entièrement en proie à la panique.

— Oh, mais presque pas. Remarquez, en forçant, bien sûr que nous sommes parents, mais tellement éloignés qu'on ne peut même pas le dire vraiment. De l'étranger déjà, j'ai écrit une lettre à la générale, mais elle ne m'a pas répondu. Malgré tout, j'ai cru qu'il était nécessaire d'entrer en relation dès mon retour. Je vous explique tout ça maintenant, c'est pour que vous soyez rassuré, parce que je vous vois toujours inquiet : annoncez le prince Mychkine, la raison de ma visite sera claire dans votre annonce même. S'ils me reçoivent – c'est bien ; s'ils ne me reçoivent pas – c'est bien aussi, peut-être, et même très bien. Mais je ne crois pas qu'ils puissent ne pas me recevoir ; la générale, c'est évident, je crois, voudra faire la connaissance de l'aîné, enfin, de l'unique représentant de son genre – elle y tient beaucoup, à son genre – j'ai entendu dire que c'était sûr.

On aurait pu croire que la conversation du prince était des plus simples ; mais plus elle était simple, plus, dans le cas présent, elle devenait incongrue, et le chambellan, doué de sa longue expérience, ne pouvait pas ne pas ressentir une chose, à savoir que ce qui était absolument naturel pour deux hommes était carrément inconvenant pour un visiteur et *l'homme* de service. Et comme *les gens* sont beaucoup plus profonds que ne le pensent d'habitude leurs maîtres, le chambellan se dit qu'il était en présence de deux hypothèses : soit le prince était, comme ça, un genre de pique-assiette, et il était venu demander l'aumône, soit le prince était tout bonnement simplet et n'avait pas d'amour-propre, parce qu'un prince intelligent qui aurait eu de l'amour-propre ne se serait jamais mis en tête de s'asseoir dans le vestibule et de raconter ses affaires à un laquais, et donc, si ça se trouvait, dans l'un comme dans l'autre cas, lui, il risquait de devoir en répondre.

— Et quand même, vous seriez mieux dans la salle d'attente, remarqua-t-il avec la plus grande insistance possible.

— Mais, si j'étais allé m'asseoir là-bas, je n'aurais pas pu vous expliquer tout ça, fit le prince, en éclatant d'un rire joyeux. Et, si ça se trouve, vous, vous seriez toujours inquiet en voyant mon imperméable et mon baluchon. Maintenant, peut-être, vous n'avez même plus besoin d'attendre le secrétaire, vous pouvez m'annoncer tout seul.

— Un visiteur comme vous, je ne peux pas l'annoncer sans le secrétaire, d'autant, surtout, que, tout à l'heure, Monsieur m'a donné l'ordre de ne le déranger pour personne, parce qu'il est avec le colonel – tandis que Gavrila Ardalionovitch, lui, il entre sans s'annoncer.

— Le fonctionnaire, vous voulez dire ?

— Gavrila Ardalionovitch ? Non. Il travaille à la compagnie, comme employé privé. Euh… le baluchon, posez-le là, au moins.

— Oui, c'est ce que je voulais faire ; si vous le permettez. Et, vous croyez, je pourrais enlever l'imperméable, tant que j'y suis ?

— Je pense bien, vous n'allez pas entrer chez Monsieur en imperméable, tout de même.

Le prince se leva, ôta précipitamment son imperméable, et resta en veston assez décent, bien coupé encore qu'assez usé. Une chaînette d'acier courait sur le gilet. Au bout de la chaînette, il découvrit une montre genevoise, en argent.

Le prince avait beau être simplet – le laquais l'avait maintenant établi –, malgré tout, lui, le chambellan du général, eut enfin l'impression qu'il était inconvenant de continuer de lui-même cette conversation avec ce visiteur, quoique, et sans qu'il sût trop pourquoi, le prince lui semblât sympathique, dans son genre, bien sûr. Pourtant, d'un autre point de vue, il éveillait en lui une franche et une violente indignation.

— Et la générale, elle reçoit quand ? demanda le prince, se rasseyant à son ancienne place.

— Ça, ce n'est pas mon affaire, monsieur. Madame, elle reçoit, c'est selon. La modiste, elle la verrait même à onze heures. Gavrila Ardalionovitch aussi, Madame le reçoit avant les autres, elle le reçoit même pour son petit déjeuner.

— Ici, vos pièces sont plus chaudes qu'à l'étranger, l'hiver, remarqua le prince, par contre, dehors, il fait plus chaud que chez nous, mais alors, dans ces maisons-là, les Russes, ils ont du mal à vivre, il faut qu'ils s'habituent.

— Il n'y a pas de chauffage ?

— Si, mais les maisons ne sont pas faites pareil, je veux dire les poêles et les fenêtres.

— Hum !… Et Monsieur y est resté longtemps, à l'étranger ?

— Oh, quatre ans. Remarquez, je suis presque toujours resté au même endroit, dans un village.

— Et ça déshabitue de chez nous ?

— Oh oui. Vous me croirez, je m'étonne moi-même comment je n'ai pas oublié le russe. Je vous parle, là, tenez, en ce moment, et je me dis, en moi-même : "Mais je parle très bien." C'est peut-être pour ça que je suis bavard. C'est vrai, depuis hier, j'ai toujours envie de parler russe.

— Hum ! Hé !… Et Monsieur y a vécu, avant, à Petersbourg ? (Le laquais avait beau se retenir, il était impossible de ne pas poursuivre une conversation aussi polie et aussi déférente.)

— A Petersbourg ? Presque jamais, comme ça, seulement de passage. Avant, déjà, ici, je ne connaissais rien, et, maintenant, il paraît qu'il y a tant de nouveautés, même ceux qui connaissaient, il paraît, même eux, ils doivent tout réapprendre. Ici, on parle beaucoup des tribunaux, maintenant.

— Hum !… Les tribunaux. Les tribunaux, sûr, il y a les tribunaux. Et là-bas, c'est comment, ils sont plus justes qu'ici, leurs tribunaux, ou non ?

— Je ne sais pas. J'ai entendu dire beaucoup de bien des nôtres. Et puis, tenez, chez nous, la peine de mort n'existe pas.

— Et là-bas, elle existe ?

— Oui. J'ai vu ça en France, à Lyon. Schneider m'avait emmené voir.

— C'est la potence ?

— Non, en France, on tranche toujours la tête.

— Et alors, il crie ?

— Pensez-vous ! Ça dure juste une seconde. On allonge le bonhomme, et c'est une lame large qui tombe, dans une machine, ils appellent ça la guillotine, c'est lourd, c'est dur… La tête, elle saute si fort qu'on n'a pas le temps de cligner des yeux. C'est les préparatifs qui sont très durs. Quand on annonce la sentence, vous comprenez, quand on se prépare, quand on le ligote, quand on le hisse sur l'échafaud, voilà où c'est monstrueux ! Tout le monde accourt voir, même les femmes, quoique, les femmes, on n'aime pas trop qu'elles regardent.

— Pas un spectacle pour elles.

— Oh non ! Oh non ! Une souffrance pareille !… Le criminel, c'était un homme intelligent, sans peur, puissant, dans la force de l'âge – Legros, il s'appelait. Eh bien, c'est comme je vous le dis, vous pouvez ne pas me croire, quand il montait sur l'échafaud – il pleurait, il était blanc comme du papier. Est-ce que c'est donc possible ? Est-ce que ce n'est pas monstrueux ? Comment peut-on pleurer de peur ? Moi, je n'aurais jamais cru que, de peur, un homme, qui n'avait jamais pleuré de sa vie, un homme de quarante-cinq ans, pouvait se mettre à pleurer comme un enfant. Que se passe-t-il dans son âme à cet instant, à quelles convulsions est-ce qu'on la pousse ? C'est une insulte qu'on fait à l'âme, rien d'autre ! Il est dit : "Tu ne tueras point." Alors, quoi, parce qu'il a tué, lui, il faut le tuer à son tour ? Non, ça, ce n'est pas possible. Voilà un mois que j'ai vu ça, et je l'ai toujours comme devant mes yeux. J'en ai rêvé cinq fois.

Le prince, en parlant, s'était même animé, une légère rougeur avait paru sur son visage blême, encore que son débit fût aussi doux qu'avant. Le chambellan l'écoutait avec une profonde compassion, et, semblait-il, il n'avait plus envie de se détacher de lui ; peut-être était-il, lui aussi, un homme capable d'imagination, et qui tentait de penser.

— Ce qui est bien, c'est qu'on ne souffre pas, remarqua-t-il, quand la tête est tranchée.

— Vous savez, reprit le prince avec fougue, ce que vous avez remarqué, tout le monde fait la remarque, et c'est pour ça qu'on l'a créée, cette machine, la guillotine. Mais moi, il y a une idée qui m'a traversé l'esprit : et si c'était même pire ? Ça vous fera rire, peut-être, ça peut vous paraître incroyable, mais, avec un peu d'imagination, cette idée-là, elle vous frappe. Regardez voir : la torture, par exemple ; avec la douleur, les plaies, la souffrance physique, et donc, n'est-ce pas, tout ça vous détourne de la souffrance morale, et donc, il n'y a que les plaies qui font mal, jusqu'au moment où l'on meurt. Mais la douleur la plus forte, la plus grave, peut-être, elle n'est pas dans les plaies, elle est dans ce qu'on sait à coup sûr que, là, dans une heure, et puis dans dix minutes, et puis dans une demi-minute, et puis maintenant, là, à l'instant, l'âme va jaillir du corps, et qu'on ne sera plus jamais un homme – et que tout ça, c'est à coup sûr ; le pire, c'est ça – *à coup sûr*. Et quand on met la tête sous cette lame, et qu'on l'entend qui glisse au-dessus de la tête, c'est ce quart de seconde là qui est le plus terrifiant. Et, vous savez, ce n'est pas là ma fantaisie, il y a beaucoup de gens qui disent la même chose. Et moi, j'y crois tellement que je peux vous dire mon opinion tout net. Tuer pour un meurtre, c'est un châtiment qui est bien pire que le meurtre lui-même. Le meurtre par sentence est incomparablement plus monstrueux que le meurtre d'un bandit. Celui qui se fait tuer par un bandit, égorger en pleine nuit, ou je ne sais pas, il garde toujours l'espoir, c'est obligé, qu'il trouvera un moyen de se sauver – et ça, jusqu'au dernier instant. On connaît des exemples, la gorge est déjà tranchée, et l'homme espère toujours, ou il essaie de fuir, ou il supplie. Et là, tout ce dernier espoir, avec lequel la mort est dix fois plus facile, on vous l'enlève *à coup sûr* ; là, il y a un verdict, et il est sûr qu'on ne peut pas lui échapper, et c'est bien là qu'est le supplice le plus monstrueux, il n'y a rien de plus fort au monde que ce supplice. Prenez un soldat, placez-le au combat juste devant la bouche d'un canon, et tirez-lui dessus, lui, de toute façon, il espère encore, mais lisez-lui, à ce même soldat, un verdict *à coup sûr*, et il devient fou, ou il se met à pleurer. Qui a dit que la nature humaine est capable de supporter cela sans perdre la raison ? A quoi bon ce sarcasme, affreux, vain, inutile ? Peut-être existe-t-il quelqu'un à qui on a lu un verdict pareil, qu'on a laissé souffrir un certain temps, après quoi on lui a dit : "Va-t'en, on te fait grâce." Voilà l'homme, peut-être, qui pourrait raconter. Ce supplice-là, et cette horreur, c'est aussi le Christ qui en a parlé. Non, on n'a pas le droit de traiter un homme de cette façon.

Le chambellan n'aurait sans doute pas pu exprimer tout cela comme le prince, pourtant, même si, bien sûr, il ne comprit pas tout, il comprit l'essentiel, ce qu'on voyait ne serait-ce qu'à son visage soudain empli de compassion.

— Si Monsieur désire fumer, murmura-t-il, peut-être, enfin, que vous pouvez, mais alors vite. Parce que, si on vous demande, et que vous n'êtes pas là... Là, vous voyez, sous l'escalier, la porte. Vous entrez par cette porte, vous aurez un cagibi, à droite ; là vous pourrez, mais vous ouvrirez la lucarne, alors, parce que ça ne se fait pas, ces choses-là...

Mais le prince n'eut pas le temps d'aller fumer. Un jeune homme, des dossiers à la main, entra soudain dans le vestibule. Le chambellan entreprit de lui ôter sa pelisse. Le jeune homme jeta un œil rapide au prince.

— Euh, Gavrila Ardalionytch, commença le chambellan d'un ton à la fois confidentiel et presque familier, Monsieur est venu me trouver, Monsieur est le prince Mychkine, et un parent de Madame, il revient de l'étranger, en chemin de fer, et le baluchon, seulement...

Le prince n'entendit pas la suite car le chambellan passa au chuchotement. Gavrila Ardalionovitch écoutait d'une oreille attentive, tout en jetant sur le prince des regards d'une grande curiosité, il cessa enfin d'écouter et s'approcha de lui avec impatience.

— Vous êtes le prince Mychkine ? demanda-t-il avec une amabilité, une politesse extrêmes. C'était un jeune homme très beau, d'à peu près vingt-huit ans, lui aussi, un blond bien fait, plutôt plus grand que la moyenne, portant une barbiche à la Napoléon, au visage très beau et très intelligent. Seul son sourire, malgré son amabilité, semblait comme un petit peu trop fin ; les dents se montraient alors comme légèrement trop nettes, trop blanches ; le regard, malgré toute la gaieté et la simplicité qu'il affichait, était comme un petit peu trop attentif, trop inquisiteur.

"Quand il est seul, sans doute, son regard doit être tout différent, et il ne rit jamais, peut-être", se dit bizarrement le prince.

Le prince expliqua ce qu'il put, à la hâte, presque la même chose qu'il venait d'expliquer au chambellan et, avant cela, à Rogojine. Gavrila Ardalionovitch semblait, pendant ce temps, tenter de retrouver quelque chose dans sa mémoire.

— C'est vous, n'est-ce pas, demanda-t-il, qui avez écrit, voici un an, moins même, de Suisse, si je ne me trompe, à Elizaveta Prokofievna ?

— Mais oui.

— Alors, on vous connaît, on se souvient de vous, bien sûr. Vous venez voir Son Excellence ?... Je vous annonce tout de suite. Il sera libre dans un instant... Seulement, vous... vous devriez passer dans la salle d'attente... Que fait Monsieur ici ? demanda-t-il d'un ton sévère au chambellan.

— Je lui ai dit, Monsieur a insisté...

A cet instant, la porte du bureau s'ouvrit soudainement, et un militaire sortit, une serviette sous le bras, parlant et saluant d'une voix tonitruante.

— Tu es là, Gania ? cria une voix dans le bureau. Mais entre, je t'en prie !

Gavrila Ardalionovitch salua le prince d'un hochement de tête et entra précipitamment dans le bureau.

Deux minutes plus tard, la porte se rouvrit et l'on entendit la voix sonore et accueillante de Gavrila Ardalionovitch :

— Prince, je vous en prie !

III

Le général, Ivan Fedorovitch Epantchine, se tenait au centre de son bureau et, avec une curiosité extrême, il regardait le prince qui entrait ; il fit même deux pas vers lui. Le prince s'approcha et se présenta.

— Fort bien, répondit le général. En quoi puis-je vous être utile ?

— Oh, d'affaire urgente, je n'en ai pas du tout ; mon but était tout simplement de faire votre connaissance. Je ne voudrais pas vous déranger, ne connaissant ni votre jour, ni votre emploi du temps... Mais je descends du train... J'arrive de Suisse...

Le général faillit émettre un petit ricanement, mais il réfléchit et s'en dispensa ; après, il réfléchit à nouveau, plissa les yeux et il toisa son hôte, une fois encore, des pieds jusqu'à la tête, puis, très vite, lui indiqua une chaise, s'assit lui-même un peu en biais et, plein d'une attente impatiente, il se tourna vers le prince. Gania était debout dans un coin de la pièce, près de la table, il triait des papiers.

— En principe, j'ai peu de temps pour lier connaissance, dit le général, mais comme, bien sûr, vous avez un but, je...

— C'est le pressentiment que j'avais, intervint le prince, que vous verriez certainement un but particulier dans ma visite. Mais, je vous jure, en dehors du plaisir de lier connaissance, je ne vise pas le moindre but.

— Le plaisir, bien sûr, il est très grand pour moi aussi, mais, vous savez, parfois, il y a les amusements, et puis il y a les affaires… D'autant que, pour l'instant, je ne parviens pas du tout à comprendre ce qu'il y a de commun entre nous… pour ainsi dire, les causes…

— Les causes, c'est évident, il n'y en a pas, et ce que nous avons en commun, c'est presque rien. Parce que, si moi, je suis le prince Mychkine, et que votre épouse est de la même famille, cela, évidemment, ce n'est en rien une cause. Cela, je le comprends fort bien. Et voilà pourtant l'unique raison de ma présence. J'ai passé quatre années à l'étranger – plus, même ; et même, dans quel état je suis parti – je n'avais pas ma tête, ou presque ! A l'époque, déjà, je ne savais rien – maintenant, c'est encore pire. J'ai besoin de braves gens ; j'ai une affaire, même, tenez, et je ne sais pas où aller. A Berlin, encore, je me suis dit : "Ils sont presque des parents, je vais commencer par eux ; nous trouverons peut-être de quoi nous être utiles, eux pour moi, et moi pour eux – s'ils sont de braves gens." Et j'ai entendu dire que vous étiez de braves gens.

— Je vous remercie beaucoup, monsieur, dit le général étonné ; puis-je savoir où vous êtes descendu ?

— Je ne suis encore descendu nulle part.

— Ainsi, vous descendez du train et vous venez directement chez moi ? Et… avec vos bagages ?

— Oh, vous savez, pour tout bagage, je n'ai que ce petit baluchon avec du linge, rien d'autre ; je l'ai toujours avec moi, d'habitude. J'aurai bien le temps de louer une chambre ce soir.

— Parce que vous avez encore l'intention de louer une chambre ?

— Oh oui, bien sûr.

— A en juger par ce que vous me dites, j'avais déjà l'impression que vous veniez vous établir chez moi.

— Ç'aurait été possible, mais seulement si vous m'aviez invité. Et je vous avouerai que, même si vous m'invitiez, je ne resterais pas, et pas pour une raison précise, comme ça... mon caractère.

— Eh bien, cela tombe donc très bien, parce que je ne vous ai pas invité, et je ne vous invite pas. Permettez-moi, prince, de tout éclaircir une fois encore, et définitivement : comme nous venons de l'établir à l'instant, il est hors de question de parler entre nous de liens de parenté – même si cela, bien sûr, me flatterait au plus haut point, et donc, de cette façon...

— Et donc, de cette façon, je me lève et je m'en vais ? fit, se levant déjà, le prince qui éclata même d'une sorte de rire joyeux, malgré tout l'embarras visible de sa situation. Eh bien, général, je vous jure, même si, concrètement, je ne sais rien ni de vos us ni de vos coutumes, ni même de la façon dont les gens vivent ici, je pensais bien qu'il arriverait exactement ce qui vient d'arriver. Eh bien, peut-être, c'est ainsi que ce doit être... Et puis, déjà à l'époque, vous n'avez pas répondu à ma lettre... Eh bien, adieu, et pardonnez-moi de vous avoir dérangé.

Le regard du prince était si tendre à cet instant, et son sourire si dénué de toute teinte et de la moindre ombre d'un sentiment d'hostilité cachée que le général s'arrêta net, et, bizarrement, en une seconde, changea le regard qu'il portait, lui, sur son hôte ; ce changement de regard se produisit en un instant.

— Euh, vous savez, prince, lui dit-il d'une voix presque toute différente, malgré tout, je ne vous connais pas, et, si ça se trouve, Elizaveta Prokofievna voudra voir un de ses homonymes... Attendez, si vous n'avez rien contre, si votre temps n'est pas compté.

— Oh, mon temps, il n'est compté par rien ; mon temps m'appartient complètement (et le prince se hâta de poser son chapeau rond à bord mou sur le bureau). Je vous avouerai que je comptais, peut-être, qu'Elizaveta Prokofievna pourrait se souvenir que je lui ai écrit. Tout à l'heure, votre serviteur, pendant que je vous attendais, il soupçonnait que j'étais venu vous demander l'aumône ; j'ai noté ça, et vous, sans doute, vous lui avez donné des instructions sévères à ce sujet ; mais moi, vraiment, je venais pour autre chose, vraiment, je venais seulement pour faire connaissance. Mais je me dis seulement que je vous dérange un peu, et c'est ça qui m'inquiète.

— Ecoutez, prince, dit le général avec un sourire joyeux, si vous êtes vraiment ce que vous semblez être, ce sera même un plaisir de faire votre connaissance ; seulement, voyez-vous, je suis un homme occupé, là, maintenant, il va falloir que je me remette à lire, à signer des dossiers, puis je vois M. le ministre, puis je vais au bureau, si bien que, même si je suis heureux de rencontrer des gens... de braves gens, je veux dire... mais... Mais je suis sûr que votre éducation est sans reproche, et donc... Mais quel âge avez-vous, prince ?

— Vingt-six ans.

— Oh ! J'aurais dit beaucoup moins.

— Oui, il paraît qu'on me donnerait beaucoup moins. Mais j'apprendrai vite à ne pas vous déranger, et je comprendrai vite, parce que, moi-même, je déteste quand je dérange... et puis, à la fin, il me semble que nous sommes des gens très différents, vus de l'extérieur... par bien des circonstances, et il n'est pas possible, n'est-ce pas, que nous ayons beaucoup de points communs, mais, vous savez, moi, cette dernière idée, je n'y crois pas trop, parce que, souvent, c'est juste une apparence, qu'il n'y a pas de points communs, alors qu'en fait il y en a une quantité... c'est la paresse humaine qui fait ça, que les gens, comme ça, ils se classent d'un coup d'œil, et ils ne peuvent rien trouver… Mais, remarquez, c'est ennuyeux, peut-être, tout ce que je commence là ? Il me semble que vous…

— Deux mots, cher monsieur ; disposez-vous ne serait-ce que d'une petite fortune ? Ou bien, peut-être avez-vous l'intention de vous lancer dans quelque occupation ? Excusez-moi si je…

— Voyons, mais c'est une question que j'apprécie fort, et que je comprends. De fortune, pour l'instant, je n'en ai pas la moindre, et, pour l'instant toujours, je n'ai pas encore d'occupation, et pourtant il faudrait, n'est-ce pas. L'argent que j'avais, jusqu'à présent, il n'était pas à moi, c'est Schneider qui me l'avait donné, mon professeur, chez qui j'étais en Suisse, pour me soigner, et pour faire mes études ; pour le voyage, il m'en a donné juste assez, si bien qu'en ce moment, par exemple, il me reste à peine quelques kopeks. C'est vrai que j'ai bien une affaire, et j'ai besoin d'un conseil, mais…

— Dites-moi, et comment donc avez-vous l'intention de vivre, et quels sont vos projets ? coupa le général.

— Eh bien, je voudrais trouver un travail.

— Oh mais vous êtes un philosophe ; quoique… vous connaissez-vous des talents, des capacités, ne serait-ce que quelques-unes, enfin, de celles qui nous assurent notre pain quotidien ? Excusez-moi encore…

— Oh, mais ne vous excusez pas. Non, monsieur, il me semble que je n'ai pas de talents ni de capacités particuliers ; au contraire même, parce que je suis un homme malade, et je n'ai pas fait d'études correctes. Et pour ce qui est du pain, j'ai l'impression que…

Le général l'interrompit encore et reprit son questionnaire. Le prince, une nouvelle fois, raconta tout ce qui a déjà été raconté. Il se trouva que le général avait entendu parler du défunt Pavlichtchev, qu'il l'avait même personnellement connu. La raison pour laquelle Pavlichtchev s'intéressait à son éducation, le prince lui-même n'était pas en état de la donner – tout simplement, peut-être, en fin de compte, comme un vieil ami de son défunt père. Le prince était tout petit quand il était devenu orphelin, il avait toujours vécu et grandi dans différents villages, d'autant que sa santé exigeait l'air de la campagne. Pavlichtchev l'avait confié à deux vieilles dames, des parentes à lui ; au début, il avait été suivi par une gouvernante, puis par un gouverneur ; il expliqua du reste que, même s'il se souvenait de tout, il y avait peu de choses qu'il pouvait expliquer d'une manière satisfaisante, parce qu'il y avait beaucoup de choses dont il ne se rendait pas compte. Les crises fréquentes de sa maladie l'avaient presque rendu idiot (le prince employa bien ce mot : "idiot"). Il raconta enfin que Pavlichtchev, un jour, avait rencontré à Berlin le professeur Schneider, un Suisse, qui s'occupait précisément de ces maladies, avait un établissement, dans le canton du Valais, et soignait avec sa méthode, l'eau froide, la gymnastique ; il guérissait et l'idiotie et la folie, en plus, il assurait l'éducation et il prenait sur lui le développement spirituel ; Pavlichtchev l'avait donc envoyé en Suisse, voilà cinq ans ; lui-même était mort depuis deux ans, une mort soudaine, pas de testament ; Schneider l'avait gardé pendant encore deux ans, continuant de le soigner ; il ne l'avait pas guéri, mais il l'avait beaucoup aidé ; enfin, sur l'insistance du prince, et par suite d'une certaine circonstance, il venait de le renvoyer en Russie.

Le général fut très surpris.

— Et vous n'avez personne, résolument personne en Russie ? demanda-t-il.

— Pour l'instant, je n'ai personne, mais j'espère...
d'autant que j'ai reçu une lettre...

— Au moins, l'interrompit le général, sans trop faire
attention à cette lettre, vous avez fait quelques études,
et votre maladie ne vous gênera pas pour occuper une
place, par exemple, des plus faciles, dans un départe-
ment quelconque ?

— Oh, ça ne me dérangera pas, sans doute. Et pour ce
qui est de la place, c'est quelque chose que je voudrais
beaucoup, parce que, moi-même, j'ai envie de voir de
quoi je suis capable. J'ai étudié tout au long de ces quatre
ans, mes études n'ont peut-être pas été bien régulières,
c'était comme ça, selon son système à lui, mais j'ai toujours eu le temps de lire beaucoup de livres russes.

— Des livres russes ? Donc, vous savez lire, et vous
savez écrire sans fautes ?

— Oh, mais tout à fait.

— Fort bien ; et votre écriture ?

— Mon écriture, elle est excellente. C'est en cela,
sans doute, que j'ai du talent ; là, je suis simplement un
calligraphe. Tenez, je peux vous écrire quelque chose,
comme un essai, dit le prince avec feu.

— Je vous en prie. C'est même indispensable... Et
j'aime cette bonne volonté qui est la vôtre, prince, vous
êtes adorable, réellement.

— Vos fournitures de bureau sont tellement magnifiques, et tous ces crayons que vous avez, toutes ces
plumes, et ce papier, il est épais, oui, magnifique...
Comme tout votre bureau est magnifique ! Voilà un
paysage que je connais ; une vue de Suisse. Je suis sûr
que le peintre l'a reproduite d'après nature, et je suis sûr
que j'ai déjà vu cet endroit : c'est dans le canton d'Uri...

— Voilà qui est fort possible, mais c'est acheté ici.
Gania, donnez donc du papier au prince ; voilà des plumes

et du papier, et voilà cette petite table, s'il vous plaît. Qu'est-ce que c'est ? fit le général, s'adressant à Gania, lequel, pendant ce temps, avait sorti de sa serviette et lui avait tendu un portrait photographique de grand format. Oh ! Nastassia Filippovna ! Toute seule, elle te l'a envoyé toute seule, dis, toute seule ? demandait-il à Gania, d'une voix vive et pleine de curiosité.

— Je viens de passer pour lui souhaiter son anniversaire, elle m'a donné ça. Je le lui demandais depuis longtemps. Je ne sais pas, mais il y a peut-être une allusion de sa part, parce que, moi-même, je suis venu les mains vides, sans cadeau, un jour pareil, ajouta Gania avec un sourire déplaisant.

— Mais non... fit le général, l'interrompant d'une voix convaincue. Vraiment, tu as l'esprit mal tourné !... Elle irait faire des allusions, elle... Qu'est-ce qu'elle a d'une intrigante ?... En plus, que pourrais-tu lui offrir : là, ça se chiffre par milliers ! Ton portrait, peut-être ? Mais tiens, à propos, elle ne te l'a pas encore demandé, ton portrait ?

— Non, pas encore ; peut-être qu'elle ne me le demandera jamais. Et vous, Ivan Fedorovitch, vous n'avez pas oublié, pour ce soir ? Vous êtes expressément parmi les invités.

— Mais oui, bien sûr que je m'en souviens, j'y serai ! Voyons, l'anniversaire, ses vingt-cinq ans !... Hum... Bon, tu sais, Gania, il faut bien que je te le dise, à toi – prépare-toi. Elle nous a promis, à Afanassi Ivanovitch et à moi-même, de dire son dernier mot ce soir, chez elle : être ou ne pas être ! Alors, fais attention, garde bien ça en tête.

Gania se troubla brusquement, si fort qu'il en pâlit un peu.

— Elle a dit ça à coup sûr ? demanda-t-il, et on eût dit que sa voix tremblait.

— Elle a donné sa parole avant-hier. Nous avons tellement insisté, tous les deux, que nous l'avons obligée. Seulement, à toi, elle a demandé de ne rien te dire, avant l'heure.

Le général scrutait le visage de Gania ; le trouble de Gania lui déplaisait visiblement.

— Souvenez-vous, Ivan Fedorovitch, reprit Gania, une inquiétude, un doute dans la voix, elle m'a donné la pleine liberté de choisir jusqu'au moment où elle aurait elle-même pris sa décision dans cette affaire, et, là encore, j'ai le dernier mot…

— Mais alors tu… mais alors tu… ? fit le général, s'affolant soudain.

— Non, rien.

— Voyons, mais qu'est-ce que tu veux faire avec nous tous ?

— Mais je ne refuse pas. Je me suis mal exprimé, peut-être.

— Ce serait beau que tu refuses ! murmura le général avec dépit – un dépit qu'il ne voulait même pas cacher. L'important, maintenant, mon bon ami, ce n'est déjà plus que toi, tu ne refuses pas – c'est ton empressement, le plaisir, la joie avec laquelle tu accueilleras ce qu'elle dira… Qu'est-ce qui se passe chez toi ?

— Quoi, chez moi ? Chez moi, tout se passe comme je veux, il n'y a que mon père, comme d'habitude, qui fait l'imbécile, c'est une vraie honte ce qu'il est devenu ; moi, je ne lui adresse plus la parole, mais je le tiens à l'œil, n'empêche, et, vraiment, s'il n'y avait pas ma mère, je le mettrais dehors. Ma mère, bien sûr, elle n'arrête pas de pleurer ; ma sœur enrage, mais je leur ai dit tout net que j'étais maître de mon destin et que, chez moi, je voulais que… qu'on m'obéisse. A ma sœur, je l'ai dit clairement, devant ma mère.

— Et moi, mon bon ami, je continue de ne pas comprendre, remarqua d'un ton pensif le général, haussant légèrement les épaules et écartant un peu les bras. Nina Alexandrovna, tout à l'heure, là, quand elle est venue, tu te souviens ? des "oh", des "ah" ! – "Qu'est-ce qui se passe ?" je lui demande. Pour eux, donc, n'est-ce pas, c'est un déshonneur. Mais où est-ce qu'il peut être, le déshonneur, je te le demande ? Qui donc peut faire un reproche, le moindre reproche, à Nastassia Filippovna, ou dire quelque chose sur elle ? Elle a été avec Totski ? Mais, vraiment, quelles sornettes, surtout dans les circonstances présentes ! "Vous, elle me dit, vous lui refusez la porte de vos filles ?" Mais enfin ! Nina Alexandrovna, mais quoi !... Comment peut-on ne pas comprendre, mais comment ne pas comprendre... ?

— Sa situation ?... reprit Gania, soufflant le mot au général qui s'était enferré. Elle comprend ; il ne faut pas lui en vouloir. Remarquez, je leur ai passé un savon, à tous, pour qu'ils se mêlent de ce qui les regarde. N'empêche, il n'y a que comme ça que ça tient, à la maison, parce que le dernier mot n'est pas encore prononcé, l'orage couve toujours. Si le dernier mot est dit ce soir, c'est à ce moment-là que tout sera dit.

Le prince entendait toute cette conversation, assis dans son coin à faire ses essais calligraphiques. Quand il eut fini, il vint vers le bureau et tendit sa feuille.

— Ainsi, voilà Nastassia Filippovna ? murmura-t-il, après avoir posé sur le portrait un regard attentif et curieux. C'est étonnant comme elle est belle ! ajouta-t-il tout de suite avec ardeur. Le portrait représentait vraiment une femme d'une beauté peu commune. Elle était photographiée en robe de soie noire, d'une coupe extrêmement simple et élégante ; les cheveux, sans doute d'un blond sombre, étaient coiffés d'une façon simple, sans apprêt ; les yeux sombres, profonds, un front pensif ; une expression passionnée, et comme hautaine. Elle avait le visage un peu maigre, peut-être, et puis elle était d'une pâleur... Gania et le général se tournèrent vers le prince avec stupéfaction...

— Comment, Nastassia Filippovna ? Vous connaissez déjà même Nastassia Filippovna ? demanda le général.

— Oui, un jour que je suis en Russie, et je connais déjà la belle des belles, répondit le prince ; il raconta séance tenante sa rencontre avec Rogojine et refit tout son récit.

— En voilà encore, des nouvelles ! fit le général, à nouveau inquiet ; il avait écouté tout le récit avec une attention extrême et il fixait Gania d'un regard scrutateur.

— Des monstruosités, encore, sans doute, murmura Gania, un peu troublé également, le rejeton du marchand qui se débride. J'ai déjà entendu parler de lui.

— Moi aussi, mon bon, j'ai entendu ça, reprit le général. Le jour même, après les pendants d'oreilles, Nastassia Filippovna a raconté toute l'histoire. Oui, mais, maintenant, il s'agit d'autre chose. Là, peut-être, il y a vraiment un million et... la passion, la passion monstrueuse, je veux bien, mais ça sent la passion, malgré tout et on sait bien de quoi ils sont capables, ces messieurs-là, surtout quand ils ont bu !... Hum !... Que ça ne fasse pas une histoire, encore, conclut-il d'un ton pensif.

— C'est du million que vous avez peur ? fit Gania, d'une voix rogue.

— Pas toi, bien sûr ?

— Prince, que vous a-t-il semblé, lui demanda soudain Gania, qu'est-ce que c'est, est-ce que c'est un homme sérieux, ou rien, juste une espèce de monstre ? Votre opinion, à vous ?

Il se passait vraiment quelque chose de bizarre avec Gania quand il posait cette question. Comme si une idée toute nouvelle, bizarre, s'était soudain mise à brûler dans son cerveau, et luisait impatiemment au fond de son regard. Le général qui s'inquiétait tout bonnement, en toute sincérité, lorgna aussi du côté du prince, mais comme s'il n'attendait trop rien de sa réponse.

— Je ne sais comment vous dire, répondit le prince, seulement, il m'a semblé qu'il y avait beaucoup de passion en lui, et même une sorte de passion malade. Lui, en fait, c'est comme s'il était toujours malade. Il est très possible qu'il soit forcé de s'aliter dès son retour à Petersbourg, surtout s'il se replonge dans la débauche.

— C'est vrai ? C'est cela, votre impression ? renchérit le général, s'accrochant à cette idée.

— Oui, c'est cela.

— Et pourtant, ce genre d'histoires peut se produire pas seulement d'ici quelques jours, mais même avant ce soir, dès aujourd'hui, peut-être, il se passera quelque chose, fit Gania au général, avec un sourire mauvais.

— Hum !... Bien sûr... Sait-on jamais ? et là, le seul problème, c'est ce qui lui passera par la tête, à elle, dit le général.

— Vous savez bien comment elle est, parfois ?

— C'est-à-dire, quoi ? fit le général, qui avait atteint un point d'abattement extrême. Ecoute, Gania, toi, ce soir, essaie de ne pas trop la contredire, efforce-toi, enfin, d'être... euh... en un mot, d'être conciliant... hum !... Pourquoi fais-tu cette grimace, là ? Ecoute, Gavrila Ardalionovitch, ça tombe bien, ça tombe même très bien que je te le dise maintenant : pourquoi est-ce qu'on s'agite comme ça ? Tu comprends que, moi, pour les profits que je pourrais tirer de ça, il y a longtemps que je suis servi ; moi, d'une façon ou d'une autre... mais, cette histoire, je saurai bien la faire tourner à mon profit. Totski a pris une décision inébranlable, visiblement, j'en suis tout à fait convaincu. Et c'est pour ça que si, maintenant, je veux quelque chose, c'est seulement ton profit à toi. Réfléchis donc toi-même ; ou bien, alors, tu ne me fais pas confiance ? En plus, tu es un homme… un homme… enfin, un homme intelligent, et j'ai mis des espoirs en toi… et ça, dans le cas présent, c'est… c'est…

— C'est l'essentiel, fit Gania, terminant la phrase du général et l'aidant à nouveau à sortir de son mauvais pas ; il affichait désormais un sourire des plus fielleux qu'il ne cherchait déjà plus à cacher. Il fixait le général droit dans les yeux avec un regard enfiévré, comme s'il voulait que l'autre lise dans ce regard tout ce qu'il pouvait penser. Le général s'empourpra, explosa.

— Eh oui, l'essentiel, c'est d'être intelligent, débitait-il, fixant Gania avec violence. Tu es quand même drôle, Gavrila Ardalionovitch ! A croire que tu es ravi de ce petit marchand, comme si c'était une solution pour toi. Mais c'est bien là, d'abord, qu'il faudrait s'en servir, de son intelligence ; là, justement, il faut comprendre et… et agir des deux côtés, tout droit, honnêtement, ou alors… prévenir, pour ne pas compromettre les autres, d'autant qu'il y avait bien assez de temps pour ça, et que, même en ce moment, il en reste encore bien assez (le général haussa les sourcils d'un air grave), même s'il ne reste que quelques heures… Tu as compris ? C'est clair ? Tu veux ou tu ne veux pas, en fin de compte ? Si tu ne veux pas, dis-le, et on arrête les frais. Personne ne vous retient, Gavrila Ardalionovitch, personne ne vous pousse de force dans la trappe, si tant est que vous voyiez là une trappe.

— Je veux, prononça, à mi-voix, mais d'une voix ferme, Gania ; il baissa les yeux et se tut d'un air sombre.

Le général était content. Il s'était échauffé, mais il se repentait déjà visiblement de s'être laissé emporter. Il se tourna d'un seul coup vers le prince, et ce fut comme si une pensée inquiète passait soudain sur son visage – le prince avait été présent, quand même, il avait entendu. Mais le général fut rassuré en une seconde : il suffisait de regarder le prince pour être pleinement rassuré.

— Oho ! s'écria le général en regardant le modèle de calligraphie que le prince lui présentait, mais c'est un vrai modèle d'écriture ! Et un modèle d'écriture unique ! Regarde, Gania, tu as vu ce talent ?

Sur une épaisse feuille de vélin, le prince avait inscrit en écriture médiévale russe la phrase suivante :

"L'humble igoumène Pafnouti apposa la main."

— Cela, expliquait le prince avec un enthousiasme et un plaisir extrêmes, c'est la signature autographe de l'igoumène Pafnouti, d'après une reproduction du XIV\ :superscript: siècle. Ils signaient d'une manière somptueuse, tous nos vieux igoumènes et nos métropolites russes, et avec quel goût, parfois, et quelle application ! Comment, général, vous n'avez pas ne serait-ce que l'édition de Pogodine* ? Et là, après, j'ai pris une autre écriture : c'est la grosse écriture ronde française du siècle dernier, il y avait des lettres qui s'écrivaient même différemment, l'écriture commune, l'écriture des écrivains publics, que j'ai reprise d'après leurs modèles (j'en avais un) – concédez-moi qu'elle n'est pas sans mérite. Regardez ces rondes, ces *d*, ces *a*. J'ai transcrit le caractère français

* Allusion à l'album de l'historien Mikhaïl Petrovitch Pogodine (1800-1875), *Exemple d'écriture ancienne russo-slavonne* (deux cahiers, 1840 et 1841), que Dostoïevski, lui-même amateur de calligraphie, lisait avec assiduité. *(N.d.T.)*

pour les lettres russes, ce qui est très difficile, mais ça a réussi. Et tenez, là, une autre écriture magnifique et originale, cette phrase : "La constance a raison de tout." Ça, c'est une écriture russe, une écriture de scribe, ou, si vous voulez, de scribe militaire. C'est ce qu'on emploie quand on écrit à un grand de ce monde, ça aussi, c'est une écriture ronde, une écriture belle, cursive, c'est écrit vite, mais avec un goût remarquable. Un calligraphe n'aurait jamais admis ces licences, ou, pour mieux dire, ces tentatives de licences, ces petites demi-queues inachevées, vous avez vu ? mais, dans l'ensemble, regardez bien, cela traduit tout le caractère, et, oui, toute l'âme d'un scribe militaire qui s'est montrée là : une envie de grand large, le talent qui vous pousse, mais le col militaire est fermé à la boucle, la discipline est même entrée dans l'écriture – un régal ! Ce modèle-là, il m'a frappé tout récemment, je l'ai trouvé par hasard, vous savez où ? en Suisse ! Bon, et ça, c'est une écriture anglaise, la plus simple, la plus ordinaire, la plus pure : là, l'élégance ne peut aller plus loin, tout n'est que grâce, perles, diamants ; c'est achevé ; mais voilà encore une variation, française – encore une fois –, je l'ai empruntée à un Français, un commis voyageur : la même écriture anglaise, sauf que la ligne noire est juste un petit soupçon plus noire, plus épaisse que l'anglaise – et hop – la proportion de lumière est faussée ; et notez bien, aussi : l'ovale est modifié, il est un rien plus rond, en outre, il se permet une licence, et la licence, c'est ce qu'il y a de plus terrible ! La licence demande un goût extraordinaire ; mais si elle réussit, si seulement elle trouve la proportion juste, une écriture comme celle-là, elle est incomparable, vraiment, il y a de quoi en tomber amoureux.

— Ho ho ! mais vous entrez dans de ces finesses, fit le général en riant, mais, cher monsieur, vous n'êtes pas seulement un calligraphe, vous êtes un artiste, n'est-ce pas, Gania ?

— Etonnant, dit Gania, même la conscience de sa destination, ajouta-t-il avec un rire moqueur.

— Tu peux rire, oui, mais c'est une carrière qu'il y a là, dit le général. Vous savez, prince, à qui seront adressés les papiers que nous vous confierons à recopier ? Mais on peut vous donner trente-cinq roubles par mois tout de suite, dès le premier pas. Pourtant, il est déjà midi et demi, conclut-il en jetant un coup d'œil sur sa montre, au travail, prince, il faut que je me presse un peu, et, nous, peut-être que nous ne nous reverrons pas aujourd'hui. Asseyez-vous donc une petite seconde ; je vous ai déjà expliqué que je ne suis pas en état de vous recevoir très souvent, mais, vous aider un tout petit peu, c'est une chose que je ferai avec joie, un tout petit peu, s'entend, c'est-à-dire pour les premières nécessités, après quoi vous ferez comme bon vous semble. Je peux vous trouver une place dans mon secrétariat, quelque chose de simple, mais qui demandera du soin. Maintenant, mon cher monsieur, pour l'avenir : dans la maison, je veux dire dans la famille de Gavrila Ardalionovitch Ivolguine, mon jeune ami ici présent, avec lequel je vous demande de faire connaissance, sa mère et sa sœur ont libéré dans leur appartement deux ou trois chambres meublées, qu'ils offrent aux locataires les plus recommandables, avec pension et service. Ma recommandation, j'en suis persuadé, devrait suffire à Nina Alexandrovna. Pour vous, prince, c'est plus précieux qu'un trésor, d'abord parce que vous ne serez pas seul, mais au contraire, pour ainsi dire, dans le sein même d'une famille, et il me semble qu'il est hors de question que vous fassiez vos premiers pas tout seul dans une capitale comme Petersbourg. Nina Alexandrovna, la mère, et Varvara

Ardalionovna, la sœur de Gavrila Ardalionovitch, sont des dames que j'estime au plus haut point. Nina Alexandrovna est l'épouse d'Ardalion Alexandrovitch, général en retraite, un de mes anciens collègues au début de ma carrière, mais avec lequel, pour un certain nombre de raisons, j'ai cessé tout rapport, ce qui, au demeurant, ne m'empêche pas de l'estimer, d'un certain point de vue. Tout cela, prince, je vous l'explique pour que vous compreniez que, pour ainsi dire, je vous recommande à titre personnel et que, par conséquent, tout se passe comme si je me portais garant de vous. Le prix est des plus modérés, et j'espère que votre traitement vous permettra, dans les plus brefs délais, d'y pourvoir sans problème. Il est vrai que les gens ont aussi besoin d'argent de poche, mais vous ne serez pas choqué, prince, si je vous fais remarquer qu'il vaudrait mieux pour vous que vous évitiez tout argent de poche, et, plus généralement, tout argent dans la poche. Je vous dis cela quand je vous regarde. Mais comme, en attendant, votre bourse est absolument vide, permettez, pour le début, de vous proposer les vingt-cinq roubles que voici. Nous ferons nos comptes plus tard, bien sûr, et si vous êtes un homme aussi sincère et sympathique que vous le semblez à ce que vous dites, aucune difficulté ne pourra surgir entre nous. Enfin, si je m'intéresse tellement à vous, comprenez bien qu'il y a là un certain but que je vise ; vous l'apprendrez par la suite. Vous voyez, je suis très simple avec vous ; j'espère, Gania, que tu n'as rien contre le fait que le prince loge chez vous ?

— Oh, mais au contraire ! Maman aussi sera très heureuse, confirma Gania, d'une voix polie et prévenante.

— Vous avez encore une chambre libre, n'est-ce pas ? Ce, comment s'appelle-t-il, Ferd... Ferd...

— Ferdychtchenko.

— C'est ça ; je ne l'aime pas beaucoup, votre Ferdychtchenko : un genre de bouffon de bas étage. Et, je ne
comprends pas, pourquoi Nastassia Filippovna le sou-
tient-elle à ce point ? Ou ce serait vrai qu'il est de sa
famille ?

— Mais non, tout ça, c'est une plaisanterie ! Il est
tout sauf de sa famille.

— Enfin, qu'il aille au diable ! Eh bien, prince, quant
à vous, êtes-vous satisfait, oui ou non ?

— Je vous remercie, général, vous avez agi envers
moi comme un homme d'une gentillesse extrême, d'autant que je ne vous demandais rien ; et ce n'est pas par
fierté que je vous le dis ; et, vraiment, je ne savais pas où
passer la nuit. C'est vrai que Rogojine m'avait invité
chez lui.

— Rogojine ? Oh non ; je vous conseillerai cela en
père ou, si vous préférez, en ami, oubliez ce M. Rogojine. En fait, je vous conseillerai de rester au plus près
de la famille dans laquelle vous allez entrer.

— Puisque vous êtes si bon, voulut commencer le
prince, voilà – j'ai une affaire… Je viens de recevoir
un avis.

— Eh bien, excusez-moi, l'interrompit le général, à
présent je n'ai plus une minute. Je m'en vais vous annoncer à Elizaveta Prokofievna : si elle veut vous recevoir tout de suite (auquel cas je m'efforcerai de vous
présenter tel que vous êtes) je vous conseille de profiter
de l'occasion, et de lui plaire, car Elizaveta Prokofievna
pourrait vous être de la plus grande utilité ; on a beau
dire, vous portez le même nom. Si elle ne le veut pas,
vous ne lui en tiendrez pas rigueur, ce sera pour une
autre fois. Et toi, Gania, pendant ce temps, regarde un
peu ces comptes, on vient de s'y perdre avec Fedos-
seev. Il ne faudrait pas oublier de les inclure…

Le général sortit, et le prince n'eut donc pas le temps de parler de l'affaire dont il tentait de parler pour la quatrième fois. Gania alluma une cigarette, en proposa une autre au prince ; le prince l'accepta, mais sans lier conversation, et, ne voulant pas déranger, il se mit à examiner la pièce ; pourtant Gania jeta à peine un coup d'œil au feuillet noirci de chiffres que lui avait indiqué le général. Il était distrait ; le sourire, le regard, l'air pensif de Gania devinrent encore plus pénibles, de l'avis du prince, quand ils se trouvèrent seuls. Soudain, il s'approcha du prince ; celui-ci, à cet instant, se penchait à nouveau sur le portrait de Nastassia Filippovna et il l'examinait.

— Que pensez-vous d'une femme pareille, prince ? lui demanda-t-il d'un seul coup, en le perçant du regard. Et tout se passait comme s'il était poussé par une idée hors du commun.

— Un visage étonnant ! répondit le prince. Et je suis sûr que son destin n'est pas des plus communs. Un visage enjoué, mais elle a dû souffrir terriblement, n'est-ce pas ? Ce sont les yeux qui le disent, et ces deux petits os, là, ces deux petits points sous les yeux, juste en haut des joues. Un visage plein d'orgueil, et d'un orgueil terrible – la question que je me pose, seulement, c'est de savoir si elle a de la bonté. Ah, si elle avait de la bonté ! Tout serait sauvé !

— Et vous, vous vous marieriez avec une femme pareille ? poursuivait Gania sans le quitter de son regard brûlant.

— Je ne peux me marier avec personne, je suis souffrant, dit le prince.

— Et Rogojine, il se marierait ? Qu'est-ce que vous en pensez ?

— Eh bien, il se marierait, je crois, ce serait possible, et dès demain ; il se marierait, et une semaine plus tard, sans doute, il lui planterait un coup de couteau.

Il venait juste de dire cela quand Gania tressaillit si fort que le prince faillit pousser un cri.

— Que vous arrive-t-il ? murmura Gania en lui prenant le bras.

— Votre Altesse ! Son Excellence vous prie de bien vouloir me suivre chez Madame, annonça un laquais qui parut sur le seuil. Le prince suivit le laquais.

IV

Les trois filles Epantchine étaient, toutes les trois, des demoiselles en pleine santé, épanouies, de belle taille, aux épaules étonnantes, à la poitrine puissante, aux bras presque aussi gros que des bras d'homme, et qui, à cause, bien sûr, de leur pleine santé et de leur pleine force, ne rechignaient pas à profiter parfois de la bonne chère, ce qu'elles ne cherchaient nullement à cacher. Leur maman, la générale Elizaveta Prokofievna, regardait parfois d'un mauvais œil cette franchise de leur appétit mais comme il arrivait que certains de ses avis, malgré tout le respect extérieur avec lequel ses filles les recevaient, avaient, au fond, perdu chez elles, et depuis pas mal de temps, toute leur indiscutable autorité originelle – à tel point, même, que le conclave uni et inflexible des trois filles commençait à tout instant à la faire plier – la générale, pour préserver sa propre dignité, avait trouvé plus opportun de ne pas entrer dans de vaines discussions, et de céder. Il est vrai qu'il arrivait à son caractère, et même plus que souvent, de lui désobéir et de rester rétif aux décisions que prenait sa raison ; Lizaveta Prokofievna se faisait, d'année en année, toujours plus capricieuse et impatiente, elle était même devenue un peu imprévisible, mais, comme elle conservait sous son autorité un mari absolument soumis et domestiqué, tout le surplus et le ressentiment se déversaient d'habitude sur sa tête, après quoi l'harmonie de la famille se trouvait rétablie et tout continuait, une fois encore, le mieux du monde.

La générale elle-même, du reste, ne perdait pas l'appétit et, avec ses filles, prenait part, d'habitude, à midi et demi à un déjeuner si copieux qu'il ressemblait à un dîner. Les demoiselles, auparavant encore, à dix heures sonnantes, buvaient une tasse de café, dans leur lit, au réveil. Cela leur avait plu un jour, et s'était institué une fois pour toutes. A midi et demi, néanmoins, la table était dressée dans la petite salle à manger, près des chambres de la mère, et, si son emploi du temps le lui permettait, le général en personne venait parfois se joindre lui aussi à ce repas intime et familial. En plus du thé, du café, du fromage, du miel, du beurre, de beignets spéciaux – ceux-là précisément qu'aimait la générale –, des boulettes de viande et du reste, on servait même un bouillon chaud des plus reconstituants. Le matin où débute notre récit, toute la famille se trouvait réunie dans la salle à manger et attendait le général, qui avait promis de paraître à midi et demi. Aurait-il eu la plus petite minute de retard, on l'aurait, sur-le-champ, envoyé quérir ; mais il parut à l'heure. Approchant pour saluer son épouse et lui faire son baisemain, il remarqua cette fois sur son visage quelque chose de vraiment trop particulier. Et, même si, la veille encore, il avait eu le pressentiment que les choses se passeraient aujourd'hui précisément ainsi, et feraient une "histoire" (comme il le disait lui-même, à son habitude) et si, déjà la veille, en s'endormant, il s'était inquiété, malgré tout, sur le moment, il reprit peur. Ses filles vinrent l'embrasser ; ici, on avait beau ne pas lui en vouloir, malgré tout, là aussi, il y avait comme quelque chose de particulier. Il est vrai que le général, suite à certaines circonstances, était même trop circonspect ; mais, père et mari habile et plein d'expérience, il prit des mesures séance tenante.

Peut-être ne nuirons-nous pas outre mesure à la vigueur de notre récit si nous nous arrêtons ici pour recourir à un certain nombre d'explications afin d'établir aussi directement et précisément que possible les rapports et les circonstances dans lesquels nous découvrons la famille du général Epantchine au début de notre narration. Nous venons de dire ici même que le général était un homme, certes, sans instruction excessive, et, au contraire, selon sa propre expression, "autodidacte", mais qu'il se trouvait être, néanmoins, un mari plein d'expérience, et un père très habile. Parmi bien d'autres choses, il avait adopté pour système de ne pas presser ses filles de se marier, c'est-à-dire de ne pas "leur casser les pieds" à tout bout de champ, et de ne pas les déranger outre mesure par l'élan de son affection paternelle pour faire leur bonheur, comme cela se produit sans qu'on le veuille et tout naturellement dans presque toutes les familles, même les plus intelligentes, où s'accumulent des filles adultes. Il avait même réussi cet exploit de faire adopter son système par Lizaveta Prokofievna, encore que ce fût là une affaire compliquée – compliquée car pas très naturelle ; mais les arguments du général étaient d'un poids plus qu'appréciable et se fondaient sur des réalités tangibles. Et puis, des filles à marier livrées à leur unique liberté et à leurs décisions seraient forcées d'elles-mêmes, naturellement, de commencer à réfléchir enfin un jour, jour à partir duquel les choses iraient bon train, parce qu'elles s'y prendraient avec ardeur, sans caprices superflus et sans trop faire les difficiles ; la seule tâche des parents ne consistait plus qu'à veiller, avec un zèle d'autant plus grand qu'il devait être inaperçu, à ce que ne survînt, sait-on jamais, un choix étrange, ou un penchant contre nature, et puis, profitant du moment opportun, à aider de toutes leurs forces, et d'un seul coup, pour exercer sur l'affaire toute leur influence. Enfin, le seul fait que, par exemple, leur fortune et leur position sociale croissaient d'année en année en proportion géométrique, et que, par conséquent, plus le temps passait, plus leurs filles y gagnaient, même en tant que partis. Pourtant, parmi ces faits indiscutables il arriva encore un autre fait : leur fille aînée, Alexandra, d'une façon soudaine et presque entièrement surprenante (comme il arrive toujours), eut vingt-cinq ans passés. Au même moment, ou presque, Afanassi Ivanovitch Totski, homme du plus grand monde, aux relations les plus hautes et aux moyens les plus considérables, découvrit, une fois encore, son vieux désir de se marier. C'était un homme de cinquante-cinq ans, d'une parfaite élégance de caractère, d'un raffinement de goût hors du commun. Il éprouvait l'envie de faire un beau mariage : il n'avait pas son pareil pour apprécier la beauté. Comme, depuis un certain temps, il se trouvait entretenir avec le général Epantchine une amitié hors du commun, renforcée surtout par une participation mutuelle à certaines entreprises financières, il lui fit part de cette envie, lui demandant, pour ainsi dire, un conseil amical et une protection : estimait-il possible une proposition de mariage avec l'une de ses filles ? Le cours paisible et magnifique de la vie de famille du général Epantchine allait connaître un évident bouleversement.

L'indiscutable beauté de la famille, comme on l'a dit, était la fille cadette, Aglaïa. Pourtant, Totski lui-même, homme d'un égoïsme extraordinaire, comprit qu'il n'avait rien à espérer par là et que ce n'était pas à lui qu'était destinée Aglaïa. Peut-être un amour quelque peu aveugle ou l'amitié trop brûlante des deux autres sœurs exagéraient-ils la chose, mais le destin d'Aglaïa se dessinait entre elles, de la façon la plus sincère, non seulement comme un destin mais comme l'idéal possible du paradis terrestre. Le futur mari d'Aglaïa devait détenir toutes les perfections et tous les triomphes, sans même parler de la fortune. Les sœurs étaient allées jusqu'à statuer entre elles, et ce, bizarrement, sans paroles superflues, d'une éventualité, en cas de besoin, de sacrifices qu'elles feraient en faveur d'Aglaïa : on destinait à Aglaïa une dot colossale, tout à fait stupéfiante. Les parents connaissaient l'accord passé entre les sœurs aînées et c'est pourquoi, quand Totski demanda conseil, ils n'éprouvèrent même presque aucun doute que l'une des sœurs aînées ne refuserait sûrement pas de couronner leurs désirs, et cela d'autant plus qu'Afanassi Ivanovitch ne pouvait faire de difficultés au sujet de la dot. Quant à la proposition de Totski, le général lui-même lui accorda tout de suite, avec la connaissance de la vie qui était la sienne, toute l'importance qu'elle méritait. Comme Totski, de son propre côté, observait, en raison de certaines circonstances bien précises, une prudence extrême dans ce domaine et ne faisait que sonder le terrain, les parents, en retour, n'avaient soumis à leurs filles que des suppositions qui paraissaient encore des plus vagues. En réponse, ils reçurent d'elles, même si cela ne semblait pas encore complètement définitif, une déclaration selon laquelle Alexandra, l'aînée, peut-être, ne refuserait pas. C'était une jeune fille qui avait, certes, son caractère, mais qui était douce, raisonnable, et conciliante à l'extrême ; elle pouvait même épouser Totski avec grand plaisir et, pour peu qu'elle l'eût promis, se serait montrée fidèle à sa parole. Elle détestait l'éclat, et non seulement ne menaçait pas d'apporter du tracas ou un bouleversement brutal mais pouvait même adoucir et apaiser une vie. De plus, elle était loin d'être laide, encore que moins impressionnante. Totski pouvait-il rêver mieux ?

Et, malgré tout, l'affaire continuait toujours d'avancer à tâtons. Totski et le général avaient résolu d'une façon mutuelle et amicale d'éviter avant l'heure tout geste officiel et sans retour. Les parents eux-mêmes n'avaient pas encore commencé à parler à leurs filles d'une manière absolument ouverte ; un genre, même, de dissonance s'instaurait : la générale Epantchina, la mère de famille, commençait à se montrer, bizarrement, mécontente, ce qui était fort grave. Il y avait là une circonstance qui dérangeait tout, une histoire complexe et une source de tracas par laquelle toute l'affaire pouvait, et sans espoir, tomber à l'eau.

Cette "histoire" (selon l'expression même de Totski), complexe et source de tracas, avait débuté dans un passé lointain, il y avait dix-huit ans ou presque de cela. A proximité de l'un des domaines les plus riches d'Afanassi Ivanovitch, dans l'une des provinces du Centre, un petit propriétaire foncier des plus démunis finissait de traîner sa misère. Cet homme, remarquable par ses échecs invariables et presque proverbiaux, était un officier à la retraite, d'une famille de bonne noblesse, et même, de ce point de vue, plus net que Totski – un dénommé Filipp Alexandrovitch Barachkov. Endetté jusqu'au cou et grevé d'hypothèques, il avait réussi, après des travaux de bagnard, pour ne pas dire presque de paysan, à établir vaille que vaille son petit domaine d'une façon satisfaisante. Le moindre succès l'encourageait à l'extrême. Encouragé et tout luisant d'espoirs, il se rendit pour quelques jours dans le petit chef-lieu de son district afin de discuter, et, si possible, de s'arranger définitivement avec l'un de ses créanciers les plus sérieux. Au surlendemain de son arrivée dans la ville, il vit venir son intendant, à cheval, la joue brûlée et les poils de barbe carbonisés, qui lui apprit que "le domaine avait brûlé", la veille, à midi juste, en plus de quoi "Madame aussi avait daigné brûler, mais les petites, elles, étaient saines et sauves". Cette farce-là, même Barachkov, pourtant habitué aux "ecchymoses de la Fortune", fut hors d'état de la supporter ; il devint fou, et il mourut un mois plus tard, emporté par la fièvre. Le domaine brûlé, ses paysans réduits à l'état de mendiants, fut revendu pour dettes ; les deux petites filles, de six et de sept ans, les enfants de Barachkov, Afanassi Ivanovitch Totski, avec sa grandeur d'âme coutumière, prit à sa charge leur entretien et leur éducation. Elles furent éduquées avec les enfants de l'intendant d'Afanassi Ivanovitch, un fonctionnaire à la retraite, père de famille nombreuse, et, qui plus est, allemand. Bientôt, l'aînée, Nastia, resta toute seule – la plus petite était morte de la coqueluche ; Totski, quant à lui, vivant à l'étranger, eut tôt fait de les oublier toutes les deux. Cinq ans plus tard, un jour, Afanassi Ivanovitch, se trouvant de passage, eut l'idée de visiter son domaine et remarqua soudain, dans sa maison de campagne, dans la famille de son Allemand, une enfant adorable, fillette d'une douzaine d'années, enjouée, charmante, intelligente et promettant une beauté hors du commun ; de ce point de vue là, Afanassi Ivanovitch était un connaisseur et ne se trompait jamais. Cette fois, il ne resta dans son domaine que quelques jours, mais il eut le temps de prendre ses dispositions ; un changement considérable survint dans l'éducation de la fillette ; on fit venir une digne et vénérable gouvernante, très expérimentée dans l'éducation supérieure des jeunes filles, une Suissesse, instruite et professant non seulement le français mais les sciences diverses. Elle s'installa dans la maison de campagne et l'instruction de la petite Nastassia prit une ampleur extraordinaire. Quatre ans plus tard, exactement, cette instruction prit fin ; la gouvernante s'en fut et c'est une autre dame qui vint chercher Nastia, une propriétaire, elle aussi, et elle aussi une voisine du domaine de M. Totski, mais dans une autre province, bien plus reculée – elle emmenait Nastia sur la demande, avec procuration, d'Afanassi Ivanovitch. Dans ce domaine modeste elle découvrit aussi une maison en bois, quoique modeste et récemment construite ; l'ameublement en avait été réalisé avec une élégance particulière, et le petit village, comme par un fait exprès, s'appelait "bourgade d'Otradnoïé*". La dame mena Nastia tout droit dans cette douce maisonnette et, comme elle-même, une veuve sans enfants, n'habitait qu'à une verste de là, elle déménagea pour vivre sous son toit. Nastia vit surgir autour d'elle une vieille économe et une jeune soubrette pleine d'expérience. On découvrit dans la maison des instruments de musique, une élégante bibliothèque de jeune fille, des tableaux, des estampes, des crayons, des pinceaux, des couleurs, une levrette étonnante et, deux semaines plus tard, on reçut la visite personnelle d'Afanassi Ivanovitch... Depuis ce moment-là, il eut un penchant tout spécial pour son petit village enfoui au fond de la steppe, il y passait chaque été, restait un mois, deux mois, trois mois, et un temps assez long se déroula ainsi – quatre ans ou environ, tranquilles, heureux, empreints de goût et d'élégance.

Il arriva pourtant qu'un jour, au début de l'hiver, près de quatre mois après l'un des séjours estivaux d'Afanassi Ivanovitch dans son Otradnoïé où il n'avait passé cette année-là que deux semaines, le bruit vint jusqu'aux oreilles de Nastassia Filippovna qu'Afanassi Ivanovitch,

* La bourgade agréable. *(N.d.T.)*

à Petersbourg, épousait une beauté, riche et de bonne famille – bref qu'il avait trouvé un parti à la fois sûr et magnifique. Ce bruit se révéla plus tard assez douteux dans les détails : le mariage, même à ce moment-là, n'était rien qu'un projet, et encore un projet très vague, mais, dès cet instant, un changement radical se produisit dans le destin de Nastassia Filippovna. Elle révéla soudain une résolution extraordinaire et dévoila un caractère des plus inattendus. Sans perdre son temps en tergiversations, elle quitta sa maisonnette de campagne et apparut soudain à Petersbourg, directement chez Totski, et absolument seule. L'autre fut stupéfié, voulut dire quelque chose ; il s'avéra soudain que, dès le premier mot, ou presque, il lui fallait changer du tout au tout son style, le timbre de sa voix, les thèmes des vieilles conversations, si agréables et si élégantes, tout ce qu'il avait employé jusqu'alors avec un tel succès, toute la logique – tout, tout, tout ! C'était une femme complètement différente qui venait de s'asseoir face à lui, une femme qui ne ressemblait plus en rien à celle qu'il avait connue jusqu'alors, et qu'il avait laissée, là, juste au mois de juillet, dans son Otradnoïé.

Cette femme nouvelle, il s'avéra d'abord qu'elle savait et qu'elle comprenait une quantité invraisemblable de choses – qu'elle en savait tellement qu'il lui fallait, lui, rester abasourdi et se demander où diable elle avait pu prendre ces connaissances, élaborer des conceptions aussi précises. (Pas dans sa bibliothèque de jeune fille, tout de même !) Bien plus, elle s'y entendait au plus haut point sur le plan juridique et elle avait une connaissance positive, sinon du monde, du moins de la façon dont se déroulent dans le monde un certain nombre de choses ; ensuite, c'était absolument un autre caractère, c'est-à-dire plus cette chose timide, flottante comme une jeune fille en pension, parfois charmante dans sa gaieté et sa naïveté originales, parfois triste et pensive, méfiante, pleurant et emplie d'inquiétude.

Non : ce qui lui riait à la face et le mordait de ses sarcasmes les plus vipérins, c'était un être des plus extraordinaires, des plus inattendus, qui lui déclarait net qu'il n'avait jamais éprouvé autre chose à son égard que le mépris le plus profond, un mépris à vomir qui lui était venu sitôt passée la première surprise. Cette femme nouvelle déclarait qu'elle s'en ficherait complètement, qu'il pouvait se marier n'importe quand avec n'importe qui, mais qu'elle était venue, elle, pour lui interdire ce mariage-là, et le lui interdire uniquement par méchanceté, pour la seule raison qu'elle en avait envie et que, par conséquent, cela serait – "eh bien, déjà pour me moquer de toi autant que je veux, parce que, maintenant, enfin, c'est à mon tour, et j'ai envie de m'amuser".

Voilà, du moins, ce qu'elle disait ; et peut-être n'avait-elle pas dit encore tout ce qu'elle avait en tête. Toujours est-il que, tandis que la nouvelle Nastassia Filippovna lui riait au nez et déclarait ces choses, Afanassi Ivanovitch, lui, retournait son histoire en lui-même et, dans la mesure du possible, remettait de l'ordre dans ses pensées quelque peu en déroute. Cette méditation lui prit pas mal de temps ; il mit deux semaines à tout remettre au point et à prendre une décision définitive ; mais, ces quinze jours passés, sa décision était bien arrêtée. Le fait est que, à ce moment-là, Afanassi Ivanovitch était un homme de près de cinquante ans, et qu'il était un homme respectable au plus haut point, voire établi. Sa place dans le monde et dans la société lui avait été assurée depuis longtemps, et sur les bases les plus stables. Ce qu'il aimait et ce qu'il estimait le plus au monde, c'était lui-même, son calme et son confort, ainsi qu'il convenait à un homme au plus haut point honnête. La moindre faille, la moindre hésitation n'étaient plus admissibles dans l'édifice de toute une vie qui avait adopté une forme si parfaite. D'un autre côté, son expérience et sa profonde connaissance des choses firent très vite, et non sans une justesse particulière, comprendre à Totski qu'il avait affaire là à un être absolument hors du commun, et, pour tout dire, un être qui ne se contenterait pas de menacer, mais exécuterait, et à coup sûr, et que, surtout, plus rien, résolument, ne pourrait arrêter, d'autant que cet être-là ne tenait résolument plus à rien, au point même que l'induire en tentation devenait impossible. Ici, visiblement, il y avait autre chose, on devait sous-entendre on ne savait trop quel genre de mélasse de l'âme comme du cœur – quelque chose, un peu, pour ainsi dire, d'une romanesque indignation contre Dieu savait qui et pour Dieu savait quoi, un genre, un peu, de mépris insatiable et qui aurait complètement perdu toute mesure, bref, quelque chose de ridicule et d'interdit au plus haut point dans la bonne société et dont la rencontre se trouvait être pour tout homme de cette bonne société ce qui s'appelle un châtiment de Dieu. Certes, avec sa fortune et ses relations, Totski aurait pu commettre tout de suite une mauvaise action, la plus infime et la plus innocente, pour se tirer de ce mauvais pas. D'un autre côté, il était clair que Nastassia Filippovna elle-même n'était presque pas en état de nuire, ne fût-ce que, par exemple, dans un sens juridique ; elle ne pouvait pas même faire un trop grand scandale, car il aurait été facile de lui en faire rabattre sur-le-champ. Mais cela, c'était seulement au cas où Nastassia Filippovna aurait décidé d'agir comme tout le monde, comme on agit toujours, en général, dans ces cas-là, sans se montrer trop excentrique dans sa perte de la mesure.

C'est là que Totski eut à se féliciter de la justesse de son coup d'œil : il sut deviner que Nastassia Filippovna comprenait bien elle-même qu'elle restait inoffensive sur le plan juridique, mais qu'elle portait quelque chose de complètement nouveau dans son esprit... et dans ses yeux étincelants. Ne tenant plus à rien, et moins encore à elle-même (il fallait une grande intelligence, une profonde perspicacité pour deviner à cet instant qu'il y avait longtemps qu'elle ne tenait plus à elle-même et, pour saisir, lui, ce sceptique et ce cynique mondain, tout le sérieux de ce qu'elle ressentait), Nastassia Filippovna était capable de se détruire entièrement, d'une façon monstrueuse et sans retour, par le bagne et la Sibérie, pourvu qu'elle pût rire de cet homme envers lequel elle nourrissait une répulsion tellement inhumaine. Afanassi Ivanovitch n'avait jamais caché qu'il n'était pas trop courageux ou, pour mieux dire, qu'il était conservateur au plus haut point. S'il avait su, par exemple, qu'on allait le tuer devant l'autel, ou qu'il se passerait quelque chose du même genre, d'extrêmement indécent, de ridicule et de malséant dans la bonne société, il aurait certainement eu peur, et il aurait moins eu peur de se faire tuer, ou blesser jusqu'au sang, ou de se faire cracher dessus en place publique, etc., que du fait que tout cela lui arrive sous une forme si anormale, et tellement malséante. Or, c'était bien cela que Nastassia Filippovna lui promettait, même si elle n'en disait encore rien ; il savait qu'elle le comprenait, qu'elle l'avait étudié au plus haut point et que, par conséquent, elle comprenait en quoi, et où, elle pouvait le frapper. Et comme ce mariage n'était encore réellement qu'à l'état d'intention, Afanassi Ivanovitch hissa le drapeau blanc et se rendit à Nastassia Filippovna.

Une autre circonstance favorisa encore sa décision : on a peine à s'imaginer jusqu'à quel point cette nouvelle

Nastassia Filippovna différait de visage d'avec la pré-cédente. Avant, elle n'était rien qu'une petite fille toute mignonne ; à présent... Totski mit très longtemps à se pardonner de l'avoir regardée pendant quatre ans et de n'avoir rien vu. Il est vrai qu'il fallait également prendre en compte ce moment où, à l'intérieur, et d'une façon soudaine, arrive un bouleversement. Il se souve-nait, au demeurant, que, même avant, il y avait des ins-tants où des idées bizarres lui passaient quelquefois par la tête quand il lui arrivait, disons, de regarder ces yeux : on y pressentait un peu comme une espèce d'obscu-rité profonde et pleine de mystère. Ce regard regardait – comme s'il vous posait une énigme. Ces deux der-nières années, il s'était maintes fois étonné des change-ments survenus dans le teint de Nastassia Filippovna : elle devenait d'une pâleur terrible et – bizarrement – elle en était encore plus belle. Totski, lequel, comme tous les gentlemen ayant su prendre du bon temps, considé-rait un peu de haut l'aisance avec laquelle il avait pos-sédé cette âme qui n'avait pas encore vécu, avait un peu douté de son impression, ces derniers temps. Tou-jours est-il qu'il avait décidé, dès le printemps dernier, qu'il arrangerait bientôt un bon mariage avec une bonne dot pour Nastassia Filippovna, un mariage avec, met-tons, un fonctionnaire recommandable et bien pensant, nommé dans une province voisine. (O qu'il était terrible, et dur, le rire que lui lançait à présent Nastassia Filip-povna !) Mais, à présent, Afanassi Ivanovitch, séduit par cette nouveauté, en venait même à se dire qu'il pourrait exploiter cette femme une fois encore. Il décida d'installer Nastassia Filippovna à Petersbourg et de l'entourer d'un confort somptueux. C'était soit l'un soit l'autre : il devenait possible de se flatter de Nastassia Filippovna, et même de faire d'elle, dirons-nous, un atout, dans un milieu donné. Afanassi Ivanovitch tenait fort à sa gloire en ce domaine.

Cinq ans de vie petersbourgeoise avaient déjà passé, et il va de soi qu'un tel délai avait déterminé pas mal de choses. La position d'Afanassi Ivanovitch n'avait rien de consolant ; le pire était qu'ayant pris peur une fois jamais il n'avait pu se rassurer. Il avait peur – il ne savait pas de quoi lui-même –, il avait peur, tout bonnement, de Nastassia Filippovna. Un certain temps, les deux premières années, il était venu à soupçonner que Nastassia Filippovna ne voulût, elle-même, se marier avec lui, mais qu'elle gardât le silence suite à son incroyable vanité, attendant juste, et avec insistance, qu'il le lui proposât. Cette prétention aurait été bizarre ; Afanassi Ivanovitch faisait la moue et demeurait profondément pensif. A sa grande et (tel est le cœur de l'homme) assez désagréable stupéfaction, il découvrit soudain, lors d'une certaine occasion, que, quand bien même il se serait déclaré, on lui aurait dit "non". Cela, il fut longtemps sans pouvoir le comprendre. Une seule explication lui parut plausible – la fierté de cette "femme offensée et lunatique" en arrivait déjà à un excès si fort qu'il lui devenait plus agréable d'exprimer une fois pour toutes son mépris par un refus que d'établir sa position définitivement par l'accession à une hauteur intouchable. Le pire était que Nastassia Filippovna le dominait terriblement. Elle ne succombait pas non plus à l'intérêt, même au plus imposant, et si, certes, elle avait accepté le confort proposé, elle vivait de façon très modeste, et n'avait presque rien mis de côté durant ces cinq années. Afanassi Ivanovitch voulut essayer une méthode fort rusée pour se défaire de ses chaînes ; sans qu'on le remarque, avec un art très accompli, il essaya de la tenter, grâce à une aide habile, par toutes sortes de tentations les plus idéales ; mais nulle incarnation de l'idéal – princes, hussards, secrétaires d'ambassade, poètes, romanciers, et même des socialistes –, rien ne fit la moindre impression sur Nastassia Filippovna, à croire qu'elle avait un cœur de pierre et que ses émotions, à tout jamais, étaient taries et mortes. Elle menait d'habitude une vie solitaire, lisait, étudiait même, elle aimait la musique. Elle n'avait presque pas d'amis : elle fréquentait toujours des femmes de fonctionnaires, miséreuses et comiques, connaissait deux soi-disant actrices, quelques vieilles femmes, aimait beaucoup la famille nombreuse d'un enseignant tout à fait respectable, où elle était adorée, et reçue avec joie. Assez souvent, le soir, elle recevait cinq-six personnes de ses relations, pas plus. Totski se présentait très souvent, avec soin. Ces derniers temps, et non sans mal, le général Epantchine avait fait la connaissance de Nastassia Filippovna. Au même moment, c'est très facilement et sans le moindre effort que l'avait rencontrée un jeune fonctionnaire nommé Ferdychtchenko, bouffon salace et du plus bas étage qui prétendait à la gaieté, et qui buvait. Elle connaissait encore un autre homme, jeune et mystérieux, nommé Ptitsyne, modeste, soigneux, lissé, sorti de la misère et devenu usurier. Gavrila Ardalionovitch fit, à son tour, sa connaissance... Le résultat fut que Nastassia Filippovna acquit une gloire étrange : tout le monde connaissait sa beauté, mais c'était tout ; personne ne pouvait se vanter de quoi que ce fût, personne n'avait rien à raconter. Une telle réputation, son instruction, sa distinction, son sens de l'humour – tout cela avait définitivement confirmé Afanassi Ivanovitch dans le plan que nous avons dit. C'est à ce moment que se situe le commencement de l'histoire dans laquelle le général Epantchine prit une part si grande et si active.

Lorsqu'il lui demanda si aimablement un conseil amical au sujet de l'une de ses filles, Totski lui fit tout de suite la plus noble, la plus complète et la plus sincère des confessions. Il lui confia qu'il avait résolu de ne plus reculer devant aucun moyen pour obtenir sa liberté ; il n'aurait même pas été encore rassuré si Nastassia Filippovna était venue, de sa propre initiative, lui déclarer qu'elle le laisserait dorénavant complètement tranquille ; les mots ne lui suffisaient plus, il avait besoin des garanties les plus complètes. Ils tinrent conclave et résolurent d'agir ensemble. Il fut convenu, pour commencer, de n'essayer que les méthodes les plus douces, et de ne toucher, pour ainsi dire, que "les cordes nobles de son cœur". Ils se présentèrent devant Nastassia Filippovna et Totski, sans prendre trop de gants, commença par lui faire part de la situation terrible, insupportable, dans laquelle il se trouvait plongé ; il prit tous les péchés sur lui ; il dit sincèrement qu'il ne pouvait se repentir de l'acte originel qu'il lui avait infligé, car il était un sensuel incorrigible et ne se maîtrisait pas mais que, à présent, il voulait se marier et toute la destinée de cette union au plus haut point mondaine et convenable reposait donc entre ses mains à elle ; bref, il attendait tout de la noblesse de son cœur. Puis c'est le général Epantchine qui prit la parole, en sa qualité de père, et qui, faisant appel à la raison, évitant la sensiblerie, mentionnant seulement le fait qu'il lui reconnaissait pleinement le droit de décider du sort d'Afanassi Ivanovitch, fit admirer, non sans habileté, sa propre humilité en lui représentant que le sort de sa fille, et, peut-être bien, de ses deux autres filles, ne dépendait à présent que de sa décision. A la question de Nastassia Filippovna de savoir ce que, précisément, ils lui voulaient, Totski, avec la même raideur sans fard, lui avoua qu'elle l'avait tellement

terrorisé voici cinq ans qu'il ne pourrait retrouver, même
à présent, une tranquillité complète tant qu'elle-même,
Nastassia Filippovna, n'aurait pas contracté un mariage.
Il ajouta tout de suite que cette demande aurait été, cela
allait de soi, inepte de sa part, s'il n'avait pas lui-même
quelques raisons de la croire fondée en ce qui la concernait. Il avait fort bien remarqué, et positivement appris
qu'un jeune homme, de très bonne lignée, vivant dans
une famille on ne peut plus digne – il voulait parler de
Gavrila Ardalionovitch Ivolguine, qu'elle connaissait,
et qu'elle recevait chez elle – l'aimait depuis longtemps
de toute la force de sa passion et donnerait, bien sûr, la
moitié de sa vie pour la seule espérance d'acquérir sa
sympathie. Cette confession, Gavrila Ardalionovitch la
lui avait faite à lui, Afanassi Ivanovitch, et depuis très
longtemps, comme à un ami, comme une preuve de la
pureté de son jeune cœur et Ivan Fedorovitch, qui favori-
sait ce jeune homme de sa protection, savait cela aussi
depuis longtemps. Enfin, si seulement Afanassi Ivanovitch ne faisait pas erreur, Nastassia Filippovna elle-
même était depuis longtemps au courant de cet amour,
et il lui avait même semblé qu'elle le considérait, cet
amour en question, avec une certaine bienveillance. Bien
sûr, il était le plus mal placé pour en parler. Mais si
Nastassia Filippovna pouvait reconnaître en lui, Totski,
en dehors de l'égoïsme et du désir d'arranger sa propre
destinée, ne serait-ce qu'un petit peu de bonnes intentions et qu'elle pût comprendre qu'il y avait bien longtemps qu'il lui était étrange, et même pénible, de voir
la solitude dans laquelle elle vivait ; il n'y avait là qu'in-
décision, ténèbres, totale défiance envers un renouvel-
lement de la vie, vie qui pouvait ressusciter, et de si
belle façon, dans l'amour et dans la famille, se découvrant ainsi un nouveau but ; il n'y avait là qu'aptitudes

gâchées, aptitudes peut-être brillantes, que volontaire contemplation de sa douleur, bref, même, un certain romantisme, indigne autant de la raison que du cœur noble de Nastassia Filippovna. Répétant, une fois encore, qu'il était le plus mal placé de tous pour dire un mot, il conclut qu'il ne pouvait pas renoncer à l'espoir de voir Nastassia Filippovna ne pas lui répondre par le mépris s'il exprimait son désir sincère d'assurer son destin dans l'avenir et lui offrait la somme de soixante-quinze mille roubles. Il ajouta, pour expliquer, que cette somme lui était de toute façon destinée dans son testament ; que, bref, il ne pouvait y avoir là, et en aucune façon, il ne savait quel genre de dédommagement... et, enfin, pourquoi ne pas admettre et ne pas excuser en lui ce désir bien humain de soulager, d'une façon ou d'une autre, et même avec si peu, sa conscience, etc., tout ce qu'on a coutume de dire en pareilles occasions. Afanassi Ivanovitch parla longtemps et avec éloquence, ajoutant, pour ainsi dire entre parenthèses, une nouvelle fort intéressante, à savoir que ces soixante-quinze mille roubles, il osait en parler ici pour la première fois, et qu'Ivan Fedorovitch lui-même – il était là, il en témoignerait – l'apprenait à l'instant ; bref que personne ne pouvait le savoir.

La réponse de Nastassia Filippovna laissa les deux amis sidérés.

Non seulement on ne pouvait y sentir fût-ce la moindre trace des sarcasmes, de la haine et des ressentiments d'avant, de ces éclats de rire au simple souvenir desquels Totski, et à présent encore, se sentait des frissons dans le dos, mais, au contraire, elle paraissait heureuse de pouvoir enfin parler avec quelqu'un d'une façon sincère et amicale. Elle avoua qu'elle-même, elle voulait depuis longtemps lui demander un conseil amical, que seul son orgueil l'en empêchait, mais qu'à présent, puisque la glace était brisée, elle ne pouvait pas rêver mieux. D'abord avec un sourire triste, et puis avec un rire vif et plein de gaieté, elle avoua que, de toute façon, tout orage d'avant était devenu impossible ; que, et depuis longtemps, elle avait plus ou moins changé sa façon de penser, et que, même si son cœur lui-même n'avait changé en rien, elle était, quoi qu'il en fût, forcée d'admettre de nombreuses choses comme des faits accomplis ; ce qui était fait était fait, le passé était passé, de sorte qu'il lui semblait même étrange qu'Afanassi Ivanovitch restât toujours, et aujourd'hui encore, à ce point terrorisé. Ici, elle se tourna vers Ivan Fedorovitch et avec l'air du respect le plus profond, elle expliqua que, depuis très longtemps, elle avait entendu dire mille et mille choses de ses filles, et qu'elle était accoutumée depuis longtemps déjà à les estimer de la façon la plus profonde, la plus sincère. La seule pensée qu'elle pouvait leur être même d'une quelconque utilité serait pour elle, elle le pensait, une joie et une fierté. Il était vrai que les jours qu'elle vivait à présent étaient difficiles et mornes, très mornes ; Afanassi Ivanovitch avait lu ses pensées ; elle aurait désiré ressusciter, si ce n'était à l'amour, du moins à la famille, en se créant un but nouveau ; mais elle ne pouvait presque rien dire de Gavrila Ardalionovitch. Il était vrai, semblait-il, qu'il l'aimait ; elle sentait elle-même qu'elle pourrait peut-être lui répondre si elle pouvait avoir confiance dans la fermeté de son attachement ; mais il était très jeune, même si, bien sûr, il était sincère ; la décision paraissait difficile. Cependant, ce qui lui plaisait surtout, c'était qu'il travaillait, vivait de son travail et qu'il entretenait toute sa famille. Elle avait entendu dire qu'il était un homme plein d'énergie, qui avait de la fierté, voulait une carrière, voulait percer. On lui disait aussi que Nina Alexandrovna Ivolguina, la mère de Gavrila Ardalionovitch, était une femme excellente, et digne de respect au plus haut point ; que sa sœur, Varvara Ardalionovna, était une jeune fille très remarquable, et énergique ; Ptitsyne lui avait beaucoup parlé d'elle. On lui disait qu'ils supportaient leurs infortunes sans jamais perdre courage ; elle eût été très désireuse de faire leur connaissance, mais une question se posait encore – serait-ce de bon cœur qu'elle serait accueillie dans leur famille ? Dans l'absolu, elle ne disait rien contre l'éventualité d'un tel mariage, mais c'était là une chose qu'il fallait encore et encore méditer ; elle ne voulait pas qu'on la presse. Enfin, quant aux soixante-quinze mille, Afanassi Ivanovitch avait tort d'éprouver de la gêne à en parler. Elle comprenait elle-même la valeur de l'argent, et, c'était l'évidence, elle les accepterait. Elle remerciait Afanassi Ivanovitch pour sa délicatesse, pour le fait de n'en avoir rien dit même au général et pas seulement à Gavrila Ardalionovitch – pourtant, pourquoi ne devait-il pas le savoir à l'avance ? Elle n'avait pas à avoir honte de cet argent si elle entrait dans sa famille. Toujours est-il qu'elle n'avait nulle intention de demander pardon à qui que ce fût, et elle insistait fort pour qu'on le sache. Elle ne se marierait pas avec Gavrila Ardalionovitch tant qu'elle ne serait pas sûre que ni lui ni sa famille ne nourrissaient à son égard quelque pensée cachée. Toujours est-il que, elle-même, elle ne se sentait coupable de rien et qu'il était bien préférable que Gavrila Ardalionovitch pût savoir sur quelles bases elle avait vécu ces cinq années à Petersbourg, quels étaient ses rapports avec Afanassi Ivanovitch, et si elle en avait retiré une grande fortune. Enfin, même si aujourd'hui elle acceptait ce capital, ce n'était certes pas comme le salaire de sa honte de jeune fille, honte dont elle n'était pas coupable, mais comme une réparation pour son destin défiguré.

A la fin, elle s'anima et s'échauffa si fort en exposant tout cela (ce qui, du reste, était bien naturel) que le général Epantchine demeura très content et considérait l'affaire comme réglée ; pourtant, Totski, déjà terrorisé une fois, n'y croyait pas encore complètement et, pendant longtemps encore, craignit qu'une vipère ne reposât sous ces bouquets de roses. Les pourparlers étaient malgré tout engagés ; le point sur lequel les deux amis avaient basé toute leur manœuvre, c'est-à-dire la possibilité d'un penchant de Nastassia Filippovna envers Gania, ce point avait commencé peu à peu à s'éclaircir et à se voir justifié, en sorte que même Totski, de temps en temps, commençait à penser qu'un succès devenait envisageable. Pendant ce temps, Nastassia Filippovna eut une explication avec Gania : peu de mots furent échangés, comme si sa pudeur avait eu à souffrir. Elle admettait, pourtant, qu'il l'aimât, et le lui permettait, mais elle lui déclara, et non sans insistance, qu'elle ne voulait elle-même se restreindre en rien ; que, jusqu'au jour de son mariage (si tant est que ce mariage dût avoir lieu), elle se réservait le droit de dire "non", et cela, fût-ce à la toute dernière heure ; Gania, quant à lui, se voyait réserver un droit en tout point identique. Gania apprit bientôt, de façon positive, par un hasard obligeant, que l'hostilité de toute sa famille à ce mariage, et à la personne même de Nastassia Filippovna, hostilité qui éclatait dans les disputes familiales, était connue de Nastassia Filippovna, et dans tous les détails ; elle-même, elle ne lui en disait jamais un mot, même s'il s'y attendait de jour en jour. Du reste, il serait possible de raconter bien d'autres choses sur les histoires et toutes les circonstances qui furent révélées à propos de ces pourparlers et de ces fiançailles ; mais nous n'avons déjà que trop devancé les événements, d'autant que certaines de ces circonstances ne surgissaient pour le moment que sous la forme de bruits encore beaucoup trop vagues. Par exemple, il semblait que Totski aurait, on ne savait d'où, appris que Nastassia Filippovna serait entrée dans on ne savait quels rapports vagues et absolument secrets avec les filles Epantchine, un bruit totalement farfelu. Il y avait pourtant un autre bruit auquel il croyait malgré lui, et qui le terrorisait encore plus qu'un cauchemar : il avait entendu, comme une chose établie, que Nastassia Filippovna, semblait-il, savait au plus haut point que Gania ne l'épousait que pour l'argent, que Gania avait une âme noire, rapace, impatiente, jalouse, et vaniteuse invraisemblablement, sans aucune proportion avec quoi que ce fût ; que, même s'il était vrai que Gania avait, avec passion, cherché une victoire sur Nastassia Filippovna, du jour où les deux amis avaient décidé d'exploiter à leur profit cette passion, qui s'embrasait des deux côtés, et d'acheter Gania en lui vendant Nastassia Filippovna comme épouse légitime, lui, il s'était mis à la haïr comme son cauchemar. Dans son âme, à ce qu'il paraissait, l'amour et la haine s'étaient unis d'une façon bizarre, et même s'il avait fini, non sans de douloureuses hésitations, par promettre d'accepter ce mariage avec cette "mauvaise femme", il s'était lui-même juré au fond du cœur de tirer d'elle, pour ce motif, une vengeance cruelle, et de la "crever" ensuite, selon, paraissait-il, son expression. Tout cela, Nastassia Filippovna, paraissait-il, le savait déjà, et, en secret, elle préparait on ne savait trop quoi. Totski en éprouvait maintenant une peur si intense qu'il avait même cessé de faire part de ses craintes au général Epantchine ; mais, à certains instants, comme tout homme sans caractère, il reprenait résolument espoir et il res-suscitait d'un coup ; il avait repris espoir, ainsi, au plus haut point, quand Nastassia Filippovna promit enfin aux deux amis qu'elle dirait son dernier mot le soir de son anniversaire. Par contre, le bruit le plus étrange et le plus incroyable, un bruit touchant la personne même du respectable Ivan Fedorovitch, se révélait, hélas ! de plus en plus fondé.

Là, au premier coup d'œil, tout paraissait du délire le plus pur. Il était difficile de croire que, soi-disant, Ivan Fedorovitch, au crépuscule de son âge respectable, avec toute l'éminence de sa raison, son expérience posi-tive de la vie, etc., se serait laissé, lui-même, séduire par Nastassia Filippovna – et tellement, soi-disant, oui, soi-disant à un tel point que ce caprice faisait presque penser à une passion. Ce qu'il pouvait espérer dans ce cas, c'était une chose qu'on avait du mal à se représenter ; l'aide, peut-être, de Gania lui-même. Totski avait au moins comme le soupçon de quelque chose de sem-blable, il avait le soupçon de l'existence d'un complot tacite, basé sur une entente mutuelle, entre le général et Gania. Du reste, on sait qu'un homme qui tombe outre mesure dans la passion, surtout si c'est un homme d'âge, devient complètement aveugle et qu'il est prêt à trou-ver un soupçon d'espoir même là où il n'y en a jamais eu l'ombre ; bien plus, il perd toute raison et il agit comme un gosse imbécile, quand bien même il serait la sagesse incarnée. On savait que le général avait préparé pour l'anniversaire de Nastassia Filippovna, de sa propre part à lui, des perles magnifiques, qui lui avaient coûté les yeux de la tête, et qu'il s'intéressait beaucoup à ce cadeau – tout en sachant que Nastassia Filippovna était insensible à l'appât du gain. La veille de l'anniversaire de Nastassia Filippovna, il était comme pris de fièvre, même s'il se camouflait habilement. Or, c'est de ces fameuses perles qu'avait eu vent la générale Epantchina. Il est vrai qu'Elizaveta Prokofievna avait commencé d'éprouver toute la frivolité de son mari depuis déjà un certain temps, et que, même, plus ou moins, elle s'y était accoutumée ; mais il restait néanmoins impossible de laisser passer un cas pareil : la rumeur au sujet des perles l'intéressait au plus haut point. Cela, le général l'avait compris en temps utile ; la veille encore, certaines paroles s'étaient échappées ; il pressentait l'explication capitale, et il la redoutait. Voilà pourquoi, le matin où nous entamons notre récit, il n'avait pas la moindre envie d'aller prendre son petit déjeuner au sein de sa famille. Avant le prince, il avait décidé d'invoquer des affaires pressantes, et de prendre ses précautions. Prendre ses précautions, chez le général, cela voulait bien souvent dire, tout bonnement, prendre la fuite. Tout ce qu'il demandait, c'était qu'au moins cette journée, et, plus que tout, cette soirée, il pût se les gagner sans trop de mal. Et, tout d'un coup, le prince survenait – il ne pouvait pas mieux tomber. "Le bon Dieu qui l'envoie", se dit le général, entrant chez son épouse.

V

La générale était jalouse de ses origines. Que dut-elle ressentir quand elle apprit, tout de go et à brûle-pourpoint, que ce prince, le dernier représentant du genre des Mychkine, dont elle avait déjà, vaguement, entendu parler, n'était rien d'autre qu'un pitoyable idiot, presque un mendiant, et qu'il prenait l'aumône qu'on lui donnait ? Le général voulait faire de l'effet, afin de captiver d'un coup son attention et de la détourner, d'une façon ou d'une autre.

Dans les cas extrêmes, la générale avait coutume d'écarquiller les yeux au plus haut point, et, le torse légèrement renversé, de regarder devant elle sans dire un mot. C'était une femme de grande taille, du même âge que le général, aux cheveux sombres, largement grisonnants mais encore très épais, le nez un peu arqué, sèche, les joues jaunes et creuses, les lèvres fines et pincées. Son front était haut, mais étroit ; ses yeux gris, assez grands, prenaient parfois une expression des plus inattendues. Jadis elle avait eu la faiblesse de croire que son regard faisait un effet foudroyant ; cette conviction était restée indélébile.

— Recevoir ? Vous dites, le recevoir, là, maintenant, tout de suite ? et la générale écarquilla les yeux de toutes ses forces sur Ivan Fedorovitch, lequel s'agitait devant elle.

— Oh mais, de ce point de vue, on peut se passer de cérémonies, si seulement, mon amie, il te plaît de le voir, se hâta d'expliquer le général. Un vrai enfant, et pitoyable, même, un peu ; il est malade, il a des crises, des choses comme ça ; il arrive de Suisse, il sort du train, des vêtements bizarres, je ne sais pas, à l'allemande, et, par-dessus le marché, pas un kopek, littéralement ; il pleure presque. Je lui ai fait cadeau de vingt-cinq roubles, et je veux lui trouver une place de scribe, ou quelque chose, dans mon secrétariat. Et vous, mesdames, je vous demande de le restaurer un peu, parce que j'ai l'impression qu'il crève de faim, en plus...

— Vous me surprenez, poursuivait la générale sur le même ton. Il crève de faim, des crises ! Mais quoi, comme crises ?

— Oh, ça lui arrive rarement, et puis, je vous dis, il est comme un enfant, ou presque, mais il a de l'instruction. Je voulais, mesdames, reprit-il, s'adressant de nouveau à ses filles, vous demander de lui faire passer un examen, pour être un peu fixé, quand même, savoir ce qu'il est capable de faire.

— Un e-xa-men ? fit la générale en traînant la voix, et, en proie à la plus grande stupéfaction, elle se remit à faire rouler ses yeux du général jusqu'à ses filles et vice versa.

— Oh, mon amie, ne va pas chercher un sens qui... enfin, c'est comme tu veux ; moi, je pensais le choyer un peu et l'introduire chez nous, parce que c'est presque une bonne action.

— L'introduire chez nous ? De Suisse ?!

— La Suisse, elle n'a rien à voir là-dedans ; mais bon, je te le répète, c'est comme tu veux. Moi, je te dis ça, d'abord, parce que vous portez le même nom, et même, peut-être, vous êtes parents, et puis, deuxièmement, parce qu'il est à la rue. Je me disais même que ça pouvait t'intéresser, parce que, on a beau dire, il est de notre famille.

— Maman, mais, bien sûr, si on peut se passer de cérémonies ; et puis, s'il n'a pas mangé après le voyage, pourquoi ne pas le faire manger, s'il ne sait pas où se mettre ? dit l'aînée, Alexandra.

— D'autant que c'est un vrai enfant, on jouerait à cache-cache avec lui.

— A cache-cache ? Comment ça ?

— Ah, maman, cessez de faire des mines, je vous le demande, intervint Aglaïa avec dépit.

La deuxième des sœurs, Adelaïda, d'humeur toujours badine, n'y tint plus et partit d'un grand rire.

— Appelez-le, papa, maman le permet, décida Aglaïa.

Le général sonna et fit appeler le prince.

— Mais il faudra absolument lui mettre une serviette autour du cou quand il viendra à table, trancha la générale, appelez Fedor, ou bien Mavra… et qu'elle reste derrière lui, qu'elle le surveille quand il mange. Il est tranquille, au moins, pendant ses crises ? Il ne fait pas de gestes ?

— Au contraire, il est même très bien élevé, il a de très bonnes manières. Il est juste un petit peu simplet, parfois… Mais le voilà lui-même ! Voilà, très chère, je vous le recommande, le prince Mychkine, dernier du genre, un homonyme et peut-être bien, même, un parent, accueillez-le et choyez-le. On sert le petit déjeuner, prince, alors, faites-nous l'honneur… Pour moi, vous m'excuserez, je suis en retard, je cours…

— On le sait, où vous courez, dit la générale d'une voix grave.

— Je cours, mon amie, je cours, je suis en retard ! Et puis, mesdames, donnez-lui vos albums, qu'il y mette quelque chose ; quel calligraphe c'est, une perle ! Un talent ; là-bas, au bureau, il m'a fait une signature médiévale : "L'igoumène Pafnouti apposa la main…" Eh bien, au revoir.

— Pafnouti ? L'igoumène ? Mais attendez, attendez, où est-ce que vous courez, et qu'est-ce que c'est que ce Pafnouti ? cria avec un dépit appuyé, pour ne pas dire une inquiétude, la générale à son époux qui s'enfuyait.

— Oui, oui, mon amie, c'était dans le temps, un igoumène… moi, je file chez le comte, il m'attend, un rendez-vous, depuis longtemps, et puis, surtout, fixé moi-même… Prince, au revoir !

Le général s'éclipsa d'un pas vif.

— On le connaît, son comte, dit d'une voix tranchante Elizaveta Prokofievna, et elle tourna les yeux, non sans agacement, vers le prince. Alors, quoi ? reprit-elle, en essayant de se souvenir, avec dépit et répugnance. Alors, donc ? ah oui : qui est-ce, votre igoumène ?

— Maman, fit Alexandra, voulant intervenir ; même Aglaïa tapa de son petit pied.

— Ne me dérangez pas, Alexandra Ivanovna, la rabroua la générale, moi aussi, je veux savoir. Prince, asseyez-vous là, tenez, dans ce fauteuil, en face, non, ici, au soleil, poussez-vous, approchez-vous de la lumière, que je vous voie. Alors, votre igoumène ?

— L'igoumène Pafnouti, répondit le prince d'un air attentif et sérieux.

— Pafnouti ? Intéressant ; eh bien, qui était-ce donc ?

La générale l'interrogeait d'une voix impatiente, vive, tranchante, sans quitter le prince des yeux, et, quand le prince répondait, elle hochait la tête à chaque mot qu'il disait.

— L'igoumène Pafnouti, au XIVe siècle, commença le prince, dirigeait un ermitage au bord de la Volga, dans ce qui est aujourd'hui notre province de Kostroma. Il était fameux pour sa sainte vie, il a fait le voyage de la Horde, pour aider à régler les affaires de son temps, et il a mis sa signature au dos d'une charte, et moi, j'ai vu une copie de cette signature. L'écriture m'a plu et je l'ai apprise. Quand, tout à l'heure, le général a voulu voir la façon dont j'écrivais pour me donner un travail, j'ai écrit quelques phrases avec des écritures différentes, et, parmi elles, "L'igoumène Pafnouti apposa la main", avec l'écriture authentique de l'igoumène Pafnouti. Ça a beaucoup plu au général, il vient d'y repenser.

— Aglaïa, dit la générale, souviens-toi bien : Pafnouti ou, non, mieux – note-le, sinon j'oublie toujours. Du reste, je pensais que ce serait plus intéressant. Où est-elle donc, cette signature ?

— Elle est restée, je crois, dans le bureau du général, sur sa table.

— Qu'on envoie la chercher tout de suite.

— Mais je vous la récrirai plutôt, si vous le désirez.

— Bien sûr, maman, dit Alexandra, et maintenant, nous ferions mieux de nous mettre à table ; nous avons faim.

— C'est juste, décréta la générale. Venez, prince ; vous avez très faim, vous-même ?

— Oui, maintenant, vraiment très faim, et je vous remercie beaucoup.

— C'est très bien que vous soyez poli, et je remarque que vous n'êtes absolument pas cet… original qu'on nous a présenté. Venez. Asseyez-vous ici, en face de moi, disait-elle, s'agitant et installant le prince, quand ils furent passés dans la salle à manger, je veux vous avoir en face de moi. Alexandra, Adelaïda, occupez-vous du prince. C'est vrai, n'est-ce pas, qu'il est loin d'être aussi… souffrant ? Même la serviette, il pourra s'en passer, peut-être… Prince, on vous mettait une serviette au cou quand vous étiez à table ?

— Avant, quand j'avais sept ans, je crois que oui, mais aujourd'hui, d'habitude, quand je mange, je mets ma serviette sur mes genoux.

— C'est bien. Et les crises ?

— Les crises ? demanda le prince, un peu surpris. Les crises, maintenant, elles sont assez rares. Remarquez, je ne sais pas ; on dit que le climat d'ici me fera du mal.

— Il sait parler, remarqua la générale s'adressant à ses filles et continuant de hocher la tête à chaque mot du prince, je n'en espérais pas tant. Ce sont donc des sornettes et des mensonges, comme d'habitude. Mangez, prince, et racontez-nous : où êtes-vous né, où avez-vous grandi ? Je veux tout savoir ; vous m'intéressez au plus haut point.

Le prince remercia et, déjeunant avec grand appétit, il rapporta une fois encore tout ce qu'il avait dû dire tant de fois durant cette matinée. La générale était de plus en plus contente. Les filles, elles aussi, écoutaient avec une certaine attention. On compara les lignées : il s'avéra que le prince connaissait assez bien son arbre généalogique ; mais on eut beau faire des recoupements, on ne trouva presque aucun lien de parenté entre la générale et le prince. C'est seulement au niveau des grands-mères et des grands-pères qu'il aurait été possible d'établir un rapport déjà lointain. Cette matière aride plut surtout à la générale, qui ne parvenait presque jamais à parler de sa lignée, malgré tout son désir, en sorte qu'elle sortit de table dans un certain état d'exaltation.

— Passons tous dans notre salle de réunion, dit-elle, nous y ferons servir notre café. C'est une pièce commune que nous avons ici, poursuivit-elle, en s'adressant au prince et en l'emmenant, tout bonnement mon petit salon, où nous nous retrouvons quand nous sommes seules et où chacune trouve à s'occuper : Alexandra, celle-là, ma fille aînée, joue du piano, ou bien elle lit, ou elle fait de la couture ; Adelaïda, elle peint des paysages et des portraits (et elle n'arrive jamais à terminer), et Aglaïa, elle reste là, et ne fait rien. Moi aussi, mon ouvrage me tombe des mains, je n'arrive à rien. Eh bien, nous y voilà ; asseyez-vous, prince, là, près de la cheminée, et racontez. Je veux savoir comment vous racontez. Je veux m'en convaincre complètement, et quand je verrai la princesse Belokonskaïa, vous savez, la grand-mère, je lui dirai tout sur vous. Je veux que vous les intéressiez toutes, vous aussi. Eh bien, parlez.

— Maman, mais c'est très bizarre de raconter comme ça, remarqua Adelaïda qui, pendant ce temps, avait arrangé son chevalet, pris ses pinceaux, sa palette et avait voulu se mettre à recopier d'après une estampe un paysage commencé depuis longtemps. Alexandra et Aglaïa s'assirent ensemble sur un petit divan et, les bras croisés, elles s'apprêtèrent à écouter toute la conversation. Le prince nota qu'on le regardait de tous côtés avec une attention particulière.

— Moi, je ne raconterais rien si on me l'ordonnait comme ça, remarqua Aglaïa.

— Pourquoi ? Qu'est-ce qu'il y a de bizarre ? Pourquoi ne raconterait-il pas ? Il a une langue. Je veux voir comment il sait parler. Eh bien, de n'importe quoi. Racontez ce qui vous a plu en Suisse, votre première impression. Vous verrez, il commencera tout de suite, et il commencera bien.

— L'impression a été forte…, voulut commencer le prince.

— Tenez, tenez, s'exclama d'impatience Elizaveta Prokofievna, s'adressant à ses filles. Vous voyez, il commence.

— Mais laissez-le au moins parler, maman, l'interrompit Alexandra. Ce prince, si ça se trouve, c'est un grand charlatan, pas un idiot, chuchota-t-elle à Aglaïa.

— Sans doute que oui, je le vois depuis longtemps, répondit Aglaïa. C'est dégoûtant de sa part, de jouer la comédie. Il veut gagner quelque chose, ou quoi, en faisant ça ?

— La première impression a été très forte, répéta le prince. Quand on m'emmenait de Russie, à travers plein de villes allemandes, je regardais juste sans rien dire, je me souviens, je ne posais même aucune question. C'était après une série de crises très fortes, très douloureuses, de ma maladie, et moi, quand cette maladie s'aggravait et que les crises se répétaient plusieurs fois d'affilée, je tombais toujours dans une hébétude complète, je perdais complètement la mémoire, le cerveau continuait bien de travailler, mais tout se passait comme si la suite logique des idées s'était brisée. Je ne pouvais pas lier ensemble plus de deux ou de trois idées. C'est l'impression que j'ai. Et puis, quand les crises s'apaisaient, je retrouvais ma santé et ma force, comme en ce moment, là. Je me souviens ; je sentais une tristesse insupportable ; cela m'avait fait une impression terrible, que tout était étranger ; cela, je l'avais compris. Ce qui était étranger me tuait. Je ne me suis complètement réveillé de ces ténèbres, je me souviens, qu'un soir, à Bâle, quand je suis entré en Suisse, c'est le cri d'un âne au marché de la ville qui m'a réveillé. Cet âne, il m'a frappé d'une façon terrible, et, je ne sais pas pourquoi, mais il m'a plu que c'en était extraordinaire, et, en même temps, d'un seul coup, c'est comme si tout s'était éclairci dans ma tête.

— Un âne ? C'est bizarre, nota la générale. Du reste, il n'y a rien de bizarre là-dedans, j'en connais qui tomberaient amoureuses d'un âne, remarqua-t-elle, en jetant un regard agacé sur ses filles qui riaient. Ça s'est déjà vu dans la mythologie. Continuez, prince.

— Depuis, c'est terrible comme j'aime les ânes. C'est même une sympathie que j'ai en moi. J'ai commencé à me renseigner sur l'âne, et j'ai tout de suite acquis la conviction que c'est un animal très utile, travailleur, fort, patient, économique, endurant ; et, par cet âne, d'un seul coup, c'est toute la Suisse qui s'est mise à me plaire, si bien que ma tristesse a complètement disparu.

— Tout cela est bien étrange, mais l'âne, je crois qu'on peut passer dessus ; parlons d'autre chose. Pourquoi est-ce que tu ris, Aglaïa ? Et toi, Adelaïda ? C'était très beau, ce que le prince a dit de l'âne. Il l'a vu lui-même, et toi, tu l'as vu ? Tu as vécu à l'étranger ?

— J'ai déjà vu un âne, maman, dit Adelaïda.

— Moi, j'en ai même déjà entendu un, reprit Aglaïa. Et toutes les trois furent reprises par le rire. Le prince rit avec elles.

— C'est très méchant, ce que vous faites, remarqua la générale. Ne leur en veuillez pas, prince, elles ont bon cœur. Je les chamaille toujours, mais je les aime. Elles sont frivoles, inconséquentes, elles sont folles.

— Mais pourquoi donc ? fit le prince qui riait toujours. Moi aussi, à leur place, j'aurais profité de l'occasion. Et, malgré tout, je prends parti pour l'âne ; l'âne, c'est un homme utile et bon.

— Et vous, prince, est-ce que vous êtes bon ? C'est par curiosité que je vous le demande, demanda la générale.

Tous éclatèrent de rire une fois encore.

— Encore ce maudit âne qui revient ; je l'avais complètement oublié ! s'exclama la générale. Croyez-moi, prince, je vous en prie, il n'y avait pas d'…

— D'allusions ? Oh, je le crois, sans l'ombre d'un doute !

Et le prince riait sans s'arrêter.

— C'est très bien, que vous riiez. Je vois que vous êtes un jeune homme très bon, dit la générale.

— Pas bon du tout, parfois, répondit le prince.

— Eh bien moi, je suis bonne, intervint brusquement la générale, et, si vous voulez, je suis toujours bonne, et c'est mon seul défaut, parce qu'il est très mauvais d'être toujours bonne. Je me fâche très souvent, contre elles, par exemple, ou contre Ivan Fedorovitch surtout, mais le pire c'est que je ne suis jamais si bonne qu'au moment où je me fâche. Tout à l'heure, juste avant que vous ne veniez, je me suis mise en colère, j'ai fait comme si je ne comprenais rien, et ne pouvais rien comprendre. Ce sont des choses qui m'arrivent : une vraie enfant. Aglaïa m'a donné une leçon ; je te remercie, Aglaïa. Mais, bon, je dis des sornettes. Je ne suis pas encore si bête que j'en ai l'air et que mes filles veulent me faire paraître. Je garde mon caractère, et j'ai mon franc-parler. Mais, bon, je dis ça sans méchanceté. Viens ici, Aglaïa, embrasse-moi, va... assez de cajoleries, remarqua-t-elle quand Aglaïa lui eut embrassé avec effusion les lèvres et la main. Continuez, prince. Vous vous rappellerez peut-être quelque chose de plus intéressant que l'âne.

— Et, malgré tout, je ne comprends pas comment on peut raconter de but en blanc, remarqua une fois encore Adelaïda, moi, je serais complètement perdue.

— Le prince, il ne se perdra pas, parce que le prince est d'une intelligence extrême, dix fois plus intelligent que toi, au moins, et peut-être bien douze. J'espère que tu le sentiras, après ça. Prince, prouvez-leur, continuez. L'âne, c'est vrai, malgré tout, on peut le laisser de côté. Eh bien, à l'étranger, qu'avez-vous vu, en dehors de cet âne ?

— Mais, même sur l'âne, c'était intelligent, remarqua Alexandra. C'était très intéressant, ce que le prince a raconté, un épisode de sa maladie, et comment tout lui a plu d'un seul coup, juste par une chiquenaude venue de l'extérieur. Ça m'a toujours intéressée, les gens qui deviennent fous et qui reguérissent ensuite. Surtout quand ça arrive d'un seul coup.

— N'est-ce pas que c'est vrai, n'est-ce pas ? s'écria la générale. Je vois que toi aussi, parfois, tu es intelligente ; mais enfin, assez ri ! Je crois que vous en étiez à la nature suisse, prince, et donc ?…

— Nous sommes arrivés à Lucerne, et on m'a fait traverser le lac. Je devinais que c'était beau, mais, en même temps, je sentais en moi un poids terrible, dit le prince.

— Pourquoi ? demanda Alexandra.

— Je ne comprends pas. Je me sens toujours inquiet et oppressé quand je regarde ce genre de paysage pour la première fois ; c'est bon et ça inquiète en même temps ; remarquez, c'était encore pendant ma maladie.

— Ah non, moi, j'aurais bien envie de le regarder, dit Adelaïda. Et je ne comprends pas, quand est-ce que nous irons enfin à l'étranger ? Voilà deux ans que je ne peux pas me trouver un sujet de tableau :

L'Orient, le Sud sont trop décrits*…

Prince, trouvez-moi un sujet de tableau.

— Je ne comprends rien à ça. J'aurais dit : on regarde et on peint.

— Je ne sais pas regarder.

---

* Citation approximative d'un poème de Mikhaïl Lermontov, *Conversation entre le poète, le journaliste et le lecteur*, 1840. *(N.d.T.)*

— Mais qu'est-ce que vous avez à parler par cha-
rades ? Je n'y comprends rien ! coupa la générale. Comment ça, je ne sais pas regarder ? Tu as des yeux, tu
regardes. Si tu ne sais pas regarder ici, ce n'est pas à
l'étranger que tu pourras apprendre. Racontez-nous plutôt
comment vous regardiez vous-même, prince.

— Voilà qui sera mieux, ajouta Adelaïda. Le prince,
c'est à l'étranger qu'il a appris à regarder.

— Je ne sais pas ; j'y ai seulement rétabli ma santé ;
je ne sais pas si j'ai appris à regarder. Du reste, presque
tout le temps, j'ai été très heureux.

— Heureux ! Vous savez être heureux ? s'écria Aglaïa.
Mais comment donc pouvez-vous dire que vous n'avez
pas appris à regarder ? Enseignez-nous encore un peu.

— Enseignez-nous, je vous en prie, ajoutait en riant
Adelaïda.

— Je ne peux rien enseigner, lui répondait le prince,
riant aussi, j'ai passé presque tout le temps à l'étranger
dans ce village suisse ; j'en sortais rarement, et jamais
pour très loin ; qu'est-ce donc que je pourrais vous enseigner ? Au début, simplement, je ne m'ennuyais pas ;
très vite j'ai commencé à me rétablir, et puis chaque jour
me devenait précieux, et plus ça allait, plus les jours me
semblaient précieux, si bien que j'ai fini par le comprendre. Je me mettais au lit, j'étais content ; je me
levais, je l'étais encore plus. Et d'où cela venait, c'est
assez difficile à raconter.

— Et donc, vous ne vouliez plus partir, rien d'autre
ne vous attirait ? demanda Alexandra.

— Au début, au tout début, si, il y avait des lieux
qui m'attiraient, et je tombais dans une grande inquiétude. Je me demandais toujours comment je vivrais ; je
voulais tenter mon destin ; il y avait surtout des moments
où je me sentais inquiet. Vous savez, c'est des moments,

comme ça, surtout quand on est seul. Nous avions une cascade, là-bas, pas très grande, elle tombait de très haut dans la montagne, et un filet si fin, presque tout droit – blanche, bruyante, écumante ; elle tombait de haut, mais, semblait-il, d'assez bas, elle était à une demi-verste, on aurait cru une cinquantaine de pas. Moi, la nuit, j'aimais l'écouter ; et c'est dans ces moments-là que j'arrivais parfois à une grande inquiétude. Ou bien, aussi, à midi, vous vous aventurez dans les montagnes, comme ça, vous vous retrouvez tout seul, en plein milieu, autour, rien que les sapins – vieux, gigantesques, pleins de résine ; en haut, sur un rocher, un vieux château du Moyen Age, des ruines ; notre petit village, en bas, très loin, à peine visible ; un soleil éclatant, le ciel – tout bleu, le silence – à faire peur. C'est là, parfois, que tout ça vous appelle, vous ne savez pas où, et moi, il me sem-blait toujours que si je marchais tout droit, longtemps, longtemps, et j'arrivais à traverser cette ligne, là-bas, celle où le ciel et la terre se rencontrent, c'est là que je trouverais la clé de l'énigme, et que je verrais tout de suite une vie nouvelle, mille fois plus puissante, plus bruyante que chez nous ; et, dans mes rêves, je voyais toujours une ville aussi grande que Naples, et partout des palais, le bruit, le fracas, la vie... Dieu sait seule-ment à quoi je ne rêvais pas ! Et puis, après, je me suis dit que, même en prison, on peut trouver une vie immense.

— Cette noble pensée, je l'ai déjà lue dans mon livre de classe, quand j'avais douze ans, dit Aglaïa.

— Tout ça, c'est de la philosophie, remarqua Ade-laïda. Vous êtes un philosophe, vous êtes venu nous con-vertir à votre enseignement.

— Oui, peut-être, vous n'avez pas tort, fit le prince en souriant, c'est vrai, peut-être, que je suis un philosophe, et puis, qui sait ? peut-être, c'est vraiment vrai que j'ai l'idée de convertir... Oui, c'est possible ; oui, c'est vraiment possible.

— Et une philosophie exactement comme celle d'Evlampia Nikolaevna, reprit à nouveau Aglaïa, une femme de fonctionnaire, vous savez, une veuve, elle vient nous voir, une sorte de dame de compagnie. Tout son but dans la vie, c'est ce qui est le moins cher ; juste vivre le moins cher possible, elle ne parle que de petits sous, et notez bien que, de l'argent, elle en a, elle sait vous filouter. Pareil pour votre vie immense dans la prison, et, peut-être, pour vos quatre ans de bonheur dans ce village, au nom duquel vous avez vendu toute votre ville de Naples, et avec bénéfice, je crois, même si ça reste quelques sous.

— Pour ce qui est de la vie en prison, on peut pourtant ne pas être d'accord, dit le prince ; j'ai entendu le récit d'un homme qui avait passé en prison une bonne douzaine d'années ; c'était un des malades, chez mon professeur, il se soignait. Il avait des crises, il devenait parfois inquiet, il pleurait, et même, une fois, il a tenté de se tuer. Sa vie en prison était très triste, je vous assure, mais ce qui est certain, en tout cas, c'est que ce n'était pas une vie à deux sous. Et il n'avait que deux amis, vous savez, une araignée, et puis l'arbuste qui avait grandi sous sa fenêtre... Mais il vaut mieux que je vous raconte ce que m'a dit un autre homme que j'ai rencontré l'année dernière. Il y avait là une circonstance très étrange, étrange en ce que, finalement, ce genre de cas est rarissime. Cet homme avait déjà été traîné, avec d'autres, sur l'échafaud, et on lui avait lu sa sentence de mort : fusillé, pour crime politique. Une vingtaine de minutes plus tard, on lui a lu sa grâce, sa peine de mort venait d'être commuée ; et néanmoins, tout l'intervalle entre ces deux verdicts, ces vingt minutes, disons, à tout le moins, ce quart d'heure, il l'a vécu avec la conviction inébranlable que, d'ici quelques minutes, il allait brusquement mourir. J'avais une envie terrible d'écouter quand il se ressouvenait, parfois, de ces impressions de ce moment-là, et, plusieurs fois, j'ai recommencé à lui poser des questions. Il se souvenait de tout avec une clarté extraordinaire et il disait qu'il n'oublierait jamais rien de ces minutes. A une vingtaine de pas de l'échafaud au pied duquel s'étaient massés le peuple et les soldats, trois poteaux avaient été plantés dans le sol, parce que les criminels étaient plusieurs. Les trois premiers ont été amenés jusqu'aux poteaux, on leur a mis leur costume mortuaire (une longue chemise blanche), on leur a enfoncé sur les yeux des bonnets blancs, pour qu'ils ne voient pas les fusils ; et puis un certain nombre de soldats se sont mis en ligne devant chaque poteau. Mon ami était le huitième sur la liste, il devait donc, visiblement, marcher jusqu'aux poteaux avec le troisième groupe. Un prêtre, avec sa croix, est passé parmi eux. Il s'avérait donc qu'il ne lui restait à vivre qu'à peu près cinq minutes, pas plus. Il disait que ces cinq minutes lui paraissaient un délai infini, une richesse incroyable ; il lui semblait que, pendant toutes ces cinq minutes, il pourrait vivre tant de vies qu'il n'y avait encore aucune raison de penser à son dernier instant, au point qu'il a pris différentes dispositions : il a calculé le temps qu'il lui faudrait pour faire ses adieux à ses camarades, il s'est donné pour cela quelque chose comme deux minutes, ensuite, il s'est donné deux autres minutes pour réfléchir une dernière fois sur lui-même, et puis pour regarder autour de lui. Il se souvenait très bien d'avoir pris ces trois dispositions précises, et d'avoir bien calculé ainsi. Il mourait à vingt-sept ans, en pleine santé, en pleine force ; en faisant ses adieux à ses camarades, il se souvenait qu'à l'un d'entre eux il a posé une question même assez indifférente, et qu'il s'est même beaucoup intéressé à la réponse. Après, quand il a eu fini de faire ses adieux à ses camarades, ont commencé les deux minutes qu'il s'était calculées pour penser à soi-même ; il savait d'avance à quoi il allait réfléchir : il cherchait tout le temps à s'imaginer, le plus vite et le plus clairement possible, cela – comment cela se faisait-il donc : là, en ce moment, il existe et il vit, et, d'ici trois minutes, déjà, il sera autre chose, quelqu'un, ou quelque chose – mais qui donc ? où donc ? Tout cela, il pensait le résoudre pendant ces deux minutes ! Non loin de là, il y avait une église, et le sommet de la coupole, avec son dôme doré, luisait sous un soleil brillant. Il se souvenait que c'était avec une terrible obstination qu'il regardait cette coupole et ces rayons qu'elle projetait ; il ne pouvait pas se détourner de ses rayons : il lui semblait que ces rayons étaient sa nouvelle nature, que, d'ici trois minutes, d'une façon ou d'une autre, il se fondrait en eux… L'incertitude et la répulsion qu'il éprouvait à ce nouveau qui allait être et qui surviendrait là, maintenant, étaient terribles ; mais il disait que rien ne lui était plus dur à cet instant que cette pensée continuelle : "Et s'il ne fallait pas mourir ? Et si l'on ramenait la vie – quel infini ! et tout cela serait à moi ! Alors, je transformerais chaque minute en un siècle, je ne perdrais plus rien, je garderais le compte de chaque minute, cette fois, je ne gaspillerais plus rien !" Il disait que cette pensée avait fini par se transformer en une vraie rage, et qu'il voulait déjà qu'on le fusille, et le plus vite possible.

Le prince se tut soudain ; tout le monde attendait qu'il continue, et tire une conclusion.

— Vous avez fini ? demanda Aglaïa.

— Quoi ? Oui, dit le prince, sortant d'une rêverie de quelques instants.

— Et pourquoi nous avez-vous raconté tout cela ?

— Comme ça… j'y ai repensé… ça s'est trouvé…

— Vous êtes très abrupt, remarqua Alexandra, prince, vous vouliez sans doute prouver qu'il n'y avait pas d'instants qui puissent valoir un sou, et que cinq minutes sont parfois plus précieuses qu'un trésor. Tout cela est louable, mais, permettez, pourtant – et votre ami qui vous racontait toutes ces passions, sa peine, n'est-ce pas, a été commuée, donc on lui a offert cette "vie infinie". Eh bien, après, qu'a-t-il donc fait de cette richesse ? Il a "tenu le compte" de chaque minute ?

— Oh non, il me l'a dit lui-même – c'est une question que je lui ai posée –, ce n'est pas du tout comme ça qu'il a vécu, il a perdu beaucoup, beaucoup de minutes.

— Eh bien, voilà une expérience, et donc, c'est impossible de vivre, pour de bon, n'est-ce pas, en "tenant le compte". On ne sait pas pourquoi, mais c'est impossible.

— Non, on ne sait pas pourquoi, mais c'est impossible…, répéta le prince. Je me le disais bien moi-même… Et pourtant, je ne sais pas, on ne peut pas y croire…

— Vous pensez, c'est-à-dire, que vous vivrez plus intelligemment que les autres ? dit Aglaïa.

— Oui, ça aussi, je l'ai pensé parfois.

— Et vous le pensez encore ?

— Oui… encore, répondit le prince, qui continuait de regarder Aglaïa avec son sourire tranquille et même doux ; mais il se remit tout de suite une nouvelle fois à rire, et la regarda d'un air joyeux.

— Voilà qui est modeste ! dit Aglaïa, presque agacée.

— Quand même, comme vous êtes courageuses, vous riez, là, mais moi, tout m'a tellement bouleversé dans son récit, après, j'en ai rêvé la nuit, j'ai rêvé justement de ces cinq minutes…

Et, une fois encore, il fit passer un regard grave et scrutateur sur ses auditrices.

— Vous ne seriez pas en train de m'en vouloir ? demanda-t-il soudain, comme saisi d'un trouble, mais regardant pourtant tout le monde droit dans les yeux.

— Pourquoi ça ? s'écrièrent les trois filles étonnées.

— Eh bien, j'ai toujours l'air de faire des sermons…

Tout le monde se mit à rire.

— Si vous m'en voulez, ne m'en veuillez pas, dit-il, je sais bien moi-même que j'ai vécu moins que les autres, et que je suis celui qui comprend le moins la vie. Parfois, peut-être, je parle d'une façon très étrange…

Et il se troubla complètement.

— Si vous dites que vous étiez heureux, c'est que vous n'avez pas moins vécu, mais plus ; dans ce cas, pourquoi faire des mines et demander pardon ? fit Aglaïa d'une voix sévère et insistante. Et ne vous inquiétez pas, je vous en prie, si vous nous faites vos sermons, il n'y a là aucun triomphe de votre part. Avec votre quiétisme, on peut même se remplir un siècle de bonheur. Qu'on vous montre une exécution capitale ou bien ce petit doigt, dans les deux cas, vous, vous saurez vous sortir une pensée très louable, et vous serez content. On peut vivre, comme ça.

— Pourquoi te mets-tu en colère, je ne comprends pas, reprit la générale qui regardait depuis longtemps le visage de ceux qui discutaient, et de quoi vous parlez, là aussi, je ne comprends rien. Quel petit doigt, qu'est-ce que c'est que ces sornettes ? Le prince dit des choses très belles, même si elles sont un peu tristes. Pourquoi est-ce que tu le décourages ? Quand il a commencé, il riait, et maintenant, regarde la mine qu'il fait.

— J'ai vu une exécution capitale, répondit le prince.

— Vraiment ? s'écria Aglaïa. J'aurais dû le deviner ! C'est le bouquet. Si vous avez vu ça, comment pouvez-vous dire que vous avez toujours vécu heureux ? Alors, ce n'était pas vrai, ce que je vous ai dit ?

— Dans votre village, il y avait la peine de mort ? demanda Adelaïda.

— Je l'ai vue à Lyon, j'y étais allé avec Schneider, il m'avait emmené. Nous sommes tombés dessus.

— Et alors, ça vous a beaucoup plu ? C'est édifiant ? C'est très utile ? demanda Aglaïa.

— Ça ne m'a pas plu du tout, et je suis resté un peu malade après, mais je vous avoue que j'ai regardé comme si j'étais figé, je ne pouvais pas en détacher les yeux.

— Moi non plus, je ne pourrais pas en détacher les yeux, dit Aglaïa.

— Là-bas, on n'aime pas du tout que les femmes aillent regarder ça ; après, même, on parle de ces femmes dans les journaux.

— Donc, s'ils trouvent que ce n'est pas une affaire de femmes, ils veulent dire (comme pour se justifier) que c'est une affaire d'hommes. Bravo pour la logique. Et vous aussi, bien sûr, vous pensez ça ?

— Racontez-nous la peine de mort, la coupa Adelaïda.

— Je ne voudrais pas du tout maintenant, dit le prince, qui se troubla et, plus ou moins, se rembrunit.

— On dirait que ça vous ferait peine de nous raconter ça, fit Aglaïa pour le piquer.

— Non, ce n'est pas ça, c'est que, cette peine de mort, je viens déjà de la raconter.

— A qui vous l'avez racontée ?

— A votre chambellan, quand j'attendais…

— Quel chambellan ? s'écria-t-on de tous côtés.

— Celui qui est dans le vestibule, vous savez, les cheveux poivre et sel, le visage un peu rouge ; moi, j'attendais dans le vestibule, pour entrer chez Ivan Fedorovitch.

— C'est étrange, remarqua la générale.

— Le prince est un démocrate, rétorqua Aglaïa, pourtant, si vous l'avez raconté à Alexeï, à nous, vous ne pouvez pas nous le refuser.

— Je veux absolument écouter ça, répéta Adelaïda.

— Tout à l'heure, c'est vrai, dit le prince en se tournant vers elle et en se ranimant un peu (il semblait s'animer très vite, et avec une confiance totale), c'est vrai que j'ai eu l'idée, quand vous m'avez demandé de vous donner un sujet de tableau, de vous donner ce sujet-là : peindre le visage d'un condamné une minute avant la guillotine, quand il est encore debout sur l'échafaud, avant qu'on l'allonge sur la planche.

— Comment, le visage ? Rien que le visage ? demanda Adelaïda. Ce sera un sujet étrange, et quel tableau est-ce que ça pourrait être ?

— Je ne sais pas, pourquoi pas ? insistait le prince avec fougue. A Bâle, tout récemment, j'ai vu un tableau comme ça. J'ai très envie de vous raconter… Un jour, je vous raconterai… ça m'a beaucoup frappé…

— Le tableau de Bâle, vous nous le raconterez, c'est sûr, mais plus tard, dit Adelaïda, pour l'instant, expliquez-nous le tableau de cette exécution. Pouvez-vous nous le redire comme vous vous le représentez ? Comment le peindre, ce visage ? Et quoi – rien que le visage ? Mais quel visage est-ce donc ?

— C'est juste une minute avant la mort, commença le prince avec une promptitude totale, pris par son souvenir et oubliant, à l'évidence, tout le reste, le moment précis où il a déjà monté les marches et vient de mettre les pieds sur l'échafaud. C'est là qu'il a regardé de mon côté ; moi, j'ai vu son visage, et j'ai tout compris... Et pourtant, ça, comment le raconter ? C'est terrible, terrible à quel point je voudrais que vous le dessiniez, ou, quelqu'un, enfin ! Ce serait mieux si c'était vous ! Et je me dis aussi que ce tableau serait utile. Vous savez, ici, il faut se représenter tout ce qu'il y a eu avant, tout, tout, tout. Il vivait en prison et il n'attendait son exécution que dans, au moins, une semaine ; c'est-à-dire, il comptait encore sur toutes les formalités habituelles, le papier devait passer par encore je ne sais où et ne ressortirait qu'au bout d'une longue semaine. Et là, soudain, par on ne sait trop quel hasard, la procédure est abrégée. A cinq heures du matin, il dormait. C'était la fin d'octobre ; à cinq heures, il fait encore sombre et froid. Le directeur de la prison entre, tout doucement, avec la garde, et, le plus doucement possible, il lui touche l'épaule ; l'autre se relève, il regarde : "Qu'est-ce qui se passe ?" – "L'exécution, entre neuf et dix heures." Lui, endormi comme il est, il n'y croit pas, il commence à discuter, le papier qui ne doit revenir que dans une semaine, puis il reprend ses esprits, il ne discute plus, il se tait – c'est ce qu'on racontait –, et puis, il dit : "Quand même, d'un coup, comme ça, c'est dur..." – et il se tait, une fois encore, et il se mure dans le silence. Après, trois ou quatre heures sont occupées par des choses bien connues : le prêtre, le déjeuner, pour lequel on sert du vin, du café, de la viande (et ça, ce n'est donc pas une moquerie ? Parce que, on pourrait croire, c'est si cruel, mais, d'un autre côté, je vous jure, ces innocents, ils font ça de bon cœur, ils sont persuadés qu'ils sont humains), après, la toilette (vous savez ce que c'est que la toilette d'un condamné ?) et puis, le chemin dans la ville jusqu'à l'échafaud...

Je crois que, là encore, vous pouvez croire qu'il vous reste une éternité à vivre, le temps d'y arriver. Je crois que, sans doute, il se disait en chemin : "Il y a encore loin, encore trois rues à vivre ; je passe celle-là, il restera encore celle-là, et puis encore celle-là, avec le boulanger à droite… tout ce temps qui reste d'ici au boulanger !" Autour de lui, les gens, les cris, le bruit, dix mille visages, dix mille regards, tout ça, il faut le supporter, et surtout, cette pensée : "Eux, là, tous ces dix mille, on ne les exécute pas, et moi, on m'exécute !" Et donc, voilà, tout ça, les préparatifs. Il y a un petit escalier qui mène à l'échafaud ; là, devant l'escalier, tout d'un coup, il s'est mis à pleurer, or c'était un homme fort, plein de courage, un grand criminel, à ce qu'on disait. Il avait toujours un prêtre à côté de lui, il était avec lui dans la charrette, il lui parlait toujours – l'autre, je ne pense pas qu'il écoutait : il se mettait à l'écouter, et il ne comprenait plus, dès le troisième mot. C'était comme ça, je pense. Finalement, il s'est mis à monter cet escalier ; là, les jambes sont liées, on n'avance plus qu'à tout petits pas. Le prêtre, un homme intelligent, sans doute, avait cessé de parler, il lui donnait toujours la croix à embrasser. Au bas de l'escalier, il était très, très pâle, pourtant, sitôt qu'il est monté, dès qu'il s'est retrouvé sur l'échafaud, d'un coup, il est devenu blanc comme une feuille de papier, oui, comme une feuille sur le bureau d'un secrétaire. Sans doute, il devait avoir les jambes qui faiblissaient, qui s'engourdissaient, et il avait la nausée – comme si quelque chose lui pesait sur la gorge, et ça faisait, on aurait dit, un chatouillement – avez-vous déjà senti ça quand vous avez eu peur, ou bien dans des minutes réellement effrayantes, quand toute votre raison a beau être là, elle n'a déjà plus aucun pouvoir ? Je crois que, si, par exemple, c'est la mort inévitable, la maison qui s'écroule sur vous, là, brusquement, c'est terrible comme vous aurez envie de vous asseoir, de fermer les yeux, et puis d'attendre – et advienne que pourra !... C'est à ce moment précis, quand cette faiblesse naissait, que le prêtre, vite, vite, d'un geste vif, comme ça, et sans rien dire, lui mettait soudain la croix juste devant les lèvres, une croix toute petite, en argent, à une branche, il la mettait souvent, chaque instant. Et dès que la croix touchait ses lèvres, lui, il rouvrait les yeux, et, de nouveau, quelques secondes, il semblait s'animer, et ses pieds avançaient. La croix, il l'embrassait avec avidité, il s'empressait de l'embrasser, on aurait dit qu'il s'empressait de ne pas oublier d'emporter quelque chose comme en réserve, à tout hasard, mais je ne crois pas qu'à cet instant il éprouvait quoi que ce soit de religieux. Tout ça a continué jusqu'à la planche... C'est bizarre, mais c'est si rare de s'évanouir dans des minutes pareilles ! Au contraire, c'est terrible comme votre tête est pleine de vie, comme elle travaille, sans doute, fort, fort, fort, comme une locomotive en mouvement ; j'imagine, toutes sortes de pensées qui battent, qui battent, toujours inachevées, et ridicules, peut-être, des pensées parasites, vous savez : "Celui-là, il me regarde – il a une verrue sur le front ; tiens, le bourreau, son dernier bouton qui est rouillé..." et, pendant ce temps, vous savez tout, vous vous rappelez tout ; il y a un point comme ça, pas le moindre moyen de l'oublier, et pas possible de s'évanouir, et tout est à côté de lui, autour de ce point, à vriller, à tournoyer. Et quand on pense que c'est ça jusqu'au tout dernier quart de seconde, quand la tête est déjà dans le rond, et qu'elle attend, et... qu'elle sait, et qu'elle entend soudain, au-dessus d'elle, le fer qui glisse ! Ça, à coup sûr, vous l'entendez ! Moi, si j'étais étendu là, je ferais exprès de vouloir l'entendre, et je l'entendrais ! Là, c'est peut-être, juste, un seul dixième de fragment de seconde, mais, à coup sûr, vous l'entendez ! Et, imaginez-vous, on en discute encore jusqu'à présent, que, peut-être bien, quand la tête est tranchée, pendant encore une seconde, peut-être bien, elle sait qu'elle est tranchée – vous comprenez ce que ça veut dire ? Et quoi si c'était cinq secondes ?... Dessinez l'échafaud de telle façon qu'on ne voie, clairement et de très près, que la dernière marche ; le criminel a mis le pied dessus : la tête, le visage, pâle comme du papier, le prêtre qui tend la croix, l'autre qui tend ses lèvres bleuies avec avidité, et qui regarde, et – qui sait tout. La croix et la tête – voilà le tableau, le visage du prêtre, du bourreau, de ses deux aides et quelques têtes, quelques yeux tout en bas – tout cela, on peut le dessiner comme au troisième plan, dans un brouillard, pour le décor... Voilà ce que serait ce tableau.

Le prince se tut et les regarda toutes.

— Ça ne ressemble plus à du quiétisme, bien sûr, murmura pour elle-même Alexandra.

— Bon, maintenant, racontez-nous comment vous avez été amoureux, dit Adelaïda.

Le prince la considéra avec étonnement.

— Ecoutez, poursuivait Adelaïda, comme si elle se hâtait, vous nous devez encore le récit sur le tableau de Bâle, mais, pour l'instant, ce que je veux entendre, c'est comment vous avez été amoureux ; ne niez pas, vous avez été amoureux. En plus, dès que vous commencez à raconter, vous cessez d'être un philosophe.

— Vous, dès que vous avez fini de raconter, vous avez honte de ce que vous venez de raconter, remarqua soudain Aglaïa. D'où est-ce que ça vous vient ?

— Que c'est stupide, enfin ! coupa la générale, dardant un regard indigné sur Aglaïa.

— Ce n'est pas intelligent, reprit Alexandra.

— Ne la croyez pas, prince, dit la générale en s'adressant à lui, elle dit ça exprès, et je ne sais pas pourquoi elle est méchante ; pourtant l'éducation qu'elle a reçue n'est pas si bête ; n'allez pas penser je ne sais quoi, si elles vous tarabustent ainsi. Elles ont quelque chose en tête, je suppose, mais elles vous aiment déjà. Je connais leur visage.

— Moi aussi, je connais leur visage, dit le prince, en appuyant sa phrase d'une façon soulignée.

— Comment cela ? s'enquit Adelaïda d'une voix étonnée.

— Qu'est-ce que vous connaissez de nos visages ? firent les deux autres, curieuses à leur tour.

Mais le prince se taisait et il avait l'air grave ; toutes attendaient qu'il leur réponde.

— Je vous le dirai plus tard, dit-il d'une voix douce et sérieuse.

— Décidément, vous voulez nous intéresser, s'écria Aglaïa, et quel air solennel !

— Bon, très bien, reprit Adelaïda, se hâtant à nouveau, mais si vous êtes un tel connaisseur des visages, vous avez sûrement été amoureux ; eh bien, je crois que j'ai vu juste. Racontez donc.

— Je n'ai pas été amoureux, répondit le prince, d'une voix toujours aussi douce et aussi grave, j'ai… j'ai été heureux autrement.

— Mais comment ? De quelle manière ?

— Bon, je vais vous raconter, prononça le prince, comme dans une songerie profonde.

VI

— Vous toutes, en ce moment, commença le prince, vous me regardez avec tant de curiosité que, si je ne la satisfaisais pas, vous seriez, peut-être, encore capables de m'en vouloir. Non, je plaisante, ajouta-t-il très vite avec un sourire. Là-bas… Là-bas il y avait des enfants, et moi je restais toujours avec les enfants, rien qu'avec les enfants. C'étaient les enfants de ce village, toute la bande qui allait à l'école. Non, je ne leur enseignais rien, pour ça, il y avait le maître d'école, Jules Thibaud ; ou c'est-à-dire que si, je leur enseignais des choses, mais, plutôt, j'étais tout le temps avec eux, comme ça, et c'est ainsi que mes quatre années se sont passées. Je n'avais besoin de rien d'autre. Je leur disais tout, je ne leur cachais rien. Leurs pères et leurs familles se sont mis en colère, parce que les enfants, à la fin, ne pouvaient plus se passer de moi, ils étaient toujours massés autour de moi, et le maître d'école est même devenu mon pire ennemi. J'ai eu beaucoup d'ennemis là-bas, et toujours à cause des enfants. Même Schneider voulait me faire honte. Et de quoi avaient-ils si peur ? Un enfant, on peut tout lui dire – tout ; j'ai toujours été frappé par l'idée que les grands connaissent si mal les enfants, même les pères et les mères leurs propres enfants. Les enfants, il ne faut jamais rien leur cacher sous prétexte qu'ils sont petits, qu'il est trop tôt pour qu'ils sachent. Quelle idée triste et malheureuse ! Et comme les enfants notent bien eux-mêmes que leurs pères pensent qu'ils sont trop petits et ne comprennent rien, alors qu'ils comprennent tout. Les grands ne savent pas qu'un enfant, même dans l'affaire la plus difficile, peut donner des conseils de la plus haute importance. Mon Dieu ! mais quand ce petit oiseau, mais si mignon, vous regarde, avec confiance, avec bonheur, mais on a honte de le tromper ! Si je les appelle des petits oiseaux, c'est qu'il n'y a rien de mieux au monde que les petits oiseaux. Mais si les gens m'en ont voulu, au village, c'est surtout pour une certaine histoire… Thibaud, lui, il était simplement jaloux ; au début, il se contentait de hocher la tête et de s'étonner de ce que les enfants, avec moi, ils comprenaient tout, et chez lui presque rien, et puis, il s'est mis à se moquer de moi, quand je lui ai dit que, lui et moi, nous ne pouvions rien leur apprendre, que c'est nous qui devions nous mettre à leur école. Et comment pouvait-il être jaloux de moi, et me calomnier, quand il vivait lui-même avec des enfants !… Les enfants, ils vous guérissent l'âme… Il y avait un malade dans l'établissement de Schneider, un homme très malheureux. C'est, vous savez, un malheur si terrible qu'on a du mal à croire qu'une chose pareille puisse arriver. On l'avait mis là pour soigner sa folie, mais il n'était pas fou, je crois, il souffrait juste d'une façon terrible, c'était là toute sa maladie. Et si vous saviez ce que nos enfants ont fini par devenir pour lui… Mais, pour ce malade, il vaudrait mieux que je vous raconte plus tard. Pour le moment, je vous raconterai comment tout a commencé. Au début, les enfants, ils m'avaient pris en grippe. J'étais tellement grand, vous savez, j'ai toujours été très empoté ; en plus, je sais que je ne suis pas très beau… et puis, aussi, le fait que j'étais étranger.

Au début, les enfants se moquaient de moi, et puis ils se sont mis à me jeter des pierres, quand ils m'ont vu embrasser Marie. Et moi, je l'ai embrassée juste une seule fois… Non, ne riez pas, fit le prince, se hâtant de devancer un sourire de ses auditrices, ce n'était pas du tout de l'amour. Si vous saviez quelle créature malheureuse elle était, vous auriez été prises de pitié, comme moi. Elle habitait notre village. Sa mère était une vieille, vieille femme et, dans leur petite maison toute croulante, à deux fenêtres, il y en avait une de bloquée par une planche, par autorisation des chefs du village ; sur cette planche on lui permettait de vendre des lacets, du fil, du tabac, du savon, toujours pour quelques sous, et c'est ce qui les nourrissait. Elle était malade, ses jambes ne faisaient qu'enfler, si bien qu'elle restait toujours assise. Marie était sa fille, d'une vingtaine d'années, toute faible et fluette ; elle avait depuis longtemps un début de phtisie, mais elle allait toujours de maison en maison, elle se louait au jour le jour pour les travaux les plus pénibles – elle lavait les planchers, le linge, elle balayait les cours, nettoyait le bétail. Un commis français de passage l'a séduite, il l'a emmenée et, une semaine plus tard, il l'a laissée toute seule sur la route, et il est reparti, sans bruit. Elle est rentrée chez elle, à pied, en mendiant, toute salie, en loques, les souliers déchirés ; elle avait marché toute une semaine, passé les nuits dehors, elle avait pris très froid ; ses pieds étaient en sang, ses mains, enflées, gercées. Il faut dire que, même avant, elle n'était pas très belle ; ses yeux, seulement, qui étaient doux, gentils, candides. Silencieuse, terriblement. Une fois, encore avant, elle travaillait et, soudain, elle s'est mise à chanter, je m'en souviens, les gens se sont tous étonnés, ils se sont mis à rire : "Marie qui chante ! Quoi ? Marie qui chante !…" – elle, elle a rougi d'une façon terrible, et elle s'est tue, après, et pour toujours. A ce moment-là, on la choyait encore, mais quand elle est rentrée malade, martyrisée, là, plus personne n'a éprouvé la moindre compassion ! Comme ils sont tous cruels pour ça ! Comme leurs idées sur ça sont difficiles ! Sa mère, la première, l'a reçue avec rage, avec mépris : "Tu m'as déshonorée, maintenant." Elle a été la première à la livrer à la honte : quand le village a su que Marie était rentrée, tout le monde a couru pour venir voir Marie, c'est presque tout le village qui a couru se masser dans la maison de la vieille femme, les vieux, les enfants, les femmes, les jeunes filles, tous, une foule tellement pressée, tellement avide. Marie était prostrée, à même le sol, aux pieds de la vieille femme, affamée, en guenilles, et elle pleurait. Quand tout le monde est accouru, elle s'est cachée sous ses cheveux défaits, elle restait là, prostrée, front contre terre. Les gens, autour, la regardaient comme une bête immonde ; les vieux la condamnaient, l'injuriaient, les jeunes, même, riaient, les femmes l'injuriaient, la condamnaient, la regardaient avec un tel mépris, comme, je ne sais pas, une espèce d'araignée. Sa mère permettait ça, et elle y assistait, elle hochait la tête, elle les encourageait. Sa mère, à ce moment-là, était déjà très malade, elle était presque en train de mourir ; et elle est morte deux mois plus tard ; elle savait bien qu'elle était en train de mourir, mais, malgré tout, elle n'a pas eu l'idée, jusqu'à sa mort, de se réconcilier avec sa fille, elle ne lui disait même pas un mot, elle l'envoyait dormir dans le couloir, ne lui donnait presque rien à manger. Elle avait souvent besoin de tenir ses jambes malades dans de l'eau tiède ; Marie lui lavait les pieds tous les jours, lui faisait sa toilette ; elle, elle acceptait tous ces services, mais en silence, jamais elle ne lui a dit un mot gentil. Marie supportait tout, et moi, après, quand j'ai fait sa connaissance, j'ai remarqué que, elle aussi, elle approuvait tout ça, et que, elle aussi, elle pensait qu'elle n'était rien, vous comprenez, la dernière des dernières. Quand la vieille femme s'est alitée définitivement, ce sont les autres vieilles du village qui sont venues prendre soin d'elle, par roulement, c'est leur coutume, là-bas. Alors, Marie, on a complètement cessé de la nourrir ; dans le village, tout le monde la rejetait, personne ne voulait plus, même, lui donner du travail comme avant. C'était comme si tout le monde lui crachait dessus, les hommes, même, avaient cessé de la considérer comme une femme, ces saletés qu'ils lui disaient toujours… Parfois, pas bien souvent, quand ils se soûlaient le dimanche, pour se moquer d'elle, ils lui lançaient des sous, comme ça, par terre ; Marie les ramassait sans dire un mot. Elle avait déjà commencé à cracher le sang. A la fin, ses guenilles sont vraiment devenues des loques, tellement qu'elle avait honte de se montrer au village ; en plus, depuis son retour, elle marchait toujours pieds nus. C'est là, surtout, que les enfants, toute la bande – il y en avait une bonne quarantaine à l'école –, ils se sont mis à se moquer d'elle, ils lui jetaient même de la boue. Elle a demandé à un berger qu'il lui permette de garder ses vaches, mais le berger l'a chassée. Alors, elle est venue toute seule, sans permission, elle s'est mise à veiller sur le troupeau, toute la journée dehors avec. Et comme elle était d'une grande aide pour ce berger, et que, lui, il l'avait remarqué, il ne la chassait plus et, de temps en temps, même, il lui donnait les restes de ses repas, du fromage et du pain. Elle, elle pensait que c'était toute une grâce qu'il lui faisait. Puis, quand sa mère est morte, le pasteur, dans l'église, il n'a pas rougi de faire honte à Marie devant toute l'assemblée. Marie se tenait derrière le cercueil,

comme elle était, dans ses guenilles, et elle pleurait.
Beaucoup de monde s'était amassé pour voir comment
elle pleurerait et elle suivrait le cercueil ; et alors, le
pasteur – c'était encore un jeune homme et toute son
ambition était de devenir un grand prédicateur – s'est
retourné vers les gens et il a désigné Marie. "Voilà celle
qui a causé la mort de cette respectable femme (et ce
n'était pas vrai, elle était déjà malade depuis deux ans),
regardez-la devant vous, elle n'ose même plus lever
les yeux, parce qu'elle est marquée par le doigt du
Seigneur ; regardez-la, pieds nus et en guenilles, un
exemple pour celles qui perdent leur vertu ! Et qui est-
elle ? Sa fille !" et ainsi de suite, dans le même genre.
Et, figurez-vous, cette bassesse, elle a plu presque à
tout le monde, mais… là, il y a eu une histoire toute
spéciale ; ici, ce sont les enfants qui sont intervenus,
parce que, à cette époque, les enfants étaient déjà tous
de mon côté, ils aimaient tous Marie. Voilà comment
c'est arrivé. J'avais eu envie de faire quelque chose pour
Marie ; il fallait absolument lui donner de l'argent, mais
moi, là-bas, de l'argent, je n'en avais jamais. Je possédais une petite épingle en diamant, je l'ai vendue à un
brocanteur : il passait de village en village et il vendait des fripes. Il m'a donné huit francs, elle en valait au
moins quarante. J'ai longtemps essayé de voir Marie
toute seule ; nous avons fini par nous retrouver derrière
le village, près d'une haie, sur un chemin de traverse vers
la montagne, derrière un arbre. Là, je lui ai donné les
huit francs, et je lui ai dit qu'elle les garde précieuse-
ment, parce que je ne pourrais plus en avoir d'autres, et
puis je l'ai embrassée et je lui ai dit qu'elle ne pense
pas que, je ne sais pas, j'aie de mauvaises intentions et
que, si je l'embrassais, ce n'était pas du tout que j'étais
amoureux d'elle mais que je la plaignais de tout mon

cœur, et que, dès le début, je ne l'avais jamais crue coupable de quoi que ce soit, mais seulement malheureuse. J'avais très envie, là, maintenant, de la consoler, et de l'assurer qu'il ne fallait pas qu'elle se croie aussi indigne devant les autres, mais je pense qu'elle ne m'a pas compris. Cela, je l'ai remarqué tout de suite même si, pendant tout ce temps, elle n'a presque rien dit, elle restait devant moi, les yeux baissés, terriblement confuse. Quand j'ai fini, elle m'a baisé la main, et moi, tout de suite, sa main, je la lui ai reprise, et je voulais la baiser à mon tour, mais elle me l'a arrachée, très vite. Soudain, à ce moment-là, les enfants nous ont vus, toute une foule ; après, j'ai su qu'ils nous avaient épiés depuis longtemps. Ils se sont mis à siffler, à taper des mains, à rire et Marie s'est enfuie à toutes jambes. Je voulais leur parler, mais eux, ils se sont pris à me jeter des pierres. Le jour même, tout le monde le savait, tout le village ; tout s'est encore retourné contre Marie ; ils se sont mis à la détester encore plus. J'ai même entendu dire qu'ils voulaient la punir, mais, Dieu soit loué, ça s'est passé tout seul ; mais les enfants, par contre, ils ne la laissaient plus tranquille, ils se moquaient d'elle de plus en plus, ils lui jetaient de la boue – ils la chassent, elle s'enfuit devant eux, avec sa poitrine malade, elle n'arrive plus à retrouver son souffle, eux, ils la suivent, ils crient, ils lui lancent des insultes. Une fois, je me suis même jeté sur eux, pour me battre. Après, j'ai commencé à leur parler, je leur parlais tous les jours, dès que je pouvais. Eux, de temps en temps, ils s'arrêtaient, ils m'écoutaient, même s'ils continuaient leurs insultes. Je leur ai raconté à quel point Marie était malheureuse ; bientôt, ils ont arrêté les insultes, ils partaient sans rien dire. Petit à petit, nous nous sommes mis à parler, et, moi, je ne leur cachais rien ; je leur ai tout raconté.

Eux, ils m'écoutaient avec beaucoup de curiosité, et, bientôt, ils ont commencé à la plaindre. Certains, quand ils la croisaient, l'ont saluée d'une façon gentille ; c'est la coutume, là-bas, quand on se croise – qu'on se connaisse ou non – on se salue et on se dit : "Bonjour." J'imagine comme Marie a dû être surprise. Une fois, deux petites filles sont parties chercher de quoi manger, elles sont allées la voir, lui ont donné, et puis, elles sont revenues me le dire. Elles disaient que Marie s'était mise à pleurer et que, maintenant, elles l'aimaient toutes très fort. Bientôt, c'est tout le monde qui l'aimait, et, en même temps, ils m'ont aimé aussi, tout d'un coup. Ils se sont mis à venir me voir, souvent, et ils me demandaient toujours de raconter ; je crois que je racontais bien, parce qu'ils adoraient m'écouter. Et puis, après, moi, je faisais mes études, et je lisais dans un seul but, pour tout leur raconter ensuite, et puis, pendant trois ans, je leur racontais. Après, quand on m'a accusé – même Schneider – de leur parler comme à des grands et de ne rien leur cacher, j'ai répondu que c'était une honte de leur mentir, qu'ils savaient tout de toute façon, malgré tous les efforts pour leur cacher, et qu'ils apprendraient tout, sans doute, d'une façon sale, alors que, venant de moi, ça ne serait pas sale. Il suffisait que chacun se souvienne de sa propre enfance. Non, ils ne voulaient pas… Marie, je l'avais embrassée encore deux semaines avant la mort de sa mère ; quand le pasteur prononçait son sermon, tous les enfants étaient déjà de mon côté. Je leur ai tout de suite raconté, et je leur ai expliqué ce qu'avait fait le pasteur ; ils se sont tous mis en colère contre lui, et certains, même, ont lancé des pierres dans ses carreaux. Je les ai arrêtés, parce que, ça, ce n'était plus bien du tout ; mais le village l'a appris tout de suite, et là, tout le monde de m'accuser, comme quoi j'avais perverti les enfants. Puis tout le monde a appris que les enfants aimaient Marie, et ils ont eu une peur terrible ; mais Marie était déjà heureuse. Ils ont même interdit aux enfants de lui parler, mais eux, ils couraient en cachette jusqu'au troupeau, assez loin, presque une demi-verste du village ; ils lui portaient du pain, et il y en avait même qui ne couraient que pour la prendre dans leurs bras, lui donner un baiser, dire : "Je vous aime, Marie !" et revenir aussitôt à toutes jambes. Marie, ce bonheur tout d'un coup, elle en est presque devenue folle ; elle n'imaginait même pas ça en rêve ; elle avait honte et elle était heureuse, et, surtout, les enfants adoraient, surtout les filles, courir jusque chez elle pour lui dire que je l'aimais, et que je parlais beaucoup d'elle. Ils lui racontaient tout ce que je leur avais dit et qu'à présent ils l'aimaient tous, ils la plaignaient, et qu'ils le feraient toujours. Puis ils passaient me voir, en coup de vent, et ils me rapportaient – leurs petits visages si sérieux, si soucieux – qu'ils venaient de voir Marie et que Marie me saluait. Le soir, j'allais jusqu'à la cascade ; c'était un endroit qu'il n'y avait pas moyen de voir depuis le village, des peupliers croissaient autour ; c'est là qu'ils accouraient vers moi, chaque soir – certains, même, en se cachant. Il me semble que, pour eux, mon amour envers Marie était un plaisir terrible, et, cela, c'est le seul moment de ma vie là-bas où je les ai trompés. Je n'ai pas voulu leur dire que je n'aimais pas du tout Marie, je veux dire que je n'étais pas amoureux d'elle, que j'avais juste pitié d'elle ; je voyais, à tous les signes, qu'ils préféraient tous ce qu'ils avaient eux-mêmes imaginé et établi entre eux, et c'est pourquoi je me taisais et je les laissais croire qu'ils avaient deviné juste. Et puis, qu'ils étaient tendres et délicats, leurs petits cœurs : par exemple, il leur a paru impossible que leur gentil Léon aime tellement Marie, et que Marie, elle, reste si mal vêtue, et sans souliers. Vous vous imaginez, ils lui ont déniché et des souliers, et des bas, et du linge, et même une robe ; comment ils y sont arrivés, je me le demande ; c'est toute la bande qui s'y est mise. Quand je leur ai posé des questions, ils m'ont juste répondu avec des rires joyeux, et les petites filles battaient des mains et venaient m'embrasser. Parfois, moi aussi, en cachette, j'allais voir Marie. Elle était déjà très malade, et elle marchait avec peine ; à la fin, elle n'était plus du tout capable de travailler pour le berger, mais elle suivait quand même le troupeau chaque matin. Elle s'asseyait à l'écart ; il y avait un rocher, presque à pic, et une saillie sur ce rocher ; elle s'asseyait là dans un coin, cachée de tous, sur cette pierre, et elle restait, comme ça, presque sans mouvement, toute la journée, du matin jusqu'à l'heure où les bêtes rentraient. Elle était déjà si faible avec sa phtisie qu'elle restait le plus souvent assise, les yeux fermés, la tête appuyée sur la pierre, et elle somnolait, le souffle lourd ; son visage était devenu squelettique, la sueur qui perlait sans arrêt sur le front et les tempes. C'est ainsi que je la trouvais. Je venais pour une minute, et, moi non plus, je n'avais pas envie qu'on me voie. Dès que je me montrais, Marie était prise d'un tressaillement, elle ouvrait les yeux et se précipitait pour me baiser les mains. Je la laissais faire, parce que c'était sa joie ; tout le temps que je restais avec elle, elle tremblait et pleurait ; c'est vrai qu'elle essayait de me parler, plusieurs fois, mais on avait même du mal à la comprendre. Elle pouvait être comme folle, dans une agitation, dans une exaltation terribles. Parfois les enfants m'accompagnaient. Dans ce cas-là, généralement, ils se tenaient un peu à l'écart, et ils montaient la garde, contre je ne sais qui et je ne sais quoi, mais ça leur plaisait d'une façon extraordinaire. Quand nous étions partis, Marie restait seule, comme avant, toujours sans mouvement, les yeux fermés, la tête appuyée sur la pierre ; peut-être qu'elle faisait des rêves. Et puis, un matin, elle ne pouvait plus suivre les bêtes, elle est restée chez elle, dans sa maison déserte. Les enfants l'ont su tout de suite, et ils se sont tous succédé pour lui rendre visite ; elle était couchée dans son lit, absolument toute seule. Pendant deux jours, ce sont les enfants qui se sont occupés d'elle, ils accouraient à tour de rôle, et puis, quand le village a su que Marie était vraiment en train de mourir, alors, les vieilles femmes sont allées la voir, pour rester avec elle, et la veiller. Je crois qu'au village ils avaient commencé à avoir pitié d'elle, toujours est-il qu'ils ne retenaient plus les enfants et ne les grondaient plus. Marie était tout le temps somnolente, elle avait un sommeil inquiet : elle toussait d'une façon terrible. Les vieilles chassaient les enfants, mais, eux, ils couraient vers la fenêtre, parfois, juste, pour une seule minute, juste pour lui dire : "Bonjour, notre bonne Marie." Et elle, sitôt qu'elle les voyait, dès qu'elle les entendait, elle se ranimait tout entière, et d'un seul coup, sans écouter les vieilles, elle essayait de se redresser sur son coude, elle leur faisait signe de la tête, elle les remerciait. Eux, comme avant, ils lui apportaient des gâteaux, mais elle ne mangeait presque plus. Grâce à eux, je vous assure, elle est morte presque heureuse. Grâce à eux, elle a oublié son malheur noir, elle a comme reçu leur pardon, parce que, jusqu'à la toute fin, elle se prenait pour une grande criminelle. Eux, comme de petits oiseaux, ils s'agitaient à tire-d'aile autour de sa fenêtre, et ils lui criaient chaque matin : "Nous t'aimons, Marie." Elle est morte très vite. Je pensais qu'elle vivrait beaucoup plus. La veille de sa mort, avant le coucher du soleil, j'étais venu la voir ; je crois qu'elle m'a reconnu, et je lui ai serré la main pour la dernière fois ; comme elle s'était desséchée, cette main ! Et là, brusquement, le matin, on vient me dire que Marie est morte. Là, il n'y avait plus aucun moyen de retenir les enfants ; ils ont tout orné son cercueil de fleurs, ils lui en ont mis une couronne sur la tête. Le pasteur dans l'église avait cessé de lui faire honte et puis, à son enterrement, il y avait très peu de monde, comme ça, des curieux, juste quelques-uns ; mais quand il a fallu porter le cercueil, tous les enfants se sont précipités, pour le porter eux-mêmes. Comme ils n'y seraient pas arrivés, ils aidaient, ils couraient tout autour du cercueil et ils pleuraient. Depuis ce temps, les enfants vont toujours sur la tombe de Marie : ils lui mettent des fleurs tous les ans, ils ont planté des rosiers. Mais c'est depuis l'enterrement que ma persécution au village a vraiment commencé, à cause des enfants. Les principaux instigateurs, c'étaient le pasteur et le maître d'école. Les enfants ont eu l'interdiction formelle de me voir, et Schneider s'est même engagé à y veiller. Mais nous réussissions à nous voir, malgré tout, on s'expliquait de loin, par signes. Ils m'envoyaient aussi leurs petits mots. Par la suite, tout s'est arrangé, mais, sur le moment, c'était très bien : je me suis même rapproché davantage des enfants, avec cette persécution. La dernière année, j'ai même presque fait la paix avec Thibaud et le pasteur. Schneider, lui, m'a parlé longtemps, il a longtemps voulu me persuader que mon "système" était nuisible pour les enfants. Quel "système" pouvais-je bien avoir ? Finalement, Schneider m'a dit une de ses idées les plus étranges – c'était déjà juste avant que je reparte –, il m'a dit qu'il était tout à fait convaincu que j'étais, moi aussi, un enfant absolu, que c'était juste par la taille et le visage que je ressemblais à un adulte, mais que mon développement, mon âme, mon caractère et, peut-être, même, mon intelligence faisaient que je n'étais pas adulte, et que je resterais comme ça, même si je vivais jusqu'à soixante ans. J'ai beaucoup ri : il se trompait, bien sûr, parce que – en quoi je suis si petit ? Mais il y a une chose qui est vraie, c'est que, vraiment, je n'aime pas être avec les adultes, les gens, les grands – et ça, je l'ai noté depuis longtemps –, je n'aime pas, parce que je ne sais pas. Quoi qu'ils puissent me dire, même s'ils sont très gentils avec moi, je ne sais pas pourquoi, mais j'ai toujours du mal quand je suis avec eux, et je suis heureux terriblement quand je peux vite partir, rejoindre mes camarades, et mes camarades, ils ont toujours été des enfants, et pas parce que je suis un enfant moi-même mais parce que j'ai toujours été comme appelé vers les enfants. Quand, au tout début de ma vie dans ce village – quand je partais tout seul, avec cette douleur, dans les montagnes –, quand je marchais tout seul, j'ai commencé à rencontrer de temps en temps, surtout vers midi, quand on les libérait de l'école, toute leur bande, comme ils criaient, comme ils couraient avec leurs petits sacs et leurs ardoises sur le dos, leurs cris, leurs rires, leurs jeux, moi, c'est toute mon âme qui commençait d'un coup à s'élancer vers eux. Je ne sais pas, mais je me suis mis à ressentir un genre d'impression d'une force et d'un bonheur extrêmes à chaque fois que je les rencontrais. Je m'arrêtais et je riais de bonheur quand je voyais ces petits pieds menus, toujours courant, toujours en mouvement, les petits garçons, les petites filles qui couraient ensemble, leurs rires, leurs larmes (parce que beaucoup d'entre eux avaient déjà eu le temps de se battre, de pleurer, de se réconcilier et de se remettre à jouer, le temps qu'ils courent de l'école jusque chez eux), et j'oubliais alors toute ma douleur. Moi, je ne comptais même plus jamais quitter le village, il ne me venait pas à l'idée que je reviendrais un jour ici, en Russie. Il me semblait que je serais tout le temps là-bas, mais j'ai fini par me rendre compte que Schneider n'avait plus les moyens de m'entretenir, et, là, il y a une affaire qui m'est tombée dessus, une affaire si importante, visiblement, que c'est Schneider lui-même qui m'a pressé de rentrer, et qui a écrit pour moi en Russie. Il faut que je voie ce que c'est, et que je demande conseil. Ma vie pourrait encore changer complètement, mais, tout ça, ce n'est pas ça, et ce n'est pas ça qui compte. Ce qui compte, c'est qu'elle a déjà changé, toute ma vie. J'ai laissé trop de choses là-bas, oui, beaucoup trop. Tout a disparu. Dans mon wagon, je me disais : "A présent, je m'en vais chez les gens ; je ne connais rien, peut-être, mais c'est une vie nouvelle qui commence." J'ai résolu de faire ce que j'ai à faire d'une façon honnête et ferme. Avec les gens, peut-être, tout me semblera ennuyeux et pénible. N'importe, j'ai résolu d'être poli et sincère avec chacun ; personne, n'est-ce pas, ne peut me demander plus. Peut-être, ici aussi, on me prendra pour un enfant – eh bien, soit ! Tout le monde me prend aussi pour un idiot, je ne sais pas pourquoi, c'est vrai que, dans le temps, j'ai été si malade que je faisais penser à un idiot, mais, aujourd'hui, comment pourrais-je être un idiot quand je comprends moi-même qu'on me prend pour un idiot ? J'entre et je me dis : "Voilà, ils me prennent pour un idiot, mais, moi, je suis intelligent quand même, et eux, ils ne le voient même pas…" Cette pensée-là, elle me vient souvent. Quand j'étais à Berlin et que j'ai reçu quelques petites lettres de là-bas, qu'ils avaient eu le temps de m'envoyer, c'est seulement là que j'ai compris à quel point je les aimais. Comme ç'a été pénible de recevoir la première lettre ! Ils ont commencé à me faire leurs adieux un bon mois à l'avance : "Léon s'en va, Léon s'en va pour toujours !" Nous nous retrouvions chaque soir, comme avant, devant la cascade et nous parlions toujours de notre séparation. Parfois, c'était aussi joyeux qu'avant ; seulement, quand on se souhaitait bonne nuit, ils m'embrassaient très fort, avec chaleur, ce qu'ils ne faisaient pas avant. Certains passaient me voir en cachette des autres, tout seuls, juste pour me prendre dans leurs bras et m'embrasser, en tête à tête, sans témoin. Quand je suis parti vraiment, ils sont tous venus, toute la petite troupe, pour me raccompagner jusqu'à la gare. La gare de chemin de fer, elle était à près d'une verste de notre village. Ils se retenaient pour ne pas pleurer, mais beaucoup n'y arrivaient pas, et ils pleuraient, très fort, surtout les petites filles. Nous devions nous presser, pour ne pas rater le train, mais certains, tout d'un coup, s'arrachaient à la foule et couraient m'embrasser, comme ça, au milieu du chemin, en me serrant dans leurs tout petits bras, et, rien que pour ça, toute la foule devait s'arrêter ; et nous, nous avions beau être pressés, nous nous arrêtions toujours et nous devions attendre qu'ils aient fini de faire leurs adieux. Quand je me suis installé dans le wagon et que le wagon est parti, ils ont encore eu le temps de me crier tous "hourra !" et puis, longtemps, ils sont encore restés sur place, le temps que le wagon disparaisse complètement. Moi aussi, je regardais... Vous savez, quand je suis entré, tout à l'heure, et que j'ai vu vos visages, si sympathiques – je scrute beaucoup les visages, ces derniers temps – et que j'ai entendu vos premiers mots, pour la première fois depuis mon départ, vraiment, je me suis senti bien. Déjà tout à l'heure, je me suis dit que, peut-être, c'est vrai que je suis un homme heureux : je sais bien, n'est-ce pas, que des gens qu'on aime au premier regard, on n'en rencontre pas souvent, et vous, à peine descendu de mon train, je vous découvre. Je sais très bien qu'on devrait avoir honte de parler de ses sentiments à tout le monde, mais, avec vous, j'en parle et, avec vous, je n'ai pas honte. Je suis quelqu'un de renfermé, et, peut-être, je ne viendrai plus vous voir avant longtemps. Mais seulement, ne prenez pas ça en mal : si je vous dis ça, ce n'est pas que je ne tienne pas à vous, et ne pensez pas non plus que je sois fâché pour on ne sait quelle raison. Vous m'avez posé des questions sur vos visages, et ce que j'ai remarqué en eux. Je peux vous le dire avec plaisir. Pour vous, Adelaïda Ivanovna, vous avez un visage heureux, le plus sympathique des trois. Sans parler du fait que vous êtes très belle, on vous regarde et on se dit : "On le voit à son visage, c'est une sœur qui est pleine de bonté." Vous êtes d'un abord facile et enjoué, mais vous savez très vite percer les gens à jour. Voilà l'impression que j'ai de votre visage. Pour vous, Alexandra Ivanovna, votre visage aussi est beau et plein de charme, mais vous avez peut-être en vous une sorte de tristesse rentrée ; pas de doute, vous avez l'âme la meilleure du monde, mais vous n'êtes pas enjouée. Vous avez je ne sais quelle nuance particulière dans le visage, ça ressemble un peu à la *Madone* de Holbein à Dresde. Eh bien, voilà aussi pour votre visage. Est-ce que je devine juste ? C'est vous-même qui pensez que je sais deviner. Quant à votre visage à vous, Lizaveta Prokofievna, reprit-il, s'adressant soudain à la générale, pour votre visage, ce n'est pas seulement une impression, c'est une conviction que j'ai, pleine et entière, vous êtes une enfant absolue, en tout, en tout – en tout ce qui est bien, comme en tout ce qui est mal, et ça, malgré votre âge. Et vous ne m'en voulez pas, n'est-ce pas, si je vous le dis ? Vous savez bien ce que je pense des enfants ? Et ne pensez pas que ce soit par simplicité que je suis sincère dans ce que je dis de vos visages ; oh non, pas du tout ! Moi aussi, peut-être, j'ai mon idée.

VII

Quand le prince se tut, tout le monde le regardait d'un air joyeux, même Aglaïa, mais surtout Lizaveta Prokofievna.

— Ce qui s'appelle faire passer un examen ! s'écriat-elle. Eh bien, mesdames, vous vous disiez encore que vous alliez en faire votre protégé, comme un pauvre petit, et lui, tout juste s'il daigne vous choisir vous-mêmes, et encore, en nous disant qu'il ne viendra pas souvent. Voilà, il nous a toutes bien eues, et je suis bien contente ; et surtout pour Ivan Fedorovitch. Bravo, prince, tout à l'heure, il a demandé de vous faire passer un examen. Et ce que vous avez dit sur mon visage, c'est la vérité pure et simple : je suis une enfant, et je le sais. Je le savais même avant vous ; vous, vous avez juste exprimé en un seul mot ce que je pensais. Votre caractère, je trouve qu'il est tout à fait comme le mien, et j'en suis très heureuse ; deux gouttes d'eau. Sauf que vous êtes un homme, et moi, une femme, et je n'ai jamais vu la Suisse ; voilà toute la différence.

— Ne soyez pas si pressée, maman, s'écria Aglaïa, le prince dit qu'il avait son idée avec toutes ces confessions, et qu'il avait un but quand il parlait.

— Oui, oui, riaient les autres.

— Ne riez pas trop, mes chéries, il est peut-être plus malin que vous trois prises ensemble. Vous verrez. Mais, prince, pourquoi n'avez-vous rien dit sur Aglaïa ? Aglaïa vous attend, et moi aussi.

— Je ne peux rien dire pour l'instant ; je dirai plus tard.

— Pourquoi ? On la remarque, n'est-ce pas ?

— Oh oui, on la remarque ; vous avez une beauté extraordinaire, Aglaïa Ivanovna. Vous êtes si belle que vous faites peur à regarder.

— C'est tout ? Et quelles qualités ? insistait la générale.

— Il est difficile de juger la beauté ; je ne suis pas encore prêt. La beauté est une énigme.

— Cela signifie que vous posez une énigme à Aglaïa, dit Adelaïda ; à toi de la résoudre, Aglaïa. Mais n'est-ce pas qu'elle est belle, prince, c'est un fait ?

— Oh, elle est plus que belle ! répondit avec passion le prince qui lança un regard exalté sur Aglaïa. C'est presque comme Nastassia Filippovna, même si le visage est tout à fait différent !...

Les dames échangèrent un regard étonné.

— Comme qui-i-i ?? s'exclama la générale. Comment ça, Nastassia Filippovna ? Où est-ce que vous avez vu Nastassia Filippovna ? Laquelle, de Nastassia Filippovna ?

— Tout à l'heure, c'est Gavrila Ardalionovitch qui a montré son portrait à Ivan Fedorovitch.

— Comment, il a apporté son portrait à Ivan Fedorovitch ?

— Pour lui montrer. Nastassia Filippovna a offert son portrait à Gavrila Ardalionovitch aujourd'hui même, et, lui, il l'a apporté, pour le montrer.

— Je veux le voir ! s'écria la générale. Où est-il, ce portrait ? Si elle le lui a offert, il doit être chez lui, et lui, bien sûr, il est à son bureau. Il vient travailler ici tous les mercredis, et il ne sort jamais avant quatre heures. Qu'on m'appelle tout de suite Gavrila Ardalionovitch ! Non, je ne meurs pas vraiment du désir de le voir.

Rendez-moi donc ce service, prince, mon bon ami, allez le trouver dans son bureau, demandez-lui le portrait, et rapportez-le. Dites que c'est pour le voir. Je vous en prie.

— Il est bien, mais trop simplet quand même, dit Adelaïda quand le prince fut sorti.

— Oui, ça fait même un peu trop, confirma Alexandra, il en devient un petit peu ridicule.

On avait l'impression que l'une et l'autre ne disaient pas toute leur pensée.

— Il s'en est bien tiré, n'empêche, pour nos visages, dit Aglaïa, il a flatté tout le monde, même maman.

— N'essaie pas de plaisanter, s'il te plaît, s'écria la générale. Ce n'est pas lui qui a flatté, c'est moi qui suis flattée.

— Tu crois qu'il jouait la comédie ? demanda Adelaïda.

— Je pense qu'il n'est pas aussi simplet qu'il en a l'air.

— Ça recommence ! se fâcha la générale. Et moi, je pense que nous sommes bien plus ridicules que lui. Il est simplet, mais il a bien sa tête, dans le sens le plus noble, je veux dire. Absolument comme moi.

"Bien sûr, c'est mal que j'aie trop parlé, sur le portrait, se disait le prince tandis qu'il approchait du bureau et ressentait comme un remords. Mais… peut-être, au fond, j'ai bien fait de trop parler…" Une idée étrange commençait à poindre en lui, une idée, cependant, qui n'était pas encore très claire.

Gavrila Ardalionovitch était encore derrière son bureau, plongé dans ses papiers. Ce devait être vrai, sans doute, qu'il ne volait pas le salaire que lui versait la compagnie des actionnaires. Il fut terriblement troublé quand le prince demanda le portrait et raconta de quelle façon on était au courant de ce portrait.

— Ah !... qu'est-ce qui vous poussait à bavarder !
s'écria-t-il, plein d'un dépit rageur. Vous ne savez rien
du tout... Idiot ! murmura-t-il à part soi.

— Pardonnez-moi, je l'ai fait absolument sans y
penser ; ça s'est trouvé. J'ai dit qu'Aglaïa était presque
aussi belle que Nastassia Filippovna.

Gania demanda d'en raconter un peu plus long ; le
prince raconta. Gania, une fois encore, le toisa d'un
regard amusé.

— Vous y tenez, à Nastassia Filippovna..., murmura-
t-il, mais, sans finir sa phrase, il demeura pensif.

Il était visiblement inquiet. Le prince lui rappela le
portrait.

— Ecoutez, prince, dit brusquement Gania, comme
si une idée venait de le saisir soudain, j'aurais une requête
énorme à vous faire... Mais, vraiment, je ne sais pas...

Il se troubla et n'acheva pas sa phrase ; il y avait
quelque chose à quoi il ne se décidait pas, il semblait
comme lutter contre lui-même. Le prince attendait sans
rien dire. Gania, une fois encore, le toisa d'un regard
attentif et scrutateur.

— Prince, reprit-il, là-bas, en ce moment, on me...
pour une circonstance absolument bizarre... et ridicule... et dans laquelle je ne suis pour rien... enfin,
bon, bref, passons, je crois qu'on m'en veut un peu, là-
bas, de sorte que je n'ai pas envie d'entrer là-bas sans
qu'on m'appelle. J'ai un besoin terrible de parler tout
de suite à Aglaïa Ivanovna. Je lui ai écrit quelques mots,
à tout hasard (il s'avéra qu'il tenait à la main un petit
bout de papier plié) - et, vous comprenez, je ne sais
comment les transmettre. Prince, ne prendrez-vous pas
sur vous de les transmettre à Aglaïa Ivanovna, tout de
suite, mais seulement à Aglaïa Ivanovna, c'est-à-dire
que personne ne voie, vous comprenez ? Il n'y a pas de

secret d'Etat là-dedans, ni rien de particulier… mais… vous le ferez ?

— Cela ne m'est pas très agréable, répondit le prince.

— Ah, prince, j'en ai un besoin extrême, reprit Gania qui commençait à supplier. Elle répondra peut-être… Croyez, sans cette circonstance extrême, réellement extrême, je ne me serais jamais… Par qui donc puis-je le faire parvenir ?… C'est très important… Ça a pour moi une importance terrible.

Gania était pris d'une frayeur terrible de voir le prince refuser, il lui lançait dans les yeux des regards rapides, suppliants et apeurés.

— Eh bien, je transmettrai.

— Mais, seulement, que personne ne voie, le suppliait Gania ragaillardi, et donc, n'est-ce pas, prince, je me fie à votre parole d'honneur, n'est-ce pas ?

— Je ne le montrerai à personne, dit le prince.

— Le billet n'est pas cacheté, mais…, ajouta, se trahissant presque, Gania trop agité, et il s'arrêta, tout confus.

— Oh, je ne le lirai pas, répondit le prince avec une simplicité totale ; il saisit le portrait et sortit du bureau.

Gania, resté seul, se prit la tête entre les mains.

— Qu'elle dise un mot, et je… et, vraiment, j'envoie tout au diable !

L'agitation et l'attente l'empêchaient de se replonger dans ses dossiers ; il se mit à arpenter la pièce de long en large.

Le prince rentrait pensif ; la demande l'avait frappé d'une manière désagréable, et c'est d'une manière désagréable qu'il avait été frappé par l'idée même d'un billet de Gania pour Aglaïa. Il lui restait encore deux pièces à traverser avant le salon quand il s'arrêta brusquement, comme s'il s'était souvenu de quelque chose, il regarda autour de lui, s'approcha de la fenêtre, plus près de la lumière et se mit à regarder le portrait de Nastassia Filippovna.

Il avait comme envie de découvrir ce qui se cachait derrière ce visage, et qui l'avait tant frappé tout à l'heure. Cette impression de tout à l'heure, elle ne l'avait presque pas abandonné, et, à présent, c'était comme s'il se hâtait de vérifier on ne savait trop quoi. Ce visage, extraordinaire par sa beauté et par encore quelque chose d'autre, le frappa plus encore qu'auparavant. Comme s'il y avait dans ce visage un incommensurable orgueil et du mépris, pour ainsi dire de la haine, et, en même temps, quelque chose de confiant, quelque chose d'étonnamment sincère ; ces deux contrastes éveillaient, en quelque sorte, presque une espèce de compassion quand on regardait ces traits. Cette beauté aveuglante, elle était même insupportable, la beauté d'un visage blême – les joues presque creusées, les yeux brûlants ; une beauté étrange ! Le prince l'observa une bonne minute, puis il se reprit soudain, regarda autour de lui, porta très vite le portrait à ses lèvres, et l'embrassa. Quand, une minute plus tard, il parut au salon, son visage reflétait le calme le plus parfait.

Pourtant, dès qu'il entra dans la salle à manger (la dernière pièce avant le salon), presque devant la porte, il faillit se cogner contre Aglaïa qui y entrait. Elle était seule.

— Gavrila Ardalionovitch m'a demandé de vous transmettre, dit le prince en lui tendant le billet.

Aglaïa s'arrêta, prit le billet et lança au prince une sorte de regard étrange. On ne lisait pas la moindre gêne dans ce regard, à peine pouvait-on y saisir un certain étonnement, et encore, semblait-il, un étonnement qui ne touchait qu'au prince. C'est comme si Aglaïa, par ce regard, exigeait qu'il lui rendît des comptes – comment se trouvait-il mêlé à cette affaire avec Gania ? – et exigeait cela de manière hautaine et calme. Ils demeurèrent face à face deux-trois instants ; à la fin, quelque chose de moqueur parut imperceptiblement sur son visage ; elle fit un petit sourire, et continua son chemin.

La générale, pendant un certain temps, sans dire un mot, et non sans une sorte de dédain, examina le portrait de Nastassia Filippovna qu'elle tenait devant elle, au bout de sa main tendue, en l'éloignant de ses yeux d'une façon au plus haut point théâtrale.

— Oui, elle est belle, murmura-t-elle enfin, très belle, même. Je ne l'ai vue que deux fois, toujours de loin. Et vous, c'est ce genre de beauté que vous appréciez ? demanda-t-elle soudain au prince.

— Oui…, répondit le prince non sans effort.

— C'est-à-dire justement ce genre-là ?

— Oui, celui-là.

— Pourquoi ?

— Dans ce visage… il y a beaucoup de souffrance, murmura le prince comme sans le vouloir, comme s'il se parlait seul et ne répondait pas à la question.

— Enfin, vous délirez, peut-être, conclut la générale, et, d'un geste hautain, elle rejeta le portrait sur la table.

Alexandra le prit, Adelaïda s'approcha de sa sœur, et elles se mirent toutes deux à l'observer. Une minute plus tard, Aglaïa était de retour au salon.

— Regardez cette force, s'écria soudain Adelaïda, les yeux plongés avec avidité dans le portrait, de derrière les épaules de sa sœur.

— Comment ça ? Quelle force ? demanda d'une voix brusque Elizaveta Prokofievna.

— Une beauté pareille, c'est une force, dit avec fougue Adelaïda, on pourrait retourner le monde avec une telle beauté !

Elle s'éloigna, pensive, vers son chevalet. Aglaïa ne jeta qu'un coup d'œil au portrait, elle plissa les yeux, fit une petite moue de sa lèvre inférieure, s'éloigna et s'assit à l'écart, les bras croisés.

La générale sonna.

— Appelez-moi Gavrila Ardalionovitch, il est dans son bureau, commanda-t-elle au laquais qui entra.

— Maman ! s'écria Alexandra d'une voix inquiète.

— Je veux lui dire deux mots – assez ! trancha très vite la générale, coupant net la réplique. Elle était visiblement ulcérée. Vous comprenez, prince, en ce moment, nous n'avons plus que des secrets. Que des secrets ! Il faut ça, l'étiquette, voyez-vous – c'est stupide. Et dans l'affaire qui veut qu'on soit le plus sincère, le plus clair, le plus honnête. Nous avons des mariages qui commencent, ils ne me plaisent pas, ces mariages…

— Maman, mais qu'est-ce qui vous prend ? dit Alexandra, s'empressant à nouveau de l'arrêter.

— Qu'est-ce que tu veux, ma petite fille ? Ça te plaît donc, à toi ? Et que le prince écoute, nous sommes amis. Enfin, je suis son amie, du moins. Dieu cherche les hommes, les bons, bien sûr, parce que les méchants, les capricieux, Il n'a pas besoin d'eux ; surtout les capricieux, qui prennent une décision un jour et font le contraire le lendemain. Vous comprenez, Alexandra Ivanovna ? Prince, elles disent que je suis un peu toquée, mais j'ai encore ma tête. Parce que, l'essentiel, c'est le cœur, le reste – ce n'est rien. La tête aussi, elle doit servir, bien sûr… c'est la tête, peut-être, l'essentiel. Ne ris pas, Aglaïa, je ne me contredis pas : une gourde qui a un cœur et pas de tête, c'est une gourde aussi malheureuse qu'une gourde qui a une tête et pas de cœur. Une vieille vérité. Moi, tiens, je suis une gourde qui a un cœur et qui n'a pas de tête, et toi, tu es une gourde qui a une tête mais qui n'a pas de cœur ; nous sommes malheureuses toutes les deux, nous souffrons toutes les deux.

— Qu'est-ce qui vous rend donc si malheureuse, maman ? demanda, n'y tenant plus, Adelaïda qui était, semblait-il, la seule de toute la compagnie à ne pas avoir perdu sa bonne humeur.

— D'abord mes filles trop savantes, coupa la générale, et comme c'est déjà une raison suffisante, on peut s'arrêter là. Il y a déjà eu trop de discours comme ça. Nous verrons bien comment, toutes les deux (je ne compte pas Aglaïa), avec toute votre tête et votre rhétorique, vous vous en sortirez, et si vous serez heureuse, très chère Alexandra Ivanovna, avec votre monsieur si respectable… Ah ! s'écria-t-elle, apercevant Gania qui venait d'entrer, une autre alliance matrimoniale qui se présente. Bonjour ! fit-elle, répondant au salut de Gania, sans l'inviter à s'asseoir. Vous contractez un mariage ?

— Un mariage ?… Quoi ?… Quel mariage ? murmurait, sidéré, Gavrila Ardalionovitch. Il paraissait terriblement confus.

— Vous vous mariez, je vous demande, si c'est cette expression que vous préférez ?

— N-non… je… non…, mentit Gavrila Ardalionovitch, et le rouge de la honte lui monta au visage. Il lança un regard rapide à Aglaïa, qui était assise à l'écart, et détourna rapidement les yeux. Aglaïa posait sur lui un regard froid, fixe et tranquille, sans baisser les yeux, elle observait sa confusion.

— Non ? Vous avez bien dit "non" ? le questionnait avec insistance l'impitoyable Lizaveta Prokofievna. Assez, je me souviendrai qu'aujourd'hui, mercredi matin, vous avez répondu "non" à ma question. Nous sommes bien mercredi, aujourd'hui ?

— Je crois que oui, maman, répondit Adelaïda.

— Jamais fichues de savoir le jour. Et la date ?

— Le vingt-sept, répondit Gania.

— Le vingt-sept ? Fort bien, pour un certain calcul. Adieu, je crois que vous avez beaucoup de travail, et moi, il est temps que je m'habille, et que je sorte ; reprenez votre portrait. Transmettez mes salutations à l'infortunée Nina Alexandrovna. Adieu, prince, mon ami ! Passe nous voir plus souvent ; moi, j'irai voir exprès la vieille Belokonskaïa, pour lui parler de toi. Et puis, écoutez-moi, mon cher ; je crois que c'est précisément pour moi que Dieu vous a fait venir de Suisse jusqu'à Petersbourg. Vous aurez peut-être d'autres choses à faire, mais c'est surtout pour moi. Adieu, mes chéries. Alexandra, viens avec moi, mon amie.

La générale sortit. Gania, culbuté, égaré, rageur, prit le portrait sur la table et, avec un sourire grimaçant, s'adressa au prince :

— Prince, je rentre chez moi. Si vous avez toujours l'intention de loger chez nous, je vous accompagne – vous ne connaissez même pas l'adresse.

— Attendez, prince, dit Aglaïa, se levant brusquement de son fauteuil, il faut encore que vous m'écriviez quelque chose dans mon album. Papa dit que vous êtes un calligraphe. Je vous l'apporte...

Et elle sortit.

— Au revoir, prince, moi aussi, je m'en vais, dit Adelaïda.

Elle serra fermement la main du prince, lui fit un sourire doux et avenant, puis elle sortit. Gania ne fut même pas gratifié d'un regard.

— C'est vous, fit Gania, grinçant des dents et se jetant brusquement sur le prince sitôt qu'elles furent toutes parties, c'est vous qui n'avez pas tenu votre langue, qui avez dit que je me mariais, murmurait-il dans une sorte de semi-chuchotement précipité, le visage en furie, les yeux brûlants de rage, espèce de pipelette sans vergogne !

— Je vous assure que vous vous trompez, répondit le prince d'un ton calme et courtois, je ne savais même pas que vous vous mariiez.

— Vous venez de l'entendre ; Ivan Fedorovitch vient de dire que tout se déciderait ce soir chez Nastassia Filippovna, c'est vous qui avez tout raconté ! Et menteur avec ça ! D'où est-ce qu'elles pouvaient le savoir ? Mais, nom d'un chien, qui aurait pu leur dire, si ce n'est pas vous ? La vieille, ce n'est donc pas ça qu'elle voulait me dire ?

— Vous devez mieux savoir que moi qui a pu le leur dire, si vous avez bien l'impression que c'est ce qu'on voulait vous signifier – moi, je n'ai pas dit un mot.

— Le billet, vous l'avez remis ? La réponse ? l'interrompit Gania avec une impatience fébrile. Aglaïa rentra à cette même seconde, et le prince n'eut rien le temps de dire.

— Voilà, prince, dit Aglaïa en posant son album sur le guéridon, choisissez une page et écrivez-moi quelque chose. Voici une plume, et toute neuve, qui plus est. Ça ne fait rien qu'elle soit en acier ? Les calligraphes, à ce qu'on dit, ne se servent jamais d'acier.

En parlant avec le prince, elle faisait comme si elle ne remarquait pas la présence de Gania. Cependant, tandis que le prince arrangeait sa plume, choisissait une page et se préparait, Gania s'approcha du foyer devant lequel se tenait Aglaïa, juste à la droite du prince, et, d'une voix tremblante, hoquetante, il lui murmura, presque à l'oreille :

— Un mot, rien qu'un seul mot de vous, et je suis sauvé.

Le prince se tourna précipitamment et les fixa tous deux. Un véritable désespoir se lisait sur le visage de

Gania ; il semblait avoir dit cette phrase sans réfléchir, comme sur un coup de sang. Aglaïa le regarda encore quelques secondes avec la même surprise tranquille qu'elle avait montrée tout à l'heure au prince, et il semblait que cette surprise tranquille, cette stupéfaction née, aurait-on pensé, d'une totale incompréhension de ce qu'on lui disait étaient à cet instant pour Gania bien plus terribles que le mépris le plus profond.

— Que faut-il donc que j'écrive ? demanda le prince.

— Mais je vais vous dicter tout de suite, dit Aglaïa en se tournant vers lui, vous êtes prêt ? Ecrivez donc : "Je ne pratique pas le marchandage." Maintenant, signez – le jour, la date. Montrez.

Le prince lui tendit l'album.

— Splendide ! C'est étonnant comme vous avez écrit ; votre écriture est merveilleuse ! Merci. Au revoir, prince… Attendez, ajouta-t-elle, comme si elle venait de se rappeler quelque chose, suivez-moi, je veux vous faire un petit cadeau, en souvenir.

Le prince la suivit ; mais, en entrant dans la salle à manger, Aglaïa s'arrêta.

— Lisez cela, dit-elle en lui tendant le billet de Gania.

Le prince prit le billet et leva vers Aglaïa un regard stupéfait.

— Je sais bien que vous ne l'avez pas lu, et que vous ne pouvez pas être le factotum de cet homme-là. Lisez, je veux que vous lisiez.

Le billet était visiblement écrit à la hâte.

"Mon destin se joue aujourd'hui, vous savez de quelle façon. Aujourd'hui je devrai annoncer ma décision définitive. Je n'ai aucun droit à votre compassion, je n'ose nourrir aucun espoir ; mais, un jour, vous avez prononcé un mot, rien qu'un seul mot, et ce mot est venu illuminer la nuit noire de ma vie et il est devenu mon phare. Prononcez aujourd'hui ce même mot – et vous me sauverez de la perte ! Dites-moi seulement : *Déchire tout*, et je déchire tout aujourd'hui même. Oh, que vous coûte-t-il de le dire ! Dans ce mot, je ne vous demande que le signe de votre compassion, de votre tristesse, à mon égard, *c'est tout, c'est tout* ! Rien d'autre, *rien* ! Je n'ose concevoir aucun espoir, parce que j'en suis indigne. Mais si vous prononcez ce mot, j'accepterai de nouveau ma pauvreté, je supporterai avec joie la position désespérée qui est la mienne. J'accepterai la lutte, je serai heureux de lutter, je ressusciterai en elle avec de nouvelles forces !

Envoyez-moi ce mot de compassion (*seulement* de compassion, je vous le jure) ! N'en veuillez pas à l'audace d'un désespéré, d'un homme qui se noie et ose entreprendre un effort ultime pour échapper à la mort.

G. I."

— Cet homme assure, dit Aglaïa d'une voix brusque quand le prince eut fini de lire, que le mot *"déchirez tout"* ne me compromettra pas et ne m'obligera à rien, et il m'en donne lui-même, comme vous voyez, une garantie écrite par ce billet. Remarquez avec quelle naïveté il s'est hâté de souligner certaines de ses expressions et avec quelle grossièreté il laisse paraître ses pensées profondes. Il sait lui-même, d'ailleurs, que s'il déchirait tout, mais seul, sans attendre que je le lui dise, et sans même m'en parler, sans aucun espoir envers moi, alors, je changerais mes sentiments pour lui, et, peut-être, je deviendrais son amie. Il le sait à coup sûr ! Mais son âme est souillée ; il sait, et il n'ose pas ; il sait, et il exige quand même une garantie. Il est incapable de se résoudre à croire. Il veut qu'à la place des cent mille roubles, je lui donne un espoir sur moi-même. Quant au mot qu'il mentionne dans son billet et qui, soi-disant, aurait illuminé sa vie, il ment avec aplomb. Une fois, seulement, je l'ai plaint. Mais il est téméraire et sans pudeur ; tout de suite, il a eu une lueur d'espoir ; cela, je l'ai compris tout de suite. Depuis ce temps, il a cherché à me prendre au piège ; et il essaie toujours. Mais, assez ; prenez ce billet et rendez-le-lui, maintenant, quand vous serez sortis de chez nous, bien sûr – pas avant.

— Et quelle réponse lui donner ?

— Aucune, bien sûr. C'est la meilleure réponse. Mais il paraît que vous voulez habiter chez lui ?

— Ivan Fedorovitch vient de me le recommander, dit le prince.

— Eh bien, méfiez-vous de lui, je vous préviens ; à présent, il ne vous pardonnera plus de lui avoir rendu le billet.

Aglaïa serra légèrement la main du prince et elle sortit. Son visage était grave et tendu, elle ne sourit même pas quand elle fit au prince un hochement de tête en signe d'adieu.

— J'arrive, je prends juste mon baluchon, dit le prince à Gania, et nous partons.

D'impatience, Gania tapa du pied. Son visage s'assombrit même de fureur. Ils finirent enfin par sortir, le prince portant son baluchon.

— La réponse ? La réponse ? cria Gania en se jetant sur lui. Qu'est-ce qu'elle vous a dit ? Vous avez remis la lettre ?

Le prince, sans rien dire, lui rendit son billet. Gania resta abasourdi.

— Quoi ? Mon billet ? s'écria-t-il. Mais il ne l'a pas remis !… Oh, j'aurais dû m'en douter ! Oh, mmmau-auddit… Je comprends pourquoi elle n'a rien compris tout à l'heure ! Mais de quel droit, de quel droit vous ne l'avez pas remis, oh, mmmau-au-d…

— Pardonnez-moi, au contraire, j'ai eu l'occasion de remettre votre billet à la minute même où vous me l'avez donné, et exactement comme vous me l'avez demandé. Si je l'ai de nouveau entre les mains, c'est qu'Aglaïa Ivanovna vient de me le rendre.

— Quand ? Quand ?

— Dès que j'ai eu fini d'écrire dans son album et qu'elle m'a demandé de la suivre. (Vous étiez présent.) Nous sommes entrés dans la salle, elle m'a donné le billet, m'a ordonné de le lire et m'a ordonné de vous le rendre.

— Le li-i-i-re ? s'écria Gania presque à se rompre la glotte. Le lire ? Vous avez lu ?

Et il s'arrêta de nouveau, abasourdi, au milieu du trottoir, et tellement stupéfait qu'il en gardait la bouche ouverte.

— Oui, à l'instant.

— Et c'est elle, elle qui vous l'a donné à lire ? Elle ?

— Oui, et, croyez-moi, je ne l'aurais pas lu sans sa demande.

Gania se tut une minute, réfléchissant dans des efforts désespérés, mais, d'un seul coup, il s'exclama :

— Pas possible ! Elle n'a pas pu vous demander de le lire. Vous mentez ! Vous l'avez lu tout seul !

— Je dis la vérité, répondit le prince de son ton coutumier, absolument imperturbable, et, croyez-moi : je regrette beaucoup que cela vous fasse une impression si pénible.

— Mais, malheureux, elle vous a tout de même dit quelque chose avec ça ? Elle a bien répondu quelque chose ?

— Oui, bien sûr.

— Mais parlez, mais parlez donc, nom de… !

Et, de son pied droit chaussé d'un caoutchouc, Gania tapa deux fois de suite contre le trottoir.

— Dès que j'ai eu fini de lire, elle m'a dit que vous tentiez de la prendre au piège ; que vous vouliez la compromettre pour recevoir d'elle un espoir, pour pouvoir, en vous appuyant sur cet espoir, déchirer sans perte un autre espoir de cent mille roubles. Que si vous aviez fait cela sans marchander avec elle, si vous aviez tout déchiré tout seul, sans lui demander une garantie d'avance, alors, peut-être, elle serait devenue votre amie. Et voilà tout, je crois. Oui, et encore : quand j'ai pris le billet et que je lui ai demandé : "Mais quelle réponse ?" alors, elle a dit que laisser sans réponse serait la meilleure réponse – je crois que c'est cela ; pardonnez-moi si j'ai oublié son expression exacte, je vous transmets comment je l'ai comprise.

Une rage sans limites s'empara de Gania, sa furie explosa sans aucune retenue.

— Ah c'est comme ça, criait-il, grinçant des dents, ah on jette mes billets par la fenêtre ! Ah ! Elle ne pratique pas le marchandage – eh bien moi, si ! Et on verra bien ! On ne sait pas encore de quoi je suis capable… on verra bien !… Je vais la mettre en charpie !…

Il grimaçait, blêmissait, écumait ; il menaçait du poing. Ils firent ainsi quelques pas. Gania ne se gênait pas le moins du monde devant le prince, comme s'il s'était trouvé seul dans sa chambre, parce qu'il le méprisait au plus haut point. Mais, brusquement, il réfléchit à quelque chose et il revint à lui.

— Mais comment se fait-il, demanda-t-il, se tournant soudain vers le prince, hein, comment se fait-il que vous (un idiot ! ajouta-t-il à part soi), vous ayez droit soudain à cette confiance, deux heures après les avoir rencontrées ? Comment ça se fait ?

La jalousie manquait encore à ses tortures. Elle le mordit soudain au plus profond du cœur.

— Cela, je ne saurais vous l'expliquer, répondit le prince.

Gania le regarda avec rage :

— Ce n'est pas pour vous offrir sa confiance qu'elle vous a appelé dans la salle ? Elle avait bien l'intention de vous offrir quelque chose ?

— Oui, je ne peux comprendre cela que de cette façon

— Mais pourquoi, nom d'un chien ? Qu'est-ce que vous avez donc pu faire ? Comment avez-vous fait pour plaire ? Ecoutez, disait-il, s'agitant de toutes ses forces (à cet instant, tout son être était comme éparpillé et tout bouillonnait en désordre, si fort qu'il n'était plus capable de concentrer ses pensées), écoutez, vous ne pouvez pas vous souvenir ne serait-ce que de quelque chose, essayer de comprendre, dans l'ordre, de quoi vous avez pu parler là-bas, tout ce que vous avez dit, depuis le début ? Vous n'avez rien remarqué ? Vous ne vous souvenez pas ?

— Oh, mais si, répondit le prince, depuis le début, quand je suis entré et que nous avons fait connaissance, nous avons d'abord parlé de la Suisse.

— Bon, au diable la Suisse !

— Après, de la peine de mort…

— De la peine de mort ?

— Oui ; ça s'est trouvé… après, je leur ai dit comment j'y avais vécu trois ans, et l'histoire d'une pauvre villageoise.

— Mais au diable la pauvre villageoise ! Ensuite !… faisait Gania, brûlant d'impatience.

— Ensuite, comment Schneider m'a dit son opinion sur mon caractère, et comment il m'a poussé…

— Que le diable l'emporte, Schneider, et je m'en fiche, de son opinion ! Ensuite !

— Ensuite, ça s'est trouvé, j'ai parlé des visages, c'est-à-dire de l'expression des visages, et j'ai dit qu'Aglaïa Ivanovna était presque aussi belle que Nastassia Filippovna. Et c'est là que j'ai parlé du portrait…

— Mais vous n'avez pas raconté, n'est-ce pas, vous n'avez pas raconté ce que vous veniez d'entendre dans le bureau ? Non ? Non ?

— Je vous répète que non.

— Mais comment, nom de… ? Ah ! Et Aglaïa, elle n'aurait pas montré le billet à la vieille ?

— Là, je peux vous le garantir totalement : c'est non. J'ai tout le temps été présent ; et puis, elle n'a pas eu le temps.

— Mais, peut-être, vous-même, vous n'avez pas remarqué je ne sais pas quoi… Oh, mmau-auddit idiot, s'exclama-t-il, complètement hors de lui, même pas fichu de raconter quelque chose.

Gania, une fois parti à injurier, ne trouvant pas de résistance, perdit peu à peu tout contrôle, comme cela ne manque jamais d'arriver chez certains. Encore un peu, et peut-être se serait-il mis à cracher, tant il était furieux. Mais, justement, sa fureur l'aveugla ; sans elle, il aurait remarqué depuis longtemps que cet "idiot" qu'il traitait ainsi était capable, parfois, de tout comprendre très vite et très subtilement, et qu'il savait transmettre d'une façon au plus haut point satisfaisante. Mais il se produisit soudain quelque chose d'inattendu.

— Je dois vous faire remarquer, Gavrila Ardaliono-vitch, lui dit soudain le prince, qu'il est vrai qu'avant j'ai été si malade que j'ai vraiment été presque un idiot ; mais, aujourd'hui, je suis guéri depuis longtemps, et c'est pourquoi il m'est un peu désagréable qu'on me traite d'idiot en face. Même si l'on peut vous excuser quand on prend en compte tous vos échecs, voilà deux fois que, dans votre dépit, vous allez jusqu'à m'injurier. Cela, je n'en ai pas du tout envie, surtout comme ça, soudain, comme vous le faites, dès la première fois ; et comme nous venons d'arriver à un carrefour, ne vaut-il pas mieux nous séparer ? Vous, vous irez à droite, chez vous, et moi, à gauche. J'ai vingt-cinq roubles, et je peux trouver, sans doute, un hôtel garni.

Gania se troubla terriblement, il rougit même tellement il avait honte.

— Pardonnez-moi, prince, s'écria-t-il avec chaleur, et il échangea soudain son ton injurieux pour une politesse extrême, au nom du ciel, pardonnez-moi ! Vous voyez bien dans quel malheur je me trouve ! Vous ne savez presque rien, mais si vous saviez tout, vous m'excuseriez certainement, au moins un tout petit peu ; même si, bien sûr, je suis inexcusable…

— Oh, mais je n'ai pas du tout besoin de telles excuses, s'empressa de lui répondre le prince. Je comprends bien que cela vous est très désagréable, et que c'est pour cela que vous jurez. Eh bien, allons chez vous. Moi, c'est avec plaisir…

"Non, pas moyen de le laisser partir comme ça, se disait en chemin Gania, qui surveillait le prince, la rage au cœur, cet escroc-là m'a fait cracher le morceau, et le voilà soudain qui jette le masque… Ça veut bien dire quelque chose. Oh, nous verrons ! Tout devra se résoudre, tout, tout ! Aujourd'hui même !"

Ils venaient d'arriver devant leur immeuble.

VIII

L'appartement de Ganetchka occupait un deuxième étage auquel menait un escalier tout à fait propre, clair et spacieux, et consistait en six ou sept pièces ou chambrettes, des plus ordinaires, du reste, mais, malgré tout, pas tout à fait dans les moyens d'un fonctionnaire privé même appointé à deux mille roubles. Mais il était destiné à l'entretien de locataires avec table et service et Gania et sa famille ne l'occupaient que depuis deux mois, au plus grand désagrément de Gania lui-même, sur l'insistance et les requêtes de Nina Alexandrovna et de Varvara Ardalionovna, lesquelles avaient souhaité se rendre utiles à leur tour en augmentant, ne serait-ce qu'un petit peu, les revenus de la famille. Gania se renfrognait et disait que l'entretien de locataires était une monstruosité ; après cela, il s'était comme mis à avoir honte dans le monde où il avait coutume de passer pour un jeune homme possédant un certain chic et un avenir. Toutes ces concessions au destin et cette promiscuité vexante, tout cela le blessait au plus profond du cœur. Depuis un certain temps, chaque petit rien l'agaçait sans mesure et hors de proportion et, s'il acceptait encore pour quelque temps de céder et de supporter, c'était pour la seule raison qu'il avait décidé de changer tout cela et de tout transformer dans les délais les plus brefs. Or, ce changement lui-même, cette issue à laquelle il s'était arrêté posaient le problème le plus grave, un problème dont la solution à trouver menaçait d'être source de bien plus de tracas et de douleurs que tout ce qui avait précédé.

L'appartement était divisé par un couloir qui commençait dès le vestibule. D'un côté du couloir se trouvaient les trois pièces destinées à la location, pour des locataires "particulièrement recommandés" ; de plus, du même côté de ce couloir, tout au bout, près de la cuisine, se trouvait une quatrième petite chambre, plus étroite que les autres, dans laquelle avait pris ses quartiers le général en retraite Ivolguine lui-même, le père de famille, qui dormait sur un grand divan et se voyait forcé d'entrer et de sortir de l'appartement par la cuisine et l'escalier de service. Cette même chambre était encore occupée par le frère de Gavrila Ardalionovitch, le collégien Kolia, âgé de treize ans ; lui aussi s'était vu réserver cette pièce pour s'y serrer, y faire ses devoirs, dormir – sur un autre petit divan, court, étroit et d'âge plus que respectable, sur un drap troué – et, surtout, pour rester là et surveiller son père qui pouvait de moins en moins se passer de cette surveillance. On installa le prince dans la pièce du milieu ; la première, à droite, était occupée par Ferdychtchenko, la troisième – à gauche – se trouvait encore vide. Pourtant, Gania emmena d'abord le prince dans la moitié réservée à la famille. Cette moitié réservée à la famille était composée d'une salle, qui devenait, en cas de besoin, salle à manger, d'un salon, qui ne restait, au demeurant, salon que le matin et, le soir, devenait le bureau puis la chambre à coucher de Gania et, enfin, d'une troisième chambre, étroite et constamment fermée : la chambre à coucher de Nina Alexandrovna et de Varvara Ardalionovna. Bref, tout, dans cet appartement, se serrait et vivait à l'étroit ;

Gania ne faisait que grincer des dents, à part soi ; il avait beau vouloir être respectueux envers sa mère, on voyait immédiatement qu'il se conduisait comme le grand despote de sa famille.

Nina Alexandrovna n'était pas seule dans le salon, Varvara Ardalionovna lui tenait compagnie ; elles se trouvaient toutes deux en train de tricoter, et de converser avec leur hôte, Ivan Petrovitch Ptitsyne. Nina Alexandrovna était une femme d'une cinquantaine d'années, au visage maigre et hâve, avec une forte noirceur sous les yeux. Son apparence était comme maladive et un peu douloureuse, mais son visage et son regard étaient assez agréables ; un caractère grave et tout empli d'une réelle dignité se révélait dès qu'elle ouvrait la bouche. Malgré son apparence douloureuse, on sentait en elle de la fermeté, voire de la résolution. Ses vêtements étaient d'une modestie extrême, quelque chose de sombre, absolument comme pour une vieille femme, mais ses manières, sa conversation, toute sa façon d'être prouvaient une personne qui avait aussi connu un monde plus relevé.

Varvara Ardalionovna était une jeune fille de vingt-deux ou vingt-trois ans, de taille moyenne, assez maigre, au visage qu'on ne pouvait pas dire très beau, mais qui possédait ce secret de plaire sans beauté et d'attirer jusqu'à la vraie passion. Elle ressemblait beaucoup à sa mère, elle s'habillait même presque de la même façon, par dédain absolu de la toilette. Le regard de ses yeux gris pouvait parfois être enjoué et empli de tendresse mais il était le plus souvent grave et pensif, parfois même trop pensif, surtout ces derniers temps. La fermeté et la résolution se lisaient sur son visage mais on sentait que cette fermeté pouvait être plus énergique et plus entreprenante que celle de sa mère. Varvara Ardalionovna était relativement impulsive, et son petit frère en arrivait parfois à craindre cette impulsivité. Un autre qui la craignait légèrement était cet hôte qui leur tenait compagnie à cet instant, Ivan Petrovitch Ptitsyne. C'était un homme assez jeune, un petit peu moins de la trentaine, vêtu d'une façon modeste mais élégante, aux manières agréables mais comme un peu trop posées. Sa barbiche d'un blond foncé prouvait qu'il n'était pas fonctionnaire*. Il savait être intelligent, intéressant dans sa conversation, mais il restait le plus souvent silencieux. En général, l'impression qu'il laissait était même agréable. Varvara Ardalionovna était manifestement loin de le laisser indifférent, et il ne cachait pas ses sentiments. Varvara Ardalionovna entretenait avec lui des rapports amicaux, mais ne se hâtait nullement de répondre à certaines de ses questions, et même – elle ne les aimait pas ; Ptitsyne, du reste, ne perdait pas courage. Nina Alexandrovna se montrait prévenante à son égard et, ces derniers temps, elle avait même commencé à lui confier beaucoup de choses. On savait, par ailleurs, qu'il travaillait spécialement à gagner de l'argent, en le prêtant, à de forts intérêts, contre des gages assez fiables. Avec Gania, il se montrait le plus grand ami.

En réponse à la recommandation circonstanciée mais cassante de Gania (qui n'avait salué sa mère que très sèchement, pas salué du tout sa sœur et, sans attendre, entraîné Ptitsyne à sa suite hors de la pièce), Nina Alexandrovna adressa au prince quelques mots prévenants et ordonna à Kolia, qui regardait à la porte, de le conduire jusqu'à la chambre du milieu. Kolia était un garçon enjoué, au visage assez plaisant, aux manières simples et confiantes.

* Les fonctionnaires n'avaient pas le droit de porter la barbe. (*N.d.T.*)

— Où sont donc vos bagages ? demanda-t-il en faisant entrer le prince.

— J'ai mon baluchon ; je l'ai laissé dans l'entrée.

— Je vous l'apporte. Tout ce qu'on a comme serviteurs, c'est la cuisinière et Matriona – ça fait que j'aide aussi. Varia, elle a l'œil à tout et elle n'est jamais contente. Gania dit que vous arrivez de Suisse aujourd'hui même ?

— Oui.

— Et c'est bien, la Suisse ?

— Très bien.

— Les montagnes ?

— Oui.

— Je vous apporte vos baluchons.

Varvara Ardalionovna parut.

— Matriona viendra faire votre lit tout de suite. Vous avez une valise ?

— J'ai mon baluchon. Votre frère est parti le chercher ; je l'ai posé dans l'entrée.

— Mais il n'y a pas de baluchon, juste ce petit machin-là ; où est-ce que vous l'avez posé ? demanda Kolia en revenant dans la chambre.

— Mais c'est tout ce que j'ai, déclara le prince en reprenant son bien.

— Ah ! moi qui me demandais si ce n'était pas Ferdychtchenko qui l'avait déjà fauché…

— Ne dis pas de bêtises, lui répondit avec sévérité Varia qui parlait d'une voix fort sèche même avec le prince – une voix qu'on pouvait dire juste polie.

— *Chère Babette*, tu pourrais être plus gentille avec moi, je ne suis pas Ptitsyne.

— Kolia, tu mériterais le fouet tellement tu es encore stupide. Tout ce dont vous aurez besoin, vous pourrez le demander à Matriona ; le déjeuner est à quatre heures et demie. Vous pouvez le prendre avec nous, ou bien dans votre chambre, comme cela vous arrange. Viens, Kolia, ne dérangeons pas Monsieur.

— Venez, ô femme d'acier !

En sortant, ils tombèrent sur Gania.

— Le père est là ? demanda Gania à Kolia, et, quand l'autre lui eut répondu que oui, il lui chuchota quelque chose à l'oreille.

Kolia hocha la tête et sortit derrière Varvara Ardalionovna.

— Deux mots, prince, j'avais même oublié de vous dire avec toutes ces… affaires. Une chose à vous demander ; je vous en prie – si seulement ça ne vous est pas trop difficile –, n'allez pas bavarder, ni ici sur ce qui vient de se passer entre Aglaïa et moi, ni là-bas sur ce que vous verrez ici ; parce que, ici aussi, assez de saleté comme ça. Je m'en moque, remarquez… Mais, retenez-vous – aujourd'hui, au moins.

— Je vous assure que j'ai bavardé beaucoup moins que vous ne le pensez, dit le prince avec un certain agacement devant les reproches de Gania. Leurs relations, visiblement, devenaient de plus en plus tendues.

— Bon, mais j'ai déjà eu mon compte, avec vous, aujourd'hui. Bref, je vous le demande.

— En plus, notez cela, Gavrila Ardalionovitch, qu'est-ce donc qui pouvait me lier, tout à l'heure, et pourquoi n'aurais-je pas parlé du portrait ? Vous ne m'aviez rien dit.

— Hou, qu'elle est moche, cette chambre, remarqua Gania en jetant autour de lui un regard méprisant, c'est sombre, et ces fenêtres sur cour. De tous les points de vue, vous tombez mal… Mais ça ne me regarde pas ; ce n'est pas moi qui fais les locations.

Ptitsyne se montra et appela Gania ; celui-ci se hâta d'abandonner le prince et de sortir, même s'il voulait encore lui dire quelque chose, mais quelque chose qui, visiblement, le faisait hésiter – comme s'il avait honte de se lancer ; la chambre aussi, il l'avait critiquée comme s'il s'était soudain senti gêné.

A peine le prince avait-il eu le temps de se laver et d'arranger un peu sa toilette que la porte s'ouvrit et qu'une nouvelle figure se montra.

C'était un monsieur d'une trentaine d'années, de taille respectable, large d'épaules, avec une tête énorme, bouclée, aux teintes rousses. Il avait le visage charnu, rougeaud, de grosses lèvres, le nez large et aplati et des yeux tout petits, enfoncés et moqueurs qui paraissaient toujours faire des clins d'œil. Il avait l'air, en fait, d'une insolence rare. Ses habits n'étaient pas de la première fraîcheur.

Il avait commencé par ouvrir la porte juste assez pour y passer la tête. Cette tête examina la chambre pendant cinq bonnes secondes ; puis la porte s'ouvrit petit à petit, et toute la silhouette se montra sur le seuil, mais l'hôte n'entrait toujours pas et continuait, depuis le seuil, tout en plissant les yeux, à détailler le prince. A la fin, il referma la porte derrière lui, s'approcha, s'assit sur une chaise, prit fermement le prince par le bras et l'installa, de biais pour lui, sur le divan.

— Ferdychtchenko, prononça-t-il en posant un regard attentif et interrogateur sur le visage du prince.

— Eh bien ? lui répondit le prince qui s'était presque mis à rire.

— Locataire, répliqua Ferdychtchenko, en le scrutant de la même façon.

— Vous voulez faire connaissance ?

— Bah ! prononça l'hôte, en se passant les deux mains dans les cheveux et en soupirant, après quoi il se mit à regarder le coin opposé. Vous avez de l'argent ? demanda-t-il soudain en s'adressant au prince.

— Un peu.

— Combien un peu ?

— Vingt-cinq roubles.

— Montrez.

Le prince sortit son billet de vingt-cinq roubles de la poche de son gilet et le tendit à Ferdychtchenko. Celui-ci le déplia, le regarda, le retourna et le mit à la lumière.

— C'est quand même bizarre, prononça-t-il comme plongé dans ses pensées, qu'est-ce qui les fait brunir ? Ces billets de vingt-cinq, des fois, c'est fou ce qu'ils brunissent, et d'autres, au contraire, ils se délavent complètement. Tenez.

Le prince reprit son billet. Ferdychtchenko se leva de sa chaise.

— Je suis venu vous prévenir : d'abord, ne me prêtez jamais d'argent, parce que je vous en demanderai à coup sûr.

— Bon.

— Vous avez l'intention de payer ici ?

— Oui.

— Eh bien, pas moi, merci. Moi, je suis la première porte à droite, vous voyez ? Essayez de ne pas venir me voir trop souvent ; je viendrai moi-même, ne vous en faites pas. Vous avez vu le général ?

— Non.

— Et rien entendu ?

— Non, bien sûr.

— Bah, vous le verrez et vous l'entendrez ; et puis, même à moi, il me demande de lui prêter de l'argent ! Avis au lecteur. Adieu. Est-ce qu'on peut vivre en s'appelant Ferdychtchenko ? Hein ?

— Et pourquoi pas ?

— Adieu.

Et il se dirigea vers la porte. Le prince apprit plus tard que ce monsieur semblait s'être mis en devoir de frapper tout le monde par son originalité et sa gaieté, mais que, bizarrement, ça ne marchait jamais. A certains, même, il produisait une impression franchement mauvaise, ce qui le faisait souffrir le plus sincèrement du monde, sans l'inciter pourtant à changer ce devoir. En sortant, il eut comme une possibilité de se rétablir, quand il croisa le monsieur qui venait d'entrer ; introduisant cet hôte nouveau et inconnu du prince dans sa chambre, il lui fit des clins d'œil plusieurs fois de suite, pour le prévenir, derrière son dos, si bien qu'il réussit quand même à s'effacer avec un certain chic.

Le nouveau monsieur était de haute taille, âgé de cinquante-cinq ans ou même plus, quelque peu empâté, le visage charnu, bouffi et rouge sombre, encadré d'épais favoris grisonnants, moustachu, de grands yeux quelque peu exorbités. Son allure aurait même pu être assez imposante si elle n'avait eu on ne sait quoi d'affaissé, d'usé, même de sali. Il était vêtu d'un vieux petit gilet aux coudes presque troués ; son linge aussi était lustré – comme quand on ne sort pas de chez soi. De près, il émettait une légère odeur de vodka ; mais ses manières étaient pleines de grandeur, légèrement étudiées avec, visiblement, un désir passionné d'impressionner par sa prestance. Le monsieur s'approcha du prince sans se presser, avec un sourire accueillant, lui prit la main sans dire mot et, la maintenant dans la sienne, resta quelques secondes à fixer son visage, comme s'il cherchait à y retrouver des traits connus.

— Lui ! Lui ! murmura-t-il d'une voix basse mais solennelle. Comme s'il était vivant ! J'entends, on répète un nom que je connais et que j'aime, et le passé sans retour m'est revenu soudain… Prince Mychkine ?

— Oui, monsieur.

— Général Ivolguine, en retraite et malheureux. Votre prénom et votre patronyme, puis-je… ?

— Lev Nikolaevitch.

— Oui ! Oui ! Le fils de mon ami, on peut dire du camarade d'enfance, de Nikolaï Petrovitch ?

— Mon père s'appelait Nikolaï Lvovitch.

— Lvovitch, se corrigea le général, mais sans hâte, avec une certitude absolue, comme si c'était une chose qu'il n'avait jamais oubliée et que sa langue eût juste fourché par hasard. Il s'assit, et, reprenant la main du prince, il installa celui-ci auprès de lui. – Je vous ai porté dans mes bras…

— Vraiment ? demanda le prince. Mon père est mort depuis déjà vingt ans.

— Oui, vingt ans ; vingt ans et trois mois. Fait nos études ensemble ; moi, tout de suite dans l'armée.

— Oui, et mon père aussi, lieutenant au régiment Vassilkovski.

— Belomirski. Son passage au Belomirski s'est effectué presque à la veille de sa mort. J'étais là, je l'ai béni pour le voyage éternel. Votre maman…

Le général fit une pause, comme sous l'effet d'un douloureux souvenir.

— Elle aussi, elle est morte, un an et demi plus tard, d'un refroidissement, dit le prince.

— Pas d'un refroidissement, pas d'un refroidissement, croyez-en le vieillard que je suis. J'étais là, je l'ai mise en terre. De douleur, pour son prince, pas d'un refroidissement. Non, monsieur, la princesse non plus, je ne l'oublierai jamais ! Jeunesse ! A cause d'elle, le prince et moi, des amis d'enfance, nous avons failli devenir nos assassins mutuels.

Le prince commençait à écouter avec une certaine méfiance.

— J'ai été amoureux à la folie de madame votre mère, du temps où elle était encore fiancée, fiancée à

166

mon ami. Le prince a remarqué, il a été frappé. Il vient me voir un matin, sur les sept heures, il me réveille. Très surpris, je m'habille ; silence de part et d'autre ; je comprends tout. Il sort de sa poche deux pistolets. Au mouchoir. Sans témoins. A quoi bon les témoins si, d'ici cinq minutes, nous nous envoyons l'un l'autre dans l'éternité ? On charge, on déplie le mouchoir, on se lève, on pose le pistolet contre le cœur de l'autre et on se regarde droit dans les yeux. Soudain, tous les deux en même temps, un torrent de larmes se répand de nos yeux, nos mains qui se mettent à trembler. Tous les deux, tous les deux, en même temps ! Bon, là, naturellement, étreintes, lutte de deux grandeurs d'âme. Le prince qui crie : Elle est à toi, et moi : Non, à toi ! Bref… bref… vous… venez vivre chez nous ?

— Oui, pour un certain temps, peut-être, murmura le prince, comme bégayant un peu.

— Prince, maman demande si vous pouvez aller la voir, cria Kolia qui venait de surgir dans la chambre. Le prince voulut se lever pour y aller, mais le général posa sa paume droite sur son épaule et, amicalement, il le fit se rasseoir sur le divan.

— Comme un ami sincère de votre père, je veux vous prévenir, dit le général, vous le voyez vous-même, j'ai été la victime d'une catastrophe tragique ; mais sans procès ! sans procès ! Nina Alexandrovna est une femme d'exception. Varvara Ardalionovna – ma fille – est une fille d'exception ! Par nécessité, nous faisons des locations – chute inouïe ! A moi, qui ne pouvais plus qu'être nommé gouverneur général !… Mais vous, nous serons toujours heureux de votre présence. Et, néanmoins, une tragédie se déroule dans ma maison !

Le prince le regardait d'un œil interrogateur plein de curiosité.

— On prépare un mariage, et un mariage d'exception ! Le mariage d'une femme douteuse et d'un jeune homme qui pourrait être gentilhomme de la chambre. Cette femme sera conduite dans cette maison – avec ma fille, avec ma femme ! Pourtant, aussi longtemps que je respire, cela ne se fera pas ! Je me coucherai sur le seuil, qu'elle me passe sur le corps !… Avec Gania, je ne parle presque plus, j'évite même de le voir. Je vous préviens à dessein ; si vous vivez chez nous, de toute façon, même sans ça, vous en serez témoin. Mais vous êtes le fils de mon ami, et je suis en droit d'escompter…

— Prince, je vous en prie, pouvez-vous passer me voir au salon ? demanda Nina Alexandrovna qui venait de paraître elle-même à la porte.

— Imagine, mon amie, s'écria le général, j'ai porté le prince dans mes bras !

Nina Alexandrovna lança au général un regard de reproche et, au prince, un regard scrutateur, mais elle ne dit pas un mot. Le prince la suivit ; mais ils avaient à peine eu le temps de s'installer, Nina Alexandrovna, d'une voix basse et très précipitée, avait à peine eu le temps de mettre le prince au fait de telle et telle chose que le général se présenta soudain lui-même au salon. Nina Alexandrovna se tut séance tenante, et, avec un dépit évident, se repencha sur son ouvrage. Le général avait peut-être remarqué ce dépit, mais il continuait d'être d'excellente humeur.

— Le fils de mon ami ! s'écria-t-il, s'adressant à Nina Alexandrovna. Et c'est tellement inattendu ! Il y a longtemps, même, que j'avais cessé d'imaginer. Mais, mon amie, vraiment, tu ne te souviens pas de feu Nikolaï Lvovitch ?… Tu l'as connu, n'est-ce pas… à Tver ?

— Je ne me souviens pas de Nikolaï Lvovitch. Il s'agit de votre père ? demanda-t-elle au prince.

— Oui, mais ce n'est pas à Tver, je crois, qu'il est mort, c'est à Elissavetgrad, fit-il timidement remarquer au général. Pavlichtchev me l'a dit...

— A Tver, confirma le général, juste avant sa mort il a été nommé à Tver, avant même que sa maladie ne se déclare. Vous étiez encore trop petit, et vous ne pouvez vous souvenir ni de la nomination, ni du voyage ; Pavlichtchev, lui, il pouvait se tromper, même s'il était un homme remarquable.

— Vous avez aussi connu Pavlichtchev ?

— C'était un homme d'exception, mais, moi, j'ai été le témoin oculaire. Je l'ai béni sur son lit de mort...

— Mais mon père est mort sous le coup d'un procès, fit à nouveau remarquer le prince, même si je n'ai jamais pu savoir pourquoi exactement ; il est mort à l'hôpital.

— Oh, c'est pour l'affaire du soldat Kolpakov, et, sans l'ombre d'un doute, votre père aurait été acquitté.

— Comment ? Vous en êtes sûr ? demanda le prince avec une curiosité particulière.

— Evidemment ! s'écria le général. Les juges s'étaient séparés sans rien trancher. Une affaire impossible ! Une affaire, même, on peut dire, mystérieuse : le capitaine Larionov, qui commande la compagnie, meurt brusquement ; le prince, à titre provisoire, est nommé à sa place ; bien. Le soldat Kolpakov commet un vol – le cuir de bottes d'un camarade, et il le boit ; bien. Le prince – et, notez-le, ça s'est passé en présence de l'adjudant et du caporal de service – prend Kolpakov à partie et le menace des verges. Très bien. Kolpakov rentre à la caserne, s'allonge sur sa couchette, et, un quart d'heure plus tard, il meurt. Parfait, mais le cas est surprenant, presque impossible. D'une façon ou d'une autre, on enterre Kolpakov ; le prince fait son rapport, puis Kolpakov est rayé des cadres. Quoi de mieux, on pourrait croire ? Mais ne voilà-t-il pas que, six mois plus tard exactement, à la revue de la brigade, le soldat Kolpakov s'avère figurer, comme si de rien n'était, dans la troisième compagnie du deuxième bataillon du régiment d'infanterie Novozemlianski, même brigade, même division !

— Comment ! s'écria le prince, saisi par la surprise.

— Ce n'est pas ça, c'est une erreur, intervint brusquement Nina Alexandrovna en se tournant vers lui et le regardant presque avec douleur. Mon mari se trompe.

— Mais, mon amie, se trompe, c'est facile à dire, essaie donc de résoudre un cas pareil ! Personne n'a rien compris. Moi aussi, j'aurais été le premier à dire qu'on se trompe. Mais, par malheur, j'étais témoin, j'ai participé à la commission moi-même. Toutes les confrontations ont montré que c'était le même, absolument le même soldat Kolpakov qui avait été enterré six mois auparavant, avec tambours et parade ordinaire. Un cas réellement d'exception, un cas presque impossible, je veux bien, mais…

— Papa, votre repas est servi, annonça Varvara Ardalionovna en entrant dans la pièce.

— Ah, c'est très bien ! magnifique ! J'ai une faim de loup… Mais un cas, on peut le dire, même, psychologique…

— La soupe va encore refroidir, dit Varia d'une voix impatiente.

— J'arrive, j'arrive, marmonnait le général en sortant de la pièce. Et malgré toutes les enquêtes… – entendait-on encore dans le couloir.

— Il vous faudra beaucoup pardonner à Ardalion Alexandrovitch si vous restez chez nous, dit au prince Nina Alexandrovna, mais il ne vous dérangera pas trop ; il prend même ses repas tout seul. Accordez que chacun peut avoir ses défauts et ses… particularités, certains, peut-être, plus que d'autres, qu'on a pris l'habitude de montrer du doigt. Mais je vous demanderai une chose : si, un jour, mon mari s'adresse à vous pour le loyer, dites-lui que vous me l'avez déjà donné. C'est-à-dire que ce que vous donneriez à Ardalion Alexandrovitch compterait de la même façon, mais c'est juste pour le bon ordre que je vous le demande… Qu'est-ce qu'il y a, Varia ?

Varia était entrée dans la pièce ; sans dire un mot, elle tendit à sa mère le portrait de Nastassia Filippovna. Nina Alexandrovna fut prise d'un frisson et, d'abord comme avec frayeur, puis avec une sensation d'amertume toujours plus forte, elle l'observa un certain temps. A la fin, elle interrogea Varia du regard.

— Le cadeau qu'elle lui a fait elle-même, aujourd'hui, dit Varia. Et c'est ce soir que tout se décide.

— Ce soir ! reprit à mi-voix et dans une sorte de désespoir Nina Alexandrovna. Eh bien ? Il n'y a plus de place pour le doute, et il n'y a plus d'espoir non plus ; elle annonce tout avec ce portrait… Comment, c'est lui qui te l'a montré ? ajouta-t-elle avec surprise.

— Vous savez bien que nous ne nous parlons presque plus depuis un mois. C'est Ptitsyne qui m'a tout raconté, et, le portrait, il traînait déjà par terre, à côté du bureau ; je l'ai ramassé.

— Prince, dit Nina Alexandrovna en s'adressant soudain à lui, je voulais vous demander (et c'est en fait pour cela que je vous ai prié de venir), y a-t-il longtemps que vous connaissez mon fils ? Il disait, je crois, que vous veniez d'arriver aujourd'hui de je ne sais où.

Le prince parla brièvement de lui-même, en sautant la plus grande moitié. Nina Alexandrovna et Varia écoutèrent tout ce qu'il disait.

— Je n'essaie pas de mener je ne sais quelle enquête sur Gavrila Ardalionovitch quand je pose des questions, remarqua Nina Alexandrovna, il ne faut pas que vous vous trompiez à ce sujet. S'il y avait quelque chose qu'il ne pouvait m'avouer de lui-même, cela non plus, je ne voudrais pas l'apprendre à son insu. Si je vous pose cette question, en fait, c'est que Gania était avec vous tout à l'heure et qu'après, quand vous êtes sorti, quand je l'ai interrogé sur vous, il m'a répondu : "Il sait tout, pas besoin de cérémonies !" Qu'est-ce que cela signifie ? C'est-à-dire, j'aurais voulu savoir dans quelle mesure…

Gania et Ptitsyne entrèrent soudain ; Nina Alexandrovna se tut. Le prince était resté assis sur une chaise à côté d'elle, Varia s'était placée un petit peu à l'écart ; le portrait de Nastassia Filippovna restait posé à la place la plus en vue, sur le guéridon de travail de Nina Alexandrovna, juste devant ses yeux. Gania le vit, se rembrunit, s'en empara avec dépit et le projeta sur son bureau, qui se trouvait à l'autre bout de la pièce.

— C'est aujourd'hui, Gania ? demanda brusquement Nina Alexandrovna.

— Quoi aujourd'hui ? répliqua-t-il dans un sursaut et il se jeta soudain sur le prince. Ah, je comprends, vous êtes déjà là !… Mais c'est une maladie que vous avez, à la fin, ou quoi ? Vous ne pouvez pas vous retenir ? Mais comprenez donc à la fin, Votre Clarté…

— Ici c'est moi qui suis coupable, et personne d'autre, l'interrompit Ptitsyne.

Gania lui jeta un regard interrogateur.

— Mais c'est tant mieux, Gania, d'autant plus que, d'un côté, c'est une affaire réglée, marmonna Ptitsyne et, se mettant à l'écart, il s'assit à la table, sortit de sa poche un papier noirci de notes au crayon et s'y plongea profondément. Gania restait debout, lugubre, et attendait avec inquiétude une scène familiale. Il n'avait même pas songé à s'excuser devant le prince.

— Si tout est fini, alors Ivan Petrovitch a évidemment raison, dit Nina Alexandrovna, ne fronce pas les sourcils, je t'en prie, et ne t'énerve pas, Gania, je ne vais pas me mettre à te poser des questions si tu ne veux pas me parler de toi-même, et je t'assure que je me suis soumise entièrement, tu peux me croire, ne te fais pas de mauvais sang.

Elle avait dit cela sans lever les yeux de son ouvrage et, on aurait vraiment pu le croire, d'une voix paisible. Gania était surpris, mais il gardait un silence prudent et observait sa mère, attendant qu'elle s'exprime plus clairement. Les scènes domestiques lui avaient déjà coûté trop cher. Nina Alexandrovna remarqua cette prudence et ajouta avec un sourire amer :

— Tu te méfies toujours et tu ne me crois pas ; ne t'inquiète pas, il n'y aura ni larmes, ni prières, comme avant, du moins de mon côté. Tout mon désir est que tu sois heureux, et tu le sais bien ; je me suis soumise au destin, mais mon cœur sera toujours avec toi, que nous restions ensemble, ou que nous soyons séparés. Il va de soi que je ne parle que pour moi ; tu ne peux pas exiger la même chose de ta sœur…

— Ah, encore elle ! s'écria Gania en regardant sa sœur avec une haine moqueuse. Maman ! Je vous jure encore une fois ce que j'ai déjà juré : personne, jamais, n'osera vous manquer de respect, tant que je serai ici, et tant que je serai vivant. De qui que nous puissions parler, j'exigerai le respect le plus total envers vous, et cela concerne tous ceux qui pourront franchir notre porte…

Gania s'était réjoui si fort qu'il regardait sa mère avec un air presque de réconciliation, presque de la tendresse.

— Tu sais bien, Gania, que je n'ai jamais rien redouté pour moi-même ; ce n'est pas pour moi que j'étais inquiète et que j'ai souffert pendant tout ce temps. On dit que c'est aujourd'hui que tout sera fini. Mais qu'est-ce qui sera fini ?

— Ce soir, chez elle, elle a promis de déclarer si elle acceptait, oui ou non, répondit Gania.

— Voilà presque trois semaines que nous avons évité de parler de ça, et c'était tant mieux. A présent que tout est fini, je ne me permettrai que de te poser une seule question : comment a-t-elle pu te donner son accord, et même t'offrir son portrait, si tu ne l'aimes pas ? Est-ce que tu… avec son… avec son…

— Avec son expérience, vous voulez dire ?

— Je ne l'aurais pas dit de cette façon. Tu as donc pu lui jeter tant de poudre aux yeux ?

Un agacement extrême perça soudain dans cette question. Gania réfléchit une minute et, sans cacher son ironie, il répliqua :

— Vous vous laissez entraîner, maman, c'est plus fort que vous, et c'est toujours comme ça que tout commence et tout s'envenime avec vous. Vous avez dit : Il n'y aura ni questions ni reproches, et les voilà qui commencent ! Laissons ça, plutôt ; oui, laissons ça ; du moins, vous aviez l'intention… Jamais et pour rien au monde je ne vous laisserai ; un autre, avec une sœur pareille, au moins, se serait enfui depuis longtemps – vous avez vu comme elle me regarde en ce moment ? Terminons ça ! J'étais si heureux, déjà… Et comment savez-vous que je trompe Nastassia Filippovna ? Et pour ce qui est de Varia – c'est comme elle veut, et ça suffit. Et maintenant, ça suffit vraiment !

Gania s'était échauffé à chaque mot, et il marchait de long en large dans la chambre. Ce genre de conversations devenait tout de suite le point névralgique pour tous les membres de la famille.

— J'ai dit que si jamais elle entrait ici, moi, je partais, et je tiendrai parole, dit Varia.

— Par entêtement ! s'écria Gania. Et c'est par entêtement que tu ne te maries pas ! Pourquoi tu ricanes contre moi ? Moi, je m'en fiche, Varvara Ardalionovna ; si ça vous plaît, vous pouvez tenir votre promesse même maintenant. Parce que j'en ai soupé de vous. Quoi ? vous vous décidez enfin à nous laisser, prince ? cria-t-il au prince, voyant que celui-ci se levait.

On sentait déjà dans la voix de Gania ce degré d'énervement où les gens sont presque heureux au fond d'eux-mêmes d'être aussi énervés et s'abandonnent sans aucune retenue, avec une jouissance presque de plus en plus puissante, quel que puisse être le résultat final. Le prince voulut se retourner, au moment de sortir, pour lui répondre quelque chose mais il vit à l'expression maladive du visage de son offenseur que c'eût été la goutte qui aurait fait déborder le vase, il lui tourna le dos et sortit sans rien dire. Quelques minutes plus tard, aux échos qui provenaient du salon, il reconnut qu'en son absence la conversation était devenue à la fois plus bruyante et plus franche.

Il traversa la salle et le vestibule pour arriver dans le couloir puis, de là, dans sa chambre. En passant près de la porte d'entrée qui donnait sur le palier, il entendit et remarqua que quelqu'un, de l'autre côté, essayait de toutes ses forces de faire tinter la clochette ; mais quelque chose devait être cassé dans cette clochette : elle tremblait à peine et n'émettait pas le moindre son. Le prince leva le loquet, ouvrit la porte et – de stupéfaction, fit un pas en arrière, il en fut même pris d'un sursaut ; il voyait devant lui Nastassia Filippovna. Il la reconnut tout de suite grâce au portrait. Quand elle le vit, elle, ses yeux lancèrent des éclairs de dépit ; elle entra d'un pas vif dans le vestibule, en le poussant de l'épaule et, ôtant elle-même sa pelisse, lui dit avec colère :

— Quand on a la flemme de réparer la clochette, on pourrait au moins rester dans l'entrée, si on frappe. Voilà ! Il fait tomber la pelisse, quel plouc !

La pelisse était vraiment par terre ; Nastassia Filippovna, sans attendre que le prince l'eût prise, la lui avait jetée elle-même sur les bras, sans regarder, par-derrière, mais le prince n'avait pas eu le temps de la reprendre.

— C'est te renvoyer qu'il faudrait. Allez, annonce.

Le prince voulut dire quelque chose, mais il resta tellement perdu qu'il ne put rien articuler et c'est avec la pelisse qu'il venait de ramasser qu'il se dirigea vers le salon.

— Non mais, le voilà qui part avec la pelisse ! Pourquoi tu la prends, la pelisse ? Ha ha ha ! Mais tu es fou, ou quoi ?

Le prince revint sur ses pas ; il la regardait comme pétrifié ; quand elle éclata de rire – il sourit également, mais il ne pouvait toujours pas remuer la langue. Les premiers instants, quand il lui avait ouvert la porte, il était pâle ; à présent, le rouge lui inondait le front.

— Mais qu'est-ce que c'est que cet idiot ? lui cria Nastassia Filippovna d'une voix rageuse, et en tapant du pied. Eh bien, où tu vas ? Tu annonces qui ?

— Nastassia Filippovna, marmonna le prince.

— Comment est-ce que tu me connais ? lui demanda-t-elle d'une voix vive. Je ne t'ai jamais vu ! Vas-y, annonce... Qu'est-ce que c'est que ces cris ?

— Ils se disputent, répondit le prince, et il partit vers le salon.

Il y entra à une minute assez décisive ; Nina Alexandrovna était déjà prête à oublier définitivement qu'elle s'était "soumise à tout" ; du reste, elle défendait Varia. Ptitsyne, qui avait laissé son papier noirci au crayon, s'était levé auprès d'elle. Varia elle-même ne se rendait pas, elle n'était pas une poule mouillée ; mais les grossièretés de son frère devenaient à chaque mot plus impolies et plus insupportables. Dans ces cas-là, d'habitude, elle cessait de parler et se contentait de se taire en regardant son frère d'un air moqueur, sans le quitter des yeux. Cette manœuvre, elle le savait parfaitement, pouvait achever de le faire sortir de ses gonds. C'est à cette minute précise que le prince entra dans la pièce, et annonça :

— Nastassia Filippovna !

IX

Il se fit un silence général ; tout le monde regardait le prince, comme sans le comprendre ou – sans vouloir le comprendre. Gania était pétrifié de frayeur.

L'arrivée de Nastassia Filippovna, surtout en une minute pareille, était pour tous une surprise des plus étranges, et des plus tracassantes. Déjà le fait que Nastassia Filippovna venait pour la première fois ; jusque-là, elle s'était tenue avec une arrogance telle que, dans ses conversations avec Gania, elle n'avait même jamais exprimé le désir de connaître les membres de sa famille, et même, les derniers temps, ne les évoquait plus, comme s'ils n'existaient pas. Gania, d'ailleurs, était bien content d'éloigner ainsi une conversation si tracassante, et, néanmoins, il avait conservé au fond du cœur le souvenir de cette arrogance. Toujours est-il qu'il s'attendait plutôt à des sarcasmes, des piques de sa part sur sa famille et non à une visite ; il savait d'une manière certaine qu'elle était au courant de tout ce qui se passait chez lui à propos de son mariage, et qu'elle connaissait l'opinion de ses parents. Sa visite, maintenant, après le cadeau du portrait, et le jour de son anniversaire, le jour où elle avait promis de décider de son destin, cette visite, donc, signifiait presque en elle-même cette décision.

La stupeur avec laquelle tout le monde considérait le prince ne dura pas ; Nastassia Filippovna parut d'elle-même à la porte du salon et, une fois encore, en entrant dans la pièce, elle poussa légèrement le prince.

— Enfin j'arrive à entrer… pourquoi est-ce que vous mettez une clochette ? demanda-t-elle d'un ton joyeux en tendant la main à Gania qui accourait vers elle. Pourquoi faites-vous cette tête ? Présentez-nous, je vous en prie…

Gania, complètement égaré, lui présenta d'abord Varia, et les deux femmes, avant de se serrer la main, échangèrent un regard étrange. Nastassia Filippovna, du reste, était rieuse et sa gaieté lui servait de masque ; mais Varia refusait les masques, et son regard était lugubre et fixe ; son visage n'esquissa pas même l'ombre d'un sourire – sourire qu'aurait exigé la simple politesse. Gania fut horrifié ; il n'y avait ni le temps ni l'espoir de supplier, et il lança à Varia un regard si lourd de menaces que celle-ci, par la seule force de ce regard, comprit toute l'importance qu'avait cette minute pour son frère. Alors, sembla-t-il, elle se résolut à faire une concession et ébaucha un sourire à l'intention de Nastassia Filippovna. (Ils s'aimaient tous encore trop fort dans la famille.) La situation fut un peu redressée par Nina Alexandrovna que Gania, au comble de son trouble, ne lui avait présentée qu'après sa sœur, et qu'il avait même poussée la première vers Nastassia Filippovna. Pourtant, à peine Nina Alexandrovna avait-elle eu le temps de mentionner son "plaisir tout particulier" que Nastassia Filippovna, sans écouter la fin, se tourna brusquement vers Gania et, s'asseyant (sans qu'on le lui eût encore proposé) sur le petit divan du coin près de la fenêtre, s'écria :

— Mais où est donc votre bureau ? Et… et vos locataires ? Car vous avez des locataires, n'est-ce pas ?

Gania rougit terriblement et voulut hoqueter une réponse, mais Nastassia Filippovna ajouta tout de suite :

— Où est-ce que vous pouvez avoir des locataires ? Vous n'avez même pas de bureau. Et ça rapporte ? fit-elle, s'adressant brusquement à Nina Alexandrovna.

— Cela fait un peu de tracas, commença à répondre celle-ci, bien sûr, cela doit rapporter quelque chose. Du reste, nous ne faisons que…

Mais, cette fois encore, Nastassia Filippovna ne l'écoutait plus ; elle regardait Gania, riait et lui criait :

— Mais quelle tête vous faites ! Cette tête que vous êtes en train de faire !

Les premières secondes de ce rire passées, l'expression de Gania se déforma réellement ; son saisissement, son trouble comique et craintif disparurent soudain ; mais il pâlit d'une façon terrible ; ses lèvres se tordirent convulsivement ; sans dire un mot, sans la quitter une seconde des yeux, il observait d'un œil fixe et mauvais cette visiteuse qui continuait de rire.

Il y avait un autre observateur qui, lui non plus, ne s'était pas encore défait de cette espèce de mutité qui l'avait accablé à la vue de Nastassia Filippovna ; pourtant, il avait beau rester planté "comme un piquet" à la même place, à la porte du salon, il eut le temps de remarquer la pâleur et le changement mauvais du visage de Gania. Cet observateur était le prince. Presque pris de frayeur, il s'avança soudain machinalement.

— Prenez un verre d'eau, murmura-t-il à Gania, et ne faites pas ces yeux…

Il était clair qu'il avait dit cela sans le moindre calcul, sans la moindre intention particulière, comme ça, sous le coup d'une impulsion ; mais ses paroles eurent un effet foudroyant. On aurait cru que toute la colère de Gania se déversait brusquement sur le prince ; il le prit par l'épaule et le dévisagea en silence, d'un regard vengeur et plein de haine, comme s'il n'était plus en état de proférer un mot. Il y eut un mouvement général : Nina Alexandrovna poussa même presque un cri, Ptitsyne, pris d'inquiétude, fit un pas en avant, Kolia et Ferdychtchenko, qui venaient de paraître à la porte, s'arrêtèrent sidérés ; seule Varia regardait toujours par en dessous, comme avant, mais avec toute son attention. Elle ne s'était pas assise – elle était restée debout, légèrement à l'écart, auprès de sa mère, les bras croisés sur la poitrine.

Mais Gania se reprit tout de suite, presque dans le premier instant de son impulsion, et éclata d'un rire nerveux. Il était entièrement revenu à lui.

— Eh bien, prince, vous êtes docteur, ou quoi ? s'écria-t-il d'une voix aussi affable et enjouée que possible. Il m'a presque fait peur ; Nastassia Filippovna, puis-je vous présenter un individu des plus précieux, quoique, moi-même, je ne le connaisse que depuis ce matin.

Nastassia Filippovna considérait le prince avec stupeur.

— Prince ? Il est prince ? Et moi, figurez-vous, tout à l'heure, dans l'entrée, je l'ai pris pour le laquais, et je l'ai envoyé m'annoncer ! Ha ha ha !

— Pas de problème ! pas de problème ! reprit Ferdychtchenko s'approchant à la hâte, et tout heureux qu'on se soit mis à rire. Pas de problème : *se non è vero...*

— Et dire que j'ai failli vous crier dessus, prince. Pardonnez-moi, je vous en prie ; Ferdychtchenko, vous aussi vous êtes là, à une heure pareille ? Je pensais au moins ne pas vous trouver ici. Qui ? Le prince quoi ? Mychkine ? redemanda-t-elle à Gania, lequel, pendant ce temps, tenant toujours le prince par l'épaule, l'avait déjà présenté.

— Notre locataire, répéta Gania.

Le prince avait sans doute été présenté comme quelque chose de rare (et tombé là juste à propos pour se sortir d'une position embarrassante), on le poussait presque vers Nastassia Filippovna ; le prince entendit même distinctement le mot "idiot" chuchoté derrière lui, sans doute par Ferdychtchenko, qui donnait des explications à Nastassia Filippovna.

— Dites-moi, pourquoi ne m'avez-vous pas détrompée quand j'ai fait cette terrible… erreur à votre égard ? poursuivait Nastassia Filippovna qui toisait le prince de la tête aux pieds sans la moindre forme de cérémonie ; elle attendait impatiemment une réponse, comme persuadée que cette réponse serait si bête qu'elle ne pourrait manquer d'éclater de rire.

— J'ai été surpris de vous voir si brusquement…, marmonna le prince.

— Et comment avez-vous su que c'était moi ? Où est-ce que vous m'avez déjà vue ? Ou bien, vraiment, je vous aurais déjà vu quelque part ? Et puis, permettez-moi de vous demander, pourquoi êtes-vous resté cloué sur place ? Qu'est-ce que j'ai donc en moi qui vous cloue à ce point ?

— Holà, mais ho ! continuait de grimacer Ferdychtchenko, oh la la ! Tout ce que j'aurais répondu, moi, à une question pareille ! Eh bien, ho !… Mais tu es une vraie cruche, prince, après ça !

— Moi aussi, à votre place, j'aurais dit bien des choses, dit le prince en éclatant de rire à l'adresse de Ferdychtchenko. Tout à l'heure, votre portrait m'a beaucoup impressionné, poursuivit-il à l'intention de Nastassia Filippovna, après, j'ai parlé de vous avec les Epantchine… et puis, tôt ce matin, encore avant d'arriver à Petersbourg, dans le train, Parfione Rogojine m'a beaucoup parlé de vous… Et puis, à l'instant où je vous ai ouvert la porte, je pensais encore à vous, et, là, vous étiez devant moi.

— Mais comment avez-vous su que c'était moi ?

— A cause de ce portrait, et aussi…

— Et aussi ?

— Parce que c'est justement ainsi que je vous imaginais… Moi aussi, c'est comme si je vous avais déjà vue.

— Où donc ? Où donc ?

— Vos yeux, c'est comme si je les avais déjà vus je ne sais où… Mais c'est impossible ! Non, je dis ça comme ça… C'est même la première fois que je viens ici… Peut-être en rêve…

— Ho ho, prince ! s'écria Ferdychtchenko. Non, je reprends mon *se non è vero*… Du reste… du reste… il le dit par innocence ! ajouta-t-il avec regret.

Le prince marmonna ses quelques phrases d'une voix inquiète, s'interrompant et reprenant souvent son souffle. Tout exprimait en lui une émotion extrême. Nastassia Filippovna le regardait avec curiosité, mais elle ne riait plus. A cette minute précise, une nouvelle voix sonore, claironnant derrière la foule qui avait fait un cercle compact autour du prince et de Nastassia Filippovna, fendit, pour ainsi dire, cette foule et la partagea en deux groupes. Le chef de famille en personne, le général Ivolguine, se dressait devant Nastassia Filippovna. Il avait mis un frac et un plastron propre ; ses moustaches venaient d'être teintes…

Cela, c'était trop pour Gania.

Pétri d'amour-propre, vaniteux jusqu'à la rancune, à la mélancolie ; ayant cherché tout au long de ces deux mois ne fût-ce qu'un seul point sur lequel il eût pu s'appuyer d'une manière un peu décente pour se montrer

plus noble ; sentant qu'il n'était rien encore qu'un no-
vice sur le chemin qu'il s'était choisi, et qu'il pouvait
peut-être ne pas tenir ; s'étant, en désespoir de cause,
résolu à l'insolence totale chez lui, où il était un vrai
despote, mais hésitant encore à s'y résoudre devant
Nastassia Filippovna qui lui faisait, jusqu'au dernier
instant, perdre pied totalement, et qui, d'une manière
impitoyable, le dominait toujours ; "loqueteux sans
patience" selon une expression de cette même Nastassia Filippovna, expression qui lui avait déjà été rappor-
tée ; ayant juré sur tous les saints de lui faire payer plus
tard et le plus cher possible, mais rêvant quelquefois, dans
le même instant, comme un gamin, de tout remettre ensemble et de réconcilier toutes ces oppositions – il se
trouvait contraint de boire encore cette coupe monstrueuse, et, qui plus est, à un moment pareil ! C'était un
autre supplice, imprévu, mais le supplice le plus terrible
pour un homme vaniteux, celui de rougir de ses parents
– et cela, surtout, chez lui –, qui venait de lui être imparti.
Une question fusa dans la tête de Gania : "Mais est-ce
qu'elle vaut tout ça, en fin de compte, la récompense ?"
    Ce qui se passait en cette minute, il n'avait pu l'ima-
giner qu'en rêve durant ces deux mois, comme un cauchemar, et cela le glaçait d'horreur, le consumait de honte ;
c'était, en fin de compte, la rencontre – en famille – de
son père et de Nastassia Filippovna. Parfois, pour se
moquer de lui-même et pour se faire enrager, il essayait
d'imaginer le général pendant la cérémonie du mariage,
mais il n'avait jamais été capable d'aller jusqu'au bout
de ce tableau monstrueux, et il s'empressait aussitôt de
l'oublier. Peut-être, ce malheur, l'exagérait-il trop ; mais
il en va toujours ainsi avec les vaniteux. Au cours de
ces deux mois, il avait eu le temps de réfléchir et de
décider, de se jurer, que, coûte que coûte, il ferait évacuer

son père, ne serait-ce que pour un temps, qu'il l'enverrait même, si possible, hors des limites de Petersbourg – et que sa mère l'accepte ou non. Dix minutes auparavant, comme Nastassia Filippovna venait d'entrer, il s'était retrouvé tellement stupéfait, tellement abasourdi qu'il avait complètement oublié qu'Ardalion Alexandrovitch pouvait fort bien apparaître sur scène, et il n'avait pas pris la moindre disposition. Or voilà que le général était là, devant tout le monde, qu'il s'était préparé, qui plus est, d'une façon si solennelle – en frac –, et cela, à l'instant précis où Nastassia Filippovna "ne cherchait que l'occasion de le couvrir de sarcasmes, lui et les siens". (De cela, il était convaincu.) Et, c'était vrai, que pouvait signifier la visite qu'elle rendait, sinon cela ? Etait-ce pour se lier d'amitié avec sa mère et sa sœur ou bien plutôt pour se moquer d'elles, et sous leur propre toit, qu'elle était venue ? A la façon dont s'étaient disposés les deux partis, il ne pouvait plus y avoir de doute : sa mère et sa sœur se trouvaient mises à l'écart, comme de vulgaires potiches, et Nastassia Filippovna avait comme oublié qu'elles se trouvaient dans la même pièce… Si elle se comportait ainsi, c'est qu'elle avait son but, à l'évidence !

Ferdychtchenko prit le général par le bras et le fit avancer.

— Ardalion Alexandrovitch Ivolguine, prononça le général en s'inclinant, plein de dignité, avec un grand sourire, vieux soldat malheureux et père de famille, heureux de l'espoir d'accueillir en son sein une aussi charmante…

Il n'acheva pas sa phrase ; Ferdychtchenko plaça très vite une chaise derrière lui, et le général, les jambes un peu molles en cette période de digestion, s'affaissa sur la chaise, ou, pour mieux dire, y tomba net, ce qui, d'ailleurs, ne le gêna pas le moins du monde. Il s'installa juste en face de Nastassia Filippovna et, avec une sorte de minauderie plaisante, avec chic et lenteur, porta ses jolis doigts à ses lèvres. Le fait est qu'il en fallait beaucoup pour faire rougir le général. Son aspect extérieur, en dépit d'un certain laisser-aller, n'avait encore pas trop perdu de sa décence, ce dont il était fort conscient. Il lui était arrivé dans le temps de fréquenter une société même très relevée et il n'en était exclu d'une façon définitive que depuis deux ou trois années seulement. C'est depuis ce temps-là qu'il s'était laissé aller, par trop et sans mesure, à quelques-unes de ses faiblesses ; mais il avait gardé ses manières habiles et agréables. Nastassia Filippovna sembla extrêmement heureuse de l'apparition d'Ardalion Alexandrovitch, dont elle avait, bien sûr, déjà entendu parler.

— J'ai appris que mon fils…, voulut commencer Ardalion Alexandrovitch.

— Oui, votre fils ! Mais vous aussi, le père, comment ! Pourquoi ne vous voit-on jamais chez moi ? Ou bien vous vous cachez vous-même, ou c'est votre fils qui vous cache ? Vous, quand même, vous pouvez me fréquenter sans compromettre personne.

— Les enfants du XIXe siècle et leurs parents…, voulut commencer une fois encore le général.

— Nastassia Filippovna ! Libérez, s'il vous plaît, Ardalion Alexandrovitch pour une petite minute, on le demande, dit Nina Alexandrovna d'une voix sonore.

— Le libérer ? Mais voyons, j'ai si souvent entendu parler de lui, il y a si longtemps que je veux faire sa connaissance ! Et quelles affaires peut-il avoir ? Il est à la retraite, n'est-ce pas ? Vous ne me laisserez pas, général, vous ne partirez pas ?

— Je vous jure qu'il viendra vous voir lui-même, mais, pour le moment, il a besoin de repos.

— Ardalion Alexandrovitch, on dit que vous avez besoin de repos ! s'écria Nastassia Filippovna avec une petite grimace mécontente et dégoûtée, comme une vulgaire petite gourde à qui on enlèverait un jouet. Le général essaya justement de rendre sa position encore plus bête.

— Mon amie ! Mon amie ! prononça-t-il d'un ton de reproche, en s'adressant à son épouse avec solennité, la main sur le cœur.

— Vous ne voulez pas sortir, maman ? demanda Varia à voix haute.

— Non, Varia, je resterai jusqu'au bout.

Nastassia Filippovna n'avait pas pu ne pas entendre la question et la réponse, et sa gaieté sembla grandir encore. Elle s'empressa, une fois de plus, d'inonder le général de questions et, cinq minutes plus tard, celui-ci se sentait d'une humeur solennelle et faisait des discours, au rire sonore de toute l'assistance.

Kolia tira le prince par la manche.

— Mais trouvez un moyen de l'emmener ! Vous ne pouvez pas ? Je vous en prie ! Des larmes d'indignation brûlaient même dans les yeux du pauvre garçon. Maudit Ganka ! ajouta-t-il à part soi.

— Oui, j'ai été très ami avec Ivan Fedorovitch Epantchine, bavardait le général, en réponse aux questions de Nastassia Filippovna. Lui, moi, avec le défunt prince Lev Nikolaevitch Mychkine dont j'ai étreint le fils aujourd'hui après une séparation de vingt ans, nous étions trois inséparables, pour ainsi dire, la même cavalcade : Athos, Porthos et Aramis. Mais, hélas, l'un est déjà dans la tombe, foudroyé par la calomnie et par les balles, l'autre se tient devant vous et continue de lutter contre les calomnies et contre ces mêmes balles…

— Les balles ! s'écria Nastassia Filippovna.

— Elles sont ici, dans ma poitrine, je les ai reçues à Kars, et je les sens quand le temps est à la pluie. De tous les autres points de vue, je vis en philosophe, je vais et je viens, je me promène, je joue aux dames, dans mon café, comme un bourgeois retiré des affaires, et je lis *l'Indépendance*. Mais, avec notre Porthos, Epantchine, après l'histoire d'il y a trois ans, dans le train, pour le bichon, j'ai rompu à jamais.

— Le bichon ? Qu'est-ce que c'est que ça ? demanda Nastassia Filippovna avec une curiosité particulière. Le bichon ? Pardon, et le train ! fit-elle, comme si elle essayait de se souvenir.

— Oh, c'est une histoire stupide, inutile d'en parler : à cause de la gouvernante de la princesse Belokonskaïa, Mrs. Schmidt, mais… pas la peine d'en parler.

— Mais racontez, absolument ! s'exclama Nastassia Filippovna d'une voix joyeuse.

— Celle-là, je ne la connais pas encore, remarqua Ferdychtchenko. C'est du nouveau.

— Ardalion Alexandrovitch ! fit de nouveau la voix suppliante de Nina Alexandrovna.

— Papa, on vous demande ! cria Kolia.

— Une histoire stupide, en deux mots, commença le général avec satisfaction. Il y a deux ans, oui, à peu près, juste après l'ouverture du nouveau chemin de fer de ***, m'occupant (et déjà en civil) d'affaires qui étaient d'une extrême importance pour moi, sur la passation de mes fonctions, j'ai pris un billet, de première classe ; j'entre, je m'assois, je fume. C'est-à-dire, je continue de fumer, parce que j'avais déjà commencé. Je suis seul dans le compartiment. Fumer, ce n'est pas interdit, mais ce n'est pas permis non plus ; c'est à moitié permis, comme d'habitude ; bref, à la tête du client. La fenêtre est baissée. Soudain, juste avant le coup de sifflet, voilà deux dames et un bichon qui entrent, et qui s'installent juste en face ; presque en retard ; l'une, mise de la façon la plus splendide, bleu clair ; l'autre, plus modeste, soie noire et pèlerine. Pas laides ; elles vous regardent de haut, elles parlent anglais. Moi, vous pensez bien – rien ; je fume. C'est-à-dire, je me suis bien dit quelque chose, mais, bon, je continue de fumer, parce que la fenêtre est ouverte, vers la fenêtre. Le bichon, lui, il est bien sage sur les genoux de la dame bleu clair, mais pas plus gros que mon poing, noir et les pattes blanches, une rareté, même. Le collier, en argent, avec une devise. Moi – rien. Je remarque juste que les dames, n'est-ce pas, elles s'énervent : le cigare, bien sûr. L'une qui ajuste son face-à-main, en écaille. Moi, je continue, toujours rien : parce qu'elles ne me disent rien, n'est-ce pas ! Si elles m'avaient dit quelque chose, si elles m'avaient pré-venu, demandé, parce que, la langue, ça sert à quelque chose, quand même ! Non, rien. Soudain, et ça, je vous dirai – sans le moindre avertissement, mais vraiment sans le moindre, comme si elle déraillait complètement, la dame bleu clair qui m'arrache le cigare de la main – et vlan, par la fenêtre. Le wagon continue de filer, moi, je reste là, abasourdi. Une femme, sauvage ; une sauvage, prise à l'état sauvage, n'est-ce pas ; et une femme, disons, pourtant, pas maigre, grande, haute, une blonde, pleine de santé (trop, peut-être), les yeux qui m'envoient des éclairs. Et moi, sans dire un mot, avec une politesse extraordinaire, mais la plus absolue des politesses, oui, la plus raffinée, pour ainsi dire, des politesses, j'attrape le bichon entre deux doigts, je le prends par la peau du cou et hop, par la fenêtre, à la suite du cigare ! A peine s'il a eu le temps de japper ! et le wagon file toujours…

— Quel monstre ! cria Nastassia Filippovna, qui riait aux éclats et applaudissait comme une petite fille.

— Bravo, bravo ! criait Ferdychtchenko. Ptitsyne, à qui l'apparition du général était également désagréable, pouffa lui aussi ; même Kolia se mit à rire, et lui aussi cria : "Bravo !"

— Et j'ai eu raison, raison, trois fois raison ! poursuivait avec fougue le général qui triomphait, parce que, si les cigares sont interdits dans les wagons, alors, les chiens, encore plus.

— Bravo, papa ! s'écria Kolia avec enthousiasme. Splendide ! J'aurais fait pareil, absolument pareil !

— Et la dame, alors ? demandait Nastassia Filippovna avec impatience.

— Elle ? C'est là qu'est tout le désagrément, poursuivit le général en fronçant les sourcils, sans dire un mot, et sans le moindre, mais sans le moindre avertissement, elle – vlan, en plein dans la joue ! Une sauvage – une vraie, à l'état de nature !

— Et vous ?

Le général baissa les yeux, haussa les sourcils, haussa les épaules, serra les lèvres, écarta les bras, fit une pause et déclara soudain :

— Je me suis emporté !

— Vous lui avez fait mal ? Très mal ?

— Je vous jure, pas du tout ! Ça a fait un scandale, mais pas du tout ! J'ai juste voulu qu'elle s'écarte, simplement ça. Mais le diable s'y est mis : la dame bleu clair s'est avérée être une Anglaise, une gouvernante, ou même, je ne sais quoi, une amie de la maison chez la princesse Belokonskaïa, et celle qui était en robe noire, elle, c'était l'aînée des princesses, une vieille fille de trente-cinq ans. Et on connaît les liens qu'il y a entre la générale Epantchina et la maison Belokonski… Toutes les princesses qui tombent en faiblesse, les larmes, le deuil pour le bichon adoré, les hurlements des six princesses, les hurlements de l'Anglaise – l'Apocalypse ! Moi, vous pensez bien, j'ai fait mes visites, pour m'excuser, avec remords, j'ai écrit une lettre, on ne l'a pas reçue, et moi pas plus que la lettre, de là, brouille avec Epantchine, exclusion, exil !

— Mais, attendez, comment se fait-il ? demanda soudain Nastassia Filippovna. Il y a cinq ou six jours, j'ai lu dans *l'Indépendance* – je lis toujours *l'Indépendance* – absolument la même histoire ! Mais, réellement, absolument la même ! Elle s'est passée dans un des chemins de fer du Rhin, dans un wagon, entre un Français et une Anglaise : on lui a arraché son cigare, absolument pareil, il a lancé le chien par la fenêtre, exactement de la même façon, et ça s'est terminé exactement comme pour vous. Même la robe était bleu clair.

Le général rougit terriblement, Kolia rougit aussi et se prit la tête dans les mains ; Ptitsyne se détourna très vite. Seul Ferdychtchenko riait toujours à gorge déployée. Gania, inutile de parler de lui : il était resté debout, figé, du début à la fin, endurant un supplice muet, insupportable.

— Mais je vous assure, bredouillait le général, il s'est passé la même chose avec moi…

— C'est vrai que papa a eu des ennuis avec Mrs. Schmidt, la gouvernante des Belokonski, s'écria Kolia, je m'en souviens.

— Comment ? Exactement ? La même histoire, aux deux extrémités de l'Europe, et avec exactement les mêmes détails, jusqu'à la robe bleu clair ! insistait l'impitoyable Nastassia Filippovna. Je vous enverrai *l'Indépendance belge* !

— Mais, remarquez, s'obstinait le général, moi, ça m'est arrivé il y a deux ans !

— C'est la seule différence !

Nastassia Filippovna hurlait de rire, comme prise d'une crise d'hystérie.

— Papa, je vous demande de venir avec moi, j'ai deux mots à vous dire, dit, la voix tremblante et torturée, Gania, qui, machinalement, avait saisi son père par l'épaule. Une haine infinie bouillait dans son regard.

Au même moment, on entendit dans l'entrée un coup de clochette d'une violence inouïe. La clochette aurait pu céder sous un tel coup. Une visite extraordinaire s'annonçait. Kolia courut ouvrir.

X

Le vestibule s'emplit soudain de gens et de fracas ; du salon, il sembla que plusieurs personnes venaient d'arriver de la cour, et que d'autres continuaient d'entrer. Plusieurs voix parlaient et criaient en même temps ; on parlait et on criait aussi dans l'escalier – visiblement, la porte du vestibule n'arrivait pas à se refermer. La visite s'avérait des plus étranges. Tout le monde se regarda ; Gania se précipita dans la salle, mais plusieurs personnes venaient déjà d'y pénétrer.

— Ah, le voilà, le Judas ! s'écria une voix que le prince connaissait. Salut, Ganka, le fumier !

— Oui, oui, c'est lui, le voilà ! confirma une autre voix.

Le prince ne pouvait plus douter : la première voix appartenait à Rogojine, la seconde, à Lebedev.

Gania restait comme hébété à la porte du salon et regardait sans rien dire, sans s'opposer à ce que ces dix ou douze personnes pénètrent dans la salle à la suite de Parfione Rogojine. La compagnie était on ne peut plus hétéroclite et se distinguait non seulement par sa diversité mais par son allure scandaleuse. Certains entraient vêtus comme ils l'étaient au-dehors, en manteau ou en pelisse. Aucun, du reste, n'était complètement soûl ; mais tous, en revanche, semblaient très gais. Tous, semblait-il, avaient besoin les uns des autres pour entrer ; aucun, pris individuellement, n'aurait eu assez de cran pour le faire, mais ils se poussaient tous, en quelque sorte, les uns les autres. Même Rogojine marchait avec circonspection à la tête de cette foule, mais, lui, il paraissait poussé par une idée, il avait l'air lugubre, soucieux et sur les nerfs. Les autres ne composaient qu'un chœur, ou, pour mieux dire, une bande pour le soutenir. En dehors de Lebedev, on voyait aussi Zaliojev, frisotté, qui avait jeté sa pelisse dans le vestibule et venait d'entrer, l'air chic et détaché, avec deux ou trois messieurs de son genre, sans doute de jeunes marchands. Un homme en capote à moitié militaire ; un bonhomme minuscule à la bedaine énorme, qui n'arrêtait pas de rire ; un monsieur gigantesque, d'au moins six pieds, à la bedaine tout aussi imposante, extrêmement sombre et silencieux, et qui mettait une confiance aveugle, c'était visible, dans ses deux poings. Il y avait aussi un étudiant en médecine ; un petit Polak fouineur. Deux dames regardaient dans le vestibule depuis l'escalier, mais n'osaient pas entrer ; Kolia leur claqua la porte au nez et remit le loquet.

— Salut, Ganka, fumier ! Alors, tu l'attendais pas, ton Parfione Rogojine ? répéta Rogojine qui était parvenu jusqu'au salon et s'était arrêté devant la porte, face à Gania. Mais c'est à cet instant précis qu'il aperçut dans le salon, juste devant lui, Nastassia Filippovna. Sans doute l'idée de la trouver là ne l'avait-elle même pas effleuré, car cette découverte lui fit une impression extraordinaire ; il devint si pâle que même ses lèvres bleuirent. Alors, ça doit être vrai !... murmura-t-il tout bas, comme à part soi, l'air complètement perdu. Fumier !... Bon !... Tu me répondras, maintenant !... fit-il soudain, grinçant des dents et fixant Gania avec une haine indicible. – Bon !... Ah !...

Il avait même du mal à respirer, il avait même du mal à dire un mot. Machinalement, il s'avança dans le salon, mais il passa le seuil, découvrit soudain Nina Alexandrovna et Varia, et s'arrêta net, un peu confus, malgré tout le trouble qu'il ressentait. Il fut suivi par Lebedev, qui ne le lâchait pas d'un pouce et qui était déjà passablement ivre, puis par le carabin, le monsieur à gros poings et Zaliojev qui saluait de gauche comme de droite et, enfin, par le gros courtaud qui pointait le bout de son nez. La présence de dames les retenait encore un peu, et les gênait beaucoup, sans doute, mais, c'était clair, seulement jusqu'au début, jusqu'à la première occasion de lancer un cri et d'y aller... Alors, aucune dame ne gênerait plus.

— Quoi ? Toi aussi, t'es là, prince ? dit Rogojine d'une voix distraite, un peu surpris de sa rencontre avec le prince. Toujours tes petites guêtres, eh ! soupira-t-il. Il oubliait déjà le prince et faisait à nouveau passer son regard sur Nastassia Filippovna, en s'avançant, en se tendant vers elle comme vers un aimant.

Nastassia Filippovna, elle aussi, regardait ses hôtes avec une curiosité inquiète.

Gania finit par reprendre ses esprits.

— Mais, permettez, qu'est-ce que ça veut dire, à la fin ? demanda-t-il d'une voix sonore, faisant passer un regard sévère sur ceux qui venaient d'entrer et s'adressant surtout à Rogojine. Ce n'est pas dans une écurie que vous êtes entrés, il me semble, messieurs, il y a ici ma mère et ma sœur...

— On le voit bien, qu'il y a ta mère et ta sœur, prononça Rogojine sans desserrer les dents.

— Oui, on voit ça, la mère et la sœur, confirma Lebedev pour se donner contenance.

Le monsieur à gros poings, supposant sans doute que l'instant était venu, se mit à grommeler.

— Non mais, quand même ! fit d'un seul coup Gania, haussant la voix – on aurait dit qu'il explosait, qu'il perdait toute mesure. D'abord, je vous prie tous de passer dans la salle, et puis, permettez-moi de vous demander…

— T'as vu ? Il le reconnaît pas, fit, dans un sourire méchant et rageur, Rogojine qui ne bougeait pas d'un pouce, tu reconnais pas Rogojine ?

— Nous nous sommes peut-être déjà croisés je ne sais où, mais…

— Déjà croisés, t'as vu ? Mais ça fait juste trois mois que je t'ai perdu deux cents roubles qui étaient à mon père, que le vieux est mort sans avoir eu le temps de l'apprendre ; toi qui m'as entraîné, et Knif qui m'a plumé. Tu me reconnais pas ? Ptitsyne qu'était témoin ! Mais que je te montre trois roubles, que je te les sorte, là, maintenant, de ma poche, t'irais me les chercher à quatre pattes, jusqu'au Vassilievski, voilà comme t'es ! Voilà ce qu'il est, ton cœur ! Et là encore, si je suis venu, c'est que je veux t'acheter, avec des sous, et tout entier, et tant pis si mes bottes elles sont comme ça, l'argent, c'est pas ça qui me manque, mon vieux, ça non, je t'achèterai tout entier, toi et tout ce que tu as… si je veux, je vous achète tous ! J'achète tout ! s'échauffait Rogojine qui, semblait-il, s'enivrait de plus en plus. Bah ! cria-t-il. Nastassia Filippovna ! Me chassez pas, dites juste un mot : vous vous mariez avec lui, oui ou non ?

Rogojine avait posé sa question comme un damné, et comme à un genre de divinité, mais avec l'audace d'un condamné à mort qui n'a plus rien à perdre. C'est plein d'une angoisse mortelle qu'il attendait sa réponse.

Nastassia Filippovna le toisa d'un regard arrogant et moqueur, mais elle regarda aussi Varia et Nina Alexandrovna, posa les yeux sur Gania et changea brusquement de ton.

— Pas le moins du monde, qu'est-ce qui vous prend ? Et de quel droit osez-vous me poser cette question ? répondit-elle d'une voix calme et sérieuse, avec une sorte d'étonnement.

— Non ? Non !! s'écria Rogojine, presque hébété de bonheur. Alors, c'est non ? Et eux, ils me disaient… Ah ! Bon !… Nastassia Filippovna ! Ils me disent que vous êtes fiancée avec Ganka ! Avec lui, là ? Mais c'est pas Dieu possible ! (Je leur dis, à tous, là !) Mais je l'achète tout entier, moi, pour cent roubles, je lui en donne mille, bon, trois mille, et il renonce, il fiche le camp la veille de son mariage, et sa fiancée, il me la laisse, elle toute. C'est ça, non, Ganka, fumier ! Je les ai sur moi, les trois mille ! Tiens, regarde ! C'est pour ça que je viens, pour te faire signer une décharge comme ça ; j'ai dit : Je t'achète – et je t'achète !

— Fiche-moi le camp d'ici, tu es soûl ! cria Gania qui ne cessait alternativement de rougir et de pâlir.

Mais ce cri provoqua soudain une explosion de plusieurs voix : la bande de Rogojine n'attendait depuis longtemps que le premier prétexte. Lebedev chuchotait on ne savait trop quoi, mais avec une attention extrême, à l'oreille de Rogojine.

— T'as raison, rond-de-cuir ! répondit Rogojine. T'as raison, espèce de poivrot ! Bah, tant qu'à faire. Nastassia Filippovna, s'écria-t-il en la fixant d'un regard de fou, tremblant de peur et se reprenant soudain jusqu'au défi, tenez, dix-huit mille ! Et il jeta devant elle sur le guéridon une liasse enveloppée dans du papier blanc et fortement ficelée, tenez !… Et… c'est pas les derniers !

Il n'avait pas eu le courage de dire tout ce qu'il voulait.

— Non-non-non ! se remit à lui murmurer Lebedev, l'air complètement paniqué ; on pouvait deviner qu'il avait eu peur de l'énormité de la somme et qu'il proposait de commencer par infiniment moins.

— Non, là, mon vieux, t'es cruche, tu sais pas où tu mets les pieds... n'empêche, comme cruche, je me pose là, moi aussi ! reprit soudain Rogojine en sursautant sous le regard de Nastassia Filippovna qui venait de lancer des éclairs. Eh oui, je me suis mis dedans, à t'écouter, ajouta-t-il, pris d'un profond remords.

Nastassia Filippovna, apercevant soudain le visage défait de Rogojine, se mit à rire.

— Dix-huit mille pour moi ? Le moujik qui ressort ! ajouta-t-elle avec une insolente familiarité, et elle voulut se lever, comme pour partir. Gania suivait toute cette scène, le cœur figé.

— Mais quarante mille, alors, quarante, et pas dix-huit ! s'écria Rogojine. Vaska Ptitsyne, et Biskup, ils ont promis de fournir quarante mille, pour sept heures. Quarante mille ! Sur la table.

La scène devenait par trop monstrueuse, mais Nastassia Filippovna continuait de rire et ne partait pas, comme si, vraiment, elle cherchait quelque chose en la faisant durer. Nina Alexandrovna et Varia s'étaient levées de leur siège, et, pleines de frayeur, sans dire un mot, elles attendaient la suite ; les yeux de Varia lançaient des éclairs, mais tout cela avait eu un effet maladif sur Nina Alexandrovna ; celle-ci était tremblante, et, semblait-il, prête à s'évanouir.

— Si c'est comme ça – cent mille ! Je les apporte ce soir, cent mille ! Ptitsyne, aide-moi, tu perdras pas au change !

— Tu es devenu fou ! murmura soudain Ptitsyne qui s'approcha vivement de lui et lui prit le bras. Tu es soûl, attention qu'on n'appelle la police. Tu sais où tu te trouves ?

— Il est soûl, il délire, dit Nastassia Filippovna, comme pour le piquer un peu plus.

— Non, je délire pas, je les aurai ! Ce soir je les aurai ! Ptitsyne, aide-moi, usurier de mes deux, prends ce que tu veux, trouve-moi cent mille pour ce soir ; je compterai pas, tu verras ! fit Rogojine, s'exaltant soudain jusqu'à l'extase.

— Non mais, quand même, mais qu'est-ce que ça veut dire ? s'exclama d'une voix brusque et menaçante Ardalion Alexandrovitch, qui, soudain en rage, s'avança au-devant de Rogojine. La soudaineté de la rage du vieillard silencieux lui donnait beaucoup de comique. Des rires fusèrent.

— Et ça, c'est quoi ? fit Rogojine, en riant. Viens-t'en, le vieux, on va cuver ensemble !

— Ça, c'en est trop ! s'écria Kolia, qui pleurait carrément de honte et de dépit.

— Mais il n'y aura donc personne parmi vous pour la mettre dehors, cette débauchée ? s'exclama brusquement Varia, toute tremblante de colère.

— C'est moi, la débauchée ? répliqua Nastassia Filippovna avec une gaieté méprisante. Et moi, comme une imbécile, qui venais les inviter à ma soirée ! Voilà comme votre sœur me traite, Gavrila Ardalionovitch !

Gania resta quelques secondes comme frappé par la foudre après le cri de sa sœur ; mais, voyant que Nastassia Filippovna partait cette fois pour de bon, tout hébété, il se précipita sur Varia, et, dans sa rage, il lui saisit le bras.

— Qu'est-ce que tu as fait ? s'écria-t-il en la regardant comme s'il cherchait à la réduire en cendres, là, sur place. Il était décidément perdu, il ne se rendait presque plus compte de rien.

— Quoi, qu'est-ce que j'ai fait ? Où est-ce que tu me traînes ? Pas pour lui demander pardon, quand même, d'être venue chez toi pour humilier ta mère et ta maison, espèce de canaille ! s'exclama de nouveau Varia, d'une voix triomphante, tout en fixant son frère avec défi.

Ils restèrent quelques instants l'un contre l'autre, face à face. Gania tenait toujours le bras de sa sœur. Varia le tira une fois, deux fois, de toutes ses forces, et puis, elle n'y tint plus et, soudain, sortant de ses gonds, elle cracha au visage de son frère.

— Ça, c'est une jeune fille ! s'écria Nastassia Filippovna. Bravo, Ptitsyne, mes félicitations !

Tout se troubla devant les yeux de Gania, et, complètement inconscient, de toutes ses forces, il leva la main sur sa sœur. Le coup lui serait sans doute arrivé en pleine face. Mais, brusquement, c'est une autre main qui retint celle de Gania dans son élan.

Entre sa sœur et lui se trouvait le prince.

— Assez, ça suffit ! murmura-t-il avec insistance, mais en tremblant lui-même de tout son corps, comme sous l'effet d'une commotion terrible.

— Mais tu te trouveras donc toujours sur mon chemin ! se mit à hurler Gania, qui rejeta le bras de Varia – et, de la main qui venait de se libérer, au dernier degré de la rage, de tout son élan, il se tourna vers le prince, et le gifla.

— Ah ! fit Kolia en levant les bras, ah ! mon Dieu !

Des exclamations fusèrent de tous côtés. Le prince avait pâli. C'est d'un regard étrange et plein de reproche qu'il fixait Gania au fond des yeux ; ses lèvres tremblaient et tentaient de prononcer quelque chose ; une sorte de sourire étrange et complètement hors de propos les déformait.

— Bon, moi, tant pis… mais elle… malgré tout, je ne laisserai pas ! murmura-t-il enfin d'une voix douce ; mais, soudain, ce fut plus fort que lui, il rejeta Gania, se cacha le visage dans les mains, se retira dans un coin, et, le visage contre le mur, d'une voix hoquetante, il murmura :

— Oh, que vous aurez honte de votre geste !

Gania était réellement comme anéanti. Kolia se précipita pour consoler le prince et l'embrasser ; il fut suivi par Rogojine, Varia, Ptitsyne, Nina Alexandrovna, tout le monde, même le vieil Ardalion Alexandrovitch.

— Ce n'est rien, ce n'est rien ! murmurait le prince de tous côtés avec le même sourire hors de propos.

— Sûr qu'il va se repentir ! s'écria Rogojine. Oui, t'auras honte, Ganka, d'avoir fait une offense à un tel… agneau (il n'avait pas su trouver d'autre mot) ! Prince, mon gentil, laisse-les tomber ! Arrive, oublie-les tous ! Tu sauras comme il aime, Rogojine !

Nastassia Filippovna, elle aussi, avait été profondément impressionnée, tant par le geste de Gania que par la réponse du prince. Son visage, d'habitude si pâle et si pensif et qui jurait tellement avec ce rire de façade qu'elle venait d'afficher, était à présent visiblement touché par un sentiment nouveau ; et pourtant, malgré tout, elle paraissait comme se refuser toujours à l'exprimer et la moquerie semblait se renforcer pour rester sur son visage.

— Oui, c'est vrai, j'ai vu son visage quelque part ! prononça-t-elle soudain, mais d'une voix déjà sérieuse, se souvenant brusquement de la question qu'elle avait déjà posée.

— Et vous, vous n'avez pas honte ? Est-ce que vous êtes celle que vous voulez paraître ? Mais ce n'est pas possible ! s'écria d'un seul coup le prince avec un reproche jailli du plus profond du cœur.

Nastassia Filippovna fut surprise, eut un petit ricanement, mais, comme si elle voulait cacher on ne savait quoi sous son sourire, légèrement troublée, elle lança un regard vers Gania et sortit du salon. Mais, avant d'arriver au vestibule, elle revint soudain sur ses pas, s'approcha très vite de Nina Alexandrovna, lui prit la main et la porta à ses lèvres.

— C'est vrai que je ne suis pas comme ça, il a vu juste, murmura-t-elle très vite, avec passion, comme s'enflammant et rougissant tout entière, et, se tournant à nouveau, elle sortit, cette fois, si vite que personne n'eut le temps de comprendre pourquoi elle était revenue. On avait seulement vu qu'elle avait chuchoté quelque chose à Nina Alexandrovna et, semblait-il, qu'elle lui avait baisé la main. Mais Varia avait tout vu et tout entendu et c'est avec surprise qu'elle la suivait des yeux.

Gania reprit ses esprits et se précipita pour raccompagner Nastassia Filippovna, mais elle était déjà sortie. Il la rattrapa dans l'escalier.

— Ne me raccompagnez pas ! lui cria-t-elle. Au revoir ! A ce soir ! Et à coup sûr, entendez-vous !

Il rentra troublé, pensif ; une énigme pesante lui rongeait le cœur, une énigme encore plus pesante qu'avant. Le prince, aussi, qui brasillait devant lui... Il était si totalement perdu qu'il sentit à peine la bande de Rogojine qui passait sous ses yeux, au pas de course, et faillit même le renverser devant la porte, sortant à la hâte de l'appartement à la suite de son chef. Ils parlaient tous entre eux, en même temps, très fort. Rogojine lui-même sortait avec Ptitsyne, il lui martelait avec insistance quelque chose de crucial, et sans doute très urgent.

— Perdu, Ganka ! lui cria-t-il en passant devant lui.

Ganka les suivit des yeux d'un air inquiet.

XI

Le prince quitta le salon et s'enferma dans sa chambre. Kolia courut tout de suite le retrouver. On aurait dit que le pauvre garçon ne pouvait plus se détacher de lui.

— Comme c'est bien que vous soyez sorti, dit-il, ça va recommencer encore pire que tout à l'heure, et c'est tous les jours pareil, et toute cette histoire c'est à cause de Nastassia Filippovna.

— Il y a tant de choses, chez vous, qui s'accumulent et qui font mal, Kolia, remarqua le prince.

— Oui, qui font mal... Mais quoi, nous ? On l'a cherché. Mais j'ai un grand ami, vous savez, il est encore plus malheureux. Vous voulez que je vous le présente ?

— Oui, certainement. Un camarade à vous ?

— Oui, il est presque comme un camarade. Je vous expliquerai tout ça plus tard... Et Nastassia Filippovna, elle est belle, vous pensez ? Parce que, je ne l'avais jamais vue jusqu'à maintenant, j'ai rudement essayé, pourtant. Elle m'a tout simplement aveuglé. Je pardonnerais tout à Ganka si c'était par amour ; mais pourquoi est-ce qu'il prend l'argent, voilà le malheur !

— Oui... Votre frère ne me plaît pas beaucoup.

— Oh, je pense bien ! Venant de vous, après... Mais, vous savez, je ne supporte pas, moi, toutes ces opinions. Un fou, ou bien un imbécile, ou bien un monstre dans un état de folie vous donne une gifle, et vous, vous êtes déshonoré pour toute la vie, et pas moyen de laver ça autrement que dans le sang, ou bien que l'autre vous demande pardon à genoux. Moi, je crois que c'est absurde, et c'est du despotisme. Tout le drame de Lermontov, *Bal masqué*, n'est basé que sur ça – et c'est bête, il me semble. Enfin, je veux dire, ce n'est pas naturel. Mais il a écrit ça quand il était encore presque un gamin.

— Votre sœur m'a beaucoup plu.

— Comme elle lui a craché à la figure, à Ganka ! Varka, elle a du cran. Mais vous, vous n'auriez pas craché, et pas parce que vous êtes un lâche, j'en suis sûr. Mais la voilà, quand on parle du loup. Je savais qu'elle viendrait ; elle est honnête, même si elle a ses défauts.

— Toi, tu n'as rien à faire ici, fit Varia en commençant par le prendre à partie, va voir ton père. Il vous dérange beaucoup, prince ?

— Pas du tout, au contraire.

— Bon, la grande, ça va ! Voilà ce qui est moche avec elle. A propos, je me disais que le père, il suivrait Rogojine, sûr. Il regrette, je parie, maintenant. C'est vrai, je vais voir ce qu'il fait, ajouta Kolia en sortant.

— Dieu soit loué, j'ai emmené maman et je l'ai mise au lit, et rien n'a recommencé. Gania est tout confus, il reste bien pensif. Il y a de quoi. Quelle leçon !… Je suis venue vous remercier une nouvelle fois, et vous demander, prince : vous ne connaissiez pas encore Nastassia Filippovna ?

— Non.

— Mais alors, qu'est-ce qui vous a pris de lui dire en face qu'elle n'était pas "comme ça" ? Et, je crois que vous avez vu juste. On a vu que c'était vrai, peut-être, qu'elle n'était pas comme ça. N'empêche, allez comprendre, avec elle ! Bien sûr, elle voulait humilier, c'est évident. Déjà avant, j'avais entendu beaucoup de choses étranges sur son compte. Mais si elle était venue nous inviter, alors, pourquoi est-ce qu'elle aurait traité maman de cette façon ? Ptitsyne la connaît parfaitement, il dit qu'il n'arrivait pas du tout à la comprendre. Et avec Rogojine ? C'est impossible de parler comme ça, si on se respecte un tant soit peu, dans la maison de son... Maman aussi s'inquiète beaucoup pour vous.

— Ce n'est rien ! dit le prince avec un geste.

— Mais comme elle vous a obéi...

— Obéi pour quoi ?

— Vous lui avez dit qu'elle devrait avoir honte, et, d'un seul coup, elle a changé du tout au tout. Vous avez une influence sur elle, prince, ajouta Varia, avec un soupçon d'ironie.

La porte s'ouvrit, et, d'une façon tout à fait inattendue, c'est Gania qui entra.

Il n'hésita même pas quand il découvrit Varia ; il resta une seconde sur le seuil, et, d'un seul coup, avec résolution, il s'approcha du prince.

— Prince, je me suis conduit très mal, pardonnez-moi, mon bon ami, dit-il soudain avec une émotion très forte. Les traits de son visage exprimaient une forte douleur. Le prince le regardait avec stupéfaction, il ne lui répondit pas sur-le-champ. Mais pardonnez, mais pardonnez, enfin, insistait Gania avec impatience, tenez, si vous voulez, je vous embrasse la main !

Le prince était impressionné profondément, et, sans rien dire, il ouvrit les bras et le prit dans son étreinte. Ils échangèrent un baiser sincère.

— Jamais, jamais je n'aurais cru que vous étiez comme ça ! dit enfin le prince qui avait du mal à retrouver son souffle. Je pensais que... vous étiez incapable.

— De me repentir, c'est ça ?... Et d'où est-ce que j'ai pris, tout à l'heure, que vous étiez un idiot ! Vous remarquez ce que les autres ne remarqueront jamais. On parlerait bien avec vous, mais... mieux vaut ne pas parler !

— Voilà encore quelqu'un devant qui se repentir, dit le prince en indiquant Varia.

— Non, là, ce sont mes ennemis. Soyez sûr, prince, qu'il y a eu bien des tentatives ; ici, on ne pardonne jamais sincèrement ! s'exclama-t-il. Cela avait jailli, avec chaleur, et il se détourna de Varia.

— Si, je pardonnerai ! dit brusquement Varia.

— Et tu iras ce soir chez Nastassia Filippovna ?

— J'irai si tu me l'ordonnes, mais réfléchis toi-même : à présent, est-ce que j'ai même la moindre possibilité d'y aller ?

— Mais elle n'est pas comme ça. Toutes ces énigmes qu'elle peut semer ! C'est comme des tours de passe-passe !

— Je sais bien qu'elle n'est pas comme ça, et que ce sont des tours de passe-passe, mais qu'est-ce que c'est, comme tours ? Et encore, regarde, Gania, pour quoi est-ce qu'elle te prend, toi-même ? Je veux bien que ce soit des tours de passe-passe, mais, quand même, elle s'est moquée de toi ! Et ça, ça ne vaut pas soixante-quinze mille roubles, je te jure, mon petit frère ! Tu peux encore sentir ce qui est bien, c'est pour ça que je te le dis. Non, toi-même, n'y va pas ! Vraiment, prends garde à toi ! Ça ne peut pas se terminer bien !

Sur ces mots, Varia, toute bouleversée, sortit de la pièce...

— Tous pareils ! dit Gania avec une espèce de ricanement. Et, quoi, ils ne se rendent pas compte que je le sais bien tout seul ? Moi, j'en sais beaucoup plus qu'eux tous.

A ces mots, Gania s'assit sur le divan, avec l'intention évidente de prolonger sa visite.

— Si vous le savez vous-même, demanda le prince d'une voix assez timide, comment avez-vous pu choisir un tel supplice, sachant que, vraiment, il ne valait pas soixante-quinze mille roubles ?

— Je ne parle pas de ça, marmonna Gania, mais, à propos, dites-moi, d'après vous – c'est bien votre opinion que je veux avoir : ce "supplice", il les vaut ces soixante-quinze mille roubles ?

— Je crois que non.

— Ça, on sait. Et c'est une honte de se marier comme ça ?

— Une grande honte.

— Eh bien, sachez que je me marie, et que, maintenant, c'est inévitable. Tout à l'heure encore, j'hésitais, mais plus maintenant ! Ne dites rien ! Je sais ce que vous voulez dire…

— Ce n'est pas ce que vous pensez ; ce qui m'étonne beaucoup, c'est votre certitude absolue…

— De quoi ? Quelle certitude ?…

— Que Nastassia Filippovna ne peut que dire "oui", et que tout est réglé, et, ensuite, quand bien même elle dirait "oui", que les soixante-quinze mille se retrouveront directement dans votre poche. Mais là, vraiment, remarquez, il y a plein de choses que je ne sais pas.

Gania eut un mouvement très fort en direction du prince.

— Bien sûr que vous ne savez pas tout, dit-il, et pourquoi me serais-je mis tout ce poids sur les épaules ?

— Il me semble que ça arrive très souvent ; on se marie pour l'argent, et l'argent, c'est la femme qui le garde.

— No-oon, nous, ce ne sera pas comme ça… Là… Là il y a des circonstances, murmura Gania dans une songerie inquiète. Et quant à sa réponse, il n'y a plus de doute, ajouta-t-il très vite. Qu'est-ce qui vous fait conclure qu'elle dira "non" ?

— Je ne sais rien d'autre que ce que j'ai vu ; et Varvara Ardalionovna, elle vient de dire…

— Eh ! Eux, c'est comme ça, ils ne savent pas quoi dire. Mais, Rogojine, elle se moquait de lui, soyez-en sûr, je l'ai bien observée. Ça se voyait. J'ai eu peur au début, mais je l'ai bien observée. Ou peut-être la façon dont elle a traité ma mère, et mon père, et Varia ?

— Et vous.

— Possible ; mais c'est une vieille vengeance de bonne femme, rien d'autre. C'est une femme terriblement irritable, rancunière et orgueilleuse. Un vrai fonctionnaire oublié dans son grade ! Elle a voulu se montrer, et tout le dédain qu'elle a pour eux… bon, et pour moi ; c'est vrai, je ne le nie pas… Et, malgré tout, elle dira oui. Vous n'avez même pas idée des tours que l'orgueil peut vous faire faire : elle me tient pour une fripouille, par exemple, parce que je la prends, elle, la maîtresse d'un autre, ouvertement pour de l'argent, et elle ne sait pas qu'un autre, à ma place, la bernerait d'une façon encore plus sale : il s'accrocherait à elle, il se mettrait à lui débiter plein de choses très progressistes, très libérales, à lui sortir plein de "questions féminines", et elle, elle se laisserait faire – comme le fil dans le chas d'une aiguille. Il aurait convaincu une bécasse pleine d'amour-propre (et ce n'est pas compliqué !) qu'il ne la prenait que pour "son noble cœur et ses souffrances", et lui, toujours, il ne se marierait que pour l'argent. Moi, je déplais, parce que je refuse le jeu ; or je ne devrais pas. Et, elle-même, qu'est-ce qu'elle fait ? Ce n'est donc pas la même chose ? Alors, pourquoi me méprise-t-elle, si elle joue le même jeu ? Parce que, moi-même, je ne me rends pas, et je montre de la fierté. Enfin, bon, on verra !

— Et vous l'avez vraiment aimée, avant ?...

— Oui, au début. Mais, laissons ça... Il y a des femmes qui ne sont bonnes que comme maîtresses, rien d'autre. Je ne dis pas qu'elle a été ma maîtresse. Si elle veut vivre tout doux, moi aussi, je vivrai tout doux ; mais si elle se révolte, je l'abandonne tout de suite, et l'argent, je l'emporte. Je ne veux pas être ridicule ; c'est ça, surtout, je ne veux pas être ridicule.

— Mais il me semble, remarqua le prince avec prudence, que Nastassia Filippovna est loin d'être stupide. Pourquoi se jetterait-elle dans ce piège si elle pressent un tel supplice ? Elle aurait pu se marier avec quelqu'un d'autre. Voilà ce qui m'étonne.

— C'est bien là qu'est le calcul ! Ici, vous ne savez pas tout, prince... ici... et puis, en plus, elle est convaincue que je l'aime à la folie, je vous jure, et, vous savez, je soupçonne fort qu'elle m'aime, elle aussi, c'est-à-dire, à sa façon, comme dans le proverbe : qui aime bien châtie bien. Elle pourra me prendre toute sa vie pour le valet de carreau (et c'est ce qu'elle veut, peut-être), mais elle m'aimera quand même, à sa façon ; c'est à ça qu'elle se prépare – elle est comme ça. C'est une femme russe au plus haut point, je vous dirais ; bon, et moi, je lui garde ma surprise. Cette scène avec Varia, tout à l'heure, elle n'était pas prévue, mais ça me profite : maintenant, elle a vu, et elle est sûre de mon dévouement, du fait que moi, pour elle, je couperais tous les liens qui pourraient m'attacher. Donc, nous non plus, nous ne sommes pas des crétins, soyez-en sûr. Dites, vous ne vous demandez pas ce que j'ai à bavarder ? Prince, mon bon ami, j'ai vraiment tort, peut-être, de me confier à vous. Mais, justement, parce que vous êtes le premier honnête homme sur lequel je tombe, je me suis jeté sur vous, et "jeté", ne le prenez pas pour un mauvais jeu de mots. Vous ne m'en voulez plus, pour tout à l'heure, dites ? La première fois, peut-être, depuis deux longues années, que je dis ce que j'ai sur le cœur. C'est monstrueux comme ils sont rares, ici, les gens honnêtes – il n'y a pas plus honnête que Ptit-syne. Eh, j'ai l'impression que vous riez, c'est vrai ? Les canailles aiment les gens honnêtes, vous ne saviez pas ? Et moi… N'empêche, dites-moi, en votre âme et conscience, en quoi est-ce que je suis une canaille ? Parce que tous, ici, à cause d'elle, ils me traitent de canaille. Et, vous savez, à leur suite, moi aussi je me traite de canaille. La canaillerie, elle est bien là !

— Maintenant, je ne penserai plus jamais que vous êtes une canaille, dit le prince. Tout à l'heure, je vous prenais pour une canaille complète, et vous m'avez rempli d'une telle joie – voilà une bonne leçon : ne pas juger sans avoir l'expérience. Maintenant je vois qu'on ne peut vous prendre ni pour un criminel ni même pour un homme trop perverti. Je crois que vous êtes tout simplement l'homme le plus ordinaire du monde, à part, seulement, que vous êtes très faible, et sans la moindre pointe d'originalité.

Gania eut un ricanement sarcastique intérieur mais il se garda de répondre. Le prince vit que sa réponse avait déplu, il rougit et se tut à son tour.

— Le père, il vous a demandé de l'argent ? demanda brusquement Gania.

— Non.

— Il le fera, ne lui en donnez pas. Et dire qu'il était même un homme présentable, je me souviens. On le laissait entrer chez des gens bien. Comme ils finissent très vite, tous ces hommes présentables de l'ancien temps ! Dès que les circonstances changent, le passé disparaît – comme de la poudre qu'on brûlerait. Il ne mentait pas autant, avant, je vous assure : avant, il était juste un peu trop exalté et puis – regardez ce que ça donne ! Bien sûr, c'est la faute à l'alcool. Vous savez qu'il entretient une maîtresse ? Maintenant, il est autre chose qu'un petit menteur naïf. Je ne comprends pas la patience de ma mère. Il a eu le temps de vous raconter le siège de Kars ? Ou bien son cheval gris qui s'est mis à lui parler ? Parce que c'est à ça qu'il en arrive.

Et Gania, soudain, se plia littéralement de rire.

— Pourquoi me regardez-vous comme ça ? demanda-t-il au prince.

— Mais je m'étonne que vous ayez eu un rire aussi spontané. Vous avez un rire d'enfant, vous savez ? Tout à l'heure, vous entrez pour vous réconcilier, et vous me dites : "Si vous voulez, je vous embrasse la main" – comme des enfants qui se réconcilient. Donc, vous êtes bien capable de ces mots-là, et de ces élans. Et, tout d'un coup, vous commencez à me faire tout un discours sur ces ténèbres, sur ces soixante-quinze mille. Vraiment, tout ça est un peu absurde, ce n'est pas possible.

— Qu'est-ce que vous voulez conclure de ça ?

— N'agissez-vous pas d'une façon un peu trop frivole, ne feriez-vous pas mieux d'y regarder de plus près ? Varvara Ardalionovna n'a pas si tort, peut-être bien.

— Bah, la moralité ! l'interrompit Gania avec chaleur. Que je sois un gosse, ça, je le sais moi-même, ne serait-ce que par le fait que j'entame une conversation pareille avec vous. Ce n'est pas par calcul, prince, que je marche vers ces ténèbres, poursuivait-il, en parlant trop, tel un homme blessé dans son amour-propre, par calcul – je me serais trompé à coup sûr, parce que je ne suis pas encore assez solide, de tête, de caractère. J'y vais par passion, par élan, parce que j'ai un but capital. Vous, vous vous dites que dès que j'aurai ces soixante-quinze mille, je m'achète un carrosse. Eh non, je mets un gilet vieux de trois ans et j'abandonne tous mes amis de club. Il y a peu de gens qui tiennent, chez nous, même s'il n'y a que des usuriers – eh bien, moi, je veux tenir. Ici, le principal, c'est d'aller jusqu'au terme – voilà le truc ! Ptitsyne, à dix-sept ans, il dormait sous les porches, il vendait des canifs, et il a commencé avec un kopek ; aujourd'hui, il a soixante mille roubles, oui mais après quelle gymnastique ! Moi, c'est cette gym-nastique-là que je vais passer, et je commencerai tout de suite par le capital ; dans quinze ans, on dira : "Voilà Ivolguine, le roi des juifs." Vous me dites que je n'ai pas la moindre originalité. Notez bien, cher prince, qu'il n'y a rien de plus blessant pour un homme de notre temps et de notre tribu que de lui dire qu'il n'a aucune originalité, qu'il est faible de caractère, qu'il n'a pas de talent particulier et qu'il est un homme ordinaire. Vous ne m'avez même pas jugé digne d'être une bonne canaille, et, vous savez, pour ça, tout à l'heure, j'ai voulu vous bouffer. Vous m'avez humilié pis encore qu'Epantchine qui croit que je suis capable (et sans conversations, sans tentations, le plus simplement du monde, notez ça) de lui vendre ma femme ! Ça, mon bon, ça me rend fou depuis longtemps, et c'est l'argent que je veux. Une fois que j'aurai l'argent, sachez-le, je serai l'homme le plus original. L'argent, il est d'autant plus sale et haïs-sable qu'il donne même du talent. Et il en donnera jus-qu'à la fin des temps. Vous direz que tout ça, c'est des rêves de gosse, ou de la poésie – eh bien, tant mieux, mais la chose, n'empêche, elle se fera quand même. J'y arriverai, je tiendrai. Rira bien qui rira le dernier ! Pourquoi m'humilie-t-il comme ça, Epantchine ? Par cruauté, vous croyez ? Mais jamais de la vie… Simplement parce que je suis trop insignifiant. Oui, n'est-ce pas, mais, une fois que… Bon, mais ça suffit, l'heure tourne. Deux fois que Kolia passe le bout du nez : il vous appelle à table. Vous serez loin d'être mal chez nous. Maintenant, vous faites tout de suite partie de la famille. Mais, attention, ne me trahissez pas. Avec vous, je crois que nous serons soit amis soit ennemis. Et, vous, qu'en pensez-vous, prince, si, tout à l'heure, je vous avais embrassé la main (comme j'avais sincèrement envie de le faire), par la suite, ç'aurait été une raison pour que je devienne votre ennemi ?

— Bien sûr, mais pas pour toujours, plus tard, vous n'y auriez plus tenu, vous auriez pardonné, conclut le prince, après un temps de réflexion et en se mettant à rire.

— Holà ! Il faut être prudent, avec vous. Nom d'un chien, même là, vous avez su verser du venin. Qui sait, peut-être, pourtant, vous êtes vraiment mon ennemi… A propos, ha ha ha ! J'ai oublié de vous demander : mon impression, elle était juste, que Nastassia Filippovna, elle vous plaît un peu trop, hein ?

— Oui… elle me plaît.

— Amoureux ?

— N-non.

— Mais il rougit comme une jeune fille, et il souffre. Bon, mais ce n'est pas grave, ce n'est pas grave, je ne rirai pas. Et vous savez que c'est une femme très vertueuse – vous croiriez ça ? Vous pensez qu'elle vit avec l'autre, là – Totski ? Que non. Et depuis longtemps. Et vous avez remarqué à quel point, elle-même, elle peut être maladroite, et comme il y avait des moments, tout à l'heure, où elle rougissait ? Vraiment. Eh bien, c'est ce genre-là qui aime dominer. Allez, adieu !

Le petit Gania sortit beaucoup plus délié qu'il n'était entré, et d'humeur excellente. Le prince, pendant bien dix minutes, demeura immobile ; il pensait.

Kolia passa une fois encore sa tête par l'entrebâillement de la porte.

— Je n'ai pas faim, Kolia ; j'ai pris un petit déjeuner très copieux, tout à l'heure, chez les Epantchine.

Kolia entra tout à fait et tendit un billet au prince. C'était un billet du général, plié et cacheté. On voyait au visage de Kolia à quel point il lui avait été pénible de le transmettre. Le prince le lut, se leva et prit son chapeau.

— C'est à deux pas, fit Kolia en rougissant. Il s'est installé avec une bouteille. Et comment il a fait pour avoir son crédit, je ne comprends pas. Prince, mon gentil, je vous en conjure, plus tard, ne dites pas, ici, à la maison, que c'est moi qui ai passé le billet ! Mille fois je leur ai juré de ne plus passer de billets, mais ça fait mal au cœur ; et puis, je vous en prie, pas de manières avec lui ; donnez-lui de la ferraille, point final.

— Kolia, moi aussi, je me disais… il faut que je voie votre papa… pour une certaine chose… Allons-y…

XII

Kolia conduisit le prince tout près, jusqu'à la Liteïnaïa, dans un café-billard, au rez-de-chaussée, entrée sur la rue. Là, à droite, dans un coin, dans une petite pièce à part, comme un vieil habitué, s'était installé Ardalion Alexandrovitch, une bouteille devant lui sur une petite table, à lire, vraiment, *l'Indépendance belge*. Il attendait le prince ; sitôt qu'il l'aperçut, il posa son journal et voulut se lancer dans une explication verbeuse et passionnée, explication à laquelle, du reste, le prince ne comprit presque pas un mot, parce que le général était déjà, comme on dit, dans les vignes.

— Dix roubles, je n'ai pas, l'interrompit le prince, mais en voilà vingt-cinq, changez-les, et rendez-m'en quinze, sinon je reste vraiment sans le sou.

— Oh, je pense bien ; et soyez sûr qu'à l'instant même…

— Et puis, général, je viens pour vous demander quelque chose. Vous n'êtes jamais allé chez Nastassia Filippovna ?

— Moi ? Je n'y suis jamais allé ? Qu'est-ce que vous me racontez là ? Mais plusieurs fois, mon bon ami, plusieurs ! s'écria le général dans un accès d'autosatisfaction et d'ironie triomphantes. Mais j'ai fini par arrêter de moi-même, car je me refuse à encourager une union indécente. Vous avez vu vous-même, vous en avez été témoin, ce matin : j'ai fait tout ce que pouvait faire un père, un père plein de douceur et de condescendance ; maintenant, c'est un père d'une autre espèce qui va entrer en scène, et, là – nous verrons bien : le vieux guerrier émérite viendra-t-il à bout de l'intrigue, ou bien cet impudique camélia entrera-t-il dans la plus noble des familles !…

— Mais, justement, je voulais vous demander si vous ne pouviez pas, comme quelqu'un qu'elle connaît, m'introduire ce soir chez Nastassia Filippovna. Il faut que j'y sois ce soir, coûte que coûte ; j'ai une affaire ; mais je ne sais pas comment entrer. J'ai été présenté, tout à l'heure, bien sûr, mais pas invité ; il y a une soirée, là-bas. Du reste, je suis prêt à passer par-dessus un certain nombre de bienséances, tant pis, même, si on se moque de moi, pourvu que je trouve le moyen d'entrer.

— Et vous êtes complètement, mais complètement tombé sur mon idée, mon jeune ami, s'exclama le général avec enthousiasme, ce n'est pas pour cette vétille que je vous appelais, poursuivit-il, raflant néanmoins l'argent pour le mettre dans sa poche, oui, je vous appelais pour vous demander d'être mon camarade dans ma campagne chez Nastassia Filippovna, ou, pour mieux dire, dans ma campagne contre Nastassia Filippovna ! Le général Ivolguine et le prince Mychkine ! Vous imaginez l'impression que ça lui fera ! Et moi, sous un ton aimable pour son anniversaire, je déclarerai enfin ma volonté, de biais, jamais de front, mais ce sera comme si c'était de front. Alors, Gania verra lui-même ce qu'il doit faire : ou son père émérite et… pour ainsi dire… etc., ou… A-Dieu-vat ! Votre idée est féconde au plus haut point. Nous partirons à neuf heures, nous avons encore le temps.

— Où habite-t-elle ?

— D'ici, ça fait loin : près du théâtre Bolchoï, la maison de Mytovtsova, presque sur la place, au premier... Il n'y aura pas grand monde chez elle, même si c'est son anniversaire, et ils vont partir tôt...

Le soir était tombé depuis longtemps ; le prince restait à la même place, il écoutait et attendait le général qui commençait une quantité infinie d'anecdotes et n'en achevait aucune. A l'arrivée du prince, il commanda une nouvelle bouteille, qu'il n'acheva de vider qu'une heure plus tard, puis il en commanda une autre, qu'il vida également. Il faut supposer que le général eut le temps de raconter avec cela presque toute l'histoire de sa vie. A la fin, le prince se leva et dit qu'il ne pouvait plus attendre. Le général vida sa bouteille jusqu'à la dernière goutte, se leva et sortit de la pièce, d'une démarche assez mal assurée. Le prince était au désespoir. Il n'arrivait pas à comprendre comment il avait pu se fier à lui d'une façon aussi stupide. En fait, il ne s'était jamais fié ; il comptait simplement sur le général pour entrer, d'une façon ou d'une autre, chez Nastassia Filippovna, au prix, même, d'un certain scandale, mais il ne comptait pas, malgré tout, sur un scandale aussi extravagant : le général était complètement soûl, pris de l'éloquence la plus forte, et il parlait sans cesse, avec du sentiment, la larme à l'âme. Il ne s'agissait toujours que d'une seule chose – que la mauvaise conduite de tous les membres de sa famille menait tout à la ruine et qu'il était bien temps d'y mettre un terme. Ils sortirent enfin sur la Liteïnaïa. Le dégel continuait ; un vent morne, tiède et pourri sifflait le long des rues, les équipages pataugeaient dans la boue, les trotteurs et les vieilles rosses sonnaient des quatre fers sur la chaussée. Des passants, foule morne et trempée, erraient sur les trottoirs. On croisait quelques ivrognes.

— Vous voyez tous ces premiers étages illuminés, disait le général, ce sont mes camarades qui vivent là, et moi, moi, celui qui a fait la plus longue carrière, moi, qui ai souffert le plus, je me traîne, à pied, jusqu'au Bolchoï vers l'appartement d'une femme douteuse ! Un homme qui porte dans sa poitrine treize balles... Vous ne me croyez pas ? N'empêche, c'est seulement pour moi que Pirogov a télégraphié à Paris et qu'il a quitté pour un temps Sébastopol assiégé, et Nélaton, le médecin en chef de Paris, s'est démené pour obtenir un laissez-passer au nom de la science, et il est venu m'examiner dans la ville assiégée de Sébastopol. Même le grand état-major était au courant : "Ah, mais c'est Ivolguine, l'homme aux treize balles !..." Voilà ce qu'ils disaient, mon cher ! Prince, vous avez vu cet immeuble ? C'est là, au premier, qu'habite mon vieux camarade, le général Sokolovitch, avec une famille des plus recommandables et des plus nombreuses. Vous voyez, cet immeuble, avec trois autres immeubles sur le Nevski et deux autres sur la Morskaïa, voilà le cercle de mes amis en ce moment, c'est-à-dire, en fait, de mes amis personnels. Nina Alexandrovna s'est soumise aux circonstances depuis longtemps. Et moi, je continue à me souvenir... et, pour ainsi dire, à me reposer dans le cercle éclairé de la société de mes anciens camarades et de mes subordonnés, où l'on m'adore toujours. Ce général Sokolovitch (depuis le temps, quand même, que je ne lui ai pas rendu visite et que je n'ai pas vu Anna Fedorovna)... vous savez, mon cher prince, quand on ne reçoit plus, je ne sais pas, on cesse en même temps les visites. Mais... hum... j'ai l'impression que vous ne me croyez pas... N'empêche, pourquoi ne pas faire entrer le fils de mon meilleur ami et camarade d'enfance dans cette charmante maison de famille ? Le général Ivolguine et le prince Mychkine ! Vous allez voir une jeune fille éblouissante, et pas une – deux, même trois –, les fleurons de la capitale et de la société : la beauté, l'instruction, la tendance… la question féminine, la poésie – tout s'est uni dans ce mélange heureux et varié, sans compter pour le moins quatre-vingt mille roubles de dot, en bon argent, pour chacune, ce qui ne gâche jamais rien, dans toutes les questions féminines et sociales… bref, il faut absolument, absolument, c'est un devoir, que je vous présente. Le général Ivolguine et le prince Mychkine !

— Maintenant ? Tout de suite ? Mais vous avez oublié…, voulut dire le prince.

— Pas du tout, pas du tout, rien oublié du tout, venez ! Ici, cet escalier somptueux. Je m'étonne qu'il n'y ait pas de portier, mais… c'est fête, le portier a dû s'absenter. On ne l'a pas encore chassé, cet ivrogne. Ce Sokolovitch, tout le bonheur de sa vie personnelle et de sa carrière, c'est à moi qu'il le doit, et à moi seul, et personne d'autre, mais… nous y sommes.

Le prince avait cessé de protester contre cette visite et il suivait le général avec obéissance pour ne pas l'énerver, dans le ferme espoir que le général Sokolovitch et toute sa famille se dissiperaient petit à petit comme un mirage et se révéleraient inexistants, de sorte qu'eux-mêmes ils pourraient tranquillement redescendre l'escalier. Mais, à sa grande horreur, il commença à perdre cet espoir ; le général le menait dans cet escalier comme un homme qui, réellement, possédait là des relations, ajoutant à chaque instant des détails biographiques ou topographiques empreints d'une précision mathématique. Enfin, quand ils arrivèrent au premier, s'arrêtèrent à droite devant la porte d'un riche appartement et que le général saisit la poignée de la sonnette, le prince se résolut à fuir définitivement ; mais une circonstance étrange l'arrêta une minute.

— Vous vous trompez, général, dit-il, il y a écrit sur la porte "Koulakov", et vous, vous sonnez chez Sokolovitch.

— Koulakov... Koulakov, ça ne prouve rien. L'appartement est à Sokolovitch, et je sonne chez Sokolovitch ; je m'en fiche, de Koulakov... Mais tenez, on ouvre.

La porte s'ouvrit vraiment. Le laquais se montra et déclara que "les maîtres ne sont pas là".

— Quel dommage, quel dommage, et comme un fait exprès ! répéta plusieurs fois de suite Ardalion Alexandrovitch avec le regret le plus profond. Rapporte-lui, mon brave, que le général Ivolguine et le prince Mychkine ont voulu témoigner directement leur respect, et qu'ils ont beaucoup, mais beaucoup regretté...

A cet instant, un autre visage surgit de l'appartement, celui, sans doute, de l'intendante de la famille, peut-être même de la gouvernante, une dame d'une quarantaine d'années, vêtue d'une robe sombre. Elle s'approcha avec curiosité et méfiance quand elle entendit les noms du général Ivolguine et du prince Mychkine.

— Maria Alexandrovna s'est absentée, dit-elle, en regardant tout particulièrement le général, elle est partie avec Mademoiselle, avec Alexandra Mikhaïlovna, chez sa grand-mère.

— Alexandra Mikhaïlovna aussi, mon Dieu, quel malheur ! Et figurez-vous, madame, c'est toujours ce malheur qui me poursuit ! Je vous demande humblement de lui transmettre mon salut, et, pour Alexandra Mikhaïlovna, qu'on lui rappelle... bref, transmettez-lui les vœux que je forme de tout mon cœur pour ce qu'elle se souhaitait elle-même jeudi soir, aux accords de la ballade de Chopin ; Mademoiselle se souvient...

Les souhaits de tout mon cœur ! Le général Ivolguine et le prince Mychkine !

— Je n'y manquerai pas, monsieur, fit la dame, devenue moins méfiante, en saluant.

Descendu au bas de l'escalier, le général, avec sa fougue encore chaude, continuait de regretter de ne pas les avoir trouvés et que le prince ait perdu des relations aussi charmantes.

— Vous savez, mon cher, je suis un peu poète dans l'âme, vous avez remarqué ?... Quoique... quoique j'aie l'impression que nous nous sommes un peu trompés, conclut-il d'une manière tout à fait inattendue. Les Sokolovitch, je m'en souviens maintenant, ils vivent dans un autre immeuble, et même, je crois, ils sont maintenant à Moscou. Oui, je me suis un peu trompé, mais... ce n'est pas grave.

— Je voulais juste savoir une chose, remarqua le prince d'une voix morne, dois-je complètement arrêter de compter sur vous, et ne ferais-je pas mieux d'y aller tout seul ?

— Arrêter ? De compter ? Tout seul ? Mais en quel honneur, quand c'est pour moi une entreprise des plus capitales et dont tant de choses dépendent dans le destin de ma famille ? Non, mon jeune ami, vous connaissez mal Ivolguine. Dites "Ivolguine", vous dites "muraille" : compte sur Ivolguine comme sur une muraille, voilà ce qu'on me disait encore dans l'escadron où j'ai commencé mon service. Il reste juste à entrer pour une minute dans une maison où mon âme se repose, depuis déjà quelques années, après les inquiétudes et les épreuves...

— Vous voulez repasser chez vous ?

— Non !... Je veux... voir la capitaine Terentieva, veuve du capitaine Terentiev, mon ancien subordonné... et même ami... Ici, chez Mme Terentieva, je sens mon âme renaître et c'est ici que j'apporte les douleurs de ma vie et de ma famille… Et comme je me trouve aujour-d'hui porter un grand fardeau moral, je…

— Je crois que j'ai déjà fait une bêtise assez terrible, murmura le prince, quand je vous ai dérangé tout à l'heure… Et puis, en ce moment, vous êtes… Adieu !

— Mais je ne peux pas, je ne peux pas vous laisser me quitter, mon jeune ami, s'écria le général. Une veuve, une mère de famille, et elle extirpe de son cœur des cordes qui se répondent dans tout mon être. La visite chez elle – c'est cinq minutes, ici c'est sans cérémonies, j'habite ici, tout comme, je me passe un peu d'eau, je fais un brin de toilette, et, à ce moment-là, nous prenons un cocher et nous fouettons jusqu'au théâtre Bolchoï. Soyez assuré que c'est pour toute la soirée que j'ai besoin de vous… Ici, dans cet immeuble, nous y sommes déjà… Tiens, Kolia, tu es déjà là ? Eh bien, Marfa Borissovna est chez elle, ou bien, toi-même, tu viens juste d'arriver ?

— Oh non, répondit Kolia qui venait juste de les croiser sous la porte cochère, je suis là depuis long-temps, avec Hippolyte, il se sent plus mal, il est resté couché toute la matinée. Là, j'allais juste chercher des cartes à la boutique. Marfa Borissovna vous attend. Seulement, papa, mais comme vous…, conclut Kolia qui regardait attentivement la démarche, et la station debout, du général. Enfin, bon, allons-y !

La rencontre avec Kolia poussa le prince à accompagner le général même chez Marfa Borissovna, mais juste pour une minute. Le prince avait besoin de Kolia ; le général, il avait résolu de l'abandonner de toute façon, et il n'arrivait pas à se pardonner d'avoir eu l'idée de se fier à lui. Ils montèrent longuement, jusqu'au troisième, et par l'escalier de service.

— Tu veux leur faire connaître le prince ? demanda Kolia en chemin.

— Oui, mon ami, le leur faire connaître : le général Ivolguine et le prince Mychkine, mais quoi… comment… va Marfa Borissovna ?

— Vous savez, papa, vous feriez mieux de ne plus venir ! Elle vous tuera ! Trois jours que vous ne montrez plus le bout de votre nez, et, elle, elle attend de l'argent ! Et pourquoi vous lui en avez promis, de l'argent ? C'est toujours comme ça, avec vous ! Débrouillez-vous, maintenant.

Au troisième étage, ils s'arrêtèrent devant une petite porte basse. Le général avait visiblement la frousse, et c'est le prince qu'il poussait en avant.

— Et moi, je reste là, marmonnait-il, je veux faire une surprise…

Kolia entra le premier. Une dame, avec beaucoup de fard, du blanc comme du rouge, en chaussons, en caraco, les cheveux noués en petites nattes, âgée d'une quarantaine d'années, se montra à la porte, et la surprise du général échoua piteusement. Dès que la dame le vit, elle se mit à crier :

— Ah te voilà, espèce de lâche, sale menteur, c'est bien ce que je me disais !

— Entrons, c'est juste comme ça, murmura le général au prince, en essayant toujours de s'en tirer par un petit rire innocent.

Mais ce n'était pas "juste comme ça". A peine furent-ils entrés, par un petit vestibule bas et sombre, dans une petite salle étroite meublée d'une demi-douzaine de chaises cannelées et de deux tables de jeu, que la maîtresse de maison reprit immédiatement, sur une espèce de ton pleurnichard acquis depuis longtemps et coutumier :

— Et tu n'as pas honte, non, tu n'as donc pas honte, barbare et tyran de ma famille, barbare et assassin ! Il me dépouille, moi, tout entière, il me suce tout mon sang, et ça ne lui suffit pas ! Combien de temps est-ce que je te supporterai encore, espèce de monstre, espèce d'homme sans honneur ?

— Marfa Borissovna, Marfa Borissovna ! C'est… le prince Mychkine. Le général Ivolguine et le prince Mychkine, marmonnait le général qui tremblait et se perdait complètement.

— Vous me croirez ? fit soudain la capitaine en s'adressant au prince, vous me croirez ? mais cette espèce de monstre, il n'a pas eu pitié de mes enfants orphelins ! Il nous a tout pillé, il a tout emporté, tout vendu, il a tout mis en gage, il n'a rien laissé. Qu'est-ce que je vais faire avec tes lettres de crédit, espèce de fourbe, de vipère ? Réponds, espèce de fourbe, réponds, vieille bedaine insatiable : comment, non mais, comment je vais nourrir mes enfants orphelins ? Il arrive, il est soûl, il ne tient pas sur ses jambes !… Mais qu'est-ce que j'ai donc fait au Seigneur, espèce de fourbe, espèce de monstre ignoble ? Réponds !

Mais le général n'y était plus.

— Marfa Borissovna, vingt-cinq roubles… tout ce que je peux, avec l'aide du plus noble des amis. Prince ! Je me suis cruellement trompé !… C'est… la vie… et maintenant, pardonnez-moi, je suis faible, poursuivait le général qui restait dressé au milieu de la pièce et tanguait de tous côtés, je suis faible, pardonnez-moi !… Lenotchka ! un coussin… mon mignon !

Lenotchka, une petite fille de huit ans, courut chercher un coussin et le posa sur un divan de toile, dur et usé. Le général s'assit, avec l'intention de dire encore bien des choses, mais, à peine eut-il touché le divan, qu'il se plia sur le côté, se tourna vers le mur et s'endormit du sommeil du juste. Marfa Borissovna, avec déférence et douleur, indiqua au prince une chaise devant une table de jeu, s'assit elle-même en face de lui, appuya sa joue sur sa main droite, et commença, sans dire un mot, à soupirer en regardant le prince. Trois petits enfants, deux petites filles et un garçon, dont Lenotchka était l'aînée, s'approchèrent de la table, ils posèrent tous les trois les mains dessus, et, à leur tour, ils se mirent tous trois à regarder le prince. Kolia se montra, sortant d'une autre pièce.

— Je suis bien heureux de vous rencontrer ici, dit le prince en s'adressant à lui, peut-être pourrez-vous m'aider ? Il faut absolument que je sois chez Nastassia Filippovna. J'avais demandé à Ardalion Alexandro-vitch, mais le voilà qui dort. Conduisez-moi, je ne con-nais ni les rues ni le chemin. Mais j'ai toujours l'adresse : près du théâtre Bolchoï, la maison de Mytovtsova.

— Nastassia Filippovna ? Mais elle n'a jamais ha-bité près du théâtre Bolchoï, et mon père n'y est même jamais allé, chez Nastassia Filippovna, si vous voulez savoir ; ça m'étonne que vous ayez attendu autre chose de sa part. Elle habite près de la Vladimirskaïa, aux Cinq-Coins, c'est beaucoup plus près. Vous devez y aller tout de suite ? Il est neuf heures et demie. Si vous voulez, je vous guide.

Le prince et Kolia sortirent immédiatement. Hélas ! le prince n'avait plus même un sou pour prendre un fiacre, il leur fallait marcher.

— Je voulais vous présenter à Hippolyte, dit Kolia, c'est le fils aîné de cette capitaine en caraco, et il était dans l'autre pièce ; il se sent mal, il est resté couché toute la journée. Mais, vous savez, il est bizarre ; il est terriblement susceptible, et je me suis dit qu'il aurait honte devant vous, que vous soyez venu dans un moment pareil… Quand même, moi, j'ai moins honte que lui, parce que, moi, c'est mon père, alors que lui, c'est sa mère, ça fait une différence, parce que, de toute façon, les hommes, ils n'en sortent pas déshonorés. Remarquez, c'est peut-être un préjugé, sur la prédominance des sexes, dans ce cas-là. Hippolyte, c'est un garçon formidable, mais il y a des préjugés dont il reste l'esclave.

— Vous disiez qu'il avait la phtisie ?

— Oui, et je crois que le mieux serait qu'il meure vite. Moi, à sa place, je voudrais mourir le plus vite possible. Mais il plaint ses frères et ses sœurs, les petits, là. Si seulement c'était possible, si nous avions de l'argent, lui et moi, on prendrait un logement à part, et on renierait nos deux familles. C'est notre rêve. Et, vous savez, quand je lui ai raconté votre histoire, tout à l'heure, il s'est même mis en rage – il dit que celui qui laisse passer une gifle sans un duel, c'est une canaille. Mais c'est terrible ce qu'il est sur les nerfs, j'ai même arrêté de vouloir le contredire. Et alors donc, Nastassia Filippovna, elle vous a tout de suite invité chez elle ?

— Eh non, justement.

— Mais vous y allez comment, alors ? s'exclama Kolia qui s'arrêta tout net au milieu du trottoir. Et... habillé comme vous êtes... Eux, ils ont une soirée.

— Je vous jure, je ne sais pas comment je ferai pour entrer. S'ils me reçoivent – c'est bien ; sinon – c'est que l'affaire est manquée. Et pour ce qui est des habits – eh bien, qu'est-ce que j'y peux ?

— Parce que vous avez une affaire ? Ou c'est juste comme ça, pour passer le temps, dans "une bonne société" ?

— Non, au fond, je... c'est-à-dire, j'ai une affaire... j'ai du mal à dire ça, mais...

— Bah, l'affaire que vous avez, ça vous regarde, mais moi, surtout, ce que j'espère, c'est que vous n'alliez pas vous inviter pour rien à cette soirée, dans la charmante compagnie des camélias, des généraux et des usuriers. Parce que, si c'était le cas, prince, excusez-moi, je me serais un peu moqué de vous, et j'aurais commencé à vous mépriser. Ici, c'est terrible ce qu'il y a peu de gens honnêtes, tellement, même, qu'il n'y a personne à respecter vraiment. C'est malgré soi qu'on les regarde de haut, et eux, tous, ils exigent du respect ; Varia la première. Et vous avez remarqué, prince ? à l'époque où l'on vit, ils sont tous des aventuriers ! Et précisément chez nous, en Russie, dans notre patrie chérie. Et comment ça se fait – je ne sais pas. On avait l'impression – c'était tellement solide, et maintenant ? Ça, tout le monde le dit, c'est dans tous les journaux. On dénonce. Chez nous, on dénonce toujours. Et les parents sont les premiers qui se rétractent, et qui rougissent de leur vieille morale. Tenez, à Moscou, un père a convaincu son fils de ne s'arrêter devant rien pour obtenir de l'argent ; c'était dans toute la presse. Et regardez mon général. Hein, qu'est-ce qu'il est devenu ? N'empêche, vous savez, il me semble que, mon général, c'est un homme honnête ; si, si, je vous jure. C'est juste le désordre, et puis le vin. Non mais, je vous jure. Ça fait même de la peine ; moi, juste, j'ai peur de le dire, parce que tout le monde se moque ; mais, je vous jure, ça fait de la peine. Et qu'est-ce qu'elles sont, toutes les grosses têtes ? Mais tous des usuriers, jusqu'au dernier ! Hippolyte, il justifie l'usure, il dit que c'est normal, un choc économique, les flux et les reflux, je ne sais pas, le diable les emporte. Moi, ce qu'il dit, ça me fait très mal, mais il est aigri. Imaginez, sa mère, la capitaine, elle reçoit de l'argent du général, et elle le lui refourgue, mais avec des intérêts à court terme ; une honte terrible ! Et vous savez, maman – la mienne, c'est-à-dire, de maman –,

Nina Alexandrovna, la générale, elle aide Hippolyte, elle donne de l'argent, des habits, du linge, tout, et aussi les petits gosses, par Hippolyte, ils sont abandonnés, complètement. Et Varia pareil.

— Vous voyez, vous dites qu'il n'y a pas de gens honnêtes et fiables, qu'il n'y a que des usuriers ; mais voilà deux personnes fiables – votre mère et Varia. N'est-ce pas le signe d'une force morale, d'aider ici et dans des conditions pareilles ?

— Varka, elle fait ça par amour-propre, pour se vanter, pour ne pas être en reste devant ma mère ; bon, et, maman, c'est vrai… je respecte. Oui, ça, je respecte, et j'approuve. Même Hippolyte, il sent ça, et lui, il est devenu presque insensible. Au début, vous savez, il riait, il disait que c'était une bassesse de la part de maman ; mais, maintenant, de temps en temps, il commence à sentir quelque chose. Hum ! Alors, vous, c'est ça que vous appelez de la force ? Je me le note. Gania, il ne sait pas, sinon, il appellerait ça de l'indulgence.

— Gania ne le sait pas ? Il y a encore beaucoup de choses, je crois, que Gania ne sait pas, fit le prince, pensif. Cela lui avait échappé.

— Dites, prince, vous savez que vous me plaisez beaucoup ? Votre histoire, tout à l'heure, chez nous, j'y repense tout le temps.

— Mais vous aussi, vous me plaisez beaucoup, Kolia.

— Ecoutez, comment avez-vous l'intention de vivre ici ? Moi, je vais bientôt me trouver de quoi faire, et j'essaierai de gagner ma vie ; vous ne voulez pas qu'on vive ensemble, vous, Hippolyte et moi, tous les trois, on se loue un logement ? Le général, on le recevra chez nous.

— Avec le plus grand plaisir. Mais nous verrons, du reste. En ce moment, je suis très… très malheureux.

Quoi ? Nous sommes arrivés ? Dans cet immeuble...
quelle entrée magnifique. Et un suisse. Bon, Kolia, je
ne sais pas ce que tout ça va donner.

Le prince restait là, comme désorienté.

— Vous me raconterez demain ! Ne tremblez pas
trop quand même ! Que le bon Dieu vous aide, parce
que, moi, je partage vos convictions en tout ! Adieu !
Moi, je retourne d'où nous venons, et je raconte tout à
Hippolyte. Quant au fait qu'ils vous reçoivent, il n'y a
pas de doute là-dessus, n'ayez crainte ! C'est une originale terrible. Vous suivez l'escalier, au premier. Le
suisse vous indiquera !

XIII

Le prince se sentait très inquiet en montant l'escalier, et il tentait de toutes ses forces de se donner du courage. "Le pire, se disait-il, ce serait qu'ils me refusent, et qu'ils se mettent à penser du mal de moi, ou bien, peut-être, qu'ils me reçoivent, et qu'ils éclatent de rire, là, sous mes yeux… Bah, tant pis !" Et, réellement, cela, ça ne l'effrayait encore pas trop ; mais il y avait une autre question : que faisait-il là, pourquoi venait-il donc ? – à cette question-là, il ne trouvait rigoureusement aucune réponse qui l'apaisât. Même s'il avait pu, d'une façon ou d'une autre, saisir une occasion et dire à Nastassia Filippovna : "Ne vous mariez pas avec cet homme, ne faites pas votre perte, il ne vous aime pas, il aime votre argent, c'est ce qu'il m'a dit lui-même, et c'est ce que m'a dit Aglaïa Ivanovna, et moi, je viens vous le redire" – il est douteux que cela eût été une bonne chose de tous les points de vue. C'était alors une autre question non résolue qui se présentait, et une question si capitale que le prince avait même peur d'y réfléchir, ne pouvait pas encore, non, n'osait pas encore se la poser, était même incapable de la formuler, une question dont l'idée seule le faisait rougir et trembler de tout son corps. Mais tout cela s'acheva par le fait que, malgré toutes ces inquiétudes et tous ces doutes, il finit bien par arriver sur le palier et demanda Nastassia Filippovna.

Nastassia Filippovna occupait un appartement, pas trop grand, certes, mais meublé véritablement d'une manière somptueuse. Au cours de ces cinq ans de vie à Petersbourg, il y avait eu une époque, au début, durant laquelle Afanassi Ivanovitch n'avait pas regardé – non, surtout pas – à la dépense en ce qui la concernait ; il comptait encore sur son amour et pensait réussir à la tenter, surtout par le confort et le luxe, sachant à quel point l'habitude du luxe s'acquiert vite et à quel point il devient difficile de s'en passer, à ce moment où le luxe, peu à peu, devient une nécessité. Totski, dans ce cas, restait fidèle aux bonnes vieilles croyances, il n'y changeait pas un iota et respectait sans la moindre restriction la puissance invincible des influences sensuelles. Nastassia Filippovna ne refusait pas le luxe – même, elle l'aimait ; pourtant – et cela semblait extrêmement étrange – elle n'y succombait pas le moins du monde, à croire qu'elle pouvait s'en passer à tout instant ; elle s'efforça même quelquefois de déclarer cela, ce qui frappait Totski d'une façon toujours fort déplaisante. Du reste, il y avait bien des choses en Nastassia Filippovna qui frappaient Afanassi Ivanovitch (et, par la suite, même jusqu'au mépris) d'une façon fort déplaisante. Sans parler déjà de l'inélégance de cette sorte de gens dont elle pouvait s'entourer, et qu'elle avait donc tendance à laisser l'entourer, on percevait en elle quelques autres tendances, celles-là, totalement étranges : il se déclarait un mélange barbare de deux goûts, cette capacité de se servir, et de se satisfaire, de choses et de moyens dont l'existence même, semblait-il, aurait dû être impossible à admettre pour un homme honnête et finement éduqué. Car quoi, si, pour ne prendre qu'un exemple, Nastassia Filippovna avait soudain montré une ignorance charmante, et tout empreinte d'élégance, du genre, par exemple, qui aurait consisté à dire que les paysannes ne pouvaient pas porter le linge de batiste qu'elle portait elle-même, Afanassi Ivanovitch, on peut le croire, s'en serait fortement réjoui. Toute l'éducation première de Nastassia Filippovna selon le système de Totski tendait d'ailleurs à cela – et, sur ce point, Totski était un homme qui comprenait bien des choses ; mais, las ! les résultats s'en révélèrent étranges. Et, malgré tout, cependant, il restait toujours quelque chose en Nastassia Filippovna qui frappait parfois même Afanassi Ivanovitch par une extraordinaire et attirante originalité, une espèce de force, qui arrivait parfois à le séduire jusqu'à présent, quand tous ses calculs sur Nastassia Filippovna avaient, depuis un certain temps déjà, sombré, et corps et biens.

Le prince fut reçu par une jeune fille (les domestiques de Nastassia Filippovna étaient toujours des femmes), et, à son grand étonnement, elle l'écouta lui demander de l'annoncer sans la moindre stupéfaction. Ni ses bottes boueuses, ni son chapeau à larges bords, ni son manteau sans manches, ni son air tout penaud ne provoquèrent la moindre hésitation. Elle lui prit son manteau, l'invita à attendre dans la salle et partit l'annoncer.

La société qui s'était réunie chez Nastassia Filippovna était composée de ses relations les plus constantes et les plus habituelles. Il y avait même assez peu de monde, par rapport à ses précédents anniversaires. Etaient présents, d'abord et avant tout, Afanassi Ivanovitch Totski et Ivan Fedorovitch Epantchine ; tous deux étaient aimables, mais se trouvaient plongés l'un comme l'autre dans une certaine inquiétude intérieure quant à l'attente mal dissimulée de la déclaration promise au sujet de Gania. En plus, bien sûr, on pouvait voir Gania – lui aussi très sombre, très pensif, et même presque parfaitement "impoli", lequel restait la plupart du temps seul, à l'écart, et ne disait rien. Il n'avait pas osé amener Varia, mais Nastassia Filippovna n'avait même pas reparlé d'elle ; en revanche, à peine avait-elle salué Gania qu'elle lui rappelait la scène qu'il venait d'avoir avec le prince. Le général, qui l'ignorait encore, voulut s'y intéresser. Gania conta alors, d'une manière sèche, retenue, mais parfaitement sincère, tout ce qui venait de se passer, et comment il s'était rendu chez le prince pour lui demander pardon. Ce faisant, il exprima avec chaleur son opinion, selon laquelle il était très étrange, et Dieu savait pourquoi on l'avait fait, qu'on eût qualifié le prince d'"idiot" – lui, Gania, était persuadé du contraire et, bien sûr, c'était un homme qui savait ce qu'il voulait. Nastassia Filippovna écouta cet avis avec la plus grande attention tout en suivant Gania avec curiosité, mais la conversation passa très vite à Rogojine, qui avait participé d'une façon si capitale à l'histoire du matin et qui, à son tour, éveilla l'intérêt et toute la curiosité d'Afanassi Ivanovitch et d'Ivan Fedorovitch. Il s'avéra que c'était Ptitsyne qui pouvait communiquer sur Rogojine des nouvelles précises, car il s'était démené avec lui pour ses affaires jusqu'à neuf heures du soir ou presque. Rogojine remuait ciel et terre pour décrocher, là, aujourd'hui, cent mille roubles. "C'est vrai qu'il était soûl, remarqua-t-il en passant, mais les cent mille, même si ce n'est pas si simple, j'ai vraiment l'impression qu'on les lui trouvera, sauf que je ne sais pas si ce sera aujourd'hui, et s'il y aura vraiment cent mille ; ils s'y sont mis à plusieurs, Kinder, Trepalov, Biskup ; il donne les intérêts qu'on veut, parce qu'il est soûl, bien sûr, et tout à sa première joie…", conclut Ptitsyne. Ces nouvelles furent reçues avec intérêt – un intérêt légèrement maussade ; Nastassia Filippovna se taisait, elle n'avait visiblement pas envie de s'exprimer ; Gania non plus. Le général Epantchine s'inquiétait en secret peut-être encore plus que tous ; les perles qu'il avait présentées dès le matin avaient été reçues avec une amabilité un peu trop froide, et même un je ne sais quoi de moquerie particulière. Ferdychtchenko était le seul des invités à se trouver d'une humeur on ne peut plus radieuse, pour ne pas dire des plus enjouées : il riait parfois à gorge déployée Dieu savait pourquoi, et encore, simplement parce qu'il s'était lui-même pris le rôle du bouffon. Afanassi Ivanovitch en personne, qui passait pourtant pour un conteur aussi fin qu'élégant, et qui, les années précédentes, au cours de ces soirées, avait régné sur les conversations, même lui, donc, n'était visiblement pas en forme, pour ne pas dire dans un genre de trouble qu'on ne lui connaissait pas. Les autres invités, qui, du reste, étaient fort peu nombreux (un pauvre petit vieux maître d'école, invité Dieu savait pourquoi, un jeune homme, inconnu et très jeune, qui avait une peur terrible et se taisait toujours, une dame d'une quarantaine d'années, pleine d'allant, ancienne actrice, et une dame jeune, d'une beauté extrême, d'une élégance et d'un luxe extrêmes, et d'une extraordinaire absence de loquacité), non seulement ne pouvaient pas animer, ne serait-ce qu'un tant soit peu, la conversation, mais ne savaient pas de quoi parler.

Ainsi l'apparition du prince tomba-t-elle à point nommé. L'annonce de son nom provoqua la stupeur et quelques sourires bizarres, surtout quand on apprit, au visage étonné de Nastassia Filippovna, qu'elle n'avait pas même eu l'idée de l'inviter. Pourtant, après l'étonnement, Nastassia Filippovna exprima soudain un tel contentement que la plupart des invités se préparèrent tout de suite à recevoir cet hôte inattendu avec des rires et de la gaieté.

— C'est arrivé, mettons, par suite de son innocence, conclut Ivan Fedorovitch Epantchine, et, quoi qu'il en soit, il est fort dangereux d'encourager ce genre de tendances, mais, au point où nous sommes, vraiment, ce n'est pas un mal qu'il ait eu l'idée de venir, fût-ce d'une façon aussi originale : il est encore capable de nous distraire, peut-être – enfin, au moins, d'après ce que je peux savoir de lui.

— D'autant qu'il s'invite tout seul ! intervint aussitôt Ferdychtchenko.

— Et alors ? lui demanda d'une voix sèche le général, qui le détestait.

— Eh bien, il va payer l'entrée, lui expliqua celui-ci.

— Holà, le prince Mychkine n'est quand même pas Ferdychtchenko, monsieur, dit, n'y tenant plus, le général qui ne pouvait toujours pas se faire à l'idée qu'il se trouvait dans la même société, et sur un pied d'égalité, avec Ferdychtchenko.

— Ah, général, épargnez-le, ce Ferdychtchenko, répondit celui-ci avec un petit ricanement. Ici, j'ai un statut particulier.

— Et lequel ?

— La dernière fois, j'ai eu l'honneur d'expliquer ça en détail à toute la société ; mais, pour Votre Excellence, je veux bien expliquer une fois de plus. C'est comme Votre Excellence daigne observer : tout le monde a de l'humour, et moi, je n'ai pas d'humour. Et c'est en récompense de ça que j'ai demandé le droit de dire la vérité, car chacun sait que les seuls qui disent la vérité, ce sont les gens sans humour. Et puis, je suis très rancunier, et, là encore, parce que je n'ai pas d'humour. Je supporte très humblement toutes les offenses, mais seulement jusqu'au premier faux pas de l'offenseur ; là, à son premier faux pas, je me souviens tout de suite, et, tout de suite, je trouve un moyen de me venger, je rue, comme a dit de moi Ivan Petrovitch Ptitsyne, lequel, c'est une évidence, ne rue jamais contre personne. Vous connaissez une fable de Krylov, Votre Excellence : *le Lion et l'Ane*. Eh bien, voilà, c'est ce que nous sommes, vous et moi ; c'est comme écrit pour nous.

— Ferdychtchenko, j'ai l'impression que vous vous oubliez, une fois de plus, fit en bouillonnant le général.

— Mais qu'est-ce qui vous arrive, Votre Excellence ? reprit Ferdychtchenko qui ne comptait que sur cette fureur pour l'enfoncer davantage. Ne vous en faites pas, Votre Excellence, je n'oublie pas qui je suis ; j'ai dit que, vous et moi, nous sommes le lion et l'âne de la fable de Krylov, mais le rôle de l'âne, bien sûr, je le prends sur moi, et Votre Excellence, elle est le lion, comme il est dit dans la fable de Krylov :

> *Le lion puissant, terreur des bois,*
> *Devenu vieux, perdit ses forces.*

Et moi, Votre Excellence, je suis l'âne.

— Sur le dernier point, je suis d'accord, laissa imprudemment échapper le général.

Tout cela, bien sûr, était grossier et tout à fait prémédité, mais la coutume voulait qu'on laisse à Ferdychtchenko le droit de jouer le rôle du bouffon.

— Mais c'est seulement pour ça qu'on me garde et qu'on me laisse entrer ici, s'exclama Ferdychtchenko, pour que je parle justement dans ce genre-là. Parce que, c'est vrai, serait-il possible, en fait, qu'on reçoive des gens comme moi ? Car un Ferdychtchenko pareil, hein, a-t-on idée de le faire asseoir à côté d'un gentleman aussi raffiné qu'Afanassi Ivanovitch ? Qu'on le veuille ou non, il n'y a qu'une seule explication : c'est justement parce qu'on n'a pas idée.

Pourtant, cela avait beau être grossier, c'était parfois mordant, et parfois même très mordant, et c'est bien cela, sans doute, qui plaisait à Nastassia Filippovna. Ceux qui voulaient la fréquenter ne pouvaient donc que se résoudre à supporter Ferdychtchenko. Il avait peut-être deviné la vérité complète en supposant que c'était bien pour cela qu'on s'était mis à le recevoir, parce que, dès la première fois, sa présence était impossible aux yeux de Totski. Gania, de son côté, avait subi toute une infinité de supplices, et, de ce point de vue, Ferdychtchenko avait su se rendre très utile à Nastassia Filippovna.

— Eh bien, le prince, avec moi, il commencera par ça, il chantera une romance à la mode, conclut Ferdychtchenko, en épiant ce que dirait Nastassia Filippovna.

— Cela m'étonnerait, Ferdychtchenko, et, s'il vous plaît, ne vous échauffez pas, lui fit-elle remarquer sèchement.

— Ah, s'il jouit d'une protection particulière, alors, je m'adoucis à mon tour…

Mais Nastassia Filippovna se leva, sans l'écouter, et s'en fut accueillir elle-même le prince.

— Je regrettais, dit-elle, apparaissant soudain devant le prince, d'avoir oublié de vous inviter, tout à l'heure, dans ma hâte, et je suis très heureuse que vous me fournissiez à présent l'occasion de vous remercier, et de vous complimenter pour votre courage.

Ce disant, elle scrutait le prince, en s'efforçant, ne fût-ce qu'un petit peu, de s'expliquer son acte.

Le prince, peut-être, aurait voulu répondre à ses paroles bienveillantes, mais il était aveuglé, sidéré au point qu'il ne pouvait même pas articuler un mot. Nastassia Filippovna le remarqua avec plaisir. Ce soir-là, elle s'était vêtue avec faste et l'effet qu'elle faisait était extraordi-naire. Elle lui prit la main et le mena vers les invités. Juste avant qu'ils n'entrent au salon, le prince s'arrêta soudain, et, plein d'une émotion extraordinaire, à la hâte, il lui murmura :

— Vous avez toute la perfection… même le fait que vous êtes maigre et pâle… et l'on ne voudrait pas vous imaginer autrement… J'ai tellement voulu venir chez vous… je… excusez-moi…

— Ne vous excusez pas, fit Nastassia Filippovna en éclatant de rire, cela détruirait le côté étrange, original. Et ce doit être vrai, ce qu'on dit de vous, que vous êtes un homme étrange. Ainsi, visiblement, vous me prenez pour une perfection, c'est cela ?

— Oui.

— Vous êtes peut-être un maître pour lire dans les cœurs, mais là, vous vous trompez. Je vous en ferai souvenir dès ce soir…

Elle présenta le prince à tous les invités, dont une bonne moitié le connaissait déjà. Totski lui dit tout de suite une amabilité. Tout le monde sembla se ranimer, on se mit à parler tous ensemble et à rire. Nastassia Filip-povna fit asseoir le prince à ses côtés.

— N'empêche, qu'est-ce qu'il y a d'étonnant dans l'apparition du prince ? cria Ferdychtchenko plus fort que tous les autres. C'est clair, ça parle de soi-même !

— C'est trop clair et ça parle trop de soi-même, reprit soudain Gania qui s'était toujours tu. J'ai observé le prince aujourd'hui presque sans m'arrêter, depuis l'instant où il a vu la première fois, ce matin, le portrait de Nastassia Filippovna, sur le bureau d'Ivan Fedoro-vitch. Je me souviens très bien que j'y ai pensé dès ce matin, et j'en suis parfaitement convaincu en ce moment, et, soit dit en passant, le prince me l'a avoué lui-même.

Toute cette phrase, Gania l'avait dite avec le sérieux le plus parfait, sans la moindre ironie, avec, même, un ton très sombre, ce qui sembla un peu étrange.

— Je ne vous ai rien avoué du tout, répondit le prince en rougissant, j'ai juste répondu à votre question.

— Bravo, bravo ! hurla Ferdychtchenko. Au moins, c'est sincère ; aussi rusé que sincère !

Tout le monde éclata de rire.

— Mais ne criez donc pas comme ça, Ferdychtchenko, fit Ptitsyne avec dégoût, et à mi-voix.

— Prince, je ne m'attendais pas à ce genre de prouesses, reprit Ivan Fedorovitch. Vous savez qui ça me rappelle ? Et moi qui vous prenais pour un agneau ! Il est joli, l'agneau !

— Et puis, à voir la façon dont le prince rougit à une plaisanterie innocente, comme une innocente jeune fille, je conclus qu'il nourrit dans son cœur, comme un jeune homme honnête, les intentions les plus louables, déclara ou, pour mieux dire, ânonna, d'une façon soudaine et complètement inattendue, le vieux maître d'école édenté, âgé de soixante-dix ans, qui, jusqu'alors, n'avait pas dit un mot, et dont personne ne pouvait attendre une parole de toute la soirée. Tout le monde rit encore plus. Le petit vieux, qui avait cru, sans doute, qu'on riait de son esprit, regarda les autres et rit encore plus fort, ce qui le fit tomber dans une cruelle quinte de toux, au point que Nastassia Filippovna, qui adorait, allez savoir pourquoi, ce genre de petits vieux originaux, de petites vieilles et même de fols-en-Christ, se précipita pour le consoler, lui faire des baisers, et demanda qu'on lui serve à nouveau du thé. A la servante qui entra, elle demanda sa mantille, s'enveloppa dedans et fit remettre des bûches dans la cheminée. A sa question pour savoir l'heure, la servante répondit qu'il était déjà dix heures et demie.

— Messieurs, ne voudriez-vous pas un peu de champagne ? demanda soudain Nastassia Filippovna. J'ai tout préparé. Ça vous rendra peut-être plus gais. S'il vous plaît, sans cérémonies.

Cette invitation à boire, exprimée, surtout, en termes aussi naïfs, sembla on ne peut plus étrange de la part de Nastassia Filippovna. Tout le monde connaissait la bienséance extraordinaire qui régnait au cours des soirées précédentes. En fait, cette soirée-là devenait de plus en plus joyeuse, mais pas comme d'habitude. Le vin, pourtant, ne fut pas refusé, ni d'abord par le général lui-même, ni par la dame pleine d'allant, ni par le petit vieux, Ferdychtchenko et tous les autres ensuite. Totski prit, lui aussi, sa coupe en espérant harmoniser le ton nouveau qui s'instaurait, et lui donner, autant que possible, le caractère d'une plaisanterie charmante. Gania était le seul à ne rien boire. Dans les répliques étranges, parfois cinglantes, d'une violence terrible, de Nastassia Filippovna qui avait pris du vin également et avait déclaré que, ce soir-là, elle viderait trois coupes, dans son rire hystérique et sans objet qui se muait soudain en songerie silencieuse et même sombre, on avait vraiment du mal à comprendre quelque chose. Les uns lui trouvaient de la fièvre ; d'autres finirent par remarquer que tout se passait comme si, elle-même, elle attendait on ne savait trop quoi, qu'elle se tournait souvent vers la pendule, qu'elle devenait impatiente, distraite.

— Vous ne seriez pas un peu fiévreuse ? demanda la dame pleine d'allant.

— Pas un peu, beaucoup – c'est pour ça que je me suis enveloppée dans ma mantille, répondit Nastassia Filippovna, qui devenait vraiment encore plus pâle et semblait même, de temps en temps, se retenir très fort pour ne pas être saisie de frissons.

Tout le monde fut pris d'inquiétude et s'agita.

— Ne vaudrait-il pas mieux laisser la maîtresse de maison se reposer ? demanda Totski, lorgnant vers Ivan Fedorovitch.

— Mais non, messieurs ! Je vous demande de rester, au contraire. Votre présence ce soir m'est particulièrement indispensable, déclara soudain Nastassia Filippovna d'une voix insistante et pleine d'intensité. Comme presque tous les invités savaient que cette soirée serait celle d'une importante décision, ces paroles semblèrent tout à fait lourdes de sens. Le général et Totski échangèrent un nouveau clin d'œil, Gania eut une sorte de frisson convulsif.

— Ce serait bien de faire un petit jeu de société, dit la dame pleine d'allant.

— Moi, je connais un petit jeu tout nouveau, un petit jeu magnifique, reprit Ferdychtchenko, du moins un jeu auquel on n'a joué qu'une seule fois au monde, et encore, ça a échoué.

— Qu'est-ce que c'est ? demanda la dame pleine d'allant.

— Une fois, nous étions toute une compagnie, bon, on avait un peu arrosé ça, et, tout d'un coup, quelqu'un a proposé que chacun de nous, là, sans se lever de table, raconte une histoire sur lui-même, à haute voix, mais une histoire dont, lui-même, en toute conscience, il pense qu'elle soit la plus mauvaise de toutes les mauvaises actions qu'il ait commises dans sa vie ; mais à la condition que ce soit sincère, sincérité d'abord – ne pas mentir !

— Une idée bizarre, dit le général.

— Oui, Excellence, tellement bizarre qu'elle est très bien.

— Une idée comique, dit Totski, quoique, ça se comprend : un genre particulier de vantardise.

— C'est peut-être ça qu'on cherche, Afanassi Ivanovitch.

— Mais c'est un jeu à pleurer, pas à rire, remarqua la dame pleine d'allant.

— Une chose totalement impossible et absurde, repartit Ptitsyne.

— Et ça a réussi ? demanda Nastassia Filippovna.

— Justement, non. Ça a donné quelque chose de très moche, chacun a vraiment raconté quelque chose, souvent la vérité, figurez-vous que certains ont même raconté ça avec plaisir, et c'est pour ça que tout le monde a eu honte, personne n'a tenu. Dans l'ensemble, n'empêche, c'était vraiment très drôle – c'est-à-dire, dans son genre.

— Mais oui, pourquoi pas ? fit Nastassia Filippovna, se ranimant soudain. Pourquoi ne pas essayer, messieurs ! C'est vrai, nous sommes tous un peu tristes. Si chacun de nous accepte de raconter quelque chose… dans ce genre… mais de bon cœur, bien sûr, sans aucune contrainte, n'est-cc pas ? Peut-être que nous tiendrons le coup ? Au moins, c'est terriblement original…

— Une idée de génie ! reprit Ferdychtchenko. Les dames, du reste, sont exclues, ce sont les messieurs qui commencent ; l'affaire se règle par tirage au sort, comme l'autre fois ! Absolument, absolument ! Celui qui n'est pas chaud, bien sûr, il ne raconte rien, mais il faut vraiment être très peu aimable ! Donnez-moi de petits papiers, messieurs, ici, à moi, dans le chapeau, c'est le prince qui va tirer. Le problème est le plus simple, raconter la plus mauvaise action de toute sa vie – une simplicité terrible, messieurs ! Vous verrez ! Si quelqu'un oublie quelque chose, je prends sur moi de lui en faire souvenir !

L'idée ne plaisait à personne. Les uns se renfrognaient, d'autres affichaient un sourire méchant. Certains répliquaient, mais pas trop, par exemple Ivan Fedorovitch, qui ne voulait pas s'opposer à Nastassia Filippovna et avait remarqué à quel point cette idée bizarre la passionnait. Dans ses désirs, Nastassia Filippovna avait toujours été aussi irrépressible qu'impitoyable, pour peu qu'elle eût voulu les exprimer, quand bien même ils eussent été les pires caprices ou les désirs les plus vains même à ses propres yeux. A présent, elle se trouvait comme prise d'hystérie, elle s'agitait, riait convulsivement, par accès, surtout face aux protestations inquiètes de Totski. Ses yeux noirs s'étaient mis à briller, deux taches rouges avaient paru sur ses joues pâles. L'air morne et dégoûté de la figure de certains invités donnait encore plus de feu, peut-être, à son désir de sarcasme ; peut-être, justement, ce qu'elle aimait, c'était bien le cynisme, la cruauté de cette idée. Certains étaient même persuadés qu'il y avait là-dedans un calcul. Du reste, tout le monde finit par accepter ; d'une façon ou d'une autre, c'était curieux, et, pour de nombreuses personnes, fort attirant. Ferdychtchenko s'agitait tant et plus.

— Et si c'est quelque chose qu'on ne peut pas raconter... devant des dames ? avança timidement le jeune homme silencieux.

— Eh bien, vous ne le racontez pas ; il y a bien assez de mauvaises actions sans ça, répondit Ferdychtchenko, ah la la, jeune homme !

— Eh bien moi, je ne sais pas laquelle de mes actions je dois trouver la plus mauvaise, intervint la dame pleine d'allant.

— Les dames sont exemptées du devoir de raconter, répéta Ferdychtchenko, mais elles sont seulement exemptées ; l'inspiration personnelle est acceptée avec reconnaissance. Les hommes, eux, sont exemptés s'ils ne veulent vraiment pas.

— Mais comment prouver que je ne vais pas mentir ? demanda Gania. Si je mens, le sens du jeu est perdu. Et qui donc ne va pas mentir ? N'importe qui sera forcé de mentir.

— Eh bien, ce qui attire d'abord, c'est de savoir comment on mentira. Toi, Ganetchka, tu n'as trop rien à craindre si tu mens, parce que, ta plus mauvaise action, de toute façon, on sait ce que c'est. Non mais, pensez un peu, messieurs, s'exclama soudain Ferdychtchenko pris d'une espèce d'inspiration, pensez un peu avec quels yeux nous nous regarderons, demain, par exemple, après tous ces récits !

— Mais est-ce que c'est possible ? Est-ce que, vraiment, c'est sérieux, Nastassia Filippovna ? demanda Totski d'une voix empreinte de dignité.

— Chat échaudé craint l'eau froide ! émit d'une voix sarcastique Nastassia Filippovna.

— Mais voyons, monsieur Ferdychtchenko, est-il possible de faire un jeu de société avec cela ? poursuivait Totski, en s'inquiétant de plus en plus. Je vous assure que ce genre de choses ne réussit jamais. Vous dites vous-même que ça n'a pas réussi déjà une fois.

— Comment, ça n'a pas réussi ? J'ai bien raconté, la dernière fois, comment j'ai volé trois roubles, eh bien, quand même, je l'ai raconté !

— Mettons. Mais, malgré tout, il était impossible que ce que vous racontiez ait eu un air de vérité, et qu'on vous ait cru ! Et Gavrila Ardalionovitch a remarqué fort justement que, dès qu'on entend le moindre air faux, tout le sens du jeu est perdu. La vérité, ici, elle n'est possible que par hasard, quand on est pris d'une vantardise d'un mauvais goût trop prononcé, lequel mauvais goût est ici impensable et tout à fait indécent.

— Ah, vous êtes le raffinement fait homme, Afanassi Ivanovitch, au point que, même moi, j'en reste admiratif ! s'écria Ferdychtchenko. Imaginez, messieurs, en me faisant cette remarque que je ne pouvais pas raconter l'histoire de mon larcin en lui donnant un air de vérité, Afanassi Ivanovitch vous fait sentir, et de la plus fine des façons, qu'en fait, c'est de voler que j'étais incapable (parce qu'il est indécent de parler de ça à haute voix), même si, peut-être, en son for intérieur, il est tout à fait persuadé que Ferdychtchenko est bien capable de commettre un vol ! Pourtant, messieurs, au fait, au fait, les petits papiers sont prêts, et vous aussi, Afanassi Ivanovitch, vous avez jeté le vôtre, donc, personne ne refuse ! Prince, commencez !

Le prince, sans rien dire, mit la main au fond du chapeau et en sortit le premier nom – Ferdychtchenko –, le deuxième – Ptitsyne –, un troisième – le général –, un quatrième – Afanassi Ivanovitch –, un cinquième – le sien –, un sixième – Gania –, etc. Les dames n'avaient pas participé.

— Mon Dieu, quel malheur ! s'écria Ferdychtchenko. Moi qui pensais que le premier serait le prince, et le deuxième le général. Mais, Dieu soit loué, au moins, c'est Ivan Petrovitch qui arrive après moi, et je serai récompensé. Bon, messieurs, c'est sûr, je suis forcé de vous donner l'exemple, et ce que je regrette le plus à l'instant où je parle, c'est que je sois tellement insignifiant et que je n'aie rien de remarquable ; même le rang que j'occupe est des plus minuscules ; parce que, c'est vrai, qu'y a-t-il d'intéressant dans le fait que Ferdychtchenko ait fait une mauvaise action ? Et puis, la pire de mes mauvaises actions, ce serait laquelle ? Il y a *embarras de richesse**. A moins que je ne vous raconte encore une fois cette histoire de vol, afin de convaincre Afanassi Ivanovitch qu'on peut commettre un vol sans pour autant être un voleur ?

— Vous me persuadez encore d'une chose, monsieur Ferdychtchenko, c'est qu'il est vraiment possible de ressentir un plaisir qui va jusqu'à la jouissance en racontant ses actions les plus viles sans même qu'on vous l'ait demandé... Du reste... Excusez-moi, monsieur Ferdychtchenko.

— Commencez, Ferdychtchenko, vous bavardez que c'en est interminable, vous ne finirez jamais ! ordonna d'une voix impatiente et agacée Nastassia Filippovna.

Tout le monde avait remarqué qu'après son dernier accès de rire elle était devenue même taciturne, irritable, irascible ; elle n'en continuait pas moins, têtue et despotique, à persister dans son impossible lubie. Afanassi Ivanovitch souffrait horriblement. Ivan Fedorovitch non plus n'était pas le dernier à l'énerver : il restait là, devant sa coupe de champagne, comme si de rien n'était, et peut-être même attendait-il son tour de raconter.

* En français dans le texte. *(N.d.T.)*

XIV

— Je n'ai pas d'humour, Nastassia Filippovna, voilà pourquoi je parle trop ! s'écria Ferdychtchenko en commençant son récit. Si je possédais l'humour d'Afanassi Ivanovitch ou d'Ivan Fedorovitch, ce soir, je resterais bien sage dans mon coin, comme Afanassi Ivanovitch ou Ivan Fedorovitch. Prince, permettez-moi de vous demander, qu'est-ce que vous en pensez ? – Moi, par exemple, j'ai toujours l'impression qu'il y a beaucoup plus de voleurs sur terre que de non-voleurs, et que même l'homme le plus honnête du monde, une fois dans sa vie, aura volé quelque chose. C'est mon idée, mais, bon, elle est loin de m'amener à conclure que tous les hommes sont des voleurs, même si, je vous jure, j'ai une envie terrible, parfois, de tirer cette conclusion. Qu'est-ce que vous en pensez ?

— Peuh, comme c'est bête ce que vous racontez, répliqua Daria Alexeevna, et quelles sornettes, c'est impossible que tout le monde ait volé quelque chose ; moi, je n'ai jamais rien volé.

— Vous n'avez jamais rien volé, Daria Alexeevna ; mais que dira le prince qui a déjà rougi jusqu'aux oreilles ?

— Il me semble que vous avez raison, mais vous exagérez d'une façon terrible, dit le prince, lequel, bizarrement, était vraiment devenu tout rouge.

— Et vous-même, prince, vous n'avez jamais rien volé ?

— Ho ! Comme c'est drôle ! Reprenez-vous, monsieur Ferdychtchenko, intervint le général.

— Mais, simplement, dès qu'on passe aux choses concrètes, vous avez honte de raconter, et vous voulez vous raccrocher au prince, parce qu'il ne se défend pas, prononça Daria Alexeevna.

— Ferdychtchenko, soit vous racontez, soit vous ne dites rien et vous restez tranquille. Vous épuisez toute notre patience, déclara Nastassia Filippovna d'un ton brutal et dépité.

— A vos ordres, Nastassia Filippovna ; mais si même le prince a avoué, parce que, j'insiste, c'est comme si le prince avait avoué, alors, que devrait dire, par exemple, quelqu'un d'autre (sans nommer personne), s'il se mettait en tête un jour de dire la vérité ? Quant à moi, messieurs, je n'ai rien d'autre à raconter : c'est très simple, très bête – et très moche. Mais, je vous assure, je ne suis pas un voleur ; et j'ai volé, mais je ne sais pas comment. C'était il y a deux ans, dans la maison de campagne de Semione Ivanovitch Ichtchenko, un dimanche. Il avait invité des amis à déjeuner. Après le repas, les hommes sont restés à prendre un verre. J'ai eu l'idée de demander à Maria Semionovna, sa fille, une demoiselle, de jouer du piano. Je traverse la pièce du coin, je vois trois roubles sur le bureau de Maria Semionovna, un billet vert ; elle l'a sorti pour le donner, pour je ne sais pas quoi, pour le ménage. Dans la chambre – pas un chat. Le billet, je le prends et vlan, dans la poche – pourquoi, je n'en sais rien. Qu'est-ce qui m'a pris ? Je n'en sais rien. Sauf que j'ai vite fait de revenir sur mes pas et de me rasseoir à table. J'étais là, j'attendais, plus ou moins agité quand même, je dégoisais sans fin ni cesse, je racontais des petites histoires, je riais ; puis je suis allé retrouver les demoiselles. Une demi-heure plus tard, plus ou moins, ils se sont aperçus et ils se sont mis à interroger les domestiques. Leurs soupçons, ils sont tombés sur une nommée Daria. J'ai fait preuve d'une curiosité, d'un zèle extraordinaires, je me souviens même que, quand Daria ne savait plus quoi dire, j'ai voulu la convaincre qu'elle devait reconnaître sa faute, en jurant sur sa tête que Maria Ivanovna serait pleine de bonté, et ça, tout haut, devant tout le monde. Tout le monde voyait ça, et moi, je ressentais un plaisir incroyable justement parce que je lisais des sermons, et que, le billet, il était dans ma poche. Ces trois roubles, le soir même, je les ai bus au restaurant. Je suis entré et j'ai demandé une bouteille de lafite ; jamais encore je n'avais demandé, comme ça, une bouteille, sans rien ; il a fallu que je les dépense, très vite. En fait de remords, ni sur le coup, ni plus tard, je n'ai rien senti de particulier. Mais je n'aurais pas recommencé ; vous pouvez me croire ou non, ça m'est égal, ce n'est pas mon affaire. Eh bien, voilà, messieurs, c'est tout.

— Sauf que, bien sûr, ça, ce n'est pas la pire de vos actions, dit avec dégoût Daria Alexeevna.

— C'est un cas psychologique, pas une action, remarqua Afanassi Ivanovitch.

— Et la domestique ? demanda Nastassia Filippovna, sans cacher son dégoût le plus méprisant.

— La domestique, on l'a chassée le lendemain, bien sûr. C'est une maison sévère.

— Et vous avez laissé faire ?

— Voyez-vous ça ! D'après vous, il fallait que j'y retourne et que je me dénonce ? fit Ferdychtchenko avec un petit rire, tout en étant, au demeurant, frappé par l'impression générale par trop désagréable que son récit avait laissée.

— Quelle saleté ! s'écria Nastassia Filippovna.

— Bah… Vous voulez qu'on vous raconte la plus mauvaise action de sa vie, et vous demandez en plus qu'on soit brillant ! Les plus mauvaises actions, elles sont toujours très sales, Ivan Petrovitch va nous confirmer ça tout de suite ; et puis, est-ce qu'on sait ce qui brille à l'extérieur, ce qui veut être blanc comme neige parce qu'on roule carrosse ? Il y en a plein qui roulent carrosse… Et puis, par quels moyens… ?

Bref, Ferdychtchenko n'avait pas tenu, il s'était mis soudain en rage, et, jusqu'à s'oublier, il avait passé les limites ; son visage même s'était complètement déformé. Si bizarre que cela fût, il était vraiment possible qu'il attendît de son récit un succès tout à fait contraire. Ces "ratages" de mauvais goût et ces "vantardises d'un genre particulier", comme avait dit de lui Totski, arrivaient très souvent à Ferdychtchenko, et répondaient tout à fait à son caractère.

Nastassia Filippovna eut même un sursaut de colère et elle darda son regard sur Ferdychtchenko ; il prit peur en une seconde, et il se tut, presque transi de frayeur : il était vraiment allé trop loin.

— On ne pourrait pas s'en tenir là ? demanda finement Afanassi Ivanovitch.

— C'est mon tour, mais je profite de mon avantage, et je ne raconterai pas, dit d'un ton résolu Ptitsyne.

— Vous ne voulez pas ?

— Je ne peux pas, Nastassia Filippovna ; et puis, je trouve que ce jeu de société est impossible.

— Général, j'ai l'impression que votre tour est venu, dit Nastassia Filippovna en s'adressant à lui, et si vous refusez aussi, tout notre jeu sera détruit, et je le regretterai beaucoup car, moi aussi, pour conclure, je pensais raconter une action "de ma vie personnelle", mais je voulais simplement que ce soit après vous et Afanassi Ivanovitch, car vous devez me donner du courage, conclut-elle en riant.

— Oh, si vous le promettez aussi, s'écria avec fougue le général, alors, je suis prêt à vous raconter toute ma vie ; mais, je l'avoue, en attendant mon tour, j'ai déjà mijoté ma petite histoire…

— Mais il suffit de regarder Votre Excellence pour voir avec quel plaisir littéraire tout spécial elle nous a mijoté cette petite histoire, osa remarquer Ferdychtchenko encore un peu confus, avec un sourire fielleux.

Nastassia Filippovna jeta un coup d'œil sur le général et, elle aussi, elle sourit intérieurement. Mais on voyait que l'ennui et l'agacement ne faisaient que grandir en elle, et de plus en plus fort. Afanassi Ivanovitch eut deux fois plus peur quand il entendit qu'elle promettait de raconter.

— Il m'est arrivé, comme à tout le monde, messieurs, de commettre dans ma vie des actes pas trop élégants, commença le général, mais le plus étrange est que, moi-même, je considère la petite histoire minuscule que je m'en vais vous raconter comme l'histoire la plus sale de toute ma vie. Pourtant, voilà plus de trente-cinq ans que ça s'est passé ; mais, jamais, à m'en souvenir, je n'ai pu me défaire d'une impression, pour ainsi dire, qui me rongeait le cœur. En fait, l'affaire est toute bête. A l'époque, j'étais encore lieutenant, et, à l'armée, je traînais mon boulet. Bon, lieutenant, on sait ce que c'est : le sang qui bout et deux sous de richesse ; je me suis trouvé une ordonnance, Nikifor, qui se démenait pour moi, il épargnait, raccommodait, grattait et nettoyait, il chipait même ce qu'il pouvait pour nous enrichir un peu ; l'homme le plus fidèle et le plus honnête. Moi, bien sûr, j'étais sévère, mais juste. Un jour, il nous est arrivé d'être nommés dans une petite ville. On m'a logé chez une sous-lieutenante à la retraite, une veuve. Dans les quatre-vingts ans, plus ou moins, une petite vieille. Sa maisonnette, elle était vieille, méchante, tout en bois, et elle, elle n'avait pas une domestique, tellement elle était pauvre. Mais, surtout, ce qui la distinguait, c'est que, dans le temps, elle avait eu une famille et une quantité de parents incalculable ; pourtant, tout au long de sa vie, les uns avaient eu le temps de mourir, les autres s'étaient dispersés, les troisièmes avaient oublié la petite vieille, et, son mari, elle l'avait enterré depuis quarante-cinq ans. Il y avait encore une nièce qui avait vécu avec elle quelques années auparavant, mais bossue et méchante, on disait, comme une sorcière, et même, une fois, elle lui avait mordu le doigt, à la vieille femme, mais elle aussi elle était morte, ce qui fait que, depuis trois ans, la vieille était forcée de s'en tirer toute seule. Je m'ennuyais ferme chez elle ; en plus, elle était telle-ment vide, pas moyen d'en tirer quoi que ce soit. Elle a fini par me voler mon coq. Jusqu'à maintenant, l'his-toire n'est pas claire – mais, en dehors d'elle, il n'y avait personne. Pour ce coq, nous nous sommes dispu-tés, et sérieusement, et là, juste, l'occasion s'est présen-tée, et, à ma première demande, on m'a logé ailleurs, dans le faubourg opposé, dans la famille nombreuse d'un marchand avec une barbe énorme – je le vois comme aujourd'hui. On déménage avec Nikifor, la joie au cœur, la vieille – on l'abandonne avec indignation. Trois jours se passent, je reviens des manœuvres, Niki-for qui me fait son rapport : "On a eu tort, Votre Noblesse, de laisser notre soupière chez la logeuse, je ne sais pas dans quoi servir la soupe." Moi, vous pensez bien, sidéré : "Comment ça, par quel miracle est-ce que la sou-pière est restée chez la logeuse ?" Nikifor, tout surpris, continue de me faire son rapport comme quoi, au moment où nous déménagions, la logeuse ne nous a pas rendu notre soupière parce que j'avais cassé un pot qui était à elle, et elle, donc, à cause de son pot, elle me retenait ma soupière, et que, soi-disant, même, c'est moi qui lui aurais proposé cet échange. Cette mesquinerie de sa part, bien sûr, elle me sort de mes gonds ; mon sang se met à bouillir, je bondis, je vole. J'arrive chez la vieille, pour ainsi dire, déjà hors de moi ; que vois-je ? je la trouve assise dans l'entrée, toute seule, dans un coin, comme si elle se cachait du soleil, la main sur la joue. Moi, tout de suite, vous savez, je lui déverse tout un orage, "espèce de et de et de !" enfin, bon, vous savez, à la russe. Sauf que, n'est-ce pas, il y a quelque chose de bizarre : elle est là, le visage tourné vers moi, les yeux écarquillés, et pas un mot de réponse, et un regard, comme ça, bizarre, mais bizarre, et on dirait qu'elle se balance. Moi, à la fin, je me tais, je regarde, je demande – pas un mot de réponse. Je reste là, sans trop savoir quoi faire : les mouches qui bourdonnent, le soleil qui se couche, le silence ; complètement perturbé, je finis par sortir. Je n'ai pas le temps de rentrer qu'on me demande chez le major, après il faut que je passe à la compagnie, ça fait que je ne rentre que tard le soir. Le premier mot de Nikifor : "Vous savez, Votre Noblesse, ben notre logeuse, ben elle est morte." – "Quand ça ?" – "Ben ce soir, ça fait une heure et demie." C'est-à-dire qu'au moment précis où, moi, je l'injuriais, elle, elle était en train de passer. Ça m'a tellement frappé, je vous dirai, j'ai eu du mal à m'en remettre. Ça s'est mis à tourner, vous savez, dans ma tête, et j'ai même rêvé de ça. Je n'ai pas de préjugés, vous pensez bien, n'empêche, le troisième jour, je suis allé à l'église, pour l'enterrement. Bref, plus le temps passe, plus ça me revient. Ce n'est pas pour dire, mais, de temps en temps, on y repense, et on se sent mal. Ici, j'ai fini par me dire : Qu'est-ce qui compte ? D'abord, cette femme, pour ainsi dire, un être humain, une créature comme on dit maintenant, humaine, elle a vécu, vécu longtemps, et, pour finir, trop longtemps. Dans le temps, elle a eu des enfants, un mari, une famille, des parents, tout ça s'agitait autour d'elle, tous ces, comme qui dirait, sourires, et, brusquement, silence sur toute la ligne, tout s'envole en fumée, elle reste seule, comme... comme, je ne sais pas, comme une mouche, une mouche qui porterait sur elle toute la malédiction des siècles. Et voilà qu'en fin de compte le bon Dieu l'amène à la fin. Au coucher du soleil, par un doux soir d'été, ma petite vieille qui s'envole aussi – ce n'est pas sans une idée morale, là-dedans ; et là, à l'instant même, au lieu, pour ainsi dire, d'une larme bénissante, un jeune lieutenant, une tête brûlée, qui fait des mines et qui se pavane, qui bénit son départ de la surface du globe avec cet élément bien russe des jurons de chez nous – plutôt que de faire son deuil de sa soupière ! Il n'y a pas de doute que je suis coupable, et même s'il y a longtemps que je considère cet acte, à cause du temps passé et du changement survenu dans ma nature, comme celui de quelqu'un d'autre, je continue à ressentir du remords. Tellement même, je le répète, que ça me fait bizarre, d'autant que si, certes, je suis coupable, je ne suis pas coupable à part entière : pourquoi diable s'est-elle mis en tête de mourir juste là ? Bien sûr, il y a une justification là-dedans ; c'est un acte, en quelque sorte, psychologique, mais, quand même, je n'ai pas pu me calmer tant que, il y a quinze ans de ça, je ne me sois pas mis à entretenir, en permanence, deux petites vieilles malades, à mon compte, dans un hospice, dans le but d'adoucir par un traitement décent les derniers mois de leur vie en ce monde. Et j'ai l'intention de le faire perdurer, en léguant un capital. Eh bien, n'est-ce pas, voilà. Je le répète, j'ai eu peut-être bien d'autres torts dans la vie, mais ce cas-là, en toute conscience, je le considère comme l'acte le plus vil de toute ma vie.

— Et au lieu du plus vil, Votre Excellence a raconté un de ses actes les plus nobles ; berné, le Ferdychtchenko ! conclut Ferdychtchenko.

— C'est vrai, général, je n'imaginais pas que, malgré tout, vous pouviez avoir bon cœur ; c'est même dommage, murmura avec indifférence Nastassia Filippovna.

— Dommage ? Pourquoi ça ? demanda le général avec un rire aimable, et il se versa du champagne, non sans satisfaction.

Mais c'était maintenant le tour d'Afanassi Ivanovitch, lequel, lui aussi, se tenait prêt. Tout le monde avait deviné qu'il ne refuserait pas, comme Ivan Petrovitch, et, pour un certain nombre de raisons, on attendait son récit avec une curiosité spéciale, tout en lorgnant Nastassia Filippovna. Plein d'une dignité extraordinaire, laquelle répondait tout à fait à son air imposant, d'une voix posée et pleine d'amabilité, Afanassi Ivanovitch entama l'un de ses "récits charmants". (Disons-le en passant : c'était un homme fort beau, imposant, de haute taille, une légère calvitie, quelque peu grisonnant, assez massif – les joues molles, rouges et plus ou moins pendantes, les dents artificielles. Ses mains, blanches, dodues, semblaient attirer le regard. Il portait à l'index de la main droite une bague en diamant très coûteuse.) Nastassia Filippovna, tout le temps que dura le récit, examinait avec attention la dentelle du revers de la manche de sa robe, et elle la tripotait avec deux doigts de sa main gauche, en sorte qu'elle n'eut pas le temps de consacrer même un regard au conteur.

— Ce qui me facilite la tâche, commença Afanassi Ivanovitch, c'est cette obligation inévitable de ne raconter rien d'autre que l'acte le plus vil de toute sa vie. Dans ce cas, c'est clair, aucune hésitation possible ; les remords et la mémoire vous dicteront tout de suite le cas précis qu'il faudra raconter. Je le reconnais avec amertume, au nombre de mes innombrables actions peut-être légères et… frivoles, il y en a une dont l'impression s'est imprimée d'une façon même trop pénible dans ma mémoire. Cela s'est passé il y a à peu près vingt ans ; à l'époque, j'avais rendu une visite dans son domaine à Platon Ordyntsev. Il venait juste d'être élu maréchal de la noblesse et il était venu passer les fêtes d'hiver avec sa jeune épouse. L'anniversaire d'Anfissa Alexeevna tombait à la même période, on avait donc fixé deux bals. A cette époque, dans le grand monde, un roman connaissait une vogue terrible et venait de faire une vraie fureur, je veux parler du charmant ouvrage de Dumas fils, *la Dame aux camélias*, un poème qui, à mon avis, ne devrait ni mourir ni vieillir. En province, toutes les dames s'exaltaient jusqu'à l'extase, celles, du moins, qui l'avaient lu. Le charme du récit, l'originalité de la présentation du personnage principal, ce monde envoûtant, précis jusqu'aux finesses, et, oui, tous ces détails réellement charmants dispersés dans le livre (sur les circonstances, par exemple, dans lesquelles on emploie à tour de rôle des bouquets de camélias blancs ou roses), bref, tous ces détails charmants, et tout cela ensemble provoquait pour ainsi dire une révolution. Les camélias connaissaient une vogue extraordinaire. Chacun voulait des camélias, chacun en cherchait. Je vous le demande : comment trouver des camélias dans une province, quand on les demande pour les bals, même si les bals sont rares ? Petia Vorkhovskoï, le malheureux, se consumait à l'époque pour Anfissa Alexeevna. Au vrai, je ne sais pas s'il y avait quelque chose entre eux, c'est-à-dire, je veux dire, s'il pouvait, lui, nourrir un espoir un tant soit peu sérieux. Le malheureux, il s'évertuait à trouver des camélias pour le bal, le soir, pour Anfissa Alexeevna. La comtesse Sotskaïa, de Petersbourg, une invitée de la femme du gouverneur, et Sofia Bespalova, on venait de l'apprendre, se présenteraient à coup sûr avec des bouquets, des blancs. Anfissa Alexeevna a voulu, pour un certain effet particulier, des camélias rouges. Le pauvre Platon s'agitait comme un fou ; on sait ce que c'est – un mari ; il avait dit qu'il trouverait le bouquet – et quoi ? La veille, Katerina Alexandrovna Mytychtcheva, une rivale terrible, et à chaque fois, d'Anfissa Alexeevna, lui en avait chipé un sous le nez : elles étaient à couteaux tirés. Vous pensez – crise d'hystérie, les sels. Platon était perdu. On comprend bien, si Petia, en cette minute intéressante, avait pu dénicher un bouquet, ses affaires auraient bien avancé ; dans ces cas-là, la reconnaissance des femmes est infinie. Il court dans tous les sens ; mais bon, l'affaire est impossible, on n'en parle plus. Soudain, je tombe sur lui, déjà vers onze heures du soir, la veille du bal et de l'anniversaire, chez Maria Petrovna Zoubkova, une voisine des Ordyntsev. Resplendissant. "Qu'est-ce qui t'arrive ?" – "J'ai trouvé. Eurêka !" – "Là, mon vieux, tu m'épates ! Où ça ? Comment ?" – "A Ekchaïsk (une petite ville, comme ça, rien qu'une vingtaine de verstes, et pas notre district), il y a un marchand là-bas, Trepalov, un barbu, un richard, il vit avec sa vieille bonne femme, et pas d'enfants, ils n'ont que des canaris. Tous les deux, ils sont toqués des fleurs – il a des camélias."

– "Attends, mais ce n'est pas encore sûr – et s'il te les refuse ?" – "Je me mets à genoux, je me roule par terre jusqu'à ce qu'il me les donne, je ne repars pas sans ça !" – "Et quand est-ce que tu y vas ?" – "Demain à l'aube, à cinq heures." – "Eh bien, bonne chance !" Et, vous. savez, je suis content pour lui ; je rentre chez Ordyntsev ; à la fin, il est déjà une heure passée, et moi, vous savez, tout ça, ça me tourne dans la tête. Je voulais me coucher, et, d'un seul coup, l'idée la plus originale ! Je me faufile vite jusqu'à la cuisine, je réveille Savély, le cocher – quinze roubles : "Les chevaux dans une demi-heure !" Une demi-heure plus tard, vous pensez, l'équipage est devant la porte ; on me dit qu'Anfissa Alexeevna a la migraine, la fièvre, le délire – je m'installe, fouette cocher. A cinq heures, je suis à Ekchaïsk, dans une auberge ; j'attends jusqu'à l'aube, et seulement jusqu'à l'aube ; à sept heures pile, chez Trepalov. "Voilà, patati, patata, vous avez des camélias ? Mon bon monsieur, mon père et bienfaiteur, aide-moi, sauve-moi, je te baiserai les pieds !" Le vieux, je le vois, il est grand, dur, les cheveux blancs – il fait peur, comme vieillard. "Non et non ! Pas moyen ! Je ne veux pas !" Moi, vlan, à genoux ! je m'étale devant lui, au sens propre ! "Mais qu'est-ce qui vous arrive, mon bon monsieur, mais qu'est-ce qui se passe ?" – la peur, même, qui le prend. "C'est une question de vie ou de mort !" je lui crie. "Mais prenez, si c'est à ce point, grand bien vous fasse" – et il coupe, séance tenante, des camélias rouges ! une beauté, des merveilles, il en a plein une petite orangerie. Il soupire, le pauvre vieux. Je lui sors cent roubles. "Non, là, monsieur, c'est mal de m'offenser comme ça." – "Dans ce cas, je lui dis, mon bon monsieur, offrez ces cent roubles à l'hôpital de la ville, pour l'amélioration de l'entretien et des repas."

– "Ah ça, mon bon monsieur, il me dit, c'est autre chose, c'est beau, c'est noble et ça plaît au bon Dieu ; ça, je les donnerai, pour votre santé." Il m'a bien plu, vous savez, ce vieillard russe, pour ainsi dire, Ivan dans toute sa splendeur, de la vraie souche. Donc, exalté par mon exploit, je rentre ; on revient par des chemins de traverse, pour ne pas croiser Petia. A peine arrivé, j'envoie le bouquet, au réveil d'Anfissa Alexeevna. Vous vous imaginez l'extase, la reconnaissance, les larmes de reconnaissance ! Platon, qui, la veille encore, était plus mort que vif, Platon sanglote sur ma poitrine. Hélas ! Tous les maris se ressemblent depuis la création... du mariage légitime ! Je n'ose plus rien ajouter, sinon que, depuis cet épisode, les affaires du pauvre Petia ont sombré à jamais. Au début, je pensais qu'il allait m'égorger sitôt qu'il l'apprendrait, je m'étais même préparé à la rencontre, mais il s'est passé quelque chose que je n'aurais jamais cru : il s'évanouit – délire au soir, forte fièvre au matin ; il sanglote comme un gosse, des convulsions. Un mois plus tard, à peine guéri, il s'engage au Caucase ; un vrai roman ! Il a fini par se faire tuer, en Crimée. A l'époque, c'est son frère, Stepane Vorkhovskoï, qui commandait un régiment, qui s'est distingué. Je l'avoue ; après, pendant de longues années, j'ai été torturé par le remords ; pourquoi, dans quel but est-ce que je l'avais frappé ainsi ? Et, moi-même, étais-je donc amoureux ? C'était une lubie, faire la cour pour passer le temps, rien d'autre. Et si, ce bouquet, je ne le lui avais pas chipé, qui sait, il vivrait peut-être encore, cet homme, il serait heureux, il aurait des succès, il n'aurait même jamais eu l'idée de faire la guerre aux Turcs.

Afanassi Ivanovitch se tut avec la même digne gravité dont il était empreint quand il avait entamé son récit. On remarqua que les yeux de Nastassia Filippovna avaient brillé avec comme une violence particulière, et que ses lèvres avaient même tremblé au moment où Afanassi Ivanovitch s'était tu. Tout le monde, du coin de l'œil, les regardait avec curiosité.

— Berné, le Ferdychtchenko ! Vous l'avez bien berné ! Non, pour le berner, vous l'avez bien berné ! s'écria d'une voix éplorée Ferdychtchenko, qui comprenait qu'il était possible, et nécessaire, de placer un bon mot.

— Et qui vous demandait de ne rien comprendre ? Mettez-vous à l'école des gens intelligents ! l'interrompit, presque triomphante, Daria Alexeevna (amie et alliée aussi ancienne que fidèle de Totski).

— Vous avez raison, Afanassi Ivanovitch, ce jeu de société est des plus ennuyeux, terminons-le vite, prononça d'une voix détachée Nastassia Filippovna, je vous raconterai moi-même ce que je vous ai promis, et puis, jouons aux cartes.

— L'histoire promise avant tout ! l'approuva non sans fougue le général.

— Prince, fit soudain Nastassia Filippovna en s'adressant à lui d'une manière aussi brutale qu'inattendue, vous voyez ici mes vieux amis, le général, et Afanassi Ivanovitch, ils veulent toujours que je me marie. Dites-moi, qu'est-ce que vous en pensez : dois-je me marier, oui ou non ? Je ferai ce que vous me direz.

Afanassi Ivanovitch blêmit, le général fut frappé de stupeur ; tous les yeux se tournèrent, les têtes se tendirent. Gania était pétrifié.

— A... avec qui ? demanda le prince d'une voix qui se figeait.

— Avec Gavrila Ardalionovitch Ivolguine, poursuivit Nastassia Filippovna, d'une voix toujours aussi violente, ferme et nette.

Il y eut un silence de quelques secondes ; le prince avait beau s'efforcer, il semblait ne pas arriver à dire un mot, comme si un poids terrible lui pesait sur la poitrine.

— Nn... non... ne vous mariez pas ! murmura-t-il enfin, et il reprit son souffle avec effort.

— Eh bien, c'est dit ! Gavrila Ardalionovitch ! dit-elle, s'adressant à lui d'une voix dominatrice et comme solennelle, vous avez entendu ce qu'a décidé le prince ? Voilà, telle sera ma réponse ; et que cette affaire soit close une fois pour toutes !

— Nastassia Filippovna ! murmura d'une voix tremblante Afanassi Ivanovitch.

— Nastassia Filippovna ! prononça le général d'une voix inquiète qui se voulait pleine de persuasion.

Tout le monde se mit à s'agiter, à remuer.

— Que vous arrive-t-il, messieurs ? poursuivait-elle en observant ses hôtes avec une sorte d'étonnement. Qu'est-ce qui vous bouleverse ainsi ? Et quelles têtes vous êtes en train de faire !

— Mais... souvenez-vous, Nastassia Filippovna, marmonna Totski en hoquetant, vous aviez fait une promesse... tout à fait volontaire... vous auriez pu, même un peu, épargner... J'ai du mal à... et... bien sûr, je suis confus, mais... bref, maintenant, dans une minute pareille, et, devant... devant tout le monde, et c'est comme ça, mais... finir ce jeu de société de cette façon-là, c'est quand même sérieux, ça touche l'honneur, le cœur... et de ça dépend...

— Je ne vous comprends pas, Afanassi Ivanovitch ; c'est vrai que vous avez l'air perdu... D'abord, qu'est-ce que ça veut dire, "devant tout le monde" ? Nous ne sommes donc pas en compagnie charmante et intime ? Et pourquoi "un jeu de société" ? Je voulais vraiment raconter mon histoire, et je l'ai racontée ; vous ne la trouvez pas amusante ? Et pourquoi dites-vous que ce n'est pas "sérieux" ? Est-ce que ce n'est pas sérieux ? Vous avez entendu, j'ai dit au prince : "Je ferai ce que vous direz" ; s'il avait dit oui, j'aurais accepté tout de suite, mais il a dit non, et j'ai refusé. Toute ma vie n'a tenu qu'à un fil ; qu'y avait-il de plus sérieux ?

— Mais le prince, pourquoi le prince ? Et qu'est-ce que c'est, enfin, le prince ? murmura le général, presque impuissant à retenir son indignation devant l'autorité si humiliante du prince.

— Le prince, ce qu'il est pour moi, c'est qu'il est le premier, de toute ma vie, en qui j'ai cru, comme en un homme réellement dévoué. Lui, il a cru en moi au premier regard, et, moi aussi, je crois en lui.

— Il ne me reste plus qu'à remercier Nastassia Filippovna pour cette extrême délicatesse avec laquelle… elle a agi envers moi, prononça enfin Gania, blême, d'une voix tremblante, les lèvres déformées par une grimace, c'est ainsi que cela devait se passer, bien sûr… Mais… le prince… le prince, dans cette histoire…

— Il lorgne les soixante-quinze mille, c'est ça ? le coupa brusquement Nastassia Filippovna. C'est ça que vous vouliez dire ? Ne niez pas, c'est exactement ce que vous vouliez dire ! Afanassi Ivanovitch, j'ai oublié d'ajouter : vous, ces soixante-quinze mille, reprenez-les, et, sachez-le, je vous libère gratis. Assez ! Vous aussi, vous avez le droit de respirer ! Neuf ans et trois mois. Demain – tout reprend de zéro, mais, aujourd'hui, c'est mon anniversaire, et je suis libre, la première fois de ma vie ! Général, vous aussi, reprenez vos perles, offrez-les donc à votre épouse, les voilà ; à partir de demain, je change aussi d'appartement. C'est fini, les soirées, messieurs !

A ces mots, elle se leva soudain, comme si elle voulait sortir.

— Nastassia Filippovna ! Nastassia Filippovna ! entendit-on de tous côtés. On s'agita, on se leva ; tout le monde l'entourait, tous écoutaient avec inquiétude ces paroles saccadées, fiévreuses, hébétées ; tous ressentaient une espèce de désordre, personne n'arrivait à y voir clair, personne n'arrivait à comprendre. A cet instant, un coup de clochette très violent retentit soudain, exactement comme tout à l'heure chez Ganetchka.

— Ahaha ! Et voilà le dénouement ! Ce n'est pas trop tôt ! Onze heures et demie ! s'écria Nastassia Filippovna. Je vous demande de vous asseoir, messieurs, c'est le dénouement !

A ces mots, elle s'assit elle-même. Un rire étrange frissonnait sur ses lèvres. Elle restait assise en silence, dans une attente fiévreuse, elle regardait la porte.

— Rogojine et les cent mille, pas de doute, murmura pour lui-même Ptitsyne.

XV

Entra Katia, la bonne, très effrayée.

— C'est Dieu sait quoi, Nastassia Filippovna, ils sont bien une dizaine, qui font du chahut, et tous pas nets, n'est-ce pas, ils veulent entrer, ils disent que c'est Rogojine, et que vous êtes au courant.

— C'est vrai, Katia, fais-les tous entrer tout de suite.

— Comment ?… Tous, Nastassia Filippovna ? Mais c'est que c'est des vrais monstres. C'est fou.

— Tous, fais-les entrer tous, Katia, n'aie pas peur, jusqu'au dernier, sinon, ils entreront sans toi. Ecoute déjà le bruit qu'ils font, comme tout à l'heure. Messieurs, vous êtes fâchés, peut-être, si je reçois devant vous une compagnie pareille ? Je le regrette fort, et je vous demande de m'excuser, mais c'est indispensable, et je voudrais beaucoup que vous acceptiez d'être les témoins de ce dénouement, quoique, du reste… vous êtes libres.

Les hôtes continuaient d'être stupéfaits, de chuchoter et d'échanger des regards, mais il était devenu parfaitement clair que tout cela avait été calculé et organisé à l'avance, et que Nastassia Filippovna – même si, bien sûr, elle était devenue complètement folle – ne pouvait plus, maintenant, être contrecarrée. Une curiosité terrible torturait chacun. En plus, il n'y avait trop personne qui eût pu avoir peur. Les dames n'étaient que deux : Daria Alexeevna, une dame pleine d'énergie et qui avait déjà vu bien des choses, au point qu'il était difficile de la faire rougir, et une belle inconnue silencieuse. Mais l'inconnue silencieuse ne pouvait guère, sans doute, comprendre ce qui se passait : c'était une Allemande en voyage, elle ne comprenait pas un mot de russe ; elle était, semblait-il, qui plus est, aussi bête que belle. Elle était nouvelle, et la coutume s'était déjà établie de l'inviter à certaines soirées, dans une robe des plus somptueuses, coiffée comme pour une exposition, afin de l'installer comme un tableau superbe et d'embellir ainsi toute la soirée, exactement comme certains essaient de prendre chez leurs amis pour leurs soirées, pour une seule fois, un tableau, un vase, ou une statue, ou bien un paravent. Quant aux hommes, Ptitsyne, par exemple, fréquentait déjà Rogojine ; Ferdychtchenko, lui, se sentait comme un poisson dans l'eau ; Gania ne parvenait toujours pas à reprendre ses esprits, mais il sentait au fond de lui-même, quoique encore d'une façon confuse, la nécessité absolue et fiévreuse de rester jusqu'au bout à son pilori ; le vieux petit maître d'école, qui comprenait fort peu ce qui se passait, était au bord des larmes, et il tremblait littéralement de peur car il avait remarqué une sorte d'inquiétude étrange autour de lui de même que Nastassia Filippovna, qu'il adorait comme sa petite-fille ; il serait mort sur place plutôt que de l'abandonner en une telle minute. Quant à Afanassi Ivanovitch, il était hors de question, évidemment, qu'il pût se compromettre dans une telle aventure ; mais il avait un intérêt trop grand dans cette affaire, même si elle prenait une tournure si délirante ; et puis, Nastassia Filippovna avait laissé échapper sur son compte deux ou trois mots après lesquels il lui était impossible, absolument, de partir avant d'avoir définitivement éclairci toute l'affaire. Il s'était résolu à rester jusqu'au bout et à garder doré-navant un silence absolu, se contentant d'être un obser-vateur, ce que, bien sûr, exigeait de lui sa dignité. Il n'y avait que le général Epantchine qui venait juste d'être si profondément vexé par son cadeau qu'on lui avait rendu d'une façon si cavalière et si comique, et qui pou-vait, bien sûr, se vexer encore plus de toutes ces excen-tricités extraordinaires ou, par exemple, de l'apparition de Rogojine ; et puis, même sans cela, un homme comme lui avait déjà fait preuve d'une trop grande condescen-dance en acceptant de s'asseoir aux côtés de Ptitsyne et de Ferdychtchenko ; mais ce que pouvait faire la force de la passion, cela pouvait toujours, en fin de compte, être vaincu par le sentiment du devoir, la sensation de son obligation, de son rang et de son importance, et puis, tout simplement, par le respect de soi, de telle sorte que Rogojine et sa compagnie, de toute façon, en présence de Son Excellence, se trouvaient dans le domaine de l'impossible.

— Ah, général, l'interrompit tout de suite Nastassia Filippovna dès qu'il voulut lui adresser une déclaration, j'avais oublié ! Mais soyez sûr que j'avais prévu, pour vous. Si cela vous humilie tellement, je n'insiste pas et je ne vous retiens pas, même si je voudrais beaucoup vous voir, oui, vous précisément, à mes côtés en cet instant. Quoi qu'il en soit, je vous remercie beaucoup de m'avoir permis de vous connaître, et de votre flat-teuse attention, mais, si vous craignez...

— Voyons, Nastassia Filippovna, s'écria le général dans un accès de grandeur chevaleresque, que me dites-vous là ? Mais c'est par pur dévouement que je resterai auprès de vous, et si, par exemple, il y avait un dan-ger... De plus, je l'avoue, je suis très curieux. Moi, ce que je voulais seulement, c'était, s'ils allaient abîmer les tapis, ou, je ne sais pas, casser quelque chose… En fait, à mon avis, il faudrait se passer d'eux tout à fait, Nastassia Filippovna !

— Rogojine en personne ! proclama Ferdychtchenko.

— Qu'en pensez-vous, Afanassi Ivanovitch, eut le temps de lui chuchoter à la hâte le général, elle ne serait pas devenue folle ? Mais sans allégorie, c'est-à-dire, dans le vrai style médical, hein ?

— Je vous disais bien, elle a toujours eu des tendances, lui répondit, en chuchotant d'une voix maligne, Afanassi Ivanovitch.

— Et cette fièvre, en plus…

La compagnie de Rogojine était presque entièrement la même que le matin ; s'y était juste ajouté une espèce de petit vieux débauché qui, en son temps, avait été le rédacteur d'on ne savait trop quelle feuille de chou dénonciatrice, et sur lequel on racontait qu'il avait mis en gage, puis bu dans une taverne, ses dents en or, et un sous-lieutenant à la retraite, rival et concurrent indiscutable, par son métier et sa destination, du monsieur aux gros poings, et que personne des gens de Rogojine ne connaissait, un homme ramassé dans la rue, sur le côté ensoleillé de la perspective Nevski, où il arrêtait les passants, et, dans le style de Marlinski, demandait du secours, sous le prétexte pervers que lui-même, en son temps, "il donnait des quinze roubles à ceux qui le demandaient". Les deux concurrents avaient tout de suite éprouvé une hostilité mutuelle. Le monsieur aux gros poings, après que le "demandeur" eut été reçu dans la compagnie, avait pris cela comme une offense personnelle ; silencieux de nature, il se contentait, de temps en temps, de grogner comme un ours et considérait avec le mépris le plus profond toutes les gesticulations, toutes les mines que lui adressait le "demandeur", lequel s'avérait diplomate, et mondain. Vu de l'extérieur, le sous-lieutenant promettait de "mener son affaire" plutôt par l'inventivité et l'habileté que par la force, d'autant qu'il était plus petit de taille que le monsieur aux gros poings. Avec délicatesse, sans entrer dans une discussion formelle, il avait déjà fait un certain nombre d'allusions aux avantages de la boxe anglaise, bref, il se révélait comme le plus pur des occidentalistes. Le monsieur aux gros poings, au seul mot de "boxe", affichait un sourire méprisant et offensé, et, de son propre côté, sans faire l'honneur à son rival d'une dispute en bonne et due forme, lui montrait quelquefois, en silence, et comme sans faire exprès, ou, pour mieux dire, mettait parfois en évidence un argument tout à fait national – son poing énorme, nerveux, noueux, recouvert d'un genre de duvet roux, et chacun comprenait parfaitement que si cet argument aussi profondément national tombait sur un objet sans le manquer, il resterait réellement de cet objet juste un peu de bouillic.

Dans toute cette foule, personne n'était vraiment "complètement gris", comme le matin, à la suite des efforts de Rogojine lui-même, dont le but de toute la journée avait été cette visite à Nastassia Filippovna. Lui-même, il avait eu presque entièrement le temps de dessoûler, mais il était comme abruti par toutes les émotions qu'il avait supportées dans cette journée, la plus monstrueuse, la plus invraisemblable de toute sa vie. Une seule chose lui restait tout le temps devant les yeux, dans sa mémoire et dans son cœur, chaque minute, chaque seconde. Pour cette seule chose, il avait passé tout son temps, depuis cinq heures de l'après-midi jusqu'à près de onze heures du soir, dans une angoisse, une inquiétude sans bornes, à s'agiter avec les Kinder et les Biskup, qui, à leur tour, avaient failli perdre la tête à courir comme des fous pour le satisfaire. Et, malgré tout, quand même, les cent mille en liquide auxquels Nastassia Filippovna avait fait allusion, en passant, d'une façon ironique et tout à fait obscure, ces cent mille roubles avaient eu le temps d'être amassés, contre des intérêts dont Biskup lui-même, par pudeur, ne parlait avec Kinder qu'à voix basse.

Comme tout à l'heure, Rogojine s'était placé devant, les autres avançaient à sa suite et, même s'ils gardaient la pleine conscience de leurs avantages, avec une espèce de frayeur. Surtout, Dieu seul savait pourquoi, c'était de Nastassia Filippovna qu'ils avaient peur. Les uns allaient jusqu'à penser qu'ils se feraient tous "fiche dehors" séance tenante. Parmi ceux qui pensaient ainsi se trouvaient d'ailleurs le gandin et Zaliojev, le bourreau des cœurs. Mais les autres, et surtout le monsieur aux gros poings, même s'ils ne disaient rien à haute voix, considéraient au fond d'eux-mêmes Nastassia Filippovna avec le plus grand des mépris, voire avec de la haine, et ils entraient chez elle comme pour donner l'assaut. Mais l'ameublement somptueux des deux premières pièces, les objets inouïs, jamais vus, les meubles rares, les tableaux, l'énorme statue de Vénus, tout cela produisit sur eux une impression ineffaçable de respect, et presque, même, de frayeur. Cela ne les empêcha pas, bien sûr, petit à petit, empreints d'une curiosité toute d'insolence, malgré leur peur, de se glisser dans le salon, derrière Rogojine. Mais quand le monsieur aux gros poings, le "demandeur" et quelques autres eurent aperçu parmi les invités le général Epantchine, leur enthousiasme sombra si fort dès la première seconde qu'ils battirent peu à peu en retraite, vers la pièce précédente. Seul Lebedev restait au nombre des plus résolus et des

plus convaincus et s'avançait presque à côté de Rogojine, réalisant ce que signifiaient vraiment un million
quatre cent mille en liquide, et cent mille roubles là,
maintenant, en poche. Il faut, du reste, remarquer que
tous, y compris un homme aussi expert que Lebedev,
ils perdaient quelque peu leurs repères quant à la per-
ception des frontières et des limites de leur pouvoir, et
le fait de savoir si, réellement, à présent, tout était vraiment permis. Lebedev, à certaines minutes, était prêt à
jurer que oui, mais, d'autres minutes venaient et il sentait une nécessité inquiète de se souvenir, en lui-même,
et savait-on jamais, de quelques articles du code, les
plus encourageants, surtout, et les plus rassurants.

Sur Rogojine, le salon de Nastassia Filippovna eut
un effet contraire à celui qu'il produisit sur tous ses com-
pagnons. A peine la porte s'était-elle ouverte et avait-il
vu Nastassia Filippovna, que tout le reste cessa d'exister à ses yeux, comme le matin, et d'une manière encore
plus puissante que le matin. Il blêmit et, un instant, il
s'arrêta ; on sentait que son cœur battait à se rompre.
C'est un regard timide, égaré que, durant quelques
secondes, sans la quitter des yeux, il posa sur Nastassia
Filippovna. Soudain, comme s'il avait perdu ses derniers restes de raison, ne tenant presque plus sur ses
jambes, il s'approcha de la table ; en chemin, il se cogna
contre la chaise de Ptitsyne et, avec ses énormes bottes
boueuses, il marcha sur la garniture de dentelle de la
somptueuse robe bleu ciel de la belle Allemande silencieuse ; il ne s'excusa pas, il n'avait pas remarqué. Arrivé
à la table, il posa dessus un objet bizarre, avec lequel il
était entré dans le salon, en le tenant devant lui des
deux mains. C'était une grosse liasse de papier, haute
de près de quinze centimètres, et longue de vingt, solide-
ment, fortement enveloppée dans *les Nouvelles de la*

Bourse, et ficelé de toutes parts, aussi fort que possible, en croix, avec une grosse ficelle, du genre de celle qu'on emploie pour envelopper les pains de sucre. Et puis, il resta là, sans dire un mot, les bras baissés, comme s'il attendait son verdict. Il n'avait rien changé de ses habits du matin, à part qu'il portait au cou un foulard de soie tout neuf, vert clair et rouge, avec une énorme épingle de diamant représentant un scarabée, et une bague au diamant massif qu'il arborait sur l'index sale de sa main droite. Lebedev resta à trois pas de distance de la table ; les autres, comme nous l'avons dit, s'amassaient peu à peu dans le salon. Katia et Pacha, les domestiques de Nastassia Filippovna, étaient accourues regarder, elles aussi, de derrière les portes entrebâillées, pleines de frayeur et d'une stupeur énorme.

— Qu'est-ce que c'est que ça ? demanda Nastassia Filippovna après avoir toisé Rogojine d'un regard fixe et curieux, en indiquant des yeux "l'objet".

— Cent mille ! répondit celui-ci, chuchotant presque.

— Ah, il a tenu parole, quand même, regardez ça ! Asseyez-vous, s'il vous plaît, ici, là, sur cette chaise ; je vous dirai quelque chose, plus tard. Qui est avec vous ? Toute votre compagnie de tout à l'heure ? Bon, qu'ils entrent, qu'ils s'assoient ; sur le divan, là-bas, il y a de la place, et le deuxième. Et puis, les deux fauteuils… mais qu'est-ce qu'ils font, ils ne veulent pas, ou quoi ?

C'est vrai, certains s'étaient positivement sentis gênés, avaient battu en retraite et s'étaient installés pour attendre dans l'autre pièce, mais d'autres étaient restés et prirent place, comme on les y invitait, mais loin de la table, surtout dans les coins, les uns désirant se faire remarquer aussi peu que possible, les autres se ranimant d'autant plus fort, et d'autant plus vite, bizarrement, qu'ils se trouvaient éloignés. Rogojine, lui aussi, s'assit sur la chaise qu'on lui avait montrée, mais il ne resta pas assis longtemps ; il eut tôt fait de se lever, et ne se rassit plus. Peu à peu, il commença à distinguer, à regarder les invités. Apercevant Gania, il eut un sourire fielleux, et murmura, pour lui-même : "Houlà !" C'est sans la moindre confusion, et même, sans trop de curiosité qu'il regarda le général et Afanassi Ivanovitch. Mais quand il remarqua le prince auprès de Nastassia Filippovna, il fut longtemps incapable de le quitter des yeux, saisi de l'étonnement le plus profond, comme hors d'état de vraiment comprendre cette rencontre. On pouvait soupçonner, par instants, qu'il était réellement dans un accès de délire. En plus de toutes les émotions de la journée, il venait de passer une nuit dans un train et n'avait pas dormi depuis bientôt deux jours.

— Ça, messieurs, c'est cent mille, dit Nastassia Filippovna, s'adressant à tous avec une sorte de défi impatient et fébrile, là, dans ce paquet sale. Tout à l'heure, lui, il a crié comme un fou qu'il m'apporterait cent mille pour ce soir, et moi, tout ce temps, je l'attendais. C'est lui qui me marchandait : il a commencé par dix-huit mille, puis, d'un seul coup, il est monté à quarante, et puis, il est passé à cent – ceux-là. Il a tenu parole, quand même ! Peuh, regardez comme il est pâle !… Tout ça s'est passé tout à l'heure, chez Ganetchka ; j'étais venue rendre visite à sa maman, à ma future famille, et là, sa sœur m'a crié, dans les yeux : "Mais qu'on la mette dehors, cette débauchée !" et, à Ganetchka, à son frère, elle lui a craché à la figure. Elle a son caractère, la jeune fille !

— Nastassia Filippovna ! prononça le général d'un ton de reproche. Il commençait un peu à comprendre la chose, à sa façon.

— Qu'est-ce qui se passe, général ? Ce n'est pas poli, ou quoi ? Assez de fanfaronnades ! Si, moi, au Théâtre français, dans ma loge, je faisais semblant d'être le genre vertu de bel étage inaccessible, à fuir tous ceux qui m'ont couru après, cinq ans de suite, comme une sauvage, en prenant l'air de la fière innocence, c'est jusque-là qu'elle me poussait, ma crétinerie ! Bon, et devant vous, il vient, lui, il met cent mille roubles sur la table, après cinq années d'innocence, vous comprenez, et je parie que ses troïkas, elles sont dehors, et elles m'attendent. Il m'estime à cent mille ! Ganetchka, je vois que tu m'en veux toujours ! Mais tu voulais vraiment me faire entrer dans ta famille ? Moi, une fille à Rogojine ! Le prince, qu'est-ce qu'il a dit, tout à l'heure ?

— Je n'ai pas dit que vous étiez à Rogojine, vous n'êtes pas à Rogojine ! articula le prince d'une voix tremblante.

— Nastassia Filippovna, ça suffit, ma chérie, ça suffit, ma petite fille, fit Daria Alexeevna, dont les forces venaient de céder, mais s'ils te rendent la vie si dure, laisse-les tomber, enfin ! Tu veux vraiment partir avec un type comme lui, même pour cent mille ? Bon, je ne dis pas, cent mille – ce n'est pas rien ! Mais prends-les, les cent mille, et lui, mets-le dehors, c'est comme ça, avec eux ; ah, moi, si j'étais à ta place, mais, tous autant qu'ils sont, je les… non mais c'est vrai, quoi !

Daria Alexeevna s'était même mise en colère. C'était une femme très bonne, et très impressionnable.

— Ne te fâche pas, Daria Alexeevna, fit Nastassia Filippovna avec un sourire mauvais, moi, je lui ai dit ça sans me fâcher. Je lui ai reproché quelque chose ? C'est vrai que je n'arrive pas à comprendre comment j'ai pu tomber dans cette folie de vouloir entrer dans une famille honnête. Sa mère, je l'ai vue, je lui ai même baisé la main. Et si je me suis moquée, chez toi, Ganetchka, c'était exprès, je voulais voir, toute seule, une dernière fois : de quoi est-ce que, toi-même, tu es capable ? Eh bien, tu m'as surprise, vraiment. Je m'attendais à beaucoup de choses, mais pas à ça ! Mais comment est-ce que tu pouvais me prendre, si tu savais que lui, là, il m'offrait des perles comme ça, la veille de ton mariage, pour ainsi dire, et que, moi, je les prenais ? Et Rogojine, dis ? Il est venu chez toi, devant ta mère et ta sœur, pour me marchander, et toi, quand même, après tout ça, tu viens au mariage, et c'est tout juste si tu n'amènes pas ta sœur ? Mais ce serait vraiment vrai, ce que Rogojine a dit de toi, que tu irais chercher trois roubles, en rampant à plat ventre, jusqu'au Vassilievski ?

— Sûr, prononça soudain Rogojine, à voix basse, mais avec la plus profonde des convictions.

— Si tu mourais de faim, encore, mais on te paie bien, à ce qu'on dit ! Et puis, en plus de tout, en plus de toute la honte, faire entrer chez soi une femme qu'on déteste ! (Parce que, tu me détestes, je le sais !) Non, maintenant, je suis sûre, un type comme toi, il vous égorgerait pour de l'argent ! Mais une telle soif d'argent qui les possède, tous, aujourd'hui, ils sont comme enragés, à croire que ça les abrutit. Lui-même, encore un gosse, il veut déjà se lancer dans l'usure ! Sinon, il vous cache son rasoir dans de la soie, il vous le fixe, et puis, en douce, par-derrière, il égorge un ami, comme un mouton, j'ai lu ça, dans le journal. C'est toi, le débauché ! Moi, je suis une débauchée, mais, toi, tu es encore pire ! L'autre, le fleuriste, là, je n'en parle même pas…

— Comment, mais est-ce bien vous, Nastassia Filippovna ! s'écria le général, avec un geste de désespoir, dans le malheur le plus profond. Vous, vous, si délicate, vous, aux idées si raffinées, et, brusquement, quelle langue ! Quel style !

— Je suis ivre, en ce moment, général, fit Nastassia Filippovna, je veux me donner du bon temps ! Aujourd'hui, c'est mon jour, oui, mon jour de sortie, c'est mon jour bissextile – depuis le temps que je l'attendais. Daria Alexeevna, tu le vois, là, ce fleuriste, celui-là, ce monsieur aux camélias, regarde-le comme il rit, comme il se moque de nous…

— Je ne ris pas, Nastassia Filippovna, j'écoute juste avec l'attention la plus grande, répliqua Totski d'une voix très digne.

— Eh bien, pourquoi je l'ai torturé cinq ans de suite, sans l'éloigner de moi ? Est-ce qu'il valait la peine ? Il est tout simplement tel qu'il doit être… Il va encore me croire coupable devant lui : il m'a donné une éducation, il m'a entretenue comme une comtesse, l'argent, mais cet argent qu'il y a mis ; là-bas encore, il m'a trouvé un bon mari, et, ici, Ganetchka ; et qu'est-ce que tu croyais ? On ne vivait pas ensemble, tous ces cinq ans, et son argent, n'empêche, je le prenais, et je pensais que j'avais raison ! Mais je me suis rendue folle ! Tu me dis, toi, les cent mille, prends-les, et chasse-le, si ça te dégoûte. Que ça me dégoûte, ça… J'aurais pu me marier, aussi, depuis longtemps, et avec d'autres que Ganetchka, mais ça aussi, n'empêche, ça me dégoûte. Et qu'est-ce que j'ai donc eu à perdre ces cinq ans dans cette rage ? Tu me croiras si tu veux, mais, moi, il y a quatre ans de ça, parfois, je me disais : Pourquoi, vraiment, je ne me marierais pas avec mon Afanassi Ivanovitch ? Mais c'est par rage que je pensais ça ; si tu savais ce qui me passait par la tête, à ce moment-là ; et puis, vraiment, mais je l'aurais forcé ! Il demandait lui-même, tu ne me croiras pas ! Bon, bien sûr, il mentait, mais il aime tant la chose, c'est plus fort que lui. Et après, Dieu soit loué, je me suis dit : Est-ce qu'il la mérite, cette rage ? Et, d'un seul coup, c'est un dégoût si fort qui m'a pris de lui – s'il m'avait proposé le mariage lui-même, j'aurais dit non. Et ce que j'ai pu fanfaronner, tous ces cinq ans ! Non, je serais mieux à la rue, à ma vraie place ! Ou, alors, me débaucher avec Rogojine, ou bien, demain matin, me placer comme lingère ! Parce que, je n'ai rien à moi ; je pars, je lui jetterai tout, je lui laisse la dernière nippe, et qui voudra me prendre me prendra, sans rien, demande à Gania, tiens, il me prendra ? Mais même Ferdychtchenko, il ne me prendra pas !...

— Ferdychtchenko, peut-être, il ne vous prendra pas, Nastassia Filippovna, je vous le dis comme je le pense, l'interrompit Ferdychtchenko, mais, le prince, il vous prendra ! Vous êtes là, vous vous plaignez, mais regardez un peu le prince ! Moi, ça fait longtemps que je l'observe...

Nastassia Filippovna se tourna vers le prince d'un air curieux.

— C'est vrai ? demanda-t-elle.

— Oui, chuchota le prince.

— Vous me prendrez, comme je suis, sans rien !

— Oui, Nastassia Filippovna...

— Voilà une nouvelle histoire, murmura le général. Il fallait s'y attendre.

C'est avec un regard douloureux, sévère et perçant que le prince fixait le visage de Nastassia Filippovna, laquelle continuait de l'observer.

— En voilà un autre ! dit-elle soudain, s'adressant de nouveau à Daria Alexeevna. Et, lui, c'est vrai que c'est parce qu'il a bon cœur, je le connais. Je me suis trouvé un bienfaiteur. N'empêche, peut-être, c'est vrai, ce qu'on dit de lui, qu'il est... *pas là*. Avec quoi tu vivras, si tu m'aimes tellement, que tu me prends, moi, une à Rogojine, pour toi, pour un prince ?...

— Je vous prends honnête, Nastassia Filippovna, pas comme une fille à Rogojine, dit le prince.

— Moi, je suis honnête ?

— Oui.

— Ça... tu l'as lu dans les livres ! Ça, mon bon prince, c'est des vieux délires, le monde, maintenant, il a dépassé ça, c'est des sornettes ! Et puis, comment tu irais te marier, quand c'est toi-même qui as encore besoin d'une nourrice !

Le prince se leva et, d'une voix tremblante, timide, mais avec l'air, en même temps, d'un homme profondément convaincu, il parla :

— Je ne connais rien, Nastassia Filippovna, je n'ai rien vu, vous avez raison, mais je... je penserai que c'est vous qui me faites honneur, pas moi. Moi, je ne suis rien, vous, vous avez souffert, et d'un enfer pareil, vous êtes sortie pure, et c'est beaucoup. Pourquoi avez-vous honte, pourquoi voulez-vous suivre Rogojine ? C'est votre fièvre... Vous venez de rendre soixante-dix mille à M. Totski et vous dites que, tout ce qu'il y a ici, vous le laisserez, cela, ici, personne n'en serait capable. Je... Nastassia Filippovna... je vous aime. Je mourrai pour vous, Nastassia Filippovna. Je ne laisserai personne dire un seul mot sur vous, Nastassia Filippovna... Si nous sommes pauvres, je travaillerai, Nastassia Filippovna...

A ces mots, on entendit un ricanement de Ferdychtchenko, de Lebedev, et même le général, à part soi, émit une sorte de grognement très mécontent. Ptitsyne et Totski ne pouvaient pas ne pas sourire, mais ils surent se contenir. Les autres, stupéfaits, se contentaient d'ouvrir des yeux ronds.

— ... Pourtant, peut-être que nous ne serons pas pauvres, mais très riches, Nastassia Filippovna, poursuivait le prince de sa même voix timide. Cela, évidemment, je n'en suis pas sûr, et c'est dommage que, jusqu'à présent, je n'aie rien pu savoir de toute cette journée, mais j'ai reçu en Suisse une lettre de Moscou, d'un M. Salazkine, et il m'annonce, que, soi-disant, j'ai fait un très gros héritage. Cette lettre, la voilà…

Le prince sortit vraiment une lettre de sa poche.

— Il ne serait pas en train de délirer ? murmura le général. Un vrai asile de fous !

Il y eut là comme un instant de silence.

— Vous avez dit, prince, me semble-t-il, que cette lettre vous vient de Salazkine ? demanda Ptitsyne. C'est un homme très connu dans son milieu ; c'est un courtier très connu, et, si c'est vraiment lui qui vous l'annonce, vous pouvez tout à fait lui faire confiance… Par bonheur, je connais son écriture, j'ai traité avec lui, il y a peu… Si vous me permettiez de jeter un coup d'œil, je serais peut-être en état de vous dire quelque chose.

Le prince, sans rien dire, d'une main tremblante, lui tendit la lettre.

— Qu'est-ce que c'est ? Qu'est-ce que c'est ? reprit le général, lançant des regards de fou sur tout le monde. Il hérite vraiment ?

Tous dirigèrent leurs yeux vers Ptitsyne qui était en train de lire la lettre. La curiosité générale venait de recevoir un élan nouveau et formidable. Ferdychtchenko n'arrivait pas à rester assis ; Rogojine regardait avec stupéfaction et faisait passer ses yeux, dans une inquiétude terrible, du prince jusqu'à Ptitsyne. Daria Alexeevna, dans l'attente, était assise comme sur une aiguille. Même Lebedev n'y avait pas tenu, il venait de sortir de son recoin, et, littéralement plié en deux, se mit à regarder la lettre par-dessus l'épaule de Ptitsyne, avec l'air d'un homme qui craint qu'on ne lui donne pour ça quelques coups de bâton.

XVI

— L'affaire est sûre, déclara enfin Ptitsyne, repliant la lettre et la rendant au prince. Vous recevez, sans la moindre démarche, par testament spirituel indiscutable de votre tante, un capital très important.

— Pas possible ! s'écria le général, comme un coup de feu.

Toutes les bouches s'ouvrirent à nouveau.

Ptitsyne déclara, s'adressant surtout à Ivan Fedorovitch, que le prince avait une tante, qui était morte six mois auparavant, tante qu'il n'avait pas connue personnellement, la sœur aînée de la mère du prince, fille d'un marchand de Moscou, de la troisième guilde, Papouchine, mort dans la pauvreté et la banqueroute. Mais le frère aîné de ce Papouchine, mort récemment, lui aussi, était un riche marchand assez connu. Il y avait un an, ses deux fils uniques étaient morts, l'un après l'autre, dans le même mois. Cela le frappa si fort que le vieillard lui-même, un peu plus tard, tomba malade et mourut. Il était veuf, absolument sans héritier, en dehors de la tante du prince, la nièce de Papouchine, une femme tout à fait pauvre et qui vivait chez quelqu'un d'autre. Au moment de recevoir cet héritage, sa tante était presque à l'agonie, malade d'hydropisie, mais elle se lança tout de suite à la recherche du prince, recherches qu'elle confia à Salazkine, et eut le temps de faire un testament.

Sans doute ni le prince, ni le docteur chez lequel il vivait en Suisse n'avaient-ils voulu attendre des nouvelles officielles et se contenter de chercher des renseignements, et le prince, la lettre de Salazkine en poche, avait décidé de venir lui-même…

— Je ne puis vous dire qu'une chose, conclut Ptitsyne en s'adressant au prince, c'est que tout cela doit être indiscutable et juste, et que, tout ce que vous écrit Salazkine sur le caractère indiscutable et légal de votre affaire, vous pouvez le prendre pour argent comptant ! Je vous félicite, prince ! Vous aussi, peut-être, vous toucherez un million et demi, et peut-être même plus. Papouchine était très riche, comme marchand.

— Eh bien, le dernier du genre des princes Mychkine ! hurla Ferdychtchenko.

— Hourra ! râla Lebedev d'une petite voix avinée.

— Et moi, tout à l'heure, qui lui ai prêté vingt-cinq roubles, au malheureux, ha ha ha ! une fantasmagorie, pas d'autre mot ! prononça le général presque abasourdi de stupeur. Allez, mes félicitations, mes félicitations ! et, se levant de son siège, il alla prendre le prince dans ses bras. D'autres se levèrent à sa suite et, eux aussi, assaillirent le prince. Même ceux qui s'étaient retirés derrière la porte commencèrent à réapparaître au salon. Il monta une rumeur indistincte, des exclamations, on demanda même du champagne ; tout se bouscula, s'agita. Un instant, on faillit même oublier Nastassia Filippovna, et le fait que c'était elle, malgré tout, la maîtresse de cette soirée. Mais peu à peu, et, en même temps, ou presque, chacun eut à l'idée que le prince venait de lui demander sa main. L'affaire, visiblement, devenait encore trois fois plus folle et plus extraordinaire. Totski, profondément saisi, haussait les épaules ; il était presque le seul à être resté assis, la foule s'amassait en désordre autour de la table. Tout le monde affirma par la suite que c'est depuis cet instant-là que Nastassia Filippovna était devenue folle. Elle n'avait pas bougé de sa place et, pendant un certain temps, elle faisait passer sur chacun une sorte de regard étrange et étonné, comme si elle ne comprenait pas et s'efforçait de réaliser. D'un seul coup, elle s'adressa au prince, et, les sourcils froncés et menaçants, elle le scruta attentivement ; mais cela ne dura qu'une seconde ; peut-être lui avait-il semblé que ce n'était qu'une plaisanterie, un pur sarcasme ; mais l'air du prince la détrompa tout de suite. Elle prit un air pensif, puis sourit à nouveau, comme sans comprendre exactement à quoi...

— Donc, c'est vrai, une princesse ! murmura-t-elle à part soi avec une sorte de ton moqueur, et, ses yeux tombant sur Daria Alexeevna, elle éclata de rire. Un dénouement en coup de théâtre... je... ne m'attendais pas à ça... Mais qu'est-ce que vous faites tous debout, messieurs, je vous en prie, reprenez vos places, et adressez-moi tous vos vœux pour le prince ! Je crois que quelqu'un a demandé du champagne ; Ferdychtchenko, allez-y, qu'on en apporte. Katia, Pacha, fit-elle, apercevant soudain ses deux servantes devant le seuil, entrez, je me marie, vous avez entendu ? Avec le prince, il a un million et demi de capital, il est le prince Mychkine, et il me prend !

— Dieu te bénisse, ma petite fille, c'est le moment ! Ne rate pas le coche, au moins ! s'écria Daria Alexeevna, bouleversée au plus profond par ce qui venait de se passer.

— Mais assieds-toi donc auprès de moi, prince, poursuivait Nastassia Filippovna, comme ça, et on apporte le vin, allez, vos vœux, messieurs !

— Hourra ! crièrent une multitude de voix. Beaucoup se pressèrent vers le vin, surtout presque tous les gens de Rogojine. Pourtant, même s'ils criaient et s'ils étaient prêts à crier, un grand nombre d'entre eux, malgré toute l'étrangeté des circonstances et de la situation, sentirent que le décor était en train de changer. D'autres étaient troublés et attendaient d'un air méfiant. Mais beaucoup chuchotaient entre eux que l'affaire, au fond, était des plus normales, que le prince pouvait se marier avec n'importe qui, on se mariait bien avec des bohémiennes. Rogojine, lui, toujours debout, observait, le visage déformé par un sourire immobile et incrédule.

— Prince, mon ami, reprends-toi ! lui chuchota le général avec frayeur ; il s'était mis à côté de lui et tirait le prince par la manche.

Nastassia Filippovna l'avait remarqué ; elle éclata de rire.

— Non, général, maintenant, moi aussi, je suis princesse, vous entendez – le prince, il me défendra toujours ! Afanassi Ivanovitch, vous aussi, vous devriez me féliciter ; maintenant, je pourrai m'asseoir partout à côté de votre épouse ; qu'est-ce que vous en pensez, ça rapporte d'avoir un mari comme celui-là ? Un million et demi, et prince, en plus, et en plus, à ce qu'on dit, idiot, pour couronner le tout, qu'est-ce qu'on peut rêver de mieux ? C'est là qu'elle commence vraiment, la vraie vie ! Trop tard, Rogojine ! Reprends-le, ton paquet, je me marie avec le prince, c'est moi qui suis plus riche que toi !

Mais Rogojine avait compris ce qui se passait. Une souffrance indicible s'était imprimée sur son visage. Il fit un geste de désespoir, un sanglot s'échappa de sa poitrine.

— Renonce ! hurla-t-il au prince.

Des rires fusèrent.

— Pour toi, il devrait renoncer ? reprit Daria Alexeevna, triomphante. Non mais, il jette l'argent sur la table, le moujik ! Le prince, lui, il la prend comme épouse, toi, tu es venu faire ta débauche !

— Moi aussi, je la prends ! Je la prends tout de suite, là, maintenant ! Je donne tout…

— Espèce d'ivrogne des tavernes, on devrait te mettre dehors, répéta, indignée, Daria Alexeevna.

Les rires se renforcèrent.

— Tu entends, prince, fit Nastassia Filippovna en s'adressant à celui-ci, voilà comment il marchande une fiancée, le moujik.

— Il est ivre, dit le prince. Il vous aime très fort.

— Et tu n'auras pas honte après, si ta fiancée, elle a failli partir avec un Rogojine ?

— Vous aviez la fièvre ; maintenant aussi, vous avez de la fièvre, c'est comme du délire.

— Et tu n'auras pas honte quand on te dira, plus tard, que ta femme, elle a été entretenue par Totski ?

— Non, je n'aurai pas honte… C'est malgré vous que vous étiez chez Totski.

— Et tu ne feras jamais un reproche ?

— Jamais.

— Fais attention, n'engage pas toute ta vie !

— Nastassia Filippovna, commença le prince d'une voix douce et comme pleine de compassion, je viens de vous dire que je prendrai votre accord comme un honneur, et que c'est vous qui me feriez cet honneur, et non moi qui vous le ferais. Vous, quand je vous ai dit cela, vous avez eu comme un ricanement, et, tout autour, j'ai entendu aussi, les gens ont ri. Je me suis peut-être exprimé d'une façon ridicule, et j'ai été ridicule moi-même, mais j'ai toujours eu l'impression que je… comprenais ce que c'était que l'honneur, et je suis sûr que j'ai dit la vérité. A l'instant, vous avez eu l'envie de vous perdre, à tout jamais, parce que, plus tard, cela, vous ne vous le seriez jamais plus pardonné ; mais, vous, vous n'êtes coupable de rien. C'est impossible que votre vie soit complètement perdue dès à présent. Qu'est-ce que cela fait, que Rogojine soit venu chez vous, et que Gavrila Ardalionovitch ait voulu vous berner ? Cela, pourquoi y revenez-vous sans cesse ? Ce que vous avez fait, bien peu en sont capables, je vous le répète une fois encore, et si vous aviez décidé de suivre Rogojine, vous l'avez décidé dans un accès de maladie. Cette maladie, elle vous accable même en ce moment, et, ce que vous devriez faire de mieux, c'est vous coucher. Dès demain, vous vous seriez cherché une place de lingère plutôt que de rester chez Rogojine. Vous êtes fière, Nastassia Filippovna, mais vous êtes peut-être déjà si malheureuse que, vraiment, vous vous croyez coupable. Il faut beaucoup veiller sur vous, Nastassia Filippovna. Je veillerai sur vous. Tout à l'heure, j'ai vu votre portrait, c'est comme si j'avais reconnu un visage que je connaissais déjà. Et il m'a semblé tout de suite que, vous, c'est comme si vous m'aviez déjà appelé… Je… je vous respecterai toute la vie, Nastassia Filippovna, conclut soudain le prince, comme s'il retrouvait ses esprits – il avait rougi, comprenant devant quelle assemblée il avait parlé.

Ptitsyne, de pudeur, avait même baissé la tête et regardait le sol. Totski se dit : "Un idiot, n'empêche, il sait que c'est plus facile avec la flatterie ; nature !…" Le prince remarqua aussi dans un coin les étincelles dans le regard de Gania, un regard qui semblait chercher à le réduire en cendres.

— C'est la bonté faite homme ! s'exclama, tout émue, Daria Alexeevna.

— Un homme instruit, mais perdu ! chuchota, à mi-voix, le général.

Totski prit son chapeau et se prépara à se lever, pour filer à l'anglaise. Il échangea un regard avec le général, pour sortir tous les deux.

— Merci, prince, personne ne m'a encore parlé comme ça, reprit Nastassia Filippovna, tout le monde voulait m'acheter, et personne de bien ne m'avait jamais demandée en mariage. Vous avez entendu, Afanassi Ivanovitch ? Que pensez-vous de ce que le prince a dit ? Ce n'est presque pas décent... Rogojine ! Attends, avant de partir. Mais tu ne partiras pas, je vois ça. Je partirai avec toi, encore, peut-être. Où est-ce que tu voulais m'emmener ?

— A Ekateringof, débita Lebedev dans son coin, tandis que Rogojine ne faisait que sursauter et ouvrir des yeux ronds, sans arriver à croire ce qui lui arrivait. Il était réellement hébété, comme après un choc monstrueux sur la tête.

— Mais ça ne va pas, ça ne va pas, ma petite fille ! C'est vrai que c'est la fièvre ! Ou tu deviens vraiment folle, alors ? s'élança Daria Alexeevna, terrorisée.

— Quoi, tu croyais vraiment ? fit Nastassia Filippovna, qui éclata de rire et bondit de son divan. Moi, un bébé comme ça, j'irais le tuer ? Je laisse ça à Afanassi Ivanovitch, c'est ce qu'il aime, les bébés ! On y va, Rogojine ! Prépare ta liasse ! Tu veux te marier, je veux bien, mais, ton argent, donne-le quand même ! Peut-être que je te refuserai encore, qui sait. Tu te disais, si tu te maries aussi, la liasse, tu la gardes ? Oh non ! Moi aussi, je suis une débauchée !... Je suis une ancienne maîtresse de Totski... Prince ! Ce qu'il te faut maintenant, c'est Aglaïa Epantchina, pas Nastassia Filippovna – sinon, Ferdychtchenko te montrera du doigt ! Toi, tu n'as pas peur, mais j'aurai peur, moi, d'avoir fait ta perte, et que tu ne me le reproches plus tard ! Et ce que tu chantes, que c'est moi qui te ferais un honneur, Totski, ça, il sait ! Mais Aglaïa Epantchina, toi, Ganetchka, tu l'as loupée ; tu savais ? Tu n'aurais pas marchandé avec elle, elle aurait accepté, sûr ! C'est pareil, avec vous, tous : soit on fréquente les femmes déshonorées, soit les femmes honorables – il faut choisir ! On s'embrouille, sinon, sûr… Et le général, là, regardez-le, la bouche ouverte…

— C'est Sodome ! Sodome ! répétait le général en haussant les épaules. Lui aussi, il s'était levé de son divan ; tout le monde, une fois encore, était debout. Nastassia Filippovna était comme prise de transes.

— Pas possible ! sanglota le prince en se tordant les bras.

— Toi, tu pensais que non ? Moi aussi, peut-être, j'ai ma fierté, pas grave si je suis une débauchée ! Tu viens de dire que j'étais une perfection ; elle est belle, ta perfection, si rien que pour se faire flatter d'avoir craché sur un million et le titre de prince, elle va dans un taudis ! Je pourrais être ton épouse, après ça ? Afanassi Ivanovitch, le million, c'est vrai que je viens de le jeter par la fenêtre ! Comment avez-vous pu penser, vous, avec vos soixante-quinze mille pour faire mon bonheur, que, moi, j'aurais pu dire oui à Ganetchka ? Tes soixante-quinze mille roubles, garde-les, Afanassi Ivanovitch (même pas monté jusqu'à cent mille, c'est Rogojine qui a sorti le grand jeu !) ; pour Ganetchka, je le consolerai toute seule, j'ai une idée qui m'est venue. Maintenant, je veux faire la fête, je suis fille des rues ! Dix ans je suis restée en prison, maintenant, j'ai droit à mon bonheur ! Et alors, Rogojine ? Prépare-toi, on y va !

— On y va ! hurla Rogojine, presque hébété de joie. Eh, vous… tout autour… du vin ! Ouaiais !!…

— Fais des réserves de vin, je vais boire. Et de la musique, il y en aura ?

— Pour sûr ! Pour sûr ! Approche pas ! cria Rogojine dans un état second, voyant que Daria Alexeevna
s'approchait de Nastassia Filippovna. Elle est à moi !
Tout – à moi ! La reine ! Fini !

Il étouffait de joie ; il marchait autour de Nastassia
Filippovna et criait à tue-tête : "Approche pas !" Toute
sa bande s'assemblait déjà dans le salon. Les uns
buvaient, les autres criaient et riaient, tous se trouvaient
dans un état d'excitation des plus débridés. Ferdycht-
tchenko commençait à essayer de se mêler à eux. Le
général et Totski firent encore un mouvement pour filer
au plus vite. Gania aussi tenait son chapeau à la main,
mais il restait figé, muet, comme hors d'état de s'arracher à la scène qui se jouait devant lui.

— Approche pas ! criait Rogojine.

— Crie pas comme ça ! disait Nastassia Filippovna,
lui riant à la face. Je suis encore chez moi ; si je veux,
je te mets dehors à coups de pied où je pense. L'argent,
je te l'ai pas encore pris, tout est là ; donne-les-moi, tes
cent mille, toute la liasse ! C'est là-dedans qu'il y a
cent mille ? Peuh, quelle saleté ! Mais, enfin, Daria
Alexeevna ? C'est moi qui pourrais le tuer ? (Elle indiqua le prince.) Comment il pourrait se marier quand
c'est lui qui a besoin d'une nourrice ; c'est le général,
tiens, qui le sera, sa nourrice – regarde comme il s'agite
autour de lui ! Regarde, prince, ta fiancée, elle a pris
l'argent, parce qu'elle est débauchée, toi qui voulais la
prendre ! Mais pourquoi tu pleures ? C'est dur, peut-
être ? Mais tu devrais rire, il me semble, poursuivait
Nastassia Filippovna sur les joues de laquelle, à son
tour, deux grosses larmes venaient de briller. Laisse
faire le temps, ça passera ! Mieux vaut se réveiller
aujourd'hui que plus tard… Mais qu'est-ce que vous
avez, tous, à pleurer ? Katia aussi, elle pleure ? Qu'est-ce

qui te prend, Katia, ma petite fille ? Je vous laisse beaucoup, à Pacha et à toi, j'ai pris toutes mes dispositions,
et, à présent, adieu ! Toi, une jeune fille honnête, je
t'obligeais à me servir, moi, une débauchée… Comme
ça, c'est mieux, prince, vraiment, c'est mieux, après, tu
te serais mis à me mépriser, pas de bonheur pour nous !
Ne jure pas, je ne te crois pas ! Et puis, quoi, ça aurait
fait trop bête !… Non, mieux vaut nous quitter bons
amis, parce que, moi aussi, je suis une rêveuse, ça aurait
mal fini. Ce n'était donc pas à toi que je rêvais ? C'est
toi qui as raison, je rêvais depuis longtemps, au village
encore, chez lui, cinq ans j'y ai vécu sans âme qui vive ;
parfois, vrai, on réfléchit, on réfléchit, on rêve, on rêve
– je voyais toujours quelqu'un comme toi, gentil, honnête, bien, et même aussi bêta que toi, il devait venir,
d'un seul coup, et me dire : "Vous n'êtes pas coupable,
Nastassia Filippovna, et, moi, je vous adore !" On rêve
si fort, parfois, on devient folle… Et puis, celui-là, qui
revient ; il passe dans l'année deux mois, pas plus, il
vous déshonore, vous humilie, il vous débauche, il vous
laisse brûler, et il s'en va – mille fois j'ai voulu me jeter
dans l'étang, mais j'étais lâche, pas eu le cran, bon, et
maintenant… Rogojine, tu es prêt ?

— C'est prêt ! Approche pas !

— C'est prêt ! crièrent de nombreuses voix.

— Elles attendent, les troïkas aux clochettes !…

Nastassia Filippovna se saisit du paquet.

— Ganka, voilà l'idée qui m'est venue ; je veux te
récompenser, parce que, pourquoi est-ce que tu perdrais tout ? Rogojine, il irait à plat ventre jusqu'au Vassilievski, pour chercher trois roubles ?

— Je pense bien !

— Alors, écoute, Gania, je veux regarder ton âme
pour la dernière fois ; toi-même ça fait trois mois que

tu me tortures ; à présent, c'est mon tour. Tu vois ce paquet ? Il y a cent mille dedans ! Je vais les jeter dans la cheminée, dans le feu, devant tout le monde, là, tout le monde est témoin ! Dès que le feu l'aura pris complètement, vas-y, dans la cheminée, mais, seulement, sans tes gants, à mains nues, et, les manches, tu les retrousses, et tu ressors tout le paquet du feu ! Tu le ressors – il est à toi, les cent mille – à toi ! Tu vas juste un petit peu te brûler le bout de tes jolis doigts – mais, cent mille roubles, réfléchis ! Une seconde, pour les sortir ! Et moi, ton âme, je vais la regarder, comment tu vas aller dans le feu rattraper mon argent. Tout le monde est témoin, le paquet, il sera à toi ! Sans ça, tout brûle ; personne d'autre. Arrière ! Arrière, tout le monde ! C'est mon argent ! Le prix d'une de mes nuits pour Rogojine ! L'argent, il est à moi, Rogojine ?

— A toi, ma joie ! A toi, ma reine !

— Alors, arrière tout le monde, je fais ce que je veux ! Ne gênez pas ! Ferdychtchenko, attisez le feu !

— Nastassia Filippovna, je ne peux pas…, répondit Ferdychtchenko abasourdi.

— Peuh ! cria Nastassia Filippovna. Elle saisit les tisons, gratta deux bûches qui se consumaient et, dès que le feu reprit, elle y jeta le paquet.

Un cri s'éleva autour d'elle ; certains, même, se signèrent.

— Elle est folle ! elle est folle ! criait-on tout autour.

— Il… il… ne faudrait pas la lier ? chuchota le général à Ptitsyne. Ou chercher la… ? Elle est devenue folle, non, complètement, non ? Complètement ?

— N… non, peut-être, ce n'est pas encore la folie totale, lui chuchota Ptitsyne, lui-même pâle comme un linge et tout tremblant, sans avoir la force d'arracher son regard de ce paquet qui se mettait à brûler.

— Elle est folle ? Mais elle est folle, non ? insistait le général auprès de Totski.

— Je vous disais bien qu'elle a du coloris, marmonna Afanassi Ivanovitch, légèrement pâle, lui aussi.

— Non mais, quand même… cent mille !…

— Mon Dieu ! mon Dieu ! entendait-on de toute part. Tout le monde se massa devant la cheminée, on se poussait pour regarder, on criait… Certains, même, avaient sauté sur des chaises, pour voir par-dessus les têtes. Daria Alexeevna avait couru dans l'autre pièce, et, prise de frayeur, elle chuchotait avec Katia et Pacha. La belle Allemande s'était enfuie.

— Ma bonne dame ! Ma reine ! Ma toute-puissante ! glapissait Lebedev en se traînant à genoux devant Nastassia Filippovna, les bras tendus vers la cheminée. Cent mille ! Cent mille ! Je les ai vus, empaquetés devant moi ! Ma bonne dame ! Ma charitable ! Ordonne-moi la cheminée ; je m'y mets moi-même, tous mes pauvres cheveux blancs, je les mettrai dans le feu !… Femme malade invalide, treize enfants, tous orphelins, mis le père dans sa tombe la semaine dernière, il meurt de faim, Nastassia Filippovna – et, ayant glapi cela, il rampa vers la cheminée.

— Arrière ! cria Nastassia Filippovna, le repoussant. Ecartez-vous, tous ! Gania, pourquoi tu restes planté ? Ne rougis pas ! Vas-y, ramasse ! Ta chance !

Mais Gania n'en avait déjà que trop subi durant cette journée et cette soirée, et il n'était pas préparé à cette dernière épreuve inattendue. La foule s'était ouverte devant lui en deux moitiés, et il était resté face à face – les yeux dans les yeux avec Nastassia Filippovna, à trois pas de distance. Elle se tenait juste à côté de la cheminée, et attendait, en le fixant d'un regard scruta-teur et enflammé. Gania, en frac, le chapeau et les gants à la main, se tenait devant elle, muet, sans répondre, les bras croisés, à regarder le feu. Un sourire de fou errait sur son visage pâle comme un linge. Il était vrai qu'il ne pouvait pas détourner les yeux des flammes, de ce paquet qui commençait à brûler ; mais il semblait que quelque chose de nouveau venait d'entrer dans son âme ; à croire qu'il venait de se jurer de supporter cette torture ; il ne bougeait pas d'un pouce ; au bout de quelques secondes, il devint évident qu'il n'irait pas chercher la liasse, qu'il refusait d'y aller.

— Eh, ça va brûler, tout le monde te le reprochera plus tard, lui criait Nastassia Filippovna, mais tu vas te pendre, après, je ne ris pas !

Le feu, qui, au début, avait pris à nouveau entre les deux bûches crépitantes, commença d'abord par s'éteindre quand la liasse lui tomba dessus et l'étouffa. Mais une petite flamme bleue s'accrochait encore sous un coin de la bûche du bas. A la fin, une petite langue de feu, longue, toute fine, lécha aussi la liasse, le feu put s'agripper et il courut sur le papier, aux quatre coins, et, d'un seul coup, c'est toute la liasse qui s'enflamma dans la cheminée, et une flamme claire s'élança vers le haut. Un grand cri s'éleva.

— Ma bonne dame ! glapissait toujours Lebedev, qui, de nouveau, se ruait vers le feu, mais Rogojine le tira vers l'arrière et le repoussa du pied.

Rogojine lui-même n'était plus qu'un regard immobile. Il ne pouvait pas s'arracher à Nastassia Filippovna, il était en extase, au septième ciel.

— Ça, c'est une reine ! répétait-il à chaque instant, s'adressant autour de lui au premier venu. Ça, c'est comme chez nous ! s'écriait-il, s'oubliant complètement. Alors, mes petits lascars, vous, vous seriez capables de faire ça ?

Le prince regardait avec tristesse, et sans rien dire.

— Je les prendrais avec les dents, rien que pour mille roubles, voulut proposer Ferdychtchenko.

— Avec les dents, moi aussi, je saurais ! faisait, grinçant des dents, le monsieur aux gros poings, qui, derrière la foule, se trouvait plongé dans un accès de désespoir absolu. Nnnom d'un chien ! Ça brûle ! Tout brûle ! s'écriat-il, apercevant la flamme.

— Ça brûle ! ça brûle ! criait chacun, d'une même voix, et tous, ou presque, poussés en même temps vers la cheminée.

— Gania, ne joue pas la comédie, dernier avertissement !

— Vas-y ! hurla Ferdychtchenko, se jetant vers Gania dans une vraie crise d'hébétude, en le tirant par la manche. Mais vas-y, sale petit fanfaron ! Ça va brûler ! Oh, mmmaudit…

Gania repoussa Ferdychtchenko avec force, se tourna et se dirigea vers la porte ; mais il n'avait pas fait deux pas qu'il se mit à chanceler et s'effondra.

— Evanoui ! se mit-on à crier.

— Ma petite mère ! Ils vont brûler ! hurlait Lebedev.

— Ils vont brûler pour rien ! hurlait-on de toute part.

— Katia, Pacha, de l'eau pour lui, de l'alcool ! cria Nastassia Filippovna ; elle saisit les pinces et ressortit la liasse.

Tout le papier extérieur avait presque entièrement brûlé, il achevait de se consumer, mais on voyait tout de suite que l'intérieur était intact. La liasse avait été empaquetée dans une triple feuille de papier journal, et les billets étaient saufs. On respira plus librement.

— Juste un petit millier, peut-être, qui est un peu abîmé, tout le reste est sain et sauf, murmura, avec émotion, Lebedev.

— Tout est à lui ! Toute la liasse – à lui ! Vous entendez, messieurs ! proclama Nastassia Filippovna en posant la liasse à côté de Gania. Il a refusé, quand même ! Il a tenu ! Donc, il a encore plus d'amour-propre que d'avidité. Ça va, il se remettra ! Sinon, il m'aurait égorgée, encore… Voilà, ça y est, il se réveille. Général, Ivan Petrovitch, Daria Alexeevna, Katia, Pacha, Rogojine, vous entendez ? La liasse, elle est à lui, à Gania. Je la lui donne en pleine propriété, en récompense… enfin, n'importe comment, de toute façon ! Dites-lui. Ça peut rester par terre, près de lui… Rogojine, en avant marche ! Adieu, prince, la première fois que j'ai vu un homme ! Adieu, Afanassi Ivanovitch, merci !

Toute la bande de Rogojine, à grand fracas, à grands cris, retraversa les chambres vers la sortie derrière Rogojine et Nastassia Filippovna. Dans les salles, les servantes lui donnèrent sa pelisse ; la cuisinière, Marfa, accourut de sa cuisine. Nastassia Filippovna leur donna un baiser à toutes.

— Mais, ma bonne dame, mais vous nous quittez vraiment ? Mais où est-ce que vous irez ? Et le jour de votre anniversaire, encore, un jour pareil ! lui demandaient les servantes qui pleuraient en lui baisant les mains.

— J'irai sur le trottoir, Katia, c'est là que j'ai ma place, je ne serai pas lingère ! Assez avec Afanassi Ivanovitch ! Saluez-le de ma part, et souvenez-vous de moi en bien…

Le prince se précipita vers la porte cochère, devant laquelle tout le monde s'installait dans quatre troïkas à clochettes. Le général eut encore le temps de le rattraper dans l'escalier.

— Voyons, prince, réveille-toi ! lui disait-il en lui tenant le bras. Arrête ! Tu vois bien ce qu'elle est ! Comme un père, je te dis ça…

Le prince le regarda mais, sans dire un mot, il s'arracha à lui, et descendit en courant.

Devant la porte cochère d'où les troïkas venaient juste de partir, le général s'aperçut que le prince avait pris le premier fiacre, et lui avait crié : "A Ekateringof", poursuivant les troïkas. Ensuite, le landau du général se présenta, et entraîna le général à la maison, avec·de nouvelles espérances et de nouveaux calculs, et ses perles, que le général, malgré tout, n'avait pas oublié de reprendre. Au milieu de ses calculs, l'image séductrice de Nastassia Filippovna lui revint deux ou trois fois ; le général eut un soupir :

— Dommage ! Vraiment dommage ! Une femme perdue ! Une folle !... Mmouais, mais le prince, maintenant, ce n'est pas Nastassia Filippovna qu'il lui faut...

C'est dans le même genre que quelques paroles d'adieu au plus haut point morales furent prononcées par deux autres interlocuteurs de chez Nastassia Filippovna qui avaient décidé de se rafraîchir un peu et de rentrer à pied.

— Vous savez, Afanassi Ivanovitch, comme on dit, il y a quelque chose dans ce genre-là, chez les Japonais, disait Ivan Petrovitch Ptitsyne, chez eux, il paraît que l'offensé va voir son offenseur et il lui dit : "Tu m'as offensé, et moi, pour ça, je suis venu m'ouvrir le ventre sous tes yeux", et, à ces mots, il s'ouvre vraiment le ventre sous les yeux de l'offenseur, et il ressent, à ce qu'il paraît, une jouissance extraordinaire, comme s'il venait vraiment de se venger. Il y a des caractères bizarres dans ce monde, Afanassi Ivanovitch !

— Vous croyez qu'ici il y a eu quelque chose de ce genre-là ? répondit en souriant Afanassi Ivanovitch. Hum !... Vous ne manquez pas d'humour, je vois... et c'est une belle comparaison. Mais vous avez vu cela vous-même, mon cher Ivan Petrovitch, j'ai fait tout ce que j'ai pu ; je ne peux quand même pas faire plus que je ne peux, accordez-moi cela. Mais accordez aussi, en même temps, que cette femme possédait un certain nombre de qualités premières… des traits éblouissants. Tout à l'heure, je voulais même lui crier, si seulement j'avais pu me le permettre dans cette Babylone, que c'était elle, en elle-même, qui était ma meilleure réponse à ses accusations. Mais qui, parfois, n'aurait pas été charmé par cette femme, à en perdre la tête… et tout ? Regardez, ce moujik, Rogojine, il lui ramène cent mille ! Mettons que tout ce qui vient de se passer là-bas, c'est éphémère, romantique, indécent, mais, au moins, c'est pittoresque, c'est même original, accordez-le-moi. Mon Dieu, ce qu'il aurait pu donner, ce caractère, et une beauté pareille ! Pourtant, malgré tous mes efforts, malgré l'instruction, même… tout est perdu ! Un diamant à l'état brut – plusieurs fois que je le dis…

Sur ce, Afanassi Ivanovitch eut un profond soupir.

LIVRE 2

I

Deux jours après l'aventure bizarre de la soirée chez Nastassia Filippovna par laquelle nous avons achevé la première partie de notre récit, le prince Mychkine se hâta de quitter Petersbourg pour Moscou, afin de toucher son héritage inattendu. On disait alors qu'il pouvait exister quelques autres raisons à une telle précipitation de son départ ; mais sur cela, comme sur les aventures du prince à Moscou et, en général, sur toute la durée de son absence de Petersbourg, nous ne pouvons apporter qu'assez peu d'informations. Le prince resta absent exactement six mois, et même ceux qui avaient quelque raison de s'intéresser à son destin ne purent apprendre que trop peu de chose à son sujet durant cette période. Quelques bruits parvenaient, il est vrai, à certains, mais, là encore, des bruits le plus souvent étranges, et presque toujours contradictoires. C'est chez les Epantchine, bien sûr, qu'on s'intéressait le plus au prince – les Epantchine auxquels, en partant, il n'avait pas même eu le temps de faire ses adieux. Le général, d'ailleurs, put le voir, à l'époque, et même deux ou trois fois ; ils avaient eu, on ne sait trop sur quoi, des discussions sérieuses. Pourtant, si Epantchine lui-même le rencontra, cela, il n'en dit rien à sa famille. Et puis, le fait est que les premiers temps, c'est-à-dire plus ou moins le premier mois qui suivit le départ du prince, il n'était pas séant de parler de lui chez les Epantchine. Seule la générale Lizaveta Proko-fievna avait déclaré au tout début qu'elle "s'était cruel-lement trompée sur le prince". Et puis, deux ou trois jours plus tard, elle ajouta, mais sans, déjà, nommer le prince, d'une manière indéfinie, que "le trait prin-cipal de sa vie, c'était une erreur perpétuelle sur les gens". Et puis, finalement, près de dix jours plus tard, elle se fâcha, pour une raison ou pour une autre, avec ses filles, et elle conclut à ce propos, en forme de sen-tence : "Assez d'erreurs ! Maintenant, c'est fini." On ne peut pas ne pas remarquer en même temps qu'il y eut longtemps dans la maison une sorte d'atmosphère désagréable. Il y avait quelque chose de lourd, de tendu, de non dit, d'électrique ; tout le monde fronçait les sourcils. Le général s'occupait jour et nuit, il se déme-nait dans ses affaires ; rarement on l'avait vu plus actif et plus débordé – surtout à son bureau. Sa famille avait à peine le temps de l'apercevoir. Quant aux filles Epantchine, bien sûr, à haute voix, elles ne dirent pas un mot. Peut-être même, entre elles, seul à seul, n'avaient-elles dit que peu de chose. C'étaient des jeunes filles fières, hautaines et même, parfois, pudiques, quoi-qu'elles se comprissent les unes les autres non seule-ment au premier mot, mais au premier regard, de sorte que, parfois, parler ne servait trop à rien.

L'observateur extérieur – si tant est qu'il y en eût – ne pouvait conclure là qu'une seule chose : c'était que, à en juger par toutes les données qui, quoique rares, viennent d'être énoncées, le prince avait eu, quoi qu'on dise, le temps de laisser chez les Epantchine une im-pression particulière, même s'il n'y était apparu qu'une seule fois, et encore – en coup de vent. Peut-être était-ce une impression de simple curiosité qu'expliquaient quelques aventures excentriques du prince. Quoi qu'il en fût, l'impression restait là.

Peu à peu, même les bruits qui avaient tenté de se répandre en ville se couvrirent des ténèbres de l'inconnu. On racontait, certes, des choses, sur on ne savait trop quel jeune petit prince, un pauvre bêta (dont nul ne pouvait dire exactement le nom) qui avait reçu d'un seul coup un héritage énorme et avait épousé une Française de passage, célèbre danseuse de cancan au *Château-des-Fleurs*, à Paris. Mais d'autres affirmaient que cet héritage, c'était un général qui l'avait touché et que celui qui s'était marié avec la Française de passage, la célèbre danseuse de cancan, c'était un petit marchand russe, un richard incroyable, et que, le jour de son mariage, rien que pour épater le monde, soûl comme un Polonais, il avait fait brûler à la bougie exactement sept cent mille roubles, en billets du dernier emprunt de loterie. Mais tous ces bruits eurent tôt fait de s'évaporer, aidés en cela par bien des circonstances. Par exemple, toute la compagnie de Rogojine, dans laquelle nombreux étaient ceux qui auraient pu raconter quelque chose, partit, en masse, et Rogojine en tête, vers Moscou, presque une semaine jour pour jour après la monstrueuse orgie au casino d'Ekateringof, orgie à laquelle assistait aussi Nastassia Filippovna. Quelques personnes – les quelques rares qui s'y intéressaient – purent apprendre par on ne savait trop quelles rumeurs que Nastassia Filippovna, le lendemain même d'Ekateringof, avait filé, et qu'on avait réussi à découvrir, en fin de compte, qu'elle était partie à Moscou ; de sorte qu'on se mit à trouver dans le départ de Rogojine pour Moscou une certaine coïncidence avec ce bruit.

Il y eut aussi, finalement, des bruits sur Gavrila Ardalionovitch Ivolguine, lequel, lui aussi, était assez connu dans son milieu. Mais, lui aussi, il fut victime d'une circonstance qui eut tôt fait de refroidir, et puis d'anéantir complètement tous les ragots qu'on pouvait rapporter sur son compte : il tomba gravement malade et fut hors d'état de se montrer non seulement dans la société, mais même à son bureau. Après un mois de maladie, il guérit, mais, pour telle ou telle raison, il refusa tout net de poursuivre son service dans la compagnie d'actionnaires, et sa place fut prise par un autre. On ne le revit jamais non plus dans la maison du général Epantchine, de sorte que c'est un autre fonctionnaire qui travailla chez le général. Les ennemis de Gavrila Ardalionovitch auraient pu supposer qu'il avait tellement honte de tout ce qui venait de se passer qu'il rougissait même de sortir dans la rue ; mais non, il était bien malade ; il était même tombé dans de l'hypocondrie, il demeurait pensif, se montrait irritable. Le même hiver, Varvara Ardalionovna épousa Ptitsyne ; ceux qui les connaissaient directement attribuèrent ce mariage à cette circonstance que Gania refusait de revenir à ses occupations et qu'il avait non seulement cessé d'entretenir sa famille, mais que, lui-même, il commençait à éprouver le besoin d'une aide, pour ne pas dire de soins.

Nous noterons en passant que de Gavrila Ardaliono-vitch non plus il n'était plus question chez les Epant-chine – comme si cet homme n'avait jamais vécu sur terre, pour ne pas dire chez eux. Pourtant, tout le monde avait appris sur lui (et même assez rapidement) une circonstance fort remarquable, à savoir que durant cette même nuit qui lui avait été fatale, après la désa-gréable aventure chez Nastassia Filippovna, Gania, ren-tré chez lui, loin d'aller se coucher, se mit à attendre le retour du prince avec une impatience fébrile. Le prince, qui était parti à Ekateringof, en revint sur les six heures du matin. C'est à ce moment que Gania entra dans sa chambre et déposa sur la table, devant lui, la liasse d'argent noircie que lui avait offerte Nastassia Filippovna alors qu'il était inconscient. Il demandait au prince, et avec insistance, de rendre, dès que possible, ce cadeau à Nastassia Filippovna. En entrant chez le prince, Gania était d'humeur hostile, presque désespérée ; mais quelques mots semblaient avoir été prononcés entre le prince et lui, des mots après lesquels Gania resta encore deux heures chez le prince, tout en versant les plus amers sanglots. Et ils s'étaient quittés amicalement.

Cette nouvelle, parvenue à tous les Epantchine, était, comme cela se confirma par la suite, entièrement exacte. Bien sûr, il est bizarre que ce genre de nouvelles ait pu leur parvenir si vite, et même, simplement, leur parvenir ; par exemple, tout ce qui s'était passé chez Nastassia Filippovna fut appris chez les Epantchine presque le lendemain, et même dans des détails assez précis. Quant aux nouvelles sur Gavrila Ardalionovitch, on peut supposer qu'elles furent transmises aux Epantchine par Varvara Ardalionovna, laquelle, on se demande comment, était apparue d'un seul coup chez les filles Epantchine et était même devenue chez elles assez intime, ce qui laissait Lizaveta Prokofievna carrément stupéfaite. Mais Varvara Ardalionovna, qui, certes, avait, on ne sait pourquoi, jugé utile de se rapprocher si fort des Epantchine, ne se serait sans doute pas mise à leur parler de son frère. Elle non plus n'était pas une femme sans fierté, mais seulement dans son genre, bien qu'elle inaugurât une amitié là même où son frère s'était presque fait jeter dehors. Elle avait beau connaître les filles Epantchine depuis longtemps, elles se voyaient peu. D'ailleurs, elle ne se montrait presque pas dans le salon et elle passait toujours, comme en coup de vent, par l'entrée de service. Lizaveta Prokofievna ne l'avait jamais aimée, ni avant ni à présent, même si elle estimait beaucoup Nina Alexandrovna, la mère de Varvara Ardalionovna. Elle s'étonnait, se fâchait, attribuait ces rapports avec Varia aux caprices et à l'autoritarisme de ses filles, lesquelles "ne savaient même plus quoi inventer pour se dresser contre elle", et Varvara Ardalionovna continuait de les fréquenter, même après son mariage.

Mais il se passa un mois après le départ du prince, et la générale Epantchina reçut de la vieille princesse Belokonskaïa, laquelle était partie à Moscou depuis trois semaines dans la famille de sa fille aînée, une lettre, laquelle lettre eut sur elle un effet visible. Elle eut beau n'en rien dire, ni à ses filles ni à Ivan Fedorovitch, on remarqua à plusieurs signes dans sa famille qu'elle était particulièrement surexcitée, pour ne pas dire émue. Elle s'était mise d'une façon bizarre à engager des conversations avec ses filles, toujours sur des sujets un peu extraordinaires ; elle avait visiblement envie de s'exprimer, mais, on ne savait pourquoi, elle se retenait. Le jour où elle reçut la lettre, elle se montra gentille avec tout le monde, elle fit même un baiser à Aglaïa et Adelaïda et se repentit devant elles, encore qu'elles fussent incapables de comprendre de quoi précisément elle se repentait. C'est même envers Ivan Fedorovitch, que, durant un mois entier, elle avait tenu en disgrâce, qu'elle se montra condescendante. Il va de soi qu'elle se fâcha horriblement dès le lendemain pour sa sensiblerie de la veille, et on n'avait pas encore atteint le déjeuner qu'elle s'était disputée avec tout un chacun, mais, au soir, l'horizon fut, une fois encore, sans nuages. En fait, pendant toute une semaine elle fut d'une humeur assez ensoleillée, ce qui ne lui était pas arrivé depuis longtemps.

Pourtant, une autre semaine plus tard, on reçut encore une lettre de Belokonskaïa, et, cette fois, la générale se résolut à parler. Elle déclara solennellement que "la vieille Belokonskaïa" (elle ne parlait jamais d'elle autrement en son absence) lui annonçait des nouvelles tout à fait consolantes sur cet… "énergumène, enfin, quoi, sur le prince, là" ! La vieille Belokonskaïa l'avait recherché à Moscou, avait fait des enquêtes, et elle avait appris de très bonnes choses ; le prince finit enfin par se présenter chez elle, et l'impression qu'il lui fit fut presque extraordinaire. "Ça se voit au fait qu'elle l'a invité à venir tous les jours, entre une heure et deux heures, et, lui, il se présente tous les jours, et il ne l'ennuie toujours pas", conclut la générale, ajoutant à cela que, par l'entremise de la "vieille", le prince était maintenant reçu dans deux ou trois autres bonnes maisons. "C'est donc qu'il n'est pas enfermé chez lui, et qu'il n'a pas honte comme un crétin." Les jeunes filles auxquelles ces nouvelles avaient été communiquées remarquèrent tout de suite qu'il y avait quand même beaucoup de choses que leur maman leur avait cachées dans cette lettre. Peut-être apprirent-elles cela par Varvara Ardalionovna, laquelle pouvait savoir, et savait, bien sûr, tout ce que savait Ptitsyne sur le prince et son séjour à Moscou. Et Ptitsyne, lui, pouvait en savoir beaucoup plus que les autres. Mais c'était un homme extrêmement discret sur ses affaires, même si, bien sûr, il tenait Varia au courant. La générale, elle, immédiatement, et plus encore qu'avant, se découvrit de l'inimitié envers Varvara Ardalionovna.

Pourtant, quoi qu'il en fût, la glace était brisée, il fut soudain possible de parler du prince à haute voix. En outre, on découvrit une autre fois dans toute son évidence cette impression extraordinaire et l'intérêt déjà sans la moindre mesure que le prince avait suscité et laissé chez les Epantchine. La générale s'étonna même de l'impression produite sur ses filles par les nouvelles de Moscou. Ses filles, quant à elles, s'étonnèrent aussi de leur mère, qui leur avait déclaré d'une voix si solennelle que "son trait principal dans la vie, c'était se tromper sans arrêt sur les gens" et qui, au même moment, avait confié le prince à l'attention de la "toute-puissante" vieille Belokonskaïa à Moscou, d'autant que, bien sûr, il avait fallu quémander cette attention par le Christ et les saints, parce que la "vieille", dans certains cas, elle était dure à la détente.

Mais dès que la glace fut brisée et qu'une nouvelle brise se leva, le général s'empressa de parler à son tour. Il s'avéra que, lui aussi, il s'était intéressé au plus haut point. Il ne parla d'ailleurs que du "côté affaires de ce sujet". Il s'avéra que, dans l'intérêt du prince, il avait fait veiller sur lui, et particulièrement sur son chargé d'affaires Salazkine, par deux messieurs de Moscou – on ne savait trop qui – de toute confiance, et fort influents dans leur genre. Tout ce qui s'était dit de l'héritage, "pour ainsi dire, sur le fait même de l'héritage", s'était révélé juste, mais l'héritage en tant que tel, au bout du compte, était loin d'être aussi grand que le bruit en avait couru d'abord. La fortune paraissait à moitié embrouillée ; on découvrait des dettes, on découvrait des prétendants, et le prince, malgré tous les conseils, se conduisait sans le moindre sens de ses affaires. "Bien sûr, pourvu que ça aille" : maintenant, puisque "la glace du silence" était brisée, le général était heureux de rendre le fait public avec "toute la sincérité" de son âme, parce que, le petit, il avait beau être un peu – *comme ça*, il avait un cœur gros comme ça. N'empêche qu'il avait fait beaucoup de bêtises : par exemple, il avait reçu la visite de créditeurs du défunt marchand, munis de documents très discutables, ridicules, et de quelques autres, flairant le coup, sans le moindre document – eh bien ? Le prince leur avait, presque à tous, donné satisfaction, malgré les remontrances de ses amis comme quoi ces gens, ces créditeurs, disons plutôt ces moucherons, n'avaient pas le moindre droit ; et, lui, s'il leur donnait raison, c'était qu'il découvrait que, réellement, on trouvait parmi eux des hommes qui avaient souffert.

La générale répondit à ses mots que Belokonskaïa lui écrivait dans le même sens, et que "tout ça est bête, très bête, on ne peut pas guérir un imbécile", ajouta-t-elle avec violence, mais on voyait à son visage à quel point elle était heureuse de la conduite de "l'imbécile" en question. En conclusion de tout, le général remarqua que son épouse était touchée par les affaires du prince comme s'il était son propre fils, et que, bizarrement, c'était Aglaïa qu'elle s'était mise à choyer, et au-delà de toute mesure ; voyant cela, Ivan Fedorovitch adopta pour un temps un port tout à fait affairé.

Or, malgré tout, cette agréable humeur ne dura pas longtemps. Deux semaines ne s'étaient pas écoulées que tout changea soudain une fois de plus, la générale se rembrunit, et le général, non sans avoir haussé plusieurs fois les épaules, se soumit, une fois de plus, à "la glace du silence". Le fait est que, juste deux semaines auparavant, il avait reçu, en sous-main, une nouvelle, qui, quoique brève, et donc peu claire, était pourtant exacte, et qui lui annonçait que Nastassia Filippovna, laquelle avait d'abord disparu à Moscou, puis s'était fait retrouver, à Moscou même, par Rogojine, avait enfin donné à celui-ci une presque promesse de se marier avec lui. Or, voilà que, juste deux semaines plus tard, Son Excellence apprenait le fait suivant : Nastassia Filippovna s'était enfuie une troisième fois, presque devant l'autel, et, cette fois-là, elle avait disparu on ne savait pas où, mais en province, alors qu'en même temps le prince Mychkine venait aussi de disparaître de Moscou, non sans avoir laissé toutes ses affaires aux bons soins de Salazkine, "avec elle, ou simplement jeté à sa poursuite, personne ne sait, mais il y a quelque chose là-dessous", conclut le général. Lizaveta Prokofievna avait, elle aussi, de son côté, reçu, sans doute, des nouvelles désagréables. Au bout du compte, deux mois après le départ du prince, presque tout bruit à son sujet à Petersbourg s'était définitivement éteint et, chez les Epantchine, "la glace du silence" ne se brisait plus jamais. Varvara Ardalionovna, du reste, poursuivait ses visites aux jeunes filles.

Pour en finir avec ces bruits et ces nouvelles, ajoutons aussi le fait que le printemps fut pour les Epantchine la période de maintes révolutions, de sorte qu'il était difficile de ne pas oublier le prince, lequel, lui-même, ne donnait pas, et ne voulait peut-être pas donner, signe de vie. Durant l'hiver, on décida peu à peu de faire en été un séjour à l'étranger, c'est-à-dire Lizaveta Prokofievna et ses trois filles ; le général, à l'évidence, ne pouvait pas se permettre de perdre son temps en "vaines distractions". Cette décision fut prise suite à une insistance extraordinaire et obstinée des jeunes filles, lesquelles étaient parvenues à la ferme conviction que, si on ne leur permettait pas ce voyage à l'étranger, c'était que leurs parents n'avaient qu'un seul souci en tête, à savoir les marier, ou leur trouver des partis. Peut-être les parents, à leur tour, avaient-ils fini par se convaincre que les partis pouvaient aussi bien se trouver à l'étranger, et que ce voyage, pour rien qu'une saison, ne pouvait non seulement rien compromettre, mais, au contraire, était même susceptible de "favoriser". Il est bon de noter ici que l'ancien projet de mariage entre Afanassi Ivanovitch Totski et l'aînée des Epantchine s'était complètement défait et que la demande formelle n'avait même jamais été faite ! Cela s'était, bizarrement, passé tout seul, sans grandes conversations, et sans la moindre lutte familiale. Depuis le départ du prince, tout s'était brusquement éteint des deux côtés. Cette nouvelle circonstance expliquait, elle aussi, l'humeur maussade des Epantchine, même si la générale avait dit sur le coup qu'à présent elle était heureuse, "en se signant des deux mains", que tout cela fût fini. Le général, encore qu'il se trouvât en disgrâce, et se sentît coupable lui-même, se renfrogna malgré tout, et pour longtemps ; il avait de la peine pour Afanassi Ivanovitch : "Une fortune pareille, et un homme si habile !" Un peu plus tard, le général apprit qu'Afanassi Ivanovitch avait été charmé par une Française de passage, une dame du plus grand monde, marquise et légitimiste, que le mariage aurait lieu et qu'Afanassi Ivanovitch allait se faire embarquer pour Paris puis pour le fin fond de la Bretagne. "Bon, il se perdra, avec sa Française", conclut le général.

Les Epantchine, eux, s'apprêtaient à partir pour l'été. Et voilà qu'il arriva soudain une circonstance qui bouleversa tout une fois de plus, de fond en comble, et, une fois de plus, le voyage fut remis, à la très grande joie du général et de la générale. Petersbourg reçut la visite, en provenance de Moscou, d'un prince, le prince Chtch., un homme, au demeurant, connu, et connu de la meilleure, mais de la meilleure façon du monde. C'était un de ces hommes, ou, pour mieux dire, un de ces hommes d'action de notre époque, honnêtes, modestes, cherchant, en toute sincérité, en toute conscience, ce qui peut être le plus utile, de ces hommes qui travaillent toujours, et se distinguent par cette heureuse et rare qualité qui est de toujours se trouver du travail. Sans jamais s'afficher, fuyant toute la violence et le bavardage des partis, sans se compter lui-même parmi les tout premiers, le prince avait compris, pourtant, bien des évolutions de notre vie contemporaine, et d'une façon toute fondamentale. Il avait commencé par occuper un poste, puis s'était mis aussi à prendre part aux activités des *zemstvos**. En plus, il était l'utile correspondant de plusieurs sociétés savantes de Russie. Avec un technicien de ses amis, il avait contribué, par des renseignements qu'il avait recherchés et regroupés, à donner un tracé plus juste à l'un des principaux projets de voie ferrée. Il avait dans les trente-cinq ans. C'était un homme du "plus grand monde", avec, qui plus est, une fortune "bonne, sérieuse, indiscutable", selon la caractéristique qu'en avait donnée le général, qui, à l'occasion d'une affaire assez sérieuse, avait pu rencontrer le prince et faire sa connaissance chez le comte, son chef. Le prince, par une certaine curiosité particulière, ne perdait jamais l'occasion de rencontrer les "hommes d'action" de la Russie. Il advint que le prince rencontra la famille du général. Adelaïda Ivanovna, la cadette des trois sœurs, lui fit une impression assez puissante. Au début du printemps, le prince se déclara. Il avait beaucoup plu à Adelaïda, il avait plu également à Lizaveta Prokofievna. Le général était très content. Le voyage était remis, cela allait de soi. On fixa le mariage au printemps.

Le voyage, du reste, aurait pu se faire au milieu ou à la fin de l'été, ne serait-ce que sous la forme d'une

---

* Une des grandes réformes de décentralisation menées par Alexandre II. Les *zemstvos*, assemblées de noblesse locale chargées de l'entretien des routes, de l'instruction, du commerce et de l'artisanat, etc., avaient été créées en 1864. *(N.d.T.)*

promenade d'un mois, ou deux, de Lizaveta Prokofievna et des deux filles qui restaient à sa charge, pour
dissiper le chagrin du départ d'Adelaïda. Mais, là encore,
il arriva un fait nouveau : on était déjà à la fin du printemps (le mariage d'Adelaïda avait pris un peu de
retard et se trouvait reporté au milieu de l'été), quand le
prince Chtch. introduisit chez les Epantchine l'un de
ses lointains parents, qu'il connaissait, du reste, d'assez
près. C'était un certain Evgueni Pavlovitch R., homme
encore jeune, d'environ vingt-huit ans, aide de camp à
la cour – la beauté incarnée, d'une "haute lignée", un
homme spirituel, brillant, "nouveau", d'une culture
"extrême" – et d'une richesse carrément inouïe. Sur ce
dernier point, le général fut particulièrement prudent. Il
mena une enquête : "C'est vrai, il y a vraiment quelque
chose, quoique, n'empêche, on n'est jamais assez prudent." Ce jeune aide de camp à la cour "plein d'avenir"
était fortement grandi par le jugement de la vieille Belokonskaïa, de Moscou. Parmi toutes les gloires qu'il possédait, une seule pouvait être chatouilleuse : quelques
liaisons et, comme on le disait, "victoires" sur un nombre
certain de cœurs infortunés. Découvrant Aglaïa, il se
montra extrêmement empressé chez les Epantchine.
Certes, rien encore n'avait été dit, pas la moindre allusion,
même, n'avait été faite ; mais les parents se disaient,
malgré tout, qu'il serait bien stupide de penser, pour le
présent été, à un voyage hors des frontières. Aglaïa,
quant à elle, peut-être, était d'un autre avis.

Cela se passait juste avant la deuxième apparition de
notre héros sur la scène de notre récit. A cette époque,
au premier coup d'œil, on pouvait croire que le pauvre
prince Mychkine avait eu le temps d'être complètement oublié à Petersbourg. S'il était soudain apparu
de lui-même, chez ceux qui le connaissaient, il serait

comme tombé du ciel. Mais il nous reste à ajouter un dernier fait afin de terminer notre introduction.

Kolia Ivolguine, après le départ du prince, avait continué à vivre comme avant, c'est-à-dire qu'il allait au collège, visitait son ami Hippolyte, veillait sur le général et aidait Varia dans son ménage, c'est-à-dire était son garçon de courses. Mais les locataires eurent tôt fait de disparaître : Ferdychtchenko partit on ne savait où trois jours après l'aventure chez Nastassia Filippovna, et il disparut assez vite, si bien qu'on ne parla même plus de lui ; on disait qu'il buvait, quelque part, mais sans pouvoir rien affirmer. Le prince était à Moscou ; c'en était fini avec les locataires. Par la suite, quand Varia fut mariée, Nina Alexandrovna et Gania s'installèrent ensemble avec elle chez Ptitsyne, au Régiment Izmaïlovski* ; quant au général Ivolguine, il lui arriva presque au même moment une aventure bien imprévue : il fut emprisonné pour dettes. Il y fut envoyé par son amie, la veuve du capitaine, pour différents papiers qu'il lui avait donnés au fil du temps, papiers qui se montaient à deux mille roubles. Cela fut pour lui une surprise totale, et le malheureux général se considérait comme "une victime évidente de sa vaine croyance dans la noblesse du cœur humain, pour parler dans l'abstrait". Il avait pris l'habitude rassurante de signer traites et lettres de crédit, et ne supposait pas qu'elles pussent agir, même dans un avenir lointain, se disant toujours que c'était "comme ça". Or, ce ne fut pas *comme ça*. "Faites confiance aux gens, après ça, faites preuve d'une noble crédulité", s'exclamait-il, d'une voix douloureuse, attablé avec ses nouveaux amis chez

* Quartier excentré de Petersbourg (situé au-delà de la Fontanka), où se trouvaient les casernes du régiment de la garde Izmaïlovski. *(N.d.T.)*

Tarassov* devant une bouteille, tout en leur racontant ses histoires sur le siège de Kars et le soldat ressuscité. Du reste, il menait la belle vie. Ptitsyne et Varia affirmaient que c'était là sa vraie place ; Gania partageait ce point de vue. La malheureuse Nina Alexandrovna était la seule à pleurer en silence (ce qui étonnait même ses enfants), et, de santé toujours chancelante, elle allait, à grand-peine mais aussi souvent qu'elle le pouvait, visiter son mari au Régiment Izmaïlovski.

Pourtant, depuis "l'histoire avec le général", comme il disait, et même depuis le mariage de sa sœur, Kolia s'était presque entièrement libéré de la tutelle de sa famille et il en arrivait au point où, les derniers temps, il rentrait rarement passer la nuit à la maison. On disait qu'il avait beaucoup de nouvelles fréquentations ; en plus, il était devenu une vraie célébrité à la prison pour dettes. Là-bas, Nina Alexandrovna ne pouvait pas se passer de lui ; chez lui, à présent, on ne l'importunait plus même par curiosité. Varia, qui se montrait si sévère auparavant, ne lui posait plus aujourd'hui la moindre question sur ses errances ; quant à Gania, au grand étonnement des siens, il lui parlait et même, parfois, il le traitait vraiment comme son ami, malgré toute son hypocondrie, ce qui n'avait jamais été le cas auparavant, puisque, naturellement, Gania, du haut de ses vingt-sept ans, n'avait jamais porté à son frère de quinze ans la moindre attention amicale, l'avait toujours traité avec rudesse, exigeant une grande sévérité de toute sa famille à son égard et menaçant toujours de lui "chauffer les oreilles", ce qui faisait sortir Kolia

* Ainsi s'appelait la prison pour dettes de Petersbourg, installée dans un immeuble appartenant au marchand Tarassov, et située, elle aussi, dans le quartier Izmaïlovski. *(N.d.T.)*

des "dernières limites de la patience humaine". On pouvait penser qu'à présent Kolia devenait même, parfois, indispensable à Gania. Il avait été très impressionné que Gania ait rendu l'argent ; pour cela, il était prêt à pardonner beaucoup de choses.

Près de trois mois s'étaient passés depuis le départ du prince quand la famille Ivolguine apprit que Kolia avait soudain fait connaissance avec les Epantchine et qu'il était très bien reçu par les jeunes filles. Varia l'apprit assez vite ; Kolia, du reste, loin d'être passé par Varia, avait fait connaissance "tout seul". Peu à peu, on l'aima chez les Epantchine. Au début, la générale était fort mécontente de ce qu'il les fréquentât, mais elle se mit bientôt à le choyer "pour sa sincérité, et parce qu'il ne flattait pas". Que Kolia ne flattait pas, c'était parfaitement vrai ; il avait su se placer chez eux sur un pied de parfaite égalité et d'indépendance, même si, de temps en temps, il lisait à la générale des livres et des journaux – mais il avait toujours aimé se rendre utile. Il eut, du reste, deux querelles sanglantes avec Lizaveta Prokofievna, lui déclara qu'elle était une despote, et que jamais il ne remettrait les pieds chez elle. La première fois, la querelle vint de la "question féminine" ; la seconde, le problème était de savoir quel était le meilleur mois de l'année pour attraper les serins. Si invraisemblable que cela pût paraître, au troisième jour de cette brouille, la générale lui envoya un billet, porté par un laquais, lui demandant de revenir immédiatement ; Kolia ne se fit pas prier et se présenta tout de suite. Aglaïa était la seule qui, bizarrement, ne l'avait jamais aimé, et le traitait de haut. Or, c'est elle qu'il lui échut, plus ou moins, d'étonner. Un jour – c'était pendant la Semaine sainte – profitant d'une minute où ils se trouvaient seuls, Kolia tendit à Aglaïa une lettre, en lui disant seulement qu'il devait la donner à elle seule. Aglaïa toisa d'un regard menaçant le "petit gosse arrogant", mais Kolia ne voulut pas attendre et il sortit. Elle déplia le billet et lut :

"Un jour, vous m'avez honoré de votre confiance. Peut-être aujourd'hui m'avez-vous complètement oublié. Comment se fait-il que je vous écrive ? Je l'ignore ; mais un désir irrépressible m'est venu de me rappeler à vous, et, justement, à vous. Combien de fois ai-je eu besoin de vous trois, mais, de vous trois, je n'ai jamais vu que vous seule. J'ai besoin de vous, bien besoin. Je n'ai rien à vous dire sur moi, rien à vous raconter. Ce n'est pas ce que je voulais ; ce que je voudrais, d'une façon terrible, c'est que vous soyez heureuse. Etes-vous heureuse ? Voilà tout ce que je voulais vous dire.

Votre frère, pr. *L. Mychkine.*"

Aglaïa lut ce billet rapide et un peu saugrenu, et, d'un seul coup, elle s'empourpra, mais tout entière, puis elle resta pensive. Il nous serait difficile de peindre le cours de ses pensées. Entre autres, elle se posa cette question : fallait-il le montrer ? Bizarrement, elle avait honte. Elle finit d'ailleurs, avec un sourire bizarre et ironique, par jeter la lettre dans son bureau. Le lendemain, elle la sortit et la glissa dans un gros livre à reliure massive (ce qu'elle faisait toujours avec ses papiers, pour les retrouver plus vite en cas de besoin). Ce n'est qu'une semaine plus tard qu'il lui arriva de regarder le livre que c'était. Elle l'avait mise dans *Don Quichotte de la Manche.* Aglaïa fut prise d'un fou rire terrible – elle ne savait pas pourquoi.

On ne sait pas non plus si elle montra son bien à l'une ou l'autre de ses sœurs.

Mais dès le moment où elle se mit à lire la lettre, une idée lui traversa l'esprit : comment se faisait-il que ce gamin arrogant, ce fanfaron, le prince l'ait choisi comme correspondant, et – plus fort que tout, sans doute – son seul correspondant à Petersbourg ? C'est avec l'air, certes, de la plus grande indifférence qu'elle prit Kolia à part pour le questionner. Mais le "gamin", toujours très susceptible, ne fit cette fois pas la moindre attention à son indifférence : il expliqua, en peu de mots et d'une façon fort sèche, que, même s'il avait donné au prince, à tout hasard, son adresse permanente juste avant que le prince ne quitte Petersbourg, et qu'il lui eût proposé ses services, c'était la première *commission** qu'il recevait de lui, et le premier billet qui lui était adressé ; pour prouver son dire, il présenta également la lettre qu'il avait reçue lui-même. Aglaïa ne rougit pas de la lire. Cette lettre à Kolia était rédigée en ces termes :

"Cher Kolia, je vous en prie, transmettez le billet cacheté ci-joint à Aglaïa Ivanovna. Portez-vous bien.

Votre ami, le pr. *L. Mychkine.*"

— Quand même, c'est ridicule de se fier à un bébé pareil, fit Aglaïa d'un ton de dépit, en rendant son billet à Kolia, et, pleine de mépris, elle le planta sur place.

Cela, pour Kolia, c'était trop ; lui, exprès pour cette occasion, il avait quémandé à Gania, sans rien lui dire du pourquoi de son insistance, le droit de se mettre au cou son foulard vert, un foulard flambant neuf. L'offense l'avait touché au cœur.

---

* Kolia emploie le mot d'origine française *commissia* plutôt que le mot d'origine russe *paroutchénié* – il essaie d'être distingué devant Aglaïa. *(N.d.T.)*

II

On était au tout début du mois de juin, et, depuis plus d'une semaine, il avait rarement fait aussi beau à Petersbourg. Les Epantchine possédaient une luxueuse datcha personnelle à Pavlovsk. Lizaveta Prokofievna s'émut soudain et se leva ; on ne s'agita pas plus de deux jours, et on partit.

Le lendemain, ou le deuxième jour après le départ des Epantchine, le prince Lev Nikolaevitch Mychkine arriva à son tour, par le train de Moscou. Personne ne l'attendait à la gare, mais, en sortant du wagon, le prince crut soudain voir un regard étrange, brûlant, oui, celui de deux yeux d'on ne savait qui, au milieu de la foule qui entourait les nouveaux arrivants. Après un coup d'œil plus attentif, il ne pouvait plus rien distinguer. Bien sûr, ces yeux, il avait juste cru les voir ; mais l'impression restait désagréable. Et puis, même sans cela, le prince était triste et pensif, il paraissait soucieux.

Le cocher le mena à un hôtel, non loin de la Liteïnaïa. L'hôtel était plutôt minable. Le prince prit deux petites pièces, sombres et mal fournies, il fit sa toilette, s'habilla, ne demanda rien et se hâta de sortir, comme s'il craignait de perdre du temps ou de ne pas trouver quelqu'un chez lui.

Si l'un ou l'autre de ceux qui l'avaient connu à Petersbourg, six mois auparavant, au cours de son premier séjour, l'avait aperçu à présent, il aurait conclu, sans doute, au premier regard, que le prince avait changé d'allure, et nettement pour le mieux. Mais il se serait sans doute trompé. Ses habits seuls avaient subi un changement complet : aucun n'était pareil, ils avaient tous été faits à Moscou, et par un bon tailleur ; mais les habits eux-mêmes présentaient un défaut : on les avait coupés vraiment trop à la mode (ce que font toujours les tailleurs honnêtes mais dénués de talent), et, qui plus est, pour quelqu'un dont c'était le moindre des soucis, de sorte qu'à un regard plus attentif sur le prince, une personne aimant bien rire aurait trouvé, peut-être, de quoi sourire en coin. Mais Dieu sait seulement ce qui peut nous faire rire !

Le prince prit un cocher et se dirigea vers les Sables. Dans l'une des rues Rojdestvenski, il eut tôt fait de trouver une petite maison de bois. Il fut surpris de voir que cette petite maison avait l'air belle, toute propre, tenue dans un ordre parfait, avec un jardinet semé de fleurs. Les fenêtres sur la rue étaient ouvertes et l'on y entendait une voix violente et ininterrompue, presque des cris, comme si quelqu'un lisait à haute voix, ou même prononçait un discours ; la voix s'interrompait, rarement, devant les éclats de rire de quelques voix sonores. Le prince entra dans le jardin, monta sur le petit perron et demanda M. Lebedev.

— Mais le voilà, répondit en lui ouvrant la porte la cuisinière aux manches retroussées jusqu'aux coudes, tendant le doigt vers le "salon".

Dans ce salon, aux murs tendus de papier peint bleu sombre et meublé d'une façon proprette, et non sans quelque prétention, c'est-à-dire d'une table ronde et d'un divan, d'une horloge de bronze mise sous cloche, d'une petite glace étroite et d'un lustre modeste, mais on ne peut plus vieux, avec plein de pendeloques, qui pendait du plafond à une chaînette en bronze ; au milieu de la pièce, se dressait M. Lebedev en personne, tournant le dos au prince qui entrait, vêtu d'un gilet, mais sans rien par-dessus, à l'estivale ; en se frappant la poitrine, il vaticinait amèrement sur un sujet quelconque. Ses auditeurs étaient : un garçon d'une quinzaine d'années, au visage éveillé, assez joyeux, un livre dans la main, une jeune fille d'une vingtaine d'années, en grand deuil, tenant un bébé dans les bras, une petite fille de treize ans, en deuil elle aussi, qui riait beaucoup et qui, riant, ouvrait la bouche d'une façon terrible, et, pour finir, un auditeur des plus étranges, jeune homme d'une vingtaine d'années, couché sur le divan, non sans beauté, le teint noir, les cheveux longs et épais, de grands yeux noirs, quelques timides velléités de favoris et de barbiche. Cet auditeur, semblait-il, interrompait souvent les vaticinations de Lebedev et répliquait ; c'était à lui, sans doute, qu'allaient les rires du reste du public.

— Loukian Timofeïtch, Loukian Timofeïtch, eh ! Non mais, regarde ! Mais regarde, un peu !... Que le diable vous emporte tous !...

Sur quoi, la cuisinière partit, avec un geste de dépit, si fâchée qu'elle en était devenue toute rouge.

Lebedev se retourna et, découvrant le prince, il demeura un certain temps comme frappé par la foudre, puis se précipita vers lui avec un sourire de larbin, mais, en chemin, se figea de nouveau, non sans avoir, au demeurant, marmonné :

— Pp... prince toute clarté !

Mais, brusquement, comme s'il n'avait pas encore la force de se trouver une contenance, il se tourna et, sans la moindre raison, se jeta d'abord sur la jeune fille en deuil qui portait le bébé, si fort que celle-ci eut comme un recul de surprise, puis, l'abandonnant tout de suite, il se jeta sur la petite fille de treize ans, laquelle restait plantée sur le seuil de la pièce voisine et continuait de sourire des restes du rire qui venait de la secouer. Elle, elle ne supporta pas le cri, et, séance tenante, s'enfuit vers la cuisine ; Lebedev se mit même à taper du pied, pour accroître sa frayeur, mais, croisant le regard du prince qui le fixait avec confusion, il prononça, pour expliquer :

— C'est... pour le respect, hé hé hé !...

— Mais tout ça ne sert à rien..., voulut dire le prince.

— Tout de suite, tout de suite, tout de suite... un éclair !

Et Lebedev disparut de la pièce. Le prince lança un regard étonné à la jeune fille, au garçon et au jeune homme couché sur le divan : ils étaient tous en train de rire. Le prince se mit à rire à son tour.

— Parti mettre son frac, dit le garçon.

— Tout ça est bien contrariant, reprit le prince, et moi qui me disais... dites, il est...

— Soûl, vous pensez ? cria la voix sur le divan. Non, non, l'œil vif ! Il a pris trois-quatre verres, bon, cinq peut-être, mais ça, c'est quoi – de la discipline.

Le prince voulut se tourner vers la voix sur le divan, mais c'est la jeune fille qui parla ; tournant vers lui, avec toute la franchise du monde, son visage avenant, elle lui dit :

— Le matin, il ne boit jamais beaucoup ; si vous devez parler affaires, vous venez bien. C'est le bon moment. C'est le soir, parfois, quand il rentre, qu'il est un peu gai ; et encore, maintenant, le soir, ce qu'il fait surtout, il pleure et il nous lit les Ecritures, à haute voix, parce que maman est morte il y a cinq semaines.

— S'il s'est enfui, je parie, c'est qu'il a eu du mal à vous répondre, dit en riant le jeune homme sur le divan. Ma main au feu qu'il est en train de vous rouler, et que c'est à ça qu'il pense en ce moment.

— Que cinq petites semaines ! Que cinq semaines ! reprit Lebedev, qui était revenu, vêtu d'un frac, clignant des yeux et tirant de sa poche un mouchoir pour essuyer ses larmes. Des orphelins !

— Pourquoi vous avez mis vos loques ? dit la jeune fille. Là, juste derrière la porte, votre nouvelle veste, vous ne l'avez donc pas vue ?

— Tais-toi, sauterelle ! lui cria Lebedev. Toi, alors ! fit-il, tapant du pied. Pourtant, cette fois, elle se contenta de rire.

— Pourquoi vous me faites peur ? Je ne suis pas Tania, je ne filerai pas comme ça. Mais Lioubotchka, n'empêche, vous allez la réveiller, elle va nous faire des convulsions… oui, pourquoi vous criez ?

— Non, non, non. chut, chut ! fit soudain Lebedev dans une terreur panique, et, se précipitant vers l'enfant qui dormait dans les bras de sa sœur, il le bénit plusieurs fois de suite, l'air terrifié. Seigneur, protège-la, Seigneur, préserve-la ! C'est mon propre enfant, en bas âge, ma fille, ma Lioubov, dit-il, s'adressant au prince, venue au monde dans mon union très légitime avec, Dieu l'ait en sa sainte garde, Elena, mon épouse, laquelle est morte en couches. Et cette sansonnette, c'est ma fille Vera, qui porte le deuil… Et lui, lui, oh, lui…

— Pourquoi tu te bloques ? cria le jeune homme. Mais continue, il y a pas de quoi rougir.

— Votre Clarté ! s'exclama soudain Lebedev dans une espèce d'élan, avez-vous daigné suivre l'histoire

de l'assassinat de la famille Jemarine, dans les journaux* ?

— Oui, dit le prince, non sans quelque étonnement.

— Eh bien, donc, l'authentique assassin de la famille
Jemarine, vous l'avez devant les yeux !

— Que dites-vous ? dit le prince.

— C'est-à-dire, allégoriquement parlant, le futur
deuxième assassin de la future deuxième famille Jemarine, si une telle se présente. C'est à cela qu'il se
prépare...

Tout le monde se mit à rire. Le prince eut l'idée
que si Lebedev faisait des mines et jouait au bouffon,
c'était pour cette seule raison que, pressentant ses questions, il ne savait comment y répondre et s'efforçait de
faire passer le temps.

— Mutin ! Comploteur ! criait Lebedev, comme
incapable de se contenir. Mais puis-je, non mais, ai-je
le droit, cette langue du diable, cette, pour ainsi dire,
prostituée, ce monstre, de le considérer comme mon
neveu en droite ligne, le fils unique de ma sœur Anissia, Dieu ait son âme ?

— Mais tais-toi donc, espèce d'ivrogne ! Vous me
croirez, prince ? A présent, il s'est mis en tête de faire
l'avocat, il suit tous les procès ; il se lance dans l'éloquence, il donne toujours dans le sublime, à la maison,

---

* C'est dans le journal *la Voix (Golos)* daté du 10 mars 1868 que
Dostoïevski apprit ce fait divers : un jeune homme, d'origine noble,
Witold Gorski, âgé de dix-huit ans, précepteur dans la famille du marchand Jemarine, avait assassiné, après une longue préméditation, six
membres de la famille de son employeur. Catholique (polonais) d'origine, il se reconnut athée au cours de son procès. Aux yeux de Dostoïevski, Gorski était un représentant typique de la jeunesse "nihiliste".
On notera que c'est ici Lebedev qui exprime ce point de vue. *(N.d.T.)*

quand il parle à ses enfants. Il y a cinq jours, il a plaidé devant les juges de paix. Et qui donc a-t-il défendu : pas la vieille femme qui le suppliait, qui s'était fait dépouiller par une canaille, un usurier – il avait empoché tout ce qu'elle possédait, cinq cents roubles –, non, l'usurier lui-même, un dénommé Zaidler, un juif, il lui avait promis cinquante roubles...

— Cinquante si je gagnais, et seulement cinq si je perdais, expliqua soudain Lebedev, mais d'une voix tout autre que celle qu'il avait eue jusqu'à présent – comme s'il n'avait jamais crié.

— Et donc, il a perdu la boule, bien sûr, parce que, les vieux principes, ils ont changé ; il n'a gagné qu'une chose, on lui a ri au nez. Mais, lui, c'est fou ce qu'il est resté content ; souvenez-vous, il a dit, messieurs les juges impartiaux, qu'un malheureux vieillard, privé de l'usage de ses jambes, gagnant ses jours par un labeur honnête, se voit volé de son dernier morceau de pain ; souvenez-vous des sages paroles du législateur : "Que la clémence règne dans les tribunaux*." Et, vous me croirez ? chaque matin, ça recommence, il nous refait le même discours, mot pour mot, comme il l'a prononcé là-bas ; la cinquième fois aujourd'hui. Il se fait saliver tout seul. Et il a l'intention de défendre encore quelqu'un d'autre. Vous êtes le prince Mychkine, je crois ? Kolia m'a dit de vous que vous étiez l'homme le plus intelligent qu'il ait encore jamais vu...

— C'est vrai ! C'est vrai ! Personne n'est plus intelligent ! reprit sur-le-champ Lebedev.

— Bon, celui-là, supposons, il déraille. Le premier, il vous aime ; le deuxième, il cherche à vous flatter ;

* Citation un peu déformée du manifeste d'Alexandre II daté du 19 mars 1856 sur la fin de la guerre de Crimée. (N.d.T.)

moi, je n'ai aucune intention de vous flatter, il faut que ça soit bien clair pour vous. Mais vous avez de l'idée ; eh bien, décidez entre nous. Alors, tu veux que le prince décide entre nous deux ? dit-il, s'adressant à son oncle. Je suis même content, prince, vous tombez bien.

— Que oui ! s'écria Lebedev avec résolution, non sans jeter un coup d'œil involontaire sur le public qui recommençait à avancer vers lui.

— Bon, que se passe-t-il ? murmura le prince, en plissant le front.

Il avait la migraine, réellement, et puis, il se persuadait de plus en plus que Lebedev était en train de le rouler, qu'il était bienheureux de reculer l'affaire.

— Explication de l'affaire. Je suis son neveu – pour ça, il ne vous a pas menti, même s'il ne dit que des mensonges. Je n'ai pas fini mes études, mais je veux les finir, et j'y arriverai, parce que, moi, j'ai mon caractère. N'empêche, en attendant, pour vivre, j'ai une place aux chemins de fer, vingt-cinq roubles. Je l'avoue, en plus, il m'a déjà aidé, une ou deux fois. J'avais vingt roubles et je les ai perdus au jeu. Oui, vous me croirez, prince ? je me suis montré si lâche, si bas, je les ai perdus au jeu.

— A une fripouille, à une fripouille, qui ne méritait même pas qu'on la paye ! s'écria Lebedev.

— Oui, une fripouille, mais qu'il fallait payer, poursuivit le jeune homme. Le fait qu'il est une fripouille, ça, moi aussi, je peux en témoigner, et pas seulement parce qu'il t'a cogné dessus. Prince, c'est un officier chassé de son régiment, un lieutenant à la retraite, un ancien de la bande à Rogojine, il donne des cours de boxe. A présent que Rogojine les a dispersés, ils vagabondent. Pourtant, le pire, c'est que, moi, je savais bien que c'était une fripouille, une canaille et une petite frappe, et j'ai quand même accepté de jouer contre lui, et quand je perdais mon dernier rouble (on jouait "aux bâtons"), je me disais : J'irai trouver mon oncle Loukian, je le supplierai, il ne me refusera pas. Ça, c'est de la bassesse, une bassesse vraie de vraie ! C'est une canaillerie consciente !

— Ça, oui, une canaillerie consciente, confirma Lebedev.

— Attends un peu avant de triompher, lui cria son neveu d'une voix blessée, ça lui fait plaisir, à lui. Je suis venu le trouver, prince, et je lui ai tout avoué ; je me suis montré honnête, je ne me suis pas épargné ; je me suis injurié tant que j'ai pu, tout le monde est témoin. Pour prendre cette place aux chemins de fer, il faut que je m'équipe, coûte que coûte, d'une façon ou d'une autre, parce que je n'ai rien que des loques. Tenez, regardez mes bottes ! Sinon, je ne peux pas me présenter au travail, et si je ne me présente pas le jour dit, le travail, quelqu'un d'autre le prendra, et moi, encore une fois, je me retrouve sur l'équateur, et, là, Dieu sait quand je dénicherai une nouvelle place. Maintenant, je ne lui demande, en tout et pour tout, que quinze roubles, et je promets de ne plus jamais rien lui demander, et, en plus, de lui rendre toute ma dette dans les trois mois, jusqu'au dernier kopek. Je tiendrai parole. Je peux tenir des mois entiers rien qu'au pain et au kvas, parce que, moi, j'ai mon caractère. En trois mois, je toucherai soixante-quinze roubles. Avec le reste, je ne lui devrai que trente-cinq roubles, donc j'aurai de quoi payer ! Qu'il me fixe les intérêts qu'il veut, nom d'un chien ! Il ne me connaît pas, ou quoi ? Demandez-lui, prince : avant, quand il m'aidait, je remboursais, oui ou non ? Alors, pourquoi est-ce qu'il refuse maintenant ? Il s'est fâché, parce que j'ai payé l'autre lieutenant ; oui, c'est la seule raison ! C'est comme ça avec lui – rien pour lui, rien pour les autres !

— Et lui, il reste là ! s'écria Lebedev. Il s'est couché, il reste là.

— C'est bien ce que je t'ai dit. Tant que tu dis "non", je reste. Je crois que vous souriez, prince ? J'ai l'impression que vous trouvez que j'ai tort ?

— Je ne souris pas, mais il me semble que, oui, vous avez un peu tort, répondit le prince à contrecœur.

— Eh bien, dites-le tout net, que j'ai complètement tort, ne tournez pas autour du pot ; ça veut dire quoi, "un peu" ?

— Si vous voulez, vous avez même complètement tort.

— Si je veux ! Elle est drôle ! Mais vous pensez quoi ? que je ne sais pas moi-même que c'est risqué, d'agir comme ça, que les roubles, ils sont à lui, et qu'il est libre, et que, de mon côté, ça fait comme de la violence ? Mais vous, prince... vous ne savez rien de la vie. Si on ne leur fait pas la leçon, on n'arrive à rien. Il faut leur faire la leçon. J'ai la conscience en paix ; en toute conscience, je ne lui ferai pas de tort, je lui rendrai tout, avec les intérêts. En plus, il a une satisfaction morale : il me voit m'humilier. Qu'est-ce qu'il lui faut de plus ? A quoi est-ce qu'il pourra servir, lui, pas utile pour un clou ? Et, je vous le demande, lui-même, qu'est-ce qu'il fait ? Posez-lui la question, lui-même, qu'est-ce qu'il fait avec tous ses semblables, avec les gens, comment est-ce qu'il les roule ? Cette maison, il se l'est payée comment ? Mais ma tête à couper s'il ne vous a pas déjà roulé, ou bien, s'il ne s'est pas demandé comment il pourrait faire pour vous rouler encore ! Vous souriez, vous ne me croyez pas ?

— Je crois que ça n'a pas beaucoup de rapport avec votre affaire, remarqua le prince.

— Ça fait deux jours que je suis couché ici, et j'en ai vu, des choses ! criait le jeune homme sans l'entendre.

Imaginez-vous ça, cet ange, là, oui, cette jeune fille, cette orpheline maintenant, ma cousine, sa propre fille, il la soupçonne de chercher des galants, toutes les nuits ! Jusque chez moi, il se faufile, à pas de loup, il fouille même sous le divan. Il est toqué tellement il est méfiant ; il voit des voleurs dans tous les coins. La nuit, à chaque instant, il se réveille en sursaut, il vérifie les fenêtres, si elles sont bien fermées, ou bien les portes, il regarde dans le poêle, et, comme ça, jusqu'à sept fois, chaque nuit. Il défend des escrocs au tribunal, et, lui, il se lève jusqu'à trois fois la nuit, pour faire des prières, et ici, là, dans la salle, il se met à genoux, et il se cogne le front, une bonne demi-heure, et vous savez pour qui il prie, ce qu'il dit dans ses prières, soûl comme il est ? Il prie pour le repos de l'âme de la comtesse Du Barry, je n'en croyais pas mes oreilles ; Kolia aussi, il a tout entendu ; il est complètement toqué.

— Vous voyez, vous entendez, comme il me déshonore, prince ! s'écria Lebedev, tout rouge et sortant réellement de ses derniers gonds. Et, ce qu'il ignore, c'est que moi, peut-être, oui, un ivrogne, oui, un coureur de jupons, oui, un bandit, un prévaricateur, tout ce que j'ai fait au monde, c'est que ce blanc-bec, là, ce bambin, je le langeais, je lui faisais sa toilette, et chez ma pauvre sœur, une veuve, misérable, Anissia, moi, misérable comme elle, je passais des nuits entières, des nuits à ne pas dormir, je les soignais tous les deux, malades, je volais des bûches, en bas, chez le portier, je lui chantais des chansons, je lui faisais les marionnettes avec les mains, et oui, pendant que mon ventre à moi criait famine, moi, je l'ai élevé, et le voilà, maintenant, qui se moque de moi ! Mais qu'est-ce que ça peut te faire si c'est vrai qu'une fois, peut-être, je me suis signé le front pour le repos de la comtesse Du Barry ? Il y a trois jours de ça, prince, la première fois, j'ai lu toute sa vie, dans l'encyclopédie. Est-ce que tu sais seulement qui elle était, cette Du Barry ? Dis-le, tu le sais, oui ou non ?

— Pff, comme si tu étais le seul à le savoir ! murmura d'un air ironique, mais à contrecœur, le jeune homme.

— C'est une comtesse, comme ça, elle était sortie de la honte, elle gouvernait à la place de la reine, et même, une grande impératrice, dans une lettre autographe qu'elle lui a faite, elle lui a dit : *"ma cousine"*. Un cardinal, le nonce du pape, au *lever du roi** (tu sais ce que c'était, toi, le *lever du roi* ?), lui a demandé lui-même de lui enfiler ses jolis bas de soie sur ses belles jambes, et il prenait encore ça pour un honneur ! Une personne aussi haute, tu comprends ça, et aussi sainte ! Tu le savais, ça ? Je le vois à la figure que non, tu ne savais pas ! Eh bien, comment est-ce qu'elle est morte ? Réponds, si tu le sais !

— La paix !… La barbe !

— Elle est morte, comme ça, après tout ça d'honneur, elle, une ancienne autocrate, c'est le bourreau Samson lui-même qui l'a traînée, oui, jusqu'à la guillotine, et pour de rien du tout, pour la joie des poissardes de Paris, et elle, de peur, elle ne comprenait rien de ce qui se passait. – Elle voit qu'on lui penche la tête jusqu'au couperet, on la pousse à petits coups de pied – et eux, ça les fait rire – et elle se met à crier : *"Encore un moment, monsieur le bourreau, encore un moment !"* Et pour ce moment-là, le Seigneur, peut-être, il lui pardonnera beaucoup de choses, parce que, plus loin que cette petite *misère***, c'est impossible d'imaginer une

* Ce mot tel quel, translittéré en russe. *(N.d.T.)*
** *Idem. (N.d.T.)*

âme humaine. Tu sais ce que ça veut dire, cette misère-là ? Une misère, c'est ça. Ce cri de la comtesse, là, sur le moment, moi, quand je l'ai lu, c'est comme si on m'avait saisi le cœur dans des tenailles. Et qu'est-ce que ça peut te faire, toi, vermisseau, si, avant de me coucher, ça m'est venu, à moi, dans mes prières, de parler d'elle, de cette grande pécheresse ? Mais si j'ai parlé d'elle, si ça se trouve, c'est que, depuis que le monde est monde, peut-être, personne ne s'est même jamais signé le front pour elle, personne n'y a pensé. Et elle, tiens, ça lui fera plaisir, même, dans l'autre monde, de sentir qu'il s'est trouvé un autre pécheur comme elle, qui a prié pour elle, au moins une fois sur terre. Qu'est-ce qui te fait rire, là ? Tu es athée, toi, tu n'as pas la foi. Et qu'est-ce que tu en sais ? Et puis, tu as menti quand même, si tu m'as espionné : je n'ai pas prié seulement que pour la comtesse Du Barry ; voilà ce que je disais dans mes prières : "Envoie le repos, Seigneur, à l'âme de la grande pécheresse comtesse Du Barry et à toutes ses semblables", et ça, ça n'a plus rien à voir ; parce qu'il y en a beaucoup, des grandes pécheresses comme elle, symboles des revers de dame Fortune, qui n'ont pas supporté, et qui se torturent, maintenant, là-haut, et qui gémissent, et qui attendent ; et moi, quand je priais, je priais aussi pour toi, et des pareils comme toi, tous tes semblables, des insolents et des humiliateurs, quand je priais – si tu m'espionnes quand je fais mes prières…

— Bon, ça suffit, assez, prie donc pour qui tu veux, le diable t'emporte, il vous crève les tympans ! coupa son neveu dépité. Parce que, prince, vous savez, c'est fou ce qu'il a des lettres, ajouta-t-il avec une sorte de moquerie maladroite. Il lit plein de livres, oui, oui, maintenant, toutes sortes de Mémoires.

— Votre oncle, malgré tout… n'est pas un homme sans cœur, remarqua le prince, non sans réticence. Ce jeune homme lui devenait tout à fait antipathique.

— Eh, mais vous le noierez sous les roses, comme ça ! Tenez, regardez, la main sur le cœur, la bouche en *i*. Non, pas sans cœur, je veux bien, mais un escroc, voilà le malheur ; et, en plus, il est soûl, il se laisse aller, comme tous ceux qui sont ivres des années de suite, ses os qui crissent. Les enfants, il les aime, je veux bien, la tante, il l'estimait… Même moi, il m'aime, et dans son testament, je vous jure, il m'a laissé une part…

— R-rrien du tout je te laisserai ! s'écria Lebedev avec rage.

— Ecoutez, Lebedev, dit fermement le prince, en se détournant du jeune homme, je le sais d'expérience, vous êtes un homme pratique, quand vous le voulez… J'ai peu de temps maintenant, et si vous… Pardonnez-moi, votre prénom et votre patronyme, j'ai oublié ?…

— Ti-Ti-Timofeï.

— Et ?

— Loukianovitch.

Toute l'assistance se remit à rire.

— Menteur ! cria le neveu. Même là, il a menti ! Ce n'est pas Timofeï Loukianovitch, prince, qu'il s'appelle, mais Loukian Timofeevitch ! Non, mais, tu as menti pourquoi, dis ? Et ça ne t'est pas égal, Timofeï ou Loukian, et le prince, qu'est-ce que ça peut lui faire ? Parce que c'est juste pour se montrer qu'il ment, je vous jure !

— Comment, c'est vrai ? demanda le prince avec impatience.

— Loukian Timofeevitch, c'est vrai, opina Lebedev en rougissant, baissant les yeux d'un air contrit et posant, une fois encore, la main sur sa poitrine.

— Mais pourquoi faites-vous ça, oh, Dieu ?!…

— Pour mon abaissement, marmonna Lebedev, lequel baissait la tête d'une façon de plus en plus soumise.

— Mais quel abaissement peut-il y avoir ! Si je savais où retrouver Kolia, dit le prince, et il se tourna, s'apprêtant à sortir.

— Je vais vous dire où il est, Kolia, fit le jeune homme, revenant à la charge.

— Non, non, non ! cria Lebedev, en s'élançant, aussi agité que possible.

— Kolia, il a passé la nuit ici, mais, à la première heure, il est parti chercher son général, que, Dieu sait pourquoi, prince, vous avez racheté de la "section". Le général, hier encore, il a promis de venir passer la nuit chez nous, et il n'est pas venu. Le plus probable, c'est qu'il aura posé ses guêtres à l'hôtel de *la Balance*, tout près d'ici. Kolia, sans doute, il doit être soit là, soit à Pavlovsk, chez les Epantchine. Il avait de l'argent, hier encore il voulait y aller. Donc, n'est-ce pas, soit *la Balance*, soit à Pavlovsk.

— A Pavlovsk, à Pavlovsk !... Et nous, ici, ici, dans le jardinet, et... une petite tasse de café...

Et Lebedev tira le prince par le bras. Ils sortirent de la maison, traversèrent une courette, ouvrirent une palissade. Cette palissade donnait vraiment sur un jardin minuscule et tout à fait charmant dans lequel, grâce au beau temps, les arbres étaient tous en fleurs. Lebedev fit asseoir le prince sur un banc de bois peint en vert, devant une table, également verte, plantée dans le sol, et s'installa lui-même en face de lui. Une minute plus tard, de fait, du café apparut. Le prince ne refusa pas. Lebedev continuait toujours à vouloir lui jeter dans les yeux des regards avides de larbin.

— Je n'imaginais pas que vous étiez installé comme ça, dit le prince avec l'air d'un homme qui pense tout à fait à autre chose.

— Les orphe-phe-phelins, voulut commencer Lebedev, avec un petit tressaillement, mais il s'arrêta net ; le prince regardait devant lui d'un air distrait, et, à l'évidence, il avait oublié sa question. Une minute passa. Lebedev épiait et attendait.

— Et donc ? reprit le prince. Ah oui ! Vous savez bien vous-même, Lebedev, de quoi il s'agit ; si je suis venu, c'est à cause de votre lettre. Parlez.

Lebedev se troubla, voulut dire quelque chose, mais ne put que hoqueter ; rien ne s'articulait. Le prince attendit et sourit tristement.

— Je crois que je vous comprends très bien, Loukian Timofeevitch ; vous ne m'attendiez pas, bien sûr. Vous ne pensiez pas que je pourrais bouger du fond de mon trou à votre première lettre, et vous m'avez écrit juste par acquit de conscience. Eh bien, je suis venu. Mais ça suffit, n'essayez pas de me berner. Assez servi deux maîtres. Rogojine est ici depuis déjà trois semaines, je suis au courant de tout. Vous avez déjà eu le temps de la lui vendre, comme l'autre fois, ou pas encore ? Dites la vérité.

— Il l'a appris tout seul, le monstre, tout seul.

— Ne l'injuriez pas ; bien sûr, il a mal agi envers vous...

— Il m'a battu, battu !... reprit Lebedev avec une fougue terrible. Et, à Moscou, il m'a persécuté avec un chien, tout le long d'une rue, une chienne barzoï. La plus horrible des chiennes.

— Vous me prenez pour un enfant, Lebedev. Dites-moi, c'est sérieusement qu'elle l'a abandonné, maintenant, à Moscou, je veux dire ?

— Oui, c'est sérieux, sérieux, encore une fois, juste devant l'autel. L'autre, il comptait les minutes, et elle, vlan, à Petersbourg, et vlan, chez moi : "Sauve-moi,

garde-moi, Lebedev, mais pas un mot au prince…”
Parce que, prince, elle a encore plus peur de vous que
de lui, et ça, c'est la sagesse !

Et Lebedev, d'un air malin, s'appuya le doigt sur le
front.

— Et là, vous les avez encore remis ensemble ?

— Prince toute clarté, comment… comment je pouvais interdire ?

— Bon, ça suffit, je saurai tout par moi-même. Dites-
moi, seulement, où est-elle, maintenant ? Chez lui ?

— Oh non ! Oh pas du tout ! Elle est encore toute
seule ! Je suis libre, elle dit, et, vous savez, prince, elle
insiste drôlement sur ça, je suis complètement libre,
elle dit ! Elle est toujours dans le Quartier de Petersbourg, chez une de ses parentes, comme je vous l'ai écrit.

— En ce moment aussi ?

— Oui, ou peut-être à Pavlovsk, vu le soleil, dans la
datcha de Daria Alexeevna. Moi, elle dit, je suis complètement libre ; hier encore, devant Nikolaï Ardalionovitch, elle s'est beaucoup vantée de sa liberté. Mauvais
signe, Votre Clarté !

Et Lebedev fit une grimace.

— Kolia, il est souvent chez elle ?

— Frivole, impénétrable, et pas secret.

— Il y a longtemps que vous y êtes allé ?

— Chaque jour, j'y vais chaque jour.

— Hier, donc ?

— N-non… Avant-avant-hier, Votre Clarté.

— Quel dommage que vous ayez un peu bu, Lebedev ! Sinon, j'aurais pu vous demander.

— Non, non, non, mais pas une goutte !

Lebedev ouvrit grandes les oreilles.

— Dites-moi, comment est-ce que vous l'avez laissée ?

— Ch-chercheuse…

— Chercheuse ?

— Oui, pour ainsi dire, elle cherche toujours quelque chose, comme si elle avait perdu quelque chose. Pour le mariage à venir, même l'idée la dégoûte, elle prend ça pour une offense. *Lui*, en lui-même, elle pense à lui comme à une pelure d'orange, guère plus, c'est-à-dire, si, plus, avec terreur, horreur, elle interdit même d'en parler, et, quand ils se voient, c'est juste quand c'est indispensable… et lui, il ne le sent que trop !… Oh, pas moyen d'y couper, Votre Clarté !… Inquiète, moqueuse, fausse, explosive…

— Fausse et explosive ?

— Oui, explosive ; parce qu'elle a failli me faire un sort, l'autre fois, pour une conversation. Je l'ai sermonnée avec l'Apocalypse.

— Comment ça ? reprit le prince, croyant avoir mal entendu.

— Avec la lecture de l'Apocalypse. Une dame à l'imagination inquiète, hé hé ! En plus, j'ai fait cette observation, les thèmes sérieux, elle a plus qu'un penchant. Elle apprécie, elle apprécie, et ça lui fait comme, n'est-ce pas, un respect de soi particulier. Oui, n'est-ce pas. Et moi, le commentaire de l'Apocalypse, je m'y connais, quinze ans que je commente. Elle est tombée de mon avis que nous en sommes au troisième cheval, le noir, au cavalier qui tient une mesure dans sa main, parce que, dans le siècle où nous sommes, tout est dans la mesure et dans le contrat, et tout ce que les gens cherchent, c'est leur droit : "Une mesure de blé pour un denier et trois mesures de froment pour un denier…" et encore, l'esprit libre, le cœur pur, le corps en bonne santé, et tous les dons de Dieu – ils veulent tout se garder. Mais ils ne garderont rien que par le droit seul, et après ça viendra le cheval blême et Celui dont le nom est Trépas, et, après lui, l'Enfer… sur ça, donc, on se retrouve, on parle – ça l'a drôlement marquée.

— Vous-même, votre croyance, c'est cela ? demanda le prince en fixant Lebedev d'un regard étrange.

— Ma croyance et mon commentaire. Car misérable et nu*, atome dans le tourbillon des hommes. Qui lui rendrait hommage, à Lebedev ? Chacun se gausse et peu s'en faut qu'il n'accompagne du pied. Ici, en ce commentaire, je suis égal aux grands. Parce que, l'intelligence !… Même le grand de ce monde a tremblé avec moi… dans son fauteuil, sentant par son intelligence. M. le ministre en personne, Nil Alexeevitch, voici trois ans, avant la Semaine sainte, avait daigné entendre dire – du temps où je travaillais chez M. le ministre, dans son service – et il a daigné, exprès, me donner l'ordre, de derrière mon bureau, de me rendre chez lui, tout droit, par Piotr Zakharytch, et il m'a demandé, seul à seul : "C'est vrai que tu professes l'Antéchrist ?" Je ne l'ai point caché : "Oui, je le fais", et j'ai tout exposé, représenté, sans adoucir l'épouvante, mais encore par la pensée, déroulant le rouleau allégorique, j'ai renforcé, et j'ai montré les chiffres. Et M. le ministre, il ricanait, pourtant, aux chiffres et aux semblances, il a daigné trembler, il a daigné me demander de refermer le livre, et de sortir, et m'a fixé une récompense pour la Semaine sainte, et, à la Saint-Thomas, il a passé.

— Que dites-vous, Lebedev ?

— La vérité. M. le ministre a fait une chute, de sa voiture, après le repas… la tempe sur un caillou, Votre Clarté, comme un bébé, un petit bébé, il a passé tout de suite. Soixante et treize années depuis son baptême ; tout rougeaud, vous savez, les cheveux blancs, tout embaumé

---

* Phrase nominale, plus ou moins une citation de l'Apocalypse. *(N.d.T.)*

de parfums, et il daignait toujours sourire, n'est-ce pas, toujours sourire, comme un petit bébé. Son Excellence Piotr Zakharytch me l'a rappelé, sur le coup : "C'est toi qui l'as prédit", il m'a dit.

Le prince voulut se lever. Lebedev s'étonna et fut même intrigué que le prince se lève si vite.

— Monsieur est devenu bien indifférent, hé hé ! osa-t-il faire remarquer au prince, d'une voix de larbin.

— C'est vrai, je ne me sens pas très bien, j'ai la tête lourde après le voyage, sans doute, répondit le prince en fronçant les sourcils.

— Monsieur devrait aller à la campagne, glissa timidement Lebedev.

Le prince restait songeur.

— Moi-même, j'attends encore trois jours, et puis, avec ma petite famille, j'y vais, pour préserver le poussin nouveau-né, et faire des petits travaux, ici, pendant ce temps, dans cette maisonnette. Et moi aussi, à Pavlovsk.

— Vous aussi, vous allez à Pavlovsk ? demanda soudain le prince. Mais, qu'est-ce que c'est, tout le monde va à Pavlovsk, ici ? Et vous dites que vous avez une datcha à Pavlovsk ?

— Tout le monde ne va pas à Pavlovsk. Moi, c'est Ivan Petrovitch Ptitsyne qui m'a cédé une datcha, laquelle lui est revenue peu cher. C'est bon, c'est élevé, c'est vert, et bon marché, et comme il faut, et musical, voilà pourquoi tout le monde va à Pavlovsk. Moi, remarquez, je suis dans un petit pavillon et, la datcha en tant que telle...

— Vous l'avez cédée ?

— N-nnon. Pas... entièrement, Votre Clarté.

— Laissez-la-moi, proposa d'un seul coup le prince.

A croire que Lebedev l'amenait justement à cela. Cette idée lui était passée par la tête juste trois minutes auparavant. Pourtant, il ne cherchait plus de locataire pour la datcha ; il en avait déjà un, qui l'avait prévenu lui-même que cette datcha, peut-être, il la prendrait. Lebedev, lui, savait positivement que ce n'était pas "peut-être" – il la prendrait certainement. Mais, à présent, une idée lui avait jailli dans la tête, et une idée qui, d'après ses calculs, devait être très fertile – passer la datcha au prince, en profitant du fait que le locataire précédent n'avait pas été affirmatif. "Une vraie confrontation et un vrai tournant de l'affaire" se présentèrent soudain à son imagination. Il reçut la proposition du prince presque avec enthousiasme, et, à sa question directe sur le prix, il fit même de grands gestes.

— Bon, comme vous voulez ; je me renseignerai ; vous ne serez pas lésé.

Ils sortaient déjà tous deux du jardin.

— Moi, je vous… je vous… si vous le désiriez, je pourrais vous apprendre des choses tout à fait intéressantes, cher et très vénérable prince, des choses qui ont trait au même objet, marmonna Lebedev, se tortillant de joie aux côtés du prince.

Le prince s'arrêta.

— Daria Alexeevna aussi, à Pavlovsk, elle possède une datcha.

— Et alors ?

— Une certaine personne est son amie, et, visiblement, elle a l'intention de lui rendre à Pavlovsk des visites fréquentes. Avec un but.

— Alors ?

— Aglaïa Ivanovna…

— Ah, ça suffit, Lebedev ! l'interrompit le prince avec une sorte de sensation désagréable, comme si celui-ci venait de toucher son point sensible. Tout ça… ce n'est pas ça. Dites-moi plutôt, quand est-ce que vous partez ?

Pour moi, le plus tôt sera le mieux, parce que je suis à l'hôtel…

En parlant, ils étaient sortis du jardin, et, sans entrer dans la maison, ils traversèrent le jardinet et s'approchèrent de la palissade.

— Mais tant mieux, fit enfin Lebedev, venez chez moi directement de l'hôtel, aujourd'hui même, et, après-demain, nous partons tous ensemble pour Pavlovsk.

— Je verrai, dit le prince d'une voix songeuse, et il sortit dans la rue.

Lebedev le regarda s'éloigner. Il fut sidéré par la soudaine distraction du prince. En sortant, il avait même oublié de dire "adieu", il n'avait pas même fait un signe de tête, ce qui était incompatible avec ce que Lebedev savait de la politesse et de l'attention du prince.

III

Il était déjà onze heures passées. Le prince savait qu'en ville, chez les Epantchine, à l'heure qu'il était, il ne pourrait trouver que le seul général, qui y serait pour son travail, et encore, c'était peu probable. Il lui sembla que le général, sans doute, le prendrait encore avec lui et l'emmènerait à Pavlovsk, et, lui, avant cela, il voulait absolument faire encore une certaine visite. Au risque d'être en retard chez les Epantchine et de remettre son voyage à Pavlovsk jusqu'au lendemain, le prince se décida à chercher la maison où il voulait passer.

Cette visite présentait pour lui, d'ailleurs, d'un certain point de vue, un risque. Il éprouvait des difficultés, il hésitait. Il savait de cette maison qu'elle se trouvait sur la Gorokhovaïa, non loin de la Sadovaïa, et décida d'aller dans cette direction, en espérant que, le temps d'y arriver, il aurait enfin celui de se décider d'une façon définitive.

Approchant du carrefour de la Gorokhovaïa et de la Sadovaïa, il s'étonna lui-même du trouble extraordinaire qui l'avait saisi ; il ne s'attendait pas à ce que son cœur batte si douloureusement. Une maison, à son visage particulier sans doute, se mit, encore de loin, à attirer son attention, et le prince se souvenait plus tard qu'il s'était dit : "Oui, c'est sans doute cette maison-là." C'est avec une curiosité extraordinaire qu'il approchait

339

pour vérifier son intuition ; il sentait que, pour une raison étrange, il lui serait particulièrement désagréable d'avoir deviné juste. Cette maison, elle était grande, lugubre, à deux étages, sans la moindre architecture, couleur vert sale. Certaines maisons de ce genre (mais seulement quelques-unes), construites à la fin du siècle dernier, ont survécu précisément dans ces rues de Petersbourg (une ville dans laquelle tout change si vite), presque telles quelles. Elles sont d'une construction solide, avec des murs épais, et des fenêtres extrêmement rares ; au rez-de-chaussée, les fenêtres ont parfois des barreaux. Le plus souvent, ce rez-de-chaussée est occupé par un comptoir de change. Le castrat* qui siège derrière ce comptoir loue à l'étage au-dessus. A l'extérieur comme à l'intérieur, on sent quelque chose d'inhospitalier, de sec, quelque chose qui semble tout le temps se cacher, se tapir – et si l'on veut savoir pourquoi c'est seulement le visage de cette maison qui donne cette impression, Dieu sait quelle réponse donner. Les rapports architecturaux des lignes ont, bien sûr, leur mystère. Dans ces maisons ne vivent, presque exclusivement, que des marchands. En arrivant près du portail et en regardant la plaque, le prince lut : "Maison du citoyen d'honneur Rogojine."

Il cessa d'hésiter, ouvrit la porte vitrée qui claqua avec un fort bruit derrière son dos et il entreprit de monter le grand escalier jusqu'au premier étage. Cet escalier était obscur, en pierre, de facture grossière, les murs, eux, étaient peints en rouge. Il savait que Rogojine, sa mère et son frère occupaient tout le premier étage de

* Les membres d'une secte religieuse fanatique, les *skoptsy* (castrats), s'émasculaient. Réputés être d'une honnêteté scrupuleuse (mais d'autres auteurs affirment qu'ils n'étaient que des usuriers), ils s'occupaient souvent de petites transactions financières. *(N.d.T.)*

cette maison morne. L'homme qui ouvrit au prince le fit entrer sans l'annoncer, et le guida longtemps ; ils traversèrent une salle d'apparat aux murs en "imitation marbre", au parquet en lattes de chêne, au mobilier des années vingt, grossier, lourdaud, ils traversèrent aussi des sortes de petites cages, firent des crochets et des zigzags, grimpant deux ou trois marches, en redescendant autant, et ils finirent par frapper à une porte. Cette porte, c'est Parfione Semionytch lui-même qui l'ouvrit ; apercevant le prince, il pâlit et se figea si fort qu'il ressembla pendant un certain temps à une idole de pierre, le regardant d'un regard fixe et apeuré, le visage déformé par une sorte de sourire qui trahissait une stupeur des plus profondes – comme s'il voyait dans la visite du prince on ne sait quoi d'impossible et de miraculeux. Le prince s'attendait, certes, à quelque chose de semblable, mais il en fut quand même surpris.

— Parfione, peut-être, je tombe mal, je repars tout de suite, murmura-t-il enfin, troublé.

— Au contraire ! Au contraire ! fit enfin Parfione, reprenant ses esprits. Entre, sois le bienvenu.

Les deux hommes se tutoyaient. A Moscou, il leur arrivait de se retrouver souvent et longuement, il y avait même eu certains instants de leurs rencontres qui s'étaient imprimés dans leur cœur profondément. Mais cela faisait plus de trois mois qu'ils ne s'étaient pas vus.

La pâleur, accompagnée d'une espèce de frisson très fin, imperceptible, n'avait toujours pas quitté le visage de Rogojine. Il avait beau avoir invité son hôte, son trouble extraordinaire se prolongeait. Le temps qu'il conduisît le prince jusqu'au fauteuil, qu'il l'installât devant une table, celui-ci, par hasard, se tourna vers lui et s'arrêta sous l'impression de ce regard, étrange, extraordinairement pesant. Quelque chose l'avait comme percé de part en part, et, en même temps, était comme remonté à sa mémoire – quelque chose de récent, de pesant, de lugubre. Sans s'asseoir, figé net, il fixa Rogojine droit dans les yeux, pendant un certain temps ; ceux-ci, à la première seconde, semblèrent étinceler encore plus fort. Rogojine finit par émettre un ricanement, mais il était un peu troublé, presque perdu.

— Pourquoi tu me regardes si fixement ? murmura-t-il. Assieds-toi.

Le prince s'assit.

— Parfione, dit-il, dis-moi tout net, tu savais que j'arriverais aujourd'hui à Petersbourg, oui ou non ?

— Que tu allais venir, je me le disais bien, et, tu vois, je me suis pas trompé, ajouta-t-il avec un ricanement mordant, mais comment je pouvais savoir que tu viendrais aujourd'hui ?

Cette sorte de violence brutale, cet agacement étrange de la question qui était contenue dans la réponse frappèrent le prince d'une façon encore plus forte.

— Mais, même si tu avais su que c'était *aujourd'hui*, qu'est-ce qui t'agace tellement ? dit, d'une voix douce, le prince troublé.

— Et toi, pourquoi tu me le demandes ?

— Tout à l'heure, en descendant du train, j'ai vu deux yeux exactement pareils à ceux avec lesquels tu me regardais, là, dans mon dos.

— Eh ben ! A qui ils étaient donc, ces yeux ? murmura Rogojine d'un ton soupçonneux. Le prince eut l'impression qu'il venait de frissonner.

— Je ne sais pas ; dans la foule – j'ai même idée que j'ai juste cru les voir ; il y a toujours quelque chose que je crois voir, depuis quelque temps. Mon vieux Parfione, je me sens de nouveau comme il y a cinq ans, quand je sentais venir les crises.

— Bah oui, t'auras cru voir, sans doute ; je sais pas…, murmura Parfione.

Le sourire caressant qu'il affichait en cet instant ne lui allait pas du tout, comme s'il y avait eu dans ce sourire quelque chose de cassé, et que Parfione n'aurait pas eu la force de recoller, malgré tous ses efforts.

— Alors, tu repars à l'étranger, c'est ça ? lui demanda-t-il, et il ajouta tout de suite : Tu te souviens, dans le train, l'automne dernier, après Pskov, moi, je rentrais, et toi… dans ton imperméable, là, tu te souviens, tes petites guêtres ?

Et Rogojine se mit soudain à rire, cette fois avec une méchanceté toute franche, et comme s'il était heureux d'avoir pu l'exprimer, ne fût-ce que de cette façon.

— C'est pour toujours que tu t'es installé ici ? demanda le prince, en examinant le bureau.

— Oui, je suis chez moi. Où tu veux donc que je soye ?

— Ça fait longtemps que nous ne nous sommes pas vus. J'ai entendu de ces choses sur toi, comme si ce n'était pas toi.

— S'il faut croire tout ce qu'on dit…, remarqua sèchement Rogojine.

— Mais tu as chassé toute ta bande ; toi-même, tu restes dans la maison de tes parents, tu ne fais plus de bêtises. Bah, c'est bien. La maison, elle est à toi, ou elle est en commun ?

— La maison, elle est à ma mère. Elle vit là, de l'autre côté du couloir.

— Ton frère aussi ?

— Mon frère, Semione Semionytch, il vit dans le pavillon.

— Il a une famille ?

— Il est veuf… Ça te regarde ?

Le prince le fixa et ne répondit rien ; il était brusquement resté songeur, sans doute n'avait-il pas entendu la question. Rogojine n'insistait pas, il attendait. Il y eut un silence.

— Ta maison, là, en approchant, je l'ai reconnue à cent pas, dit le prince.

— Comment ça se fait ?

— Je ne sais pas. Ta maison, elle a le visage de toute votre famille, de toute la vie des Rogojine, et si tu me demandes pourquoi je me suis dit ça, je ne vois pas de réponse à te donner. Je délire, bien sûr. Ça me fait peur, même, pourquoi ça m'inquiète tellement. Avant, je n'aurais même jamais pensé que tu habitais dans une maison pareille, et là, dès que je l'ai vue, ça m'est venu tout de suite : "C'est dans une maison exactement comme celle-là qu'il doit vivre !"

— T'as vu, hein ! ricana d'une façon indéfinie Rogojine, qui ne comprenait pas tout à fait l'idée pas très claire du prince. Cette maison, c'est mon grand-père qui l'a construite, remarqua-t-il. C'est toujours des castrats qui ont vécu là, les Khloudiakov, jusqu'à maintenant, ils sont nos locataires.

— Cette nuit qu'il y a… Cette nuit que tu as autour, dit le prince en regardant le bureau.

C'était une grande chambre, haute, un peu sombre, encombrée de toutes sortes de meubles – surtout des tables de travail, des bureaux, des armoires dans lesquelles on gardait les livres de comptes et toutes sortes de papiers. Un large canapé de cuir rouge, qui, visiblement, devait servir de lit à Rogojine. Le prince remarqua deux ou trois livres sur la table à laquelle Rogojine l'avait fait asseoir ; l'un, *l'Histoire* de Soloviov, était ouvert, gardé par un marque-page. On voyait aux murs, dans des cadres dorés ternis, un certain nombre de tableaux à l'huile, sombres, couverts de suie et qu'il était très difficile de distinguer. Un portrait, en pied, attira l'attention du prince : il représentait un homme d'une cinquantaine d'années, vêtu d'un pourpoint allemand, mais à longs pans, avec deux médailles autour du cou, une petite barbe très rare, grisonnante et toute courte, la face jaune, parcheminée, le regard soupçonneux, caché, plein de douleur.

— Ce ne serait pas ton père ? demanda le prince.

— Soi-même, répondit Rogojine avec un ricanement désagréable, comme s'il se préparait à faire une plaisanterie triviale sur le compte de son défunt père.

— Il n'était pas vieux-croyant, n'est-ce pas ?

— Non, il allait à l'église, mais c'est vrai qu'il disait que, l'ancienne foi, c'était mieux. Les castrats aussi, il les respectait fort. Ça, justement, c'était son bureau. Pourquoi tu m'as demandé s'il était vieux-croyant ?

— Ton mariage, tu le feras ici ?

— Euh... oui, répondit Rogojine, qui avait presque eu un sursaut à cette question inattendue.

— Bientôt ?

— Tu le sais toi-même, tu crois que ça dépend de moi ?

— Parfione, je ne suis pas ton ennemi, et je n'ai pas l'intention de te gêner, en quoi que ce soit. Je te le répète là, maintenant, comme je te l'ai déjà dit, une fois, et presque à un moment pareil. Quand ton mariage se préparait, à Moscou, moi, je ne te gênais en rien, tu le sais bien. La première fois, c'est *elle*, toute seule, qui s'est jetée vers moi, presque devant l'autel, en me demandant de la "sauver" de toi. Ses propres mots que je te répète. Après, elle s'est enfuie aussi de chez moi, tu as réussi à la retrouver, tu l'as ramenée devant l'autel, et voilà, il paraît, qu'elle s'est enfuie ici, une nouvelle fois. Ça, c'est vrai ? C'est ce que Lebedev m'a fait savoir, c'est pour ça que je suis là. Le fait que vous vous êtes encore réconciliés, je ne l'ai juste appris qu'hier, dans le train, de l'un de tes anciens amis, Zaliojev, si tu veux tout savoir. En venant, j'avais une intention : je voulais la persuader, *elle*, au bout du compte, de partir à l'étranger, pour rétablir sa santé ; elle est très mal, dans le corps et dans l'âme, la tête surtout, et je crois qu'elle a un grand besoin qu'on s'occupe d'elle. Moi, je ne voulais pas l'accompagner à l'étranger, je voulais arranger ça pour elle toute seule. Je te dis la pure vérité. Si c'est vraiment vrai que tout s'est arrangé entre vous, alors, je n'irai même pas me montrer devant ses yeux, et, toi non plus, je ne viendrai plus jamais te voir. Tu sais toi-même que je ne te trompe pas, car j'ai toujours été sincère avec toi. Je ne t'ai jamais caché ce que je pensais de ça et je t'ai toujours dit qu'avec toi, pour *elle*, c'était la mort certaine. Pour toi aussi, d'ailleurs... et pire, peut-être, que pour elle, encore. Si vous vous sépariez encore une fois, je serais très content ; mais je n'ai pas l'intention de vous brouiller, de vous séparer moi-même. Donc, rassure-toi, et ne me soupçonne pas. Et tu le sais bien tout seul : aurai-je jamais été ton *véritable* concurrent, même au moment où elle s'est enfuie chez moi ? Tiens, tu te mets à rire ; je sais ce qui te fait rire. Oui, nous avons vécu séparés, et dans des villes différentes, et, ça, tu le sais, *à coup sûr*. Je t'ai déjà expliqué ça avant, qu'*elle,* ce n'est pas "d'amour, que je l'aime, c'est de pitié". Je crois que je définis ça comme c'est. Tu disais, à ce moment-là, que tu avais compris ce que je disais ; vraiment ? Tu as vraiment compris ? Ce regard de haine que tu me portes ! Moi, je suis venu te rassurer, parce que, toi aussi, je tiens à toi. Je t'aime beaucoup,

Parfione. Maintenant, je m'en vais, et je ne reviendrai pas. Adieu.

Le prince se leva.

— Reste un peu avec moi, dit Rogojine d'une voix douce, sans se lever, la tête appuyée sur la paume de sa main droite, ça fait longtemps que je t'ai pas vu.

Le prince se rassit. Il y eut un nouveau silence.

— Moi, dès que je t'ai plus devant les yeux, je commence tout de suite à t'en vouloir, Lev Nikolaevitch. Tous ces trois mois que je t'ai pas vu, je t'en ai voulu à chaque seconde, je te jure. Je t'aurais pris, je t'aurais empoisonné, je sais pas. Bon. Maintenant, un quart d'heure, même pas, que tu es avec moi, et, toute ma haine, elle passe, et je t'aime, de nouveau, comme avant. Reste un peu avec moi...

— Quand je suis avec toi, tu me fais confiance, et, dès que je m'en vais, tu te méfies de moi tout de suite, tu recommences à me soupçonner. Tu es bien le fils de ton père ! lui répondit le prince, avec une sorte de sourire amical, en essayant de cacher ce qu'il ressentait.

— C'est à ta voix que je fais confiance, quand je suis avec toi. Je comprends bien qu'on pourra jamais être des égaux, toi et moi, je veux dire...

— Ça, tu l'ajoutes pourquoi ? Tu vois, encore une fois, tu t'énerves, dit le prince, sidéré par Rogojine.

— Pour ça, mon vieux, on nous demande pas notre avis, répliqua ce dernier, on nous l'a décidé sans nous. Notre façon d'aimer non plus, c'est pas la même chose. Toi, c'est par la pitié que tu l'aimes, tu dis. Moi, de pitié, pour elle, j'en éprouve pas l'ombre. Et elle, je suis ce qu'elle déteste le plus au monde. Je la vois en rêve, toutes les nuits, maintenant ; toujours qu'elle se moque de moi avec un autre. Et c'est comme ça, mon vieux. Avec moi, elle se marie, mais elle oublie de penser à moi, comme un soulier qu'elle change. Tu me croiras ? Cinq jours que je l'ai pas vue, parce que j'ose pas me montrer chez elle ; "Que me vaut l'honneur ?..." elle me dira... Elle m'a assez fait honte...

— Comment, fait honte ? Qu'est-ce que tu dis ?

— Comme s'il était pas au courant ! Mais c'est chez toi qu'elle s'est enfuie, juste "devant l'autel", c'est toi qui viens de le dire.

— Mais tu ne crois pas toi-même que...

— Et avec l'officier, Zemtioujnikov, à Moscou, elle me faisait pas honte ? Je le sais bien que si, et ça, quand elle avait déjà fixé la date pour le mariage.

— Pas possible ! s'écria le prince.

— J'ai les preuves, confirma Rogojine avec conviction. Elle est donc pas comme ça, tu crois ? C'est même pas la peine de me le dire, mon vieux, qu'elle est pas comme ça. Ça serait que des bêtises. Avec toi, elle est pas comme ça, et une affaire pareille, peut-être, ça lui ferait horreur, mais, avec moi, c'est bien comme ça qu'elle est. Voilà. Elle me regarde comme la dernière des pourritures. Avec Keller, cet officier, là, qui faisait de la boxe, je le sais, j'ai les preuves, ce qu'elle avait inventé, rien que pour faire rire de moi... Mais tu sais pas ce qu'elle a pu faire avec moi, à Moscou ! Et l'argent, mais tout l'argent que j'ai pu engloutir !

— Mais... pourquoi est-ce que tu te maries, alors ?... Qu'est-ce qui se passera, plus tard ? demanda le prince avec horreur.

Rogojine jeta sur le prince un regard pesant et terrifiant, il ne répondit rien.

— Cinq jours que je suis plus allé la voir, poursuivit-il, après un temps de silence. Toujours peur qu'elle me jette. "Moi, elle me dit, je suis encore libre ; si je veux, je te mets dehors, un point c'est tout, et je pars à l'étranger" (elle m'a déjà dit qu'elle partirait à l'étranger, remarqua-t-il, comme entre parenthèses, après avoir lancé dans les yeux du prince un regard tout particulier) ; des fois, c'est vrai, elle me fait juste peur, je la fais rire, va savoir pourquoi. Mais d'autres fois, c'est pour de vrai qu'elle se rembrunit, elle se fâche, elle dit rien : et moi, c'est de ça que j'ai peur. J'ai réfléchi, je me suis dit : Il faut plus que je vienne les mains vides, je l'ai juste fait rire, et puis, après, elle s'est même mise en rage. A sa bonne, à Katka, elle lui a fait cadeau d'un de mes châles, que même si elle vivait dans le luxe, avant, un châle comme ça, peut-être, elle avait jamais vu. Et le mariage, pas même possible d'y faire une allusion. Il est beau, le fiancé, quand il a peur de venir, tout simplement. Et donc, je suis là, et quand j'en peux plus, alors, mais en cachette, je me glisse le long de chez elle, sur le trottoir, je vais, je viens, ou je me cache, au coin de la rue. Je me suis rendu compte, une fois, j'ai fait le pied de grue jusqu'au matin, ou presque, devant chez elle, j'avais cru voir quelque chose, à ce moment-là. Et elle, tu sais, elle m'a vu par la fenêtre : "Qu'est-ce que t'aurais fait, elle me dit, si t'avais vu que je te trompais ?" Moi, c'était plus fort que moi, je lui ai dit : "Tu le sais toi-même."

— Qu'est-ce qu'elle sait ?

— Eh, parce que, moi aussi, je le sais ! fit Rogojine avec un rire haineux. A Moscou, j'arrivais à la surprendre avec personne, j'ai essayé, pourtant. Alors, une fois, comme ça, je lui dis : "Tu as promis de te marier avec moi, tu entres dans une famille honnête, et, toi, tu sais ce que t'es, en ce moment ? Voilà ce que t'es !" je lui dis.

— Tu lui as dit ça ?

— Oui.

— Et alors ?

— "Toi, elle me dit, maintenant, je voudrais plus de toi comme domestique, peut-être, je parle même pas de devenir ta femme." – "Et moi, je lui dis, je sors pas d'ici, c'est comme tu veux !" – "Alors, elle me dit, j'appelle Keller tout de suite, je lui dis qu'il te mette dehors, et vite." Alors, je me suis jeté sur elle, je l'ai battue, jusqu'à lui faire des bleus.

— Pas possible ! s'écria le prince.

— Comme ça, c'était, je te dis, confirma Rogojine d'une voix basse mais le regard luisant. Pendant deux jours, exactement, j'ai pas fermé l'œil, j'ai rien mangé, rien bu, je suis pas sorti de sa chambre, je tombais à genoux devant elle : "Je crève ici, je lui dis, mais je sors pas aussi longtemps que tu m'as pas pardonné, et si tu me fais jeter dehors, je me noie ; parce que – qu'est-ce que je peux être, sans toi ?" Comme une folle, elle était, toute cette journée, soit elle pleurait, soit elle voulait me tuer, à coups de couteau, soit elle se moquait de moi. – Elle appelle Zaliojev, Keller, Zemtioujnikov, et elle me montre du doigt, et elle me fait honte. "Messieurs, on va tous au théâtre, tous les quatre, ce soir, qu'il reste là, lui, s'il refuse de sortir – j'ai rien à faire de lui. Et vous, Parfione Semionytch, on vous donnera du thé, en mon absence, vous devez avoir très faim, depuis hier." Elle rentre du théâtre, toute seule : "Tous des minables, des froussards, ils ont tous peur de toi ; moi aussi, ils veulent me faire peur : Il partira pas, ils me disent, il vous égorgera, encore. Et moi, regarde-moi, je rentre dans ma chambre à coucher, et, la porte, je la ferme pas, voilà comment j'ai peur de toi ! Regarde bien, et mets-toi ça dans le crâne ! Le thé, tu l'as pris ?" – "Non, et j'en prendrai pas." – "Si c'était une question d'honneur, encore, mais ça te va pas du tout." Et elle fait ce qu'elle dit, la porte, elle te la laisse ouverte.

Le lendemain, elle ressort, elle rigole : "T'es devenu fou, ou quoi ? elle me dit. Tu vas crever de faim, comme ça." – "Pardonne", je lui dis. "Je veux pas te pardonner, et je veux pas me marier avec toi, je t'ai dit. T'es vraiment resté là toute la nuit dans ce fauteuil, t'as pas dormi ?" – "Non, je dis, j'ai pas dormi." – "Ça, c'est malin ! Encore une fois, tu refuses de manger – même pas de thé ?" – "Je t'ai dit que non – pardonne !" – "Si tu pouvais savoir comme ça te va pas, elle me dit, c'est comme une selle à une vache. Tu aurais pas l'idée de me faire peur ? Tu parles que ça me fera de la peine, que tu restes le ventre vide ; la bonne idée pour me faire peur !" Elle s'est refâchée, mais pas longtemps, et elle s'est remise à m'envoyer des piques. Moi, là, elle m'a même étonné, comment ça se faisait, là, qu'elle avait pas du tout de haine ? Parce que, pour tout le mal qu'on lui fait, elle s'en souvient, de la rancune, elle en a ! A ce moment-là, ça m'est passé dans le crâne qu'elle me mettait, vraiment, mais tellement bas que, même, elle était pas capable de m'en vouloir longtemps. Et ça, c'est vrai. "Tu sais, elle me dit, ce que c'est que le pape de Rome ?" – "J'ai entendu parler", je dis. "Toi, elle me dit, Parfione Semionytch, on t'a jamais appris l'histoire universelle." – "J'ai rien appris du tout", je dis. "Eh bien, je te donne une chose à lire, elle me dit : il y avait un pape, il s'est fâché contre un empereur, et, l'autre, il est resté devant lui, sans boire et sans manger, pieds nus, à genoux, devant son palais, jusqu'à ce qu'il le pardonne ; qu'est-ce que tu penses, cet empereur-là, pendant tous ces trois jours qu'il était à genoux, là, qu'est-ce qu'il a eu le temps de ruminer, au fond de sa tête, qu'est-ce qu'il se faisait, comme promesses ?… Mais attends, elle me dit, je vais te le lire tout de suite !" Un bond, et elle me ramène un livre : "C'est un poème",

elle me dit, et elle se met à me lire, en vers, comment
cet empereur, là, pendant trois jours, il s'est promis de
se venger du pape. "Comment ça te plaît pas, elle me
dit, Parfione Semionytch ?" – "C'est tout vrai, je lui
dis, ce que tu as lu." – "Aha, tu le dis toi-même, que
c'est juste, donc, toi aussi, peut-être, tu te promets des
choses : elle se marie avec moi, n'est-ce pas, je lui ferai
souvenir, alors, peut-être, j'aurai encore le temps de
m'amuser avec elle !" – "Je sais pas, je lui dis, peut-être
que c'est ça que je pense." – "Comment, tu sais pas ?"
– "Comme ça, je lui dis, je sais pas, c'est pas à ça que je
pense, pour le moment." – "Et à quoi tu penses donc ?"
– "Quand tu te lèves, quand tu passes devant moi, moi,
je te regarde, je te suis des yeux ; ta robe, elle froufroute,
moi, j'en ai le cœur qui se fige, tu sors de la chambre,
moi, je repense au moindre mot que tu as dit, et à la
voix que tu avais quand tu l'as dit ; toute cette nuit, là,
j'ai pensé à rien, j'écoutais, simplement, comment tu
respirais quand tu dormais, comment tu as bougé, deux
fois…" – "Mais dis donc, elle me fait, en rigolant, comment tu m'as battue t'y penses plus, t'oublies ?" – "Peut-
être, j'y pense, je dis, je sais pas." – "Et si je te pardonne
pas, et que je te refuse ?" – "Je me noie, je te dis." – "Et
tu me tueras avant, peut-être, encore…" Elle me dit ça,
et elle reste à penser. Après, elle se remet en colère, et
elle sort. Une heure plus tard, elle revient, comme ça,
l'air noir. "Je veux bien me marier avec toi, elle me dit,
Parfione Semionytch, et pas parce que j'ai peur de toi,
mais parce que, de toute façon, faut bien crever un jour.
Et où, quelle importance ? Assieds-toi, elle me dit, on
t'apporte à manger. Et si je me marie avec toi, elle continue, je te serai une épouse fidèle, pour ça, te pose pas
de questions, sois pas inquiet." Après, elle se tait un peu,
et elle me dit : "Quand même, t'es pas un domestique ;

avant, je pensais que t'étais ça, un domestique, de la tête aux pieds." C'est là qu'elle a fixé la date pour le mariage, et, une semaine plus tard, elle fichait le camp, chez Lebedev, elle a couru chez lui. Moi, dès que je suis revenu, elle me dit : "Je te renie pas du tout ; je veux juste attendre un peu, autant que je veux, parce que, pour l'instant, je suis encore libre. Attends pareil, toi, si tu veux." Voilà comme c'est, chez nous, en ce moment... Qu'est-ce que tu penses de ça, Lev Nikolaevitch ?

— Et qu'est-ce que tu en penses, toi ? lui redemanda le prince, en le fixant d'un regard douloureux.

— Mais est-ce que je pense ! éclata celui-ci. Il voulait ajouter quelque chose, mais il se tut, plongé dans une douleur sans fond.

Le prince se leva, et il voulut partir, une nouvelle fois.

— Malgré tout ça, je ne vais pas te déranger, murmurat-il d'une voix basse, presque songeuse, comme s'il venait de se répondre lui-même à une pensée intérieure et secrète.

— Tu sais ce que je vais te dire ! fit soudain Rogojine en se ranimant, et ses yeux se mirent à briller. Comment tu cèdes comme ça, je comprends pas. Ou tu l'aimes plus du tout, alors ? Avant, quand même, tu avais ta douleur, je l'ai bien vu. Mais pourquoi tu as couru ici à toutes jambes ? Par pitié ? (Et son visage se déforma dans une grimace méchante.) Hé hé !

— Tu penses que je te trompe ? demanda le prince.

— Non, je te crois, sauf que j'y comprends rien. Si ça se trouve, ta pitié, elle est encore bien pire que mon amour !

Quelque chose de méchant, quelque chose qui voulait absolument se dire tout de suite se mit à brûler sur son visage.

— Eh bien, ton amour, toi, on ne peut pas le distinguer de la haine, lui répondit le prince en souriant, mais si, un jour, il passe, alors, il y aura un malheur encore pire. Mon frère Parfione, voilà ce que je te dis…

— Que je lui mettrai un coup de couteau ?

Le prince eut un frisson.

— Tu vas la détester très fort, après, pour ton amour de maintenant, pour toute cette douleur que tu t'infliges. Pour moi, ce qui m'étonne le plus, c'est comment elle peut accepter de te suivre. Quand j'ai entendu ça, hier, j'ai eu du mal à le croire, ça m'a fait tellement mal. Parce qu'elle t'a déjà repoussé deux fois, elle s'échappait, juste avant l'église, donc, elle l'a bien, le pressentiment !… Pourquoi est-ce qu'elle te prend, alors ? Pas pour ton argent, quand même ! C'est des bêtises, tout ça. Et cet argent, d'ailleurs, tu en as dépensé pas mal, déjà… Ou alors, vraiment, seulement pour se trouver un mari ? Mais elle aurait pu en trouver d'autres que toi. N'importe lequel aurait mieux convenu, parce que, c'est vrai que, toi, tu es capable de lui mettre un coup de couteau, et, ça, elle ne le comprend que trop, maintenant, peut-être. Et toi, pourquoi l'aimes-tu si fort ? C'est vrai, seulement parce que, peut-être… J'ai entendu dire ça, il y a des gens qui cherchent un amour comme ça… seulement…

Le prince s'arrêta, pensif.

— Pourquoi tu souris encore devant le portrait du père ? demanda Rogojine qui suivait avec une attention extrême le moindre changement, la moindre nuance qu'exprimait le visage du prince.

— Pourquoi je souris ? Une idée que j'ai eue, si cette catastrophe ne t'était pas arrivée, si cet amour ne t'était pas tombé dessus, tu serais devenu exactement comme ton père, je parie, et vite, encore. Tu te serais enfermé tout seul, sans dire mot, dans ta maison, avec une femme, silencieuse, obéissante, une parole rare, sévère, sans te fier à personne, et sans avoir besoin de te fier, en amassant l'argent, sans dire mot, l'air toujours aussi noir. C'est le bout du monde si, de temps en temps, tu aurais lu quelques livres anciens, tu te serais intéressé au signe des deux doigts, et ça, encore, sur tes vieux jours…

— Tu peux rire. Elle, tiens, c'est exactement ça qu'elle me disait, quand elle regardait ce portrait ! C'est fou, le même refrain, tous les deux, maintenant…

— Comment, elle est déjà venue chez toi ? demanda le prince avec curiosité.

— Oui. Elle a longtemps regardé le portrait, elle me posait des questions sur le défunt. "Tu vois, tu serais exactement pareil, elle m'a dit ça, après, avec un rire, toi, elle me dit, Parfione Semionytch, tu as des passions fortes, si fortes, tes passions, tu te retrouverais en Sibérie, avec, au bagne, si t'avais pas de tête, parce que tu as une tête, et drôlement, même", elle m'a dit. (C'est ce qu'elle m'a dit, tu me croiras, tiens ! La première fois que j'ai entendu ça, venant d'elle !) "Tous tes jeux, de maintenant, tu les aurais laissés vite fait. Et comme tu es quelqu'un d'inculte, mais complètement, tu te serais mis à amasser de l'argent, tu te serais enfermé, comme ton père, dans cette maison, avec tes castrats ; je parie qu'à la fin, même, tu te serais converti à leur foi, et tu l'aurais aimé si fort, tout ton argent, que c'est pas deux millions que tu aurais amassés, mais dix, peut-être, et tu serais mort de faim, là, sur tes sacs, parce que, la passion, tu l'as pour tout, tout ce que tu fais, tu le pousses jusqu'à la passion." Oui, c'est ça qu'elle m'a dit, presque les mêmes mots. Jamais avant elle m'avait parlé comme ça ! Parce que, avec moi, elle parle que de bêtises, ou elle se moque ; là aussi, elle s'était mise à rire, mais, après, elle est devenue toute sombre ; toute la maison, elle en a fait le tour, elle regardait, comme si elle avait peur, je sais pas de quoi. "Tout ça, je vais le changer, je lui dis, je vais tout refaire, et même, peut-être, pour le mariage, j'achèterai une autre maison." – "Non, non, elle me dit, faut rien changer ici, on va vivre comme ça. Je veux vivre auprès de ta mère, elle me dit, quand je serai ta femme." Je l'ai amenée chez ma mère – elle a été respectueuse, comme sa propre fille. Ma mère, même avant, ça fait déjà deux ans, c'est comme si elle avait pas toute sa tête (elle est malade), et, depuis la mort de mon père, elle est devenue un vrai bébé, pas moyen de dire un mot ; elle se lève plus, et, tous ceux qu'elle voit, elle les salue, de son fauteuil ; on lui donnerait rien à manger deux jours de suite, à croire, elle s'en rendrait pas compte. Je lui ai pris sa main droite, à ma mère, je lui ai fait faire le signe : "Bénissez-la, je dis, maman, elle se marie avec moi" ; sa main, à ma mère, elle l'a embrassée avec tant d'émotion, "elle a eu bien de la peine, dans sa vie, elle me dit, ta mère, sans doute". Après, elle a vu ce livre : "C'est toi qui lis *l'Histoire russe* ?" (C'est elle, une fois, à Moscou, qui m'avait dit : "Tu devrais quand même te cultiver un peu, tu devrais lire *l'Histoire russe* de Soloviov, tu es complètement inculte.") "Ça, c'est bien, elle me dit, continue, persévère. Je te ferai une petite liste, les livres qu'il faut que tu lises en premier ; tu veux bien ?" Et jamais, jamais, elle m'avait parlé comme ça avant, ça m'a surpris, même ; la première fois que j'ai respiré, comme un vrai être humain.

— Ça me rend très heureux, Parfione, dit le prince avec une émotion sincère, oui, très heureux. Qui sait, peut-être que Dieu pourrait vous arranger, ensemble.

— Jamais de la vie ! s'écria Rogojine avec chaleur.

— Ecoute, Parfione, si tu l'aimes à ce point, peux-tu vraiment ne pas vouloir mériter qu'elle te respecte ? Et si c'est une chose que tu veux, comment peux-tu ne pas l'espérer ? Tout à l'heure, je t'ai dit, c'est une énigme délirante pour moi de savoir pourquoi elle t'épouse. Mais, même si je ne peux pas répondre, il y a une chose dont je ne peux pas douter, c'est qu'il faut bien qu'il y ait une raison suffisante, une raison raisonnable. Que tu l'aimes, elle en est convaincue ; mais elle est convaincue sans doute aussi que tu as des qualités. Sinon, ce n'est pas possible ! Et ce que tu viens de me dire, ça le confirme. Tu me dis toi-même qu'elle a fini par trouver le moyen de te parler une autre langue que celle qu'elle avait d'habitude. Tu es jaloux et soupçonneux, voilà pourquoi tu as exagéré ce que tu as vu de mal. C'est l'évidence, elle ne pense pas autant de mal de toi que tu le dis. Sinon, tu comprends bien, ça voudrait dire que c'est en toute conscience qu'elle va se jeter dans le fleuve, ou au-devant du couteau, si elle t'épouse. Est-ce que, ça, c'est possible ? Qui serait capable d'y aller en toute conscience, se jeter dans le fleuve, ou au-devant du couteau ?

C'est avec un sourire amer que Parfione avait écouté le chaleureux discours du prince. Sa conviction, semblait-il, restait inébranlable.

— Qu'ils sont pesants, ces yeux que tu poses sur moi, Parfione ! avoua le prince dans un trouble pesant.

— Le fleuve, le couteau ! murmura enfin celui-ci. Hé ! Mais c'est pour ça qu'elle se marie, parce qu'elle l'attend, le couteau ! Mais c'est donc vrai, prince, que t'as toujours pas vu ce qui se passe vraiment ?

— C'est toi que je ne comprends pas.

— Non mais, c'est peut-être vrai qu'il comprend pas, hé hé ! On dit bien de toi que tu es… *comme ça.*

C'est un autre qu'elle aime, mets-toi ça dans le crâne !
Exactement comme moi, je l'aime, là, en ce moment, elle,
en ce moment, elle aime quelqu'un d'autre. Et l'autre,
tu sais qui c'est ? C'est *toi* ! Quoi, t'étais pas au courant, alors ?

— Moi !

— Toi. Elle t'a aimé depuis le début, depuis son anniversaire. Seulement, elle pense qu'elle a pas le droit
de se marier avec toi, parce qu'elle ferait ton déshonneur,
elle te gâcherait toute ta vie. "Moi, elle dit, on sait bien
ce que je suis." Jusqu'à maintenant, c'est ça qu'elle dit
d'elle-même. Elle m'a dit ça en face, comme ça, tout
net. Toi, elle a peur de te perdre et de faire ton déshonneur, mais moi, donc, c'est pas grave, on peut y aller
– voilà comment elle me respecte, ça aussi, note-le bien !

— Mais comment s'est-elle enfuie de chez toi jusque chez moi… et puis, de chez moi…

— De chez toi jusque chez moi ! Hé ! Si tu savais
ce qui lui passe par la tête, d'un seul coup ! en ce moment, elle est comme dans la fièvre. Soit elle me crie :
"Je me marie avec toi, comme si je me jetais à l'eau.
Vivement qu'on se marie !" Et elle presse elle-même,
elle fixe le jour, et, quand le jour approche, elle prend
peur, ou ses idées, alors, qui changent, va savoir, mais
tu sais bien : elle pleure, elle rit, elle se débat dans sa
fièvre. En quoi ça t'étonne si, même de chez toi, elle a
fichu le camp ? Elle a fichu le camp de chez toi, c'est
qu'elle a bien compris, d'un coup, qu'elle t'aimait drôlement fort. Ça, c'était plus fort qu'elle, chez toi. T'as
dit, tout à l'heure, que j'ai cherché après elle dans tout
Moscou ; mais non, c'est elle qui s'est jetée chez moi,
juste en sortant de chez toi : "Fixe le jour, elle m'a dit,
je suis prête ! et amène du champagne ! on part chez
les Tsiganes !…" Elle me crie ça. J'aurais pas été là,

elle se jetait à l'eau, tout net. Et c'est pour ça qu'elle s'y jette pas, à l'eau, parce que moi, sans doute, je lui fais encore plus peur. Et c'est par haine qu'elle se marie… Et, si elle se marie, je te le dis comme c'est, elle se mariera *par haine.*

— Mais comment est-ce que tu… mais comment tu… ? s'écria le prince sans achever sa phrase. Il fixait Rogojine avec horreur.

— Pourquoi tu finis pas ? ajouta celui-ci dans un rictus. Tu veux que je te dise ce que t'es en train de te dire, là, en ce moment ? – "Mais comment la laisser avec lui ? Comment on peut permettre une chose pareille ?" On le sait bien, ce que tu penses.

— Ce n'est pas pour ça que je suis venu, Parfione, ce n'est pas ça que j'avais en tête…

— C'est bien possible que c'était pas ça, que t'avais autre chose en tête, n'empêche, maintenant, c'est ça, sûr, hé hé ! Allez, suffit ! pourquoi ça te renverse tellement ? Ça serait donc vraiment vrai que tu savais pas ? T'as pas fini de me surprendre !

— Tout ça, c'est de la jalousie, Parfione, c'est une maladie, tu exagères tout ça d'une façon monstrueuse…, murmurait le prince en proie à un trouble terrible. Qu'est-ce que tu as ?

— Laisse, répliqua Parfione ; il arracha vivement des mains du prince le petit couteau que celui-ci avait pris sur la table, à côté du livre, et il le reposa à sa place.

— C'est comme si je savais, quand j'arrivais à Petersbourg, comme si j'avais le pressentiment, poursuivait le prince. Je ne voulais pas rentrer ! Je voulais oublier tout le passé, l'arracher loin de mon cœur ! Allez, adieu !… Mais qu'est-ce que tu as ?

En parlant, le prince, par distraction, avait repris le couteau, et Rogojine, une fois de plus, le lui avait repris des mains et l'avait jeté sur la table. C'était un petit couteau d'une forme assez simple, avec un manche en bois de cerf, non pliable, une lame longue de quinze centimètres, large en rapport.

Voyant que le prince était tellement touché de s'être fait prendre des mains, deux fois de suite, le couteau en question, Rogojine le saisit avec un dépit rageur, le fourra dans le livre, et jeta le livre sur la seconde table.

— Il te sert à couper les pages ? demanda le prince, mais d'une voix distraite, comme s'il était toujours sous le poids d'une songerie profonde.

— Les pages, oui…

— Mais c'est un couteau de jardinier ?…

— De jardinier, oui. Et alors, on peut pas couper les pages avec un couteau de jardinier ?

— Mais… il est tout neuf.

— Qu'est-ce que ça fait, qu'il est tout neuf ?… J'ai plus le droit de m'acheter un couteau neuf, ou quoi ? finit par s'écrier Rogojine, qui s'énervait de plus en plus à chaque mot, avec une sorte de frénésie.

Le prince eut un sursaut ; il posa sur Rogojine un regard fixe.

— Mais regarde-nous ! fit-il, éclatant soudain de rire et reprenant complètement ses esprits. Excuse-moi, vieux frère, mais quand j'ai la tête lourde, comme maintenant, et cette maladie… Je deviens mais tellement, mais tellement, tu sais, distrait, et ridicule. Et ce n'est pas du tout ça que je voulais te demander, d'ailleurs… J'ai oublié… Adieu…

— Pas par là, dit Rogojine.

— J'ai oublié !

— Par là, par là, viens donc, je te montre.

IV

Ils traversèrent les pièces par lesquelles le prince avait déjà passé ; Rogojine marchait légèrement en avant, le prince le suivait. Ils entrèrent dans une grande salle. Là, sur les murs, il y avait quelques tableaux, portraits d'évêques ou paysages où rien ne se distinguait plus. Au-dessus de la porte qui donnait sur la pièce suivante était accroché un tableau à la forme assez étrange, long de presque un mètre soixante-quinze, et haut de seulement trente centimètres. Il représentait le Sauveur juste descendu de croix. Le prince ne fit qu'y jeter un coup d'œil, comme si quelque chose lui revenait en mémoire, mais sans s'arrêter, et il voulut sortir. Il se sentait comme envahi par quelque chose de très pesant, il cherchait à sortir de cette maison le plus vite possible. Mais Rogojine s'arrêta soudain devant le tableau.

— Tous ces tableaux, ici, dit-il, c'est le défunt père qui les achetait, un rouble ou deux, aux ventes, il aimait ça. Un connaisseur, un vrai, est venu les voir ; ça vaut rien, il a dit, mais celui-là, ce tableau, sur la porte, lui aussi, il l'avait acheté deux roubles, il a dit, ça, ça vaut quelque chose. Du temps de mon père, déjà, il y avait quelqu'un qui le voulait, il en donnait jusqu'à trois cent cinquante, et Saveliev, Ivan Dmitritch, un marchand, un grand amateur, lui, il allait jusqu'à quatre cents, et puis, la semaine dernière, à mon frère, à Semione Semionytch, il lui en proposait déjà cinq cents. Je l'ai gardé pour moi.

— Mais c'est... c'est une copie de Hans Holbein, dit le prince, qui avait eu le temps de regarder le tableau, moi, je ne m'y connais pas beaucoup, bien sûr, mais je crois que c'est une copie très bonne. Ce tableau, je l'ai vu à l'étranger, et je n'arrive pas à l'oublier... Mais... pourquoi est-ce que tu... ?

Rogojine laissa soudain le tableau et reprit sa progression. Bien sûr, la distraction et cette humeur bizarre, particulière, d'excitation qui venaient d'apparaître si brusquement en Rogojine auraient pu, sans doute, expliquer ses revirements soudains ; mais, malgré tout, cela parut bizarre, que leur conversation se fût coupée si vite – une conversation dont lui, le prince, n'avait pas pris l'initiative –, Rogojine ne lui avait pas même répondu.

— Dis donc, Lev Nikolaevitch, il y a longtemps que je voulais te demander ça, tu crois en Dieu ? demanda soudain Rogojine qui s'était remis à parler après seulement quelques pas.

— C'est si étrange comme tu me le demandes... et comme tu me regardes ! remarqua le prince malgré lui.

— Moi, ce tableau, j'aime le regarder, murmura Rogojine après un silence – à croire qu'il avait déjà oublié sa question.

— Quoi ? ce tableau ? s'écria soudain le prince, sous l'impression d'une idée brusque. Ce tableau ? Mais, ce tableau, il serait capable de vous faire perdre la foi !

— Oui, ça peut se perdre, confirma brusquement Rogojine, d'une façon surprenante. Ils étaient arrivés jusqu'à la porte qui donnait sur la rue.

— Comment ? fit le prince, s'arrêtant soudain. Mais qu'est-ce que tu dis ! Moi, c'était presque une plaisanterie, et toi – si grave ! Et pourquoi tu m'as demandé si je croyais en Dieu ?

— Pour rien, comme ça. Il y a longtemps que je voulais te demander. Il y en a plein, maintenant, des qui croyent plus. Eh ben, c'est vrai (t'as voyagé, toi), il y a un type, dans sa soûlerie, il m'a dit, comme ça – pourquoi, chez nous, en Russie, il y en a plus que dans les autres pays, des gens qui croyent pas en Dieu ? "Pour nous, il m'a dit, c'est plus facile que pour eux – on est allés plus loin…"

Rogojine eut un rictus méchant ; ayant formulé sa question, il ouvrit soudain la porte et, en tenant la poignée, il attendait que le prince sorte. Le prince fut surpris, mais il sortit. L'autre sortit derrière lui sur le palier et laissa la porte entrouverte. Ils restaient là, face à face, avec un air qui pouvait laisser croire qu'ils avaient oublié, l'un comme l'autre, où ils étaient arrivés, et ce qu'ils devaient faire à présent.

— Adieu, alors, dit le prince, en lui tendant la main.

— Adieu, murmura Rogojine, serrant d'une façon ferme, mais complètement machinale, la main qui lui était tendue.

Le prince descendit une marche, et il se retourna.

— Pour ce qui est de la foi, commença-t-il, avec un sourire (sans doute ne voulait-il pas laisser Rogojine ainsi), et se ranimant, de plus, sous l'impression d'un souvenir qui venait de lui réapparaître, pour ce qui est de la foi, la semaine dernière, en deux jours, j'ai fait quatre rencontres. Un matin, j'avais pris un nouveau chemin de fer, et j'ai parlé pendant quatre heures avec un nommé S***, dans le train – c'est là que je l'avais rencontré. J'avais beaucoup entendu parler de lui – entre autres comme d'un athée. C'est vrai qu'il est quelqu'un de très savant, et j'étais très heureux de pouvoir parler avec un vrai savant. En plus, il y a sans doute peu de gens mieux éduqués que lui, ce qui fait qu'il m'a parlé comme si j'étais tout à fait son égal, en connaissances ou en capacités. Il ne croit pas en Dieu. Il y a une chose, seulement, qui m'a frappé : c'est comme s'il n'avait pas du tout parlé de ça, de tout le temps, et ça m'a frappé, justement, parce que, déjà avant, les non-croyants que je rencontrais, les livres que je pouvais lire sur le sujet, il me semblait toujours que ce qu'ils disaient, ce qu'ils écrivaient dans leurs livres, tout ça, c'était comme *pas sur ça*, même si ça avait l'air d'être sur ça. C'est ça, exactement, que je lui ai dit, sauf que ça ne devait pas être très clair, ou je n'ai pas su m'exprimer, parce qu'il n'a rien compris… Le soir, je me suis arrêté dans un hôtel, pour passer la nuit, et il venait juste d'y avoir un meurtre, la nuit d'avant, ce qui fait que tout le monde parlait de ça quand je suis entré. Deux paysans, déjà d'âge mûr, et pas soûls, et qui se connaissaient depuis longtemps, des amis – ils ont bu le thé, et puis ils ont voulu dormir, tous les deux, dans le même réduit, se mettre au lit. Le premier avait vu chez le deuxième, depuis deux jours, il avait remarqué, une montre, en argent, sur un cordon de perles de verre jaune, une montre, sans doute, qu'il ne lui avait jamais vue avant. Cet homme, il n'était pas un voleur, il était même honnête, et, pour un paysan moyen, il était même assez riche. Mais, cette montre, elle lui a plu tellement, elle l'a tenté tellement qu'à la fin c'était plus fort que lui : il a pris un couteau, et, quand son camarade lui a tourné le dos, il s'est approché de lui, tout doucement, par-derrière, il a pris son élan, il a levé les yeux au ciel, il s'est signé, il s'est dit, dans une prière amère : "Seigneur, pardonne au nom du Christ !" – et là, il a égorgé son ami, d'un seul coup, comme un mouton, et il lui a pris sa montre*.

Rogojine se retrouva littéralement plié de rire. Il riait tellement qu'il fut pris dans une espèce de crise. C'en était même surprenant de le voir pris d'un rire pareil après l'humeur si sombre de l'instant d'avant.

— Ça, c'est ce que j'aime ! Non, ça, c'est la meilleure ! criait-il convulsivement, à deux doigts d'étouffer. Le premier, il y croit plus du tout, en Dieu, et, l'autre, il y croit tellement qu'il vous égorge avec une prière… Non, ça, mon vieux prince, ça, ça s'invente pas ! Ha ha ha ! Non, c'est vraiment la meilleure !…

— Le matin, je suis sorti flâner dans la ville, poursuivit le prince à peine Rogojine s'était-il arrêté, même si le rire, par accès convulsifs, faisait encore, de temps à autre, tressaillir ses lèvres, qu'est-ce que je vois ? un soldat, qui tangue, sur le trottoir en bois, un vrai loqueteux. Il vient vers moi : "Achète-moi une croix d'argent, seigneur, je la donne pour rien que vingt kopeks : une croix d'argent !" Je la vois dans sa main, cette croix, il venait juste de l'enlever de son cou, sans doute, avec un ruban bleu, bien élimé, mais une croix en étain véritable, seulement, ça se voit au premier coup d'œil, une grande croix, à huit branches, le pur motif byzantin. Je lui tends ses vingt kopeks, je les lui donne et, cette croix, je la mets tout de suite – ça se voyait bien à sa figure, qu'il était content, il venait de rouler un benêt de monsieur ; sa croix, il est tout de suite parti la boire, pas de doute. Moi, vieux frère, à ce moment-là, j'étais

___

* Fait divers relaté dans le journal *la Voix* du 30 octobre 1867 – au moment même où Dostoïevski entamait les premiers brouillons de sa première version de *l'Idiot*. (N.d.T.)

sous le choc de toutes ces impressions qui se jetaient sur moi, de voir la Russie ; avant, je ne comprenais rien à ce pays, je grandissais comme privé de parole, c'était comme irréel, mes souvenirs d'elle pendant cinq ans. Et donc, je continue et je me dis : Non, ce marchand du Christ, je vais attendre avant de le condamner. Parce que Dieu sait ce qu'il y a dans les cœurs faibles, dans les cœurs d'ivrognes. Une heure plus tard, je rentrais à l'hôtel, je suis tombé sur une paysanne avec un petit bébé. Une paysanne, encore toute jeune, le bébé, il n'avait pas six semaines. L'enfant, il lui avait souri, elle venait de l'observer, le premier sourire de toute sa petite vie. Je la vois, soudain, qui se signe, et avec quelle piété, mais quelle piété… "Qu'est-ce qui t'arrive, je lui demande, jeunette ?" (Tu sais, j'étais toujours à poser des questions.) "Eh ben, elle me dit, c'est quand une mère, elle sent de la joie, quand elle voit que son enfant, il lui sourit pour la première fois, c'est la même joie chez Dieu, pas plus pas moins, quand Il est dans son ciel, et qu'Il voit un pécheur qui se met en prière devant lui, et qui prie de tout son cœur." Ça, c'est une paysanne qui m'a dit ça, oui presque mot pour mot, une pensée si profonde, si fine, véritablement religieuse, une pensée où toute l'essence du christianisme s'est exprimée d'un coup, c'est-à-dire toute l'idée de Dieu comme de notre propre père, et toute la joie de Dieu pour l'homme, comme celle du père pour son enfant – oui, l'idée principale du Christ ! Une paysanne ! Mais une mère, c'est vrai… et puis, qui sait, cette femme, peut-être, c'était la femme de l'autre soldat. Ecoute, Parfione, tu m'as posé la question tout à l'heure, alors voilà ce que je te réponds : l'essence du sentiment religieux, elle n'entre dans aucune réflexion, elle ne dépend d'aucun faux pas, ou d'aucun crime, ou d'aucun athéisme ; il y a là quelque chose de *pas ça*, et ce sera *pas ça* dans les siècles des siècles ; il y a là quelque chose sur lequel les athéismes, dans les siècles des siècles, ne pourront que glisser, qui les fera toujours parler, parler, mais *pas de ça*. Mais l'essentiel, c'est que ça, c'est dans le cœur des Russes que tu le remarques le plus vite et le mieux, voilà ma conclusion ! C'est là une des toutes premières convictions que je retire de Russie. Il y a de quoi faire, Parfione ! Il y a de quoi faire dans notre monde russe, crois-moi ! Rappelle-toi, quand on se retrouvait ensemble, toi et moi, à Moscou, et qu'on parlait… Et je ne voulais pas revenir ici en ce moment ! Et ce n'est pas du tout, mais pas du tout comme ça que je pensais te revoir !… Enfin, bon !… Adieu, au revoir ! Que Dieu ne t'abandonne pas !

Il se tourna et fit quelques pas dans l'escalier.

— Lev Nikolaevitch ! lui cria d'en haut Parfione quand le prince fut arrivé à l'étage inférieur. La croix, là, que t'as achetée au soldat, tu l'as toujours ?

— Oui…

Et le prince s'arrêta une fois encore.

— Montre-la un peu, pour voir…

Nouvelle étrangeté ! Il réfléchit un peu, remonta les marches et lui sortit la croix, juste devant les yeux, sans l'enlever de son cou.

— Donne-la-moi, dit Rogojine.

— Pourquoi ? Est-ce que tu… ?

Le prince n'avait pas trop envie de se séparer de cette croix.

— Je vais la porter, et, la mienne, je te la donne – c'est toi qui la porteras.

— Tu veux qu'on échange nos croix ? Si tu veux, Parfione, si c'est ça, je suis heureux ; soyons frères.

Le prince ôta sa croix de plomb, Parfione sa croix en or, et ils firent l'échange. Parfione ne disait rien. Avec

un étonnement pesant, le prince remarqua que sa méfiance de tout à l'heure, ce sourire amer et presque sarcastique n'avaient pour ainsi dire pas quitté le visage
de son frère élu – du moins, par instants, se montraient-
ils très fort. Rogojine, sans rien dire, finit par prendre
la main·du prince, et il resta ainsi, un certain temps,
comme s'il hésitait à faire quelque chose ; à la fin, brusquement, il le tira vers lui, après avoir murmuré, d'une
voix à peine audible : "Viens." Ils traversèrent le palier
du rez-de-chaussée et sonnèrent à la porte opposée à
celle d'où ils étaient sortis. On leur ouvrit rapidement.
Une vieille petite femme, toute voûtée, vêtue de noir,
un petit fichu sur la tête, s'inclina en silence, très bas,
devant Rogojine ; celui-ci lui demanda quelque chose à
la hâte, et, sans s'arrêter à sa réponse, il fit avancer le
prince plus loin, à l'intérieur. Ils traversèrent, une fois
encore, des pièces obscures, d'une sorte de propreté
extraordinaire et froide, meublées d'une façon froide et
rigoureuse par de vieux meubles couverts de housses
blanches et propres. Sans s'annoncer, Rogojine mena le
prince tout droit vers une petite pièce qui ressemblait à
un salon, divisée par une cloison, en acajou moiré, avec
deux portes sur les côtés, derrière laquelle se trouvait
sans doute une chambre à coucher. Dans un coin du
salon, près du poêle, tout au fond d'un fauteuil, le prince
découvrit une petite grand-mère qui n'avait pas l'air trop
âgée pourtant, le visage replet, rond, agréable, mais
les cheveux déjà tout blancs et (on le sentait au premier
coup d'œil) retombée complètement en enfance. Elle
avait une robe de laine noire, un large fichu noir sur les
épaules, un bonnet blanc bien propre avec des rubans
noirs. Ses pieds s'appuyaient sur un petit banc. Près d'elle
se trouvait une autre petite vieille toute propre, un peu
plus âgée qu'elle, elle aussi en grand deuil et coiffée

d'un bonnet blanc – un genre de dame de compagnie, sans doute – qui, sans rien dire, tricotait un bas. Les deux femmes, visiblement, ne devaient jamais rien se dire. La première petite vieille, apercevant Rogojine et le prince, leur sourit et, plusieurs fois de suite, leur fit un signe de tête plein de douceur pour montrer son plaisir.

— Maman, dit Rogojine après lui avoir baisé la main, voici mon grand ami, le prince Lev Nikolaevitch Mychkine ; nous venons d'échanger nos croix ; à Moscou, pendant un certain temps, il a été pour moi comme mon frère, il a beaucoup fait pour moi. Donne-lui ta bénédiction, maman, comme tu bénirais ton propre fils. Attends, maman, comme ça, que je te mette la main…

Mais la petite vieille, avant même que Parfione ait eu le temps de la lui prendre, avait déjà levé la main droite, mis les trois doigts ensemble, et, par trois fois, avec une piété profonde, avait béni le prince. Et puis, une fois encore, elle lui fit un signe de tête plein de douceur et de tendresse.

— Allez, viens, Lev Nikolaevitch, dit Parfione, c'est juste pour ça que je t'ai amené…

Quand ils se retrouvèrent sur l'escalier, il ajouta :

— Elle comprend rien du tout de ce qu'on raconte, tu vois, et elle a rien compris de ce que je lui disais, mais toi, elle t'a béni ; donc, c'est d'elle-même qu'elle a voulu… Allez, adieu, et toi et moi, il faut qu'on y aille.

Et il rouvrit la porte.

— Mais laisse-moi t'embrasser, au moins une fois, pour se dire adieu, quel homme étrange tu fais ! s'écria le prince qui le regardait avec un air de reproche plein de douceur et voulait le prendre dans ses bras. Mais Parfione avait à peine levé les bras qu'il les baissa une fois encore. Il n'y arrivait pas ; il se détournait, pour ne pas regarder le prince. Il se refusait à l'embrasser.

— Ça va ! Ta croix, je l'ai prise, mais j'irai pas t'égorger pour ta montre ! marmonna-t-il d'une voix sombre et avec, tout à coup, une sorte de rire étrange. Mais, tout à coup, il se transfigura : il fut pris d'une pâleur terrible, ses lèvres se mirent à trembler, ses yeux brûlèrent. Il leva les bras, serra le prince très fort, et, comme s'il était hors d'haleine, il murmura : Mais prends-la donc, si c'est le destin ! A toi, elle est ! Je la laisse !… Souviens-toi de Rogojine !

Alors, abandonnant le prince, sans le regarder, il rentra précipitamment, et il claqua la porte.

V

Il était déjà tard, presque deux heures et demie, et le prince trouva le général Epantchine absent. Il laissa sa carte et décida d'aller jusqu'à l'hôtel de *la Balance* pour y demander Kolia ; et puis, au cas où il n'y serait pas, de lui laisser un billet. A *la Balance*, on lui dit que "M. Nikolaï Ardalionovitch était sorti depuis ce matin, et Monsieur avait prévenu que si quelqu'un demandait Monsieur, il fallait dire que Monsieur serait peut-être de retour à trois heures. Et si Monsieur n'était pas là à trois heures et demie, ça voulait dire qu'il avait pris le train de Pavlovsk, pour la datcha de la générale Epantchina, et ce serait là, donc, que Monsieur irait prendre son dîner." Le prince décida de l'attendre, et, tant qu'à faire, il se commanda de quoi manger.

A trois heures et demie, et même à quatre heures, Kolia n'était toujours pas là. Le prince sortit et, machinalement, alla où ses yeux le menaient. Au début de l'été à Petersbourg, il y a parfois des jours splendides – chauds, lumineux, en repos. Comme par hasard, cette journée-là était un de ces jours si rares. Le prince erra sans but pendant un certain temps. Il connaissait très peu la ville. Il s'arrêtait parfois à des carrefours, devant certaines maisons, devant des places, devant des ponts ; une fois, il entra se reposer dans une pâtisserie. Parfois, avec une grande curiosité, il scrutait les passants ; mais, le plus souvent, il ne remarquait ni les passants ni même la direction qu'il avait prise. Il se trouvait dans un état de tension, une inquiétude qui le torturaient, et il sentait en même temps un extraordinaire besoin de solitude. Il voulait rester seul, s'offrir, complètement passif, à toute cette tension si douloureuse, sans lui chercher la moindre issue. C'est avec dégoût qu'il refusait de répondre aux questions qui avaient envahi et son âme et son cœur. "Comment – je serais donc coupable de tout ça ?" murmurait-il au fond de lui-même, sans presque avoir conscience de ce qu'il disait.

A six heures, il se retrouva sur le quai du chemin de fer de Tsarskoïe Selo. La solitude lui était vite devenue insupportable ; un nouvel élan, comme une flamme, lui avait saisi le cœur, et, un instant, une lumière brillante éclaira les ténèbres dans lesquelles son âme se tourmentait. Il prit un billet pour Pavlovsk, et se hâtait impatiemment de partir ; mais, déjà, bien sûr, quelque chose le poursuivait, et c'était une réalité, pas une fantaisie, comme il aurait, peut-être, eu tendance à le croire. Il en était presque à s'installer dans le wagon quand, brusquement, il jeta par terre le billet qu'il venait d'acheter et ressortit de la gare, troublé, songeur. Quelque temps plus tard, dans la rue, brusquement, c'était comme s'il venait de se souvenir de quelque chose, comme si, soudain, il venait de comprendre, mais quelque chose de très étrange, qui, longtemps, longtemps, l'avait tenu dans l'inquiétude. Il lui arriva soudain, en toute conscience, de se surprendre à une occupation qui durait déjà depuis longtemps, mais qu'il n'avait pas remarquée jusqu'à cette minute précise : depuis déjà plusieurs heures, quand il était encore à *la Balance*, et peut-être même avant *la Balance*, il se mettait soudain, à tout instant, comme à chercher quelque chose autour de lui. Il oubliait, même pour longtemps, une demi-heure – et ça le reprenait, il se tournait, soudain, d'un air inquiet, et il cherchait autour de lui.

Mais à peine avait-il remarqué ce mouvement maladif, jusqu'alors tout à fait inconscient et qui le possédait déjà depuis si longtemps, que, brusquement, un deuxième souvenir fusait devant ses yeux, un souvenir qui l'intéressa au plus haut point : il lui revint en mémoire, à la minute précise où il remarqua qu'il cherchait quelque chose autour de lui, qu'il était resté sur le trottoir, devant la vitrine d'une boutique et qu'il examinait la marchandise avec une grande curiosité. Il eut envie, là, maintenant, de vérifier, coûte que coûte : était-ce bien vrai qu'il s'était mis, là, il y avait cinq minutes à peine, peut-être, devant la vitrine de cette boutique, ou était-ce juste une impression – n'avait-il pas confondu quelque chose ? Cette boutique, existait-elle vraiment – elle et ces marchandises ? Parce que, oui, c'était vrai, ce jour-là, il se sentait, bizarrement, vraiment pas bien – presque la même chose qu'il éprouvait avant, au tout début des crises de la maladie qu'il avait eue. Il savait que, dans ces moments de crise, il devenait incroyablement distrait, qu'il confondait même, très souvent, les objets et les visages, s'il les regardait sans attention particulière, sans aucune tension. Mais il y avait aussi une raison précise s'il avait tellement voulu vérifier qu'il s'était bien trouvé devant cette boutique ; parmi les objets entassés pour la vente dans la vitrine de cette boutique, il y avait un objet qu'il avait regardé et, même, qu'il avait estimé à soixante kopeks d'argent, il se souvenait de cela, malgré toute la distraction et l'inquiétude. Donc, si cette boutique existait bien et si l'objet était exposé en vrai parmi les marchandises, alors, donc, c'était exprès pour cet objet qu'il s'était arrêté. Donc, cet objet présentait à ses yeux un intérêt si fort qu'il avait attiré son attention même dans un moment où il se trouvait, lui, saisi d'un trouble aussi pesant, juste au sortir de la gare de chemin de fer. Il avançait, en regardant à droite, presque pris par l'angoisse, et tout son cœur battait d'une impatience inquiète. Elle était là, cette boutique, il l'avait retrouvée, enfin ! Il en était déjà à cinq cents pas quand il eut l'idée de revenir en arrière. Et, oui – l'objet à soixante kopeks : "Bien sûr, soixante kopeks, ça n'en vaut pas plus !" confirma-t-il immédiatement, et il se mit à rire. Mais il fut pris d'un rire d'hystérie ; quelque chose lui pesait très fort. Il se souvenait clairement, maintenant, que c'était là, précisément ici, devant cette vitrine, qu'il s'était retourné, soudain, comme tout à l'heure, quand il avait surpris sur lui les yeux de Rogojine. Convaincu qu'il ne se trompait pas (ce dont, du reste, il était sûr avant même d'avoir eu besoin de vérifier), il laissa la boutique et s'éloigna, très vite. Tout cela, il fallait le méditer, et le plus vite, absolument ; maintenant, il était clair que ce n'était pas une impression qu'il avait eue, à la gare, qu'il lui était arrivé, absolument, quelque chose de vrai et d'absolument lié à toute son inquiétude précédente. Mais une sorte de dégoût intérieur invincible reprit à nouveau le dessus ; il refusa de penser quoi que ce fût, il ne se mit à penser à rien ; c'est à tout autre chose qu'il réfléchit.

Il réfléchit, entre autres, au fait que, dans l'état épileptique, il y avait un degré, précédant juste la crise en tant que telle (si seulement cette crise arrivait en plein jour) quand, brusquement, dans la tristesse, dans la nuit spirituelle et l'oppression, son cerveau, par instants, semblait comme s'embraser, et toutes ses forces vitales se tendaient à la fois dans un élan extraordinaire. La sensation de la vie, de la conscience de soi, décuplait presque au cours de cet instant qui se prolongeait le temps d'un éclair. L'esprit, le cœur s'illuminaient d'une lumière extraordinaire ; tous ses troubles, ses doutes, ses inquiétudes semblaient s'apaiser tous à la fois, se résolvaient en une sorte de tranquillité supérieure, de joie complète, lumineuse, harmonieuse, et d'espoir plein de raison, plein de la cause définitive. Mais ces moments, mais ces éclairs n'étaient encore que le pressentiment de cette seconde définitive (oui, une seconde, jamais plus) par laquelle commençait la crise proprement dite. Cette seconde était, bien sûr, insupportable. Pensant plus tard à cette seconde, la santé retrouvée, il se disait souvent : tous ces éclairs, ces illuminations de la conscience de soi, de cette sensation de soi à l'état supérieur, et donc, alors, de "l'existence supérieure", n'étaient rien d'autre qu'une maladie, une transgression de l'état normal et, s'il en était ainsi, ce n'était pas du tout une "existence supérieure", mais, au contraire, cela devait ressortir à l'existence la plus inférieure. Et, malgré tout, il était quand même enfin parvenu à une conclusion parfaitement paradoxale : "Quelle importance, que ce soit une maladie ? avait-il enfin conclu. Qu'est-ce que ça peut bien faire que ce soit une tension anormale, si le résultat lui-même, si la minute de sensation, quand on se souvient d'elle et quand on l'examine en pleine santé, est, au degré ultime, de l'harmonie, de la beauté, et si elle vous donne un sentiment de plénitude invraisemblable, insoupçonné, un sentiment de mesure, d'apaisement, celui de se fondre, en prière extatique, dans la synthèse supérieure de la vie ?" Ces expressions brumeuses lui semblaient à lui-même très compréhensibles, quoique trop faibles encore. Mais que, cela, ce fût réellement "la beauté et la prière", que ce fût réellement "la synthèse supérieure de la vie", il n'en avait jamais douté, et il ne pouvait même pas admettre là un doute. Car ce n'était pas on ne savait quelles visions qui, alors, lui venaient en rêve, comme sous l'emprise du hachisch, de l'opium ou du vin, visions qui abaissaient l'esprit et qui déformaient l'âme – des visions anormales et qui n'existaient pas ! Cela, il pouvait en juger clairement, quand il était en train de se rétablir. Non, ces moments n'étaient qu'un pur accroissement extraordinaire de la conscience de soi – s'il avait fallu exprimer cet état par un seul mot –, d'une conscience de soi et, en même temps, d'une impression de soi parfaitement concrète. Si à cette seconde, c'est-à-dire au tout dernier moment avant la crise, il avait pu avoir le temps de se dire d'une manière claire et consciente : "Oui, pour ce moment-là, on peut donner toute sa vie !" alors, bien sûr, ce moment, en lui-même, aurait valu toute une vie. Du reste, il n'insistait pas sur la partie dialectique de sa conclusion : l'abrutissement, la nuit spirituelle, l'idiotie se dressaient devant lui comme une conséquence claire de ses "minutes supérieures". Sérieusement, bien sûr, il ne se serait pas mis à contester. Dans sa conclusion, c'est-à-dire dans son appréciation de cette minute, il y avait, sans l'ombre d'un doute, une erreur, mais la réalité de la sensation, malgré tout, le troublait quelque peu. Car que pouvait-il faire, réellement, de la réalité ? Car c'était bien ce qui se passait – lui-même, il avait bien le temps de se dire à cette seconde précise que, cette seconde, par le bonheur sans limites qu'il y ressentait avec une telle plénitude, elle pouvait bien, vraiment, valoir toute une vie. "A ce moment-là, avait-il dit un jour à Rogojine, à Moscou, au cours de leurs rencontres de là-bas, je suis parfaitement en état de comprendre cette parole invraisemblable, comme quoi *le temps ne sera plus.* Sans doute, ajouta-t-il en souriant, c'est cette fameuse seconde pendant laquelle la cruche d'eau de l'épileptique Mahomet n'a pas eu le temps de se renverser, mais pendant laquelle, lui, il a eu le temps d'observer toutes les demeures d'Allah." Oui, à Moscou, ils se retrouvaient souvent, avec Rogojine, et ils ne parlaient pas que de cela. "Rogojine vient de dire, tout à l'heure, que j'étais son frère ; la première fois aujourd'hui qu'il le dit", pensa le prince.

Il s'était dit cela, assis sur un banc, sous un arbre, au Jardin d'été. Il était près de sept heures. Le jardin était vide ; quelque chose d'obscur voila une seconde le soleil déclinant. Il faisait lourd ; cela ressemblait à une promesse d'orage encore lointaine. Il y avait quelque chose qui le tentait dans son état de contemplation. Il se collait, par ses souvenirs et son esprit, à tous les objets extérieurs, et cela lui plaisait : il avait toujours envie d'oublier quelque chose, quelque chose de vrai, d'essentiel, mais, au premier regard qu'il lançait autour de lui, il reconnaissait tout de suite, une fois encore, sa pensée noire, cette pensée dont il avait tellement envie de se défaire. Il lui revint qu'il avait parlé, tout à l'heure, avec le serveur de l'hôtel, pendant le repas, d'un crime extrêmement étrange qui venait de se produire, et avait fait beaucoup de bruit, beaucoup de conversations. Mais à peine s'était-il souvenu de cela que, brusquement, il lui arriva encore quelque chose de particulier.

Un désir extraordinaire, irrépressible, presque une tentation, figea brusquement toute sa volonté. Il se leva de son banc et sortit du jardin, allant tout droit vers le Quartier de Petersbourg. Tout à l'heure, sur les quais de la Neva, il avait demandé à un passant le pont qui menait au Quartier de Petersbourg. On le lui avait montré, mais il n'y était pas allé. Et puis, de toute façon, ce jour-là, il le savait bien, il n'avait rien à y faire ; cela, il le savait. L'adresse, il la possédait depuis longtemps ; il pouvait retrouver sans problème l'adresse de la parente de Lebedev ; mais il savait presque à coup sûr qu'il ne la trouverait pas chez elle. "Bien sûr, elle est partie à Pavlovsk, sinon Kolia aurait laissé quelque chose à *la Balance*, comme convenu." Et donc, s'il y allait à présent, ce n'était pas, bien sûr, pour la voir. Une curiosité tout autre – noire, torturante – le tentait à présent. C'est une idée nouvelle, soudaine, qui lui était venue…

Mais il lui suffisait déjà trop amplement qu'il se fût mis à marcher, et qu'il sût où il allait ; une minute plus tard, il continuait d'avancer, mais sans plus rien remarquer de sa route. Il lui devint tout de suite terriblement répugnant, oui, presque insupportable, de réfléchir plus loin à son "idée soudaine". Il plongeait ses regards, avec une tension, une attention effrayantes, dans tout ce qui lui tombait sous les yeux, il regardait le ciel, la Neva. Il se mit à parler avec un petit enfant qu'il rencontra. Peut-être aussi son état épileptique s'accroissait-il toujours, de plus en plus. L'orage, semblait-il, approchait réellement, mais lent, très lent. Un tonnerre lointain se faisait déjà entendre. L'air devenait réellement pesant…

Pour une raison obscure, il se souvenait toujours à présent, comme on se souvient parfois d'un motif musical qui ne vous lâche pas et qui vous lasse jusqu'à l'abrutissement, du neveu de Lebedev qu'il avait vu tout à l'heure. Le plus étrange était qu'il se souvenait de lui sous l'image de l'assassin dont Lebedev lui-même avait parlé en présentant ce neveu. Oui, ce crime, il avait lu quelque chose dessus, là, tout récemment. Il avait lu et entendu beaucoup de choses du même genre depuis son retour en Russie ; il suivait tout cela avec obstination. Tout à l'heure, dans la conversation qu'il avait eue avec le laquais, il s'était même intéressé par trop, précisément, à cet assassinat des Jemarine. Le laquais était tombé de son avis, il venait de s'en souvenir. Il se souvint aussi de ce laquais ; c'était un gars pas bête, costaud, prudent, mais "Dieu sait ce qu'il pouvait être, au fond. C'est dur, sur une nouvelle terre, de percer le mystère des hommes nouveaux." Mais l'âme russe, pourtant, il y croyait de plus en plus, avec passion. Oh, il avait appris beaucoup, beaucoup de choses, dans ces six mois, des choses absolument nouvelles, insoupçonnées, inouïes, inattendues ! Mais l'âme d'autrui n'est que ténèbres, dit le proverbe, et l'âme russe n'est que ténèbres ; ténèbres pour beaucoup de gens. Tiens, il s'était longuement lié avec Rogojine, lié de très près, lié en "frères", mais, Rogojine, est-ce qu'il le connaissait ? Et pourtant, parfois, ici, dans tout cela, quel chaos il y avait, quel embrouillamini, quelle monstruosité ! Et ce neveu de Lebedev, tout à l'heure, n'empêche, quel sale petit blanc-bec, quel blanc-bec satisfait ! Et moi, qu'est-ce qui me prend ? continuait de songer le prince. Est-ce qu'il a tué ces créatures, ces six personnes ? J'ai l'impression que je mélange… comme c'est bizarre !… J'ai la tête, je ne sais pas, qui tourne… Le visage de la fille aînée de Lebedev, comme il est sympathique, comme il est bon – celle-ci, là, celle qui restait avec l'enfant, quelle expression, presque enfantine, le rire – presque enfantin ! Etrangement, il avait presque oublié ce visage, il venait de s'en souvenir juste maintenant. Lebedev, il tape des pieds contre eux, mais il les adore, visiblement. Mais ce qui est plus sûr que deux fois deux, c'est que Lebedev adore aussi son neveu !

Et pourtant, pourquoi s'est-il mis à les juger d'une façon si définitive, lui, qui n'était arrivé qu'aujourd'hui,

qu'avait-il donc à prononcer des sentences aussi défi-
nitives ? Lebedev, par exemple, il lui avait posé une
énigme aujourd'hui : est-ce qu'il s'attendait à trouver
un Lebedev pareil ? Ce Lebedev, est-ce qu'il le connaissait, avant ? Lebedev et la Du Barry – mon Dieu !
Pourtant, si Rogojine en vient à tuer, au moins, il ne
tuera pas d'une façon aussi désordonnée. Ce chaos, là,
il n'existera pas. L'instrument, commandé sur croquis,
et six personnes, étendues dans un délire total ! Rogojine,
alors, il a un instrument commandé sur croquis ?...
il a... mais... est-ce que c'est donc décidé que Rogojine va tuer ?! Le prince tressaillit soudain. "Mais
n'est-ce donc pas un crime, une bassesse de ma part, de
faire une supposition pareille avec une franchise aussi
cynique ?" s'écria-t-il, et le rouge de la honte lui inonda
le visage d'un seul coup. Il était stupéfait, il restait
comme planté sur la chaussée. Il se souvint d'un seul
coup, et de la gare de Pavlovsk, tout à l'heure, et la
gare Nikolaevski – et la question à Rogojine, en face,
en pleine figure, sur *les yeux*, et la croix de Rogojine,
qu'il portait à présent, et la bénédiction de sa mère
chez laquelle il l'avait amené lui-même, et leur dernière étreinte, convulsive, et le dernier renoncement de
Rogojine, tout à l'heure, dans l'escalier – et, après ça,
se surprendre soi-même à chercher sans arrêt – quoi, au
juste ? – autour de soi, et cette boutique, et cet objet...
quelle bassesse ! Et puis, après tout ça, le voilà qui venait,
maintenant, avec "un but précis", une "idée soudaine"
bien précise ! Le désespoir et la souffrance lui envahi-
rent toute l'âme. Le prince voulut immédiatement
revenir sur ses pas, chez lui, à l'hôtel ; il fit même demi-
tour, et commença ; mais, une minute plus tard, il s'arrêtait de nouveau, réfléchissait et retournait à nouveau
vers la direction précédente.

Voilà qu'il était déjà dans le Quartier de Petersbourg, tout près de la maison ; et ce n'était pas avec le but précédent qu'il y allait, pas son "idée précise" ! Et comment était-ce donc possible ? Sa maladie revenait, oui, pas de doute ; peut-être sa crise allait-elle lui arriver, à coup sûr, aujourd'hui. Par delà cette crise et toutes ces ténèbres, par delà cette crise – "l'idée" ! A présent, les ténèbres dispersées, le démon repoussé, les doutes n'existaient plus, la joie s'instaurait dans son âme ! Et – il y avait si longtemps qu'il ne l'avait pas vue, *elle*, il fallait qu'il la voie et… oui, il aurait voulu, à présent, rencontrer Rogojine, il aurait pris sa main, ils y seraient allés ensemble… Son âme, elle était pure ; est-ce qu'il était un rival de Rogojine ? Demain, il irait lui-même, il dirait à Rogojine qu'il l'avait vue ; car s'il s'était précipité ici, comme Rogojine venait de le lui dire, ce n'était rien que pour la voir ! Peut-être la trouverait-il chez elle, parce que, quand même, ce n'était pas sûr, qu'elle était à Pavlovsk !

Oui, il fallait maintenant que tout soit clairement posé, que chacun d'eux puisse lire en l'autre, qu'il n'y ait plus ces renoncements obscurs et passionnés, comme Rogojine qui renonçait tout à l'heure, que tout cela s'accomplisse dans la liberté… et la lumière. Rogojine n'était donc pas accessible à la lumière ? Il dit qu'il ne l'aime pas comme ça, qu'il n'éprouve pas de compassion, qu'il n'a, "comme ça, aucune pitié". C'est vrai qu'il avait ajouté plus tard : "Ta pitié, peut-être, elle va encore plus loin que mon amour", mais il se calomniait lui-même. Hum, Rogojine avec un livre, est-ce que ce n'était pas déjà de la "pitié", un début de "pitié" ? La seule présence de ce livre ne prouvait-elle pas déjà qu'il avait pleinement conscience de ses rapports avec *elle* ? Et son récit de tout à l'heure ? Non, c'était quelque chose de plus profond que la simple passion. Et son visage, à elle, il ne pouvait donc inspirer que la passion ? Et d'ailleurs, ce visage, pouvait-il l'inspirer, maintenant, la passion ? C'est de la souffrance qu'il inspirait, il vous prenait votre âme tout entière, il… et un souvenir brûlant, torturant, traversa brusquement le cœur du prince.

Oui, torturant. Il se souvint comme il se torturait, naguère, quand, pour la première fois, il avait commencé de remarquer chez elle des signes de folie. Alors, il avait éprouvé presque du désespoir. Et comment avait-il pu la laisser, quand elle avait couru chez Rogojine, en s'enfuyant de chez lui ? C'est lui qui aurait dû courir à sa recherche, au lieu d'attendre des nouvelles. Mais… jusqu'à présent, Rogojine n'avait-il donc pas remarqué sa folie ? Hum… Rogojine voit en tout d'autres raisons, des raisons passionnées ! Et quelle jalousie délirante ! Qu'est-ce qu'il voulait donc dire avec sa supposition de tout à l'heure ? (Le prince rougit soudain, quelque chose avait comme tressailli au fond de son cœur.)

A quoi bon, pourtant, se souvenir de tout cela ? Il y avait là une folie de part et d'autre. Et pour lui, pour le prince, aimer passionnément cette femme – ç'aurait été presque impensable, cruel, inhumain. Oui ! Oui ! Non, Rogojine se calomniait lui-même ; il a un cœur énorme, un cœur qui peut souffrir, sentir la souffrance des autres. Quand il aura appris toute la vérité, quand il se sera convaincu jusqu'à quel point cette invalide, cette demi-folle est une pauvre créature, comment ne pourra-t-il pas lui pardonner tout ce qu'il y a eu avant, toutes les souffrances qu'il a subies ? Peut-il ne pas devenir son serviteur, son frère, son ami, sa providence ? La compassion donnera un sens, elle donnera un savoir à Rogojine. La compassion est la loi essentielle, la loi unique, peut-être, de l'existence de toute l'humanité. Oh, qu'il était coupable devant Rogojine, coupable sans rémission et sans honneur ! Non, "l'âme russe n'était pas que ténèbres", c'est dans son âme à lui qu'elles étaient, les ténèbres, s'il avait pu imaginer une telle horreur ! Pour quelques paroles sincères et chaleureuses à Moscou, Rogojine l'appelait déjà son frère, et lui… Mais c'est de la maladie, c'est du délire !… Tout ça devra finir par se résoudre ! Quel air lugubre avait pris Rogojine quand il lui avait dit, tout à l'heure, qu'il était en train de "perdre la foi" ! Cet homme devait souffrir terriblement. Il dit qu'il "aime regarder ce tableau" ; ce n'est pas qu'il aime, donc, c'est qu'il en a besoin. Rogojine n'est pas seulement une âme passionnée ; c'est quand même un lutteur ; il veut faire revenir de force la foi qu'il a perdue. Maintenant, il en a besoin jusqu'à la torture… Oui ! croire, même en n'importe quoi ! Même en n'importe qui ! Mais comme il est étrange, ce tableau d'Holbein… Ah, voilà cette rue. Voilà, sans doute, la maison, c'est ça, n° 16, "maison de la secrétaire de collège Filissova". J'y suis. Le prince sonna et demanda Nastassia Filippovna.

La maîtresse de maison en personne lui répondit que Nastassia Filippovna était, encore ce matin, partie pour Pavlovsk, chez Daria Alexeevna "et ça pourrait même se faire, monsieur, que Madame y restera quelques jours". Filissova était une femme petite, aux yeux et au visage perçants, d'une quarantaine d'années, qui vous scrutait d'un air malin et attentif. A la question qu'elle lui posa sur son nom – question à laquelle elle fit, pour ainsi dire, exprès de donner une teinte de mystère – le prince voulut d'abord ne pas répondre ; mais il revint tout de suite sur ses pas et insista pour qu'elle transmît son nom à Nastassia Filippovna. Filissova reçut cette

insistance avec une attention accrue et un air extraordinairement secret, par lequel elle voulait, visiblement,
lui déclarer : "Que Monsieur ne s'inquiète pas, j'ai tout
compris." Le nom du prince lui fit sans doute une impression des plus puissantes. Le prince la regarda d'un
air distrait, se retourna et repartit vers son hôtel. Mais il
semblait déjà un tout autre homme que celui qui avait
sonné chez Filissova. Il avait eu le temps de vivre, presque
en une seule seconde, un autre changement extraordinaire : il avançait, une fois encore, pâle, faible, souffrant,
inquiet ; ses genoux tremblaient ; un sourire bizarre,
perdu, errait sur ses lèvres bleuies ; "l'idée subite"
s'était brusquement confirmée, justifiée, et – et, de
nouveau, il croyait son démon.

Mais, confirmée vraiment ? Mais, justifiée ? Pourquoi ressentait-il encore ce tremblement, et cette sueur
glacée, et ces ténèbres, ce froid dans toute l'âme ?
Etait-ce parce qu'une fois encore il venait de revoir ces
yeux ? Mais, s'il était sorti du Jardin d'été, c'était uniquement pour les revoir ! Toute son "idée subite" ne
consistait qu'en cela. Il eut envie, avec obstination, de
voir ces "yeux de tout à l'heure", pour se convaincre
définitivement que, sans l'ombre d'aucun doute, il les
rencontrerait *là-bas*, devant cette maison. Tel était le
désir convulsif qui l'avait pris, et pourquoi donc se
sentait-il si écrasé, anéanti maintenant, au moment
où, vraiment, il venait de les voir ? Comme s'il ne s'y
attendait pas ! Oui, c'étaient bien *ces yeux-là* (et, maintenant, il n'y avait pas le moindre doute que c'étaient
bien *ces yeux-là* !), ceux qui avaient brillé devant lui
ce matin, quand il sortait du wagon, à la gare Nikolaevski ; et ces yeux-là aussi (oui, oui, les mêmes !)
dont il avait saisi le regard, plus tard, derrière ses épaules,
en prenant une chaise chez Rogojine. Rogojine, tout à

l'heure, avait nié ; il avait demandé avec un sourire grimaçant, un sourire qui glaçait : "Et alors, ces yeux, ils
étaient donc à qui ?" Et le prince avait eu une envie terrible, là, quelques minutes auparavant, à la gare de
Tsarskoïe Selo – alors qu'il s'installait dans le wagon
pour se rendre chez Aglaïa, et que, soudain, il avait revu
ces yeux, la troisième fois, déjà, en une journée – de
s'approcher de Rogojine et de lui dire, à lui, "à qui ils
étaient, ces yeux" ! Mais il sortit de la gare en courant,
et ne revint à lui que devant la boutique du coutelier à
la minute où, devant sa vitrine, il estimait à soixante
kopeks un objet, avec un manche en bois de cerf. Un
démon étrange et terrifiant s'était définitivement collé à
lui et ne voulait plus l'abandonner. Ce démon lui avait
chuchoté au Jardin d'été, tandis qu'il se reposait, inconscient, sous le tilleul, que si Rogojine avait eu tant besoin
de le surveiller depuis le matin et de le suivre pas à pas,
alors, en apprenant qu'il ne partait plus à Pavlovsk,
(ce qui, évidemment, était déjà pour Rogojine une nouvelle fatale), Rogojine se rendrait, sans l'ombre d'un
seul doute, *là-bas*, vers cette maison, Quartier de Petersbourg, et le surveillerait là-bas, sans l'ombre d'un seul
doute, lui, le prince, qui lui avait donné encore ce matin
même sa parole d'honneur qu'il "ne la verrait pas", et
que "ce n'était pas pour ça qu'il était venu à Petersbourg". Et voilà que le prince se dirigeait, convulsivement, vers cette maison, et qu'y avait-il donc dans le
fait que, réellement, il y eût rencontré Rogojine ? Il vit
seulement un homme malheureux, à l'humeur lugubre,
mais évidente. Cet homme malheureux, il ne se cachait
même plus, à présent. Oui, Rogojine, tout à l'heure, pour
une raison ou pour une autre, il s'était renfermé, et il
avait menti, mais, à la gare, il était là, presque sans se
cacher. Le plus probable, même, faisait que c'était lui,

le prince, qui se cachait, et non pas Rogojine. Et, à l'instant, devant la maison, il se tenait de l'autre côté de la rue, à une cinquantaine de pas, de biais, sur le trottoir d'en face, les bras croisés, il attendait. Là, il était en pleine lumière, et sans doute cherchait-il, exprès, à se trouver en pleine lumière. Il se dressait comme un accusateur et comme un juge, et pas comme... Et pas comme qui ?

Et pourquoi donc lui, le prince, n'était-il pas venu vers lui à ce moment, mais, au contraire, lui avait-il tourné le dos, comme s'il n'avait rien vu, même si leurs yeux s'étaient croisés ? (Car, oui, leurs yeux s'étaient croisés ! Oui, ils s'étaient regardés, l'un et l'autre.) C'était bien lui, n'est-ce pas, qui voulait, tout à l'heure, le prendre par la main et se rendre *là-bas* avec lui ? C'était bien lui, n'est-ce pas, qui voulait aller le retrouver chez lui dès le lendemain, pour lui dire qu'il était allé chez elle ? Il avait bien renié lui-même son démon, quand il y allait encore, à mi-chemin, quand la joie lui avait brusquement inondé toute l'âme ? Ou c'était vrai qu'il y avait quelque chose de tel dans Rogojine, c'est-à-dire dans toute l'image, ce *jour-là*, de cet homme, dans toute la somme de ses paroles, de ses mouvements, de ses actions, de ses regards, qui pouvait justifier les pressentiments monstrueux du prince et les murmures révoltants de son démon ? Quelque chose qui se voyait de soi, mais qu'il était difficile d'analyser, de raconter, impossible de justifier par des raisons suffisantes, mais qui produisait néanmoins, malgré toute cette difficulté, cette impossibilité, une impression absolument complète, irrépressible, et devenait, sans même qu'on le veuille, la plus inébranlable des convictions ?

La conviction que – quoi ? (Oh, comme le prince se sentait torturé par la monstruosité, "l'avilissement" de cette conviction, de "ce pressentiment avilissant", et comme il s'accusait !) "Dis-le, si tu l'oses – que quoi ? se disait-il sans cesse avec reproche, avec défi. Formule donc, aie le courage d'exprimer toute ta pensée, d'une façon claire, exacte, nette ! Oh ! je n'ai aucun honneur ! répétait-il avec indignation, le rouge au front. Avec quels yeux, maintenant, est-ce que je regarderai toute la vie de cet homme ? Oh, quelle journée ! Oh, mon Dieu, quel cauchemar !"

Il y eut une minute, à la fin de ce long et torturant chemin dans le Quartier de Petersbourg, où, brusquement, un désir irrépressible s'empara du prince – celui d'aller tout de suite chez Rogojine, de l'attendre, de l'étreindre, avec sa honte, avec ses larmes, lui dire tout et tout finir d'un coup. Mais il était déjà devant son hôtel... Comme il lui avait déplu, tout à l'heure, cet hôtel, ces couloirs, tout cet immeuble, sa chambre – cela lui avait déplu au premier coup d'œil ; c'est avec une espèce de dégoût particulier que, plusieurs fois dans la journée, il s'était souvenu qu'il aurait à y rentrer... "Mais qu'est-ce que j'ai, aujourd'hui, on dirait une femme malade, à croire tous les pressentiments !" se dit-il avec une ironie agacée en s'arrêtant devant la porte. Un nouvel accès de honte, insupportable, presque de désespoir, le cloua sur place, juste en face de cette porte. Il s'arrêta une minute. Cela arrive parfois : les souvenirs insupportables, soudain, surtout ceux qui sont liés avec la honte, vous figent ordinairement sur place, pendant une minute. "Oui, je suis un homme sans cœur, un lâche !" répéta-t-il d'une voix sombre ; il eut un élan brusque pour marcher mais... il s'arrêta encore.

Dans cette porte cochère, déjà obscure en temps normal, l'obscurité, à cette minute, était réellement profonde : le nuage d'orage qui s'avançait avait englouti la lumière du soir ; au moment où le prince approchait de l'immeuble, le nuage s'était soudain ouvert et l'averse commençait. Au moment où il eut cet élan pour avancer après son arrêt instantané, il était juste à l'entrée de la porte cochère, juste au moment de s'y engager en venant de la rue. Et, brusquement, il aperçut, au fond de cette porte cochère, dans la pénombre, au tout début de l'escalier, un homme. Cet homme semblait attendre quelque chose, mais il fusa très vite, et disparut. Cet homme, le prince fut incapable de le distinguer clairement, et, bien sûr, il était absolument incapable de dire à coup sûr qui il était. En plus, tant de gens auraient pu passer par là ; il était dans un hôtel, on marchait et on courait sans cesse, vers les couloirs ou vers la rue. Mais, brusquement, il ressentit la conviction la plus irrépressible que, cet homme, il l'avait reconnu, et que, cet homme, c'était, à coup sûr, Rogojine. Un instant plus tard, le prince courait dans l'escalier, à sa poursuite. Son cœur était figé. "Tout va se jouer maintenant !" se dit-il avec une conviction étrange.

L'escalier dans lequel le prince s'était mis à courir en débouchant de la porte cochère menait aux couloirs du rez-de-chaussée et du premier étage où les chambres de l'hôtel se trouvaient disposées. Cet escalier, comme dans tous les immeubles de construction ancienne, était de pierre, obscur, étroit et partait en colimaçon autour d'une grosse colonne de pierre. Sur le premier palier, cette colonne avait un renfoncement, une sorte de niche – guère plus d'un pas de large et un demi-pas de profondeur. Un homme, pourtant, pouvait y trouver place. Malgré l'obscurité, le prince, en se précipitant sur le palier, distingua tout de suite, là, dans cette niche, qu'il y avait un homme qui – pour une raison ou pour une autre – se cachait. Le prince, brusquement, voulut passer devant lui et ne pas regarder à droite. Il avait déjà fait un pas, mais il n'eut pas la force, et il se retourna.

Les deux yeux de tout à l'heure, *les mêmes yeux*, croisèrent brusquement son regard. L'homme qui se cachait dans la niche avait, lui aussi, eu le temps de faire un pas pour en sortir. Une seconde, ils restèrent face à face, presque l'un contre l'autre. Soudain, le prince lui saisit les épaules, et le tourna en arrière, vers l'escalier, plus près de la lumière : il voulait voir plus clairement son visage.

Les yeux de Rogojine se mirent à briller, un sourire frénétique lui déforma le visage. Son bras droit s'était dressé, quelque chose luisait dans son poing ; le prince ne pensa pas à l'arrêter. Il se souvenait seulement que, semblait-il, il avait crié :

— Parfione, je ne peux pas croire !…

Puis, brusquement, ce fut comme si quelque chose se déchirait devant lui : une lumière *intérieure* extraordinaire illumina toute son âme. Cet instant se prolongea, peut-être, une demi-seconde ; et lui, néanmoins, c'est d'une façon claire et consciente qu'il se souvenait du début, le tout premier son de ce hurlement effrayant qui s'arracha du fond de sa poitrine, c'est-à-dire de lui-même, et qu'aucune force au monde n'eût été capable d'arrêter. Puis, en une seconde, sa conscience s'éteignit, et s'instaurèrent des ténèbres totales.

Il eut une crise de cette épilepsie qui l'avait laissé depuis déjà très longtemps. On sait que les crises d'épilepsie, le *haut mal* proprement dit, arrivent en un instant. Au cours de cet instant, soudain, le visage se déforme d'une manière terrible, surtout le regard. Les convulsions et les soubresauts s'emparent de tout le corps, de tous les traits du visage. Un hurlement horrible, inimaginable, qui ne ressemble à rien, jaillit de la poitrine ;

ce hurlement, il fait comme disparaître soudain tout ce qui est humain, et il est absolument impossible, du moins très difficile, à un observateur d'imaginer, et puis d'admettre que, ce qui crie, c'est le même homme. On voudrait même croire que ce qui crie, c'est, pour ainsi dire, quelqu'un d'autre qui se trouverait à l'intérieur de cet homme. Nombreux, du moins, furent ceux qui expliquèrent ainsi leur impression, et nombreux sont ceux sur qui la vue d'un homme pris de haut mal provoque un effroi total, insupportable, qui revêt même quelque chose de mystique. Il faut supposer que cette impression d'horreur soudaine, ajoutée à toutes les autres impressions terribles de cette minute, laissa Rogojine soudain paralysé et sauva ainsi le prince du coup de couteau inévitable qui, déjà, lui tombait dessus. Puis, sans avoir eu encore le temps de comprendre la crise, et découvrant que le prince reculait devant lui puis qu'il tombait soudain à la renverse, jusqu'en bas de l'escalier et se cognait la nuque dans son élan sur une marche de pierre, Rogojine se précipita vers le bas, contourna l'homme à terre, et s'enfuit de l'hôtel, dans un état presque second.

Les convulsions, les battements, les soubresauts firent descendre le corps du malade de marche en marche – il n'y en avait pas plus de quinze – jusqu'au tout début de l'escalier. Très vite, guère plus de cinq minutes plus tard, on remarqua l'homme qui gisait, et une foule s'amassa. La petite flaque de sang à côté de la tête provoquait la stupeur : était-ce l'homme lui-même qui était tombé, ou bien y avait-il eu "péché" ?... Bientôt, pourtant, certains distinguèrent le haut mal ; un laquais reconnut dans le prince l'un de ses clients. Une circonstance heureuse vint finalement résoudre toute l'agitation le plus heureusement du monde.

Kolia Ivolguine, qui avait promis de se trouver à quatre heures à *la Balance* et qui, au lieu de cela, était parti à Pavlovsk, avait, par suite d'une réflexion soudaine, refusé de "souper" chez la générale Epantchina ; il était rentré à Petersbourg et avait couru à *la Balance*, où il parut à près de sept heures du soir. Apprenant, par le mot qu'il lui avait laissé, que le prince se trouvait en ville, il courut chez lui, à l'adresse indiquée. On lui dit à l'hôtel que le prince était sorti ; il descendit dans les pièces du buffet et l'attendit, en buvant du thé et en écoutant un orgue mécanique. Il entendit par hasard une conversation sur la personne qui venait d'avoir une crise, courut, porté par un pressentiment exact, et reconnut le prince. Les mesures qui s'imposaient furent prises immédiatement. On porta le prince dans sa chambre ; il avait beau être revenu à lui, il mit un bon bout de temps à reprendre pleinement conscience. Le docteur qu'on avait fait venir pour examiner la blessure à la tête posa une compresse et déclara que cette blessure ne présentait aucun danger. Quand, une heure plus tard, le prince commença à distinguer assez bien ce qui l'entourait, Kolia prit un fiacre et le transporta de l'hôtel jusque chez Lebedev. Lebedev reçut le malade avec une fougue extraordinaire et des courbettes. Pour lui, il précipita son départ ; le troisième jour, tout le monde se retrouvait à Pavlovsk.

VI

La datcha de Lebedev n'était pas grande, mais confortable, et même belle. La partie destinée à la location était particulièrement décorée. Sur la terrasse, assez spacieuse, qui donnait accès aux chambres depuis la rue, on avait disposé un certain nombre d'arbustes, orangers, citronniers et buissons de jasmin, dans de grands pots en bois de couleur verte, ce qui faisait, d'après le calcul de Lebedev, un paysage des plus attrayants. Il avait acquis certains de ces arbustes en même temps que la datcha et il avait été tellement séduit par leur effet sur sa terrasse qu'il avait décidé, une occasion se présentant, d'en acheter d'autres, en pots, à une vente publique, pour compléter la collection. Quand tous les arbustes furent enfin livrés à la datcha et disposés, Lebedev courut plusieurs fois dans la même journée des marches de la terrasse jusqu'à la rue, et, de la rue, il admira, plusieurs fois de suite, ses possessions, en augmentant, chaque fois, mentalement, la somme qu'il demanderait au futur locataire de sa datcha. Cette datcha, elle plut beaucoup au prince, qui se retrouvait sans force, le corps brisé, empli d'angoisse. Du reste, le jour de son arrivée à Pavlovsk, c'est-à-dire le troisième jour après sa crise, le prince présentait l'aspect d'un homme presque en bonne santé, même si, au fond de lui, il sentait bien qu'il n'était pas encore remis. Il avait été heureux de tout ce qu'il avait vu autour de lui tous ces trois jours, heureux de Kolia, qui restait presque constamment auprès de lui, heureux de toute la famille de Lebedev (privée de son neveu, qui avait disparu il ne savait où), heureux même de Lebedev ; c'est avec plaisir qu'il avait reçu, encore en ville, le général Ivolguine, venu lui rendre visite. Le jour de son déménagement, lequel eut lieu déjà le soir, des invités assez nombreux se réunirent autour de lui, sur la terrasse : le premier fut Gania – que le prince eut même du mal à reconnaître, tant il avait changé et maigri. Puis ce fut le tour de Varia et de Ptitsyne qui, eux aussi, passaient leurs vacances à Pavlovsk. Le général Ivolguine, quant à lui, vivait chez Lebedev presque à demeure, et, semblait-il, avait déménagé en même temps. Lebedev s'efforçait de ne pas le laisser approcher le prince, et de le garder auprès de lui ; il le traitait en ami ; sans doute devaient-ils se connaître depuis longtemps. Le prince remarqua que, durant ces trois jours, ils entraient souvent tous deux dans de longues conversations, qu'ils criaient et se disputaient régulièrement, même, semblait-il, sur des sujets savants, ce qui, visiblement, devait mettre Lebedev aux anges. On pouvait croire qu'il allait jusqu'à avoir besoin du général. Mais Lebedev voulut imposer des barrières identiques entre le prince et toute sa famille depuis le moment de son arrivée dans la datcha : sous le prétexte de ne pas déranger le prince, il ne laissait entrer personne, tapait des pieds, se jetait sur ses filles, les poursuivait, sans exclure Vera et son enfant, sitôt qu'il soupçonnait qu'ils puissent se diriger vers la terrasse où se trouvait le prince, malgré toutes les demandes de celui-ci de ne chasser personne.

— D'abord, il n'y aura plus de respect, si on leur laisse la bride ; ensuite, ce n'est pas poli, pour eux, expliqua-t-il enfin, après une question directe du prince.

— Mais pourquoi donc ? le raisonnait le prince. Vraiment, avec toutes ces précautions, cette surveillance, vous ne faites que me torturer. Je m'ennuie beaucoup, tout seul, je vous l'ai dit plusieurs fois, et vous, en agitant les bras à tout bout de champ et en marchant sur la pointe des pieds, cet ennui, vous ne faites que l'accroître.

Le prince faisait allusion au fait que Lebedev avait beau chasser sa maisonnée sous prétexte de la tranquillité nécessaire au malade, lui-même, durant tous ces trois jours, entrait chez le prince presque à chaque seconde, et, à chaque fois, commençait par ouvrir la porte, glissait la tête, examinait la pièce comme s'il voulait s'assurer qu'il était là, qu'il ne s'était pas enfui, et puis, sur la pointe des pieds, très lentement, à pas de loup, il venait vers le fauteuil, si bien que, malgré lui, il effrayait parfois son locataire. Il demandait sans fin ni cesse s'il n'avait pas besoin de quelque chose, et quand le prince commençait finalement à lui faire remarquer qu'il se sentirait mieux s'il le laissait tranquille, il se tournait avec obéissance, revenait vers la porte, sans un bruit, sur la pointe des pieds, et, tout le temps qu'il marchait, il faisait de grands gestes, comme pour montrer qu'il était juste là comme ça, qu'il ne dirait pas un mot, que, ça y était, il était déjà sorti, qu'il ne reviendrait plus, et, malgré tout, dix minutes plus tard, un quart d'heure, tout au plus, il réapparaissait. Kolia, qui avait entrée libre auprès du prince, éveillait par là même chez Lebedev l'amertume la plus profonde, pour ne pas dire l'indignation la plus blessée. Kolia remarqua que Lebedev pouvait rester une demi-heure devant la porte, à écouter ce qu'ils disaient, ce que, bien sûr, il ne manqua pas de faire savoir au prince.

— Vous m'avez comme mis le grappin dessus, vous me tenez enfermé, protestait le prince ; au moins ici, je veux que cela change ; soyez sûr que je recevrai qui je veux, et que j'irai où je veux.

— Sans le moindre des doutes, fit Lebedev en agitant les bras.

Le prince le toisa fixement, de la tête aux pieds.

— Dites, Loukian Timofeïtch, et votre petit coffre qui était suspendu au-dessus de votre lit, vous ne l'avez pas amené ?

— Non.

— Vous l'avez vraiment laissé en ville ?

— Pas possible de l'amener, il aurait fallu casser le mur… Solide, solide…

— Mais vous en avez peut-être un pareil ici ?

— Un mieux, même, beaucoup mieux ; acheté avec cette maison.

— Ah bon. Et qui donc n'avez-vous pas laissé entrer chez moi ? Il y a une heure…

— Le… le général, monsieur… C'est vrai que je ne l'ai pas laissé, il n'est pas digne de vous. Vous savez, prince, c'est un homme que je respecte au plus profond ; c'est… c'est un grand homme, n'est-ce pas… vous en doutez ? Eh bien, vous verrez, mais, tout de même… il vaudrait mieux, prince toute clarté, ne pas le recevoir chez vous, n'est-ce pas.

— Et cela en quel honneur, permettez-moi de vous poser cette question ? Et vous, pourquoi, Lebedev, restez-vous là sur la pointe des pieds et venez-vous toujours me trouver comme si vous vouliez me confier un secret à l'oreille ?

— Vil, trop vil… je le sens, répondit d'une façon surprenante Lebedev en se frappant le sein avec pathos, mais le général, pour vous, il ne sera pas comme trop hospitalier ?

— Pas trop hospitalier ?

— Oui, trop hospitalier. D'abord, il a même l'intention de s'installer chez moi. Ça, encore, bon, n'est-ce pas, trop de fougue, il se fourre dans la famille tout de suite. Nous avons comparé nos arbres plusieurs fois, nous sommes parents, figurez-vous. Vous aussi, par votre mère, vous êtes son neveu au deuxième degré, n'est-ce pas, il m'a expliqué ça hier. Et donc, vous êtes son neveu, alors, vous et moi, prince toute clarté, nous sommes aussi parents. Ça, encore, ça irait, n'est-ce pas – une petite faiblesse –, mais il m'assure que, toute sa vie, depuis son grade d'aspirant jusqu'au fameux onze juin de l'année dernière, chez lui, chaque jour, il n'y avait jamais moins de deux cents personnes à table. A la fin, il dit même qu'ils ne se levaient plus, ils dînaient, n'est-ce pas, ils soupaient et ils prenaient le thé jusqu'à quinze heures par jour, pendant trente ans, sans la plus petite interruption, juste le temps de changer la nappe. Le premier se lève et s'en va, le deuxième se présente, et puis, les jours de fête, légales et impériales, ça montait à trois cents convives. Et le jour du millénaire de la Russie, ils avaient même été jusqu'à sept cents. Sa folie, n'est-ce pas. Des nouvelles de ce genre, c'est un très mauvais signe, n'est-ce pas ; des gens hospitaliers comme ça, on craint de les recevoir chez soi, et donc, je me suis dit, est-ce qu'il ne sera pas trop, pour vous et puis aussi pour moi, comme qui dirait, hospitalier ?

— Mais vous, j'ai l'impression, vous êtes en très bons termes, tous les deux ?

— Deux frères, et je prends en plaisanterie ; je veux bien qu'on soit parents : moi, tant mieux, ça me fait plus d'honneur. Moi, même à travers les deux cents convives et le millénaire de la Russie, je distingue le grand homme qui est en lui. Je vous parle sincèrement, sûr. Vous, prince, vous venez de parler de secrets, n'est-ce pas, comme si, c'est-à-dire, je m'approchais avec l'air de vouloir vous apprendre un secret, mais, le secret, comme par hasard, je l'ai ; la personne que nous savons vient de faire savoir qu'elle voudrait beaucoup avoir avec vous un rendez-vous secret.

— Mais pourquoi secret ? Pas du tout. J'irai la voir moi-même, pas plus tard qu'aujourd'hui.

— Oh non, oh pas du tout, fit Lebedev en agitant les bras, et même, si elle a peur, ce n'est pas ce que vous croyez. A propos : le monstre, il se présente tous les jours, demander de vos nouvelles, vous saviez ?

— Vous le traitez de monstre un peu trop souvent, je me méfie.

— Vous ne pouvez pas avoir la moindre méfiance, non, pas la moindre, répondit vite Lebedev pour changer de sujet, je voulais juste vous dire que la personne qu'on sait, ce n'est pas de lui qu'elle a peur, mais de tout à fait autre chose, oui, de tout autre chose.

— Mais de quoi donc ? parlez, enfin ! demandait le prince avec impatience, à suivre les mystérieuses gesticulations de Lebedev.

— C'est bien ça, le secret.

Et Lebedev eut un ricanement.

— Le secret de qui ?

— Votre secret à vous. Vous m'avez interdit, prince toute clarté, de parler en votre présence…, marmonna Lebedev, et, réjoui d'avoir éveillé la curiosité du prince jusqu'à cette impatience maladive, il conclut brusquement : Elle a peur d'Aglaïa Ivanovna.

Le prince grimaça et eut un temps de silence.

— Vous savez, Lebedev, je vais laisser tomber votre maison, dit-il soudain. Où sont Gavrila Ardalionovitch et les Ptitsyne ? Chez vous ? Eux aussi, vous les faites tomber dans votre piège.

— Ils arrivent, mon bon prince, ils arrivent. Et même le général, à leur suite. J'ouvre toutes les portes, j'appelle toutes mes filles, toutes, toutes, à la seconde, à la seconde, chuchotait Lebedev d'un air apeuré en faisant de grands gestes et en courant d'une porte à l'autre.

A cet instant, Kolia, qui arrivait de la rue, surgit sur la terrasse, et déclara que des hôtes le suivaient – Lizaveta Prokofievna et ses trois filles.

— Les Ptitsyne et Gavrila Ardalionovitch, on les reçoit ou on les refuse ? Le général, on le reçoit, on le refuse ? fit Lebedev en sursautant, sidéré par la nouvelle.

— Et pourquoi pas ? Tout le monde est bienvenu ! Vraiment, Lebedev, je ne sais pas, il y a quelque chose que vous avez mal compris à mon sujet, depuis le début ; vous faites une espèce d'erreur permanente. Je n'ai pas la moindre raison d'avoir des secrets ni de me cacher devant qui que ce soit, s'exclama le prince en riant.

En le regardant, Lebedev estima de son devoir de rire à son tour. Lebedev, malgré le trouble extrême dans lequel il se trouvait, était aussi, à l'évidence, extrêmement satisfait.

La nouvelle annoncée par Kolia était exacte ; il avait devancé les Epantchine de seulement quelques pas, pour les annoncer – les hôtes avaient soudain surgi des deux côtés : de la terrasse, pour les Epantchine, et de l'intérieur, pour les Ptitsyne, Gania et le général Ivolguine.

Les Epantchine n'avaient appris la maladie du prince, et le fait qu'il se trouvait à Pavlovsk, que le jour même – par Kolia –, et, jusqu'alors, la générale avait été plongée dans une douloureuse stupéfaction. Deux jours auparavant, le général avait parlé à sa famille de la carte de visite du prince ; cette carte avait fait naître en Lizaveta

Prokofievna la certitude absolue que le prince lui-même se présenterait à Pavlovsk pour les voir, et, cela, tout de suite après la carte. En vain ses filles avaient-elles tenté de l'assurer qu'un homme qui n'avait pas écrit depuis six mois serait fort loin, peut-être, d'être si empressé même à présent, et qu'il avait bien des soucis à Petersbourg en dehors d'eux – qui donc pouvait savoir ce qu'il faisait ? La générale s'était résolument indignée de ces remarques et était prête à parier que le prince allait paraître ne fût-ce que le lendemain, même si "c'était déjà trop tard". Le lendemain, elle attendit toute la matinée ; on l'espéra pour le repas, puis pour le soir, puis, à la nuit tombée, Lizaveta Prokofievna se fâcha, dans l'absolu, et se disputa avec tout le monde, sans dire un mot du prince, cela va de soi, dans les motifs de sa querelle. On ne parla pas non plus de lui le troisième jour. Quand Aglaïa laissa échapper par hasard pendant le repas que *maman* était fâchée parce que le prince ne venait pas, à quoi le général répondit tout de suite que "ce n'était pas sa faute", Lizaveta Prokofievna se leva, et, ulcérée, quitta la table. A la fin, au soir, Kolia apparut avec plein de nouvelles et la description de toutes les aventures du prince qu'il pouvait rapporter. Lizaveta Prokofievna triompha donc, mais Kolia se fit tout de même rabrouer : "Il traîne chez nous toute la journée, pas moyen de le mettre dehors, et, là, il aurait quand même pu nous le faire savoir, s'il ne daigne pas se présenter." Kolia voulut tout de suite se révolter contre "le mettre dehors", mais il préféra différer, et, si le mot n'avait pas été aussi violent, il l'aurait même, sans doute, presque entièrement pardonné : tant il avait été touché par l'émotion et l'inquiétude de Lizaveta Prokofievna à la nouvelle de la maladie du prince. La générale insista longuement sur la nécessité, là, maintenant, d'envoyer un courrier à Petersbourg afin de réveiller on ne savait trop quelle célébrité médicale de première grandeur et de la ramener à Pavlovsk, par le tout premier train. Mais ses filles parvinrent à la dissuader ; du reste, elles aussi, elles refusèrent de laisser leur mère toute seule quand celle-ci, en un instant, fit ses préparatifs pour se rendre au chevet du malade.

— Il est sur son lit de mort, disait, en s'agitant, Lizaveta Prokofievna, et nous, nous chipotons encore sur l'étiquette ? C'est un ami de notre maison, oui ou non ?

— Mais ce n'est pas la peine d'accourir comme ça, sans prévenir, voulut remarquer Aglaïa.

— Bon, alors, ne viens pas ; ce sera tant mieux : Evgueni Pavlovitch doit arriver, il n'y aura personne pour le recevoir.

A ces mots, cela va de soi, Aglaïa partit séance tenante avec les autres, ce que, de toute façon, elle avait l'intention de faire. Le prince Chtch., qui tenait compagnie à Adelaïda, sur sa demande, accepta d'accompagner les dames sans délai. Déjà, dès le début de son amitié avec les Epantchine, il avait été extrêmement intéressé d'apprendre qu'ils connaissaient le prince. Il s'avérait que, lui aussi, il le connaissait, qu'ils s'étaient rencontrés récemment, et que, pendant deux semaines, ils avaient même vécu ensemble dans on ne savait trop quelle petite ville. Cela s'était passé voilà trois mois. Le prince Chtch. racontait même beaucoup de choses sur le prince, et, en général, il parlait de lui en termes des plus sympathiques, de sorte qu'à présent c'est avec un plaisir sincère qu'il allait rendre visite à une vieille connaissance. Le général Ivan Fedorovitch, pour cette fois, était absent. Evgueni Pavlovitch ne s'était pas montré non plus.

Il n'y avait guère plus de trois cents pas entre la datcha de Lebedev et celle des Epantchine. La première impression désagréable de Lizaveta Prokofievna chez le prince fut de trouver autour de lui tout un bataillon d'invités, sans parler du fait que ce bataillon comprenait deux ou trois personnes qu'elle haïssait résolument ; la seconde fut son étonnement de voir, apparemment en pleine santé, le jeune homme riant et mis comme un dandy qui s'avança à leur rencontre, au lieu de ce mourant sur son lit de mort qu'elle s'attendait à découvrir. Elle eut même un temps d'arrêt, stupéfaite, au plus grand plaisir de Kolia, lequel, bien sûr, aurait fort bien pu expliquer quand elle n'avait pas encore quitté sa maison que personne n'était en train de mourir et qu'il n'y avait pas de lit de mort, mais qui n'avait rien expliqué, pressentant comme il le faisait, non sans une ironie maligne, la colère comique de la générale au moment où, d'après ses calculs, elle serait forcée de se fâcher en découvrant le prince, son ami le plus sincère, frais comme l'œil. Kolia fut même assez indélicat pour exprimer tout haut cette supposition, histoire de mettre définitivement à bout Lizaveta Prokofievna avec laquelle il échangeait des piques perpétuelles et parfois très méchantes, malgré toute l'amitié qui les liait.

— Attends, mon bon, rira bien qui rira le dernier, répondit Lizaveta Prokofievna en s'installant au fond du fauteuil que lui proposait le prince.

Lebedev, Ptitsyne, le général Ivolguine se précipitèrent pour offrir des chaises aux jeunes filles. C'est le général qui offrit une chaise à Aglaïa. Lebedev plaça une chaise pour le prince Chtch., et eut le temps de représenter un respect des plus fantastiques jusque par son dos courbé. Varia, comme à son habitude, saluait les demoiselles avec des chuchotements exaltés.

— C'est vrai, prince, que je pensais te trouver au lit, ou quelque chose comme ça, et, si j'ai tout exagéré, c'est que j'avais peur, et puis, je ne mentirai pour rien au monde, je me suis sentie bien déçue de voir ta mine heureuse, mais, je te le jure, c'était juste une seconde, le temps que je réfléchisse. Tu sais ça, une fois que j'ai réfléchi, ce que je fais et ce que je dis, c'est toujours plus sensé ; je pense que c'est pareil pour toi. En fait, je crois que je serais moins heureuse, peut-être, de la guérison de mon propre fils, si j'en avais eu un, que de la tienne ; et si tu ne me crois pas quand je te dis ça, la honte, elle en revient à toi, et pas à moi. Quant à ce méchant gamin, il se permet de me jouer des tours encore bien plus pendables. Il est ton protégé, n'est-ce pas ; eh bien, je te préviens, un beau matin, crois-moi, je me priverai de la joie d'avoir l'honneur de le connaître.

— Mais en quoi c'est ma faute ? cria Kolia. J'aurais eu beau vous assurer que le prince était presque rétabli, vous n'auriez pas voulu me croire, vu que c'était beaucoup plus intéressant de vous le représenter sur son lit de mort.

— Tu es là pour longtemps ? demanda au prince Lizaveta Prokofievna.

— Pour tout l'été, peut-être plus.

— Mais tu es seul, n'est-ce pas ? Pas encore marié ?

— Non, je ne suis pas marié, répondit le prince, en souriant à la naïveté de cette petite pique.

— Pas la peine de sourire ; ce sont des choses qui arrivent. Je parle pour la datcha : pourquoi n'es-tu pas venu chez nous ? Nous avons toute une aile qui est vide ; mais c'est comme tu veux. Tu loues chez lui ? Chez celui-là ? ajouta-t-elle à voix basse en indiquant de la tête Lebedev. Qu'est-ce qu'il a donc à faire des mines ?

A cet instant, Vera, venant de l'intérieur de la maison, entra sur la terrasse avec, comme à son habitude, sa petite sœur dans les bras. Lebedev, lequel gesticulait auprès des chaises et ne savait résolument pas où se mettre, mais qui n'avait terriblement aucune envie de partir, se jeta soudain sur Vera, fit de grands gestes dans sa direction, pour la chasser de la terrasse, et même, s'oubliant tout à fait, il se mit à taper des pieds.

— Il est fou ? demanda soudain la générale.

— Non, il...

— Il est soûl, peut-être ? Elle n'est pas ragoûtante, ta compagnie, répliqua-t-elle, incluant dans son regard tous les autres invités ; mais quelle charmante jeune fille ! Qui est-elle donc ?

— C'est Vera Loukianovna, la fille de ce Lebedev.

— Ah !... Tout à fait charmante. Je veux faire sa connaissance.

Mais Lebedev, qui avait entendu les compliments de Lizaveta Prokofievna, traînait déjà sa fille lui-même, pour la présenter.

— Des orphelins ! Des orphelins ! geignait-il en approchant, la voix fondante. Et l'enfant dans ses bras, une orpheline, également, sa sœur, ma fille Lioubov, née du mariage le plus légitime avec mon épouse Elena, Dieu ait son âme, qui vient de nous quitter, six mois de ça, en couches, telle fut la volonté de Dieu... Votre Excellence... elle remplace la défunte, quoique rien qu'une sœur, oui, rien de plus qu'une sœur... rien de plus, rien de plus...

— Et toi, mon bon, tu n'es rien de plus qu'un crétin, tu m'excuseras. Bon, ça suffit, tu comprends ça toi-même, je pense, coupa soudain Lizaveta Prokofievna en proie à une indignation profonde.

— La vérité toute nue ! répondit Lebedev, en s'inclinant bien bas, de la manière la plus respectueuse.

— Dites, monsieur Lebedev, c'est vrai, ce qu'on dit de vous, que vous commentez l'Apocalypse ? demanda Aglaïa.

— La vérité toute nue… depuis quinze ans.

— J'ai entendu parler de vous. C'est de vous qu'on a parlé dans les journaux, je crois ?

— Non, c'est d'un autre commentateur, d'un autre, mademoiselle, mais il est décédé, et, moi, je reste et le remplace, murmura Lebedev, extasié de bonheur.

— Je vous en prie, vous me commenterez, un de ces jours, puisque nous sommes voisins. Je ne comprends rien à l'Apocalypse.

— Je ne peux pas ne pas vous mettre en garde, Aglaïa Ivanovna, tout ça n'est que de la charlatanerie de sa part, vous pouvez me croire, coupa soudain très vite le général Ivolguine, qui attendait comme sur des charbons ardents et désirait de toutes ses forces, d'une façon ou d'une autre, entamer une conversation ; il s'assit aux côtés d'Aglaïa Ivanovna. Bien sûr, la datcha a ses droits, poursuivit-il, et ses avantages, et l'accueil d'un hors-venu aussi invraisemblable pour commenter l'Apocalypse est une idée parmi d'autres idées, quoiqu'une idée remarquable, dans son esprit, mais je… Je crois que vous me regardez avec surprise. Général Ivolguine, mes hommages. Je vous ai portée dans mes bras, Aglaïa Ivanovna.

— Enchantée. Je connais Varvara Ardalionovna et Nina Alexandrovna, bredouilla Aglaïa, qui tendait toutes ses forces pour ne pas pouffer de rire.

Lizaveta Prokofievna éclata. Une force qui bouillait dans son âme depuis longtemps exigea brusquement d'être libérée. Elle ne supportait pas le général Ivolguine, qu'elle avait connu dans le temps, mais il y avait très longtemps.

— Tu mens, mon bon, comme de coutume, jamais tu ne l'as portée dans tes bras, lui répliqua-t-elle avec indignation.

— Vous avez oublié, *maman*, je vous jure, si, c'est vrai, à Tver, confirma brusquement Aglaïa. Nous habitions à Tver, à l'époque. J'avais six ans, je me souviens. Il m'avait fait un arc et une flèche, il m'avait appris à tirer, et j'avais tué un pigeon. Vous vous souvenez, nous avons tué un pigeon, tous les deux ?

— Et moi, il m'avait apporté un casque en carton, et une épée de bois ; moi aussi, je me souviens, s'écria Adelaïda.

— Je me souviens, moi aussi, confirma Alexandra. Vous vous étiez disputées à cause de ce pigeon blessé, on vous avait mises au coin ; et Adelaïda, encore, elle est restée au coin avec son casque et son épée.

Le général, déclarant à Aglaïa qu'il l'avait portée dans ses bras, l'avait dit *comme ça*, juste pour entamer une conversation, et seulement parce que c'était toujours ainsi qu'il entamait ses conversations avec les jeunes gens qu'il trouvait nécessaire de connaître. Mais il advint cette fois que, comme par un fait exprès, il avait dit la vérité et, comme par un fait exprès, cette vérité, il l'avait oubliée lui-même. Si bien qu'au moment où Aglaïa confirma brusquement qu'elle avait tué un pigeon avec lui, sa mémoire s'illumina d'un coup et il se souvint de tout cela dans les moindres détails, comme il arrive souvent aux personnes âgées quand un passé lointain leur revient en mémoire. Il est difficile de dire ce qui put agir si fortement sur cet homme malheureux et, comme à son habitude, légèrement éméché qu'était le général ; mais il fut brusquement ému d'une façon surprenante.

— Je me souviens, je me souviens de tout ! s'écriat-il. J'étais juste capitaine à l'époque. Vous – un petit bout de chou, comme ça, si mignonne. Nina Alexan-drovna… Gania… J'étais… reçu chez vous. Ivan Fedorovitch…

— Eh bien, regarde où tu en es maintenant ! reprit la générale. Malgré tout, alors, tous tes bons sentiments, tu ne les as pas noyés dans la vodka, si ça te touche à ce point ! Mais c'est ta femme que tu as mise au sup-plice. Au lieu d'être le modèle de tes enfants, toi, tu fais de la prison pour dettes. Va-t'en, mon bon, va-t'en d'ici, cache-toi, je ne sais où, derrière la porte, dans un coin, et pleure un peu, souviens-toi de ta pureté perdue, Dieu te pardonnera peut-être. Va-t'en, va, je parle sérieusement. Rien ne vaut pour s'amender que de repenser au passé, et d'avoir du remords.

Mais il était inutile de répéter qu'elle parlait sérieu-sement : le général, comme tous les gens toujours entre deux vins, était un homme sentimental et, comme tous les ivrognes finis, il supportait difficilement les souve-nirs d'un passé heureux. Il se leva et partit vers la porte, d'un air empli d'humilité, au point que Lizaveta le plai-gnit tout de suite.

— Ardalion Alexandrovitch, mon bon ami ! cria-t-elle dans son dos. Arrête-toi une minute ; nous sommes tous des pécheurs ; quand tu commenceras à sentir que ta conscience te fait moins mal, reviens me voir, nous en reparlerons, du passé ; bon, et maintenant, adieu, va-t'en, tu n'as rien à faire ici…, ajouta-t-elle, craignant qu'il ne revienne.

— Vous feriez bien de ne pas le suivre pour l'ins-tant, dit le prince afin d'arrêter Kolia qui s'apprêtait à courir derrière son père. Sinon, dans une minute, il va regretter, et toute cette minute sera gâchée.

— C'est vrai, laisse-le ; vas-y dans une demi-heure, conclut Lizaveta Prokofievna.

— Voilà ce que c'est, de dire la vérité une seule fois dans sa vie, ça vous remue jusqu'aux larmes, fit Lebedev, qui osa mettre son grain de sel.

— Mais toi aussi, mon bon, tu te poses là, si c'est vrai, tout ce qu'on dit sur ton compte, l'arrêta sur-le-champ Lizaveta Prokofievna.

La position mutuelle de tous les hôtes qui s'étaient réunis chez le prince se définit progressivement. Le prince, à l'évidence, était capable d'apprécier – et apprécia – toute la compassion que la générale et ses filles éprouvaient envers lui et, bien sûr, il leur déclara franchement qu'il avait l'intention, dès avant leur visite, de se présenter, coûte que coûte, chez elles, malgré la maladie et l'heure tardive. Lizaveta Prokofievna, en regardant ses invités, répondit que c'était là une chose qu'il pouvait faire dès à présent. Ptitsyne, homme poli et fort accommodant, se leva très vite et se retira vers le pavillon de Lebedev, avec le désir très vif d'entraîner avec lui Lebedev. Celui-ci promit de venir vite ; Varia, qui avait eu le temps d'entrer en conversation avec les jeunes filles, resta. Gania et elle avaient été très soulagés par le départ du général ; Gania lui-même partit bientôt rejoindre Ptitsyne. Durant les quelques minutes qu'il passa sur la terrasse en présence des Epantchine, il se tint avec modestie et dignité, sans perdre contenance le moins du monde sous les regards résolus de Lizaveta Prokofievna, laquelle, par deux fois, l'avait toisé de la tête aux pieds. C'était vrai, ceux qui l'avaient connu pouvaient penser qu'il avait beaucoup changé. Cela plut beaucoup à Aglaïa.

— C'est bien Gavrila Ardalionovitch qui vient de sortir ? demanda-t-elle soudain, comme elle aimait parfois le faire, d'une voix forte et coupante, interrompant par sa question les autres conversations, et sans que sa question s'adresse à quiconque.

— Oui, répondit le prince.

— Je ne l'ai presque pas reconnu. Il a beaucoup changé, et… en mieux, nettement.

— Je suis très heureux pour lui, dit le prince.

— Il a été très malade, ajouta Varia avec une compassion pleine de joie.

— Pourquoi est-ce qu'il aurait changé en mieux ? demanda Lizaveta Prokofievna avec une stupeur irritée, et presque un peu de frayeur. D'où auras-tu pris ça ? Non, pas du tout en mieux. Qu'est-ce donc qui te fait dire ça, "en mieux" ?

— Mieux que le "pauvre chevalier" il n'y a rien de mieux ! proclama soudain Kolia qui s'était tenu tout le temps près de la chaise de Lizaveta Prokofievna.

— Voilà une chose que je pense aussi, dit le prince Chtch. en éclatant de rire.

— Je suis absolument de cet avis, proclama triomphalement Adelaïda.

— Quoi, quel "pauvre chevalier" ? demandait la générale qui toisait l'assistance avec stupéfaction et dépit ; mais voyant qu'Aglaïa s'empourprait, elle ajouta, dans un élan de colère : Encore des bêtises ! Qu'est-ce que c'est que ça, le "pauvre chevalier" ?

— Est-ce donc la première fois que ce garnement, votre petit chouchou, déforme ce que les autres disent ? répondit Aglaïa avec une orgueilleuse indignation.

Toutes les crises de rage d'Aglaïa (elle se mettait très souvent en colère) trahissaient encore, à chaque fois, et avec tant de force, malgré son grand sérieux et son apparente dureté, un je ne sais quoi d'enfantin – quelque chose d'un gamin sur le banc de l'école, qui ne demandait qu'à ressurgir – qu'en la regardant parfois il était impossible de ne pas éclater de rire, au dépit, d'ailleurs, le plus monstrueux d'Aglaïa, qui ne comprenait pas de quoi on pouvait rire et comment "on pouvait, on osait rire". Cette fois, le rire vint de ses sœurs et du prince Chtch., et le prince Lev Nikolaevitch lui-même esquissa un sourire – en rougissant aussi, pour une raison obscure. Kolia riait aux éclats et triomphait. Aglaïa se fâcha sérieusement et en devint deux fois plus belle. Sa confusion lui seyait à l'extrême, sans parler du dépit qu'elle éprouvait envers cette confusion.

— Il en a déformé tellement, de vos expressions, ajouta-t-elle.

— Moi, c'est sur votre propre exclamation que je me base ! cria Kolia. Il y a un mois, vous aviez feuilleté le *Don Quichotte*, et vous vous êtes exclamée qu'il n'y avait rien de mieux que le "pauvre chevalier". Je ne sais pas de qui vous vouliez parler : de don Quichotte, ou d'Evgueni Pavlovitch, ou encore de quelqu'un d'autre, mais vous parliez bien de quelqu'un et vous en avez parlé longtemps.

— Tu vas un petit peu loin tout de même avec tes suppositions, fit, l'arrêtant avec dépit, Lizaveta Prokofievna.

— Mais est-ce que je suis le seul ? continuait Kolia. Tout le monde a parlé et parle encore de lui ; tenez, à l'instant, le prince Chtch. et Adelaïda Ivanovna – et ils ont tous déclaré qu'ils prenaient le parti du "pauvre chevalier", et donc, votre "pauvre chevalier", il existe, il doit avoir une existence, et, à mon avis, sans Adelaïda Ivanovna, nous saurions tous depuis longtemps qui c'est, le "pauvre chevalier".

— En quoi est-ce ma faute, à moi ? demanda Adelaïda en riant.

— Vous n'avez pas voulu faire son portrait – voilà ! Aglaïa Ivanovna vous avait demandé de dessiner le portrait du "pauvre chevalier", et vous avait même

409

raconté tout le sujet du tableau qu'elle avait composé
– le sujet, vous vous en souvenez ? Vous n'avez pas
voulu…

— Mais comment aurais-je pu le dessiner, et qui,
d'ailleurs ? Le sujet dit que ce "pauvre chevalier",

> *Devant duc ou prince il ne levait*
> *Les barreaux d'acier de sa visière.*

Quel visage est-ce que cela nous fait ? Dessiner
quoi, les barreaux d'une visière ? Un anonyme ?

— Je ne comprends rien, qu'est-ce que c'est que
cette visière ! s'énervait la générale qui commençait à
comprendre trop bien, au fond d'elle-même, qui était
l'homme qu'on désignait ici (et ce surnom devait déjà
lui être acquis depuis un certain temps) par "le pauvre
chevalier". Mais ce qui la fit exploser tout particulièrement, c'est que le prince Lev Nikolaevitch se troubla
lui aussi, et finit par se trouver complètement confus,
comme un gamin de dix ans. Elle sera bientôt finie, cette
sottise ? On me l'expliquera, oui ou non, ce "pauvre
chevalier" ? C'est un secret si monstrueux, ou quoi,
qu'il faut même avoir peur de l'approcher ?

Mais chacun se contentait de continuer à rire.

— Non, simplement, il existe un poème russe très
étrange, intervint finalement le prince Chtch. qui voulait visiblement étouffer au plus vite cette conversation
ou la faire changer, qui parle d'un "pauvre chevalier",
un fragment sans début et sans fin. Il y a un mois de
cela, nous étions tous en train de rire, en sortant de table,
et nous cherchions, comme d'habitude, le sujet d'un futur
tableau d'Adelaïda Ivanovna. Vous savez que c'est une
occupation de toute la famille, et depuis bien longtemps, de trouver des sujets de tableaux pour Adelaïda
Ivanovna. C'est là que nous sommes tombés sur le

"pauvre chevalier", je ne me souviens plus qui a été le premier…

— Aglaïa Ivanovna ! s'écria Kolia.

— Peut-être, c'est possible, mais je ne me souviens plus, poursuivit le prince Chtch. Les uns se moquaient de ce sujet, d'autres déclaraient que rien ne pouvait être plus sublime, mais que, pour peindre le "pauvre chevalier", de toute façon, il fallait un visage ; nous avons fait la liste des visages de tous nos amis, aucun ne convenait, et l'affaire s'est arrêtée là ; voilà tout ; je ne comprends pas pourquoi Nikolaï Ardalionovitch aura éprouvé le besoin de rappeler et de soulever tout cela. Si c'était drôle et pertinent à un moment, aujourd'hui c'est tout à fait sans intérêt.

— C'est que j'ai idée qu'on sous-entend une nouvelle sottise, mordante et humiliante, répliqua Lizaveta Prokofievna.

— Il n'y a pas la moindre sottise, mais le respect le plus profond, dit soudain, d'une voix grave, sérieuse et tout à fait inattendue, Aglaïa qui avait eu complètement le temps de se remettre et d'étouffer le trouble qui l'avait saisie. Bien plus, à certains signes, on pouvait même penser en la regardant qu'à présent elle était heureuse de voir que la plaisanterie allait de plus en plus loin, et que ce bouleversement avait lieu au moment précis où le trouble du prince, qui ne faisait que grandir et atteignait un degré extrême, n'était devenu que trop flagrant.

— Ils s'amusent tous comme des petits fous, et, là, brusquement, le respect le plus profond ! Des fous furieux, oui ! Pourquoi, le respect ? Dis-le tout de suite, pourquoi, tout à coup, sans aucune raison, as-tu ressenti le respect le plus profond ?

— Pourquoi le respect le plus profond ? poursuivait d'une façon toujours aussi sérieuse et grave Aglaïa en réponse à la question presque enragée de sa mère. Parce que, dans ce poème, on décrit un homme capable d'avoir un idéal, et puis, une fois qu'il s'est fixé cet idéal, qui est capable d'y croire, et puis, une fois qu'il y a cru, de lui donner toute sa vie, aveuglément. Ça n'arrive pas tous les jours, à l'époque où nous sommes. Dans ce poème, en fait, on ne dit jamais en quoi consistait précisément l'idéal de ce "pauvre chevalier", mais on voit que ce devait être une image lumineuse, une "image de la pure beauté", et le chevalier amoureux s'est même attaché un chapelet autour du cou, à la place d'une écharpe. C'est vrai qu'on parle aussi d'une sorte de blason bizarre, non dévoilé, les lettres A.N.B., qu'il avait inscrites sur ses armes…

— A.N.D., corrigea Kolia.

— Et moi, je dis A.N.B., et je dis ce que je veux dire, coupa d'une voix agacée Aglaïa, mais, d'une façon ou d'une autre, il est clair que pour le "pauvre chevalier", cela n'avait aucune importance de savoir qui était sa dame, et ce qu'elle pouvait faire. Il suffisait qu'il l'ait choisie et qu'il ait cru en sa pure beauté, et, après cela, qu'il l'ait vénérée à tout jamais ; son mérite est là que, plus tard, elle aurait pu être une voleuse, lui, il aurait quand même dû lui faire confiance et briser des lances pour sa pure beauté. Le poète a voulu, je crois, réunir en une seule image extraordinaire toute l'idée grandiose de l'amour platonique et chevaleresque d'un pur et noble chevalier du Moyen Age ; naturellement, c'est un idéal. Et dans le "pauvre chevalier", ce sentiment a atteint son degré ultime, son ascétisme. Il faut avouer que la capacité à éprouver un sentiment pareil signifie déjà bien des choses et que des sentiments pareils ne peuvent laisser qu'une trace profonde et, d'un certain côté, tout à fait digne de louanges, sans parler même de don Quichotte. Le "pauvre chevalier", c'est le même don Quichotte, mais sérieux, et pas comique. Au début, je ne comprenais pas, et je riais, et, à présent, j'aime le "pauvre chevalier" ; surtout, je respecte ses exploits.

Ainsi conclut Aglaïa et, à la regarder, il était même difficile de conclure si elle parlait sérieusement ou si elle se moquait.

— Bah, encore un imbécile, lui et tous ses exploits ! trancha la générale. Et toi aussi, ma fille, tu t'oublies, tout un cours magistral ; c'est malséant, même, il me semble, de ta part. De toute façon, c'est inadmissible. Quel poème ? Lis-le, tu le connais, je parie. Je veux absolument connaître ce poème. Toute ma vie, j'ai détesté les poèmes, comme si je pressentais quelque chose. Au nom du ciel, prince, sois patient ; toi et moi, tu vois bien, il nous faut de la patience, dit-elle en s'adressant au prince Lev Nikolaevitch. Elle était très affectée.

Le prince Lev Nikolaevitch voulait dire quelque chose, mais son trouble persistant l'empêcha d'articuler le premier mot. Seule Aglaïa, qui s'était permis tant de choses avec son "cours magistral", sans la moindre confusion, elle, paraissait très contente. Elle se leva tout de suite, toujours aussi grave et sérieuse, avec un air qui aurait pu faire croire que c'était là ce qu'elle avait préparé d'avance et qu'elle attendait seulement qu'on le lui demande, alla jusqu'au milieu de la terrasse et se plaça en face du prince, lequel restait toujours calé dans son fauteuil. Tous la regardaient avec un certain étonnement, et presque tous, le prince Chtch., ses sœurs, sa mère, regardaient avec un sentiment désagréable cette nouvelle lubie qui se préparait, une lubie, en tous les cas, qui allait un peu loin. Mais on voyait qu'Aglaïa appréciait justement ce côté affecté avec lequel elle commençait cette cérémonie de la lecture du poème.

Lizaveta Prokofievna faillit la chasser à sa place mais, à cette minute précise où Aglaïa voulait se mettre à déclamer la célèbre ballade, deux nouveaux invités, qui parlaient haut et fort, entrèrent de la rue sur la terrasse. C'était le général Ivan Fedorovitch Epantchine et, à sa suite, un jeune homme. Il y eut un petit mouvement.

VII

Le jeune homme qui accompagnait le général avait environ vingt-huit ans, il était grand, bien bâti – un beau visage intelligent, avec le regard brillant, plein d'humour et de moquerie de ses deux grands yeux noirs. Aglaïa ne lui jeta même pas un coup d'œil et poursuivit la lecture du poème, continuant, avec affectation, de ne regarder que le seul prince, et de ne s'adresser qu'à lui seul. Le prince comprit à l'évidence que, tout cela, elle le faisait avec une arrière-pensée. Quoi qu'il en fût, les nouveaux arrivants arrangèrent un peu la position gênante dans laquelle il se trouvait. Dès qu'il les aperçut, il se leva, adressa aimablement, de loin, un signe de tête au général en lui faisant signe de ne pas interrompre la lecture et eut le temps lui-même de se retirer derrière le fauteuil où, s'appuyant du bras gauche sur le dossier, il continua d'écouter la ballade, mais dans une position pour ainsi dire déjà plus confortable et pas aussi ridicule que celle où il était, tassé dans son fauteuil. Lizaveta Prokofievna, de son côté, d'un geste autoritaire, fit deux fois signe aux nouveaux arrivants de s'arrêter. Le prince, d'ailleurs, ne s'intéressait que trop à son nouvel invité qui accompagnait le général ; il devina clairement en lui Evgueni Pavlovitch Radomski, dont il avait déjà beaucoup entendu parler, et auquel il avait pensé plus d'une fois. Il était simplement surpris par son habit civil ; il avait entendu dire qu'Evgueni Pavlovitch était militaire. Un sourire moqueur se refléta sur les lèvres du nouvel arrivant durant toute la lecture du poème, comme s'il avait déjà entendu telle ou telle chose sur le "pauvre chevalier".

"C'est peut-être lui qui a inventé ça", se dit le prince.

Mais il se passait quelque chose de tout autre avec Aglaïa. Toute l'affectation et la pompe avec lesquelles elle avait entrepris sa lecture, elle les avait couvertes d'un tel sérieux, d'une telle pénétration dans l'esprit et le sens de l'œuvre poétique, elle prononçait avec tellement de sens le moindre mot de ce poème, elle le prononçait avec une simplicité si supérieure qu'à la fin de sa lecture elle avait non seulement captivé l'attention de chacun mais, en rendant cet esprit supérieur de la ballade, elle avait comme justifié en partie cette gravité soulignée et affectée sous le signe de laquelle elle s'était si solennellement placée au milieu de la terrasse. Dans cette gravité, on ne sentait à présent que le côté infini et, peut-être même, naïf du respect qu'elle éprouvait envers ce qu'elle s'était donné pour tâche de rendre. Ses yeux luisaient et un frisson léger, à peine perceptible, d'inspiration et d'enthousiasme passa deux fois sur son visage splendide. Elle lut :

> *Il y eut un pauvre chevalier,*
> *Homme simple et la droiture même,*
> *L'âme fière et le regard altier,*
> *La figure taciturne et blême.*
>
> *Il lui vint un jour une vision –*
> *La raison ne peut en rendre compte,*
> *Mais il en garda une impression*
> *Aussi indicible que profonde.*

Depuis lors, son âme avait brûlé ;
Il vécut pour cette pure flamme
Et jura de ne jamais parler,
De ne regarder aucune femme.

Il prit pour écharpe un chapelet,
Il s'était reclus de la lumière,
Devant duc ou prince il ne levait
Les barreaux d'acier de sa visière.

Se vouant au rêve caressant
D'un amour qui l'émouvait aux larmes,
Il avait inscrit avec son sang
A.M.D. sur ses nouvelles armes.

Et tandis que d'autres paladins
Guerroyant pour les croisades saintes
Contre les soldats de Saladin
Invoquaient leur dame sans contrainte

"Sainte rose, ô toi, lueur des cieux !"
Criait-il, plein d'une ardeur rebelle,
Et son cri de guerre impétueux
Faisait fuir soudain les infidèles.

De retour dans son château lointain,
Il vécut muré dans le silence
Et mourut, obscur, austère, hautain,
Comme possédé par la démence.

Se souvenant plus tard de cette minute, le prince, en proie à un trouble terrible, fut longuement torturé par une question à laquelle il ne pouvait pas trouver de réponse : comment était-il possible de réunir une émotion si belle et si sincère avec une moquerie si claire et si haineuse ? Que c'était bien une moquerie, il ne pouvait pas en douter ; il avait compris cela très clairement, et avec de bonnes raisons : pendant sa lecture, Aglaïa s'était permis de changer les lettres *A.M.D.* par les lettres *N.F.B.* Ici, il ne se trompait pas, il l'avait entendu – et il ne pouvait en douter (cela fut prouvé par la suite). En tout cas, la lubie d'Aglaïa – une plaisanterie, bien sûr, encore que trop violente et trop frivole – était préméditée. Le "pauvre chevalier", tout le monde en avait parlé (et "ri") un mois auparavant. Pourtant, le prince eut beau revenir plus tard sur son souvenir, il apparaissait qu'Aglaïa avait prononcé ces lettres non seulement sans aucun air de plaisanterie ou d'ironie quelconque, ou même sans aucune insistance sur ces lettres qui aurait mis en valeur leur sens secret, mais, au contraire, avec un sérieux absolu, une simplicité si innocente et si naïve qu'on aurait pu croire que ces lettres étaient bel et bien mentionnées dans la ballade et que le livre était imprimé ainsi. Quelque chose de pesant et de désagréable parut avoir comme affecté le prince. Lizaveta Prokofievna, bien sûr, n'avait pas compris et n'avait rien remarqué ni du remplacement des lettres, ni de l'allusion. Le général Ivan Fedorovitch ne comprit qu'une seule chose – qu'on venait de lire un poème. Parmi les autres auditeurs, nombreux étaient ceux qui comprirent, s'étonnèrent de l'audace de cette lubie et de l'intention, mais qui n'en dirent rien, et s'efforcèrent de ne rien montrer. Evgueni Pavlovitch, lui (le prince aurait même été prêt à le parier), avait non seulement compris, mais s'efforçait de montrer à chacun qu'il avait tout compris : le sourire qu'il afficha n'était que trop moqueur.

— Mais c'est une merveille, ça ! s'exclama la générale, sincèrement éblouie à la fin de la lecture. Il est de qui, ce poème ?

— De Pouchkine, *maman*, ne nous faites pas rougir, c'est mal ! s'exclama Adelaïda.

— Avec vous autres, on peut devenir encore plus bête ! répliqua amèrement Lizaveta Prokofievna. Quelle honte ! Dès qu'on sera rentrés, donnez-moi ce poème de Pouchkine !

— Mais, je crois que nous n'avons rien de Pouchkine.

— Depuis que le monde est monde, ajouta Alexandra, il y a juste deux volumes, et en piteux état.

— Qu'on envoie tout de suite les acheter en ville, Fedor ou Alexeï, par le premier train – Alexeï, ce sera mieux. Aglaïa, viens ici ! Embrasse-moi, tu as lu d'une façon merveilleuse, mais, si tu as lu sincèrement, ajouta-t-elle presque en chuchotant, alors, je te plains ; si tu as lu pour te moquer de lui, alors, je n'approuve pas ces sentiments, et alors, de toute façon, il aurait mieux valu ne pas lire du tout. C'est clair ? Allez, madame, nous en reparlerons encore, sinon, nous allons prendre racine, ici.

Pendant ce temps, le prince saluait le général Ivan Fedorovitch, et le général lui présentait Evgueni Pavlovitch Radomski.

— Je l'ai attrapé en route, il descend du train ; il a su que je venais, et que toute la famille était là…

— J'ai su que vous aussi, vous y étiez, l'interrompit Evgueni Pavlovitch, et, comme je m'étais promis depuis longtemps, et absolument, non seulement de faire votre connaissance, mais de conquérir votre amitié, je n'ai pas voulu perdre de temps. Vous êtes souffrant ? Je viens juste de l'apprendre…

— Je suis en parfaite santé, et je suis très heureux de vous connaître, j'ai beaucoup entendu parler de vous, et j'ai même parlé de vous avec le prince Chtch., répondit Lev Nikolaevitch en lui tendant la main.

Les formules de politesse étaient prononcées, les deux hommes se serrèrent la main et se lancèrent un regard scrutateur au fond des yeux. En un instant, la conversation devint globale. Le prince remarqua (et, à présent, il remarquait tout très vite, avec avidité, et même, peut-être, des choses qui n'existaient pas) que les habits civils d'Evgueni Pavlovitch avaient provoqué un étonnement commun et même, d'une façon bizarre, extraordinairement puissant, au point que les autres impressions, pour un temps, s'oublièrent et s'effacèrent. On pouvait penser que ce changement de costume signifiait quelque chose d'une importance particulière. Adelaïda et Alexandra interrogeaient Evgueni Pavlovitch avec stupeur. Le prince Chtch., son parent, le faisait même dans une grande inquiétude ; le général parlait presque avec émotion. Seule Aglaïa regarda avec curiosité, mais une tranquillité parfaite, et rien qu'une minute, Evgueni Pavlovitch, comme si elle ne cherchait qu'à comparer s'il était mieux en militaire ou en civil, mais, une minute plus tard, elle se détournait de lui et ne le gratifiait plus d'un regard. Lizaveta Prokofievna, elle aussi, se refusa à poser des questions, même si, peut-être, elle aussi était un peu inquiète. Le prince eut l'impression qu'Evgueni Pavlovitch, peut-être, ne jouissait pas auprès d'elle d'une grande faveur.

— Etonnant, stupéfiant ! répétait Ivan Fedorovitch en réponse à toutes les questions. Je n'ai pas voulu le croire, quand je l'ai rencontré, tout à l'heure, à Petersbourg. Et pourquoi donc si brusquement, voilà le mystère ! Lui qui est le premier à crier qu'il ne faut jamais casser les chaises.

De la conversation qui se noua, il apparut qu'Evgueni Pavlovitch annonçait cette retraite depuis des siècles ; mais, à chaque fois, il en parlait avec si peu de sérieux qu'il était impossible de le croire. Et puis, lui-même, il parlait toujours des choses sérieuses avec un air si ironique qu'il était impossible de le comprendre, surtout s'il souhaitait qu'on ne le comprenne pas.

— Mais c'est temporaire, c'est quelques mois, un an au plus, que je resterai à la retraite, répondait Radomski en riant.

— Il n'y avait pas nécessité, à ce que je sais de l'état de vos affaires, répétait avec fougue le général.

— Et faire le tour de mes domaines ? Vous me l'avez conseillé vous-même ; et puis, je veux aussi voyager à l'étranger…

Très vite, pourtant, on parla d'autre chose ; mais l'inquiétude vraiment trop particulière et qui se prolongeait toujours passait quand même toutes les bornes aux yeux du prince – il devait vraiment y voir là quelque chose de particulier.

— Donc le "pauvre chevalier" est revenu sur le tapis ? voulut demander Evgueni Pavlovitch en s'approchant d'Aglaïa.

A la stupéfaction du prince, celle-ci l'examina avec surprise et d'un air interrogateur, comme si elle voulait lui donner à comprendre qu'ils n'avaient jamais pu évoquer "le pauvre chevalier", et qu'elle ne comprenait pas sa question.

— Mais c'est trop tard, c'est trop tard aujourd'hui pour envoyer en ville acheter Pouchkine, c'est trop tard ! affirmait Kolia à Lizaveta Prokofievna en s'agitant de toutes ses forces. Trois mille fois que je vous le dis : trop tard.

— Oui, c'est vrai qu'il est trop tard à présent pour envoyer quelqu'un en ville, sut placer Evgueni Pavlovitch qui abandonna bien vite Aglaïa, je pense que toutes les boutiques de Petersbourg sont fermées, il est huit heures passées, confirma-t-il, sortant sa montre.

— Depuis le temps qu'on attendait sans rien faire, on peut bien attendre jusqu'à demain, insinua Adelaïda.

— Et puis, ce n'est pas poli, ajouta Kolia, pour les gens du grand monde, de trop s'intéresser à la littérature. Demandez à Evgueni Pavlytch. Le char à bancs jaune aux roues incarnates, c'est beaucoup plus poli.

— Encore une citation, Kolia, remarqua Adelaïda.

— Mais il ne peut parler que par des citations, reprit Evgueni Pavlovitch, des phrases entières de comptes rendus critiques quand il s'exprime. Il y a longtemps que j'ai le plaisir de connaître la conversation de Nikolaï Ardalionovitch, pourtant, cette fois-ci, ce n'est pas une citation. Nikolaï Ardalionovitch fait visiblement allusion à mon char à bancs jaune et à la couleur de ses roues. Seulement, je l'ai changé, vous êtes en retard.

Le prince écoutait la façon dont parlait Radomski… Il lui sembla qu'il se tenait d'une façon magnifique, avec réserve, avec gaieté, et, ce qui lui plut surtout, c'est qu'il parlait à Kolia, malgré les piques que celui-ci ne cessait de lui envoyer, avec cette espèce d'égalité totale et d'amitié.

— Qu'est-ce que c'est ? fit Lizaveta Prokofievna en s'adressant à Vera, la fille de Lebedev, qui lui présentait un certain nombre de volumes de grand format, somptueusement reliés, et presque neufs.

— Pouchkine, dit Vera. Notre Pouchkine. Papa a dit de vous l'offrir.

— Comme ça ? Comment est-ce possible ? s'étonna Lizaveta Prokofievna.

— Pas en cadeau ! pas en cadeau ! je n'oserais pas ! cria Lebedev en jaillissant de derrière l'épaule de sa fille. Pour son prix, Votre Excellence. C'est notre Pouchkine personnel, familial, héréditaire, édition Annenkov, laquelle est introuvable de nos jours, oui, pour son prix, madame.

Je l'offre avec vénération, désirant vous le vendre et satisfaire la noble impatience des nobles élans vers la littérature de Votre Excellence.

— Ah, tu le vends, alors, merci. Tu ne perdras pas au change, sans doute ; mais ne joue donc pas la comédie, je t'en prie, mon bon. J'ai entendu parler de toi – tout ce qu'il y a de plus savant, à ce qu'on me dit, on parlera un jour ; alors, tu me l'apportes toi-même, ou quoi ?

— Avec vénération, avec… respect ! répliqua Lebedev, extraordinairement heureux, gesticulant en arrachant les livres des bras de sa fille.

— Bon, mais ne les perds pas, au moins, porte-les, le respect n'est pas obligatoire, pourvu que tu sois ponctuel, ajouta-t-elle en le fixant d'un regard perçant, je te laisserai juste passer le seuil, mais je n'ai pas l'intention de te recevoir aujourd'hui. Ta fille Vera, elle, tu peux me l'envoyer tout de suite, elle me plaît beaucoup.

— Mais pourquoi ne dites-vous rien des autres ? demanda impatiemment Vera à son père. Si c'est comme ça, ils vont entrer tout seuls ; ils commencent à faire du chahut. Lev Nikolaevitch, dit-elle s'adressant au prince qui prenait déjà son chapeau, vous avez de la visite depuis longtemps, quatre personnes – ils vous attendent chez nous, ils ne sont pas contents, et papa ne les laisse pas entrer.

— Qui sont ces invités ? demanda le prince.

— C'est pour affaire, ils disent, mais, vous savez, leur style, qu'on ne les reçoive pas maintenant, ils vous arrêteront sur la grand-route. Le mieux, Lev Nikolaevitch, c'est de les faire entrer, et qu'on n'en parle plus. Il y a Gavrila Ardalionovitch et Ptitsyne qui essaient bien de les raisonner, mais ils ne veulent rien entendre.

— Le fils de Pavlichtchev ! Le fils de Pavlichtchev ! Pas la peine ! Pas la peine ! répétait Lebedev en faisant de grands gestes. Pas même la peine de les écouter, n'est-ce pas ! Et même vous inquiéter pour eux, prince toute clarté, ça ne se fait pas. Non, non, n'est-ce pas. Ils n'en valent pas la peine…

— Le fils de Pavlichtchev ! Mon Dieu !… s'écria le prince en proie au plus grand trouble. Je sais… mais je… j'avais confié cette affaire à Gavrila Ardaliono-vitch. Gavrila Ardalionovitch venait juste de me dire…

Or Gavrila Ardalionovitch venait de quitter les pièces et d'entrer sur la terrasse, suivi par Ptitsyne. On enten-dit du bruit dans la pièce voisine avec la voix tonitruante du général Ivolguine qui semblait vouloir crier par-dessus plusieurs voix. Kolia courut tout de suite vers la source du bruit.

— C'est très intéressant ! remarqua à voix haute Evgueni Pavlovitch.

"Donc, il est au courant !" se dit le prince.

— Quel fils de Pavlichtchev ?… Quel fils peut avoir Pavlichtchev ? demandait avec stupéfaction le général Ivan Fedorovitch qui regardait d'un œil ébahi tous les visages et remarquait, non sans étonnement, qu'il était le seul à ne rien savoir de cette nouvelle histoire.

De fait, tout le monde était saisi par l'excitation et par l'attente. Le prince fut profondément surpris que cette affaire, totalement personnelle, ait déjà eu le temps de les passionner tous.

— Ce sera très bien si c'est *vous-même* qui réglez cette affaire ici et maintenant, dit Aglaïa avec une sorte de sérieux particulier en s'approchant du prince ; nous, permettez-nous à tous d'être vos témoins. On cherche à vous souiller, prince, il faut vous justifier de façon so-lennelle, et, d'avance, je suis très heureuse pour vous.

— Moi aussi, je veux que cette histoire scandaleuse s'arrête enfin, s'écria la générale, n'essaie pas trop de les épargner, prince ! On me rebat les oreilles avec cette affaire-là, tout le sang que ça m'a gâté. Et puis, je suis curieuse de les voir. Fais-les venir ; nous, nous restons ici. C'est bien, ce qu'elle a trouvé, Aglaïa. Vous êtes un peu au courant de ça, prince ? dit-elle en s'adressant au prince Chtch.

— Bien sûr, et par votre maison. Mais je suis particulièrement curieux de voir ces jeunes gens, répondit le prince Chtch.

— Ce sont eux, les fameux nihilistes, alors ?

— Non, Votre Excellence, on ne peut pas dire qu'ils soient des nihilistes, intervint Lebedev, faisant un pas en avant, c'est autre chose, ils sont à part, mon neveu qui me le dit, ils vont même plus loin, n'est-ce pas, que les nihilistes. Vous avez tort de croire que vous pourrez les troubler en restant comme témoin, Votre Excellence ; ça ne les troublera pas, n'est-ce pas. Les nihilistes, parfois, même, ce sont des gens prudents, instruits, n'est-ce pas, ceux-là, n'est-ce pas, ils vont plus loin, parce que, n'est-ce pas, c'est, avant tout, des gens d'affaires. C'est, finalement, un genre de conséquence du nihilisme, mais pas en droite ligne – par les on-dit, par une voie détournée, et ce n'est pas dans un petit article de journal qu'ils affirment qu'ils sont là, n'est-ce pas, mais dans le concret, directement ; ils ne parlent pas, par exemple, de l'absurdité de, je ne sais pas, mettons, Pouchkine, et pas davantage, par exemple, de la nécessité où se trouve la Russie de tomber en morceaux ; non, n'est-ce pas, à présent, ils considèrent vraiment que c'est leur droit, s'ils ont envie très fort de quelque chose, alors, de ne plus s'arrêter, n'est-ce pas, devant aucune barrière, quand bien même ils devraient, Votre Excellence, pour l'obtenir, zigouiller huit, mettons, individus. Mais, prince, tout de même, je vous conseillerais de ne pas…

Mais le prince allait déjà ouvrir la porte à ses hôtes.

— Vous calomniez, Lebedev, murmura-t-il en souriant, votre neveu vous a trop fait de peine. Ne le croyez pas, Lizaveta Prokofievna. Je vous assure que les Gorski et les Danilov* ne sont que des cas particuliers – ceux-là… ils font erreur, tout simplement… Seulement, je n'aurais pas voulu, ici, devant tout le monde. Excusez-moi, Lizaveta Prokofievna, ils vont entrer, vous les verrez, puis je les emmènerai. Je vous en prie, messieurs !

C'était plutôt une autre idée qui le mettait au supplice et le bouleversait pour le moment. Il se demandait un peu si cette affaire n'était pas combinée, là, maintenant, pour se produire ici et à cette heure précise, à l'avance, et devant justement ces témoins-là, et si, peut-être, on attendait non son triomphe, mais son déshonneur… Mais non, il se rendait trop triste par "ses soupçons haineux et monstrueux". Il serait mort, sans doute, si quelqu'un avait pu deviner que cette idée lui passait par la tête et, à la minute où parurent ses nouveaux invités, il était prêt à se considérer du point de vue moral comme le dernier des derniers de toute l'assistance.

Entrèrent cinq personnes, quatre nouveaux invités et un cinquième, à leur suite, le général Ivolguine, échauffé, agité et en proie à la plus grande crise d'éloquence. "Lui, il me soutiendra, c'est sûr !" pensa le prince avec un sourire. Kolia se faufila avec les autres : il parlait

---

* Danilov, étudiant moscovite âgé de dix-neuf ans, d'origine noble, avait assassiné un usurier et sa servante. Son crime et son procès défrayèrent la chronique entre 1866 et 1868. Les jurés avaient été frappés par la culture et par l'intelligence de Danilov, par le calme avec lequel il se tenait. Son père lui avait dit de ne "reculer devant aucun moyen pour obtenir de l'argent". *(N.d.T.)*

d'un ton fougueux avec Hippolyte qui se trouvait parmi les visiteurs ; Hippolyte écoutait et ricanait.

Le prince fit asseoir ses hôtes. Ils étaient tous des gens si jeunes, si loin même encore d'être adultes qu'on pouvait s'étonner autant de l'affaire en tant que telle que des cérémonies qui en découlaient. Ivan Fedorovitch Epantchine, par exemple, qui ne savait rien et ne comprenait rien à cette "nouvelle affaire", fut même pris d'indignation en découvrant pareille jeunesse et il aurait sans doute trouvé moyen de protester s'il n'avait été arrêté par cette fougue que déployait son épouse à défendre les intérêts particuliers du prince. Il resta, au demeurant, un peu par curiosité, un peu par bonté naturelle, espérant peut-être même pouvoir aider, et, en tout cas, servir d'autorité ; mais le salut de loin que lui adressa le général Ivolguine qui venait d'entrer le replongea dans son indignation ; il se renfrogna et décida de rester obstinément muet.

Parmi les quatre jeunes visiteurs, il y en avait un, du reste, qui était âgé d'une trentaine d'années, le "lieutenant à la retraite de la compagnie de Rogojine, boxeur, et distribuant des quinze roubles à qui le demandait". On devinait qu'il accompagnait les autres pour leur donner du cœur au ventre, en qualité d'ami sincère, et, au cas où, de soutien logistique. La première place et le premier rôle parmi les autres revenaient à celui qu'on qualifiait de "fils de Pavlichtchev", même s'il se présentait comme Antipe Bourdovski. C'était un jeune homme vêtu pauvrement et sans soin, portant un veston aux manches luisantes comme un miroir tant elles étaient usées, un gilet graisseux, boutonné jusqu'en haut, et une chemise enfouie on ne savait trop où, un foulard noir, en soie, graisseux jusqu'au dernier degré, serré en tortillon ; les mains pas propres, le visage extrêmement vérolé, blond et, s'il est possible d'employer cette expression, le regard innocent d'insolence. Il était plutôt de grande taille, maigre, dans les vingt-deux ans. Son visage ne reflétait pas la moindre ironie, pas la moindre réflexion ; au contraire, un enivrement complet, obtus de son propre droit et, en même temps, quelque chose qui en arrivait à ce besoin étrange et ininterrompu d'être et de se sentir constamment humilié. Il s'exprimait avec agitation, en se hâtant, en bafouillant, comme s'il ne prononçait pas complètement les mots, comme s'il avait quelques difficultés d'élocution, ou s'il était un étranger, même si, bien sûr, il était russe à cent pour cent.

Il était accompagné d'abord par le neveu de Lebedev, déjà familier du lecteur, et deuxièmement par Hippolyte. Hippolyte était un très jeune homme, d'environ dix-sept ans, peut-être dix-huit, une expression intelligente et toujours agacée sur le visage, sur lequel la maladie avait laissé des traces affreuses. Il était maigre comme un squelette, avait le teint jaune pâle, ses yeux étincelaient et deux taches rouges brûlaient sur ses joues. Il toussait sans arrêt ; chacune de ses paroles, chacune, ou presque, de ses respirations était accompagnée d'un râle. La phtisie s'affichait, à un degré tout à fait grave. On pouvait croire qu'il ne lui restait pas plus de deux ou trois semaines à vivre. Il était très fatigué et fut le premier à s'affaisser sur une chaise. Les autres, en entrant, étaient un peu gênés, et presque un peu confus, mais ils jetaient quand même des regards importants et, visiblement, ils avaient peur, d'une façon ou d'une autre, de faillir à leur dignité, ce qui jurait étrangement avec leur réputation de négateurs de tous les vils détails mondains, de tous les préjugés et quasiment de toute la vie, hormis leurs propres intérêts.

— Antipe Bourdovski, proclama, en se hâtant et en bafouillant, le "fils de Pavlichtchev".

— Vladimir Doktorenko, fit pour se présenter le neveu de Lebedev, d'une voix claire et posée, comme s'il était même fier d'être un Doktorenko.

— Keller ! marmonna le lieutenant à la retraite.

— Hippolyte Terentiev, glapit ce dernier d'une voix bizarrement aiguë. Ils finirent tous par s'installer en rang, sur des chaises, face au prince, et tous, après s'être présentés, se renfrognant tout de suite, pour se donner du cœur au ventre, firent passer leur casquette d'une main à l'autre et se préparèrent à parler, et chacun, néanmoins, se taisait, comme attendant quelque chose avec un air de défi dans lequel on pouvait lire : "Non, mon vieux, on ne nous la fait pas !" On sentait qu'il suffisait juste que l'un ou l'autre prononce un premier mot, ils se mettraient à parler tous ensemble, en se coupant et en se reprenant les uns les autres.

VIII

— Messieurs, je n'attendais personne d'entre vous, commença le prince ; moi-même, j'ai été souffrant jusqu'à ce jour et, quant à votre affaire, poursuivit-il en s'adressant à Antipe Bourdovski, je l'ai confiée, voici un mois, à Gavrila Ardalionovitch Ivolguine, ce que je vous avais fait savoir dès ce moment. Du reste, je ne refuse pas de m'expliquer personnellement, mais, convenez qu'une heure pareille... Je vous propose de me suivre dans une autre pièce, si ce n'est pas trop long... J'ai des amis qui m'attendent et, croyez-moi...

— Les amis... tant que vous voulez, mais, malgré tout, permettez, l'interrompit soudain le neveu de Lebedev d'un ton de sermonneur, même s'il ne haussait pas encore beaucoup la voix, permettez-nous, à nous aussi, de déclarer que vous auriez pu vous conduire avec nous d'une façon un petit peu plus respectueuse, au lieu de nous obliger à vous attendre deux heures dans vos communs...

— Et, bien sûr... et moi... ça aussi, c'est princier ! Et vous, alors... vous êtes donc... général ! Et moi, je ne suis pas votre laquais ! Et moi, je... je..., se mit soudain à marmonner Antipe Bourdovski pris d'une agitation extraordinaire, les lèvres tremblantes, un tremblement ulcéré dans la voix, postillonnant de toutes ses forces, comme s'il venait d'éclater ou d'exploser, mais il se précipita soudain si vite qu'on ne pouvait plus le comprendre après ses dix premiers mots.

— C'était princier ! cria Hippolyte d'une voix aiguë et comme fêlée.

— Si c'était à moi que c'était arrivé, bougonna le boxeur, c'est-à-dire, si ça me concernait directement, moi, en tant qu'homme d'honneur, moi, si j'étais Bourdovski… je…

— Messieurs, il y a une minute que j'ai appris que vous étiez là, je vous jure, répéta le prince une nouvelle fois.

— Nous n'avons pas peur de vos amis, prince, quels qu'ils puissent être, parce que nous sommes dans notre droit, déclara, une fois encore, le neveu de Lebedev.

— N'empêche, permettez-moi de vous demander, quel droit pouviez-vous avoir, glapit encore Hippolyte, qui s'échauffait, cette fois, au plus haut point, d'étaler l'affaire de Bourdovski au jugement de vos amis ? Nous, peut-être, nous le refusons, le jugement de vos amis ; on comprend trop ce qu'il peut signifier, le jugement de vos amis !

— Mais pourtant, enfin, monsieur Bourdovski, si vous ne souhaitez pas que nous parlions ici, fit le prince, extrêmement frappé par un début pareil, mais qui venait enfin malgré tout de parvenir à placer une réplique, eh bien, je vous le dis, passons tout de suite dans une autre pièce, et, je vous le répète, j'ai su que vous étiez là il y a juste une minute…

— Mais vous n'avez pas le droit, mais pas le droit, mais pas le droit !… vos amis !… Voilà !… balbutia brusquement à nouveau Bourdovski qui lançait tout autour de lui des regards frénétiques et apeurés et s'échauffait d'autant plus qu'il se méfiait et devenait toujours plus frénétique. Vous n'avez pas le droit ! – puis, sa tirade prononcée, il s'arrêta tout net, comme s'il restait en l'air, et, écarquillant, en silence, des yeux myopes bombés à l'extrême et marqués de grosses veinules rouges, il fixa sur le prince un regard scrutateur, en se penchant en avant, vers lui, de tout le torse. Cette fois, le prince fut si surpris qu'il ne dit rien lui-même et, lui aussi, se mit à le regarder, les yeux écarquillés, et sans dire un seul mot.

— Lev Nikolaevitch, l'appela soudain Lizaveta Prokofievna, tiens, lis ça tout de suite, à l'instant même, ça te concerne directement.

Elle lui tendit à la hâte un journal hebdomadaire, du genre satirique, et lui montra du doigt un article. Lebedev, quand les invités entraient encore, avait bondi de biais vers Lizaveta Prokofievna dont il s'évertuait à obtenir la faveur, et, sans lui dire un mot, sortant ce journal de sa poche, il le lui avait mis directement sous les yeux, en lui indiquant une colonne entourée. Ce que Lizaveta Prokofievna avait eu le temps de lire l'avait déjà émue et stupéfaite d'une façon terrible.

— Ne vaudrait-il pas mieux, peut-être, pas à haute voix, balbutia le prince, très gêné, je lirai ça tout seul… plus tard…

— Alors, lis-le, toi, plutôt, et maintenant, tout haut ! tout haut ! dit Lizaveta Prokofievna, s'adressant à Kolia, et arrachant avec impatience des mains du prince le journal que celui-ci avait à peine eu le temps de toucher. Tout haut, pour tout le monde – que tout le monde entende.

Lizaveta Prokofievna était une dame fougueuse et emportée, si bien que, de temps en temps, d'une façon soudaine et brusque, sans réfléchir outre mesure, elle pouvait lever l'ancre et se lancer dans la plus haute mer, sans prendre garde aux avis de tempête. Ivan Fedorovitch bougea non sans inquiétude. Mais, le temps que chacun, à la première minute, s'arrête, à contrecœur, et attende, non sans stupeur, Kolia déploya le journal et commença à lire tout haut depuis l'endroit que Lebedev, accouru sur-le-champ, lui indiqua :

"*Prolétaires et rejetons, un épisode des pillages en plein jour et de tous les jours !* Progrès ! Réforme ! Justice !

"Il se passe des choses bizarres dans notre, comme on dit, sainte Russie, dans notre siècle de réformes et d'initiatives des compagnies, le siècle des nationalités et des centaines de millions exportés chaque année à l'étranger, le siècle de l'encouragement du commerce et de la paralysie du bras des travailleurs ! etc., on ne finira jamais la liste, messieurs, et donc, passons au fait. Il est arrivé une histoire étrange à l'un des rejetons de notre défunte noblesse terrienne *(de profundis !)*, de ces rejetons, pourtant, dont ce sont déjà les grands-pères qui se sont définitivement ruinés à la roulette, dont les pères, contraints de servir comme aspirants et lieutenants, mouraient, habituellement sous le coup d'un procès pour une infime et innocente malversation avec les caisses du régiment, et dont les enfants, tel le héros de notre récit, soit grandissent idiots, soit tombent même dans des affaires de droit commun, affaires pour lesquelles, du reste, les jurys populaires, à des fins de redressement et de morale, les acquittent ; ou bien, ils finissent par nous sortir une de ces histoires qui font ouvrir de grands yeux au public et couvrent de boue toute notre époque déjà assez boueuse. Notre rejeton, voici quelque six mois, vêtu de guêtres à l'étrangère et

tremblant sous son petit manteau sans la moindre dou-
blure, est rentré en Russie, en plein hiver, de Suisse où
il soignait son idiotie *(sic !)*. Il faut avouer qu'il a
quand même eu de la chance puisque, sans même parler de cette maladie intéressante pour laquelle il faisait
une cure en Suisse (car peut-on faire des cures contre
l'idiotie, imaginez !!), il aurait pu en lui-même être la
preuve de l'éternelle jeunesse du vieux proverbe russe :
«A certains, le bonheur* !» Examinez vous-mêmes :
resté encore tout bambin à la mort de son père, lieutenant, nous assure-t-on, mort sous le coup d'un procès
pour la disparition brutale, par le biais d'une partie de
cartes, de toute la solde du régiment, ou bien, peut-être,
pour une trop grande générosité dans l'administration des
verges sur le dos d'un subordonné (souvenez-vous du
bon vieux temps, messieurs !), notre baron fut recueilli,
par pure pitié, et éduqué, par un très riche propriétaire
terrien de notre Russie. Ce noble russe – appelons-le ne
serait-ce que P. –, propriétaire, dans l'ancien âge d'or,
de quatre mille âmes d'esclaves («âmes d'esclaves» !
comprenez-vous, messieurs, une telle expression ? Moi,
non. Il faut que j'aille regarder dans le dictionnaire :
«c'est un récit récent qu'on a du mal à croire»), était
sans doute l'un de ces fainéants et parasites russes qui
passaient toute leur vie oisive à l'étranger, prenant les
eaux l'été, passant l'hiver au *Château-des-Fleurs* de
Paris, où ils laissèrent en leur temps des sommes invraisemblables. On pouvait dire positivement qu'au
moins un tiers de la corvée de nos anciens esclaves entretenait le tenancier du *Château-des-Fleurs* (ô l'heureux homme !). Quoi qu'il en soit, l'insouciant P. donna
au petit seigneur une instruction princière, lui louant

* Le proverbe dit : "Le bonheur aux imbéciles." *(N.d.T.)*

434

gouverneurs et gouvernantes (jolies, sans le moindre doute), qu'il ramenait lui-même, au demeurant, de Paris. Mais le dernier rejeton de cette race de seigneurs était idiot. Les gouvernantes châteaufleuresques n'y firent rien et, jusqu'à l'âge de vingt ans, notre élève ne put apprendre à parler aucune langue, y compris le russe. Ce dernier point est, d'ailleurs, excusable. Finalement, la tête esclavagiste et russe de notre P. fut traversée par une fantaisie, celle qu'il fallait que l'idiot apprît à être intelligent en Suisse – une fantaisie, d'ailleurs, logique : un exploiteur doublé d'un parasite pouvait naturellement imaginer que, pour de l'argent, on pouvait acheter au marché même un petit peu d'intelligence, et cela, à plus forte raison, en Suisse. Cinq ans de cure en Suisse passèrent, chez on ne sait quel célèbre professeur, et des milliers de roubles furent dépensés : l'idiot, c'est l'évidence, ne devint pas intelligent, mais il se mit tout de même à prendre forme humaine, pas entièrement, il faut bien l'avouer. Soudain, P. casse sa pipe. De testament, bien sûr, pas l'ombre, les affaires, comme d'habitude, dans le plus grand désordre, une nuée d'héritiers au ventre creux qui n'ont plus rien à faire des derniers rejetons de leur race soignés en Suisse, par charité, d'une idiotie héréditaire. Le rejeton, il avait beau être idiot, il a quand même tenté de berner son professeur ; il a eu le temps de se faire soigner gratis, pendant deux ans, à ce qu'on dit, en lui cachant la mort de son bienfaiteur. Mais le professeur lui-même était un fameux charlatan ; apeuré, en fin de compte, par la dèche, et plus encore par l'appétit de son parasite de vingt ans, il le chaussa de ses vieilles petites guêtres, lui fit cadeau de son manteau élimé et l'envoya, par charité, en troisième classe, *nach Russland* – pour qu'il lui débarrasse le plancher en Suisse. On pourrait croire que la chance venait de jouer un mauvais tour à notre héros. Que non, messieurs : la fortune, qui condamne des provinces entières à mourir de faim, verse tous ses dons sur un petit aristocrate, comme le *Nuage* de Krylov qui passe sur un champ asséché et se déverse au-dessus de l'océan. Presque à l'instant précis où il partait de Suisse pour se rendre à Petersbourg, décède à Moscou un des parents de sa mère (une fille, évidemment, de marchands), un vieux solitaire, sans enfants, marchand, barbu et schismatique, qui laisse quelques millions d'héritage – un héritage indiscutable, tout rond, tout pur, sonnant et trébuchant – et (on aimerait bien être à sa place, lecteur !) tout ça, à notre rejeton, tout ça à notre baron qui se soignait en Suisse de l'idiotie ! Bon, là, vous pensez bien, la musique change. Auprès de notre baron en petites guêtres, lequel s'est amouraché d'une célèbre beauté entretenue, s'est regroupée soudain toute une foule d'amis et de connaissances, se sont découverts des parents et, mieux que tout, des troupes entières de nobles vierges, rêvant avec ardeur et flamme de mariages légitimes, et là – quoi de mieux : aristocrate, millionnaire, idiot, toutes les qualités d'un coup, un mari de ce genre-là, on ne le trouverait pas même en plein jour avec une lanterne, on ne peut pas l'inventer !…"

— Ça… ça, c'est quelque chose que je ne comprends plus ! s'écria Ivan Fedorovitch au stade ultime de l'indignation.

— Arrêtez, Kolia ! s'écria le prince d'une voix suppliante. Des exclamations retentirent de tous côtés.

— Lisez ! Lisez, coûte que coûte ! coupa Lizaveta Prokofievna, laquelle, visiblement, avait toutes les peines du monde à se retenir. Prince ! Si on arrête de lire, nous allons nous fâcher.

Il n'y avait rien à faire ; Kolia, brûlant, rouge, tout agité, poursuivit sa lecture d'une voix pleine d'agitation :

"Mais tandis que notre millionnaire par surprise se trouvait, pour ainsi dire, dans l'empyrée, il arriva une circonstance tout à fait fortuite. Un beau matin, il reçoit la visite d'un homme au visage calme et réservé, au discours poli, mais digne et empreint de justice, aux vêtements modestes mais distingués, une teinte nettement progressiste dans les pensées, un homme qui, en deux mots, lui dit l'objet de sa visite : il est un avocat célèbre ; un jeune homme lui a confié un dossier ; il se présente en son nom. Ce jeune homme n'est, ni plus ni moins, rien d'autre que le fils du défunt P., encore qu'il porte un autre nom. Le sensuel P., ayant séduit dans sa jeunesse une honnête et pauvre jeune fille parmi les domestiques, encore qu'elle fût instruite à l'européenne (ce qui s'accompagnait, cela va de soi, de l'application du droit baronnial dû au servage) ; ayant remarqué la conséquence inévitable et imminente de sa liaison, il la maria bien vite à un homme d'entreprise, un employé au cœur noble qui aimait cette jeune fille depuis longtemps. D'abord, il apportait une aide au jeune ménage, mais, bien vite, son aide fut refusée par le cœur noble du mari. Du temps passa et P. oublia peu à peu et la jeune fille, et le fils qu'il avait eu d'elle – après quoi, comme on sait, il mourut sans avoir pris de dispositions. Entre-temps, son fils, né dans un mariage légitime, mais grandi sous un autre nom et reconnu entièrement par le cœur noble du mari de sa mère, lequel mari, néanmoins, était mort en son temps, restait livré à ses propres moyens avec sa mère maladive, souffrante et privée de l'usage de ses jambes dans une province lointaine ; lui-même, dans la capitale, il gagnait son argent par un honorable travail quotidien, par des leçons chez des marchands, ce qui lui permit d'abord de suivre le lycée, puis les cours universitaires dont il avait besoin, ayant en vue un but ultérieur. Mais gagne-t-on cher en leçons à dix kopeks chez nos marchands russes avec, en plus, une mère maladive et privée de ses jambes, laquelle, au bout du compte, même en mourant, ne parvint presque pas à le soulager dans sa province lointaine ? Maintenant, question : que devait penser, en toute justice, notre rejeton ? Vous pensez, bien sûr, lecteur, qu'il s'est dit : «J'ai joui toute ma vie de tous les dons de P. ; pour mon éducation, les gouvernantes et ma guérison de l'idiotie, des dizaines de milliers de roubles sont partis en Suisse ; me voilà maintenant avec des millions, et le cœur noble du fils de P., qui n'est coupable en rien des fautes de son père frivole et oublieux, perd sa jeunesse en leçons. Tout ce qui fut dépensé pour moi, en toute justice, aurait dû l'être pour lui. Ces sommes gigantesques dépensées pour moi, au fond, elles ne sont pas à moi. Tout cela ne fut qu'aveugle erreur de la fortune ; ces sommes devaient échoir au fils de P. C'est pour lui qu'elles devaient être utilisées, et non pour moi – fruit fantastique de la lubie d'un homme aussi frivole et oublieux que P. Si j'étais totalement noble, délicat et juste, je devrais donner à son fils la moitié de mon héritage ; mais comme je suis avant tout un homme plein de prudence et que je comprends trop bien que cette affaire n'a rien de juridique, je ne donnerai pas la moitié de mes millions. Mais du moins sera-t-il trop vil et trop honteux de ma part (le rejeton avait oublié que ce ne serait pas trop raisonnable non plus) si je ne rends pas à son fils, et cela, séance tenante, ces dizaines de milliers que P. a dépensés pour mon idiotie. Ce n'est affaire là que de conscience et de justice ! Car que me serait-il arrivé si P. ne s'était pas chargé de mon éducation, et s'il s'était, au lieu de moi, soucié de son fils ?»

"Mais non, messieurs ! Nos rejetons raisonnent autrement. Malgré tous les arguments de l'avocat du jeune homme, avocat qui n'avait accepté de prendre ce dossier en main que par amitié, pour ainsi dire à contre-cœur, presque de force, qui eut beau lui expliquer les devoirs de l'honneur, de la noblesse, de la justice, et, simplement, de la raison, l'élève d'Helvétie demeura inflexible, et – quoi ? Tout cela ne serait encore rien, mais voilà ce qui devient réellement impardonnable, et qui n'est excusable par aucune maladie intéressante : ce millionnaire, à peine sorti des guêtres de son professeur, fut même incapable de se faire entrer dans la caboche que ce n'était pas une aumône ni un soutien que demandait le cœur noble du jeune homme qui se tuait à donner ses leçons, mais seulement son droit et son dû, quoique non juridique, et que, même, ce n'était pas lui qui le demandait, mais des amis qui agissaient pour lui. Avec un air princier, ivre d'avoir la possibilité d'écraser sans crainte l'humanité avec tous ses millions, notre rejeton sortit un billet de cinquante roubles et l'envoya au noble jeune homme sous forme d'aumône. Vous n'y croyez pas, messieurs ? Vous êtes indignés, vous êtes offensés, un cri d'indignation s'échappe de vos poitrines ? Mais il le fit, pourtant ! Evidemment, l'argent lui fut tout de suite rendu, lui fut, pour ainsi dire, jeté en retour à la figure. Quelle voie nous reste pour régler cette affaire ? Une affaire non juridique – il ne nous reste que la publicité ! Nous confions cette histoire au public, en répondant de son exactitude. En l'apprenant, nous dit-on, l'un de nos plus célèbres humoristes s'est fendu d'une épigramme magnifique

digne d'occuper une place dans les chroniques de nos
mœurs non seulement dans nos provinces mais dans
nos capitales :

> *Lev* a joué cinq ans de suite*
> *Dans le manteau de Schneider***
> *Et cinq ans sont passés vite*
> *Tant il a brassé de l'air.*
>
> *De retour, en pauvres guêtres,*
> *Il hérita d'un million.*
> *Il professe le Dieu russe*
> *En volant les étudiants."*

Quand Kolia eut fini, il remit précipitamment le journal au prince et, sans dire un mot, il courut dans un
coin, se recroquevilla tout au fond et se cacha le visage
dans les mains. Il avait insupportablement honte, et sa
sensibilité d'enfant qui n'avait pas encore eu le temps
de s'habituer à la saleté était révoltée au-delà même de
toute mesure. Il lui semblait qu'il était arrivé quelque
chose d'incroyable, qui avait tout détruit, et dont lui-
même était presque la cause, ne serait-ce que par le fait
qu'il avait lu à haute voix.

Mais tout le monde, semblait-il, ressentait quelque
chose de ce genre-là.

Les jeunes filles se sentaient gênées et avaient honte.
Lizaveta Prokofievna retenait une colère extrême et, elle
aussi, peut-être, regrettait amèrement de s'être mêlée
de cette affaire ; à présent, elle se taisait. Au prince, il
arrivait ce qui arrive souvent dans ces cas-là à des personnes trop timides ; il avait eu si honte de l'action des

---

* Prénom du rejeton. *(N.d.A.)*
** Nom du professeur suisse. *(N.d.A.)*

autres, il s'était senti si pénétré de honte pour ses invités que, le premier instant, il avait même peur de lever les yeux sur eux. Ptitsyne, Varia, Gania, même Lebedev présentaient tous un air plus ou moins confus. Le plus étrange était qu'Hippolyte et "le fils de Pavlichtchev" étaient aussi comme sidérés par quelque chose ; le neveu de Lebedev avait l'air, lui aussi, fort mécontent. Seul le boxeur restait parfaitement calme, à se tortiller les moustaches, le regard grave, les yeux légèrement baissés, mais non de confusion : bien au contraire, semblait-il, par suite d'une sorte de noble modestie et d'un triomphe trop patent. Tout montrait que l'article lui plaisait énormément.

— Mais c'est vraiment le diable sait quoi, murmura à mi-voix Ivan Fedorovitch. Comme si cinquante laquais s'étaient regroupés pour composer, et qu'ils aient réellement composé.

— Mais permettez-moi de vous demander, cher monsieur, comment pouvez-vous offenser par des suppositions semblables ? déclara Hippolyte, pris d'un frisson de tout le corps.

— C'est, c'est, c'est, pour un homme honnête… concédez-le vous-même, général, si c'est un honnête homme, ça, c'est même offensant ! bougonna le boxeur, qui s'était brusquement réveillé, lui aussi, en se tortillant les moustaches, les épaules et le torse comme secoués de tics nerveux.

— D'abord, je ne suis pas pour vous un "cher monsieur", ensuite, je n'ai pas l'intention de donner la moindre explication, répondit violemment Ivan Fedorovitch qui s'échauffait très fort ; il se leva de son siège, et, sans dire mot, il se dirigea vers la sortie de la terrasse et se plaça sur la première marche, de dos vers le public – pris de la plus grande indignation contre Lizaveta

Prokofievna, laquelle, même à présent, n'avait pas été effleurée par l'idée de partir.

— Messieurs, messieurs, mais permettez enfin, messieurs, de dire quelque chose, s'exclamait le prince dans l'angoisse et l'inquiétude, et, je vous en prie, essayons de parler de façon à nous comprendre. Messieurs, moi, au sujet de l'article, rien, bon, mais seulement, messieurs, tout est faux de ce qui est mis dans cet article ; je le dis, n'est-ce pas, parce que vous le savez ; on a honte, même. Si bien que je m'étonne décidément s'il est un de vous qui ait pu écrire ça.

— Je ne savais rien de cet article jusqu'à cette minute précise, déclara Hippolyte, je n'approuve pas cet article.

— Même si je savais qu'il avait été écrit, je… moi non plus, je n'aurais pas conseillé de le publier, parce que c'est prématuré, ajouta le neveu de Lebedev.

— Je savais, mais j'ai le droit… je…, marmonna "le fils de Pavlichtchev".

— Comment ? C'est vous qui avez composé cela ? demanda le prince en regardant Bourdovski avec curiosité. Mais ce n'est pas possible !

— N'empêche, on peut tout de même vous contester le droit de poser ces questions-là, intervint le neveu de Lebedev.

— Mais je m'étonnais juste que M. Bourdovski ait réussi… mais… je veux dire que, si vous avez déjà livré cette affaire au public, alors, pourquoi, tout à l'heure, vous êtes-vous tellement offensé quand j'ai parlé de cette même affaire en présence de mes amis ?

— Ce n'est pas trop tôt ! murmura, indignée, Lizaveta Prokofievna.

— Et même, prince, Votre Clarté oublie, fit brusquement Lebedev, n'y tenant plus et se faufilant entre les chaises, presque enfiévré, Votre Clarté daigne oublier que c'est la seule bonne volonté de Votre Clarté, et la bonté sans exemple de son cœur qui lui dictèrent de les recevoir et de les entendre, et qu'ils n'ont absolument aucun droit d'exiger de la sorte, d'autant que Votre Clarté a déjà confié cette affaire à Gavrila Ardalionovitch, et là encore, si Votre Clarté a fait cela, c'est par sa bonté extrême, et maintenant, prince toute clarté, restant parmi le cercle élu de vos amis, vous ne pouvez sacrifier pareille compagnie pour ces messieurs, n'est-ce pas, ici présents, et que Monsieur pourrait, tous ces messieurs, pour ainsi dire, à l'instant même, les jeter dehors sur le perron, ce que, moi-même, en ma qualité de maître de maison, avec le plus grand des plaisirs, n'est-ce pas, à l'instant même, je…

— Bien dit ! tonna brusquement le général Ivolguine du fond de la pièce.

— Assez, Lebedev, assez, assez, voulut dire le prince, mais c'est une véritable explosion d'indignation qui couvrit ses paroles.

— Non, excusez, prince, excusez, maintenant, ça, ça ne suffit plus ! cria le neveu de Lebedev, presque plus fort que tous les autres. Maintenant, il faut poser cette affaire d'une façon claire et ferme, parce que, visiblement, personne ne la comprend ici. Les arguties juridiques embrouillent tout complètement, et c'est sur la base de ces arguties qu'on nous menace de nous jeter dehors ! Mais voyons, prince, nous prenez-vous vraiment pour des crétins pareils que nous ne comprenions pas nous-mêmes à quel point notre affaire n'a rien de juridique et à quel point, si nous l'examinons du point de vue juridique, selon la loi, nous n'avons pas le droit de vous demander le moindre rouble ? Mais, justement, nous comprenons que le droit juridique est contre nous, mais qu'en revanche il y a un droit humain, naturel, le droit de la raison et de la conscience, et même si ce droit-là n'est inscrit nulle part, dans aucun code poussiéreux de la race humaine, eh bien, un homme noble, honnête, c'est-à-dire, en d'autres mots, un homme de raison est obligé de rester noble et honnête même pour les points qui ne sont pas inscrits dans les registres. C'est pour cela que nous sommes entrés ici sans avoir peur de nous faire jeter dehors (comme vous venez de nous en menacer) pour la seule raison que *nous ne demandons pas* mais que *nous exigeons*, et sans craindre non plus l'impolitesse d'une visite à une heure aussi tardive (même s'il n'était pas tard quand nous sommes arrivés, et si c'est vous qui nous avez fait attendre dans les communs), et c'est pour cela, je le répète, que nous sommes venus, sans avoir peur de rien, parce que, vraiment, nous vous prenions pour un homme de raison, c'est-à-dire un homme d'honneur et de conscience. Non, bien sûr, nous ne sommes pas entrés avec humilité, pas comme des pique-assiette, ou bien des obligés, mais la tête haute, en hommes libres, et pas avec une demande, mais bien avec une exigence libre et fière (vous entendez, pas une demande – une exigence, faites-vous bien entrer ça dans le crâne !). Nous vous posons une question, une question directe et digne : vous sentez-vous coupable ou non coupable dans l'affaire Bourdovski ? Reconnaissez-vous en Pavlichtchev votre bienfaiteur et même, peut-être, celui qui vous sauva la vie ? Si c'est le cas (ce qui est clair), ayant reçu des millions, avez-vous l'intention, ou, en conscience, trouvez-vous juste de secourir, à votre tour, le fils de Pavlichtchev dans le besoin, même si ce fils porte le nom de Bourdovski ? Oui ou non ? Si c'est *oui*, c'est-à-dire, en d'autres mots, s'il y a en vous ce que vous appelez, dans votre langue, un peu d'honneur et de conscience, ou ce que nous appelons nous-mêmes, d'une façon plus exacte, du bon sens, eh bien, donnez-nous satisfaction, et le dossier est clos. Donnez-nous satisfaction sans demande et sans reconnaissance de notre part, n'attendez pas cela de nous, car ce n'est pas pour nous que vous le faites, mais c'est pour la justice. Si, par contre, vous ne souhaitez pas nous donner satisfaction, c'est-à-dire, si vous répondez *non*, alors, nous partons tout de suite, et le dossier est enterré ; mais nous vous regardons en face et nous disons, devant tous vos témoins, que vous êtes un homme à l'esprit grossier, au développement très faible ; que vous n'avez plus le droit dorénavant, non, plus aucune raison de vous dire un homme d'honneur et de conscience, que ce droit-là, vous voulez l'acheter trop bon marché. J'ai fini. J'ai posé le problème. Jetez-nous dehors, à présent, si vous l'osez. Vous pouvez le faire, la force est avec vous. Mais souvenez-vous que nous, malgré cela, c'est une exigence, et pas une demande... Oui, une exigence, pas une demande !...

Le neveu de Lebedev, très échauffé, se tut.

— Nous exigeons, exigeons, exigeons !... Nous ne demandons pas ! balbutia Bourdovski, rouge comme une écrevisse.

Les mots du neveu de Lebedev suscitèrent un certain mouvement, voire des murmures, même si, dans toute l'assemblée, chacun, visiblement, essayait de ne pas se mêler de cette affaire, à part Lebedev qui se trouvait comme pris de fièvre. (Etrangement, lui qui, à l'évidence, soutenait le prince, il semblait ressentir à présent une certaine satisfaction d'un orgueil familial après le discours de son neveu : du moins regardait-il le public avec un certain air de contentement particulier.)

— A mon avis, commença le prince d'une voix assez douce, à mon avis, monsieur Doktorenko, dans tout ce que vous venez de dire, vous êtes, pour une moitié, tout à fait dans le vrai, et je suis même d'accord pour dire que c'est beaucoup plus qu'une moitié, et je me serais trouvé complètement de votre avis s'il n'y avait quelque chose que vous avez omis dans vos paroles. Ce que vous avez pu omettre précisément, je n'ai ni la force ni la capacité de vous le dire avec exactitude, mais, pour que vos paroles soient vraiment justes, bien sûr, il y manque quelque chose. Mais regardons plutôt cette affaire ; messieurs, dites-moi, pourquoi avez-vous publié cet article ? Parce que, là-dedans, le moindre mot est une calomnie ; de telle sorte, messieurs, qu'à mon avis, vous avez commis une bassesse.

— Permettez !…

— Monsieur !…

— C'est… c'est… c'est…, crièrent soudain de tous côtés les invités émus.

— Pour l'article, reprit Hippolyte d'une voix stridente, pour cet article, je vous ai déjà dit que, les autres autant que moi, nous le désapprouvions ! C'est celui-là qui l'a écrit (il désigna le boxeur à côté de lui), ce qu'il a écrit est indécent, je veux bien, inculte, dans le style de tous les officiers à la retraite comme lui. Il est stupide et, qui plus est, c'est un trafiquant, je veux bien, c'est ce que je lui dis en face tous les jours, mais malgré tout, même à moitié, il était dans son droit : la publicité est le droit légitime de chacun, et donc de Bourdovski. Pour ses absurdités, qu'il réponde lui-même ! Quant au fait que j'aie protesté, tout à l'heure, en notre nom à tous, contre la présence de vos amis, j'estime nécessaire de vous expliquer, messieurs, que, si j'ai protesté, c'était uniquement pour affirmer notre droit, et que, au fond, même, nous souhaitons qu'il y ait des témoins, et, tout à l'heure déjà, avant d'entrer, nous nous étions

446

entendus tous les quatre sur ce point. Qui que puissent être vos témoins, même si ce sont vos amis, comme ils ne peuvent pas ne pas donner raison au droit de Bourdovski (parce que ce droit est évident, mathématique), il est même préférable que ces témoins soient vos amis ; la vérité n'en paraîtra que plus éclatante.

— C'est vrai, nous nous sommes entendus sur ça, confirma le neveu de Lebedev.

— Mais pourquoi donc, si c'est ce que vous vouliez, y a-t-il eu tout de suite ces cris et ce scandale dès que vous avez ouvert la bouche ? s'étonna le prince.

— Quant à l'article, prince, coupa le boxeur qui avait un désir terrible de mettre son grain de sel et s'animait d'une façon plaisante (on pouvait soupçonner que la présence des dames avait sur lui un effet très puissant), quant à l'article, donc – c'est vrai, je suis l'auteur, même si mon ami malade, auquel je suis habitué à pardonner à cause de sa faiblesse, vient de le soumettre au feu roulant de sa critique. Mais je l'ai bien composé, et je l'ai publié dans le journal d'un de mes amis sincères, sous forme de correspondance. Il n'y a juste que les vers qui, vraiment, ne sont pas de moi et qui, vraiment, appartiennent à la plume d'un célèbre humoriste. Je l'ai lu seulement à Bourdovski, et encore, pas tout entier, et celui-ci m'a tout de suite donné son accord pour le publier, mais accordez-moi vous-même que j'aurais pu le publier aussi sans son accord. La publicité est un droit général, c'est un droit noble et bienfaisant. Je suppose, prince, que, vous aussi, vous êtes assez partisan du progrès pour ne pas contester ce point…

— Je ne conteste rien du tout, mais accordez que votre article…

— Il est violent, vous voulez dire ? Mais c'est, comme qui dirait, pour le bien commun, accordez-le vous-même, et puis, est-il possible de laisser passer un cas si révoltant ? Tant pis pour les coupables, le bien commun d'abord ! Quant à ces quelques inexactitudes, pour ainsi dire, ces hyperboles, accordez-moi cela aussi, que ce qui compte d'abord, c'est toute l'initiative, le but et l'intention ; ce qui compte, c'est le noble exemple, ce n'est qu'ensuite qu'on peut examiner les cas particuliers, et, enfin, quant au style, le style, ici, pour ainsi dire, il a un but humoristique, et puis, enfin, tout le monde écrit comme ça, accordez-le vous-même ! Ha ha !

— Mais vous faites absolument fausse route ! Je vous assure, messieurs, s'écria le prince, vous avez publié cet article en supposant d'avance que je refuserais absolument de donner satisfaction à M. Bourdovski, et donc pour m'effrayer, et vous venger, d'une façon ou d'une autre. Pourtant, qu'en saviez-vous donc ? Moi, peut-être, j'ai décidé de donner satisfaction à Bourdovski. Je vous le dis tout net, je le déclare en présence de chacun, je donnerai satisfaction…

— Enfin, voilà une parole intelligente et noble d'un homme intelligent et noble ! s'exclama le boxeur.

— Mon Dieu ! lâcha Lizaveta Prokofievna.

— C'est insupportable, murmura le général.

— Permettez donc, messieurs, mais permettez, que je vous expose l'affaire, suppliait le prince ; voici cinq semaines, j'ai reçu, à Z, la visite de votre homme de confiance, de votre chargé d'affaires, monsieur Bourdovski, Tchebarov. Vous l'avez décrit d'une façon bien flatteuse, monsieur Keller, dans votre article, dit le prince, éclatant soudain de rire et s'adressant au boxeur, mais moi, il m'a vraiment déplu. J'ai compris seulement, et au premier coup d'œil, que c'est ce Tchebarov qui était véritablement le nœud de l'affaire, et que c'est lui, peut-être, monsieur Bourdovski, qui vous aura convaincu, en profitant de votre simplicité, de commencer tout cela, pour parler sincèrement.

— Vous n'avez pas le droit… je… je ne suis pas simple… c'est…, balbutia Bourdovski, tout ému.

— Vous n'avez aucun droit de faire de telles suppositions, fit le neveu de Lebedev, s'interposant sur un ton de sermon.

— C'est tout ce qu'il y a de plus humiliant, glapit Hippolyte. Une supposition humiliante, fausse, et tout à fait hors de propos.

— Pardon, messieurs, pardon, s'excusa rapidement le prince, je vous en prie, excusez-moi, c'est que je me suis dit qu'il valait peut-être mieux que nous soyons parfaitement sincères les uns avec les autres, mais, vous êtes libres, c'est comme vous voulez. J'ai dit à Tchebarov que, puisque j'étais absent de Petersbourg, j'avais immédiatement confié la charge de ce dossier à l'un de mes amis, ce dont, monsieur Bourdovski, je vous mettrai au courant. Je vous dirai tout net, messieurs, que cette affaire m'a semblé une escroquerie des plus patentes, et justement par la présence de ce Tchebarov… Oh, ne vous vexez pas, messieurs ! Au nom du ciel, ne vous vexez pas ! s'écria le prince d'une voix effrayée en voyant de nouveau le trouble offensé de Bourdovski et l'émotion, voire l'agitation de ses amis. Si je dis que cette affaire est une escroquerie, ça ne peut pas vous concerner personnellement ! Parce que, à ce moment-là, je ne vous connaissais pas, non, aucun d'entre vous ; je jugeais seulement par Tchebarov ; je parle en général, parce que… si seulement vous saviez de quelles escroqueries monstrueuses j'ai été victime depuis que j'ai reçu cet héritage !

— Prince, vous êtes terriblement naïf, remarqua d'un ton moqueur le neveu de Lebedev.

— Et, en plus, il est prince et millionnaire ! C'est vrai, peut-être, que vous avez bon cœur et que vous êtes un peu simplet, mais vous ne pouvez pas, quand même, c'est l'évidence, vous soustraire à la loi commune, proclama Hippolyte.

— Peut-être, oui, peut-être bien, messieurs, poursuivait le prince en se hâtant, même si je ne comprends pas très bien de quelle loi commune vous parlez, mais je poursuis – et ne vous vexez pas pour rien ; je le jure, je n'ai pas le moindre désir de vous offenser. Et c'est vrai, enfin, quoi, messieurs ! pas moyen de dire un mot sincère, vous vous vexez tout de suite ! Mais, d'abord, ce qui m'a terriblement frappé, c'est qu'il y avait un "fils de Pavlichtchev", et qu'il vivait dans une situation aussi terrible que celle que m'avait décrite Tchebarov. Pavlichtchev était mon bienfaiteur et l'ami de mon père. (Ah, pourquoi avez-vous écrit un mensonge pareil, monsieur Keller, dans votre article, au sujet de mon père ? Jamais il n'a dilapidé la caisse de son bataillon, jamais il n'a humilié un subordonné, une chose dont je suis convaincu positivement… comment avez-vous pu écrire une calomnie pareille ?) Et ce que vous avez écrit sur Pavlichtchev, cela, c'est tout à fait insupportable : cet homme, qui était la noblesse même, vous le traitez de sensuel et de frivole avec une telle audace, tellement de naturel, comme si, vraiment, vous ne disiez que la vérité, alors qu'il était l'homme le plus pudique qui ait vécu sur terre ! C'était même un savant remarquable ; il fut le correspondant de bien des hommes respectés dans le monde scientifique, et il a dépensé beaucoup d'argent pour aider la science. Quant à son cœur, à toutes ses bonnes actions, oh, bien sûr, vous avez eu raison d'écrire que, moi, à l'époque, j'étais presque un idiot et je ne pouvais rien comprendre (même si, malgré tout, je parlais russe, et je pouvais comprendre), mais, aujourd'hui, n'est-ce pas, je suis capable d'apprécier tout ce qui me revient à la mémoire...

— Permettez, glapissait Hippolyte, vous ne donnez pas un peu dans la sensiblerie ? Nous ne sommes pas des enfants. Vous vouliez aller droit au but, il est neuf heures passées, n'oubliez pas.

— Je vous en prie, je vous en prie, messieurs, lui accorda tout de suite le prince, ma première méfiance passée, je me suis dit que je pouvais me tromper, et que Pavlichtchev pouvait vraiment avoir un fils. Mais ce qui m'a terriblement frappé, c'est que ce fils puisse si légèrement, je veux dire si publiquement, livrer le secret de sa naissance et, surtout, faire la honte de sa mère. Car Tchebarov, tout de suite, m'avait menacé de cette publicité...

— Quelle bêtise ! cria le neveu de Lebedev.

— Vous n'avez pas le droit... non, pas le droit ! s'écria Bourdovski.

— Le fils n'est pas responsable de la débauche de son père, et la mère, elle, n'est pas coupable, glapit avec fougue Hippolyte.

— Une raison d'autant plus forte, semble-t-il, pour l'épargner..., murmura timidement le prince.

— Vous, prince, vous n'êtes pas seulement naïf, non, vous poussez encore plus loin, peut-être, ricana méchamment le neveu de Lebedev.

— Et quel droit aviez-vous ! glapit Hippolyte d'une voix des plus artificielles.

— Aucun, aucun ! reprit le prince en le coupant très vite. En cela, vous avez raison, je l'avoue, mais c'était malgré moi, je me suis dit ça tout de suite, dès ce moment-là, que mes sentiments personnels ne devaient pas influer dans cette affaire, parce que, si je me reconnais déjà obligé de donner satisfaction aux exigences de Bourdovski, au nom de mes sentiments pour Pavlichtchev, alors, je devais leur donner satisfaction dans tous les cas, c'est-à-dire que je respecte ou non M. Bourdovski. Si j'ai commencé à parler de ça, messieurs, c'est que ça m'a quand même paru étrange, qu'un fils puisse étaler si publiquement le secret de sa mère… Bref, l'essentiel est que c'est cela qui m'a convaincu que Tchebarov devait être une canaille et qu'il avait poussé M. Bourdovski, en l'abusant, à se lancer dans cette escroquerie.

— Mais ça, c'est carrément insupportable ! crièrent ses hôtes de tous côtés – certains avaient même déjà bondi de leur chaise.

— Messieurs ! mais c'est pour cela que j'ai conclu que le malheureux M. Bourdovski devait être un homme simple, sans défense, un homme très susceptible d'être la victime d'un escroc, et c'était donc une raison supplémentaire pour que je sois obligé de l'aider, lui, en tant que "fils de Pavlichtchev" – d'abord en m'opposant à M. Tchebarov, ensuite par mon dévouement et mon amitié, pour le diriger ; enfin, j'ai décidé de lui fixer une somme de dix mille roubles, c'est-à-dire, tout ce que, d'après mes calculs, Pavlichtchev avait pu dépenser pour moi…

— Comment ? Seulement dix mille ! s'écria Hippolyte.

— Non, prince, vous n'êtes pas bien fort en arithmétique, ou alors vous êtes très fort, même si vous vous présentez comme un simplet, s'écria le neveu de Lebedev.

— Je n'accepte pas dix mille, dit Bourdovski.

— Antipe ! Accepte ! souffla, dans un chuchotement rapide et très distinct, le boxeur en se penchant, par-derrière, sur le dossier de la chaise d'Hippolyte. Accepte ! On verra plus tard !

— Ecoutez, monsieur Mychkine, piaillait Hippolyte, comprenez que nous ne sommes pas des imbéciles, des imbéciles vulgaires, malgré ce que croient, sans doute, vos invités et les dames qui ricanent sur nous avec autant d'indignation, et surtout ce monsieur du grand monde (il désigna Evgueni Pavlovitch), que je n'ai pas l'honneur de connaître, bien sûr, mais dont, je crois, j'ai déjà entendu parler...

— Permettez, permettez, messieurs, encore une fois vous ne m'avez pas compris ! reprit le prince en s'adressant à eux, plein d'émotion. D'abord, vous, monsieur Keller, dans votre article, vous vous êtes beaucoup trompé en parlant de ma fortune : je n'ai jamais reçu des millions ; je n'ai peut-être qu'un huitiè-me, ou un dixième de ce que vous supposez que j'ai ; ensuite, en Suisse, personne n'a jamais dépensé des dizaines de milliers de roubles pour moi : Schneider touchait six cents roubles par an, et encore – seule-ment les trois premières années, et jamais Pavlichtchev ne s'est rendu à Paris pour chercher de jolies gouver-nantes ; cela encore, c'est une calomnie. Mon impres-sion est qu'il a dépensé bien moins de dix mille roubles, mais j'ai fixé dix mille et, accordez-moi vous-même qu'en rendant la dette je ne pouvais absolument pas proposer plus à M. Bourdovski, qui se trouvait visible-ment abusé, parce qu'il ne pouvait pas lui-même, sans être abusé, accepter une telle bassesse, par exemple, cette annonce par M. Keller, dans son article, au sujet de sa mère... Mais qu'avez-vous, enfin, messieurs, encore une fois à sortir de vos gonds ? Nous finirons par ne plus nous comprendre du tout, à la fin ! Car c'est bien moi qui ai raison. Je viens de me convaincre, de mes propres yeux, que j'avais deviné juste, disait le prince, essayant de convaincre avec fougue tout en

cherchant à apaiser l'agitation et sans remarquer qu'il
ne faisait que l'accroître.

— Comment ? Vous vous êtes convaincu de quoi ?
criait-on de partout en l'assaillant avec des cris de rage.

— Mais voyons, d'abord, j'ai eu le temps moi-même
d'observer parfaitement M. Bourdovski, et je vois bien
moi-même, à présent, ce qu'il est… C'est un homme
innocent, mais que tout le monde abuse ! Un homme
sans défense… C'est pour cela que je dois l'épargner, et, ensuite, Gavrila Ardalionovitch, à qui l'affaire
était confiée et de qui, pendant longtemps, je n'ai reçu
aucunes nouvelles, car j'étais en voyage, et puis, pendant
trois jours, malade à Petersbourg – brusquement, aujour-
d'hui, il y a juste une heure, à notre première rencontre –,
m'annonce qu'il a percé à jour toutes les intentions de
Tchebarov et qu'il possède la preuve que Tchebarov est
bien ce que j'ai cru. Parce que je sais bien, messieurs,
qu'il y a beaucoup de gens qui me prennent pour un
idiot et, Tchebarov, avec cette réputation que j'ai de donner de l'argent facilement, a cru qu'il serait très simple
de m'abuser, et cela, précisément, en comptant sur mes
sentiments envers Pavlichtchev. Mais, l'essentiel – mais
écoutez donc, messieurs, jusqu'à la fin, écoutez donc !
l'essentiel c'est que, maintenant, il s'avère soudain que
M. Bourdovski n'est pas du tout le fils de Pavlichtchev ! Gavrila Ardalionovitch vient de me l'apprendre
à l'instant et il m'assure qu'il a trouvé des preuves
irréfutables. Eh bien, qu'en pensez-vous, c'est même
difficile à croire après tout ce que vous avez fait ! Oui,
oui, écoutez bien : des preuves irréfutables ! Je n'y
crois pas encore, je n'y crois pas, je vous assure ; j'ai
encore quelques doutes, parce que Gavrila Ardalionovitch n'a pas eu le temps de me communiquer tous les
détails, mais le fait que Tchebarov soit une fripouille,

cela, c'est déjà hors de doute, complètement ! Il a berné le malheureux M. Bourdovski, et puis vous tous, messieurs, qui êtes noblement venus ici soutenir votre ami (car, bien visiblement, il a un grand besoin de votre soutien, cela, je le comprends, n'est-ce pas !…), c'est lui qui vous a tous mêlés à une affaire d'escroquerie, parce que, en fait, cela, c'est de l'escroquerie, rien que du vol !

— Comment, de l'escroquerie ? Comment, pas "le fils de Pavlichtchev" ?… Comment est-ce possible !… crièrent toutes les voix en même temps. Toute la compagnie de Bourdovski était en proie à un trouble indicible.

— Mais bien sûr, de l'escroquerie ! Car si M. Bourdovski, désormais, n'est plus du tout "le fils de Pavlichtchev", eh bien, dans ce cas, les exigences de M. Bourdovski sont purement de l'escroquerie (c'est-à-dire, évidemment, s'il avait su la vérité !), mais le problème est bien là, qu'on l'a abusé, c'est pour cela que j'insiste, pour le justifier ; c'est pour cela que je dis qu'il mérite de la compassion, pour sa simplicité, et qu'il ne peut pas vivre sans soutien ; sinon, lui aussi, dans cette affaire, il devient un escroc. Seulement, moi-même, j'ai la conviction qu'il ne comprend rien ! Moi aussi, je me suis trouvé dans cette position avant de partir en Suisse, moi aussi, je balbutiais des mots sans suite – on voudrait s'exprimer, on ne peut pas… Cela, je le comprends ; je peux compatir tout à fait, parce que, moi-même, j'étais presque pareil, j'ai le droit d'en parler ! Et puis, enfin, malgré tout – malgré le fait qu'il n'y ait plus de "fils de Pavlichtchev" et que cela ne soit qu'une mystification –, oui, malgré tout, je ne change rien à ma décision, et je suis prêt à rendre dix mille roubles, en mémoire de Pavlichtchev. Parce que, avant M. Bourdovski, ces dix mille, je voulais les utiliser pour une école, en mémoire de Pavlichtchev, mais, à présent, ce sera la même chose, une école ou M. Bourdovski, parce que M. Bourdovski, s'il n'est pas le "fils de Pavlichtchev", il est presque comme "le fils de Pavlichtchev", parce que, lui-même, on s'est moqué de lui d'une façon si cruelle ; lui-même, en toute sincérité, il se croyait le "fils de Pavlichtchev" ! Messieurs, écoutez donc Gavrila Ardalionovitch, et réglons tout cela, ne vous fâchez pas, ne vous énervez pas, asseyez-vous ! Gavrila Ardalionovitch va tout nous expliquer tout de suite et, je l'avoue, moi-même, je veux absolument savoir tous les détails. Il dit qu'il est même allé à Pskov, chez votre mère, monsieur Bourdovski, qui n'était pas du tout morte, comme on vous a forcé à l'écrire dans cet article… Asseyez-vous, messieurs, asseyez-vous !

Le prince s'assit et parvint à faire asseoir toute la compagnie de M. Bourdovski, laquelle, une fois encore, avait bondi de ses sièges. Pendant les dix ou vingt dernières minutes, il avait parlé avec fougue, d'une voix puissante, avec un débit hâtif et impatient, passionné, en s'efforçant de parler, de crier plus fort que tous les autres, de sorte que plus tard, bien sûr, il dut se repentir amèrement de certaines expressions, de certaines suppositions qu'il avait laissées lui échapper. Si l'on ne l'avait pas échauffé à ce point, au point, ou presque, de le faire sortir de ses gonds, il ne se serait jamais permis d'expliquer d'une façon si nue et si hâtive, à haute voix, ses suppositions, et certains de ses aveux superflus. Mais à peine s'était-il assis à sa place qu'un remords brûlant lui transperça le cœur. A part, déjà, le fait qu'il avait "offensé" Bourdovski en supposant si publiquement que celui-ci était atteint de la même maladie dont il s'était soigné en Suisse, en plus de cela, la proposition des dix mille roubles au lieu de l'école, lui semblait-il, avait été faite d'une façon grossière et imprudente, comme une aumône, et par le fait même qu'elle avait été prononcée publiquement, devant tout le monde. "Il aurait fallu attendre, et proposer demain, en tête à tête, se dit tout de suite le prince, et à présent, sans doute, pas moyen de réparer ! Oui, je suis un idiot, un véritable idiot !" conclut-il dans un accès de honte et d'amertume extrêmes.

Pendant ce temps, sur l'invitation du prince, Gavrila Ardalionovitch, lequel, jusqu'alors, s'était tenu à l'écart et avait conservé un silence obstiné, fit un pas en avant, se plaça près de lui et se mit à exposer, clairement et calmement, son rapport sur le dossier que le prince lui avait confié. Toutes les conversations cessèrent. Chacun écoutait avec une curiosité extrême, surtout toute la compagnie de Bourdovski.

IX

— Vous ne nierez pas, bien sûr, commença Gavrila Ardalionovitch, s'adressant directement à Bourdovski qui l'écoutait de toutes ses forces, les yeux écarquillés de stupeur et, c'était visible, en proie au trouble le plus grand, vous n'irez pas, et vous ne voudrez pas, bien sûr, nier sérieusement que vous êtes né deux ans exactement après le mariage légitime de madame votre mère et du secrétaire de collège Bourdovski, votre père. La date de votre naissance est trop facilement démontrable dans les faits, de sorte que la déformation de ce fait dans l'article de M. Keller, une déformation trop blessante pour vous et pour madame votre mère, n'est due qu'au seul jeu de la fantaisie de M. Keller, lequel supposait renforcer ainsi l'évidence de votre droit et aider ainsi vos intérêts. M. Keller affirme qu'il vous a lu l'article, mais pas entièrement… sans aucun doute, il ne vous l'a pas lu jusqu'à ce passage-là…

— C'est vrai, pas jusque-là, coupa le boxeur, mais tous les faits m'avaient été communiqués par une personne compétente, et je…

— Pardonnez-moi, monsieur Keller, l'arrêta Gavrila Ardalionovitch, permettez-moi de poursuivre. Je vous assure que nous parlerons de votre article en temps et en heure et que vous pourrez alors faire connaître vos explications, mais, pour l'instant, je préfère poursuivre dans l'ordre. C'est par le plus grand des hasards, grâce à l'aide de ma sœur, Varvara Ardalionovna Ptitsyna, que j'ai pu obtenir, par l'une de ses proches amies, Vera Alexeevna Zoubkova, propriétaire terrienne et veuve, une lettre du défunt Nikolaï Andreevitch Pavlichtchev, écrite par celui-ci voici vingt-quatre ans, alors qu'il se trouvait à l'étranger. Prenant contact avec Vera Alexeevna, je me suis adressé, sur son indication, au colonel en retraite Timofeï Fedorovitch Viazovkine, un parent éloigné et un grand ami, en son temps, de M. Pavlichtchev. Grâce à lui, j'ai pu obtenir deux autres lettres de Nikolaï Andreevitch, elles aussi expédiées de l'étranger. Ces trois lettres, leurs dates et les faits qui s'y trouvent exposés prouvent d'une façon mathématique, sans aucune possibilité de réfutation et même de doute, que Nikolaï Andreevitch était alors à l'étranger (où il vécut trois ans de suite), exactement un an et demi avant votre naissance, monsieur Bourdovski. Votre mère, comme vous le savez, n'est jamais sortie de Russie… Je ne lirai pas ces lettres à la minute où nous sommes. Il est trop tard ; j'expose seulement, quoi qu'on en pense, un fait. Mais si vous souhaitez, monsieur Bourdovski, me fixer, ne serait-ce que demain matin, un rendez-vous chez moi et amener vos témoins (autant que vous le voudrez) ou des experts pour comparer les écritures, je ne doute pas un instant que vous ne puissiez être convaincu de la vérité flagrante du fait que j'avance. Et si c'est le cas, à l'évidence, votre affaire tombe à l'eau et s'arrête d'elle-même.

Il y eut de nouveau un mouvement général et une agitation profonde. Bourdovski se leva soudain de sa chaise.

— Si c'est le cas, alors, j'ai été abusé, abusé, mais pas par Tchebarov, et depuis très longtemps ; je ne veux pas d'experts, je ne veux pas de rendez-vous, je vous crois, je refuse... je n'accepte pas les dix mille... Adieu...

Il prit sa casquette et poussa sa chaise pour sortir.

— Si vous le pouvez, monsieur Bourdovski, l'arrêta d'une voix douce et posée Gavrila Ardalionovitch, restez encore ne serait-ce que cinq minutes. Cette affaire permet aussi de mettre au jour un certain nombre de faits d'une importance particulière, surtout pour vous, ou bien, à tout le moins, extrêmement curieux. Il m'apparaît que vous ne pouvez pas ne pas les connaître, et vous vous sentirez peut-être mieux vous-même quand cette affaire sera éclaircie complètement.

Bourdovski s'assit sans rien dire, baissant un peu la tête, comme pris d'une songerie profonde. Il fut imité par le neveu de Lebedev, qui, lui aussi, s'était levé pour l'accompagner ; celui-là n'avait perdu ni sa tête ni son courage mais, visiblement, il était très frappé. Hippolyte restait renfrogné, triste et comme sidéré. A cet instant, du reste, il avait été pris d'une quinte de toux si forte qu'il avait même rougi de sang son mouchoir. Le boxeur était presque effrayé.

— Ah, Antipe ! lui cria-t-il avec amertume. Mais je te l'ai dit, encore... il y a deux jours, que c'était vrai, peut-être, que t'étais pas le fils de Pavlichtchev !

Un rire contenu retentit, deux ou trois personnes rirent plus fort que les autres.

— Le fait dont vous venez de faire part, monsieur Keller, reprit Gavrila Ardalionovitch, est tout à fait précieux. Néanmoins, j'ai le droit le plus fort, d'après les données les plus fiables, d'affirmer que M. Bourdovski, même si, bien sûr, il connaissait parfaitement la date de sa naissance, ne pouvait en aucune façon connaître cette circonstance du séjour de Pavlichtchev à l'étranger, où M. Pavlichtchev passa la plus grande partie de sa vie, ne rentrant en Russie que pour de brèves périodes. De plus, le fait même de ce voyage n'a rien de remarquable en soi qui pût le faire garder en mémoire pendant vingt ans et plus même par les amis proches de Pavlichtchev, sans parler de M. Bourdovski, lequel, à l'époque, n'était pas encore né. Bien sûr, retrouver ces renseignements n'était pas une tâche impossible ; mais je dois reconnaître que, ces renseignements, je les ai obtenus par le plus grand des hasards, et que j'aurais fort bien pu ne jamais les obtenir ; de sorte que, pour M. Bourdovski, et même pour M. Tchebarov, ces renseignements se trouvaient réellement, pour ainsi dire, inaccessibles, quand bien même ils auraient eu l'idée de les chercher. Et, cette idée, ils pouvaient fort bien ne pas l'avoir…

— Permettez, monsieur Ivolguine, l'interrompit soudain Hippolyte d'une voix agacée, à quoi bon ce galimatias (pardonnez-moi) ? L'affaire est maintenant expliquée, nous acceptons de croire au fait principal, à quoi bon poursuivre ces bavardages pesants et humiliants ? Vous voulez peut-être vous flatter de l'habileté de vos recherches, montrer devant nous et devant le prince à quel point vous êtes un enquêteur ou un fouineur remarquable ? Ou bien, n'avez-vous pas l'intention d'aller aux excuses et de justifier Bourdovski par le fait qu'il se soit lancé dans cette affaire par ignorance ? Mais cela, c'est audacieux, cher monsieur ! Vos justifications et vos excuses, Bourdovski n'en a aucun besoin, vous devriez le savoir ! Il se sent humilié, il est déjà assez mal comme ça, il est dans une position gênante, vous auriez dû le deviner, le comprendre…

— Assez, monsieur Terentiev, assez, reprit Gavrila Ardalionovitch, parvenant à l'interrompre, calmez-vous, ne vous énervez pas ; je crois que vous êtes très souffrant. Je compatis de tout cœur. En ce cas, si vous voulez, j'ai fini, c'est-à-dire, je serai forcé de ne communiquer, en résumé, que les seuls faits que, j'en ai la conviction, il ne serait pas superflu de connaître dans toute leur vérité, ajouta-t-il, remarquant un mouvement général qui ressemblait à de l'impatience. Je veux juste rapporter, preuves à l'appui, pour l'information de toutes les personnes intéressées dans cette affaire, que si votre mère, monsieur Bourdovski, jouissait des bonnes dispositions et des soins de Pavlichtchev, c'est seulement parce qu'elle était la sœur de cette jeune servante dont Nikolaï Andreevitch Pavlichtchev était amoureux dans sa prime jeunesse, mais au point même qu'il se serait absolument marié avec elle, si elle n'était brutalement décédée. Je possède les preuves que cet événement familial, absolument exact et fiable, est fort peu connu, et même tout à fait oublié. Plus loin, j'aurais pu expliquer que votre mère, quand elle était encore une enfant de dix ans, vit son éducation prise en charge par M. Pavlichtchev, comme une parente, qu'il lui fut préparé une dot considérable et que tous ces soins firent naître des rumeurs particulièrement inquiètes chez les nombreux parents de Pavlichtchev ; on disait même qu'il allait se marier avec sa pupille, mais cela s'acheva par le mariage de celle-ci, par inclination (et je pourrais prouver ce point de la manière la plus exacte), avec un fonctionnaire de l'arpentage, M. Bourdovski, à l'âge de vingt ans. J'ai, rassemblés ici, un certain nombre des faits les plus indiscutables pour prouver la façon dont votre père, homme totalement dépourvu du sens des affaires, ayant reçu quinze mille roubles de dot pour votre mère, abandonna son poste, se lança dans des entreprises commerciales, fut abusé, perdit son capital, ne supporta pas ce malheur, se mit à boire, tomba malade et, finalement, mourut très vite, au cours de la huitième année de son mariage avec votre mère. Ensuite, selon le témoignage direct de madame votre mère, elle est restée dans la misère et se serait complètement perdue sans l'aide constante et généreuse de Pavlichtchev, qui lui fournissait un secours annuel de six cents roubles. Ensuite, il existe des témoignages innombrables qui prouvent qu'il vous aimait beaucoup quand vous étiez enfant. De tous ces témoignages, encore une fois confirmés par madame votre mère, il apparaît que, s'il vous a aimé, c'est d'abord et surtout parce que, dans votre enfance, vous aviez l'air d'un attardé, l'air d'être un invalide, un enfant malheureux, pitoyable (et Pavlichtchev, comme j'ai pu le conclure aux preuves les plus sûres, a éprouvé tout au long de sa vie une sorte de penchant plein de tendresse pour tout ce qui était humilié, lésé par la nature, et surtout pour les enfants – un fait, me semble-t-il, d'une importance capitale dans le dossier présent). Enfin, je peux me flatter des recherches les plus précises sur le fait essentiel, c'est-à-dire que l'attachement extrême qu'éprouvait pour vous Pavlichtchev (grâce aux efforts duquel vous aviez pu entrer au lycée, pour y faire vos études sous surveillance particulière), quand les faits originels se trouvèrent oubliés, et que toute recherche devint impossible – et quand tout le monde prit peur pour le testament – a finalement fait naître, peu à peu, chez les parents et dans la maison de Pavlichtchev, l'idée que vous étiez son fils et, votre père, rien d'autre qu'un mari trompé. Sans aucun doute, cette idée vous parvint également, monsieur Bourdovski, et s'empara complètement de vous. Votre mère, dont j'ai eu l'honneur de faire personnellement la connaissance, même si elle était au courant de tous ces bruits, ignore toujours jusqu'à présent (et c'est une chose que je lui ai cachée) que vous aussi, son fils, vous vous trouviez sous l'influence de cette rumeur.

J'ai trouvé madame votre mère, monsieur Bourdovski, à Pskov, en proie aux maladies et à l'extrême misère
dans laquelle elle est tombée après la mort de Pavlichtchev. C'est avec des larmes de reconnaissance qu'elle
m'a appris qu'elle ne vivait que grâce à vous et à votre
aide ; elle attend beaucoup de vous dans l'avenir et
croit avec chaleur en vos succès futurs…

— Mais c'est insupportable, à la fin ! déclara soudain
d'une voix forte et impatiente le neveu de Lebedev.
A quoi bon tout ce roman ?

— Mais c'est d'une indécence répugnante ! cria Hippolyte dans un sursaut violent. Or, Bourdovski n'avait
rien remarqué, il n'avait même pas bougé.

— A quoi bon ? Pourquoi ? s'étonna non sans mali-
gnité Gavrila Ardalionovitch, qui s'apprêtait à exposer
sa vénéneuse conclusion. Mais, d'abord, M. Bourdovski
peut être pleinement convaincu à présent que M. Pavlichtchev l'aimait par générosité, et non comme son
fils. Voilà déjà un fait que M. Bourdovski devait
absolument connaître, lui qui avait approuvé et sou-
tenu M. Keller après la lecture de son article. Je le dis
ainsi parce que je considère M. Bourdovski comme un
homme honnête. Ensuite, il apparaît qu'il n'y a pas eu
ici la moindre escroquerie, le moindre vol, même de
la part de Tchebarov ; ce point me semble aussi décisif
parce que le prince, tout à l'heure, en s'échauffant, a pu
faire croire que, moi aussi, je partageais son point de
vue sur l'escroquerie dans cette malheureuse affaire.
C'était, au contraire, la conviction totale de tout le
monde et même si Tchebarov, peut-être, est réellement
une grande fripouille, il n'est, dans le dossier qui nous
occupe, rien d'autre qu'un exécutant, un sous-fifre,
un marchand. Il espérait se faire beaucoup d'argent
comme avocat, et son calcul n'était pas seulement fin,

il était magistral et infaillible : il se basait sur la facilité avec laquelle le prince distribue son argent et sur la reconnaissance respectueuse qu'il éprouve envers le défunt Pavlichtchev ; il se basait enfin (ce qui est capital) sur les vues chevaleresques bien connues du prince quant aux devoirs de l'honneur et de la conscience. Quant à M. Bourdovski lui-même, on peut dire qu'en raison de certaines de ses convictions, il a été tellement influencé par Tchebarov et toute sa compagnie qu'il s'est lancé dans cette affaire presque absolument pas par intérêt, mais presque pour servir la vérité, le progrès et l'humanité. Maintenant, après les faits que je viens d'énoncer, tout le monde, me semble-t-il, peut voir que M. Bourdovski est un homme sans tache, malgré toutes les apparences, et c'est avec d'autant plus de cœur et d'empressement que le prince peut lui proposer son soutien amical et cette aide active qu'il évoquait tout à l'heure en parlant des écoles et de Pavlichtchev.

— Arrêtez-vous, Gavrila Ardalionovitch, arrêtez-vous ! cria le prince pris d'une vraie panique, mais il était déjà trop tard.

— J'ai dit, je l'ai déjà dit trois fois, cria Bourdovski avec agacement, que je ne voulais pas d'argent ! Je n'accepterai pas... pourquoi ?... je refuse... dehors !...

Il faillit s'enfuir de la terrasse. Mais le neveu de Lebedev l'attrapa par le bras et lui souffla quelque chose à l'oreille. Alors, il se tourna d'un seul coup et, sortant de sa poche une grande enveloppe non cachetée, il la jeta sur la petite table qui se trouvait à côté du prince.

— Voilà l'argent !... Vous n'aviez pas le droit !... Pas le droit !... L'argent !...

— Les deux cent cinquante roubles que vous avez osé lui envoyer en aumône, par l'intermédiaire de Tchebarov, expliqua Doktorenko.

— On disait cinquante, dans l'article ! cria Kolia.

— Je suis coupable ! dit le prince en venant vers Bourdovski. Je suis très coupable envers vous, Bourdovski… A présent aussi, je suis coupable… j'étais coupable tout à l'heure. (Le prince était très affecté, il avait l'air épuisé, sans force, il ne disait que des mots sans suite.) J'ai parlé d'escroquerie… mais ce n'était pas pour vous, je me suis trompé. J'ai dit que vous étiez… malade… comme moi. Mais vous n'êtes pas comme moi, vous… vous donnez des leçons, vous faites vivre votre mère. J'ai dit que vous aviez déshonoré votre mère, mais vous l'aimez ; elle le dit elle-même… je ne savais pas… Gavrila Ardalionovitch n'a pas eu le temps de tout me dire… Je suis coupable. J'ai osé vous proposer dix mille roubles, il ne fallait pas que je le fasse comme ça, maintenant… c'est impossible, parce que vous me méprisez…

— Mais c'est une maison de fous ! s'écria Lizaveta Prokofievna.

— Oui, la maison des fous ! murmura Aglaïa, n'y tenant plus, mais ses mots se noyèrent dans la rumeur globale ; tout le monde parlait à haute voix, certains raisonnaient, d'autres se disputaient, d'autres riaient. Ivan Fedorovitch Epantchine était au dernier degré de l'indignation et, l'air de la vertu blessée, il attendait Lizaveta Prokofievna. Le neveu de Lebedev glissa une dernière gentillesse :

— Oui, prince, il faut vous rendre cette justice, vous savez vraiment utiliser votre… enfin, votre maladie (pour parler poliment) ; vous avez su trouver une forme si habile pour proposer votre amitié et votre argent que, maintenant, un homme qui se respecte n'a plus aucun moyen de les accepter. Ça, ou bien c'est trop d'innocence, ou c'est trop d'habileté… mais vous êtes meilleur juge…

— Permettez, messieurs, s'écria Gavrila Ardalionovitch qui, entre-temps, avait ouvert l'enveloppe, il n'y a pas du tout deux cent cinquante roubles, ici, mais cent. Si je dis cela, prince, c'est juste pour qu'il n'y ait pas de malentendu.

— Laissez, laissez ! lui cria le prince en faisant de grands gestes.

— Non, ne "laissez" pas ! reprit tout de suite le neveu de Lebedev. Votre "laissez" est humiliant, prince. Nous ne nous cachons pas, nous le déclarons au grand jour : oui, il n'y a que cent roubles, et pas deux cent cinquante, mais n'est-ce pas la même chose ?...

— Non non, ce n'est pas la même chose, eut le temps de glisser d'un air naïf Gavrila Ardalionovitch.

— Ne me coupez pas ; nous ne sommes pas aussi bêtes que vous le croyez, monsieur l'avocat ! cria, plein d'un dépit haineux, le neveu de Lebedev. Bien sûr que cent roubles, ce n'est pas deux cent cinquante, et ce n'est pas la même chose, mais c'est le principe qui compte ; ce qui compte, c'est l'initiative, et le fait qu'il manque cent cinquante roubles, c'est un détail. Ce qui compte, c'est que Bourdovski refuse votre aumône, Votre Clarté, qu'il vous la jette à la figure et, de ce point de vue là, c'est la même chose, cent roubles ou deux cent cinquante roubles. Bourdovski a refusé dix mille roubles ; vous l'avez vu ; il n'aurait pas rendu même cent roubles, s'il était malhonnête ! Ces cent cinquante roubles ont servi à payer Tchebarov, son voyage chez le prince. Moquez-vous plutôt de notre maladresse, de notre incapacité à mener cette affaire ; mais vous n'avez pas le droit de dire que nous sommes malhonnêtes. Ces cent cinquante roubles, mon cher monsieur, nous nous cotiserons ensemble pour les rendre au prince ; nous rendrons rouble à rouble, peut-être, mais nous rendrons avec les intérêts. Bourdovski est pauvre, Bourdovski ne possède pas des millions, et Tchebarov a présenté une facture après son voyage. Nous espérions gagner... Qui n'aurait pas fait ce qu'il a fait, à sa place ?

— Comment, "qui" ? s'exclama le prince.

— Mais je deviens folle, ici ! cria Lizaveta Proko-fievna.

— Ça me rappelle, intervint en riant Evgueni Pavlo-vitch, qui était resté longtemps à observer, la défense célèbre, récemment, d'un avocat qui présentait comme circonstance atténuante la pauvreté de son client, un client qui avait tué d'un seul coup six personnes pour les voler – oui, brusquement, il a conclu à peu près de cette façon : "Il est naturel, a-t-il dit, que ce soit par pauvreté que mon client ait eu l'idée d'assassiner ces six personnes ; qui, à sa place, n'aurait pas eu la même idée ?" Quelque chose du même genre, mais très amu-sant.

— Assez ! proclama brusquement Lizaveta Proko-fievna qui tremblait presque de colère. Il est temps de mettre un terme à ce galimatias !...

Elle se trouvait dans un état d'excitation terrible ; d'un air lourd de menace, elle rejeta la tête en arrière et, un défi arrogant, brûlant, impatient dans ses yeux qui luisaient, elle toisa toute la compagnie, sans distin-guer sans doute, à cet instant, ses amis de ses ennemis. C'était ce point d'une colère longuement contenue qui vient finalement d'exploser, quand l'exigence princi-pale est le combat, le besoin immédiat de se jeter sur quelqu'un. Ceux qui connaissaient Lizaveta Proko-fievna sentirent tout de suite qu'il lui était arrivé quelque chose de sérieux. Ivan Fedorovitch, le lendemain même, disait au prince Chtch. que "ça lui arrive, mais à ce point, comme hier, même à elle, ça lui arrive rarement, une

fois tous les trois ans, pas plus ! oh non, pas plus !"
ajouta-t-il, essayant de convaincre.

— Assez, Ivan Fedorovitch ! Laissez-moi ! s'exclamait Lizaveta Prokofievna. Qu'est-ce que vous avez à
me proposer votre bras ? Vous n'avez pas su me faire
sortir ; c'est vous, le mari, c'est vous le chef de famille ;
en me tirant par l'oreille, vieille gourde que je suis, vous
auriez dû me faire sortir si je vous avais désobéi – si
j'étais restée. Vous auriez pu au moins vous soucier de
vos filles ! Maintenant, on retrouvera notre chemin
sans vous, il y a eu assez de honte pour un an… Attendez,
je veux encore remercier le prince !… Merci, prince,
pour ce joli cadeau ! Et moi qui m'installais, écouter la
jeunesse… Quelle bassesse, mais quelle bassesse ! C'est
un chaos, c'est une monstruosité, c'est pire qu'un cauchemar ! Mais il y en a vraiment beaucoup, des comme
ça ?… Tais-toi, Aglaïa ! Tais-toi, Alexandra !… Ça ne
vous regarde pas !… Mais arrêtez de tourner autour de
moi, Evgueni Pavlovitch, vous m'énervez, à la fin !…
Et c'est toi, mon mignon, qui leur demandes pardon,
encore !… reprit-elle en s'adressant au prince, "je suis
coupable, n'est-ce pas, de vous proposer un capital"…
et toi, petit fanfaron, ça te fait rire ! cria-t-elle se jetant soudain sur le neveu de Lebedev, "nous, n'est-ce pas, on
refuse le capital, on ne demande pas, on exige" ! Comme
s'il ne savait pas que, cet idiot-là, pas plus tard que demain, il va se traîner chez eux, leur proposer son amitié, avec ses capitaux ! Tu iras, hein ? Tu iras, oui ou non ?

— J'irai, murmura le prince d'une voix douce et
humble.

— Vous entendez ! Mais toi, c'est bien sur ça que tu
comptes, dit-elle, se retournant encore vers Doktorenko,
l'argent, de toute façon, là, tu l'as déjà en poche, c'est
pour ça que tu fanfaronnes, pour nous jeter de la

poudre aux yeux… Non, mon mignon, trouve d'autres crétins pour ça, moi, je te vois comme si je t'avais fait… tout votre jeu, je le vois !

— Lizaveta Prokofievna ! s'exclama le prince.

— Sortons d'ici, Lizaveta Prokofievna, nous n'avons que trop tardé, et emmenons le prince, dit, le plus calmement possible, en souriant, le prince Chtch.

Les jeunes filles se tenaient à l'écart, presque effrayées, le général était effrayé positivement. Certains, qui se tenaient un peu plus loin, ricanaient en cachette et chuchotaient entre eux ; la figure de Lebedev exprimait le dernier degré de l'extase.

— Le chaos, la monstruosité, on les trouve partout, madame, prononça d'une voix grave, quoiqu'un peu saisi, le neveu de Lebedev.

— Mais pas comme ça ! Non, pas comme ça, mon petit monsieur ! Non, pas comme ce que vous faites ! reprit Lizaveta Prokofievna avec une joie méchante, presque hystérique. Mais laissez-moi, enfin, cria-t-elle à ceux qui tentaient de la raisonner, si, vous-même, Evgueni Pavlovitch, vous venez de déclarer que même un avocat, dans un procès, affirmait qu'il n'y avait rien de plus naturel que supprimer six personnes parce qu'on est pauvre, alors, c'est vrai que la fin des temps approche. Une chose pareille, jamais je n'avais entendu ça ! Maintenant, tout s'explique ! Et ce bredouilleur, là, est-ce qu'il ne tuera pas (elle désigna Bourdovski, qui la regardait au comble de la stupéfaction) ? Mais ma main au feu que si ! Ton argent, tes dix mille roubles, je parie, il les refuse je parie, en toute conscience il les refuse, et puis, la nuit, il revient, et il te tue, et il te les prend dans ta cassette ! Et il les prend, et il a bonne conscience ! Pour lui, ce n'est pas déshonorant ! C'est "un accès de noble désespoir", c'est "une dénonciation", le diable sait quoi… Zut ! tout est sens dessus dessous ! tout le monde marche sur la tête ! Une jeune fille, elle grandit chez elle, et, brusquement, en plein trottoir, vlan, elle saute dans un fiacre : "Maman, hier, je me suis mariée avec un Karlytch quelconque, ou bien un Ivanytch, adieu !" Alors, c'est bien, de faire ça, vous pensez ? Ça mérite le respect, c'est naturel ? La question féminine ? Ce garnement, tiens (elle désigna Kolia), tout à l'heure, il se disputait avec moi, comme quoi, c'est bien ça, la "question féminine". La mère, elle pouvait être une gourde, mais on peut se montrer humain, avec elle !… Pourquoi êtes-vous entrés en redressant le nez, tout à l'heure ? "N'approchez pas !" – nous voilà. "Donne-nous tous les droits, pas le droit de dire ouf, avec nous. Rends-nous tous les respects, tous les respects qu'il y a ou qu'il n'y a pas dans le monde, et, nous, on te traite plus mal que le dernier chien !" Ils cherchent la vérité, ils défendent le droit, et, eux-mêmes, c'est pis que des Sarrasins, ils le couvrent de boue dans leur article. "On exige, on ne demande pas, et pas la peine d'attendre notre reconnaissance, parce que, ce que vous faites, vous le faites pour satisfaire votre propre conscience !" Elle est belle, la morale : mais si toi, tu n'as pas de reconnais-sance, alors, le prince aussi, il peut te répondre qu'il ne se sent aucune reconnaissance envers Pavlichtchev, parce que, Pavlichtchev aussi, il faisait le bien pour satisfaire sa conscience. Mais toi, c'est bien sur cette reconnaissance envers Pavlichtchev que tu comptais ; parce que ce n'est pas à toi qu'il a fait un emprunt, ce n'est pas à toi qu'il doit de l'argent, alors, sur quoi est-ce que tu comptais donc, sinon sur cette reconnaissance ? Et toi, tu la refuses ? Espèces de fous ! Ils disent que la société, elle est sauvage et inhumaine, parce qu'elle déshonore une jeune fille séduite. Mais si tu dis que cette société est inhumaine, alors, donc, tu reconnais que cette société, à la jeune fille, elle lui fait mal. Mais si la société lui fait du mal, comment est-ce que, toi-même, tu la traînes dans les journaux, devant cette même société, et tu exiges qu'elle n'ait pas mal ? Espèces de fous ! Fous orgueilleux ! Ils ne croient pas en Dieu ! Ils ne croient pas au Christ ! Mais votre vanité, mais votre orgueil, ils vous dévorent tellement que, pour finir, vous allez tous vous dévorer les uns les autres, voilà ce que je vous prédis. Mais c'est le tohu-bohu, c'est le chaos, la monstruosité ! Et, après ça, cet impudent, là, il se traîne encore pour leur demander pardon ! Mais vous êtes nombreux, les gens comme ça ? Qu'est-ce que vous ricanez ? Que je me couvre de honte avec vous ? Eh oui, je suis dans la honte, c'est fait, j'y suis ! Et ne ricane pas, toi, saleté ! fit-elle en se jetant soudain sur Hippolyte. Tout juste s'il respire, mais il pervertit les autres. Tu m'as déjà perverti ce garnement (elle désigna encore Kolia) ; il ne jure plus que par toi, tu lui apprends l'athéisme, toi, tu ne crois pas en Dieu, mais tu as encore l'âge de te faire fesser, mon petit monsieur ! Et puis zut avec vous !… Donc, tu iras, prince Lev Nikolaevitch, tu vas aller les voir, demain, dis, tu iras ? redemanda-t-elle au prince, presque hors d'haleine.

— J'irai.

— Je ne veux plus te connaître, après ça ! – Elle se tourna très vite, voulant sortir, mais revint brusquement sur ses pas. Et tu iras chez cet athée ? fit-elle, indiquant Hippolyte. Mais qu'est-ce que tu as à ricaner de moi ! s'écria-t-elle d'une voix comme bizarrement artificielle en se jetant soudain sur Hippolyte, incapable qu'elle était de supporter son sourire affiché.

— Lizaveta Prokofievna ! Lizaveta Prokofievna ! Lizaveta Prokofievna ! cria-t-on d'un seul coup de tous côtés.

— *Maman*, vous devriez avoir honte ! s'écria tout haut Aglaïa.

— Ne vous en faites pas, Aglaïa Ivanovna, répondit tranquillement Hippolyte dont Lizaveta Prokofievna avait saisi le bras en se jetant sur lui, et qu'elle ne lâchait plus, Dieu seul savait pourquoi ; elle restait dressée devant lui, cherchant à le foudroyer de son regard furieux. Ne vous en faites pas, votre *maman* verra bien qu'on ne peut pas se jeter sur un mourant… je suis prêt à expliquer pourquoi j'étais en train de rire… je serais très heureux qu'on me le permette…

Ici, soudain, il eut une quinte de toux terrible, et, pendant une minute entière, il ne put s'arrêter de tousser.

— Mais il est en train de mourir, et il fait des discours ! s'exclama Lizaveta Prokofievna en lui lâchant le bras et en le regardant, presque avec effroi, s'essuyer du sang sur les lèvres. Mais tais-toi donc ! Tu devrais te mettre au lit, un point c'est tout…

— C'est bien ce que je ferai, répondit Hippolyte d'une voix basse, rauque, presque en chuchotant, je rentre chez moi, ce soir, et je me couche… dans deux semaines, je le sais, je vais mourir… C'est B*** en personne qui me l'a dit, la semaine dernière… Alors, si vous me le permettez, je vous dirai juste deux mots en guise d'adieu.

— Mais tu es fou, ou quoi ? Quelle sottise ! Il faut se soigner, de quoi est-ce que tu parles ? Va-t'en, va-t'en, au lit !… cria Lizaveta Prokofievna d'une voix effrayée.

— Si je me couche, je ne me lèverai plus jusqu'à la mort, vous comprenez, fit Hippolyte en souriant, hier déjà j'ai voulu me coucher, pour ne plus me lever, jusqu'au moment de mourir, mais j'ai décidé d'attendre après-demain, tant que mes jambes me portent encore… pour venir avec eux, là, aujourd'hui… mais je suis fatigué, vraiment…

— Mais assieds-toi, mais assieds-toi, pourquoi tu restes debout ! Tiens, une chaise, s'exclama Lizaveta Prokofievna, et elle lui poussa une chaise elle-même.

— Je vous remercie, poursuivait doucement Hippolyte, et vous, asseyez-vous en face, voilà, on va parler... on va parler, oui, oui, Lizaveta Prokofievna, maintenant, j'insiste sur ça..., continuait-il en lui souriant encore. Vous comprenez, aujourd'hui, c'est la dernière fois que je suis à l'air libre, avec les gens, et, dans deux semaines, sans doute, c'est le fond de la terre. Ça signifie que ça devrait être comme un adieu, avec les gens, et avec la nature. Même si je ne suis pas très sentimental, figurez-vous que je suis bien content que tout ça se passe ici, à Pavlovsk ; on peut regarder un arbre, quoi qu'on dise, la verdure.

— Mais de quoi tu me parles maintenant, répondait Lizaveta Prokofievna en s'effrayant de plus en plus, avec cette fièvre que tu as ? Tout à l'heure, tu piaillais, tu glapissais et, maintenant, à peine si tu respires, tu n'as plus de souffle !

— Je me reposerai tout de suite. Pourquoi voulez-vous me refuser ma dernière volonté ?... Vous savez, il y a longtemps que je rêvais de vous rencontrer, d'une façon ou d'une autre, Lizaveta Prokofievna ; j'ai beaucoup entendu parler de vous... par Kolia ; parce qu'il est le seul, ou presque, à ne pas m'abandonner... Vous êtes une femme originale, une femme excentrique, je viens de le voir par moi-même... vous savez que je vous aimais, même, un petit peu.

— Mon Dieu, quand je pense que j'ai failli le frapper, vraiment !...

— C'est Aglaïa Ivanovna qui vous a retenue ; je ne me trompe pas, n'est-ce pas ? Car c'est bien votre fille, Aglaïa Ivanovna ? Elle est si belle – dès que je l'ai vue, j'ai deviné, même si je ne l'avais jamais vue. La dernière fois de ma vie, au moins laissez-moi regarder une beauté, fit Hippolyte avec une sorte de sourire tordu, il y a le prince ici, et votre époux, et toute votre compagnie. Pourquoi me refusez-vous ma dernière volonté ?

— Une chaise ! cria Lizaveta Prokofievna, mais elle en saisit une elle-même et elle s'assit en face d'Hippolyte. Kolia, ordonna-t-elle, tu pars avec lui sur-le-champ, tu le raccompagnes, et, demain, absolument, moi-même…

— Si vous le permettez, je demanderai au prince une tasse de thé… Je suis très fatigué. Vous savez, Lizaveta Prokofievna, vous vouliez, je crois, emmener le prince chez vous, pour prendre du thé ; restez ici, plutôt, passons un peu de temps ensemble, et le prince nous servira du thé à tous, sans doute… Pardonnez-moi si je dispose tout seul… Mais je vous connais, n'est-ce pas, vous êtes bonne, le prince aussi… C'en est comique, même, à quel point nous sommes tous bons…

Le prince s'agita, Lebedev, à toutes jambes, bondit hors de la chambre, Vera courut derrière lui.

— Et c'est vrai, conclut violemment la générale, tu peux le dire, mais plus bas. Et ne t'énerve pas… Mais je t'ai pris en pitié, tiens… Prince ! Tu ne mériterais pas que je prenne le thé chez toi, mais, bon, si c'est comme ça, je reste, même si je ne m'excuse devant personne ! Personne ! Du reste, si je t'ai crié dessus, prince, excuse-moi – si tu veux, remarque. Mais, remarquez, je ne retiens personne, fit-elle avec, soudain, une expression de rage terrible, en s'adressant à son époux et à ses filles, comme si c'étaient eux qui s'étaient rendus monstrueusement coupables devant elle, je saurai bien rentrer toute seule…

Mais on ne la laissa pas finir. On vint vers elle, on l'entoura avec sollicitude. Le prince invita tout de suite chacun à rester prendre le thé, en s'excusant de ne pas y avoir pensé plus tôt. Même le général se montra si aimable qu'il murmura quelque chose de réconfortant et demanda aimablement à Lizaveta Prokofievna : ne faisait-il pas trop frais, pourtant, sur la terrasse ? Il faillit même demander à Hippolyte s'il y avait long-temps qu'il était à l'université, mais il préféra s'abstenir. Evguéni Pavlovitch et le prince Chtch. se montrèrent soudain aimables et enjoués à l'extrême, c'est même du contentement qui, malgré un étonnement qui se prolon-geait toujours, s'exprimait sur le visage d'Adelaïda et d'Alexandra, bref, chacun était visiblement heureux que la crise avec Lizaveta Prokofievna se fût passée. Seule Aglaïa restait toute renfrognée ; elle s'assit à l'écart, sans rien dire. Tous les autres membres de l'assemblée res-tèrent également ; personne ne voulait plus partir, même le général Ivolguine, auquel Lebedev, du reste, chuchota, en passant, quelque chose à l'oreille, quelque chose, sans doute, de pas tout à fait agréable, car le général battit tout de suite en retraite dans un recoin. Le prince invita également Bourdovski et sa compagnie, sans oublier personne. Ils bafouillèrent, d'un air tendu, qu'ils attendraient Hippolyte, et ils s'éloignèrent tout de suite dans le coin le plus reculé de la terrasse, où, de nouveau, ils s'assirent en rang d'oignons. Sans doute Lebedev avait-il préparé le thé depuis longtemps pour lui-même – on le servit tout de suite. Onze heures sonnèrent.

X

Hippolyte s'humecta les lèvres dans le thé que lui avait servi Vera Lebedeva, posa la tasse sur le guéridon et, brusquement, comme s'il était pris par la gêne, presque confus, il regarda autour de lui.

— Regardez, Lizaveta Prokofievna, ces tasses, fit-il, comme si, bizarrement, il se hâtait, ce sont des tasses de porcelaine, et d'une porcelaine excellente, sans doute, Lebedev les garde toujours dans son chiffonnier, sous verre, fermées, il ne les sort jamais... comme d'habitude, ça vient de la dot de sa femme... c'est l'habitude, chez eux... et voilà qu'il vous les sort, en votre honneur, bien sûr, tellement il est content...

Il voulait rajouter quelque chose, mais il ne trouva rien.

— Il a quand même eu honte, je me disais bien ! chuchota brusquement Evgueni Pavlovitch à l'oreille du prince. C'est dangereux, n'est-ce pas ? Le signe le plus sûr que, maintenant, par dépit, il va vous ressortir une de ses excentricités, même Lizaveta Prokofievna, je parie, n'y tiendra plus.

Le prince lui retourna un regard interrogateur.

— Vous ne craignez pas les excentricités ? ajouta Evgueni Pavlovitch. Mais moi non plus : au contraire, j'en redemande ; tout ce que je veux, au fond, c'est que notre chère Lizaveta Prokofievna soit bien punie, et aujourd'hui, là, maintenant ; je ne veux pas repartir sans ça. Vous avez de la fièvre, je crois.

— Plus tard, vous dérangez. Non, je ne me sens pas très bien, répondit le prince, distrait et même impatient. Il avait entendu son nom, Hippolyte parlait de lui.

— Vous ne me croyez pas ? demandait Hippolyte dans un rire hystérique. C'est normal, mais le prince, lui, dès la première fois, il me croirait, et il ne s'étonnerait pas.

— Tu entends, prince ? fit, se tournant vers lui, Lizaveta Prokofievna. Tu entends ?

Tout le monde riait. Lebedev, en s'agitant, tournait autour de Lizaveta Prokofievna, tentait de se mettre juste devant elle.

— Il dit que ce guignol, là, ton propriétaire... il a corrigé l'article de ce monsieur, oui, cet article qu'on a lu sur ton compte, tout à l'heure.

Le prince regarda Lebedev avec étonnement.

— Pourquoi tu ne dis rien ? fit Lizaveta Prokofievna, tapant même du pied.

— Eh bien, marmonna le prince en continuant de scruter Lebedev, je vois que c'est vrai.

— C'est vrai ? fit Lizaveta Prokofievna en se tournant violemment vers Lebedev.

— Tout ce qu'il y a de plus vrai, Votre Excellence ! répondit Lebedev, d'une voix ferme, inébranlable, la main sur le cœur.

— On dirait qu'il se vante ! fit-elle, bondissant presque sur sa chaise.

— Vil ! trop vil ! marmonna Lebedev en commençant à battre sa coulpe et en inclinant la tête de plus en plus bas.

— Mais ce n'est pas le problème, que tu es vil ! Il pense qu'il dira : "Je suis vil", c'est un moyen de s'en sortir. Et tu n'as donc pas honte, prince, de frayer avec de tels individus, je te le répète encore ? Jamais je ne te le pardonnerai !

— Le prince, il me pardonnera, lui ! prononça Lebedev, avec une conviction émue.

— Seulement par sens de l'honneur, s'exclama soudain d'une voix forte et sonore Keller, qui venait de bondir et s'adressait directement à Lizaveta Prokofievna, c'est seulement par sens de l'honneur, madame, et pour ne pas compromettre un ami, que j'ai caché ses corrections, tout à l'heure, même si c'est lui qui proposait de nous jeter dehors, comme vous avez vous-même daigné l'entendre. Pour rétablir la vérité, je le confesse, oui, je me suis adressé à lui, contre six roubles, mais non pas pour le style, non, réellement, pour l'établissement des faits qui m'étaient inconnus pour la plupart, comme à une personne compétente. Les guêtres, l'appétit chez le professeur suisse, les cinquante roubles au lieu des deux cent cinquante, bref, tout ce paquet, tout cela lui appartient, pour six roubles, mais il n'a pas du tout corrigé le style.

— Je dois remarquer, l'interrompit Lebedev avec une impatience fébrile et une espèce de voix rampante en réponse à un rire qui s'étendait de plus en plus, que je n'ai corrigé que la première partie de l'article, mais nous nous sommes trouvés en désaccord vers le milieu et nous nous sommes brouillés pour une certaine idée, je n'ai pas corrigé du tout, n'est-ce pas, la seconde partie, de sorte que tout ce qu'elle contient d'inculte (et elle contient beaucoup de choses incultes), cela, je ne peux pas, n'est-ce pas, du tout le revendiquer...

— C'est tout ce qu'il trouve à dire ! s'écria Lizaveta Prokofievna.

— Puis-je vous demander, fit Evgueni Pavlovitch en s'adressant à Keller, cet article, quand vous l'a-t-on corrigé ?

— Hier matin, répondit Keller, la main sur la couture du pantalon, nous avons eu un rendez-vous avec promesse sur l'honneur de garder le secret mutuel.

— Et ça, donc, pendant qu'il rampait devant toi, pendant qu'il t'assurait de tout son dévouement ! Ah, ils sont beaux, les hommes ! Je n'en veux pas, de ton Pouchkine, et, ta fille, qu'elle ne vienne pas me voir !

Lizaveta Prokofievna voulait déjà se lever, mais, brusquement, d'une voix agacée, elle se tourna vers Hippolyte, lequel était en train de rire :

— Mais c'est de moi que tu veux faire rire, alors, mon petit bonhomme ?

— Dieu m'en garde, répondit Hippolyte avec un sourire torve, mais ce qui me frappe le plus, c'est que vous êtes vraiment bien excentrique, Lizaveta Prokofievna ; oui, je l'avoue, j'ai fait exprès de parler de Lebedev, pour voir comment vous alliez réagir, vous seule, parce que, le prince, c'est vrai qu'il pardonnera, et c'est, sans doute, déjà fait… et même, peut-être, il lui a déjà trouvé une excuse, dans sa tête – n'est-ce pas, prince, que j'ai raison ?

Il haletait, une inquiétude étrange croissait en lui à chaque mot.

— Alors ?… murmura, indignée, Lizaveta Prokofievna, surprise du ton qu'il employait. Alors ?

— On m'a dit bien des choses sur vous, dans ce genre-là… avec une grande joie… c'est incroyable ce que j'ai appris à vous estimer, poursuivait Hippolyte.

Il disait une chose, mais de telle sorte qu'avec ces mêmes mots on pouvait croire qu'il voulait dire tout autre chose. Il parlait avec une teinte d'ironie, et, en même temps, il s'inquiétait outre mesure, il regardait autour de lui, d'un œil méchant, il s'embrouillait visiblement et se perdait à chaque mot, de sorte que tout cela ensemble, avec son air phtisique et son regard étrange, étincelant, comme hébété, continuait d'attirer toute l'attention sur lui.

— Pourtant, j'aurais été surpris, vraiment, ne connaissant pas le monde (je l'avoue), si, non seulement vous étiez restée toute seule avec cette compagnie qui est la nôtre, une compagnie indécente pour vous, mais si vous aviez laissé ces... jeunes filles écouter tout le scandale de l'affaire, même si elles ont déjà tout lu de ça dans les romans. Enfin, peut-être, pourtant, je ne sais pas... parce que je m'embrouille, mais, en tout cas, qui, en dehors de vous, aurait été capable de rester... à la demande d'un gamin (oui, oui, d'un gamin, je reconnais complètement), pour passer avec lui toute une soirée, et accepter... de participer à tout, et même... ce dont, le lendemain, on a honte... (mais, pourtant, je l'avoue, je m'exprime très mal), tout cela, je le loue, au plus haut point, et je le respecte profondément, même si, rien qu'à l'expression de Son Excellence, monsieur votre époux, on voit comme tout cela lui est désagréable... hi hi ! fit-il soudain, éclatant d'un petit rire, complètement perdu, et, soudain, il eut une quinte si forte que, pendant deux minutes, il fut incapable de poursuivre.

— Mais il étouffe, même ! énonça d'une voix glaciale et brusque Lizaveta Prokofievna, l'examinant avec une curiosité sévère. Allez, mon petit garçon, ça suffit avec toi. Assez !

— Permettez-moi aussi, mon cher monsieur, et pour ma propre part, de vous faire remarquer, intervint brusquement Ivan Fedorovitch d'une voix agacée (car il avait perdu ses dernières réserves de patience), que mon épouse se trouve ici chez le prince Lev Nikolaevitch, notre voisin et notre ami commun, et que, dans tous les

481

cas, ce n'est pas à vous, jeune homme, de juger de la conduite de Lizaveta Prokofievna, ni d'exprimer à haute voix, et à la face du monde, ce que vous pouvez lire sur mon visage ! Oui, monsieur. Et si mon épouse est restée, poursuivit-il en s'énervant de plus en plus, pour ainsi dire, à chaque mot, ce serait plutôt, monsieur, par étonnement, et par une curiosité compréhensible, et très contemporaine, à regarder des jeunes gens bien surprenants. Je suis resté, moi-même, comme je m'arrête, parfois, en pleine rue, quand je vois quelque chose que je peux regarder comme… comme… comme…

— Comme une rareté, souffla Evgueni Pavlovitch.

— Excellent ! Très juste ! reprit Son Excellence, toute réjouie après s'être un peu embrouillée dans la comparaison. Oui, justement, comme une rareté. Mais, en tout cas, ce qui me paraît le plus étonnant, et le plus chagrinant, si la grammaire permet de dire cela, c'est que vous, jeune homme, vous n'avez même pas été capable de comprendre que Lizaveta Prokofievna est restée près de vous parce que vous êtes malade – s'il est vrai, seulement, que vous êtes en train de mourir – pour ainsi dire, par compassion, pour vos paroles larmoyantes, monsieur, et qu'aucune saleté, en aucun cas, ne peut s'attacher à son nom, à sa qualité ou sa position… Lizaveta Prokofievna, conclut le général tout rouge, si tu veux rentrer, alors, prenons congé de notre brave prince…

— Je vous remercie pour votre leçon, général, coupa Hippolyte d'une voix grave et en le scrutant brusquement d'un regard pensif.

— Venez, *maman*, ça va encore durer longtemps… ? fit Aglaïa d'une voix impatiente et coléreuse en se levant de sa chaise.

— Encore deux minutes, mon bon Ivan Fedorovitch, si tu veux bien, fit Lizaveta Prokofievna, se tournant dignement vers son époux, j'ai l'impression qu'il a de la fièvre, il délire, tout simplement ; c'est une chose dont je suis convaincue, rien qu'à regarder ses yeux ; on ne peut pas le laisser comme ça. Lev Nikolaevitch ! il ne pourrait pas passer la nuit chez toi, pour qu'on ne le trimballe pas à Petersbourg, ce soir ? *Cher prince,* vous vous ennuyez ? dit-elle, se tournant soudain, bizarrement, vers le prince Chtch. Viens ici, Alexandra, arrange un peu tes cheveux, ma bonne amie.

Elle lui arrangea les cheveux, qui n'avaient pas besoin d'être arrangés, et lui donna un baiser ; la seule raison pourquoi elle l'avait appelée.

— Je vous pensais capable de vous développer, reprit à nouveau Hippolyte, sortant de sa songerie. Oui ! voilà ce que je voulais dire, fit-il, tout réjoui, comme si, brusquement, cela lui était revenu : Tenez, Bourdovski, il veut, en toute sincérité, défendre sa mère, n'est-ce pas ? Et le résultat ? Il l'a déshonorée. Ou bien le prince, par exemple, il veut venir en aide à Bourdovski, c'est d'un cœur pur qu'il lui propose une tendre amitié avec un capital et, peut-être, il est le seul d'entre nous à ne pas ressentir de dégoût envers lui, et les voilà qui se retrouvent face à face, comme de vrais ennemis… Ha ha ha ! Vous détestez tous Bourdovski parce que, d'après vous, ce qu'il a fait à sa mère, c'est très laid, c'est très mal, hein, j'ai raison ? oui ? hein ? Parce que, vous tous, ça fait peur comme vous aimez quand c'est joli, ou l'élégance des formes – il n'y a que ça qui compte, pour vous, n'est-ce pas ? (Je me disais ça depuis longtemps – rien que les formes.) Eh bien, sachez-le donc, personne d'entre vous, peut-être, n'a aimé sa mère autant que Bourdovski ! Vous, prince, je sais que vous lui avez envoyé de l'argent, en douce, par Ganetchka, à la mère de Bourdovski, ma main au feu que c'est vrai ! Hi hi hi (il riait, d'une façon hystérique), et puis ma main au feu que, maintenant, Bourdovski, il va trouver que c'était une forme indélicate et un manque de respect envers sa mère, je vous jure, hein ! Ha ha ha !

Ici, il étouffa une fois encore, et se remit à tousser.

— Alors, c'est tout ? C'est tout, maintenant ? Tu as tout dit ? Alors, maintenant, au lit, tu as la fièvre, l'interrompit, d'une voix pleine d'impatience, Lizaveta Prokofievna qui ne le quittait pas de son regard inquiet. Ah, mon Dieu ! Il parle, encore !

— Vous riez, si je ne me trompe ? Qu'est-ce que vous avez donc à rire de moi ? J'ai remarqué que vous étiez tout le temps en train de rire de moi, fit-il, s'adressant brusquement d'une voix inquiète et agacée à Evgueni Pavlovitch ; il est vrai que celui-ci était en train de rire.

— Je voulais juste vous demander, monsieur… Hippolyte… excusez-moi, j'oublie votre nom de famille.

— M. Terentiev, dit le prince.

— Oui, Terentiev, je vous remercie, prince, vous l'avez dit tout à l'heure, ça m'était sorti de la tête… je voulais vous demander, monsieur Terentiev, est-ce vrai, ce que j'ai entendu dire, que vous pensez qu'il vous suffit de parler au peuple un petit quart d'heure, à une fenêtre, que le peuple se rangera tout de suite à votre avis, et vous suivra tout de suite ?

— C'est très possible que j'aie dit ça, répondit Hippolyte, comme essayant de se souvenir. Absolument, je l'ai dit ! ajouta-t-il soudain, se ranimant à nouveau et fixant Evgueni Pavlovitch d'un regard ferme. Et alors ?

— Oh, rien du tout ; c'était juste pour savoir, pour compléter.

Evgueni Pavlovitch se tut, mais Hippolyte continuait de le regarder, plein d'une attente impatiente.

— Bon, c'est fini, ou quoi ? demanda Lizaveta Prokofievna en se tournant vers Evgueni Pavlovitch. Parle
vite, mon bon, il est temps qu'il se couche. Ou c'est plus
fort que toi ? (Elle était extrêmement dépitée.)

— Oh, mais je voudrais beaucoup rajouter, poursuivait Evgueni Pavlovitch en souriant, que tout ce que je
viens d'entendre de vos camarades, monsieur Terentiev, et tout ce que vous venez d'exposer à l'instant, et
avec un talent si indéniable, se ramène, me semble-t-il,
à une théorie du triomphe du droit, avant tout et en
dehors de tout, et cela, à l'exclusion de tout, et peut-être
bien, même, avant d'examiner en quoi ce droit pourrait
bien consister… Ou je me trompe, peut-être ?

— Evidemment, que vous vous trompez… Je ne
vous comprends même pas… et donc ?

Une rumeur se leva aussi dans un coin. Le neveu de
Lebedev murmura quelque chose à mi-voix.

— Mais donc presque rien, poursuivait Evgueni
Pavlovitch, je voulais juste remarquer que, de cette
position, on peut sauter directement jusqu'au droit de
la force, c'est-à-dire au droit du coup de poing et de
la lubie personnelle, une façon par laquelle, du reste,
cela s'est bien souvent fini, dans l'histoire du monde.
Proudhon aussi, n'est-ce pas, s'est arrêté sur le droit
de la force. Pendant la guerre américaine, beaucoup
des libéraux les plus avancés se sont déclarés du côté
des planteurs, au sens où, n'est-ce pas, les nègres, ils
n'étaient rien que des nègres, beaucoup plus bas que la
tribu blanche, et donc, le droit de la force, il était pour
les Blancs…

— Alors ?

— C'est-à-dire, donc, vous ne niez pas le droit de la
force ?

— Et donc ?

— Donc, vous êtes conséquent ; je voulais juste faire remarquer que, du droit de la force au droit des tigres et des crocodiles, et même jusqu'à Danilov et Gorski, il n'y avait guère qu'un pas.

— Je ne sais pas ; et donc ?

Hippolyte écoutait à peine Evgueni Pavlovitch, et même s'il lui disait "alors ?" et "donc ?" c'était, semblait-il, plus par une vieille habitude acquise dans les conversations que par attention ou par curiosité.

— Bah, donc… rien. C'est tout.

— Du reste, je ne vous en veux pas, conclut soudain Hippolyte d'une façon tout à fait inattendue, et il lui tendit la main, avec, même, un sourire. Evgueni Pavlovitch commença par s'étonner, mais, avec l'air le plus sérieux du monde, il toucha la main qui lui était tendue, comme s'il acceptait un pardon.

— Je ne peux pas ne pas ajouter, dit-il avec le même ton révérencieux et ambigu, ma reconnaissance pour l'attention avec laquelle vous avez permis que je parle, parce que, d'après mes nombreuses observations, jamais notre libéral n'est en état de permettre à quiconque d'avoir sa conviction particulière sans répondre immédiatement à son contradicteur par une injure ou quelque chose de pire…

— Cela, c'est parfaitement exact, remarqua le général Ivan Fedorovitch, et, croisant les mains derrière le dos, de l'air le plus morne qui soit, il se retira vers la sortie sur la terrasse, où, de dépit – il bâilla.

— Bon, ça suffit avec toi, mon bon, déclara soudain Lizaveta Prokofievna à Evgueni Pavlovitch, vous m'ennuyez, à la fin…

— C'est l'heure…, fit Hippolyte qui se leva soudain, regardant autour de lui d'un air confus et presque paniqué, je vous ai retenue… j'ai voulu tout vous dire… je pensais que tout… la dernière fois… c'était une lubie…

On voyait qu'il se ranimait par accès, qu'il sortait brusquement d'un délire presque réel, pour quelques instants, retrouvait soudain une conscience totale, et il parlait, le plus souvent par bribes, déjà pensées, peut-être, et même répétées depuis longtemps au cours des mornes, longues heures de maladie, au fond de son lit, dans sa solitude, son insomnie.

— Eh bien, adieu ! prononça-t-il soudain d'une voix violente. Vous croyez que c'est facile, pour moi, de vous dire : "Adieu" ? Ha ha ! ricana-t-il soudain avec dépit contre lui-même pour sa question *maladroite* et, brusquement, comme s'il était pris de rage pour ne pas avoir eu le temps de dire tout ce qu'il voulait, il murmura, d'une voix sonore et agacée : – Votre Excellence ! J'ai l'honneur de vous inviter à mon enterrement, si seulement vous me faites cet honneur et… vous tous, messieurs, avec le général !…

Il se remit à rire ; mais c'était déjà le rire d'un fou. Lizaveta Prokofievna s'avança au-devant de lui, l'air apeuré, et lui saisit le bras. Il la regardait fixement, avec le même rire, mais ce rire ne dura pas, il s'était comme arrêté, figé sur son visage.

— Vous savez que, si je suis venu ici, c'est pour regarder les arbres ?… Oui, ceux-là (il indiqua les arbres dans le parc)… ce n'est pas ridicule, ça ? C'est vrai, ça, il n'y a rien de ridicule là-dedans, non ? demanda-t-il sérieusement à Lizaveta Prokofievna et, brusquement, il s'arrêta, songeur ; puis, un instant plus tard, il redressa la tête et, des yeux, il se mit à chercher dans la foule. Il cherchait Evgueni Pavlovitch, qui se tenait tout près, à droite, au même endroit qu'avant – mais lui, il avait eu le temps d'oublier, et il cherchait partout. Ah ! vous êtes encore là ! fit-il, après l'avoir enfin trouvé. Vous étiez toujours à rire, tout à l'heure, quand je parlais du quart d'heure à la fenêtre… Mais, vous savez, je n'ai plus dix-huit ans : j'ai passé tellement de temps la tête sur l'oreiller, j'ai tellement regardé, par cette fenêtre, et tellement réfléchi… sur tout le monde, que… Les morts, ils n'ont pas d'âge, vous savez… La semaine dernière, encore, je me suis dit ça, en me réveillant la nuit… Et, vous savez ce qui vous fait le plus peur ? C'est notre sincérité qui vous fait le plus peur, et même si vous nous méprisez ! Et ça aussi, au même moment, la nuit, là, sur mon oreiller, j'ai pensé ça… Vous pensez que je voulais me moquer de vous, tout à l'heure, Lizaveta Prokofievna ? Non, je ne voulais pas me moquer de vous, je voulais vous faire un compliment… Kolia disait que le prince vous appelait "une enfant"… c'est bien, ça… Oui, mais qu'est-ce que je… ? Je voulais encore quelque chose…

Il se cacha le visage dans les mains et il resta pensif.

— Oui, voilà : quand vous preniez congé, tout à l'heure, je me suis dit, brusquement : Voilà, ces gens, c'est la dernière fois qu'ils existent, là, maintenant, oui, la dernière fois ! Et les arbres – pareil… Tout ce qui existera, ce sera le mur de briques, le mur rouge, de l'immeuble de Meyer… ma fenêtre qui donne sur lui… eh bien, tout ça, il faut que tu le leur dises… essaie, dis-leur : Tiens, cette beauté… toi, tu es mort, présente-toi comme un mort, dis-leur : "Un mort a le droit de tout dire…" et la princesse Maria Alexeevna n'ira pas rouspéter*, ha ha !… Vous ne riez pas ? fit-il, faisant passer ses yeux, l'air incrédule, sur tout le monde. Mais, vous savez, tellement de pensées qui me sont venues,

* Citation du *Malheur à l'esprit* de Griboïedov. *(N.d.T.)*

là, sur mon oreiller… vous savez, j'ai eu cette conviction que, la nature, elle aime se moquer… Tout à l'heure, vous avez dit que j'étais un athée, mais, vous savez, cette nature… Qu'est-ce que vous avez donc encore à rire ? C'est monstrueux, comme vous êtes cruels ! s'exclama-t-il soudain, dévisageant tout le monde, plein d'une douloureuse indignation. Je n'ai pas perverti Kolia, conclut-il d'un ton tout à fait différent, un ton sérieux et convaincu, comme si, cela aussi, il venait de s'en souvenir.

— Il n'y a personne, personne qui se moque de toi ici, rassure-toi ! s'exclama Lizaveta Prokofievna qui était presque à la torture. Un autre docteur va venir demain ; le premier, il s'est trompé ; mais assieds-toi, tu ne tiens pas sur tes jambes !… Tu délires… Ah, mais que faire avec lui, donc !… Elle s'agitait en le faisant asseoir dans le fauteuil. Une petite larme brilla le long de sa joue.

Hippolyte s'arrêta, comme foudroyé, il leva la main, et, timidement, il la tendit, et il toucha cette larme. Il sourit d'une sorte de sourire enfantin.

— Je… vous…, commença-t-il, empli de joie, vous ne savez pas comme je vous… il me parlait de vous avec une telle exaltation, lui, là, Kolia… moi, je l'aime, son exaltation… Je ne l'ai pas perverti ! Il n'y a que lui que je laisse… je voulais laisser tout le monde… Mais il n'y avait personne, non, plus personne… Je voulais être un homme d'action, j'avais le droit… Oh, je voulais tant de choses ! Maintenant, je ne veux plus rien, je ne veux plus rien vouloir, je me suis fait cette promesse, de ne plus rien vouloir ; tant mieux, tant mieux, qu'on cherche la vérité sans moi ! Oui, elle aime se moquer, la nature ! Pourquoi, reprit-il brusquement avec passion, oui, pourquoi a-t-elle créé les créatures les plus belles pour se moquer d'elles après ? Elle a fait ça comme ça, que le seul être que tout le monde sur terre avait reconnu parfait... Elle l'a fait comme ça, non, une fois qu'elle l'a eu bien montré aux hommes, elle lui a destiné, à lui, de dire ce pour quoi tant de sang serait versé, tellement, sans doute, que s'il avait été versé d'un coup, l'humanité entière aurait été noyée ! Oh, c'est bien que je meure ! Moi aussi, je crois, j'aurais pu dire, je ne sais pas, un mensonge monstrueux ; la nature, elle m'aurait joué ce tour !... Je n'ai perverti personne... Je voulais vivre pour le bonheur de tous les hommes, pour découvrir, pour proclamer la vérité... Je regardais le mur de Meyer par la fenêtre, et j'ai pensé parler, juste un quart d'heure, et convaincre tout le monde, tout le monde, et, la seule fois que je me retrouve... vous tous, au moins, à défaut de toute l'humanité ! Et quoi, qu'est-ce que ça donne ? Rien ! Ça donne que vous me méprisez ! Donc, je suis inutile ! Donc, je suis un crétin ! Donc, il est temps ! Et je n'ai pas su laisser même le moindre souvenir ! Pas un bruit, pas une trace, pas un geste, je n'ai pas répandu une seule de mes convictions !... Ne vous moquez pas d'un imbécile ! Oubliez-le ! Oubliez tous !... Oubliez, je vous en prie, ne soyez pas si cruels ! Vous savez, si la phtisie ne s'était pas trouvée, mais je me serais tué tout seul...

Il voulait encore dire beaucoup de choses, semblait-il, mais il en fut incapable, il se jeta dans son fauteuil, se cacha le visage dans les mains, et se mit à pleurer, comme un petit enfant.

— Mais que voulez-vous qu'on fasse avec lui ? s'exclama Lizaveta Prokofievna ; elle bondit vers lui, prit sa tête dans ses mains, et le serra, de toutes ses forces, sur sa poitrine. Il sanglotait convulsivement. Allez, allez, allez ! Allez, mais ne pleure pas, mais ça suffit, mais mon gentil garçon, mais Dieu te pardonne, pour ta rustrerie : mais ça va, mais sois courageux… Et puis tu auras honte, après…

— Là-bas, disait Hippolyte en essayant de redresser la tête, là-bas, j'ai un frère et des sœurs, des enfants, des petits, des pauvres, des innocents… *C'est elle* qui va les pervertir ! Vous, vous êtes une sainte… vous, une enfant vous-même – sauvez-les ! Arrachez-les à elle… elle… c'est la honte… Oh, aidez-les, aidez-les, Dieu vous le rendra, au centuple, au nom du ciel, au nom du Christ !…

— Mais parlez donc, enfin, Ivan Fedorovitch, qu'est-ce que nous pouvons faire ? cria en s'énervant Lizaveta Prokofievna, faites-moi cette faveur, rompez votre noble silence ! Si vous ne décidez rien, je vous fais savoir que c'est moi-même qui reste dormir ici ; vous m'avez suffisamment tyrannisée avec votre dictature !

Lizaveta Prokofievna interrogeait avec enthousiasme et colère et attendait une réponse immédiate. Pourtant, dans ce genre de situations, la majeure partie de l'assistance, même si elle est très nombreuse, ne répond que par le silence, une curiosité passive, sans rien vouloir prendre sur soi, et n'exprime ses pensées que beaucoup plus tard. Ici, dans l'assistance, il y avait beaucoup de gens qui étaient prêts à rester jusqu'à l'aube sans prononcer un mot, comme, par exemple, Varvara Ardalionovna, qui était demeurée à l'écart tout au long de la soirée, silencieuse, écoutant tout le temps avec une curiosité extraordinaire – une curiosité, peut-être, très explicable.

— Ce que je pense, mon amie, répondit le général, c'est que l'essentiel, maintenant, ce serait plutôt une infirmière que notre agitation, et, je dirais, un homme de confiance, pour la nuit. En tout cas, demander au prince et… le laisser se reposer immédiatement. Et demain, à nouveau, on peut faire preuve de compassion.

— Il est minuit, nous partons. Il repart avec nous ou il reste ? fit, d'une voix fâchée et agacée, Doktorenko en s'adressant au prince.

— Si vous voulez, vous aussi, vous pouvez rester avec lui, dit le prince. Il y a assez de place.

— Votre Excellence, fit M. Keller, se précipitant de façon soudaine et exaltée vers le général, si l'on demande un homme de toute certitude pour cette nuit, je suis prêt au sacrifice pour mon ami… C'est une âme, comme ça !… Ça fait longtemps que je crois qu'il est un grand homme, Votre Excellence ! Moi, sûr, je n'ai pas eu d'instruction, mais lui, s'il critique, mais c'est des perles, des perles qui se répandent, Votre Excellence !…

Le général, au désespoir, se détourna.

— Je suis très heureux s'il reste, bien sûr, il aura du mal à faire le voyage, déclara le prince en réponse aux questions agacées de Lizaveta Prokofievna.

— Mais tu dors, ou quoi ? Mais si tu ne veux pas, mon bon, mais c'est chez moi que je le ramène ! Mon Dieu, mais, lui non plus, il ne tient plus sur ses jambes ! Mais tu es malade, ou quoi ?

Tout à l'heure, Lizaveta Prokofievna, ne trouvant pas le prince sur son lit de mort, avait, vraiment, beaucoup exagéré le côté satisfaisant de son état de santé, en le jugeant de l'extérieur ; pourtant, la maladie récente, les souvenirs pénibles qui l'accompagnaient, la fatigue d'une soirée si agitée, l'histoire du "fils de Pavlich-tchev", l'histoire, à présent, d'Hippolyte – tout cela excitait vraiment la sensibilité maladive du prince jusqu'à la fièvre. Mais, en dehors de cela, ses yeux trahissaient à présent une autre espèce de souci, pour ne pas dire de peur : il regardait Hippolyte avec une sorte de crainte, comme s'il attendait de lui encore quelque chose d'autre.

Hippolyte se leva soudain, effroyablement pâle, un air de honte terrifiante, qui confinait au désespoir, lui déformant le visage. Tout cela s'exprimait surtout dans le regard – un regard plein de haine et de frayeur – qu'il venait de lancer sur l'assemblée, et ce ricanement perdu, grimaçant et rampant qui s'exprimait sur ses lèvres tremblantes. Ses yeux, il les baissa tout de suite, et il se mit à avancer, tanguant, mais souriant toujours du même sourire, vers Bourdovski et Doktorenko qui l'attendaient à la sortie de la terrasse : il partait avec eux.

— Voilà, voilà de quoi j'avais peur ! s'exclama le prince. Voilà ce qui devait arriver !

Hippolyte se tourna rapidement vers lui, plein de la rage la plus furieuse, et le plus petit trait de son visage, semblait-il, frissonnait et parlait :

— Ah, c'est de ça que vous aviez peur ! "Voilà ce qui devait arriver", d'après vous ? Alors, sachez que s'il y a quelqu'un que je déteste ici, se mit-il à glapir, râlant, criant, postillonnant (vous tous, vous tous, je vous déteste) – c'est vous, oui, vous, espèce de petit jésuite, sale mélasse, va, sale idiot, millionnaire bienfaiteur, c'est vous, oui, vous, et le plus fort au monde ! Je vous comprenais depuis longtemps, et je vous détestais quand j'entendais parler de vous, toute la détestation de mon âme vous détestait… Ce qui s'est passé, c'est votre faute, à vous ! C'est vous qui m'avez poussé jusqu'à la crise ! Vous qui amenez un mourant à se consumer de honte, vous, vous, vous le coupable de ma foutue lâcheté !… Je vous aurais tué si je devais vivre ! Je n'en ai pas besoin, de vos bienfaits, je ne les reçois de personne, vous entendez, de personne, rien ! J'avais la fièvre, moi, et vous, vous osez triompher !… Je vous maudis. vous tous, une fois pour toutes !

Ici, il étouffa complètement.

— Les larmes qui lui ont fait honte ! marmonna Lebedev à Lizaveta Prokofievna. "Voilà ce qui devait arriver !" Le prince, tout de même ! – il lisait dans ses yeux…

Mais Lizaveta Prokofievna ne le gratifia même pas d'un seul regard. Elle se tenait avec fierté, rigide, la tête droite, et contemplait avec une curiosité pleine de mépris ces "petits hommes". Quand Hippolyte eut terminé, le général voulut hausser les épaules ; elle le toisa rageusement des pieds jusqu'à la tête, comme si elle lui demandait de se justifier, et s'adressa tout de suite au prince.

— Je vous remercie, prince, excentrique ami de notre maison, pour cette agréable soirée que vous nous avez offerte. Votre cœur doit se réjouir à l'heure qu'il est, parce que vous avez réussi, nous aussi, à nous plonger dans vos sottises… Assez, cher ami de la maison, merci de nous avoir au moins permis de vous voir comme il fallait !…

Elle se mit, la rage au cœur, à arranger sa mantille, attendant le moment où "les autres" allaient partir. "Les autres", à cet instant, voyaient arriver le cocher que Doktorenko, un quart d'heure auparavant, avait demandé d'aller chercher au fils de Lebedev, le collégien. Au même instant, derrière son épouse, le général plaça sa pointe :

— C'est vrai, prince, je ne m'attendais pas… après tout ce qui… après toute notre amitié… et puis, enfin, Lizaveta Prokofievna…

— Mais voyons, mais voyons, comment est-ce possible ! s'exclama Adelaïda ; elle s'approcha du prince à pas rapides et lui tendit la main.

Le prince, l'air perdu, lui répondit par un sourire. Soudain, un chuchotement brûlant, rapide, sembla lui brûler l'oreille.

— Si vous n'abandonnez pas tout de suite ces gens infâmes, de toute ma vie, oui, oui, de toute ma vie, vous serez la seule personne que je détesterai ! chuchota Aglaïa ; elle était comme dans un état second, mais elle s'était déjà détournée avant que le prince n'ait eu le temps de la voir. Du reste, il n'y avait plus personne à abandonner : ils avaient déjà installé, tant bien que mal, Hippolyte dans une voiture, et l'équipage venait de partir.

— Eh bien, ça va durer longtemps, Ivan Fedorovitch ? Qu'est-ce que vous en pensez ? Je les souffrirai longtemps, tous ces gamins haineux ?...

— Mais, mon amie, je... mais, ça va de soi que... je suis prêt... et le prince aussi...

Ivan Fedorovitch tendit tout de même la main au prince, mais il n'eut pas le temps de la lui serrer et il courut derrière Lizaveta Prokofievna, laquelle, avec rage et fracas, descendait de la terrasse. Adelaïda, son fiancé et Alexandra prirent congé du prince avec effusion et tendresse. Evgueni Pavlovitch s'était joint à leur groupe, et il était le seul à être en joie.

— Je l'avais prévu ! Dommage, seulement, mon pauvre ami, que, vous aussi, vous en ayez eu pour votre grade, chuchota-t-il, empreint d'une ironie des plus charmantes.

Aglaïa partit sans saluer.

Pourtant, les aventures de cette soirée ne s'arrêtèrent pas là ; Lizaveta Prokofievna dut supporter encore une rencontre tout à fait inattendue.

Elle n'avait pas eu le temps de descendre l'escalier qui donnait sur la rue (laquelle faisait le tour du parc) que, brusquement, un équipage étincelant, un landau, tiré par une paire de chevaux blancs, fusa devant la maison du prince. Deux dames somptueuses se trouvaient dans le landau. Or, les chevaux n'avaient pas fait une dizaine de foulées qu'ils s'arrêtèrent ; l'une des dames se tourna brusquement, comme si, d'un coup, elle avait reconnu un ami qui lui était indispensable.

— Evgueni Pavlytch ! C'est toi ! cria soudain une voix sonore et magnifique, au son de laquelle le prince tressaillit (et peut-être n'était-il pas le seul). Que je suis contente de t'avoir enfin trouvé ! Je t'ai fait chercher par un courrier, en ville ! Non, deux ! Toute la journée, on te cherche !

Evgueni Pavlovitch restait sur les marches de l'escalier, comme frappé par la foudre. Lizaveta Prokofievna, elle aussi, s'était figée sur place, mais pas sous le coup de l'effroi et du saisissement, comme Evgueni Pavlovitch ; elle lança sur l'audacieuse le même regard de fierté et de mépris glacé qu'elle avait jeté, cinq minutes auparavant, sur "les petits hommes", et fit tout de suite passer un regard fixe sur Evgueni Pavlovitch.

— J'ai une nouvelle ! poursuivait la voix sonore. Pour les traites de Kupfer, plus besoin d'avoir peur ; Rogojine les a rachetées trente mille, j'ai su le convaincre. Tu peux être tranquille au moins trois mois. Et pour Biskup et toute cette canaille, on trouvera bien un arrangement, entre amis ! Bon, bah, voilà, c'est tout, donc, tout va bien. Tu peux te réjouir. A demain !

L'équipage repartit et disparut très vite.

— C'est une folle ! cria finalement Evgueni Pavlovitch, rougissant d'indignation, et, plein de stupeur, il regardait autour de lui. Je ne comprends rien de ce qu'elle disait ! Quelles traites ? Et elle, qui est-elle donc ?

Lizaveta Prokofievna continua de le fixer une seconde ou deux ; puis, à pas vifs et violents, elle prit le chemin de sa datcha, suivie par toute sa famille. Une minute plus tard exactement, Evgueni Pavlovitch revint vers la terrasse du prince, en proie à la plus grande des inquiétudes

— Prince, sincèrement, vous ne savez pas ce que ça veut dire ?

— Je ne sais rien du tout, répondit le prince, lui-même dans un état de tension extrême et maladive.

— Non ?

— Non.

— Et moi non plus, je n'en sais rien, répondit Evgueni Pavlovitch, en éclatant soudain de rire. Je vous jure, je n'ai jamais eu de rapport avec ces traites, parole d'honneur !... Eh, mais qu'est-ce qui vous arrive ? Vous tombez dans les pommes ?

— Oh non, non, je vous assure, non...

XI

Les Epantchine ne se radoucirent vraiment qu'au troisième jour. Le prince avait eu beau s'être accusé de bien
des choses, comme de coutume, et attendre, en toute
sincérité, un châtiment, il gardait néanmoins dans son
for intérieur, depuis le début, la conviction absolue que
Lizaveta Prokofievna ne pouvait pas s'être sérieusement
fâchée contre lui, et qu'elle s'était plutôt fâchée contre
elle-même. Dès lors, un délai de haine aussi durable
le plaça au troisième jour dans la plus sombre des im-
passes. Cette impasse était aussi due à d'autres circonstances, et à l'une d'elles particulièrement. Tout au long
de ces trois jours, cette circonstance gagnait en importance dans les remords du prince (et, depuis quelque
temps, le prince s'accusait de deux extrémités : une
crédulité hors du commun, "absurde et agaçante", liée
en même temps à une susceptibilité "vile et obscure").
Bref, le troisième jour, l'aventure avec la dame excentrique qui, depuis son landau, avait apostrophé Evgueni Pavlovitch prit dans son esprit des dimensions
effrayantes et mystérieuses. Le fond de l'énigme, en
dehors du reste, résidait pour le prince dans une question torturante : était-ce lui qui était encore coupable de
cette nouvelle "monstruosité", ou bien seulement… ?
Mais il ne disait pas qui d'autre. Quant aux lettres N.F.B.,
cela, à son avis, ce n'était qu'une gaminerie innocente,

oui, la plus enfantine des gamineries, de sorte qu'il était même honteux d'y réfléchir outre mesure, et presque, même, déshonorant, d'un certain point de vue.

Du reste, dès le lendemain de cette soirée "monstrueuse", dans les désordres de laquelle il avait été une "cause" si décisive, le prince eut, dès le matin, le plaisir de recevoir le prince Chtch. et Adelaïda : "ils étaient passés, surtout, pour avoir des nouvelles de sa santé", ils passaient pendant leur promenade, tous les deux. Adelaïda remarqua tout de suite un arbre dans le parc, un vieil arbre merveilleux, ample, aux branches longues et noueuses, tout recouvert d'une jeune verdure, un arbre au tronc creux et fendu ; il fallait absolument, absolument qu'elle le dessine ! De sorte que, pendant la demi-heure que dura sa visite, elle ne parla pour ainsi dire que de cela. Le prince Chtch. se montrait aussi aimable que charmant, comme à son habitude, interrogeant le prince sur le passé, se souvenant des circonstances de leur première rencontre, si bien qu'on ne parla presque pas de ce qui s'était passé la veille. A la fin, Adelaïda n'y tint plus, et, avec un petit rire, elle avoua qu'ils étaient venus *incognito* ; mais les aveux s'arrêtèrent là, même si cet *incognito* laissait supposer à lui seul que ses parents, c'est-à-dire, essentiellement, Lizaveta Prokofievna, se trouvaient dans une espèce de mécontentement particulier. De toute leur visite, Adelaïda pas plus que le prince Chtch. ne dirent un seul mot ni d'elle ni d'Aglaïa, ni même d'Ivan Fedorovitch. En repartant se promener, ils s'abstinrent de convier le prince à les accompagner. Il n'y eut pas même une allusion pour l'inviter chez eux ; de ce point de vue, Adelaïda laissa même échapper un mot bien caractéristique : parlant d'une de ses aquarelles, elle éprouva soudain une grande envie de la montrer. "Comment le faire plus vite ?

Attendez ! Je vous l'enverrai avec Kolia, dès aujour-
d'hui, s'il passe, ou bien, je vous la déposerai moi-
même, demain, quand nous irons nous promener, le
prince et moi…", dit-elle, mettant ainsi un terme à son
embarras, tout heureuse d'avoir su résoudre cette difficulté d'une manière à la fois si habile et si pratique.

A la fin, presque au moment de prendre congé, le
prince Chtch. sembla brusquement se souvenir de
quelque chose :

— Ah oui, demanda-t-il, vous, au moins, vous ne
sauriez pas, mon cher Lev Nikolaevitch, qui donc était
cette personne qui criait des choses à Evgueni Pavlovitch, hier, dans son landau ?

— C'était Nastassia Filippovna, dit le prince, vous
n'avez donc pas eu le temps d'apprendre de qui il s'agissait ? Mais je ne sais pas qui était avec elle.

— Si, si, j'ai entendu parler ! reprit le prince Chtch.
Mais que signifiait donc ce cri ?… C'est une drôle
d'énigme pour moi, je l'avoue… pour moi, comme
pour les autres…

Le prince Chtch. parlait avec une stupeur extrême et
bien visible.

— Elle parlait de je ne sais quelles traites d'Evgueni
Pavlovitch, répondit très simplement le prince, des traites
qu'un usurier a revendues à Rogojine, sur sa demande
à elle, et elle disait que Rogojine pourrait attendre un
peu pour Evgueni Pavlovitch…

— Je sais, je sais, cher prince, mais enfin, c'est une
chose impossible ! Jamais Evgueni Pavlovitch n'a pu
avoir la moindre traite !… Avec une telle fortune…
C'est vrai que ça lui est arrivé, avant, frivole comme il
était, je l'ai même tiré d'affaire… Mais, avec une fortune
pareille, donner des traites à un usurier et s'inquiéter,
c'est impossible ! Et puis, il ne peut pas être à tu et à

toi, être à ce point ami avec Nastassia Filippovna – voilà
où est l'énigme principale. Il jure qu'il ne comprend
rien, et je le crois tout à fait. Mais le problème est là,
mon cher prince, et je voulais vous demander si vous,
vous n'étiez pas au courant de quelque chose. C'est-
à-dire, je ne sais par quel miracle, vous n'auriez pas eu
un écho ?

— Non, je ne sais rien du tout, et je vous assure que
je n'ai participé à cela d'aucune manière.

— Ah, prince, comme vous avez changé ! Mais je
ne vous reconnais plus tout simplement. Comment
donc aurais-je pu avoir l'idée que vous ayez participé à
une affaire pareille ?… On voit bien que vous êtes très
affecté aujourd'hui.

Il l'attira vers lui et l'embrassa.

— C'est-à-dire, comment ça, dans une affaire
"pareille" ?… Je ne vois là aucune affaire "pareille"…

— Il ne fait aucun doute que cette personne voulait,
d'une façon ou d'une autre, mettre Evgueni Pavlovitch
dans l'embarras en lui donnant, aux yeux de tous les
témoins, des qualités qu'il n'a pas et qu'il ne peut pas
avoir, répondit le prince Chtch. d'une voix assez sèche.

Le prince Lev Nikolaevitch se troubla, mais il continuait malgré tout de porter sur le prince le même regard
fixe et interrogateur ; or, celui-ci se tut.

— C'était, peut-être, tout simplement des traites ?
C'était peut-être au sens propre, hier ? murmura enfin
le prince dans une espèce d'impatience.

— Mais quand je vous dis, jugez vous-même, que
peut-il donc y avoir de commun entre Evgueni Pavlovitch et… elle, et en plus avec Rogojine ? Je le répète,
une fortune énorme, une chose que je sais parfaitement ;
et une deuxième fortune qu'il attend de son oncle. Non,
simplement, Nastassia Filippovna…

Le prince Chtch. se tut soudain à nouveau, et, visiblement, parce qu'il ne voulait plus parler de Nastassia Filippovna au prince.

— Mais donc, de toute façon, il la connaît ? demanda soudain Lev Nikolaevitch, après un temps de silence.

— Cela, je crois bien que c'est un fait ; une tête en l'air ! N'empêche, s'il y a eu quelque chose, ça s'est passé il y a si longtemps, bien avant, c'est-à-dire – il y a deux ou trois ans. Parce qu'il connaissait même Totski. A présent, rien de ce genre n'aurait pu se produire, et, en tout cas, jamais ils ne pourraient se tutoyer ! Vous le savez bien vous-même – elle non plus, elle n'était pas là ; elle n'était nulle part. J'en connais plein qui ne savent même pas encore qu'elle est réapparue. L'équipage, je l'ai remarqué voici trois jours, pas plus.

— Un équipage magnifique ! dit Adelaïda.

— Oui, l'équipage est magnifique.

Ils partirent tous les deux, mais disposés le plus amicalement, le plus, pourrait-on dire, fraternellement envers le prince Lev Nikolaevitch.

Or, pour notre héros, cette visite renfermait quelque chose de même capital. Admettons qu'il ait déjà eu, lui, quelques soupçons, depuis la nuit (et peut-être avant), toujours est-il que, jusqu'à cette visite, il n'avait osé donner complètement raison à ses craintes. Maintenant, tout devenait clair : le prince Chtch., bien sûr, avait tort dans son explication des événements, mais, cependant, il tâtonnait autour de la vérité : il avait pourtant bien compris qu'il y avait là une *intrigue* ! ("Quoique, peut-être, au fond de lui-même, il comprît parfaitement, se dit le prince, et, simplement, il ne voulait pas s'exprimer, et donc, il faisait exprès de dire quelque chose de faux.") Le plus clair, à présent, était qu'on venait de lui rendre visite (et précisément le prince Chtch.) en espérant quelques explications ; s'il en était ainsi, on le prenait pour un acteur direct de cette intrigue. En plus, si tout cela était vraiment d'une importance telle, alors, donc, *elle*, elle devait avoir un but horrible, mais quel but ? Horreur ! "Et puis, comment l'arrêter, *elle* ? L'arrêter, *elle*, mais pas moyen quand elle est sûre de son but !" Cela, le prince le savait déjà d'expérience. "Une folle. Une folle."

Mais il y avait trop, oui, ce matin-là, beaucoup trop d'autres circonstances insolubles qui s'étaient accumulées, et toutes en même temps, et toutes, elles demandaient qu'on les résolve sans attendre, si bien que le prince était plongé dans la tristesse. Il fut un peu distrait par Vera Lebedeva qui vint le voir avec le petit bébé, et, en riant, lui raconta longuement il ne savait trop quoi. Elle fut suivie par sa sœur, qui restait la bouche ouverte, puis par le collégien, fils de Lebedev, qui assura que "l'étoile Absinthe" de l'Apocalypse qui tombait du ciel dans les sources des eaux était, selon le commentaire de son père, le réseau du chemin de fer qui se tissait dans toute l'Europe. Le prince refusa de croire que Lebedev se tînt vraiment à ce commentaire, et l'on résolut de le lui demander, à la première occasion. De Vera Lebedeva, le prince apprit que Keller s'était installé chez eux depuis la veille et qu'à tous les signes, il ne les quitterait pas avant longtemps, parce qu'il avait trouvé une compagnie et s'était lié d'amitié avec le général Ivolguine ; du reste, il déclara qu'il ne restait chez eux que pour "alourdir son bagage intellectuel". En fait, au fil des jours, les enfants de Lebedev plaisaient de plus en plus au prince. Kolia n'était pas là de la journée : il était parti à Petersbourg, sitôt levé. (Lebedev, lui aussi, était parti à l'aube, pour une quelconque de ses petites affaires.) Mais le prince attendait avec impatience la visite de Gavrila Ardalionovitch qui devait absolument passer ce jour-là.

Il se présenta à six heures passées, sitôt après le repas. Dès qu'il le vit, le prince fut pris par cette idée que ce monsieur-là, au moins, devait connaître sans erreur tous les tenants et les aboutissants – et comment pouvait-il ne pas savoir, avec les alliés qu'il avait, tels Varvara Ardalionovna et son époux ? Mais le prince entretenait des relations un peu bizarres avec Gania. Le prince lui avait, par exemple, confié l'affaire de Bourdovski, en insistant beaucoup ; pourtant, malgré cette confiance et telle ou telle chose qui l'avait précédée, il restait constamment entre eux un certain nombre de points dont il avait été, en quelque sorte, décidé en commun qu'ils ne diraient pas un mot. Le prince avait parfois l'impression que Gania, peut-être, aurait même cherché, de son côté, une franchise entière et amicale ; à présent, par exemple, à peine venait-il d'entrer, le prince eut l'impression immédiate que Gania était persuadé au plus haut point qu'à cet instant précis le moment était venu de briser complètement la glace qui les séparait (Gavrila Ardalionovitch, pourtant, était pressé ; sa sœur l'attendait chez Lebedev : une affaire les obligeait de se hâter).

Mais si Gania attendait vraiment toute une série de questions impatientes, de nouvelles involontaires, de confessions amicales, il se trompait, bien sûr, très lourdement. Pendant les vingt minutes que dura sa visite, le prince resta même très pensif, presque distrait. Les questions qu'attendait Gania, ou, pour mieux dire, la seule question essentielle ne pouvait être posée. Du coup, Gania se résolut à son tour à parler avec une grande retenue. Sans se taire une seconde, il parla toutes ces vingt minutes, il rit, se complut dans le bavardage le plus frivole, le plus charmant et le plus fugitif, et sans jamais toucher le point essentiel.

Gania raconta, entre autres, que Nastassia Filippovna ne se trouvait ici, à Pavlovsk, que depuis quatre jours, mais qu'elle attirait déjà l'attention générale. Elle habitait, Dieu savait où, une certaine rue Matrosskaïa, une maison petite et mal fichue, chez Daria Alexeevna, mais son équipage, lui, était presque le premier de tout Pavlovsk. Toute une foule d'anciens et de nouveaux prétendants s'était déjà réunie autour d'elle ; des cavaliers accompagnaient parfois son équipage. Nastassia Filippovna, comme toujours, était très regardante, elle n'admettait que ceux qu'elle choisissait. Pourtant, malgré cela, c'est tout un bataillon qui venait de se former autour d'elle, et elle avait des défenseurs, au cas où. Un homme, déjà fiancé, un estivant, venait de se brouiller avec sa promise, à cause d'elle ; un vieux petit général était presque à deux doigts de maudire son fils. Elle emmenait souvent dans ses promenades une petite fille charmante, âgée de seize ans et parente éloignée de Daria Alexeevna ; cette petite fille chantait très bien – de sorte que, le soir, leur maison attirait l'attention. Nastassia Filippovna, du reste, se tenait de la manière la plus distinguée, s'habillait sans faste, mais avec un goût extraordinaire, et toutes les dames "enviaient son goût, sa beauté et son équipage".

— Le cas excentrique d'hier, fit Gania, se trahissant, était, bien sûr, prémédité, et, bien sûr, il ne doit pas entrer en ligne de compte. Pour trouver quelque chose à redire dans sa conduite, il faut vraiment le chercher, ou bien il faut la calomnier, ce qui ne manquera pas de se produire, conclut Gania qui attendait que le prince demande évidemment alors pourquoi il qualifiait l'histoire d'hier de "préméditée", et pourquoi cela ne manquerait pas de se produire. Mais le prince ne demanda rien.

Pour ce qui était d'Evgueni Pavlovitch, Gania, là encore, raconta tout de lui-même, sans questions particulières, ce qui était étrange, parce qu'il fit dériver la conversation sur lui sans le moindre prétexte. D'après Gavrila Ardalionovitch, Evgueni Pavlovitch ne connaissait pas Nastassia Filippovna, et, aujourd'hui encore, il ne la connaissait que très peu, et cela, précisément, parce qu'il lui avait été présenté, quatre jours auparavant, par on ne savait plus qui, au cours d'une promenade, il paraissait même douteux qu'il fût allé chez elle – ou, en tout cas, toujours parmi bien d'autres. Pour ce qui était des traites, cela aussi, c'était possible (et Gania en était même sûr) ; Evgueni Pavlovitch avait, bien sûr, une grande fortune, mais "certaines de ses affaires de domaine se trouvaient, vraiment, dans un certain désordre". Sur cette nouvelle curieuse, Gania rompit soudain. Il ne dit pas un mot de la lubie de Nastassia Filippovna, à part ce qu'il avait juste glissé plus haut. Finalement, Varvara Ardalionovna entra chercher Gania, resta juste une minute, déclara (elle aussi, sans qu'on le lui demande) qu'Evgueni Pavlovitch passerait la journée d'aujourd'hui, et peut-être le lendemain, à Petersbourg, que son époux aussi (Ivan Petrovitch Ptitsyne) se trouvait à Petersbourg, et lui aussi, peut-être, pour les affaires d'Evgueni Pavlovitch, et qu'il était bien vrai qu'il devait s'être passé quelque chose. En partant, elle ajouta qu'Elizaveta Prokofievna était aujourd'hui d'une humeur massacrante, et, le plus bizarre, qu'Aglaïa venait de se disputer avec toute sa famille, non pas seulement avec ses père et mère, mais même avec ses sœurs, ce qui, "vraiment, n'était pas bien". Rapportant, comme entre parenthèses, cette dernière nouvelle (une nouvelle d'une signification extrême aux yeux du prince), le frère et la sœur prirent congé. Ganetchka ne dit rien non plus sur l'affaire du "fils de Pavlichtchev", peut-être par fausse modestie, peut-être "pour épargner les sentiments du prince", mais le prince le remercia encore une fois pour tout le zèle qu'il avait mis à clore cet épisode.

Le prince était très heureux qu'on l'eût enfin laissé tout seul ; il descendit de la terrasse, traversa la route et entra dans le parc ; il voulait réfléchir à une mesure, se décider. Mais cette "mesure", elle n'était pas de celles auxquelles on réfléchit, elle était, au contraire, de celles auxquelles on ne réfléchit pas, auxquelles, tout simplement, on se résout : il eut soudain terriblement envie de laisser tout ici, et de rentrer là d'où il était venu, oui, n'importe où, mais loin, dans quelque trou perdu, de partir, à l'instant, sans même prendre congé de personne. Il pressentait que, si seulement il restait même quelques jours de plus, il se retrouverait, obligatoirement, happé dans ce monde, et que c'est ce monde-là qui, à l'avenir, ne pourrait que lui échoir. Mais il n'avait pas réfléchi même dix minutes qu'il avait décidé qu'il était "impossible" de s'enfuir, que ce serait presque de la lâcheté et que des problèmes si graves se dressaient devant lui qu'il n'avait pas même le moindre droit de ne pas les résoudre, ou bien, à tout le moins, de faire tout ce qu'il pouvait pour les résoudre. C'est en ruminant ces pensées qu'il rentra donc chez lui – il ne s'était sans doute pas promené plus d'un quart d'heure. Il se sentait alors pleinement malheureux.

Lebedev n'était toujours pas là, si bien qu'au soir Keller parvint à faire irruption chez le prince, pas en état d'ivresse, mais avec des épanchements et des aveux. Il déclara tout net qu'il était venu pour raconter au prince toute sa vie, et que c'était la raison pour laquelle il était resté à Pavlovsk. Il n'y avait pas moyen de le mettre dehors : pour rien au monde il ne serait sorti. Keller se préparait à parler très longtemps, et très maladroitement, quand, soudain, pour ainsi dire aux premiers mots, il sauta à la conclusion et déclara qu'il avait à tel point perdu "toute ombre de moralité" ("et seulement par manque de foi dans le Tout-Puissant") qu'il avait même commis des vols. "Vous vous imaginez !"

— Dites, Keller, moi, si j'étais vous, je m'abstiendrais de faire ce genre d'aveux sans qu'on me le demande, voulut lui conseiller le prince, mais vous faites peut-être exprès de vous calomnier devant moi ?

— Non, à vous, rien qu'à vous seul, et pour favoriser mon développement ! Personne d'autre ; je mourrai, j'emporterai mon secret dans ma tombe ! Mais, prince, si vous saviez, si vous saviez seulement ce que c'est dur de trouver de l'argent dans le siècle où nous sommes ! Où est-ce qu'on peut le prendre, si je puis vous le demander, après tout ça ? Une seule réponse : apporte de l'or et des diamants, et on te prête, c'est-à-dire, justement ce que je n'ai pas, vous vous imaginez ? – Moi, je finis par me fâcher : "Et contre des émeraudes, vous donnez ?" – "J'accepte aussi les émeraudes, il me dit, je donne." – "Bon, alors, très bien", je dis. Je mets mon chapeau et je sors ; nom d'un chien, fumiers que vous êtes ! Je vous jure !

— Vous aviez donc des émeraudes ?

— Moi, des émeraudes ?! Oh, prince, mais vous regardez la vie d'une façon encore si lumineuse, si innocente – on pourrait dire : si pastorale !

Le prince se sentit finalement non pas plein de pitié, mais comme plein de remords. Une idée, même, fusa dans son esprit : n'était-il pas possible de faire quelque chose pour cet homme, de trouver quelqu'un qui aurait eu une bonne influence ?... Son influence à lui, en fin de compte, il avait des raisons de la trouver tout à fait insatisfaisante, non pas pour se diminuer, mais par un certain regard particulier qu'il avait sur les choses. Leur conversation se noua peu à peu, au point qu'ils n'eurent plus envie de se séparer. Keller avouait avec une bonne volonté extraordinaire des choses dont il était même impossible d'imaginer qu'on pût tout simplement les raconter. En commençant chaque récit, il affirmait sur tous les tons qu'il se repentait et que, intérieurement, il était "plein de larmes", mais la façon dont il le racontait laissait à croire qu'il était presque fier, et, en même temps, parfois, cela devenait si drôle que le prince et lui finirent par rire comme des fous.

— L'important, c'est qu'il y a en vous une sorte de confiance enfantine, et une franchise extraordinaire, dit finalement le prince, vous savez que, rien qu'avec cela, vous rachetez déjà beaucoup de choses ?

— Le cœur noble, mais noble, noble comme un chevalier ! confirma Keller tout ému. Mais, vous savez, prince, tout ça, c'est seulement dans mes rêves, dans, pour ainsi dire, la parade, et dans les faits je n'y arrive jamais. Et pourquoi ça ? – Je n'arrive pas à comprendre.

— Ne désespérez pas. Maintenant, on peut affirmer que vous m'avez montré votre âme dans les moindres détails ; du moins, j'ai l'impression qu'il n'y a plus moyen d'ajouter quoi que ce soit à ce que vous venez de raconter ; n'est-ce pas ?

— Pas moyen ?! s'exclama Keller avec une sorte de regret. Oh, prince, mais à quel point, pour ainsi dire, vous comprenez encore les hommes à la mode de Suisse !

— Comment, on peut ajouter quelque chose ? murmura le prince avec un étonnement timide. Alors, qu'attendiez-vous de moi, Keller, dites-le-moi, s'il vous plaît, et pourquoi êtes-vous venu me trouver avec votre confession ?

— De vous ? Ce que j'attendais ? D'abord, rien que regarder votre simplicité, c'est déjà agréable ; c'est agréable de rester avec vous, de bavarder ; en tout état de cause, je sais que j'ai devant moi l'être le plus vertueux qui soit au monde, ensuite… ensuite…

Il se troubla.

— Vous vouliez peut-être m'emprunter de l'argent ? lui souffla le prince, d'une voix sérieuse et simple, et même comme un petit peu timide.

Keller en eut une espèce de sursaut ; il lança un coup d'œil rapide, avec une stupeur profonde, au fond des yeux du prince, et il frappa du poing sur la table.

— Eh bien, c'est avec ça que vous coupez l'herbe sous le pied de n'importe qui ! Mais voyons, prince : ça, déjà, comme simplicité, comme innocence, ça ne s'est même jamais vu à l'âge d'or, et, brusquement, et dans le même moment, vous transpercez les gens de part en part, comme une flèche, avec une psychologie si profonde dans votre observation. Mais permettez, prince, ça demande explication, parce que je… Je suis renversé, tout simplement ! Bien sûr qu'en fin de compte mon but était de vous emprunter de l'argent, mais, vous, vous me posez cette question sur l'argent comme si vous ne trouviez là-dedans rien de répréhensible, comme si c'était normal…

— Oui… Venant de vous, c'est normal..

— Et vous n'êtes pas indigné ?

— Mais… de quoi donc ?

— Ecoutez, prince, je suis resté ici depuis hier soir, d'abord par une vénération particulière pour l'archevêque Bourdaloue (jusqu'à trois heures du matin, chez

Lebedev, on se l'est siroté), et ensuite et surtout (et je vous le jure sur toutes les croix, que je dis la vérité toute nue), je suis resté parce que je voulais, pour ainsi dire, vous communiquer ma confession intime et intégrale et favoriser par là même mon développement personnel ; c'est avec cette idée que je me suis endormi à près de quatre heures, tout inondé de larmes. Est-ce que vous pourrez croire maintenant le plus noble des cœurs ? Au même moment où je m'endormais, sincèrement inondé de larmes intérieures, et, pour ainsi dire, extérieures (parce que, finalement, je sanglotais, je m'en souviens très bien !), il y a une idée infernale qui m'est venue : "Et si, en fin de compte, après ma confession, c'est-à-dire, je lui empruntais quelques roubles ?" Si bien que, ma confession, je l'ai préparée, pour ainsi dire, comme une espèce de "*fenezerv* aux larmes*", de façon que ces larmes adoucissent le chemin et pour que, une fois tout adouci, vous me comptiez cent cinquante petits roubles. Ce n'est pas vil, ça, d'après vous ?

— Mais vous vous trompez, sans doute – tout simplement les deux choses se sont rejointes. Deux idées qui se rejoignent, ça arrive très souvent. Chez moi, tout le temps. Moi, pourtant, je pense que c'est mal, et, vous savez, Keller, c'est plutôt moi que j'accuse. Vous venez un peu de me parler de moi. Il m'est même arrivé de penser parfois, poursuivait le prince d'une voix très sérieuse, sincère, profondément intéressée, que tous les hommes sont pareils, ce qui fait que je commençais à me redonner courage, parce que, les pensées *doubles*, c'est fou

---

* Keller emploie une expression comique forgée par Dostoïevski pour se moquer de la cuisine française, et des grands sentiments à la française : "*fenezerv* aux larmes" – "*fenezerv*" étant une déformation de "fines herbes". *(N.d.T.)*

ce qu'il est difficile de les combattre ; j'ai bien essayé. Dieu sait comment elles viennent, comment elles naissent. Mais vous, tenez, vous appelez ça d'un mot tout net : la vilenie. Du coup, moi, je vais me remettre à avoir peur de ces pensées. Toujours est-il que ce n'est pas·à moi de vous juger. Mais, malgré tout, à mon avis, on ne peut pas traiter ça simplement de "vilenie", n'est-ce pas ? Vous, vous avez voulu ruser, pour vous dégoter de l'argent avec vos larmes, mais, n'est-ce pas, vous me jurez vous-même que votre confession avait aussi un autre but, un but noble, et pas seulement un but d'argent ; quant à l'argent, vous en avez besoin pour faire la bringue, n'est-ce pas ? Et ça, après une confession comme la vôtre, bien sûr, c'est de la lâcheté. Mais, en même temps, d'un autre côté, la bringue, comment l'abandonner en une minute ? C'est impossible, n'est-ce pas. Alors, que faire ? Cela, le mieux est que je le laisse à votre propre conscience – n'est-ce pas ?

Le prince regardait Keller avec une curiosité extrême. Le problème des pensées doubles l'occupait déjà visiblement depuis longtemps.

— Mais, après ça, pourquoi on vous prend pour un idiot, je ne comprends pas ! s'écria Keller.

Le prince rougit légèrement.

— Le prédicateur Bourdaloue, lui, il n'aurait pas épargné l'homme, et vous, l'homme, vous l'avez épargné, vous m'avez jugé humainement ! Pour me punir, et pour montrer que je suis ému, je ne veux plus cent cinquante roubles, donnez-m'en juste vingt-cinq, ça suffira ! C'est tout ce qu'il me faut, au moins pour deux semaines. Avant deux semaines, je ne vous demanderai plus rien. Je voulais faire un cadeau à Agachka, mais – elle mérite pas. Oh, mon cher prince, que le bon Dieu vous bénisse !

Lebedev se montra enfin ; il venait juste de rentrer et, apercevant la coupure de vingt-cinq roubles dans la main de Keller, il fit une grimace. Mais Keller, son argent obtenu, se dépêchait déjà de sortir et disparut immédiatement. Lebedev se mit tout de suite à lui casser du sucre sur le dos.

— Vous êtes injuste, son repentir était vraiment sincère, remarqua enfin le prince.

— Mais qu'est-ce que c'est, le repentir ?! Exactement comme moi hier : "Je suis vil, trop vil !" mais ce n'est rien que des mots, Votre Clarté.

— Pour vous, alors, ce n'étaient rien que des mots ?... Moi qui me disais...

— Bon, alors, mais rien que pour vous, je dirai la vérité, car vous lisez dans le cœur des hommes : les mots, les actes, les mensonges, la vérité, tout ça, chez moi, c'est en même temps, et complètement sincère. Les actes et la vérité, chez moi, ils consistent en un remords sincère, ne me croyez pas si vous ne voulez pas, ma main au feu, alors que les mots et le mensonge, ils tiennent dans une pensée infernale (et toujours présente), qui est comment faire pour attraper mon homme même de cette façon-là, pour y gagner, même avec les larmes du repentir ! Je vous jure, c'est vrai ! A un autre, je n'aurais rien dit – il se serait moqué, ou il m'aurait craché dessus ; mais vous, prince, vous y réfléchirez humainement.

— Eh bien, exactement ce qu'il vient de me dire ! s'écria le prince. Et, tous les deux, c'est comme si vous en étiez fiers ! Vous m'étonnez, même, à part que, lui, il est plus sincère que vous, parce que, vous, vous avez fait de ça un vrai métier. Bon, ça suffit, ne grimacez pas, Lebedev, et ne portez pas la main à votre cœur. Vous n'avez pas quelque chose à me dire ?... Vous ne seriez pas entré pour rien...

Lebedev se mit à gesticuler, il eut un recul.

— Je vous ai attendu toute la journée, pour vous poser une question ; ne serait-ce qu'une seule fois dans votre vie, répondez-moi la vérité, du tac au tac ; avez-vous participé, d'une façon ou d'une autre, oui ou non, à l'équipage d'hier ?

Lebedev se remit à gesticuler, il faisait de petits rires, se frottait les mains, il finit même par éternuer, mais il ne se décidait toujours pas à dire un mot.

— Je vois que oui.

— Mais par la bande, seulement rien que par la bande ! La vérité toute nue je vous dis ! Tout ce que j'ai fait, c'est qu'en temps et en heure j'ai fait savoir à une certaine personne qu'une certaine assemblée s'était trouvée chez moi et que certaines personnes étaient présentes.

— Je sais que vous avez envoyé votre fils *là-bas*, il me l'a dit lui-même tout à l'heure, mais qu'est-ce que c'est que cette intrigue !? s'exclama le prince, impatient.

— Pas la mienne, d'intrigue, pas la mienne, niait Lebedev à grand renfort de gestes, c'est d'autres, là, oui, d'autres, et plutôt une fantaisie qu'une intrigue.

— Mais de quoi s'agit-il, expliquez donc, au nom du Christ ! Vous ne comprenez donc pas que ça me concerne directement ? Mais on essaie de noircir Evgueni Pavlovitch !

— Prince ! Prince toute clarté ! refit Lebedev avec un recul. Mais vous ne permettez pas qu'on vous dise toute la vérité ; moi, j'ai déjà essayé de vous en parler, de la vérité ; plus d'une fois ; vous ne m'avez pas permis de poursuivre…

Le prince eut un silence et réfléchit.

— Bon, je veux bien ; dites la vérité, murmura-t-il, oppressé, après, visiblement, une grande lutte.

— Aglaïa Ivanovna..., commença tout de suite Lebedev.

— Taisez-vous ! Taisez-vous ! s'écria le prince, hors de lui, tout empourpré d'indignation, et, peut-être, de honte. C'est une chose impossible ! Tout ça est absurde ! Tout ça, ou c'est vous-même qui l'avez inventé, ou bien des fous de votre espèce ! Que je n'entende plus jamais un mot de vous là-dessus !

Tard le soir, à dix heures passées, Kolia parut avec une masse de nouvelles. Les nouvelles étaient de deux ordres : celles de Petersbourg et celles de Pavlovsk. Il raconta rapidement les principales nouvelles de Petersbourg (essentiellement sur Hippolyte et l'histoire de la veille), pour y revenir plus tard, puis il passa très vite à celles de Pavlovsk. Trois heures auparavant, rentrant de Petersbourg, sans passer chez le prince, il s'était rendu tout droit chez les Epantchine. "C'est l'horreur, ce qui se passe là-bas !" Il va de soi que l'équipage était au premier plan, mais sans doute s'était-il encore passé quelque chose d'autre, et quelque chose que le prince et lui ne connaissaient pas. "Moi, bien sûr, je n'ai pas espionné, je n'ai voulu interroger personne ; mais on m'a très bien reçu, si bien même que j'ai été surpris, mais de vous, prince, pas un mot !" Le plus important, et le plus intéressant, était qu'Aglaïa venait de se fâcher avec les siens à cause de Gania. Les détails de l'affaire, personne ne les connaissait, sauf que, vraiment, c'était à cause de Gania (vous vous imaginez ?) – "et même, ils se disputent terriblement, donc, c'est quelque chose de sérieux". Le général était rentré très tard, et rembruni, il était rentré avec Evgueni Pavlovitch, qu'on avait reçu magnifiquement, et Evgueni Pavlovitch lui-même était si gai et si charmant que c'en était étonnant. Mais la nouvelle la plus capitale, elle consistait en cela que Lizaveta Prokofievna, sans le moindre bruit, avait appelé Varvara Ardalionovna, qui était venue rendre visite à ses filles, et l'avait mise dehors, une fois pour toutes, avec, du reste, tous les égards du monde – "c'est Varia elle-même qui me l'a dit". Quand Varia sortit de chez Lizaveta Prokofievna et prit congé des jeunes filles, celles-ci ne savaient pas qu'on venait de la bannir une fois pour toutes de leur maison, et que c'était la dernière fois qu'elle leur disait adieu.

— Mais, à sept heures, Varvara Ardalionovna était chez moi…, fit le prince étonné.

— Et elle s'est fait chasser à huit heures, ou juste après. Je la plains beaucoup, Varia, je plains Gania… ils ont, pas de doute, des intrigues perpétuelles, ils ne peuvent pas vivre sans ça. Jamais je n'ai pu savoir ce qu'ils avaient en tête, et je n'ai pas envie de le savoir. Mais je vous assure, mon bon, mon gentil prince, que Gania a un cœur. C'est un homme perdu, évidemment, à bien des points de vue, mais, de bien des points de vue, il a des traits, comme ça, qu'il faut chercher pour les trouver, et je ne me pardonnerai jamais de ne pas l'avoir compris avant… Je ne sais pas s'il faut que je continue maintenant, après l'histoire avec Varia. C'est que, depuis le tout début, je me suis placé là-bas d'une manière complètement indépendante, à part, mais tout de même, il faut que j'y réfléchisse.

— Vous avez tort de trop plaindre votre frère, lui fit remarquer le prince, et si les choses en sont arrivées là, c'est que Gavrila Ardalionovitch est dangereux aux yeux de Lizaveta Prokofievna, et, donc, il voit se confirmer les espérances que nous lui connaissons…

— Comment, quelles espérances ?! s'écria Kolia stupéfait. Vous ne pensez pas, tout de même, qu'Aglaïa… ce n'est pas possible !

Le prince garda le silence.

— Vous êtes un sceptique terrible, prince, ajouta Kolia deux minutes plus tard, je remarque que, depuis un certain temps, vous devenez un sceptique incroyable ; vous commencez à ne croire en rien et à tout supposer… je l'ai bien employé, là, le mot "sceptique" ?

— Je pense que oui, quoique, du reste, moi-même, je n'en sache trop rien.

— Moi-même, ce mot, "sceptique", je le refuse, et j'ai trouvé une nouvelle explication, s'écria brusquement Kolia, vous n'êtes pas un sceptique, vous êtes un jaloux ! Vous êtes diaboliquement jaloux de Gania et d'une certaine arrogante jeune fille !

A ces mots, Kolia bondit et se mit à rire tellement fort qu'on aurait cru qu'il n'avait jamais eu l'occasion de rire autant. Voyant que le prince était devenu tout rouge, Kolia rit encore plus ; l'idée que le prince était jaloux d'Aglaïa lui plut terriblement, mais il se tut très vite en remarquant que son interlocuteur était vraiment peiné. Puis ils parlèrent encore une heure, une heure et demie, de la manière la plus grave et la plus soucieuse.

Le lendemain, une affaire des plus urgentes retint toute la journée le prince à Petersbourg. En rentrant à Pavlovsk, vers cinq heures de l'après-midi, à la gare, il tomba sur Ivan Fedorovitch. Celui-ci le prit rapidement par le bras, regarda autour de lui, comme s'il avait craint quelque chose, et entraîna le prince dans le wagon de première, pour voyager ensemble. Il brûlait du désir d'avoir une conversation très grave.

— D'abord, mon cher prince, il ne faut pas que tu m'en veuilles, et s'il y a eu quelque chose de ma part – oublie-le. Je serais passé te voir moi-même hier, mais je ne savais pas ce que… enfin, Lizaveta Prokofievna en… A la maison, chez moi… c'est simplement l'enfer, un sphinx mystérieux qui est venu s'installer, et, moi, je suis là, je n'y comprends rien. Pour toi, à mon avis, tu es le moins coupable de tous, même si, bien sûr, tu es à l'origine de bien des choses. Tu vois, prince, être philanthrope, c'est plaisant, mais pas trop. Toi-même, peut-être, tu en as goûté les fruits. Moi, ça va de soi, j'aime la bonté, et j'estime Lizaveta Prokofievna, pourtant...

Le général parla encore longtemps, toujours dans le même ton, mais son discours était bizarrement désordonné. On voyait qu'il était bouleversé et extrêmement troublé par quelque chose qui lui était – et d'une manière définitive – incompréhensible.

— Pour moi, il n'y a pas de doute que toi, tu n'y es pour rien, dit-il enfin plus clairement, mais ne viens plus nous voir pendant un certain temps, je te le demande en ami, jusqu'à ce que le vent tourne. Quant à Evgueni Pavlytch, s'écria-t-il avec une fougue extraordinaire, tout ça, c'est une calomnie absurde, la calomnie des calomnies ! C'est des ragots, une intrigue, une volonté de tout détruire, de nous brouiller avec lui. Vois-tu, prince, je te le dis à l'oreille : entre Evgueni Pavlytch et nous, il n'y a pas encore eu un seul mot de prononcé, tu comprends ? Il n'y a rien qui nous lie, mais, la demande, elle peut être faite, et même bientôt, et même, peut-être, très très bientôt ! Donc, c'est pour nuire ! Et pourquoi, dans quel but, je ne comprends pas ! Une femme étonnante, une femme excentrique, si tu savais ce qu'elle me fait peur, à peine si je peux dormir. Et puis son équipage, les chevaux blancs, mais le chic, c'est exactement ça, oui, comme en France, ce qui s'appelle "le chic" ! Mais qui les lui... ? Je te jure, j'ai mal agi, il y a deux jours, je me suis dit : C'est Evgueni Pavlytch que... Mais il s'avère que ce n'est même pas possible, et donc, si ce

518

n'est pas possible, alors, pourquoi est-ce qu'elle veut tout détruire ? Voilà, voilà où est la question ! Pour se garder Evgueni Pavlytch ? Mais, tiens, sur la croix, il ne la connaît pas et, toutes ces traites, c'est du vent ! Et un tel culot, elle le tutoie, en pleine rue ! Un complot, clair et net ! Tu comprends bien, il faut repousser, avec mépris, et redoubler d'estime envers Evgueni Pavlytch. C'est ce que je lui ai dit, à Lizaveta Prokofievna. Maintenant, je vais te dire mon idée la plus profonde ; je suis obstinément convaincu que, si elle fait ça, c'est par vengeance personnelle contre moi, tu te souviens, pour tout ce qu'il y a eu, même si je n'ai rien à me reprocher devant elle. J'en rougis, rien que de m'en souvenir. La voilà qui réapparaît, je me disais qu'elle avait disparu. Mais qu'est-ce qu'il fait, ce Rogojine, non mais, dites-moi ? Je croyais qu'*elle*, elle était Mme Rogojina, et depuis belle lurette...

Bref, le pauvre homme était fort ébranlé. Durant presque toute l'heure du voyage, il parla seul, il posait des questions, il faisait les réponses, serrait la main du prince, et ne persuada le prince que d'une seule chose – qu'il n'avait même jamais pensé le soupçonner de quoi que ce fût. Pour le prince, c'était capital. Il finit par évoquer l'oncle d'Evgueni Pavlytch, qui dirigeait telle ou telle administration de Petersbourg – "en bonne place, soixante-dix ans, un bon vivant, un gastronome, et, en général, un petit vieux bien vert... Ha ha ! Je sais qu'il a entendu parler de Nastassia Filippovna, il a même fait des tentatives. Je viens de passer chez lui ; il ne reçoit pas, il est souffrant, mais il est riche, très riche, il a de l'importance et... Dieu lui donne longue vie, mais, tout de même, c'est Evgueni Pavlytch qui hérite... Oui, oui... Et, malgré tout, ça me fait peur ! Je ne comprends pas de quoi mais j'ai peur... Il y a comme quelque chose, dans l'air, comme une chauve-souris, ou quoi, comme un malheur qui plane, et j'ai peur, j'ai peur !..."

Finalement, ce n'est qu'au troisième jour, comme nous l'avons écrit plus haut, qu'eut lieu la réconciliation formelle des Epantchine et du prince Lev Nikolaevitch.

XII

Il était sept heures du soir ; le prince s'apprêtait à sortir dans le parc. Soudain, Lizaveta Prokofievna entra, toute seule, chez lui, sur la terrasse.

— *D'abord*, ne t'avise pas de penser, commença-t-elle, que je viens te demander pardon. Taratata ! C'est toi le seul coupable.

Le prince garda le silence.

— C'est vrai ou ce n'est pas vrai ?

— Je suis coupable autant que vous. Pourtant, ni vous ni moi, nous ne sommes coupables de rien consciemment. Il y a trois jours, je me croyais coupable, mais, à présent que j'y réfléchis, je comprends que ce n'est pas vrai.

— Ah, c'est comme ça ! Bon, ça va ; alors, écoute-moi et assieds-toi, parce que je n'ai pas l'intention de rester debout.

Ils s'assirent tous les deux.

— *Ensuite*, pas un mot sur les gamins haineux ! Je reste et je te parle dix minutes ; je suis venue pour avoir un renseignement (toi, Dieu sait ce que tu te disais déjà !), et si tu pipes un seul mot sur ces petits insolents, je me lève et je m'en vais, et, cette fois, c'est définitif.

— Bon, répondit le prince.

— Permets-moi de te demander : tu as daigné écrire une lettre, il y a deux mois, ou deux mois et demi, vers la Semaine sainte, à Aglaïa ?

— Euh… oui.

— Et dans quel but ? Qu'est-ce qu'il y avait dans cette lettre ? Montre-la-moi, cette lettre !

Lizaveta Prokofievna avait les yeux brûlants, elle tremblait presque d'impatience.

— Cette lettre, je ne l'ai pas, lui répondit le prince, étonné et terriblement apeuré, si elle existe encore, elle est chez Aglaïa Ivanovna.

— Ne tourne pas autour du pot ! Tu y parlais de quoi ?

— Je ne tourne pas autour du pot, et je n'ai pas peur. Je ne vois aucune raison qui m'aurait empêché d'écrire…

— Tais-toi ! Tu parleras plus tard. Qu'est-ce qu'il y avait dans cette lettre ? Pourquoi tu as rougi ?

Le prince réfléchit.

— Je ne sais pas ce que vous pensez, Lizaveta Prokofievna. Je vois seulement que cette lettre ne vous plaît pas du tout. Accordez-moi que j'aurais pu refuser de répondre à une question pareille ; mais pour vous montrer que je n'ai pas peur de cette lettre, que je ne regrette pas de l'avoir écrite, et que je n'ai pas du tout à en rougir (ici, le prince rougit presque deux fois plus fort), cette lettre, je vais vous la dire, parce que je crois que je m'en souviens par cœur.

Et le prince lui redit la lettre, presque mot pour mot, telle qu'elle était écrite.

— En voilà un galimatias ! Qu'est-ce qu'il peut bien signifier, ce délire, d'après toi ? demanda violemment Lizaveta Prokofievna, après avoir écouté cette lettre avec une attention extraordinaire.

— Je ne sais pas vraiment moi-même, pourtant, mon sentiment était sincère. Là-bas, j'ai connu des minutes de plénitude et d'espérances incroyables.

— Lesquelles, d'espérances ?

— C'est dur de l'expliquer, mais, seulement, pas celles que vous croyez en ce moment, peut-être… des espérances, bref, en un mot, pour l'avenir, la joie de ce que, peut-être, *là-bas*, je n'étais pas un étranger, un inconnu. La Russie, brusquement, m'a beaucoup plu. Par un matin de soleil, j'ai pris la plume, et je lui ai écrit cette lettre ; pourquoi à elle – je n'en sais rien. Parfois, pourtant, on a envie d'avoir un ami auprès de soi ; et donc, sans doute, c'est un ami que j'ai voulu…, ajouta le prince après un temps de silence.

— Tu es amoureux, ou quoi ?

— Non… Je… Je lui écrivais comme à une sœur ; et j'ai signé son "frère".

— Hum… exprès ; je comprends.

— Ça m'est terriblement pénible de vous répondre à ces questions, Lizaveta Prokofievna.

— Je le sais, que c'est pénible ; mais, moi, ça m'est absolument égal que ça te soit pénible. Ecoute, réponds-moi la vérité, comme devant Dieu ; tu me mens, ou bien tu ne me mens pas ?

— Je ne vous mens pas.

— C'est sûr, ce que tu dis, que tu n'es pas amoureux ?

— Je crois que c'est absolument sûr.

— Voyez-vous ça, "je crois" ! Le gosse qui a transmis ?

— J'ai demandé à Nikolaï Ardalionovitch…

— Le gosse ! le gosse ! l'interrompit avec rage Lizaveta Prokofievna. Je ne le connais pas, moi, Nikolaï Ardalionovitch ! Le gosse !

— Nikolaï Ardalionovitch…

— Le gosse, je te dis !

— Non, pas le gosse mais Nikolaï Ardalionovitch, répondit finalement le prince d'une voix ferme et pourtant assez basse.

— Bon, ça va, mon mignon, ça va ; je te revaudrai ça.

L'espace d'une petite minute, elle lutta contre son émotion et se reposa.

— Et c'est quoi, "le pauvre chevalier" ?

— Je n'en ai pas la moindre idée ; c'était en mon absence ; une plaisanterie, sans doute.

— Merci pour le renseignement ! Mais, elle, comment est-ce qu'elle pouvait s'intéresser à toi ? Elle t'appelait toujours "le petit monstre", ou "l'idiot".

— Vous auriez pu ne pas me rapporter cela, remarqua le prince, d'un ton de reproche, mais presque en chuchotant.

— Ne te fâche pas. Une fille, autoritaire, folle, trop gâtée – quand elle aime, elle injurie tout haut, elle se moque ouvertement ; j'étais pareille. Seulement, je t'en prie, ne triomphe pas, mon petit, elle n'est pas à toi ; je refuse même d'y croire, et elle ne le sera jamais ! Si je te le dis, c'est pour que tu prennes les mesures. Ecoute, jure-le-moi, que tu n'es pas marié avec *l'autre*.

— Lizaveta Prokofievna, mais voyons, qu'est-ce que vous dites ? cria le prince, bondissant presque tant il était stupéfait.

— Mais tu as bien failli te marier ?

— Oui, j'ai failli, murmura le prince et il baissa la tête.

— Eh bien, c'est d'*elle* que tu es amoureux, alors ? Maintenant, c'est pour *elle* que tu es venu ? Pour *l'autre* ?

— Je ne suis pas venu pour me marier, répondit le prince.

— As-tu quelque chose de sacré dans ce monde ?

— Oui.

— Jure-le, que tu n'es pas venu pour te marier avec *l'autre*.

— Je le jure sur ce que vous voulez !

— Je te crois ; embrasse-moi. Enfin, je respire librement ; mais note bien : elle ne t'aime pas, Aglaïa, prends les mesures, et elle ne t'épousera jamais, il faudra me tuer d'abord. C'est clair ?

— C'est clair.

Le prince rougissait tellement qu'il ne pouvait pas regarder Lizaveta Prokofievna.

— Mets-toi bien ça dans le crâne. Je t'attendais comme la Providence (tu ne le méritais pas !), mon oreiller, toutes les nuits, je l'inondais de larmes – pas pour toi, mon petit, n'aie pas peur – j'ai mon malheur à moi, un autre malheur, un malheur éternel, toujours le même. Mais voilà pourquoi je t'attendais avec tant d'impatience : je crois toujours que c'est Dieu lui-même qui t'a envoyé jusqu'à moi, comme mon ami, comme mon propre frère. Je n'ai personne avec moi, à part la vieille Belokonskaïa, et, même elle, elle a disparu, et puis, en plus, elle est devenue bête comme un bélier, avec l'âge. Maintenant, réponds-moi simplement *oui* ou *non* ; sais-tu pourquoi *l'autre*, il y a trois jours, elle criait, dans sa calèche ?

— Ma parole d'honneur, je n'y suis pour rien là-dedans, je ne sais rien du tout.

— Ça va, je te crois. Maintenant, j'ai bien changé d'avis, mais, hier encore, hier matin, Evgueni Pavlytch, je l'accusais de tout. Deux jours durant, depuis avant-hier, jusqu'à hier soir. A présent, bon, je dois bien reconnaître qu'ils ont raison : c'est l'évidence, quelqu'un s'est moqué de lui comme d'un crétin, pour une certaine raison, et dans un certain but, avec une certaine idée en tête (et rien que ça, ça pose des questions ! et ce n'est pas très propre !) – mais Aglaïa ne sera pas sa femme, une chose que je te dis ! Il est peut-être très bien, mais c'est comme ça. Déjà avant, j'hésitais ; maintenant, c'est décidé, définitif : "Je mourrai d'abord, vous m'enfouirez sous terre, et, là, vous marierez votre fille", voilà ce que je lui ai débité, tout à l'heure, à Ivan Fedorovitch. Tu vois comme je me confie à toi, tu vois ?

— Je vois, et je comprends.

Lizaveta Prokofievna scrutait le visage du prince ; peut-être avait-elle très envie de savoir quelle impression lui avait faite cette nouvelle à propos d'Evgueni Pavlytch.

— Et sur Gavrila Ivolguine, tu ne sais rien ?

— C'est-à-dire… si, beaucoup de choses.

— Tu savais, oui ou non, qu'il était en rapport avec Aglaïa ?

— Pas du tout, fit le prince, si étonné qu'il en eut un sursaut, comment, vous dites que Gavrila Ardalionovitch est en rapport avec Aglaïa Ivanovna ? Ce n'est pas possible !

— C'est tout récent. C'est sa sœur, tout l'hiver, qui a creusé des galeries – c'est comme un rat qu'elle travaillait pour lui.

— Je n'y crois pas, répéta le prince d'une voix ferme, après un temps de réflexion et d'émotion. Si c'était le cas, je le saurais certainement.

— C'est lui encore, je parie, qui serait venu, tout seul, te l'avouer, en larmes, sur ton petit cœur ! Innocent de village, va, innocent ! Tout le monde est là en train de te rouler comme… comme… Tu n'as donc pas honte de lui faire confiance ? Mais tu ne vois donc pas qu'il te roule complètement dans la farine ?

— Je sais très bien qu'il me trompe parfois, dit le prince à contrecœur, d'une voix basse, et, lui aussi, il sait que je le sais…, ajouta-t-il sans achever sa phrase.

— Savoir et faire confiance ! Il ne manquait plus que ça ! Mais bon, avec toi, c'est normal. C'est de lui que je m'étonne. Mon Dieu ! Mais a-t-on jamais vu un autre type comme toi ! Zut à la fin ! Mais tu le sais, ça, que Gania, ou bien Varka, peut-être, ils l'ont mise en relation avec Nastassia Filippovna ?

— Qui ça ?! s'exclama le prince.

— Aglaïa.

— Je n'y crois pas ! C'est impossible ! Mais dans quel but ?

Il bondit de sa chaise.

— Moi non plus, je n'y crois pas, même s'il y a des preuves. Une fille qui n'en fait qu'à sa tête, une fille lunatique, une fille folle ! Une fille méchante, méchante, méchante ! Pendant mille ans, je le répéterai, qu'elle est méchante ! Elles sont toutes pareilles, en ce moment, même cette poule mouillée, Alexandra, même elle, elle nous échappe ! Mais moi non plus, je n'y crois pas, peut-être parce que je ne veux pas y croire, ajouta-t-elle comme à part soi. Pourquoi tu n'es pas venu ? dit-elle en se retournant soudain vers le prince. Tous ces trois jours, pourquoi tu n'es pas venu ? lui cria-t-elle impatiemment une seconde fois.

Le prince voulut exposer les raisons qu'il avait, mais elle l'interrompit encore.

— Mais tout le monde te prend pour un idiot, tout le monde te roule ! Tu es allé en ville, hier ; ma main au feu que tu t'es mis à genoux, tu le suppliais d'accepter tes dix mille, ce fumier-là !

— Pas du tout, je n'y ai même pas pensé. Je ne l'ai même pas vu, et puis, en plus, ce n'est pas un fumier. Il m'a écrit une lettre.

— Montre-la, cette lettre !

Le prince sortit un billet de sa serviette et le tendit à Lizaveta Prokofievna. Le voici :

"Monsieur, je n'ai, bien sûr, aucun droit aux yeux des hommes d'avoir de l'amour-propre. Selon l'opinion générale, je suis trop insignifiant pour cela. Mais, cela, c'est aux yeux des hommes, et non pas à vos yeux. Je me suis tout à fait convaincu, monsieur, que vous étiez, peut-être, meilleur que les autres. Je ne suis pas d'accord avec Doktorenko, et je ne partage pas son opinion à ce sujet. Je n'accepterai jamais de vous un seul kopek, mais vous avez aidé ma mère, et, pour cette raison, je suis obligé de vous être reconnaissant, même si c'est là une faiblesse. Toujours est-il que j'ai une autre opinion de vous, et que j'ai cru nécessaire de vous le dire. Sur ce, je pense qu'il ne peut plus y avoir entre nous aucun rapport. *Antipe Bourdovski.*

P.-S. : Les deux cents roubles manquants vous seront remis, d'une manière certaine, avec le temps."

— Quelles bêtises ! conclut Lizaveta Prokofievna, en rejetant cette lettre. C'était bien la peine de la lire. Pourquoi tu fais ce sourire ?

— Accordez-moi que ça vous a fait plaisir de la lire.

— Quoi ? Ce galimatias bouffi d'orgueil ? Mais tu ne vois donc pas qu'ils sont devenus fous à force d'orgueil et de vanité ?

— Mais, tout de même, il a reconnu sa faute, il a rompu avec Doktorenko, et, plus il a de vanité, plus ça lui coûte cher. Oh, quel petit enfant vous êtes encore, Lizaveta Prokofievna !

— Tu veux une gifle, ou quoi, à la fin ?

— Non, pas du tout. Mais parce que vous êtes contente de ce billet, vous le cachez. Pourquoi avez-vous honte de ce que vous ressentez ? C'est toujours pareil avec vous.

— Maintenant, ne t'avise même plus de venir me voir ! s'écria Lizaveta Prokofievna, en bondissant, toute blême de rage. Et qu'on ne te revoie plus jamais, jamais !…

— Dans trois jours, c'est vous qui m'appellerez chez vous – mais vous n'avez pas honte ? C'est ce qu'il y a de meilleur en vous, et vous, vous avez honte ! Mais vous ne faites que vous torturer vous-même.

— Je mourrai avant de te rappeler ! J'oublierai même ton nom ! Ça y est, je l'ai oublié !

Elle se précipita dehors.

— Mais, même sans vous, on m'interdit de venir vous voir ! lui cria dans son dos le prince.

— Quoi ! ? Qui c'est qui t'interdit ?

Elle se tourna en un clin d'œil, comme si une aiguille venait de la piquer. Le prince hésita à répondre ; il sentit qu'il s'était trahi, malgré lui, mais vraiment bien trahi.

— Qui t'interdit ? cria Lizaveta Prokofievna d'une voix frénétique.

— Aglaïa Ivanovna…

— Quand ça ?… Mais parle, enfin !!…

— Hier matin, elle m'a fait parvenir un mot, pour que je ne vienne plus.

Lizaveta Prokofievna restait comme frappée par la foudre, mais elle réfléchissait.

— Elle t'a fait parvenir quoi ? Par qui elle l'a fait parvenir ? Le gosse ? Oralement ? s'exclama-t-elle soudain une fois encore.

— J'ai reçu un mot, dit le prince.

— Où ça ? Donne ! Tout de suite !

Le prince réfléchit un instant, mais il sortit de la poche de son gilet un bout de papier sur lequel était écrit :

"Prince Lev Nikolaevitch ! Si, après tout ce qui s'est passé, vous souhaitez m'étonner en nous rendant visite dans notre maison de campagne, soyez sûr que vous ne me verrez pas au nombre des plus réjouies. *Aglaïa Epantchina.*"

Lizaveta Prokofievna réfléchit un instant ; puis, brusquement, elle se jeta sur le prince, le saisit par le bras et le traîna derrière elle.

— Arrive ! Tout de suite ! Oui, oui, tout de suite ! A la minute ! s'écria-t-elle dans un accès d'émotion et d'impatience extraordinaires.

— Mais vous m'exposez à…

— A quoi ? Mais, pauvre innocent !… Même pas un homme, on dirait ! Bon, maintenant, je verrai tout moi-même, de mes propres yeux !…

— Mais, mon chapeau, laissez-moi le prendre, au moins…

— Mais le voilà, ton cher chapeau, arrive ! Pas même fichu d'avoir assez de goût pour choisir un chapeau !… C'est elle, c'est… C'est après l'autre fois… un coup de fièvre, marmonnait Lizaveta Prokofievna tout en traînant le prince sans le lâcher une seconde. L'autre jour, j'avais pris ta défense, j'ai dit, tout haut, que tu étais un imbécile, c'était pour ça que tu ne venais pas… Sinon, elle n'aurait pas écrit un billet aussi bête ! Un billet indécent ! Indécent pour une jeune fille noble, bien éduquée, intelligente – intelligente !… Hum, poursuivait-elle, c'est clair, ça la vexait elle-même, que tu ne viennes pas, mais elle n'a pas pensé, seulement, qu'on ne pouvait pas écrire comme ça à un idiot, il prendrait tout au pied de la lettre – et voilà le résultat. Qu'est-ce que tu as à m'écouter ? cria-t-elle, réalisant qu'elle venait de se trahir. D'un bouffon dans ton genre qu'elle a besoin, longtemps qu'elle ne t'a pas vu, voilà pourquoi elle demande ça ! Et je suis heureuse, heureuse, elle va se moquer de toi ! Tout ce que tu mérites. Pour ça, elle s'y connaît ! Oh que oui, elle s'y connaît !

TABLE

N.B. La lecture de Michel Guérin se trouve à la fin du volume 2.

CHRONOLOGIE
DES ŒUVRES DE DOSTOÏEVSKI

Les Pauvres Gens, 1844-1845.
Le Double, 1845-1846.
Roman en neuf lettres, 1846.
Monsieur Prokhartchine, 1846.
La Logeuse, 1847.
Polzounkov, 1848.
Un cœur faible, 1848.
La Femme d'un autre et le Mari sous le lit, 1848.
Un honnête voleur, 1848.
Le Sapin et le Mariage, 1848.
Les Nuits blanches, 1848.
Netotchka Nezvanova, 1848-1849.
Le Petit Héros, 1849.
Le Rêve de l'oncle, 1855-1859.
Le Village de Stepantchikovo et ses habitants, 1859.
Humiliés et offensés, 1861.
Journal de la maison des morts, 1860-1862.
Notes d'hiver sur impressions d'été, 1863.
Les Carnets du sous-sol, 1864.
Le Crocodile, 1864.
Crime et Châtiment, 1864-1867.
Le Joueur, 1866.
L'Idiot, 1867-1871.
L'Eternel Mari, 1869-1870.
Les Démons, 1870-1872.
Journal de l'écrivain 1873 (récits inclus) :
   I. "Bobok" ;
  II. "Petits tableaux" ;
  III. "Le Quémandeur".
L'Adolescent, 1874-1875.
Journal de l'écrivain 1876 (récits inclus) :
   I. "L'Enfant «à la menotte»" ;
  II. "Le Moujik Mareï" ;
  III. "La Douce".
Journal de l'écrivain 1877 (récit inclus) :
    "Le Rêve d'un homme ridicule".
Les Frères Karamazov, 1878-1881.
Discours sur Pouchkine, 1880.

BΑBEL

Catalogue

Ouvrage réalisé
par les Ateliers graphiques Actes Sud.
Achevé d'imprimer
en août 1997
par **Bussière Camedan Imprimeries**
à Saint-Amand-Montrond (Cher)
sur papier des
Papeteries de Navarre
pour le compte d'ACTES SUD
Le Méjan
13200 Arles.

Dépôt légal
1re édition : août 1993
N^o d'éditeur : 1370
N^o impr. : 1/1987